BESTSELLER

Isaac Asimov, escritor norteamericano de origen ruso, nació en Petrovich en 1920 y falleció en 1992. Doctor en ciencias por la Universidad de Columbia, fue también profesor de bioquímica y doctor en filosofía. Autor de notables libros de divulgación científica y de numerosas novelas de ciencia ficción que le dieron fama internacional. Entre sus obras más conocidas figura la Trilogía de la Fundación –*Fundación*, *Fundación e Imperio* y *Segunda Fundación*–, que el autor complementó con una precuela –*Preludio a la Fundación* y *Hacia la Fundación*– y una secuela –*Los límites de la Fundación* y *Fundación y Tierra*–. Asimismo, destaca la serie Robots formada por dos antologías de relatos y novelas cortas –*Visiones de Robot* y *Sueños de Robot*– y cuatro novelas –*Bóvedas de acero*, *El sol desnudo*, *Los robots del amanecer* y *Robots e imperio*.

Biblioteca

ISAAC ASIMOV

Fundación y Tierra

Traducción de
J. Ferrer Aleu

DEBOLS!LLO

Papel certificado por el Forest Stewardship Council®

Título original: *Foundation and Earth*

Primera edición con esta cubierta: junio de 2022

Printed in Spain – Impreso en España

ISBN: 978-84-9759-922-1
Depósito legal: B-5.417-2022

Impreso en Novoprint
Sant Andreu de la Barca (Barcelona)

P 8 9 9 2 2 E

A la memoria de Judy-Lynn del Rey
—1943-1986—,
un gigante en mente y espíritu

Prólogo

ANTECEDENTES DE LA FUNDACIÓN

El 1 de agosto de 1941, a mis veintiún años, era estudiante graduado en Química en la Universidad de Columbia y hacía tres que estaba escribiendo ciencia ficción como profesional. Quería ver a John Campbell, director de *Astounding*, a quien había vendido cinco cuentos ya. Estaba ansioso de contarle una nueva idea que había concebido para un relato de ciencia ficción.

Pretendía escribir una novela histórica del futuro: relatar la caída del Imperio Galáctico. Mi entusiasmo debía ser contagioso, pues Campbell se mostró tan excitado como yo. No quería que escribiese un solo cuento. Deseaba una serie que bosquejase la historia de los mil años turbulentos entre la caída del Primer Imperio Galáctico y el auge del Segundo Imperio Galáctico. Todo ello iluminado por la ciencia de la «psicohistoria» que Campbell y yo discutimos a fondo entre nosotros.

El primer cuento apareció en el número de mayo de 1942 de *Astounding* y el segundo en el de junio de ese mismo año. En seguida se hicieron populares y Campbell quiso que escribiese otros seis más antes de que la década finalizase. Los cuentos se fueron alargando. El primero tenía doce mil palabras. Dos de los tres últimos, cincuenta mil cada uno.

Cuando el decenio terminó, yo me había cansado de la serie, la abandoné y pasé a otras cosas. Pero entonces, varias empresas editoriales estaban empezando a publicar libros de ciencia ficción encuadernados en tapa dura. Una de esas editoriales era una pequeña empresa semiprofesional llamada «Gnome Press». Publicó la serie de mi *Fundación* en tres volúmenes: *Fundación* (1951); *Fundación e Imperio* (1952) y *Segunda Fundación* (1953). El conjunto de los tres libros fue conocido como la *Trilogía de la Fundación* (1).

Los libros no se vendieron muy bien, pues «Gnome Press» no disponía de capital para anunciarlos y promocionarlos. No percibí derechos de autor por ellos.

A comienzos de 1961, mi entonces editor en «Doubleday», Timothy Seldes, me dijo que había recibido una solicitud de un editor extranjero para reimprimir los libros de la *Fundación*. Como no eran libros de «Doubleday», me transmitió la petición. Yo me encogí de hombros.

—No me interesa, Tim. No cobro derechos de autor por estos libros.

Seldes se horrorizó e inmediatamente inició gestiones para obtener los derechos sobre aquellos libros de «Gnome Press» (que a la sazón estaba moribunda). En agosto de aquel mismo año, pasaron (junto con *Yo, Robot*) a ser propiedad de «Doubleday».

Desde aquel momento, la serie de *la Fundación* marchó por buen camino y empezó a devengar derechos crecientes. «Doubleday» publicó la *Trilogía* en un solo volumen y lo distribuyó a través de «Science Fiction Book Club». Gracias a eso, la serie de *la Fundación* alcanzó cotas de popularidad insospechadas.

En 1966, la «World Science Fiction Convention», celebrada en Cleveland, pidió a los aficionados que votasen en la categoría de «Las Mejores Series de Todos los Tiempos» (2). Fue la primera vez (y hasta ahora, la últi-

---

(1) Publicadas por Plaza & Janés en la colección «Gran Reno».
(2) The Best All-Time Series.

ma) que aquella categoría se incluyó en las nominaciones para el «Premio Hugo». La *Trilogía de la Fundación* ganó el premio, aumentando así la popularidad de la serie.

Con creciente insistencia, los aficionados al género me pidieron que continuase la serie. Les di las gracias, pero seguí negándome. Sin embargo, me fascinaba que hubiese personas más jóvenes que la serie, que se sintiesen tan atraídas por ella.

Pero «Doubleday» se tomó aquellas peticiones con mucha más seriedad que yo. Me habían seguido la corriente durante veinte años, pero como las demandas seguían creciendo en número e intensidad, los editores acabaron por perder la paciencia. En 1981, me dijeron simplemente que tenía que escribir otra novela de *la Fundación* y, para dorarme la píldora, me ofrecieron un contrato a base de un anticipo diez veces mayor que el acostumbrado.

Accedí con excitación. Hacía treinta y dos años que yo había escrito un relato de *la Fundación*, y ahora me pedían que elaborase una novela de 140.000 palabras, el doble de cualquiera de los volúmenes anteriores, y casi el triple de cualquier relato individual que yo hubiese escrito. Releí la *Trilogía de la Fundación* y, respirando hondo, puse manos a la obra.

El cuarto libro de la serie, *Los límites de la Fundación* (1), fue publicado en octubre de 1982, y entonces ocurrió algo verdaderamente extraño. Casi de inmediato, apareció en la lista de éxitos del *Times* de Nueva York. En realidad, continuó en ella durante veinticinco semanas, con gran asombro por mi parte. Nunca me había sucedido nada igual.

En seguida, «Doubleday» me encargó unas novelas adicionales y escribí dos que formaron parte de otra serie: *Las Novelas del Robot* (1). Y entonces llegó el momento de volver a *la Fundación*.

Por consiguiente, escribí *Fundación y Tierra*, la cual

(1) Publicada por Plaza & Janés en la colección «Gran Reno».

11

comienza en el momento en que *Los límites de la Fundación* termina y es el libro que ahora tienen ustedes en la mano. Quizá les sería de utilidad el echar un vistazo a *Los límites de la Fundación* para refrescarse la memoria, pero no es preciso que lo hagan. *Fundación y Tierra* se basta por sí sola. Espero que disfruten con ella.

ISAAC ASIMOV
Nueva York, 1986

Primera parte

GAIA

I. EMPIEZA LA BÚSQUEDA

1

—¿Por qué lo hice? —preguntó Golan Trevize.

La pregunta no era nueva. Desde que había llegado a Gaia, se la había hecho a menudo. Cuando despertaba de un sueño profundo, en la agradable frescura de la noche, advertía que aquella pregunta resonaba sordamente en su cerebro, como un débil redoble de tambor: ¿Por qué lo hice? ¿Por qué lo hice?

Pero ahora, por primera vez, había decidido formulársela a Dom, el anciano de Gaia.

Éste conocía la tensión de Trevize a la perfección, pues podía percibir el tejido de la mente del consejero. Pero no respondió. Gaia *jamás* debía tocar, en modo alguno, la mente de Trevize, y la mejor manera de inmunizarse contra la tentación era esforzándose en ignorar lo que percibía.

—¿A qué te refieres, Trev? —preguntó a su vez. Le resultaba difícil emplear más de una sílaba al dirigirse a una persona, mas eso carecía de importancia. De algún modo, Trevize se había acostumbrado a ello.

—A la decisión que tomé —respondió Trevize—. Elegir Gaia como el futuro.

—Hiciste bien —asintió Dom, sentado, mirando gravemente con sus viejos y profundos ojos al hombre de la Fundación, que estaba en pie.

—Tú *dices* que hago bien —repuso Trevize, con impaciencia.

—«Yo-nosotros-Gaia» sabemos que sí. Por eso te apreciamos. Tienes capacidad para tomar la decisión adecuada partiendo de datos incompletos, y la tomaste. ¡Elegiste Gaia! Rechazaste la anarquía de un Imperio Galáctico construido sobre la tecnología de la Primera Fundación, así como la anarquía de un Imperio Galáctico construido sobre la mentalidad de la Segunda Fundación. Decidiste que ninguno de los dos podía ser estable durante mucho tiempo. Por consiguiente, escogiste Gaia.

—¡Sí! —exclamó Trevize—. ¡Exacto! Escogí Gaia, un superorganismo; todo un planeta con una mente y una personalidad comunes, de manera que hay que decir «yo-nosotros-Gaia» como un pronombre inventado para expresar lo inexpresable. —Empezó a pasear con nerviosismo de un lado a otro—. Y, en definitiva, se convertirá en Galaxia, un super-superorganismo que abarcará todo el enjambre de la Vía Láctea.

Se interrumpió y se volvió hacia Dom casi con furia.

—Siento que hago bien —continuó—, como lo sientes tú, pero tú *quieres* el advenimiento de Galaxia, por eso te satisface mi decisión. Sin embargo, hay algo dentro de mí que *no* lo desea, y por esa razón no acepto con tanta facilidad que voy por buen camino. Quiero saber *por qué tomé* la decisión, sopesar y juzgar su acierto y sentirme satisfecho. El mero sentimiento de tener razón no es suficiente. ¿Cómo puedo *saber* que estoy en lo cierto? ¿Qué es lo que hace que yo tenga razón?

—«Yo-nosotros-Gaia» no sabemos cómo has llegado a la decisión adecuada. ¿Es importante saberlo, siendo así que aquélla ha sido tomada ya?

—Hablas por todo el planeta, ¿verdad? Por la conciencia común de cada gota de rocío, de cada grano de arena, incluso del núcleo líquido central del planeta, ¿no?

—Sí, y lo propio puede hacer cada porción del planeta donde la intensidad de la conciencia común sea lo bastante grande.

—¿Y se contenta toda esa conciencia común con emplearme como una caja negra? Mientras la caja negra funcione, ¿no importa lo que haya dentro de ella? Eso no me convence. No quiero ser una caja negra. Deseo saber qué hay dentro. Necesito saber cómo y por qué escogí Gaia y Galaxia como el futuro, para que pueda descansar y estar tranquilo.

—Pero, ¿por qué no te gusta o desconfías de tu decisión?.

Trevize respiró hondo y dijo lentamente, en voz grave y forzada:

—Porque no quiero formar parte de un superorganismo. No deseo ser una parte prescindible que pueda ser arrojada por la borda cuando el superorganismo considere que eso puede redundar en beneficio del todo.

Dom miró a Trevize reflexivamente.

—Entonces, ¿quieres cambiar tu decisión, Trev? Sabes que puedes hacerlo.

—Me gustaría cambiarla, pero no puedo hacer eso por el mero hecho de que no me guste. Para hacer algo ahora, tengo que *saber* si la decisión es equivocada o correcta. No basta con *sentir* que es correcta.

—Si sientes que tienes razón, es que la tienes.

Aquella voz lenta y amable hacía que Trevize se excitara más, por el contraste con su propio torbellino interior.

Entonces, Trevize dijo, en voz baja y rompiendo la insoluble oscilación entre el sentimiento y el conocimiento:

—Debo encontrar la Tierra.

—¿Porque tiene algo que ver con tu apasionada necesidad de saber?

—Porque hay otro problema que me inquieta de un modo insoportable y *siento* que hay una relación entre los dos. ¿No soy una caja negra? *Siento* que hay una relación. ¿No basta esto para ser aceptado como un hecho?

—Tal vez—dijo Dom, con ecuanimidad.

—Dando por sentado que ahora hace miles de años, tal vez veinte mil, que la gente de la Galaxia dejó de preocuparse de la Tierra, ¿cómo es posible que todos hayamos olvidado nuestro planeta de origen?

—Veinte mil años supone mucho más tiempo del que te imaginas. Hay muchos aspectos del Imperio primitivo de los que sabemos muy poco; muchas leyendas que son falsas casi con seguridad, pero que seguimos repitiendo, e incluso creyendo, por falta de algo que las sustituya. Y la Tierra es más vieja que el Imperio.

—Pero seguramente tiene que haber algunos documentos. Mi buen amigo Pelorat recoge mitos y leyendas de la primitiva Tierra; todo lo que puede extraer de cualquier fuente. Es su profesión y, más importante aún, su *hobby*. Conoce todos los mitos y leyendas. Pero no tiene testimonios, documentos.

—¿Documentos de veinte mil años atrás? Estas cosas se estropean, perecen, son destruidas por la falta de cuidado o por la guerra.

—Pero tendría que haber alguna referencia al respecto; copias, copias de copias, copias de copias de copias; materiales útiles que tengan mucho menos de veinte mil años. Sin embargo, han desaparecido. «La Biblioteca Galáctica» de Trantor tuvo que poseer documentos concernientes a la Tierra. Se hace referencia a ellos en relatos históricos bien conocidos, pero los documentos ya no están allí. Las referencias sobre ellos existen, mas no hay ninguna cita tomada de aquéllos.

—Debes recordar que Trantor fue saqueada hace unos cuantos siglos.

—Pero la Biblioteca se conservó intacta. El personal de la Segunda Fundación la protegió. Y fue aquel mismo personal el que descubrió recientemente que el material relativo a la Tierra no existía. Había sido sacado de allí deliberadamente en tiempos recientes. ¿Por qué? —Trevize dejó de pasear y miró fijamente a Dom—. Si encuentro la Tierra, descubriré lo que se está ocultando...

—¿Ocultando?

—Ocultando o siendo ocultado. En cuanto descubra eso, tengo la impresión de que sabré por qué he preferido Gaia y la Galaxia a nuestra individualidad. Entonces, supongo, *sabré*, no sentiré, que tengo razón —añadió, encogiéndose de hombros—, no habrá más que hablar.

—Si eso es lo que sientes —dijo Dom—, si sientes que debes buscar la Tierra, desde luego te ayudaremos en todo lo que podamos. Sin embargo, esa ayuda será limitada. Por ejemplo, «yo-nosotros-Gaia» no sabemos dónde puede ser localizada la Tierra entre el inmenso enjambre de mundos que constituyen la Galaxia.

—Aun así —dijo Trevize—, debo buscarla.

«Aunque el número infinito de estrellas de la galaxia haga que la empresa parezca desesperada, y deba realizarla yo solo.»

2

Trevize se hallaba rodeado por el tranquilo ambiente de Gaia. La temperatura, como siempre, era suave y el aire soplaba agradablemente, fresco pero no frío. Algunas nubes surcaban el cielo, interrumpiendo los rayos del sol de vez en cuando, y era seguro que, si el grado de humedad descendía por debajo de lo normal en algún lugar, habría lluvia suficiente para restablecer el nivel normal.

Los árboles crecían regularmente espaciados, como en un huerto, y lo propio debían hacer en todas partes. La tierra y el mar estaban poblados de animales y plantas vivos en número adecuado y de las variedades más convenientes para producir un correcto equilibrio ecológico, y todos ellos aumentaban o decrecían numéricamente, en una lenta oscilación alrededor del nivel óptimo. Lo mismo ocurría con el número de seres humanos.

De todos los objetos que Trevize podía abarcar con la mirada, lo único chocante era su nave, la *Far Star*.

Algunos de los habitantes humanos de Gaia habían limpiado y restaurado la nave con eficacia; abasteciéndola de comida y bebida; renovando o sustituyendo sus accesorios, y comprobando sus aparatos mecánicos debidamente. El propio Trevize había examinado el ordenador de la nave con sumo cuidado.

Ésta no necesitaba repostar por ser una de las pocas naves gravíticas de la Fundación funcionando con la energía del campo gravitatorio general de la galaxia, el cual era suficiente para abastecer todas las flotas posibles de la Humanidad durante todas las eras de su probable existencia, sin perder sensiblemente intensidad.

Tres meses atrás, Trevize había sido nombrado consejero de Terminus. En otras palabras, era miembro de la Legislatura de la Fundación y, *de derecho*, uno de los hombres importantes de la galaxia. ¿Hacía sólo tres meses? Tenía la sensación de que había pasado en ese puesto la mitad de los treinta y dos años de su vida, y su única preocupación había sido saber si el gran «Plan Seldon» había sido válido o no; si el auge de la Fundación, que de aldea planetaria había pasado a la grandeza galáctica, había sido o no debidamente proyectado de antemano.

Sin embargo, en ciertos sentidos, no había existido ningún cambio. Él *continuaba siendo* consejero. Su posición y sus privilegios seguían inalterados, aunque no esperaba volver a Terminus para reclamarlos. No se adaptaría al enorme caos de la Fundación, más de lo que se adaptaba al orden tranquilo de Gaia. Se hallaba incómodo siempre, como un huérfano en cualquier lugar.

Apretó las mandíbulas y pasó los dedos con irritación por sus negros cabellos. Antes de perder el tiempo lamentando su destino, debía encontrar la Tierra. Si sobrevivía a la búsqueda, tendría tiempo más que suficiente para sentarse y llorar. Tal vez encontrase entonces mejores razones para hacerlo.

Con resuelta impasibilidad, recordó...

Hacía tres meses que él y Janov Pelorat, el capacitado e ingenuo erudito, habían abandonado Terminus. Pelorat se había sentido impulsado por su entusiasmo por lo antiguo a descubrir la situación de la Tierra perdida, y Trevize le había seguido, empleando la meta de

Pelorat como pretexto para lo que él creía que era su verdadero y propio objetivo. No encontraron la Tierra, pero sí Gaia, y entonces Trevize se había visto obligado a tomar su decisión crucial.

Ahora, era él, Trevize, quien había dado media vuelta y estaba buscando la Tierra.

En cuanto a Pelorat, él, también, había encontrado algo que no esperaba: a la joven Bliss, de ojos y cabellos negros, que era Gaia, lo mismo que lo era Dom y que lo eran todos los granos de arena o briznas de hierba. Pelorat, con ese ardor peculiar de la edad madura, se había enamorado de una mujer a la que sobrepasaba el doble de años, y la joven, aunque resultase extraño, parecía corresponderle.

Era extraño..., pero Pelorat se sentía feliz sin duda, y Trevize pensó con resignación que cada persona debía encontrar la felicidad a su manera. Ésa era la característica de la individualidad, una individualidad que Trevize, por su propia elección, aboliría (si tenía tiempo) en toda la galaxia.

El dolor retornó. La decisión que había tomado, que había tenido que tomar, seguía lastimándole en todo momento, y estaba...

—¡Golan!

La voz interrumpió los pensamientos de Trevize, el cual miró de cara al sol y pestañeó.

—Ah, Janov —dijo afectuosamente, tanto más cuanto que no quería que Pelorat adivinase la amargura de sus pensamientos. Incluso consiguió mostrarse jovial—. Veo que has conseguido despegarte de Bliss.

Pelorat movió la cabeza. La suave brisa agitó sus sedosos cabellos blancos, y la cara larga y solemne conservó toda su solemnidad.

—En realidad, viejo amigo, fue ella quien sugirió que te buscase, para hablarte sobre..., sobre algo que quiero discutir. Desde luego, la idea no fue mía, pero ella parece pensar con más rapidez que yo.

Trevize sonrió.

—Está bien, Janov. Supongo que has venido a despedirte.

—Bueno, no exactamente. En realidad, más bien es lo contrario. Golan, cuando tú y yo salimos de Terminus, yo estaba empeñado en encontrar la Tierra. He pasado casi toda mi vida adulta dedicado a esa tarea.

—Y yo la continuaré, Janov. Ahora, la tarea es mía.

—Sí, pero mía también; todavía lo es.

—Entonces... —Trevize levantó un brazo en un vago ademán que parecía abarcar el mundo que los rodeaba.

—Quiero ir contigo —dijo Pelorat, en un súbito tono de apremio.

Trevize se quedó estupefacto.

—No puedes hablar en serio, Janov. Ahora tienes a Gaia.

—Volveré a Gaia algún día, pero no puedo dejar que vayas solo.

—Claro que puedes. Sé cuidar de mí mismo.

—No lo tomes como una ofensa, Golan, pero no sabes lo bastante. Soy yo quien conoce los mitos y las leyendas. Puedo guiarte.

—¿Y dejarás a Bliss? ¡Vamos, hombre!

Pelorat se sonrojó ligeramente.

—No quiero hacer exactamente eso, viejo amigo; pero ella dijo...

Trevize frunció el ceño.

—Entonces, ¿es ella quien trata de librarse *de ti*, Janov? Me prometió...

—No, no lo comprendes. Escúchame, Golan, por favor. Siempre tienes la costumbre de sacar conclusiones antes de oír de qué se trata. Es tu especialidad, ya lo sé, y creo que a mí me resulta difícil expresarme con decisión, pero...

—Bueno —dijo Trevize en tono amable—, dime exactamente qué es lo que Bliss tiene entre ceja y ceja, explícamelo de la forma que te parezca mejor, y te prometo que tendré paciencia.

—Gracias, y ya que me has prometido tener paciencia, creo que puedo decírtelo sin andarme con rodeos. Bliss desea venir también.

—¿Que *Bliss* desea venir? —preguntó Trevize—. Creo que voy a estallar de nuevo. Pero no, no estallaré. ¿Por qué querría Bliss venir con nosotros? Dímelo, Janov. Te lo pregunto con toda calma.

—No me lo ha dicho. Quiere hablar contigo.

—Entonces, ¿por qué no ha venido ella?

—Creo..., digo *creo*... —tartamudeó Pelorat—, que tiene la impresión de que tú no la aprecias, Golan, y no se atreve a dirigirse a ti directamente. Yo he hecho todo lo posible para convencerla de que no tienes nada en contra suya. Creo que nadie puede pensar mal de ella. Sin embargo, quiso que yo te planteases el tema, por decirlo así. ¿Puedo contestarle que estás dispuesto a verla, Golan?

—Por supuesto. La veré ahora mismo.

—¿Y serás razonable? Mira, viejo, está muy interesada en ello. Me dijo que era una cuestión vital y que ella *debía* ir contigo.

—¿No te explicó la razón?

—No, pero si cree que debe ir, *Gaia* debe ir.

—Lo cual significa que no puedo negarme. ¿No es así, Janov?

—Sí, creo que no puedes, Golan.

3

Por primera vez durante su breve estancia en Gaia, Trevize entró en la casa de Bliss, que ahora daba cobijo a Pelorat también.

Miró a su alrededor brevemente. En Gaia, las casas tendían a ser sencillas. Con la casi total ausencia de tiempo tempestuoso, con la temperatura siempre suave en esa latitud particular, incluso con las placas tectónicas deslizándose suavemente cuando debían hacerlo, no hacía falta construir casas extremadamente sólidas para la protección de sus moradores, ni para mantener un ambiente confortable dentro de otro incómodo. Todo el planeta era una casa, por así decirlo, diseñada para albergar a sus habitantes.

La casa de Bliss, dentro de aquel hogar planetario, era pequeña; las ventanas tenían cortinas en vez de cristales, y los muebles escasos y bellamente utilitarios. Había imágenes hológrafas en las paredes; una de ellas de Pelorat, con un aire bastante asombrado y cohibido. Trevize frunció los labios, pero trató de disimular sus ganas de reír, ajustándose el cinto con meticulosidad.

Bliss lo observaba. No sonreía a su manera acostumbrada. Más bien parecía seria, muy abiertos los bellos ojos negros y caídos los cabellos en suaves ondas negras sobre los hombros. Sólo sus gordezuelos labios, pintados de rojo, daban un poco de color a su semblante.

—Gracias por venir a verme, Trev.

—Janov me lo ha pedido con singular empeño, Blissenobiarella.

Bliss sonrió brevemente.

—Bien contestado. Si quieres llamarme Bliss, que es un discreto monosílabo, yo trataré de llamarte por tu nombre completo, Trevize —dijo, tropezando, de forma inapreciable, en la segunda sílaba.

Trevize levantó la mano derecha.

—Sería un buen arreglo. Conozco la costumbre gaiana de emplear partes monosílabas del nombre en el común intercambio de ideas; por consiguiente, si me llamas Trev de vez en cuando, no me ofenderé. Sin embargo, sería preferible que tratases de llamarme Trevize siempre que pudieses, y yo te llamaría Bliss.

Trevize la observó, como hacía siempre que se encontraba con ella. Como individuo, era una joven de poco más de veinte años. En cambio, como parte de Gaia, tenía un milenio. Eso no influía en su aspecto, pero sí en la manera como hablaba a veces y en la atmósfera que la rodeaba inevitablemente. ¿Deseaba él que fuese así en todos los seres existentes? ¡No! Claro que no, y sin embargo...

—Iré al grano —dijo Bliss—. Tú manifestaste tu deseo de encontrar la Tierra...

—Hablé de ello a Dom —repuso Trevize, resuelto a no confiar a Gaia sus ideas sin una insistencia tenaz.

—Sí, pero al hablar a Dom, hablaste a Gaia y a todo lo que forma parte de ella; a mí, por ejemplo.

—¿Oíste lo que decía?

—No, pues no estaba escuchando; pero si prestase atención en lo sucesivo, podría recordar lo que dijeses. Por favor, acepta esto y sigamos adelante. Recalcaste tu deseo de encontrar la Tierra e insististe en su importancia. Yo no la veo, pero tú tienes el aplomo de los que están en lo cierto, y, por esto, «yo-nosotros-Gaia» debemos aceptar lo que dices. Si la misión es crucial para ti en lo concerniente a Gaia, es de crucial importancia para Gaia; por consiguiente, Gaia debe ir contigo, aunque sólo sea para tratar de protegerte.

—Cuando dices que Gaia debe venir conmigo, quieres decir que *tú* debes venir conmigo. ¿No es así?

—Yo soy Gaia —repuso Bliss simplemente.

—Pero también lo es todo lo demás de este planeta. ¿Por qué tienes que ser tú? ¿Por qué no cualquier otra porción de Gaia?

—Porque Pel desea acompañarte, y si él va contigo, no se sentiría dichoso con cualquier porción de Gaia que no fuese yo misma.

Pelorat, que estaba sentado en una silla discretamente en otro rincón (vuelto de espaldas, observó Trevize, a su propia imagen), dijo suavemente:

—Es verdad, Golan. Bliss es *mi* porción de Gaia.

Bliss sonrió de pronto.

—Parece bastante emocionante que la consideren a una de esta manera. Bastante exótico, desde luego.

—Bueno, veamos —dijo Trevize, cruzando las manos detrás de la cabeza y echándose atrás en su silla. Las dos finas patas crujieron, por lo que decidió que la silla no era lo bastante sólida para aquel juego y dejó que volviese a descansar en su posición normal—. ¿Seguirías siendo parte de Gaia si salieses de aquí?

—No necesariamente. Por ejemplo, podría aislarme si creyese estar en peligro de recibir algún daño grave, para que éste no alcanzase a Gaia, o si tuviese alguna otra razón importante para ello. Pero eso es válido sólo para casos de emergencia. En general, seguiré siendo parte de Gaia.

—¿Incluso si saltamos a través del hiperespacio?

—Incluso entonces, aunque eso complicaría un poco las cosas.

—No me parece muy tranquilizador.

—¿Por qué?

Trevize frunció la nariz, como la usual respuesta a un mal olor.

—Significa que todo lo que se dijese e hiciese en mi nave, y que tú oyeses y vieses, sería oído y visto en toda Gaia.

—Yo soy Gaia, de modo que lo que vea, oiga y sienta, será visto, oído y sentido en Gaia.

—Exacto. Incluso esa pared lo oirá y verá y sentirá.

Bliss miró la pared que él señalaba y se encogió de hombros.

—Sí, también esa pared. Sólo tiene una conciencia infinitesimal, de modo que sólo siente y comprende de un modo infinitesimal, pero presumo que se producen algunos cambios subatómicos en respuesta, por ejemplo, a lo que estamos diciendo ahora mismo, que permiten que Gaia lo aproveche deliberadamente para el bien de la totalidad.

—Pero, ¿y si yo quiero que no se divulgue? Puedo querer que la pared no se entere de lo que digo o hago.

Bliss pareció desalentada.

—Mira, Golan —terció Pelorat de pronto—, no quisiera entrometerme, pues no es mucho lo que sé acerca de Gaia. Pero he estado con Bliss y, de algún modo, he captado algo de lo que sucede. Si caminas sobre una multitud en Terminus, ves y oyes muchas cosas, y puedes recordar algunas de ellas. Incluso puedes ser capaz de recordarlas todas bajo un adecuado estímulo cerebral, pero la mayoría de ellas no te *importan*. Las dejas correr. Aunque observes alguna escena emocional entre desconocidos y pienses que es interesante, si no te interesa demasiado, la dejas correr, la olvidas. Eso puede pasar también aquí. Aunque toda Gaia conozca lo que te propones a la perfección, ello no significa que *le interese* necesariamente. ¿No es así, querida Bliss?

—Nunca me había parado a pensarlo, Pel, pero hay algo de verdad en lo que dices. En todo caso, esa reserva de la que Trev habla, quiero decir Trevize, no tiene el menor valor para nosotros. En realidad, «yo-nosotros-Gaia» lo encontramos incomprensible. Querer no formar parte, que tu voz no se oiga, que tus acciones no tengan testigos, que tus pensamientos no sean sentidos... —Bliss movió la cabeza con energía—. He dicho que podemos bloquearnos en casos de emergencia, pero, ¿quién querría *vivir* de esa manera, siquiera por una hora?

—Yo —dijo Trevize—. Por eso debo encontrar la Tierra, descubrir la razón suprema, si es que existe, que me llevó a elegir este espantoso destino para la Humanidad.

—No es un destino espantoso, pero no discutamos esta cuestión. Yo iré contigo, no como espía, sino como amiga y ayudante. Gaia estará contigo, no como espía, sino como amiga y ayudante.

—Gaia me ayudaría más si me guiase hacia la Tierra —dijo Trevize tristemente.

Bliss sacudió la cabeza despacio.

—Gaia no sabe dónde está la Tierra. Dom te lo ha dicho ya.

—No acabo de creerlo. A fin de cuentas, debéis tener documentos. ¿Por qué no he podido verlos nunca durante mi estancia aquí? Aunque Gaia no sepa dónde puede estar situada la Tierra en realidad, los documentos podrían darme alguna información. Conozco la Galaxia detalladamente, sin duda mucho más de lo que Gaia la conoce. Podría descubrir y seguir pistas en vuestros documentos que tal vez Gaia no acabe de captar.

—Pero, ¿a qué documentos te refieres, Trevize?

—A cualquiera. Libros, películas, grabaciones, manuscritos, artefactos, cualquier cosa que tengáis. En todo el tiempo que llevo aquí, no he visto nada que pueda considerar como un documento. ¿Lo has visto tú, Janov?

—No —dijo Pelorat, en tono vacilante—, pero, en realidad, no lo he buscado.

—Pues yo sí, a mi manera, sin armar ruido —dijo Trevize—, y no he visto nada. ¡Nada! Sólo puedo presumir que me han sido ocultados. Y me pregunto por qué. ¿Podrías decírmelo?

Bliss frunció la tersa y joven frente, en un gesto de perplejidad.

—¿Por qué no lo preguntaste antes? «Yo-nosotros-Gaia» no ocultamos nada, ni mentimos. El ser aislado, el individuo aislado, puede mentir. Es limitado, y tiene miedo *porque* es limitado. En cambio, Gaia es un organismo planetario de gran capacidad mental y no tiene miedo. Para Gaia, mentir o inventar descripciones que no estén de acuerdo con la realidad, resulta totalmente innecesario.

—Entonces —gruñó Trevize—, ¿por qué se me ha impedido ver algún documento? Dame una razón que tenga sentido.

—Desde luego —repuso Bliss alzando ambas manos, con las palmas vueltas hacia arriba—. Porque no tenemos ningún documento.

4

Pelorat fue el primero en recobrarse, pareciendo el menos asombrado de los dos.

—Querida —dijo con amabilidad—, eso es de todo punto imposible. No podéis tener una civilización razonable sin algún tipo de documento de la clase que sea.

Bliss arqueó las cejas.

—Lo comprendo. Sólo quise decir que no tenemos documentos de la clase a que Trev..., Trevize se refiere. «Yo-nosotros-Gaia» no poseemos manuscritos, ni obras impresas, ni películas, ni bancos de datos de computadoras. Ni inscripciones sobre piedras, dicho sea de pasada. Eso es todo. Naturalmente, como no tenemos nada, Trevize no ha podido encontrarlo.

—Entonces —dijo Trevize—, si no existe nada que merezca el nombre de documento, ¿qué hay?

—«Yo-nosotros-Gaia» —respondió Bliss, articulando las palabras con sumo cuidado, como si hablase con un niño— tenemos memoria. *Lo recuerdo.*

—¿Qué recuerdas? —preguntó Trevize.

—Todo.

—¿Recuerdas todas las fuentes de información?

—Desde luego.

—¿De cuánto tiempo? ¿Desde cuántos años atrás?

—Un período de tiempo indefinido.

—¿Podrías darme datos históricos, biográficos, geográficos, científicos? ¿Referirme incluso chismes locales?

—Sí.

—¿Y todo está en esa cabecita? —preguntó Trevize con ironía, señalando la sien derecha de Bliss.

—No —dijo ella—. Los recuerdos de Gaia no se limitan al contenido de mi cráneo en particular. Mira —y de momento se puso seria e incluso un poco severa, al dejar de ser únicamente Bliss y asumir una amalgama de otras unidades—, tuvo que haber un tiempo, al principio de la Historia, en que los seres humanos eran tan primitivos que, si bien podían recordar los sucesos, no sabían hablar. Después, se inventó el lenguaje y sirvió para expresar recuerdos y transmitirlos de unas personas a otras. Por fin, vino la escritura, inventada en orden de registrar los recuerdos y transferirlos de generación en generación a lo largo del tiempo. Desde entonces, todos los avances tecnológicos han servido para ampliar la transferencia y el almacenamiento de recuerdos y facilitar el conocimiento de los datos deseados. Pero cuando los individuos se unieron para formar Gaia, todo eso quedó obsoleto. Podemos volver a la memoria, al sistema básico de conservación del recuerdo sobre el que ha sido construido todo lo demás. ¿Lo comprendes?

—¿Me estás diciendo que la suma total de todos los cerebros de Gaia pueden recordar muchos más datos que un cerebro solo? —preguntó Trevize.

—Desde luego.

—Pero si Gaia tiene todos los recuerdos grabados en la memoria planetaria, ¿de qué te sirve a ti como porción individual de Gaia?

—De muchísimo. Lo que yo pueda querer saber está en alguna mente individual, tal vez en muchas de ellas. Si es algo fundamental, como el significado de la palabra «silla», se encuentra en todas las mentes. Pero incluso si se trata de algo esotérico que solamente se halle en una pequeña porción de la mente de Gaia, puedo recurrir a ésta si lo necesito, aunque eso requiera más tiempo que si el recuerdo estuviese más extendido. Escucha, Trevize, si tú quieres saber algo que no se encuentra en tu mente, miras en el microfilme correspondiente o acudes a un banco de datos. Yo busco en la mente total de Gaia.

—¿Y cómo impides que toda esa información entre en tu mente y te haga estallar el cráneo?

—¿Quieres dártelas de sarcástico, Trevize?

—Vamos, Golan —dijo Pelorat—, no seas antipático.

Trevize les miró a los dos y, con un visible esfuerzo, hizo que la tensión de su semblante se aflojase.

—Perdonad. Me siento abrumado por el peso de una responsabilidad que no quisiera tener y de la que no sé cómo librarme. Eso puede hacer que me muestre desagradable cuando no quisiera serlo. Bliss, dime una cosa, ¿cómo puedes extraer la información de las mentes de otros sin irla almacenando en tu propio cerebro y sobrecargar rápidamente su capacidad?

—Desconozco la respuesta, Trevize —dijo Bliss—, como tampoco tú sabes el funcionamiento detallado de tu cerebro único. Supongo que en tu mente está el recuerdo de la distancia que hay desde tu sol hasta una estrella vecina, pero no siempre tienes conciencia de ello. Lo almacenas en alguna parte y puedes recordar la cifra si te lo preguntan. Caso de que no te lo pregunten, quizá la olvides con el tiempo, pero siempre podrás obtenerla en un banco de datos. Si consideras el cerebro de Gaia como un enorme banco de datos, comprenderás que puedo acudir a él, pero no hace falta que recuerde conscientemente un dato particular que haya utilizado alguna vez. Cuando me he servido de él, o de un recuerdo, dejo que salga de mi memoria. Es más, puedo enviarlo deliberadamente, por así decirlo, al lugar donde lo obtuve.

—¿Cuántas personas hay en Gaia, Bliss? ¿Cuántos seres humanos?

—Mil millones aproximadamente. ¿Quieres saber la cifra exacta?

Trevize sonrió, como disculpándose.

—Sé que podrías dármela si te la pidiese, pero me conformaré con la aproximación.

—En realidad —dijo Bliss—, la población es estable y oscila alrededor de un número ligeramente superior a los mil millones. Puedo decir en exceso o en defecto de esa oscilación, extendiendo mi conciencia y..., bueno, palpando los límites. No sé explicarlo mejor a alguien que nunca ha compartido la experiencia.

—Sin embargo, yo diría que mil millones de mentes humanas, muchas de las cuales deben ser de niños, no son suficientes para guardar en la memoria todos los datos que una sociedad compleja necesita.

—Pero los seres humanos no son los únicos que viven en Gaia, Trev.

—¿Quieres decir que también recuerdan los animales?

—Los seres no humanos son incapaces de almacenar recuerdos con la misma intensidad que los humanos, y una gran parte de cada uno de los cerebros, humanos y no humanos, está dedicada a recuerdos personales que raras veces resultan inútiles, salvo para el elemento particular de la conciencia planetaria que los alberga. Sin embargo, cantidades importantes de datos avanzados pueden estar, y de hecho lo están, almacenadas en cerebros animales, y en el tejido vegetal, y en la estructura mineral del planeta.

—¿En la estructura mineral? ¿Quieres decir en las rocas y en las montañas?

—Y, para cierta clase de datos, en el mar y en la atmósfera. Todo esto es Gaia también.

—Pero, ¿qué pueden retener unos sistemas sin vida?

—Una información inmensa. La intensidad es baja, pero el volumen es tan vasto que la mayor parte de la memoria total de Gaia está en sus piedras. Se necesita un poco más de tiempo para captar y restituir los recuerdos de las piedras, y por eso son las preferidas para almacenar datos muertos particulares, por decirlo así, que, normalmente, raras veces serán necesitados.

—¿Y qué ocurre cuando muere alguien cuyo cerebro contiene datos de valor considerable?

—No se pierden. Salen poco a poco al descomponerse el cerebro después de la muerte, pero hay tiempo sobrado para distribuir los recuerdos entre otras partes de Gaia. Y al aparecer nuevos cerebros con los recién nacidos y organizarse más con el crecimiento, no sólo almacenan los recuerdos y las ideas personales, sino que también adquieren conocimientos convenientes de otras fuentes. Lo que vosotros llamáis educación es enteramente automático en «mí-nosotros-Gaia».

—Francamente, Golan —dijo Pelorat—, me parece que pueden decirme muchas cosas a favor de esta noción de un mundo viviente.

Trevize dirigió una breve mirada de soslayo a su compañero de la Fundación.

—No me cabe duda de ello, Janov, pero no estoy impresionado. El planeta, por muy grande y diverso que sea, representa un cerebro. ¡Uno! Cada nuevo cerebro que nace, se confunde en el todo. ¿Dónde está la oportunidad para la oposición, para la discrepancia? Si consideras la Historia humana, verás que hay seres humanos ocasionales cuyas opiniones pueden ser condenadas por la sociedad, pero que triunfan al final y cambian el mundo. ¿Qué posibilidad tienen en Gaia los grandes rebeldes de la Historia?

—Existe un conflicto interno —dijo Bliss—. No todos los aspectos de Gaia aceptan la opinión común necesariamente.

—Tiene que ser limitado —rebatió Trevize—. No puede haber demasiada agitación dentro de un organismo único, o éste no funcionaría como es debido. Si el progreso y el desarrollo no son interrumpidos del todo, deben ser frenados. ¿Podemos arriesgarnos a infligir esto a toda la Galaxia? ¿A toda la Humanidad?

—¿Vas a discutir ahora tu propia decisión? —dijo Bliss sin emoción manifiesta—. ¿Vas a cambiar de idea y decir ahora que Gaia es un futuro indeseable para la Humanidad?

Trev apretó los labios y vaciló.

—Me gustaría hacerlo, pero..., todavía no. Tomé mi decisión basándome en algo inconsciente, y hasta que descubra cuál era esa base, no puedo decidir realmente si voy a mantener mi decisión o a cambiarla. Por consiguiente, volvemos al asunto de la Tierra.

—Donde tienes la impresión de que averiguarás la naturaleza de la base en que apoyaste tu decisión. ¿No es así, Trevize?

—Ésa es la impresión que tengo. Pero Dom dice que Gaia ignora el lugar donde la Tierra se encuentra. Y supongo que tú estás de acuerdo con él.

—Desde luego. Yo no soy menos Gaia que él.

—¿Y me ocultáis lo que sabéis? Quiero decir, conscientemente.

—Claro que no. Aunque fuese posible que Gaia mintiese, no te mentiría *a ti*. Por encima de todo, dependemos de tus conclusiones, necesitamos que sean exactas, y eso requiere que estén basadas en la realidad.

—En ese caso —dijo Trevize—, hagamos uso de vuestra memoria mundial. Sondea el pasado y dime cuál es el tiempo más remoto que puedes recordar.

Hubo una pequeña vacilación. Bliss dirigió una inexpresiva mirada a Trevize, como si hubiese entrado en trance.

—Quince mil años —dijo.

—¿Por qué has vacilado?

—Necesitaba tiempo. Los antiguos recuerdos, los realmente antiguos, se hallan casi todos en el corazón de la montaña, y se requiere tiempo para extraerlos de allí.

—Has dicho quince mil años. ¿Fue entonces cuando Gaia fue colonizado?

—No, nosotros presumimos que eso ocurrió unos tres mil años antes.

—¿Por qué no estás segura? ¿Es que tú, o Gaia, no lo recordáis?

—Ocurrió antes de que Gaia evolucionase hasta el punto en que la memoria se convirtió en un fenómeno global.

—Sin embargo, antes de que pudieseis confiar en vuestra memoria colectiva, Gaia tuvo que conservar documentos, Bliss. Documentos en el sentido corriente de la palabra: grabados, escritos, películas, o algo similar.

—Supongo que sí, pero difícilmente hubiesen podido conservarse durante tanto tiempo.

—Quizá se copiaron o, mejor aún, se transmitieron a la memoria global, una vez desarrollada ésta.

Bliss frunció el entrecejo. Hubo otra vacilación, ahora más prolongada.

—No encuentro señales de esos antiguos documentos de que hablas.

—¿Cómo puede ser?

—No lo sé, Trevize. Presumo que no tendrían gran importancia. Me imagino que, cuando se comprendió que los primitivos documentos no memorizados se estaban estropeando, se decidió que habían pasado de actualidad y no eran necesarios.

—Pero no lo sabes; presumes y te imaginas, pero no lo sabes. Gaia no lo sabe.

Bliss bajó los ojos.

—Debe ser así.

—¿Debe ser? Yo no soy parte de Gaia y, por consiguiente, no necesito presumir lo que presume Gaia, lo cual te da un ejemplo de la importancia del aislamiento. Yo, como un Aislado, presumo algo más.

—¿Qué?

—En primer lugar, hay algo de lo que estoy seguro. Una civilización viva no es probable que destruya sus documentos antiguos. Lejos de juzgarlos arcaicos e innecesarios, es lógico que los trate con exagerada reverencia y se esfuerce en conservarlos. Si los documentos preglobales de Gaia fueron destruidos, Bliss, esta destrucción es muy improbable que fuese voluntaria.

—Entonces, ¿cómo lo explicarías tú?

—Todas las referencias a la Tierra que existían en la Biblioteca de Trantor fueron sacadas de allí por alguien o por alguna fuerza distintos de los propios Segundos Fundadores Trantorianos. ¿No es posible que, también en Gaia, fuesen hechas desaparecer todas las referencias a la Tierra por algo distinto de la propia Gaia?

—¿Cómo sabes que los documentos antiguos se referían a la Tierra?

—Según acabas de decir, Gaia fue fundada hace al menos dieciocho mil años. Eso nos lleva a un período anterior al establecimiento del Imperio Galáctico, al período en que la Galaxia fue colonizada, y la primera fuente de colonos provino de la Tierra. Pelorat te lo confirmará.

Pelorat, pillado un poco por sorpresa, carraspeó antes de responder:

—Así lo cuentan las leyendas, querida. Yo me las tomo muy en serio y creo, lo mismo que Golan Trevize, que la especie humana estuvo, al principio, confinada en un solo planeta y que dicho planeta era la Tierra. Los primeros colonizadores vinieron de allí.

—Entonces —dijo Trevize—, si Gaia fue fundada en los primeros tiempos de los viajes hiperespaciales, es muy probable que la colonización la llevasen a cabo hombres de la Tierra o, quizá, nativos de un mundo no muy viejo y que había sido colonizado recientemente por hombres de la Tierra. Por esa razón, los documentos sobre la fundación de Gaia y los primeros milenios siguientes debieron referirse a la Tierra y a su gente, y han desaparecido. Parece que *algo* procura que la Tierra no aparezca mencionada en los archivos de la Galaxia. Y si es así, tiene que haber alguna razón para ello.

—Esto es pura conjetura, Trevize —repuso Bliss con indignación—. No tienes pruebas de ello.

—Pero es Gaia quien insiste en que tengo un don especial para sacar conclusiones correctas basándome en pruebas insuficientes. Por tanto, si llego a una conclusión firme, no me digas que carezco de pruebas.

Bliss guardó silencio.

—Tanta mayor razón para encontrar la Tierra —prosiguió Trevize—. Pienso partir en cuanto la *Far Star* esté preparada. ¿Todavía queréis venir los dos?

—Sí —respondió Bliss al instante.

—Sí —dijo Pelorat.

II. HACIA COMPORELLON

5

Llovía ligeramente. Trevize contempló el cielo, liso y de un color blanco grisáceo.

Llevaba un sombrero impermeable que repelía las gotas de lluvia y las enviaba lejos de su cuerpo en todas direcciones. Pelorat, plantado fuera del alcance de las gotas rebotadas, no tenía aquella protección.

—No comprendo por qué te empeñas en mojarte, Janov.

—La humedad no me preocupa, amigo —dijo Pelorat, con su aire solemne de siempre—. La lluvia es ligera y tibia. Prácticamente, no hay viento. Y además, por citar un viejo dicho, «En Anacreon, haz como los anacreonitas». —Señaló a unos pocos gaianos que se encontraban cerca de la *Far Star*, observando en silencio. Estaban desparramados, como los árboles de un bosquecillo gaiano, y ninguno de ellos llevaba sombrero contra la lluvia.

—Supongo —dijo Trevize— que no les importa empaparse, porque todo el resto de Gaia se está mojando. Los árboles, la hierba, el suelo, todo está mojado, y todo forma parte de Gaia, lo mismo que los gaianos.

—Creo que es lógico —dijo Pelorat—. El sol no tardará en salir y todo se secará rápidamente. La ropa no se arrugará ni encogerá, la sensación de frío no existe y, al no haber microorganismos patógenos nocivos, nadie pillará un catarro, o una gripe, o una pulmonía. Entonces, ¿por qué preocuparse por un poco de humedad?

Trevize comprendió la lógica del razonamiento con facilidad, pero continuó sintiéndose agraviado.

—En todo caso —dijo—, no hace falta que llueva cuando vamos a marcharnos. A fin de cuentas, la lluvia es voluntaria. Si Gaia no lo quisiera, no llovería. Casi se diría que desea mostrarnos su desprecio.

—Tal vez —repuso Pelorat, frunciendo los labios un poco—. Gaia está llorando nuestra partida.

—Es posible —dijo Trevize—, pero a mí no me ocurre lo mismo.

—En realidad —prosiguió Pelorat—, presumo que el suelo de esta región necesita humedad, y que esta necesidad es más importante que tu deseo de ver brillar el sol.

Trevize sonrió.

—Sospecho que este mundo te gusta realmente, ¿verdad? Quiero decir, aun prescindiendo de Bliss.

—Sí, me gusta —dijo Pelorat en tono defensivo—. Siempre he llevado una vida tranquila y ordenada, y creo que me sentiría bien aquí, con todo un mundo trabajando para mantenerse tranquilo y ordenado. Después de todo, Golan, cuando construimos una casa, o esa nave, tratamos de crear un refugio perfecto. Lo equipamos con todo lo que necesitamos; disponemos las cosas de manera que la temperatura, la calidad del aire, la iluminación y todo lo importante, sea controlado y manipulado por nosotros a fin de que el conjunto resulte lo más cómodo posible. Gaia no es más que la realización del deseo de comodidad y seguridad extendido a todo un planeta. ¿Qué hay de malo en ello?

—Lo que hay de malo —respondió Trevize— es que mi casa, o mi nave, ha sido concebida para satisfacerme *a mí*. Yo no he sido concebido para satisfacerla *a ella*. Si yo formase parte de Gaia, por muy bien que el planeta hubiese sido ideado para adaptarse a mí, me sentiría sumamente molesto por el hecho de que yo hubiese sido ideado también para adaptarme a él.

Pelorat frunció los labios otra vez.

—Se podría argüir que toda sociedad moldea su población para que se adapte a ella. Se desarrollan costumbres que convienen a la sociedad, y eso encadena firmemente a los individuos a las necesidades de aquélla.

—En las sociedades que conozco, uno puede rebelarse. Hay excéntricos, incluso delincuentes.

—¿*Quieres* excéntricos y delincuentes?

—¿Por qué no? Tú y yo somos excéntricos. En verdad, no somos ejemplares típicos de los habitantes de Terminus. En cuanto a los delincuentes, se trata de una cuestión de terminología. Y si los delincuentes son el precio que debemos pagar por los rebeldes, los herejes y los genios, estoy dispuesto a pagarlo. *Exijo* que se pague.

—¿Son los delincuentes el único precio posible? ¿No se pueden tener genios sin delincuentes?

—No se pueden tener genios y santos sin que haya personas que se alejen mucho de la línea establecida, y no creo que ese alejamiento se pueda producir sólo en un sentido de dicha línea. Debe existir cierta simetría. En todo caso, para mi decisión de hacer de Gaia el modelo para el futuro de la Humanidad, deseo contar con una razón mejor que ésta de que se trate de una versión planetaria de una casa confortable.

—¡Oh, mi querido amigo! Yo no trataba de empezar una discusión contigo sobre tu decisión. Sólo estaba haciendo una observa...

Se interrumpió. Bliss caminaba en dirección a ellos, mojados los negros cabellos y pegada su ropa al cuerpo, de manera que hacía resaltar sus anchas caderas. Ella movió la cabeza arriba y abajo al acercarse.

—Siento haberme retrasado —se disculpó, jadeando un poco—. Mi entrevista con Dom ha sido más larga de lo que yo había previsto.

—Supongo —dijo Trevize— que ya te has enterado de todo lo que él sabe.

—A veces se producen diferencias de interpretación. A fin de cuentas, no somos idénticos y por eso discutimos. Mira —dijo con un cierto tono de aspereza—, tú tienes dos manos. Ambas son parte de ti y parecen idénticas, salvo que cada una es como la imagen reflejada en un espejo de la otra. Sin embargo, no las empleas de la misma manera, ¿verdad? Hay algunas cosas que haces con la derecha la mayor parte de las veces, y otras que las realizas con la izquierda. Diferencias de interpretación, por decirlo así.

—Te ha pillado —exclamó Pelorat, con visible satisfacción.

Trevize asintió con la cabeza.

—Es una analogía seductora si fuese pertinente, y no estoy muy seguro de que lo sea. En todo caso, ¿significa que podemos embarcar ahora? *Está* lloviendo.

—Sí, sí. Nuestra gente ha salido de la nave, y ésta se encuentra dispuesta. —Después, miró a Trevize con curiosidad—. Estás seco. Las gotas de lluvia no te alcanzan.

—Es cierto —dijo Trevize—. Quiero evitar la humedad.

—¿No te gusta mojarte de vez en cuando?

—En efecto; pero cuando yo lo deseo, no cuando la lluvia quiere.

Bliss se encogió de hombros.

—Bueno, haz lo que te parezca. Todo nuestro equipaje ha sido cargado ya; podemos subir a bordo.

Los tres se dirigieron a la *Far Star*. La lluvia se había vuelto más fina todavía, pero la hierba seguía completamente mojada, Trevize caminaba de puntillas, a diferencia de Bliss, que se había quitado las zapatillas, llevándolas en la mano, y andaba descalza sobre la hierba.

—Es una sensación deliciosa —dijo, en respuesta a la mirada de Trevize a sus pies.

—Bueno —repuso él con aire distraído. Y después, algo irritado, añadió—: Pero, ¿por qué están esos otros gaianos plantados ahí?

—Están registrando este acontecimiento —respondió

Bliss—, que Gaia considera trascendental. Tú eres importante para nosotros, Trevize. Piensa que si cambiases de idea como resultado de este viaje y decidieses contra nosotros, nunca nos integraríamos en la Galaxia, ni siquiera perduraríamos como Gaia.

—Entonces, yo represento la vida o la muerte para Gaia; para todo el mundo.

—Nosotros lo creemos así.

Trevize se detuvo de pronto y se quitó el sombrero que le protegía de la lluvia. Estaban apareciendo manchas azules en el cielo.

—Pero *ahora* tenéis mi voto a favor vuestro —dijo—. Si me mataseis, nunca podría cambiarlo.

—Golan —murmuró, impresionado, Pelorat—, es terrible que digas eso.

—Es típico de un Aislado —repuso Bliss tranquilamente—. Debes comprender, Trevize, que no nos interesas como persona, ni siquiera tu voto nos interesa, sólo la verdad cuenta, los hechos reales. Tú nos importas porque eres la persona que nos guía hacia la verdad, y tu voto es una indicación de esa verdad. Esto es lo que queremos de ti, y si te matásemos para impedir que cambiases tu voto, lo único que haríamos sería ocultarnos la verdad a nosotros mismos.

—Si os dijese que la verdad es no-Gaia, ¿aceptaríais todas la muerte alegremente?

—Tal vez no con alegría, pero ése sería, en definitiva, el resultado.

Trevize sacudió la cabeza.

—Si algo pudiese convencerme de que Gaia es un horror y *debería* morir, sería la declaración que acabas de hacer —dijo. Después, volvió la mirada hacia los gaianos que observaban (y presumiblemente escuchaban) pacientemente—. ¿Por qué se han desplegado de ese modo? ¿Y para qué necesitabais tantos? Si uno de ellos observa este acontecimiento y lo almacena en su memoria, ¿no estará al alcance de todo el resto del planeta? ¿No podrá ser almacenado en un millón de sitios diferentes, si así lo deseáis?

—Cada cual lo está observando desde diferente ángulo —explicó Bliss— y lo almacena en un cerebro ligeramente distinto. Cuando todas las observaciones sean estudiadas, se comprobará que lo sucedido ahora será comprendido mucho mejor si se parte de todas las observaciones juntas que de cualquiera de ellas en particular.

—En otras palabras, el total es mayor que la suma de las partes.

—Exactamente. Has captado la justificación fundamental de la existencia de Gaia. Tú, como ser humano individual, estás compuesto de quizá cincuenta mil millones de células, pero, como individuo multicelular, eres mucho más importante que esos cincuenta mil millones como la suma de su importancia individual. Supongo que estarás de acuerdo con esto.

—Sí —admitió Trevize—. Lo estoy.

Subió a la nave y se volvió un momento para echar otro vistazo a Gaia. La breve lluvia había dado una nueva frescura a la atmósfera. Vio un mundo verde, exuberante, tranquilo, pacífico; un jardín de serenidad plantado en medio de la turbulencia de la cansada galaxia.

Y Trevize esperó ardientemente no volver a verlo jamás.

6

Cuando la puerta neumática se cerró tras ellos, Trevize tuvo la impresión de haber salido, no exactamente de una pesadilla, sino de algo anormal tan grave que le había estado impidiendo respirar con libertad.

Era consciente de que un elemento de aquella anormalidad permanecía todavía con él en la persona de Bliss. Mientras ella estuviese ahí, Gaia seguiría ahí, y, sin embargo, también estaba convencido de que la presencia de la joven era esencial. La caja negra trabajaba de nuevo, y anheló no tener que empezar a creer demasiado en ella.

Miró a su alrededor y la nave le pareció hermosa.

Había sido suya desde que la alcaldesa Harla Branno de la Fundación le había obligado a entrar en ella, o enviándolo entre las estrellas, como un pararrayos viviente destinado a atraer el fuego de los que ella consideraba enemigos de la Fundación. La misión había sido cumplida, pero la nave seguía perteneciéndole, y no pensaba devolverla.

Había sido suya sólo unos pocos meses, pero le parecía como su casa y sólo conservaba una vaga idea del que había sido su hogar en Terminus.

¡Terminus! El eje descentrado de la Fundación, destinado por el «Plan Seldon» a formar un segundo y más grande Imperio en el decurso de los siguientes cinco siglos. Aunque ahora él, Trevize, le había dado un nuevo rumbo. Por decisión propia, estaba convirtiendo la Fundación en nada, y haciendo posible, en su lugar, una revolución espantosa que sería la más grande desde la aparición de la vida multicelular.

Emprendía un viaje encaminado a demostrarse (o a rechazar) que lo que había hecho era lo justo.

Se encontró perdido en sus pensamientos e inmóvil, y se sacudió con irritación. Se dirigió apresuradamente a la cabina-piloto y vio que su ordenador permanecía todavía allí.

Resplandecía; todo resplandecía. La limpieza no había podido ser más minuciosa. Los contactos, cerrados por él casi al azar, funcionaban a la perfección y, al parecer, con más facilidad que nunca. El sistema de ventilación era tan silencioso que tuvo que poner la mano sobre las rejillas para asegurarse de que el aire circulaba.

El círculo de luz sobre el ordenador brillaba agradablemente. Trevize lo tocó y la luz se derramó por toda la mesa, en la que apareció el perfil de una mano derecha y una mano izquierda. Inhaló a fondo y se dio cuenta que había estado sin respirar durante un rato. Los gaianos desconocían la tecnología de la Fundación y hubiesen podido averiar el ordenador con facilidad sin la menor malicia. Hasta ahora, no había sido así: las manos permanecían en su sitio.

La prueba definitiva la tendría al poner sus propias manos sobre aquéllas, y, por un momento, vaciló. Casi de inmediato sabría si algo andaba mal, y, de ser así, ¿qué podría hacer? Para repararlo, tendría que regresar a Terminus, y, si volvía, estaba seguro de que la alcaldesa Branno no dejaría que se marchase de nuevo. Y en tal caso...

Sintió que su corazón palpitaba con fuerza; era inútil prolongar aquella incertidumbre deliberadamente.

Extendió ambas manos, la derecha, la izquierda, y las apoyó sobre las siluetas; en ese instante, tuvo la sensación de que otro par de manos asían las suyas. Sus sentidos se expandieron, y pudo ver Gaia en todas las direcciones, verde y húmeda, y los gaianos que seguían allí. Cuando quiso mirar hacia arriba, vio un cielo nublado en su mayor parte. Después, también por su voluntad, las nubes se desvanecieron y contempló un cielo azul inmaculado que filtraba la luz del sol de Gaia.

De nuevo puso su voluntad a prueba, y el azul desapareció ocupando su lugar las estrellas.

Las borró y quiso contemplar la galaxia, y lo consiguió, viéndola como una rueda de fuegos artificiales a tamaño reducido. Examinó la imagen del ordenador, ajustando su orientación, alterando la marcha aparente del tiempo, haciéndola girar primero en una dirección y después en otra. Localizó el sol de Sayshell, la estrella importante más próxima a Gaia; después, el sol de Terminus; luego, el de Trantor; uno tras otro. Viajó de una estrella a otra en el mapa galáctico contenido en las entrañas del ordenador.

Entonces, retiró las manos y dejó que de nuevo el mundo real lo rodease, y se dio cuenta de que había permanecido todo el tiempo en pie, inclinado a medias sobre el ordenador para establecer el contacto manual. Sintió que estaba entumecido y tuvo que estirar los músculos de su espalda antes de sentarse.

Miró el ordenador con fijeza, agradecido y aliviado. Su funcionamiento había resultado perfecto. Le había respondido mejor que nunca, y sintió por él lo que sólo podía describirse como amor. A fin de cuentas, mientras apoyaba sus manos en él (se negaba resueltamente a confesarse que pensaba que eran las manos *de ella*), formaban parte el uno del otro, y su voluntad dirigía, controlaba, experimentaba y pertenecía a un yo superior. Él y aquello debían sentir, de una manera reducida, pensó de pronto, con inquietud, lo mismo que Gaia sentía en un campo muchísimo más amplio.

Sacudió la cabeza. ¡No, en el caso de él y el ordenador! Era él, Trevize, quien poseía el control absoluto. El ordenador se hallaba totalmente sometido a su mandato.

Se levantó y pasó a la bien abastecida cocina y al comedor. Había abundancia de comida de todas clases y aparatos adecuados de refrigeración y de calor. Ya había observado que las películas que guardaba en su habitación estaban en regla, y tenía el convencimiento..., no, la absoluta seguridad, de que Pelorat había comprobado que su filmoteca personal lo estaba también. De no haber sido así, seguro que ya se lo habría comunicado.

¡Pelorat! Eso le recordó una cosa. Entró en la habitación de Pelorat.

—¿Hay sitio aquí para Bliss, Janov?

—¡Oh, sí! De sobra.

—Podría convertir la sala común en su dormitorio.

Bliss lo miró, abriendo mucho los ojos.

—No deseo tener una habitación individual. Me encuentro muy bien aquí con Pel. Aunque supongo que podré usar las otras habitaciones cuando las necesite. Por ejemplo, el gimnasio.

—Por supuesto. Todas, excepto la mía.

—Muy bien. Eso es lo que yo habría sugerido, si hubiese tenido ocasión de hacerlo. Por lógica, tú tampoco entrarás en la nuestra.

—Desde luego —dijo Trevize, que miró hacia abajo y se dio cuenta de que sus zapatos pisaban el umbral. Dio un paso atrás—. Pero esto no es una *suite* nupcial, Bliss.

—Así parece, en vista de su estrechez, y tampoco lo sería si Gaia la ampliase la mitad de lo que es.

Trevize reprimió una sonrisa.

—Tendréis que comportaros como buenos amigos.

—Lo somos —dijo Pelorat, claramente molesto por el rumbo que había tomado la conversación—, pero creo, viejo amigo, que debes dejar que nos arreglemos nosotros solos.

—En realidad, no puedo —repuso Trevize pausadamente—. Quiero que quede bien claro que éste no es lugar adecuado para una luna de miel. No me opondré a nada de lo que hagáis por mutuo consentimiento, pero debéis daros cuenta de que aquí no gozaréis de intimidad. Espero que lo comprendas, Bliss.

—Hay una puerta —dijo Bliss—, y me imagino que no nos molestarás cuando esté cerrada..., es decir, salvo en caso de verdadera emergencia.

—Claro que no. Sin embargo, las paredes no están insonorizadas.

—¿Estás tratando de decir, Trevize —dijo Bliss—, que oirás con claridad cualquier conversación que sostengamos y el ruido que podamos hacer cuando mantengamos relaciones sexuales?

—Sí, eso es lo que quería decir. Y teniéndolo en cuenta, espero que comprendáis que deberéis limitar vuestras actividades aquí. Eso puede incomodaros, y lo siento, pero la situación está así.

—La verdad es, Golan —dijo Pelorat amablemente, después de un carraspeo—, que ya he tenido que enfrentarme con el mismo problema. Como sabes muy bien, cualquier sensación que Bliss experimenta mientras está conmigo es experimentada por toda Gaia.

—Ya he pensado en esto, Janov —dijo Trevize, y pareció que reprimía una mueca—. No quería mencionarlo; sólo lo he hecho por si no habías pensado en ello.

—Por desgracia, lo pensé —dijo Pelorat.

—No des demasiada importancia a esto, Trevize —intervino Bliss—. En un momento dado, puede haber miles de seres humanos en Gaia que estén haciendo el amor; millones que estén comiendo, bebiendo, o entregados a otras actividades placenteras. Esto origina un ambiente general de felicidad que Gaia siente, y cada una de sus partes. Los animales inferiores, las plantas y los minerales gozan de placeres progresivamente reducidos, pero que también contribuyen a una alegría generalizada y consciente que Gaia experimenta en todas sus partes siempre, y que no se siente en ninguno de los otros mundos.

—Nosotros tenemos nuestros propios goces particulares —dijo Trevize— que podemos compartir con otros, si lo deseamos, o disfrutarlos en privado, si queremos.

—Si pudieses sentir los nuestros, sabrías lo atrasados que vosotros, los aislados, estáis a este repecto.

—¿Cómo puedes saber lo que nosotros sentimos?

—Aunque no lo sepamos, es lógico suponer que un mundo de placeres comunes tiene que ser más intenso que un solo individuo aislado.

—Es posible, pero aunque mis placeres sean mínimos, guardaré para mí mis alegrías y mis penas y me contentaré con ellas, por pequeñas que parezcan, y seré *yo* y no un hermano carnal de la roca más cercana.

—No te burles —pidió Bliss—. Tú valoras todos los cristales minerales de tus huesos y tus dientes, y quisieras que no se estropease ninguno, aunque no tengan más conciencia que un cristal corriente de roca, del mismo tamaño.

—Eso es bastante cierto —aceptó Trevize, de mala gala—, pero nos hemos apartado del tema. A mí no me importa que toda Gaia comparta tu alegría, Bliss, pero *yo* no quiero compartirla. Aquí vivimos muy estrechos y no deseo verme obligado a participar en vuestras actividades, aunque sea indirectamente.

—Esta discusión no tiene objeto, mi querido amigo —dijo Pelorat—. Tengo tan pocas ganas como tú de ver violada tu intimidad. O la mía, da lo mismo. Bliss y yo seremos discretos, ¿no es cierto, Bliss?

—Será lo que tú digas, Pel.

—A fin de cuentas —prosiguió Pelorat—, lo más probable es que estemos en los planetas más tiempo que en el espacio, y en ellos, las ocasiones de gozar de verdadera intimidad...

—No me importa lo que hagáis en los planetas —le

interrumpió Trevize—, pero, en esta nave, el capitán soy yo.

—Cierto —dijo Pelorat.

—Entonces, aclarado esto, es hora de despegar.

—Espera —indicó Pelorat, tirando de una manga de Trevize—. ¿Hacia dónde? Tú no sabes dónde está la Tierra, ni lo sé yo; Bliss tampoco. Ni siquiera tu ordenador, pues hace tiempo me dijiste que carece de toda información con respecto a la Tierra. Entonces, ¿qué pretendes hacer? No querrás navegar a la deriva por el espacio, mi querido amigo.

Trevize sonrió, con algo parecido a la alegría. Por primera vez desde que había caído en las garras de Gaia, se sentía dueño de su propio destino.

—Te aseguro —dijo— que no es ésa mi intención, Janov. Sé exactamente a dónde voy.

7

Pelorat entró sin hacer ruido en la cabina-piloto, después de haber esperado largo rato a que fuesen contestadas sus suaves llamadas a la puerta. Vio que Trevize estaba contemplando, absorto, el campo de estrellas.

—Golan... —dijo, y esperó.

Trevize levantó la mirada.

¡Janov! Siéntate. ¿Dónde está Bliss?

—Durmiendo. Veo que nos encontramos en el espacio.

—La vista no te engaña.

A Trevize no le sorprendió la ligera sorpresa del otro. En las suaves naves gravíticas, no había manera de advertir el despegue. No había efectos de inercia, ni aceleración sensible, ni ruido, ni vibraciones.

Con capacidad para aislarse de los campos de gravedad exteriores, desde cualquier grado hasta el total, la *Far Star* se elevaba de la superficie planetaria como si estuviera flotando en algún lugar cósmico. Y al hacerlo, el efecto gravitacional *dentro* de la nave permanecía, paradójicamente, normal.

Mientras la nave se hallaba dentro de la atmósfera, no se necesitaba, por supuesto, acelerar, de modo que el zumbido y la vibración del aire al pasar rápidamente no se percibían. Y cuando la atmósfera quedaba atrás y la aceleración se producía, a grandes velocidades, no afectaba a los pasajeros.

Era lo más moderno en comodidad, y Trevize no creía que pudiese mejorarse hasta que llegase el día en que los seres humanos descubriesen la manera de volar a través del hiperespacio sin necesidad de naves y sin preocuparse de que los campos de gravitación cercanos pudiesen ser demasiado intensos. Precisamente ahora, la *Far Star* tendría que alejarse a toda velocidad del sol de Gaia durante varios días hasta que la intensidad de la gravedad fuese lo bastante débil para intentar el Salto.

—Golan, querido amigo, ¿puedo hablar un momento contigo? ¿No estás demasiado ocupado?

—En absoluto. El ordenador se encarga de todo en cuanto le he dado las instrucciones pertinentes. Y a veces parece que adivina cuáles serán éstas y las cumple casi antes de que yo haya acabado de formularlas —dijo Trevize, acariciando el tablero.

—Tú y yo nos hemos hecho muy amigos, Golan —comenzó Pelorat—, en el poco tiempo que llevamos conociéndonos, a pesar de que debo admitir que me parece mucho más largo. ¡Han ocurrido tantas cosas...! Cuando me detengo a pensar en mi relativamente larga vida, me parece curioso que la mitad de los sucesos que he experimentado se hayan concentrado en estos pocos últimos meses. O así parece. Casi podría suponer...

Trevize levantó una mano.

—Janov, te estás saliendo de la cuestión, estoy seguro. Has empezado diciendo que nos hemos hecho muy amigos en poco tiempo. Sí, es cierto, y seguimos siéndolo. A propósito, todavía hace menos tiempo que conoces a Bliss y te has hecho aún más amigo de ella.

—Desde luego, eso es diferente —repuso Pelorat carraspeando, un poco confuso.

—Claro —dijo Trevize—, pero, ¿por qué me hablas de nuestra breve pero duradera amistad?

—Mi querido compañero, si seguimos siendo amigos, como acabas de admitir, quiero que también lo seas de Bliss, que, como también acabas de decir, me es particularmente querida.

—Lo comprendo. ¿Y bien?

—Sé, Golan, que Bliss no te gusta, pero quisiera que por mí...

Trevize levantó una mano.

—Un momento, Janov. No es que Bliss me entusiasme, pero tampoco le tengo antipatía. En realidad, no siento ninguna animosidad contra ella. Es una joven atractiva y, aunque no lo fuese, estaría dispuesto, por ti, a considerarla como tal. Es Gaia lo que no me gusta.

—Pero Bliss *es* Gaia.

—Lo sé, Janov. Y eso complica las cosas. Mientras pienso en Bliss como persona, no hay problema. Pero si pienso en ella como Gaia, la cosa cambia.

—Pero no le has dado ninguna oportunidad, Golan. Mira, viejo amigo, déjame confesarte algo. Cuando Bliss y yo estamos en la intimidad, hay veces en que me deja compartir su mente durante un minuto, más o menos. No más tiempo, porque dice que soy demasiado viejo para adaptarme a ello... ¡Oh, no sonrías, Golan! También tú serías demasiado viejo para hacerlo. Si un ser aislado, como tú o como yo, fuese parte de Gaia durante más de un minuto o dos, podría sufrir alguna lesión cerebral, y si el tiempo fuese de cinco o diez minutos, esa lesión sería irreversible. Si pudieses experimentarla, Golan...

—¿Qué? ¿Una lesión cerebral irreversible? No, gracias.

—Me malinterpretas deliberadamente, Golan. Me refiero sólo al momento de la unión. No sabes lo que te pierdes. Me resulta imposible describirlo. Bliss dice que se trata de una sensación de alegría. Es como decir que se siente alegría cuando se bebe un poco de agua después de haber estado a punto de morir de sed. Soy incapaz de poder darte una ligera idea de lo que es. Compartes todo el placer que mil millones de personas experimentan por separado. No es un goce continuo; si lo fuese, pronto dejarías de sentirlo. Vibra..., centellea..., tiene un extraño ritmo pulsátil que se apodera de ti. Es más alegre..., no, no es más alegre, sino una alegría *mejor* que la que nunca podrías experimentar separadamente. Cuando ella me cierra la puerta, me echaría a llorar.

Trevize sacudió la cabeza.

—Tu elocuencia es sorprendente, buen amigo, pero parece que estás describiendo la adicción a la seudendorfina o alguna otra droga de esas que te hacen gozar a corto plazo, al precio de dejarte sumido para siempre en el horror. ¡No me interesa! Me niego a vender mi individualidad por un breve sentimiento de euforia.

—Yo no he perdido mi individualidad, Golan.

—Pero, ¿cuánto tiempo la conservarás si sigues con eso, Janov? Suplicarás más y más de tu droga hasta que, en definitiva, tu cerebro quede lesionado. Janov, no debes permitir que Bliss haga eso contigo. Quizá fuese mejor que yo hablase con ella.

—¡No! ¡No lo hagas! Tú no te distingues por tu tacto, ¿sabes?, y no quiero ofenderla. Te aseguro que ella cuida mejor de mí, a este respecto, que todo lo que·puedas imaginarte. La posibilidad de una lesión cerebral le preocupa más que a mí. Puedes estar seguro de ello.

—Entonces, hablaré contigo. Janov, no vuelvas a hacerlo nunca más. Has vivido cincuenta y dos años disfrutando de tus propios placeres y alegrías, y tu cerebro está adaptado a esto. No te dejes llevar por un nuevo y desacostumbrado vicio. Eso acaba pagándose; si no inmediatamente, sí en definitiva.

—Sí, Golan —admitió Pelorat en voz baja, mirando las puntas de sus zapatos—. Pero míralo de esta manera. ¿Qué pasaría si tú fueses una criatura unicelular...?

—Sé lo que vas a decir, Janov. Olvídalo. Bliss y yo hemos comentado ya esa analogía.

—Sí, pero piensa un momento. Imaginemos unos organismos unicelulares con un nivel de conciencia humano y con la facultad de pensar, y consideremos que se encuentran ante la posibilidad de convertirse en un organismo multicelular. ¿No llorarían los organismos unicelulares la pérdida de su individualidad y no lamentarían amargamente su forzada integración en la personalidad de un organismo total? ¿Y no estarían equivocados? ¿Podría una célula individual imaginar siquiera el poder del cerebro humano?

Trevize sacudió la cabeza con un gesto enérgico.

—No, Jano; ésa es una analogía falsa. Los organismos unicelulares *no* tienen conciencia ni facultad de pensar, o, si la tienen, es tan infinitesimal que podemos considerarla cero. Para esos objetos, combinarse y perder su individualidad equivale a perder algo que nunca tuvieron en realidad. Sin embargo, el ser humano *es* consciente y *tiene* la facultad de pensar. Posee una conciencia y una inteligencia independiente reales que puede perder; por esto, la analogía falla aquí.

Entre los dos se produjo un momentáneo silencio, casi opresivo, y por último, Pelorat, tratando de dar un nuevo rumbo a la conversación, dijo:

—¿Por qué contemplas la pantalla tanto?

—Por costumbre —respondió Trevize, sonriendo irónicamente—. El ordenador me dice que no hay ninguna nave gaiana que me siga y que ninguna flota saysheliana viene a mi encuentro. Pero sigo mirando con atención, tranquilizado al no ver aquellas naves, cuando los sensores del ordenador son cientos de veces más agudos que mis ojos. Más aún, el ordenador es capaz de percibir, con gran detalle, algunas propiedades del espacio que mis sentidos no pueden captar bajo ninguna condición. Y sabiendo esto, todavía sigo mirando.

—Golan —dijo Pelorat—, si somos realmente amigos...

—Te prometo que no haré nada que pueda ofender a Bliss; al menos, nada que yo pueda evitar.

—Pero hay otra cuestión. Sigues ocultándome nuestro destino, como si no confiases en mí. ¿Adónde vamos? ¿Crees saber dónde está la Tierra?

Trevize levantó la mirada.

—Perdona. He estado guardando celosamente mi secreto, ¿verdad?

—Sí, pero, ¿por qué?

—¿Por qué? —repitió Trevize—. Me pregunto, amigo mío, si no tiene algo que ver con Bliss.

—¿Con Bliss? ¿Es que no quieres que *ella* lo sepa? Te aseguro, viejo, que es digna de *toda* confianza.

—No es eso. ¿De qué me serviría no confiar en ella? Sospecho que puede arrancar cualquier secreto de mi mente, si desea hacerlo. Creo que tengo una razón más infantil. Me da la sensación de que sólo le prestas atención a ella y que yo he dejado de existir realmente para ti.

Pelorat pareció horrorizado.

—Te equivocas, Golan.

—Lo sé, pero estoy tratando de analizar mis propios sentimientos. Tú acabas de darme a entender que temes por nuestra amistad, y, pensándolo bien, creo que yo he sufrido idénticos temores. No me lo he confesado abiertamente, pero pienso que hemos sido separados por Bliss. Tal vez estoy tratando de «desquitarme» ocultándote cosas. Una niñería, supongo.

—¡Golan!

—He dicho que era algo infantil, ¿no? Pero, ¿hay alguien que no lo sea de vez en cuando? Sin embargo, nuestra amistad perdura. Sentado este punto, no volveré a jugar contigo. Vamos a Comporellon.

—¿Comporellon? —preguntó Pelorat, sin recordar de momento.

—Seguramente recordarás a mi amigo, el traidor Munn Li Compor. Los tres nos encontramos en Sayshell.

El rostro de Pelorat reflejó una visible expresión de comprensión.

—Claro que lo recuerdo. Comporellon era el mundo de sus antepasados.

—Sí lo era. No me creo todo lo que Compor dijo. Pero Comporellon es un mundo conocido, y Compor me contó que sus habitantes sabían algo de la Tierra. Por consiguiente, iremos allí y lo averiguaremos. Puede que no conduzca a nada, pero es el único punto de partida de que disponemos.

Pelorat carraspeó y pareció dudar.

—Oh, mi querido amigo, ¿estás seguro?

—No hay nada que podamos afirmar. Pero ese punto de partida existe, y, por muy débil que pueda ser, no tenemos más remedio que seguirlo.

—Sí, pero si lo hacemos en base a lo que Compor nos dijo, tal vez deberíamos considerar *todo* lo que nos comentó. Creo recordar que declaró, con gran énfasis, que la Tierra no existe como planeta vivo, pues su superficie es radiactiva y que no hay ni rastro de vida en ella. Si eso resulta ser cierto, de nada servirá que vayamos a Comporellon.

8

Los tres estaban almorzando en el comedor, llenándolo virtualmente al hacerlo.

—Está muy bueno —dijo Pelorat, con visible satisfacción—. ¿Es parte de las provisiones que embarcamos en Terminus?

—No, en absoluto —respondió Trevize—. Aquéllas se acabaron hace tiempo. Esto corresponde a las que compramos en Sayshell antes de dirigirnos a Gaia. Muy desacostumbradas, ¿no? Una especie de mariscos, pero bastante crujientes. En cuanto a lo que comemos ahora, me dio la impresión de que eran coles cuando lo compré, pero tiene un sabor muy diferente.

Bliss escuchaba, mas no decía nada. Picaba la comida de su plato con delicadeza.

—Tienes que comer, querida —aconsejó Pelorat, amable.

—Lo sé, Pel, y así lo hago.

—Tenemos comida gaiana, Bliss —dijo Trevize, con un deje de impaciencia que no pudo reprimir.

—Sí —repuso Bliss—, pero creo que debemos conservarla. No sabemos cuánto tiempo permaneceremos en el espacio y, en todo caso, debo aprender a comer los alimentos de los aislados.

—¿Tan malos son? ¿O debe Gaia comer sólo Gaia?

Bliss suspiró.

—Nosotros tenemos una máxima que dice: «Cuando Gaia come Gaia, nada se pierde ni se gana.» No es más que una transferencia de conciencia arriba y abajo de la escala. Todo lo que yo como de Gaia *es* Gaia, y cuando se metaboliza y se integra en mí, *sigue* siendo Gaia. En realidad, por el hecho de comer yo, algo de lo que tomo tiene una posibilidad de participar en un nivel de intensidad más alto de conciencia, mientras que, por supuesto, otras porciones de ello se convierten en desperdicios de alguna clase y descienden por ello en la escala de conciencia.

Tomó un buen bocado de su comida, masticó durante un momento con energía y lo tragó.

—Representa una vasta circulación —continuó—. Las plantas crecen y son comidas por los animales. Éstos comen y son comidos. Todo organismo que muere es incorporado a las células de hongos, de bacterias de putrefacción..., y sigue siendo Gaia. Incluso la materia inorgánica participa en esa vasta circulación de conciencia, y todo lo que circula tiene posibilidad de participar periódicamente en una intensidad más elevada de conciencia.

—Todo esto —dijo Trevize— puede aplicarse a cualquier mundo. Cada átomo que hay en mí tiene una larga historia durante la cual puede haber formado parte de muchos seres vivos, incluidos los humanos, y también puede haber pasado largos períodos formando parte del mar o de un pedazo de carbón o de una roca o del viento que sopla sobre nosotros.

—Pero en Gaia —dijo Bliss—, todos los átomos forman parte siempre de una conciencia planetaria superior de la que vosotros nada sabéis.

—Entonces —dijo Trevize—, ¿qué le ocurre a las verduras de Sayshell que comes en este momento? ¿Se convierten en parte de Gaia?

—Sí, aunque con bastante lentitud. La misma lentitud con que mis excrementos dejan de ser parte de Gaia. A fin de cuentas, lo que sale de mí pierde todo contacto con Gaia. Incluso carece del contacto hiperespacial indirecto que yo puedo mantener gracias a mi alto nivel de intensidad de conciencia. Este contacto hiperespacial es el que hace que la comida no gaiana se convierta, poco a poco, en parte de Gaia cuando yo la consumo.

—¿Y qué me dices de la comida gaiana que tenemos almacenada? ¿También se convertirá lentamente en no gaiana? Si eso ocurre, será mejor que la comas mientras puedas.

—No debemos preocuparnos —dijo Bliss—. Nuestras provisiones gaianas han sido tratadas de manera que seguirán siendo parte de Gaia durante un largo período.

—Pero, ¿qué sucederá cuando *nosotros* comamos los alimentos gaianos? —preguntó Pelorat de pronto—. Y a propósito de este tema, ¿qué nos pasó a nosotros cuando comimos alimentos gaianos en la propia Gaia? ¿Nos estamos convirtiendo en Gaia poco a poco?

Bliss sacudió la cabeza y una expresión de peculiar turbación se reflejó en su semblante.

—No, lo que vosotros comisteis se perdió para nosotros. O al menos las porciones que fueron metabolizadas en vuestros tejidos. Lo que excretasteis siguió siendo Gaia o se convirtió lentamente en Gaia, de manera que, en definitiva, el equilibrio se mantuvo; pero numerosos átomos de Gaia se convirtieron en no-Gaia como resultado de vuestra visita.

—¿Por qué? —preguntó Trevize con curiosidad.

—Porque vosotros no habríais podido soportar la conversión, aunque ésta hubiese sido parcial. Erais nuestros invitados, traídos a nuestro mundo por la fuerza, por decirlo de alguna manera, y teníamos que protegeros del peligro, aun a costa de perder algunos diminutos fragmentos de Gaia. Fue un precio que hubimos de pagar, aunque no de buen grado.

—Lo lamentamos —dijo Trevize—, pero, ¿estás segura de que la comida no gaiana, o alguna clase de ella, no puede, a su vez, perjudicarte *a ti*?

—No —respondió Bliss—. Lo que es comestible para vosotros, también lo es para mí. Sólo tengo el problema adicional de metabolizar esa comida en Gaia además de en mis propios tejidos. Representa una barrera psicológica que hace que pueda disfrutar menos de los alimentos y que tenga que masticarlos despacio; pero lo superaré con el tiempo.

—¿Y las infecciones? —preguntó Pelorat, muy alarmado—. No comprendo cómo no pensé antes en ello. Bliss, lo más probable es que cualquier mundo en el que aterricemos tenga microorganismos contra los que careces de defensas, y la más leve dolencia infecciosa resultaría mortal para ti. Trevize, debemos volver atrás.

—No te espantes, querido Pel —dijo Bliss sonriendo—. También los microorganismos son asimilados en Gaia cuando están en mi comida o cuando entran en mi cuerpo por cualquier otro medio. Si parecen capaces de causar daño, serán asimilados con mayor rapidez, y en cuanto sean Gaia, no podrán hacerme ningún mal.

El almuerzo tocaba a su fin y Pelorat sorbió su sazonada mezcla de zumos de fruta caliente.

—¡Caramba! —dijo, lamiéndose los labios—. Creo que es hora de que volvamos a cambiar de tema. Se diría que mi única ocupación a bordo de esta nave es cambiar de temas. ¿Por qué será?

—Porque Bliss y yo nos aferramos hasta el máximo a todos los temas que discutimos —repuso Trevize con aire solemne—. Dependemos de ti, Janov, para conservar nuestra cordura. ¿De qué quieres hablar ahora, viejo amigo?

—He repasado mi material de información sobre Comporellon, y todo el sector del que forma parte es rico en antiguas leyendas. Su colonización se remonta muy atrás en el tiempo, al primer milenio de los viajes hiperespaciales. Incluso se habla de un fundador legendario llamado Benbally, aunque no explican de dónde llegó. Dicen que el nombre primitivo de su planeta fue Mundo de Benbally.

—Y en tu opinión, Janov, ¿qué hay de verdad?

—Algo, tal vez, pero, ¿quién puede adivinar lo que es ese algo?

—Yo nunca he oído mencionar a Benbally en la historia real. ¿Y tú?

—Tampoco, mas ya sabes que en la última era Imperial hubo una deliberada supresión de la Historia preimperial. Los emperadores, en los postreros y turbulentos siglos del Imperio, se mostraron ansiosos por reducir el patriotismo local, puesto que consideraron, no sin motivo, que era una influencia desintegradora. Por consiguiente, en casi todos los sectores de la galaxia, la verdadera Historia, con relatos completos y esmerada cronología, comienza en los días en que la influencia de Trantor se dejó sentir y el sector en cuestión se hubo aliado al Imperio o fue anexionado por él.

—Yo nunca había pensado que la Historia pudiese ser borrada con tanta facilidad —exclamó Trevize.

—Y, en cierto modo, no se puede —dijo Pelorat—; aunque un gobierno resuelto y poderoso es capaz de conseguir debilitarla en gran manera. Si se debilita lo bastante, la Historia primitiva llega a depender de material esparcido y tiende a degenerar en cuentos populares. Éstos caen, de manera invariable, en exageraciones que quieren mostrar al sector como más antiguo y más poderoso de lo que probablemente fue en realidad. Y por muy imposible que pueda resultar, se convierte en un tema patriótico que ha de ser creído por la gente del sector. Puedo citarte cuentos de todos los rincones de la galaxia, según los cuales los primitivos colonizadores vinieron de la Tierra, aunque no siempre llaman así al planeta padre.

—¿Qué otro nombre le dan?

—Muchísimos. A veces, el Único; otras, el Más Viejo. O le llaman el Mundo de la Luna, que, según algunas autoridades, es una referencia a su gigantesco satélite. Otros sostienen que significa «Mundo Perdido» y que «Mooned» (de la Luna) es una versión de «Marooned», palabra pregaláctica que significa «perdido» o «abandonado».

—¡Basta, Janov! —dijo Trevize con acento amable—. No acabarías nunca con tus citas y contracitas. Pero dices que esas leyendas están en todas partes, ¿no?

—Oh, sí, mi querido amigo. En todas partes. Sólo tienes que repasarlas para hacerte cargo de la costumbre humana de empezar con una semilla de verdad y recubrirla con capas sucesivas de bellas falsedades, de la misma manera que las ostras de Rhampora fabrican perlas partiendo de un grano de arena. Se me ocurrió esta metáfora una vez, cuando...

—¡Janov! ¡Basta otra vez! Dime, ¿hay algo en las leyendas de Comporellon que las diferencie de las otras?

—¡Oh! —Pelorat miró un momento a Trevize, fijamente—. ¿Alguna diferencia? Bueno, dicen que la Tierra está relativamente cerca, y esto resulta poco corriente. En la mayoría de los mundos que hablan de la Tierra, sea cual fuere el nombre que le den, existe la tendencia de referirse vagamente a su localización, situándola en una lejanía indefinida o en algún lugar al que nunca se puede llegar.

—Sí —dijo Trevize—, de la misma manera que nos dijeron en Sayshell que Gaia estaba situada en el hiperespacio.

Bliss se echó a reír.

Trevize le dirigió una rápida mirada.

—Es verdad. Eso fue lo que nos dijeron.

—No lo niego. Pero resulta divertido. Desde luego, es lo que nosotros deseamos que crean. Lo único que pedimos es que nos dejen en paz, ¿y dónde podemos hallarnos más tranquilos y más seguros que en el hiperespacio? Si no nos encontramos allí, es como si lo estuviésemos, mientras la gente lo crea.

—Sí— repuso secamente Trevize—, y de la misma manera, existe algo que obliga a la gente a creer que la Tierra no existe, o que está muy lejos, o que tiene una corteza radiactiva.

—Salvo que los comporellianos creen que se encuentra relativamente cerca de ellos —añadió Pelorat.

—Pero, en todo caso, le dan una corteza radiactiva. Por una u otra razón, todos los pueblos que tienen una leyenda sobre la Tierra consideran que no se puede llegar a ella.

—Así es, más o menos —dijo Pelorat.

—En Sayshell —prosiguió Trevize—, muchos creían que Gaia estaba cerca; incluso algunos identificaban su estrella correctamente, y, sin embargo, la consideraban inaccesible. Quizás haya comporellianos que insistan en que la Tierra es radiactiva y está muerta, pero que puedan identificar su estrella. En tal caso, nosotros nos dirigiremos hacia ella, por muy inaccesible que la consideren. Esto fue exactamente lo que hicimos en el caso de Gaia.

—Gaia estaba dispuesta a recibiros, Trevize —dijo Bliss—. Estabais impotentes en nuestras manos, mas nosotros no quisimos haceros daño. Y si también la Tierra es poderosa, pero no benévola como nosotros, ¿qué pasará entonces?

—En todo caso, debo intentar llegar a ella y aceptar las consecuencias. Pero ésta es *mi* tarea. En cuanto localice la Tierra y me dirija hacia ella, será el momento en que vosotros podréis marcharos. Os dejaré en el mundo más próximo de la Fundación u os llevaré a Gaia de nuevo, si insistís en ello, y continuaré mi viaje solo.

—Mi querido amigo —dijo Pelorat, con evidente disgusto—. ¿Cómo puedes decir eso? Yo no soñaría siquiera en abandonarte.

—Ni yo en abandonar a Pel —añadió Bliss, alargando una mano para rozar la mejilla de Pelorat.

—Está bien, entonces. No tardaremos mucho en estar en condiciones de dar el Salto a Comporellon y después esperemos que el siguiente sea... a la Tierra.

Segunda parte

COMPORELLON

III. EN LA ESTACIÓN DE ENTRADA

9

Bliss penetró en su cámara.

—¿Te ha dicho Trevize que vamos a dar el Salto y cruzar el hiperespacio en cualquier momento? —preguntó.

Pelorat, que estaba inclinado sobre su disco visual, levantó la cabeza.

—En realidad —respondió—, sólo se asomó y me dijo: «Dentro de media hora.»

—No me gusta pensar en ello, Pel. Nunca me ha gustado el Salto. Me causa una sensación extraña que me revuelve por dentro.

Pelorat pareció un poco sorprendido.

—No había pensado en ti como viajera espacial, Bliss, querida.

—Y no lo soy, y con ello no quiero significar que esto sólo me afecte como componente. La propia Gaia no tiene ocasión de realizar viajes espaciales regulares. Por «mi-nuestra-de Gaia» naturaleza, «yo-nosotros-Gaia» no exploramos, ni comerciamos, ni hacemos excursiones en el espacio. Sin embargo, es necesario enviar a alguien a las estaciones de entrada...

—Como cuando tuvimos la suerte de conocerte.

—Sí, Pel —le dijo con una afectuosa sonrisa—. O incluso tenemos que visitar Sayshell y otras regiones estelares por diversas razones…, clandestinas por lo general. Pero, clandestinamente o no, siempre significa el Salto, y, desde luego, cuando cualquier parte de Gaia salta, toda Gaia lo siente.

—Mal asunto —dijo Pel.

—Podría ser peor. La gran masa de Gaia *no* efectúa el Salto, por lo que su efecto resulta sumamente diluido. Pero yo parezco sentirlo con mucha más intensidad que la mayoría de Gaia. Como muchas veces he dicho a Trevize, aunque todo lo de Gaia es Gaia, los componentes individuales no son idénticos. Tenemos nuestras diferencias, y mi constitución es, por alguna razón, particularmente sensible al Salto.

—¡Espera! —dijo Pelorat, recordando de pronto—. Trevize me lo explicó una vez. Es en las naves corrientes donde se sufre la peor sensación. En esas naves, uno abandona el campo de gravitación galáctico al entrar en el hiperespacio, y vuelve a él al regresar al espacio ordinario. La salida y el regreso son los que producen la sensación. Pero la *Far Star* pertenece a una serie de naves gravíticas. Es independiente del campo de gravitación y no se mueve realmente de él. Por esa razón, no sentimos nada. Puedo asegurártelo, querida, por experiencia personal.

—Eso es estupendo. Ojalá hubiese pensado en hablar contigo de este asunto. Me habría ahorrado muchos temores.

—También tiene otra ventaja —añadió Pelorat, satisfecho de su desacostumbrado papel como comentarista de materias astronáuticas—. Las naves ordinarias tienen que apartarse a gran distancia de las grandes masas, como las estrellas, para dar el Salto. La razón es, en parte, que cuanto más cerca se hallen de una estrella, el campo de gravitación será más intenso, y más pronunciada la sensación del Salto. Además, cuanto más intenso sea el campo gravitatorio, tanto más complicadas resultarán las ecuaciones que deberán resolver para realizar el Salto con seguridad y terminar en el punto del espacio ordinario al que se quiere llegar.

»En cambio, en una nave gravítica, no hay sensación de Salto digna de mención. Además, el ordenador de esta nave es mucho más avanzado que los ordinarios y puede resolver cualquier ecuación, por muy complicada que sea, con habilidad y rapidez inusitadas. Como resultado de todo ello, en vez de tener que alejarse de una gran masa durante un par de semanas a fin de alcanzar una distancia segura y cómoda para el Salto, la *Far Star* sólo necesita viajar dos o tres días. Esto ocurre, sobre todo, porque no estamos sujetos a un campo gravitatorio y, por consiguiente, a los efectos de la inercia, y podemos acelerar con mucha más rapidez que lo haríamos en una nave ordinaria. Confieso que no lo entiendo, pero es lo que Trevize me dice.

—Es algo magnífico —se entusiasmó Bliss—, y hay que reconocer que Trev tiene mucho mérito por saber manejar una nave tan extraordinaria como ésta.

Pelorat frunció ligeramente el ceño.

—Por favor, Bliss, di «Trevize».

—Ya lo hago, ya lo hago. Aunque, en su ausencia, me relajo un poco.

—No lo hagas. No debes ceder a tu costumbre en absoluto, querida. Él es muy susceptible a este respecto.

—No sobre eso, lo es en lo que respecta a mí. No le gusto.

—Eso no es cierto —dijo Pelorat, ansioso—. Le he hablado sobre ello. No, no me frunzas el ceño. Mostré un tacto extraordinario, niña querida. Y él me aseguró que no le disgustas. Recela de Gaia, y lamenta el hecho de tener que hacerlo por el futuro de la Humanidad. En eso no podemos hacer concesiones. Pero lo superará poco a poco cuando vaya comprendiendo las ventajas de Gaia.

—Espero que sea así, pero no sólo se trata de Gaia. A pesar de cuanto él te diga, Pel, y recuerda que te quiere mucho y no desea herir tus sentimientos, mi persona le disgusta.

—No, Bliss. Él no es así.

—No todo el mundo está obligado a quererme porque tú me ames, Pel. Deja que me explique. Trev..., está bien, Trevize..., piensa que soy un robot.

Una expresión de estupefacción se pintó en el semblante ordinariamente impávido de Pelorat.

—Es imposible —dijo—. Él no puede pensar que eres un ser humano artificial.

—¿Por qué te resulta tan sorprendente? Gaia fue colonizada con la ayuda de robots. Es un hecho sabido.

—Los robots pueden ayudar, como las máquinas pueden hacerlo, pero fueron *personas* quienes colonizaron Gaia, personas de la Tierra. Esto es lo que Trevize piensa. Sé que lo piensa.

—No hay nada acerca de la Tierra en la memoria de Gaia, como os dije a Trevize y a ti. En cambio, en nuestras más viejas memorias, incluso después de tres mil años, permanecen algunos robots dedicados a terminar la tarea de convertir a Gaia en un mundo habitable. En aquella época, también estábamos formando a Gaia como una conciencia planetaria; eso costó mucho tiempo, mi querido Pel, y ésta es otra de las razones de que nuestros más antiguos recuerdos aparezcan confusos, y quizá no fueron borrados por causa de la Tierra, como Trevize piensa...

—Sí, Bliss —dijo ansiosamente Pelorat—, pero, ¿qué me dices de los robots?

—Bueno, cuando Gaia fue formada, los robots se marcharon. No queríamos una Gaia en la que hubiese robots, porque estábamos, y estamos, convencidos de que un componente robótico resulta, a la larga, perjudicial para una sociedad humana, tanto si ésta es de naturaleza aislada como si es planetaria. No sé cómo llegamos a una conclusión así, pero puede que estuviese basada en sucesos que se remontan a una época particularmente primitiva de la Historia de la Galaxia, de modo que la memoria de Gaia no puede recordarlos..

—Si los robots se marcharon...

—Sí, pero, ¿y si quedó alguno? ¿Y si yo fuese uno de ellos, tal vez de quince mil años de edad? Trevize sospecha esto.

Pelorat sacudió la cabeza lentamente.

—Pero no lo eres —dijo.

—¿Estás seguro de ello?

—Por supuesto que sí. Tú *no* eres un robot.

—¿Cómo lo sabes?

—Lo *sé*, Bliss. No existe nada artificial en ti. Lo sé mejor de lo que nadie puede saberlo.

—¿No es posible que sea tan perfectamente artificial, en todos los aspectos, que nada pueda distinguirme de un ser natural? Si fuese así, ¿cómo podrías saber lo que me diferencia de un ser humano verdadero?

—No creo posible que sea tan perfectamente artificial —dijo Pelorat.

—¿Y si *fuese* posible, a pesar de lo que piensas?

—Sencillamente, no lo creo.

—Entonces, considerémoslo como un caso hipotético. Si yo fuese un robot indistinguible, ¿qué impresión te produciría?

—Bueno, yo..., yo...

—Concretemos. ¿Qué sentirías al hacer el amor a un robot?

Pelorat chascó de pronto los dedos medio y pulgar de la mano derecha.

—Mira, hay leyendas de mujeres que se enamoraron de hombres artificiales, y viceversa. Siempre pensé que había una significación alegórica en ello y nunca me imaginé que los cuentos pudiesen representar la verdad. Desde luego, Golan y yo nunca habíamos oído la palabra «robot» hasta que aterrizamos en Sayshell, pero, ahora que pienso en ello, aquellos hombres y mujeres artificiales tuvieron que ser robots. Por lo visto, tales robots existieron en los primitivos tiempos históricos. Y eso significa que las leyendas deberían ser reconsideradas...

Se sumió en un silencio reflexivo. Bliss, después de esperar un momento, dio unas súbitas y fuertes palmadas. Pelorat se sobresaltó.

—Querido Pel —dijo Bliss—, te estás valiendo de la mitografía para soslayar el tema. La cuestión es: ¿Qué sentirías al hacer el amor a un robot?

Él la miró, inquieto.

—¿Un robot realmente indistinguible? ¿Un robot que no se pudiese diferenciar de ser humano?

—Sí.

—Me parece que un robot, indistinguible de un ser humano, *es* un ser humano. Si tú fueses un robot de esa clase, sólo serías un ser humano para mí.

—Es lo que deseaba oírte decir, Pel.

Pelorat esperó y después dijo:

—Entonces, ya que lo he dicho, querida, ¿no vas tú a decirme que eres un ser humano natural y que no necesito considerar situaciones hipotéticas?

—No haré tal cosa. Tú has definido al ser humano como un objeto que tiene todas las propiedades de un ser humano. Si estás convencido de que yo tengo todas esas propiedades, entonces, la discusión acabó. Tenemos la definición operacional y huelga todo lo demás. A fin de cuentas, ¿cómo puedo yo saber que *tú no eres* más que un robot indistinguible de un ser humano?

—Porque yo te digo que no lo soy.

—¡Ah! Pero, si fueses un robot indistinguible de un ser humano, podrías haber sido diseñado para decirme que eres un ser humano, o incluso haber sido programado para que tú mismo lo creyeses. La definición operacional es lo único que tenemos, y todo lo que *podemos* tener.

Rodeó el cuello de Pelorat con los brazos y lo besó. La caricia se hizo más apasionada y se prolongó hasta que Pelorat consiguió decir, con voz un poco ahogada:

—Le prometimos a Trevize que no íbamos a molestarle convirtiendo esta nave en refugio para nuestra luna de miel.

—Dejémonos llevar y no perdamos el tiempo pensando en promesas —repuso Bliss, zalamera.

—Pero yo no puedo hacer esto, querida —dijo Pelorat, bastante confuso—. Sé que te molestará, Bliss, pero, por naturaleza, soy contrario a dejarme llevar por la emoción. Es un hábito de toda la vida, quizá muy fastidioso para los demás. Nunca viví con una mujer que no lo desaprobase, más pronto o más tarde. Mi primera esposa... Pero supongo que sería inadecuado comentarlo.

—Bastante inadecuado, sí, pero no fatalmente inapropiado. Tú tampoco eres mi primer amante.

—¡Oh! —dijo Pelorat, un poco desconcertado; pero al ver la sonrisa de Bliss, prosiguió—: Quiero significar que es natural. Yo no puedo decir que haya sido... Bueno, el caso es que a mi mujer no le gustaba eso.

—Pues a mí sí. Encuentro que tu reflexión constante resulta muy atractiva.

—No puedo creer eso, pero ahora pienso otra cosa. Robot o ser humano, importa poco. Hemos convenido en ello. Sin embargo, yo soy un Aislado, y tú lo sabes. No formo parte de Gaia y, cuando intimamos, tú estás compartiendo emociones fuera de Gaia, incluso cuando me dejas participar en Gaia por un breve período, y, entonces, la emoción no puede ser tan intensa como la que experimentarías si fuese Gaia amando a Gaia.

—Amarte, Pel —dijo Bliss—, tiene su propio encanto. No aspiro a nada más.

—Pero no sólo se trata de que tú me ames. Tú no eres únicamente tú. ¿Y si Gaia lo considera una perversión?

—Si lo considerase así, yo lo sabría, pues yo soy Gaia. Y cuando gozo contigo, Gaia también. Al hacer el amor, toda Gaia comparte la sensación en diferentes grados. Si digo que te amo, significa que Gaia te ama, aunque sólo la parte que yo soy representa el papel inmediato. Pareces confuso.

—Como soy un Aislado, Bliss, no acabo de captar esto.

—Siempre se puede formar una analogía con el cuerpo de un Aislado. Cuando tú silbas una tonada, todo tu cuerpo, el organismo que eres *tú*, desea silbarla, pero la inmediata tarea de hacerlo está encomendada a tus labios, a tu lengua y a tus pulmones. El dedo gordo de tu pie derecho no hace nada.

—Puede marcar el compás.

—Pero es un acto innecesario al silbar. Golpear el suelo con el dedo gordo del pie no es la acción en sí, sino una respuesta a tal acción, y, sin duda, todas las partes de Gaia responderían a mi emoción, de alguna manera, tal y como yo respondo a las suyas.

—Supongo que no debo sentirme aturrullado por esto —dijo Pelorat.

—En absoluto.

—Pero me da una extraña sensación de responsabilidad. Cuando trato de hacerte feliz, resulta que estoy tratando de hacer feliz hasta el último organismo de Gaia.

—Hasta el último átomo; pero lo haces. Añades algo al sentimiento de gozo comunal que yo te dejo compartir brevemente. Supongo que tu contribución es demasiado pequeña para que pueda ser medida con facilidad, mas está allí, y el hecho de saberlo debería aumentar tu alegría.

—Ojalá pudiese estar seguro —dijo Pelorat— de que Golan se encuentra lo bastante atareado con sus maniobras a través del hiperespacio para permanecer en la cabina-piloto durante un buen rato.

—Deseas una luna de miel, ¿verdad?

—Sí.

—Entonces, coge una hoja de papel, escribe «Refugio de Luna de Miel», fíjalo en la parte exterior de la puerta y, si él desea entrar, el problema será suyo.

Pelorat hizo lo que ella le decía, y fue en el transcurso de las agradables operaciones que siguieron cuando la *Far Star* dio el Salto. Ni Pelorat ni Bliss detectaron la acción. No la habrían notado aunque hubiesen prestado atención.

10

Sólo habían pasado unos pocos meses desde que Pelorat había conocido a Trevize y salido de Terminus por primera vez. Hasta entonces, durante el más de medio siglo de vida (en términos galácticos), había permanecido completamente atado al planeta.

Pero en aquellos meses se había convertido, según él creía, en un viejo lobo del espacio. Y en la pantalla tenía el cuarto, aunque a través de un aparato telescópico controlado por el ordenador, Comporellon.

Y una vez más, la cuarta, se sintió vagamente desilusionado. De alguna manera, seguía teniendo la impresión de que, al mirar un mundo habitable desde el espacio, tendría que ver el perfil de sus continentes dentro del mar circundante; o, si era un mundo seco, el perfil de sus lagos dentro de la circundante masa de tierra.

Nunca ocurría así.

Si un mundo era habitable, tenía una atmósfera además de una hidrosfera. Y si había aire y agua, también nubes; y con éstas, la vista quedaba oscurecida. Una vez más, se encontró mirando unos torbellinos blancos, con ocasionales atisbos de un azul pálido o de un pardo herrumbroso.

Se preguntó con tristeza si alguien sería capaz de identificar un mundo a partir de la imagen proyectada sobre una pantalla, desde una distancia de trescientos mil kilómetros. ¿Cómo distinguir un remolino de nubes de otro?

Bliss miró a Pelorat con cierta preocupación.

—¿Qué te pasa, Pel? Pareces triste.

—Encuentro que todos los planetas parecen iguales vistos desde el espacio.

—¿Y qué, Janov? —dijo Trevize—. También lo parecen todas las costas de Terminus, cuando están en el horizonte, a menos que sepas lo que estás buscando: un picacho en particular, o un islote con una forma característica...

—Supongo que sí —admitió Pelorat, visiblemente contrariado—; pero, ¿qué se puede buscar en una masa móvil de nubes? Y aunque lo intentase, quizá pasara al lado oscuro antes de que pudiera decidirlo.

—Observa con un poco más de atención, Janov. Si te fijas en la forma de las nubes, verás que tienden a seguir un rumbo que circunda el planeta y que giran alrededor de un centro. Ese centro se halla, más o menos, en uno de los polos.

—¿Cuál? —preguntó Bliss, interesada.

—Ya que, en relación con nosotros, el planeta está girando en la dirección de las agujas del reloj, nos encontramos mirando, por definición, hacia el Polo Sur. Y como el centro parece estar a unos quince grados del terminador, la línea de sombra del planeta, y el eje planetario se halla inclinado veintiún grados en relación a la perpendicular de su plano de rotación, estamos a mediados de la primavera o a mediados del verano, dependiendo de que el polo se aleje o se acerque al terminador. El ordenador puede calcular su órbita y comunicármela a no tardar si se lo pregunto. La capital se halla en el lado norte del ecuador, por lo que allí deben estar a mediados de otoño o a mediados de invierno.

Pelorat frunció el ceño.

—¿Puedes saber todo esto? —Miró la capa de nubes, como si ésta pudiese y debiese hablarle; pero, por supuesto, no lo hizo.

—No sólo esto —respondió Trevize—. Si miras hacia las regiones polares, no observarás desgarrones en la capa de nubes como puedes verlos en las zonas apartadas de los polos. En realidad, sí que los hay, pero ves hielo a través de ellos, de modo que todo aparece blanco.

—Ya —dijo Pelorat—. Supongo que esto es normal en los polos.

—En los de los planetas habitables, sí. Los planetas sin vida pueden carecer de aire o de agua, o pueden tener ciertas señales demostrativas de que las nubes no son de agua o que el hielo no es de agua. Como este planeta carece de tales señales, podemos saber que nos encontramos ante nubes de agua y hielo de agua.

»Lo siguiente que advertimos es el tamaño de la zona blanca compacta del lado iluminado del terminador, y el ojo experimentado observa en seguida que resulta más grande de lo normal. Además, se puede detectar cierto resplandor anaranjado, aunque muy débil, en la luz reflejada, y eso significa que el sol de Comporellon es bastante más frío que el de Terminus. Aunque Comporellon se halla más próximo de su sol que Terminus del suyo, no lo está lo bastante cerca para compensar la baja temperatura del planeta. Por consiguiente, Comporellon es un mundo frío en relación con los otros mundos habitables.

—Lo lees como en un libro abierto, viejo —exclamó Pelorat con admiración.

—No te impresiones demasiado —dijo Trevize, sonriendo afectuosamente—. El ordenador me ha dado las estadísticas útiles del planeta, incluida su temperatura, ligeramente inferior a la normal. Resulta fácil deducir de ello algo que ya sabemos. En realidad, Comporellon se encuentra casi entrando en una edad del hielo, y ya estaría en ella si la configuración de sus continentes fuese más adecuada para tal condición.

Bliss se mordió el labio inferior.

—No me gusta un mundo frío.

—Tenemos ropas de abrigo —dijo Trevize.

—Da lo mismo. Los seres humanos no estamos adaptados al tiempo frío. No tenemos espesas capas de pelos o de plumas, ni una gruesa capa subcutánea de grasa. El hecho de que un mundo tenga el clima frío parece indicar cierta indiferencia por el bienestar de sus componentes.

—¿Es Gaia un mundo uniformemente templado? —preguntó Trevize.

—En su mayor parte, sí. Hay algunas zonas frías para plantas y animales adaptados a ese medio, y algunas zonas cálidas para las plantas y los animales adaptados al calor, pero casi todas sus partes son siempre templadas, nunca demasiado calientes o frías para los seres intermedios, entre los que, naturalmente, se encuentran los humanos.

—Los seres humanos, desde luego. Todas las partes de Gaia viven y son iguales a este respecto, pero algunos, como los seres humanos, son, eso resulta evidente, más iguales que otros.

—No seas tan fatuamente sarcástico —dijo Bliss, con una pizca de irritación—. El nivel y la intensidad de la conciencia son importantes. El ser humano es una porción de Gaia más útil que una roca del mismo peso, y las propiedades y funciones de Gaia, como conjunto, tienden, necesariamente, a favorecer al ser humano, aunque no tanto como en vuestros mundos aislados. Más aún, hay veces en que favorece a otros sectores, cuando resulta necesario para Gaia en su totalidad. Incluso puede, a largos intervalos, favorecer al interior rocoso. También esto requiere atención, para que todas las partes de Gaia no sufran. No deseamos erupciones volcánicas innecesarias, ¿verdad?

—No —dijo Trevize—. No, si son innecesarias.

—No te sientes impresionado, ¿verdad?

—Mira —dijo Trevize—. Nosotros tenemos mundos que son más fríos de lo normal y otros más cálidos: mundos que son bosques tropicales en gran parte, y mundos cubiertos por vastas sábanas. No hay dos mundos iguales, y cada uno de ellos es bueno para los que están habituados a él. Yo estoy acostumbrado a la relativa suavidad del clima de Terminus, el cual hemos moderado hasta hacerlo parecido al de Gaia, pero me siento contento de poder salir de allí, al menos de forma temporal, para ver algo diferente. Tenemos algo que Gaia no tiene, y es la variedad. Si Gaia se expande por la Galaxia, ¿supondrá eso que todos los mundos que la configuran tendrán que convertirse en templados? La igualdad resultará insoportable.

—Si es así —dijo Bliss—, y si la variedad parece deseable, ésta será mantenida.

—Digamos como una merced del comité central, ¿no? —preguntó Trevize con sequedad—. Y sólo en la medida en que éste pueda soportarlo. Yo preferiría dejárselo a la Naturaleza.

—Pero vosotros *no* lo habéis dejado a la Naturaleza. Todos los mundos habitables de la galaxia han sido modificados. Cada uno de ellos fue considerado incómodo para la Humanidad en su estado natural, y fue modificado hasta que su clima se suavizó todo lo posible. Si ese mundo al que nos dirigimos es frío, estoy seguro de que ello se debe a que sus moradores no han podido calentarlo más sin incurrir en inaceptables dispendios. Y aun así, los lugares que habitan actualmente podemos estar seguros de que son calentados de manera artificial. Por consiguiente, no te jactes tanto de dejarlo todo en manos de la Naturaleza.

—Supongo que lo dices por Gaia —dijo Trevize.

—Yo hablo siempre por Gaia. Yo *soy* Gaia.

—Entonces, si Gaia está tan segura de su propia superioridad, ¿qué falta os hacía contar con *mi* decisión? ¿Por qué no habéis seguido adelante sin mí?

Bliss guardó silencio, como para ordenar sus pensamientos.

—Porque no es prudente confiar demasiado en uno mismo —dijo después—. Como es lógico, vemos nuestras virtudes con más claridad que nuestros defectos. Estamos ansiosos por hacer lo que es bueno; no necesariamente lo que nos lo *parece*, sino lo que objetivamente lo *es*, si es que la bondad objetiva existe. Tú pareces estar más cerca de ella que nosotros, y por eso nos dejamos guiar por ti.

—Tan objetiva es —replicó Trevize con tristeza—, que ni siquiera soy capaz de comprender mi propia decisión y tengo que buscar su justificación.

—La encontrarás —dijo Bliss.

—En realidad, viejo amigo —intervino Pelorat—, me parece que Bliss ha triunfado con bastante facilidad en esta discusión. ¿Por qué no reconoces el hecho de que sus argumentos justifican tu decisión de que Gaia es la ola del futuro para la Humanidad?

—Porque yo desconocía estos argumentos cuando tomé mi decisión —respondió Trevize—. Ignoraba todos esos detalles acerca de Gaia. Además, otra cosa influyó en mí, al menos de forma inconsciente; algo que no depende de los detalles de Gaia, sino que tiene que ser más fundamental. Es lo que debo descubrir.

Pelorat levantó una mano apaciguadora.

—No te enfades, Golan.

—No me enfado: Sólo me encuentro bajo una tensión bastante insoportable. No quiero ser el foco de la galaxia.

—No te censuro por ello, Trevize —dijo Bliss—, y lamento de veras que tu propio carácter te haya obligado a esto en cierto modo. ¿Cuándo aterrizaremos en Comporellon?

—Dentro de tres días —respondió Trevize—, y sólo después de detenernos en una de las estaciones de entrada situadas en órbita a su alrededor.

—No debería haber ningún problema ahí, ¿verdad? —dijo Pelorat.

Trevize se encogió de hombros.

—Esto dependerá de la cantidad de naves que se acerquen al planeta, del número de estaciones de entrada que existan y, sobre todo, de las normas particulares que permitan o rechacen la admisión. Estas normas cambian de vez en cuando.

—¿Qué significa eso de *rechazar* la admisión? —preguntó Pelorat indignado—. ¿Cómo pueden negarse a recibir a unos ciudadanos de la Fundación? ¿No forma parte Comporellon de los dominios de la Fundación?

—Pues sí..., y no. Existe una delicada cuestión legal a ese respecto, y no estoy seguro de cómo la interpreta Comporellon. Supongo que existe la posibilidad de que nos nieguen la entrada, pero creo que esta posibilidad es bastante remota.

—¿Qué haremos si nos rechazan?

—No lo sé —dijo Trevize—. Esperemos a ver lo que ocurre antes de hacer planes para tal contingencia.

11

Ya se encontraban lo bastante cerca de Comporellon para que éste apareciese ante ellos como un globo de gran tamaño sin necesidad de ampliación telescópica. Cuando la ampliación fue hecha, pudieron ver las estaciones de entrada. Estaban mucho más lejos del planeta que la mayoría de las otras estructuras que había en órbita a su alrededor, y se hallaban bien iluminadas.

Como la *Far Star* llegaba de la dirección del polo sur del planeta, la mitad de la esfera de éste aparecía constantemente iluminada por el sol. Las estaciones de entrada en la mitad donde era de noche se veían con más claridad, como chispas de luz. Aparecían espaciadas con regularidad formando un arco alrededor del planeta. Seis de ellas eran visibles (debería haber otras seis en el lado iluminado) y todas giraban alrededor del planeta a idéntica velocidad regular.

—Hay otras luces más cercanas al planeta. ¿Qué son? —dijo Pelorat, un poco asombrado ante aquella visión.

—No lo conozco con detalle —respondió Trevize— y por eso no puedo aclarártelo. Podrían ser fábricas o laboratorios u observatorios puestos en órbita, o incluso ciudades-naves pobladas. En algunos planetas prefieren mantener oscurecidos todos los objetos de la órbita, a excepción de las estaciones de entrada. Tal vez es el caso, por ejemplo, de Terminus. Por lo visto, Comporellon se rige por un principio más liberal.

—¿A qué estación de entrada nos dirigiremos, Golan?

—Eso dependerá de ellos. Yo he enviado la solicitud de aterrizaje en Comporellon, y tienen que contestarnos diciéndonos a qué estación de entrada debemos ir, y cuándo. Supongo que estará en función de la cantidad de naves que estén tratando de entrar en este momento. Si hay una docena de ellas haciendo cola en cada estación, no tendremos más remedio que armarnos de paciencia.

—Sólo he estado dos veces a distancias hiperespaciales de Gaia antes de ahora, y ambas fueron cuando me encontraba en Sayshell, o cerca de allí. Nunca había estado a .esta distancia —dijo Bliss.

Trevize la miró vivamente.

—¿Qué importa eso? Sigues siendo Gaia, ¿no?

Ella pareció irritarse durante un momento, pero su enojo se disolvió en una risita casi avergonzada.

—Debo confesar que esta vez me has pillado, Trevize. La palabra «Gaia» tiene un doble significado. Puede emplearse para designar el planeta físico como un sólido objeto esférico en el espacio. Y también para designar el objeto vivo que incluye aquella esfera. Si tuviésemos que hablar con propiedad, tendríamos que emplear dos palabras diferentes para ambos conceptos desiguales, pero los gaianos sabemos siempre por el contexto el significado que hay que darle. Reconozco que un Aislado puede ser inducido a veces a error.

—Entonces —dijo Trevize—, sabiendo que estás a muchos miles de parsecs de Gaia como globo, ¿todavía eres parte Gaia como organismo?

—En lo que respecta al organismo, lo sigo siendo.

—¿Sin atenuación?

—No en esencia. Creo que ya te he dicho que es un poco más complejo continuar siendo Gaia a través del hiperespacio, pero lo soy.

—¿Se te ha ocurrido pensar —dijo Trevize— que Gaia puede ser considerada como un kraken (1) galáctico, el monstruo de las leyendas cuyos tentáculos llegan a todas partes? Sólo tenéis que poner unos pocos gaianos en cada uno de los mundos habitados y tendréis virtualmente Galaxia allí. En realidad, es quizá lo que habéis hecho exactamente. ¿Dónde están localizados vuestros gaianos? Supongo que uno o más estarán en Terminus y otros en Trantor. ¿Hasta dónde se extiende esto?

Bliss pareció claramente incómoda.

—Dije que no te mentiría, Trevize, pero eso no significa que me crea obligada a contarte toda la verdad. Hay algunas cosas que no necesitas conocer, y la situación y la identidad de fragmentos individuales de Gaia son algunas de ellas.

—¿Y no puedo saber la razón de la existencia de estos tentáculos, Bliss, aunque no sepa dónde están?

—En opinión de Gaia no.

—Pero supongo que puedo tratar de adivinarlo. Os creéis los guardianes de la galaxia.

—Deseamos tener una galaxia estable y segura; que sea pacífica y próspera. El «Plan Seldon», al menos tal como fue concebido por Hari Seldon en principio, está encaminado a desarrollar un Segundo Imperio galáctico que sea más estable y más viable que el Primero. El

(1) Fabuloso monstruo marino escandinavo. (N. del T.)

«Plan», que ha sido continuamente modificado y mejorado por la Segunda Fundación, ha funcionado bien hasta ahora.

—Pero Gaia no quiere un Segundo Imperio galáctico en el sentido clásico, ¿verdad? Queréis Galaxia, una Galaxia viva.

—Ya que tú lo permites, esperamos, con el tiempo, tener Galaxia. Si no lo hubieses permitido, habríamos trabajado para el Segundo Imperio de Seldon, haciéndolo lo más seguro posible.

—Pero, ¿qué hay de malo en...? —Su oído captó la suave y zumbadora señal—. El ordenador me llama. Supongo que está recibiendo instrucciones concernientes a la estación de entrada. Volveré en seguida.

Pasó a la cabina-piloto y colocó las manos sobre las marcadas en el tablero, y supo que *había* instrucciones sobre la estación de entrada específica a la que debía dirigirse: sus coordenadas con referencia a la línea desde el centro de Comporellon hasta su polo norte; también le daban la ruta que la nave tendría que seguir para acercarse a ella.

Trevize hizo constar su aceptación y se retrepó un momento en su silla.

¡El «Plan Seldon»! Hacía mucho tiempo que no pensaba en él. El Primer Imperio Galáctico se había derrumbado y, durante quinientos años, la Fundación había crecido, primero en competencia con ese Imperio, y después sobre sus ruinas..., todo ello de acuerdo con el «Plan».

Había habido la interrupción del Mulo, que durante un tiempo estuvo amenazando con destrozar el «Plan», pero la Fundación había seguido adelante, quizá con la ayuda de la siempre oculta Segunda Fundación y posiblemente con la de la todavía más oculta Gaia.

Ahora el «Plan» estaba amenazado por algo más grave que el Mulo. Iba a ser desviado de una renovación del Imperio hacia algo completamente distinto en todo lo registrado en la Historia: Galaxia *Y él había convenido en esto.*

Pero, ¿por qué? ¿Tenía el «Plan» algún defecto? ¿Un defecto básico?

Por un fugaz instante, Trevize tuvo la impresión de que tal defecto existía en realidad y de que él sabía de qué se trataba, lo había sabido cuando tomó su decisión; pero el conocimiento..., si es que era tal..., se desvaneció tan rápido como había llegado, y le dejó sin nada.

Tal vez se tratase de una ilusión, tanto cuando había tomado su decisión, como ahora. A fin de cuentas, nada sabía acerca del «Plan», más allá de las presunciones básicas justificadas por la psicohistoria. Aparte de eso, no conocía ningún detalle, ni, ciertamente, nada de sus matemáticas.

Cerró los ojos y pensó...

No había nada.

Tal vez el poder añadido que le daría el ordenador... Colocó las manos sobre el tablero y sintió el calor de las del ordenador en las suyas. Cerró los ojos de nuevo y pensó una vez más...

Todavía no había nada.

12

El comporelliano que abordó la nave llevaba una tarjeta hológrafa de identidad. Ésta reproducía su mofletuda y ligeramente barbuda cara con notable fidelidad, y al pie figuraba su nombre: A. Kendray.

Era bastante bajo y tenía el cuerpo casi tan redondo como la cara. De aspecto y modales campechanos, contempló la nave con visible asombro.

—¿Cómo han podido bajar tan de prisa? —preguntó—. No les esperábamos hasta dentro de dos horas.

—Es un nuevo modelo de nave —dijo Trevize, con reservada cortesía.

Pero Kendray no era el joven ignorante que parecía. Entró en la cabina-piloto y dijo inmediatamente:

—¿Gravítica?

—Sí —repuso Trevize, que no vio ninguna razón para negar algo tan evidente.

—Muy interesante. Había oído hablar de ellas, pero nunca había visto ninguna. ¿Lleva los motores en el casco?

—Así es.

Kendray miró el ordenador.

—¿Tiene también circuitos de ordenador?

—Sí. Al menos, así me lo dijeron. Nunca lo he comprobado.

—Está bien. Lo único que necesito es la documentación de la nave: número de motor, lugar de fabricación, clave de identificación, etcétera. Estoy seguro de que el ordenador tiene toda la información y que podrá decirme lo que necesito en medio segundo.

Tardó muy poco más. Kendray volvió a mirar a su alrededor.

—¿Sólo van tres a bordo?

—Sí —dijo Trevize.

—¿Algún animal vivo? ¿Plantas? ¿Estado de salud?

—No. No. Y la salud es buena —repuso Trevize con sequedad.

—¡Hum! —dijo Kendray, tomando notas—. ¿Quiere usted meter la mano aquí? Simple rutina. La mano derecha, por favor.

Trevize miró el aparato sin ningún entusiasmo. Su uso era más común cada día, y el aparato se hacía cada vez más complicado. Casi se podía juzgar lo atrasado de un mundo por la antigüedad de su microdetector. Existían pocos mundos, por muy atrasados que estuviesen, que careciesen de él. Su invención había acompañado al definitivo desmembramiento del Imperio, cuando cada fragmento del total sintió crecer su afán de protegerse de las enfermedades y de los microorganismos de todos los demás.

—¿Qué es eso? —preguntó Bliss, en voz baja e interesada, estirando el cuello para mirarlo primero por un lado y después por el otro.

—Creo que lo llaman microdetector —dijo Pelorat.

—No es nada misterioso —añadió Trevize—. Se trata de un aparato que comprueba, de forma automática, una parte de tu cuerpo, por dentro y por fuera, por si hubiese algún microorganismo capaz de transmitir una enfermedad.

—También identificaría los microorganismos —explicó Kendray, con marcado orgullo—. Ha sido fabricado aquí, en Comporellon. Y si no le importa, señor, debo insistir en que introduzca su mano derecha en él.

Trevize lo hizo así y esperó, mientras una serie de pequeñas señales rojas bailaban a lo largo de las líneas horizontales. Kendray pulsó un botón e inmediatamente apareció una copia en color.

—¿Quiere usted firmar aquí, señor? —dijo.

Trevize obedeció.

—¿Cómo estoy? —preguntó—. No corro ningún peligro grave, ¿verdad?

—Yo no soy médico —repuso Kendray—; por consiguiente, no puedo darle detalles, pero aquí no aparece ninguna de las señales que nos obligaría a impedirle la entrada o a ponerle en cuarentena. Esto es lo único que me interesa.

—Una suerte para mí —dijo secamente Trevize, sacudiendo la mano para librarse del ligero cosquilleo que sentía.

—Ahora usted, señor —indicó Kendray.

Pelorat introdujo la mano con cierta vacilación y, después, firmó la copia.

—¿Y usted, señora?

Unos momentos más tarde, Kendray miró fijamente el resultado.

—Nunca había visto algo parecido —dijo observando a Bliss, con expresión de asombro—. Es usted negativa. Por completo.

—Estupendo —repuso ella sonriendo con simpatía.

—Sí, señora. La envidio. —Volvió a mirar la primera copia—. Su identificación, Mr. Trevize.

Trevize la exhibió. Kendray la miró y de nuevo levantó la cabeza sorprendido.

—¿Consejero de la Legislatura de Terminus?

—Así es.

—¿Alto funcionario de la Fundación?

—Exacto —dijo fríamente Trevize—. Por consiguiente, podemos abreviar los trámites, ¿no?

—¿Es usted capitán de la nave?

—Sí, lo soy.

—¿Objeto de su visita?

—Seguridad de la Fundación, y esto es todo cuanto voy a darle como respuesta. ¿Lo comprende?

—Sí, señor. ¿Cuánto tiempo piensa permanecer aquí?

—No lo sé. Una semana tal vez.

—Muy bien, señor. ¿Y este otro caballero?

—Es el doctor Janov Pelorat —dijo Trevize—. Tiene usted su firma y yo respondo de él. Es profesor de Terminus y ayudante mío para el objeto de mi visita.

—Lo comprendo, señor, pero debo ver su documento de identidad. Órdenes son órdenes. Estoy desolado. Espero que *usted* lo comprenda, señor.

Pelorat mostró sus papeles.

Kendray asintió con la cabeza.

—¿Y usted, señorita?

—No hace falta que moleste a la dama —dijo pausadamente Trevize—. También respondo de ella.

—Sí, señor. Pero necesito su identificación.

—Lo siento, pero no tengo mis documentos aquí, señor.

—¿Cómo dice? —preguntó Kendray, frunciendo el entrecejo.

—La joven no trae ningún documento. Un olvido. Pero eso no importa. Yo asumo toda la responsabilidad.

—Ojalá pudiese aceptarlo, señor —dijo Kendray—, pero es imposible. El responsable soy yo. Dadas las circunstancias, la cosa no es importante. No será difícil conseguir duplicados. Supongo que la joven es de Terminus.

—No.

—Entonces, de algún otro lugar del territorio de la Fundación.

—En realidad, no lo es.

Kendray miró fijamente a Bliss y, después, a Trevize.

—Esto complica el asunto, consejero. Obtener un duplicado de los documentos de una persona extraña a la Fundación requerirá más tiempo. Como usted no es ciudadana de la Fundación, Miss Bliss, debe darme los nombres de sus mundos de nacimiento y de residencia. Y deberá esperar a que los duplicados lleguen.

—Mire usted, Mr. Kendray —dijo Trevize—, no hay ningún motivo para que tengamos que perder el tiempo. Yo soy un alto funcionario del Gobierno de la Fundación y estoy aquí para una misión de gran importancia. No puedo entretenerme por una cuestión de simple papeleo.

—Yo no puedo decidir, señor consejero. Si dependiese de mí, ahora mismo les dejaba bajar a Comporellon, pero hay unas órdenes estrictas a las que debo someter todas mis acciones. Tengo que atenerme al reglamento o cargar con las consecuencias. Desde luego, supongo que habrá algún personaje del Gobierno comporelliano que le esté esperando a usted. Si me dice de quién se trata, me pondré en contacto con él y, si me ordena que les deje pasar, todo estará solucionado.

Trevize vaciló un momento.

—Esto no sería prudente, Mr. Kendray. ¿Podría yo hablar con su superior inmediato?

—Claro que sí, pero no puede verle de improviso...

—Estoy seguro de que vendrá en seguida, en cuanto sepa que está hablando con un alto funcionario de la Fundación.

—La verdad es —dijo Kendray— que esto empeoraría las cosas, dicho sea entre nosotros. Ya sabe usted que no formamos parte del territorio metropolitano de la Fundación. Tenemos la condición de Potencia Asociada, y nos lo tomamos muy en serio. El pueblo no quiere aparecer como marionetas de la Fundación, por emplear la expresión popular, compréndalo, y aprovecha cualquier oportunidad para demostrar su independencia. Mi superior esperaría conseguir unos puntos extra por *resistirse* a hacer un favor especial a un funcionario de la Fundación.

La expresión de Trevize se volvió más hosca.

—¿También usted?

Kendray sacudió la cabeza.

—Yo me encuentro por debajo de la política, señor. Nadie me recompensará por lo que haga. Me considero afortunado si me pagan mi salario. Y aunque no pueda esperar recompensas, sí que estoy *expuesto* a ser degradado, y con mucha facilidad. Ojalá no ocurriese así.

—Considerando mi posición, yo cuidaría de usted, ¿no?

—No, señor. Lamento que esto le parezca una impertinencia, pero no creo que pudiese hacerlo. Y por favor, señor, no lo tome como una ofensa, le ruego que no me haga ningún ofrecimiento valioso. Castigan a los funcionarios que los aceptan, y hoy en día les resulta muy fácil averiguarlo.

—No pretendía sobornarle. Sólo pensaba en lo que el alcalde de Terminus puede hacerle si usted entorpece mi misión.

—Nada me ocurrirá, consejero, mientras pueda ampararme en el Reglamento. Si los miembros del Presidium comporelliano reciben alguna clase de sanción por parte de la Fundación, eso será problema de ellos, no mío. Aunque, si le interesa, señor, puedo autorizar que usted y el doctor Pelorat pasen con su nave, y dejen a Miss Bliss en la estación de entrada. A ella la retendremos durante un cierto tiempo y la enviaremos a la superficie en cuanto nos envíen los duplicados de sus documentos. Y si éstos no llegan, por la razón que sea, la embarcaremos con destino a su mundo de origen en una nave comercial. Aunque me temo que, en ese caso, alguien tendrá que pagar su pasaje.

—Kendray —dijo Trevize al captar la expresión de Pelorat—, ¿podría hablar con usted en privado, en la cabina-piloto?

—Está bien, pero me es imposible permanecer mucho más tiempo a bordo, o me interrogarían al respecto.

—Seremos breves.

En la cabina-piloto, Trevize cerró la puerta herméticamente.

—He estado en muchos lugares, Mr. Kendray —explicó en voz baja—, pero en ninguno de ellos he visto que las normas de inmigración fuesen aplicadas con tanto rigor, en particular tratándose de personas y de *funcionarios* de la Fundación.

—Pero la joven no es de la Fundación.

—Aun así.

—Estas situaciones se presentan a veces. Hemos tenido algunos escándalos y ahora, precisamente, somos mucho más rigurosos. Si hubiesen venido ustedes el año próximo, no habrían tenido ninguna dificultad para entrar; sin embargo, en este momento, nada puedo hacer.

—Escuche, Mr. Kendray —dijo Trevize, suavizando el tono de su voz—. Voy a ponerme en sus manos y a serle franco, hablándole de hombre a hombre. Pelorat y yo estamos juntos en esta misión desde hace tiempo. Él y yo. Sólo él y yo. Somos muy buenos amigos, pero nos sentimos solos, usted ya me entiende. Hace poco tiempo, Pelorat conoció a esa damita. No tengo que decirle lo que ocurrió, pero decidimos traerla con nosotros. Hacer uso de ella de vez en cuando es bueno para nuestra salud.

»Pero el caso es que Pelorat está comprometido en Terminus. Yo no tengo problemas, compréndalo, pero él es un hombre mayor y ha llegado a esa edad en que... uno empieza a desesperarse. Necesita recobrar la juventud..., o algo que se le parezca. Se siente incapaz de abandonar a esa joven. Pero si esto llegase a saberse de manera oficial, el viejo Pelorat se vería en un mar de tribulaciones cuando volviese a Terminus.

»No hay nada malo en esto, compréndalo. Miss Bliss, como se hace llamar (y es un buen nombre habida cuenta de su profesión) (1), no goza de gran inteligencia, ésa es la verdad, y nosotros no la queremos para eso precisamente. ¿Por qué hay que mencionarla? ¿No puede usted consignar mi nombre y el de Pelorat como únicos viajeros en la nave? Cuando salimos de Terminus, sólo figuramos los dos en la lista. No hace falta

(1) Bliss = deleite, felicidad. *(N. del T.)*

que aparezca oficialmente el de la mujer. A fin de cuentas, está muy sana. Usted mismo acaba de comprobarlo.

Kendray hizo una mueca.

—De verdad que quisiera complacerle, señor. Me hago cargo de su situación y simpatizo con ustedes. Escuche, si se imagina que hacer un turno de varios meses seguidos en esta estación es divertido, desengáñese. Ni siquiera resulta instructivo; no en Comporellon. —Sacudió la cabeza—. También yo tengo una esposa, y por eso comprendo su caso. Pero, mire usted, aunque yo les dejase pasar, en cuanto se descubriese que la..., esa señora no tiene documentación, la encerrarían en la cárcel; usted y Mr. Pelorat se verían comprometidos en un escándalo que acabaría sabiéndose en Terminus, y yo perdería mi empleo, con toda seguridad.

—Mr. Kendray —dijo Trevize—, puede confiar en mí. En cuanto esté en Comporellon, me hallaré completamente a salvo. Hablaré de mi misión a las personas adecuadas y los problemas se habrán acabado. Asumiré toda la responsabilidad de lo sucedido aquí, si es que llega a saberse..., lo cual me parece muy probable. Más aún, le recomendaré a usted para un ascenso, y lo obtendrá, porque yo cuidaré de que Terminus influya sobre aquellos que vacilen. Y podremos dar una oportunidad a Pelorat.

—Está bien —repuso Kendray tras algo de vacilación—. Les dejaré pasar, pero le advierto una cosa. Desde este momento buscaré la manera de salvarme de la quema si el asunto es descubierto. No haré nada para salvarles a ustedes. Yo sé cómo funciona todo en Comporellon, y ustedes lo desconocen, y Comporellon no es un mundo fácil para aquellos que se pasan de la raya.

—Gracias, Mr. Kendray —dijo Trevize—. No habrá ningún contratiempo. Se lo aseguro.

IV. EN COMPORELLON

13

Habían pasado. La estación de entrada se había reducido a una estrella que menguaba rápidamente detrás, y al cabo de un par de horas se encontrarían cruzando la capa de nubes.

Una nave gravítica no tenía que frenar para descender en espiral, pero tampoco podía hacerlo con demasiada rapidez. El hecho de no hallarse sujeta a la gravedad no la libraba de la resistencia del aire. Podía realizar el descenso en línea recta, aunque con precaución; no debía bajar demasiado aprisa.

—¿Adónde vamos? —preguntó Pelorat, con aire confuso—. No puedo distinguir nada entre esas nubes, viejo amigo.

—Tampoco yo —dijo Trevize—, pero tenemos un mapa hológrafo oficial de Comporellon, que reproduce la forma de las masas de tierra y un relieve exagerado, tanto para las alturas como para las profundidades oceánicas..., y también las subdivisiones políticas. El mapa está en el ordenador y éste hará el trabajo. Igualará el dibujo tierra-mar con el mapa y, de ese modo, orientará la nave como es debido, y ésta nos llevará a la capital por una ruta cicloidal.

—Si vamos a la capital —dijo Pelorat—, nos sumiremos inmediatamente en el vértice político. Y si ese mundo es contrario a la Fundación, como ese tipo de la estación de entrada dio a entender, nos veremos en apuros.

—Pero, por otra parte, tiene que ser el centro intelectual del planeta, y es precisamente allí donde encontraremos la información que buscamos. En cuanto a ser contrarios a la Fundación, ·dudo que puedan manifestarlo abiertamente. Quizá la alcaldesa no simpatice conmigo, pero tampoco puede permitir que se maltrate a un consejero. No querrá establecer tal precedente.

Bliss había salido del lavabo, las manos húmedas todavía después de haberse lavado la ropa, y ajustándose las prendas interiores sin el menor signo de preocupación.

—A propósito, supongo que los excrementos serán debidamente reciclados.

—A la fuerza —dijo Trevize—. ¿Cuánto tiempo piensas que duraría nuestra provisión de agua si no se reciclases los excrementos? ¿Con qué crees que se elaboran esos sabrosos pastelitos enponjosos que comemos para alegrar nuestros alimentos congelados? Espero que esto no te quite el apetito, mi eficiente Bliss.

—¿Por qué habría de hacerlo? ¿De dónde crees que proceden la comida y el agua en Gaia, o en este planeta, o en Terminus?

—En Gaia —dijo Trevize—, los excrementos son, por supuestos, tan vivos como tú.

—Vivos, no. Conscientes. Ahí estriba la diferencia. Desde luego, su nivel de conciencia es muy bajo.

Trevize resopló con aire desdeñoso, pero se abstuvo de replicar.

—Iré a la cabina-piloto —dijo— para hacerle compañía al ordenador. Y no es que me necesite.

—¿Podemos entrar y ayudarte a hacerle compañía? —pidió Pelorat—. No puedo acostumbrarme al hecho de que pueda bajarnos por sí solo; o de que perciba otras naves, o tormentas, o... lo que sea.

Trevize sonrió ampliamente.

—Pues vete acostumbrando, por favor. La nave está mucho más segura bajo el control del ordenador que lo estaría bajo el mío. Pero entrad. Os gustará ver lo que ocurre.

Ahora se encontraban sobre la mitad soleada del planeta, pues, según Trevize explicó, el mapa del ordenador podía adaptarse mejor a la realidad con luz del sol que en la oscuridad.

—Esto resulta evidente —dijo Pelorat.

—Pues no lo es tanto. El ordenador puede juzgar con la misma rapidez con la luz infrarroja que irradia la superficie incluso en la oscuridad. Sin embargo, las ondas infrarrojas, que son más largas, no permiten que el ordenador actúe con la misma resolución que lo haría con la luz visible. Dicho de otra manera, el ordenador no ve con tanta claridad y exactitud con los rayos infrarrojos, y yo, siempre que la necesidad no me lo impide, prefiero facilitarle las cosas al máximo.

—¿Y si la capital se encuentra en el lado oscuro?

—Hay un cincuenta por ciento de probabilidades de que sea así —dijo Trevize—, pero si está en ese lado, una vez haya sido comprobado el mapa a la luz del día, podremos bajar a la capital con la misma seguridad, aunque allí sea de noche. Y mucho antes de que nos acerquemos a ella, interceptaremos rayos de microondas y recibiremos mensajes que nos dirigirán al puerto espacial más conveniente. No existe ningún motivo de preocupación.

—¿Estás seguro? —preguntó Bliss—. Me estás llevando allá abajo indocumentada, sin que nadie de aquí conozca mi mundo natal, y, en cualquier caso, no puedo ni quiero mencionarles Gaia. ¿Qué haremos, si me piden la documentación ya en la superficie?

—No es probable que esto ocurra —dijo Trevize—. Todos presumirán que se han cuidado de eso en la estación de entrada.

—Pero, ¿y si me la piden?

—Entonces, cuando llegue el momento, trataremos de solventar el problema. Mientras tanto, no creemos problemas en el aire.

—Pero si surge alguno, quizá sea demasiado tarde para resolverlo.

—Confiaré en mi ingenio para hacer que eso no ocurra.

—A propósito de ingenio, ¿cómo te las arreglaste para que nos dejasen pasar en la estación de entrada?

Trevize miró a Miss Bliss y sus labios se dilataron en una sonrisa que le dio todo el aspecto de un pícaro adolescente.

—Sólo ejercitando el cerebro un poco.

—¿Qué hiciste, viejo? —se interesó Pelorat.

—Apelar a él de la manera más correcta —dijo Trevize—. Había probado la amenaza y el soborno sutil. Había apelado a su lógica y a su fidelidad a la Fundación. Nada de esto me dio resultado, y eché mano del último recurso. Le dije que estabas engañando a tu esposa, Pelorat.

—¿A mi *esposa*? Pero, querido amigo, yo no tengo esposa en este momento.

—Eso lo sé yo, pero *él* no.

—Supongo —dijo Bliss— que por «esposa» entendéis una mujer que es compañera regular de un hombre en particular.

—Un poco más que esto, Bliss —dijo Trevize—. Nos referimos a una compañera *legal*, que tiene ciertos derechos como consecuencia de esa relación.

—Bliss, yo *no* tengo esposa —intervino Pelorat, nervioso—. Tuve una, en el pasado, pero hace mucho tiempo que no tengo ninguna. Si quieres someterte al ritual legal...

—¡Oh, Pel! —dijo Bliss, haciendo un ademán de rechazo con la mano derecha—, ¿qué me importa eso a mí? Tengo numerosos compañeros cuya relación conmigo es comparable a la de uno de tus brazos con el otro. Sólo los Aislados se sienten tan alienados que deben valerse de convencionalismos artificiales para conseguir algo que logre sustituir, en parte, al verdadero compañerismo.

—Es que yo *soy* un Aislado, querida Bliss.

—Lo serás menos con el tiempo, Pel. Tal vez nunca

seas Gaia realmente, pero sí menos aislado y tendrás muchas compañeras.

—Sólo te quiero a ti —dijo Pel.

—Porque no sabes nada de este asunto. Ya aprenderás.

Mientras duraba la conversación, Trevize observaba atentamente la pantalla y una expresión de forzada tolerancia aparecía en su semblante. La capa de nubes se había acercado y, durante un momento, todo fue una niebla gris.

«Necesito la visión de microondas», pensó. El ordenador pasó, de pronto, a la detección de ecos de radar. Las nubes desaparecieron y apareció la superficie de Comporellon en colores falsos, un poco borrosos y oscilantes los límites entre sectores de diferente composición.

—¿Parecerá siempre así de ahora en adelante? —preguntó Bliss, un poco asombrada.

—Sólo hasta que pasemos debajo de las nubes. Entonces, volveremos a ver la luz del sol.

Casi no había acabado de decirlo, cuando la visibilidad volvió a la normalidad.

—Comprendo —dijo Bliss. Después, volviéndose hacia él, prosiguió—: Lo que no entiendo es por qué le importaba tanto al oficial de la estación de entrada que Pel engañase o dejase de engañar a su esposa.

—Le dije que si te retenía, la noticia podía llegar a Terminus y, por consiguiente, a oídos de la esposa de Pelorat, y que entonces, éste se hallaría en dificultades. No concreté qué clase de dificultades, pero procuré dar la impresión de que serían graves. Entre los varones existe una especie de masonería —aclaró Trevize, sonriendo—, y un hombre no traiciona nunca a otro; incluso le ayuda en caso necesario. Supongo que todo obedece a que los papeles pueden invertirse en otra ocasión. Presumo —añadió, más seriamente— que existe una masonería parecida entre las mujeres, aunque, como no soy mujer, nunca he tenido ocasión de observarlo de cerca.

—¿Hablas en broma? —preguntó Bliss, nublándose de pronto su semblante.

—No, lo digo en serio —respondió Trevize—. Con ello no quiero decir que el tal Kendray nos haya dejado pasar sólo para ayudar a Janov a no indisponernos con su esposa. Puede que la masonería masculina haya servido para reforzar mis otros argumentos.

—Pero eso es horrible. Son las normas las que mantienen unida una sociedad en un todo. ¿Se pueden violar sin más, por razones triviales?

—Bueno —dijo Trevize, pasando a la defensiva—, algunas normas son triviales en sí mismas. Pocos mundos se muestran muy rigurosos en lo tocante a los viajeros que entran y salen de su espacio en tiempo de paz y de prosperidad comercial, como el que tenemos ahora gracias a la Fundación. Pero, por alguna razón, no ocurre así en Comporellon; tal vez debido a alguna cuestión oscura de política interior. ¿Por qué tendríamos que sufrir nosotros las consecuencias?

—Eso no viene al caso. Si sólo cumplimos las reglas que suponemos justas y razonables, ninguna de ellas podrá sostenerse, pues siempre habrá *alguien* que la considerará injusta e ilógica. Y si queremos favorecer nuestros intereses individuales, tal como los vemos, encontraremos alguna razón para creer que la norma que nos molesta no es justa ni razonable. Así, lo que empieza como una jugarreta astuta conduce a la anarquía y al caos, incluso para el autor de aquélla, ya que tampoco él podrá sobrevivir al derrumbamiento de la sociedad.

—Eso no ocurrirá tan fácilmente —dijo Trevize—. Tú hablas como Gaia, y Gaia no puede comprender la asociación de individuos libres. Las normas, establecidas con razón y con justicia, pueden dejar de ser útiles al cambiar las circunstancias, pero al permitir que continúen vigentes por la fuerza de la inercia, entonces, no sólo es justo, sino también útil, quebrantar aquellas que nos anuncian el hecho de que son inútiles, o incluso realmente perjudiciales.

—En ese caso, cualquier ladrón o asesino podría afirmar que está sirviendo a la Humanidad.

—Exageras. En el superorganismo de Gaia, existe un consenso automático sobre las normas de la sociedad, y a nadie se le ocurre quebrantarlas. En este sentido, podríamos decir que Gaia vegeta y se fosiliza. En una asociación libre, sabido es que siempre hay un elemento de desorden, pero ése es el precio que se debe pagar por la capacidad de fomentar la novedad y el cambio. En general, es un precio razonable.

—Te equivocas de medio a medio si piensas que Gaia vegeta y se fosiliza —dijo Bliss, elevando el tono de la voz—. Nuestras acciones, nuestras costumbres, nuestras opiniones, son revisadas constantemente. No persisten por inercia, de un modo irracional. Gaia aprende de la experiencia y la reflexión, y, por consiguiente, cambia cuando lo considera necesario.

—Aunque sea verdad lo que dices, la reflexión y el aprendizaje tienen que ser lentos, pues sólo Gaia existe en Gaia. En los mundos libres, incluso cuando casi todos están de acuerdo, hay unos pocos que discrepan y, en algunos casos, esos pocos pueden tener razón, y si son lo bastante inteligentes, entusiastas y *justos*, acabarán triunfando y pasarán a ser considerados héroes en las edades futuras, como ocurrió con Hari Seldon, que perfeccionó la psicohistoria, defendió sus propias ideas contra todo el Imperio Galáctico, y triunfó.

—Triunfó hasta ahora, Trevize. Pero el Segundo Imperio que proyectó tendrá que ceder el sitio a Galaxia.

—¿Ocurrirá así? —preguntó Trevize, frunciendo el ceño.

—La decisión fue *tuya*, y por mucho que discutas en pro de los Aislados y de su libertad para ser insensatos o criminales, hay algo en el fondo oculto de tu mente que te obligó a estar de acuerdo «conmigo-nosotros-Gaia» cuando hiciste tu elección.

—Precisamente estoy buscando lo que hay en el fondo oculto de mi mente —dijo Trevize, frunciendo más el entrecejo—, y empezaré a buscarlo allí. —Señaló el lugar de la pantalla donde aparecía una gran ciudad en el horizonte, un racimo de estructuras bajas que trepaban a ocasionales alturas, rodeadas de campos pardos bajo una ligera capa de escarcha.

Pelorat sacudió la cabeza.

—¡Lástima! Quería observar el acercamiento, pero me distraje escuchando vuestra discusión.

—No te preocupes, Janov —dijo Trevize—. Podrás hacerlo cuando salgamos de aquí. Te prometo que entonces mantendré la boca cerrada, si puedes persuadir a Bliss de que controle la suya.

La *Far Star* descendió siguiendo un rayo de microondas hasta una pista de aterrizaje del puerto espacial.

14

Kendray tenía una expresión grave cuando volvió a la estación de entrada y observó el paso de la *Far Star*. Y todavía seguía claramente deprimido al terminar su turno.

Estaba sentado a la mesa para la última comida del día, cuando uno de sus compañeros, un hombre larguirucho, de ojos separados, finos cabellos y unas cejas tan rubias que casi resultaban invisibles, se acomodó a su lado.

—¿Algo va mal, Ken? —preguntó el otro.

Kendray torció los labios.

—Se trata de esa nave gravítica que acaba de entrar, Gatis.

—¿La de extraño aspecto y radiactividad cero?

—Por eso no era radiactiva. No utiliza carburante. Es gravítica.

—Es la que nos dijeron que vigilásemos, ¿verdad? —preguntó Gatis, asintiendo con la cabeza.

—Sí.

—Y te tocó a ti. Siempre tienes suerte.

—No lo creas. Una mujer, sin documentos de identidad, va en ella. Y no la he denunciado.

—¿Qué? No *me* lo digas. No quiero saber nada al respecto. Ni una palabra más. Puedes ser mi amigo, pero no voy a convertirme en cómplice de ese hecho.

—Esto no me preocupa. No demasiado. Yo *tenía* que enviar la nave. Ellos quieren apoderarse de esa gravítica, o de otra cualquiera de su clase. Lo sabes bien.

—Seguro, pero hubieses tenido que denunciar a la mujer al menos.

—No me agradaba hacerlo. No está casada. Sólo fue recogida para..., para ser utilizada.

—¿Cuántos hombres van a bordo?

—Dos.

—¿Y la recogieron sólo para..., para eso? Deben venir de Terminus.

—Así es.

—Los de Terminus son muy despreocupados.

—Cierto.

—Un asco. Y se salen con la suya.

—Uno de ellos está casado, y no quería que su esposa se enterase. Si yo hubiese denunciado a la joven, aquélla se enteraría.

—¿No está en Terminus?

—Desde luego, pero lo sabría de todos modos.

—A ese tipo le estaría bien empleado que su mujer se enterase.

—De acuerdo, pero *yo* no puedo hacerme responsable de ello.

—Te machacarán por no haberle denunciado. Querer salvar a un hombre de un apuro no es excusa.

—¿Lo habrías denunciado *tú*?

—Supongo que no hubiese tenido más remedio que hacerlo.

—No, no lo habrías hecho. El Gobierno quiere esa nave. Si yo hubiese insistido en denunciar a la mujer, los hombres de la nave hubiesen cambiado de idea con respecto a aterrizar aquí y se hubieran marchado a otro planeta. Eso no le habría gustado al Gobierno.

—Pero, ¿te creerán?

—Creo que sí. Es una mujer muy linda. Imagínate a una joven como ésa dispuesta a embarcarse con dos

hombres, dos hombres casados y dispuestos a todo...
Es tentador, ¿no crees?

—Supongo que no querrás que tu mujer se entere
de lo que acabas de decir..., o de que lo has pensado
siquiera.

—¿Quién va a decírselo? ¿Tú? —dijo Kendray, con
aire desafiante.

—Vamos, me conoces mejor que todo eso —repuso
Gatis, mientras su mirada de indignación se extinguía
con rapidez—. No les hará ningún bien a esos hombres
que les hayas dejado pasar.

—Lo sé.

—La gente de allá abajo lo descubrirán muy pronto,
y aunque *tú* salgas bien de ésta, *ellos* no podrán librarse.

—También lo sé —dijo Kendray—, y lo siento por
esos hombres. Los apuros en que la mujer pueda poner-
les no serán nada en comparación con los que la nave
les ocasionará. El capitán hizo unas cuantas observaciones... —Kendray se interrumpió.

—¿Cuáles? —preguntó Gatis, vivamente interesado.

—Olvídalo —dijo Kendray—. Si la cosa se descubre,
será mi fin.

—No voy a repetírselo a nadie.

—Yo tampoco. Esos dos hombres de Terminus me
dan lástima.

15

Para cualquiera que haya estado en el espacio y experimentado su uniformidad, la verdadera emoción del
vuelo espacial se produce cuando llega el momento de
tomar tierra en un nuevo planeta. El suelo se desliza
con rapidez debajo de ti, mientras tú captas imágenes
de tierra y de agua, de zonas geométricas y líneas que
deben ser campos y carreteras. Adviertes el verdor vegetal, el gris del hormigón, el pardo del suelo árido, el

blanco de la nieve. Pero lo más emocionante son los conglomerados habitados; ciudades que, en cada mundo, tienen su geometría característica y sus peculiaridades arquitectónicas.

En una nave ordinaria, los tripulantes habrían sentido la excitación de tocar el suelo y deslizarse por la pista. La *Far Star* era distinta, la cosa cambiaba mucho. Flotó a través del aire, frenó equilibrando hábilmente la resistencia del aire y la gravedad, para acabar inmovilizándose sobre la pista del puerto espacial. El viento soplaba a ráfagas y eso significaba otra complicación. La *Far Star*, al ajustarse para responder a la atracción de la gravedad, no sólo era anormalmente ligera de peso, sino también de masa. Si ésta se acercaba demasiado a cero, el viento arrastraría a la nave de allí. De ahí que fuese preciso elevar la reacción a la gravedad y emplear los reactores con sumo cuidado, no sólo contra la atracción del planeta, sino también contra la fuerza del viento, de manera que se adaptasen exactamente a los cambios de intensidad de aquél. Sin un ordenador adecuado, la operación no habría podido llevarse a cabo.

La nave siguió bajando, con pequeños e inevitables cambios en su dirección, hasta que al fin descendió para posarse en la zona marcada a ese fin en el puerto.

El cielo estaba de un pálido azul, mezclado con blanco, cuando la *Far Star* aterrizó. El viento seguía soplando a nivel del suelo y, aunque ya no resultaba peligroso para la navegación, producía un frío que hizo estremecerse a Trevize. En ese momento se dio cuenta de que la ropa que llevaban era totalmente inadecuada para el clima de Comporellon.

En cambio, Pelorat miró satisfecho a su alrededor y respiró a pleno pulmón por la nariz, disfrutando, al menos de momento, con aquella sensación de frío. Incluso se desabrochó el abrigo para sentir el viento contra su pecho. Sabía que dentro de poco tendría que abrochárselo de nuevo y ponerse su bufanda, pero ahora quería *sentir* la existencia de una atmósfera, cosa que nunca ocurría a bordo.

Bliss se arrebujó en su abrigo y, con las manos enguantadas, se bajó el gorro hasta cubrirse las orejas. Tenía afligido el semblante y parecía a punto de llorar.

—Este mundo es malo —murmuró—. Nos odia y nos maltrata.

—En absoluto, querida Bliss —dijo Pelorat muy serio—. Estoy seguro de que este mundo gusta a sus moradores y de que..., bueno..., ellos le gustan a él, si quieres decirlo así. Pronto estaremos a cubierto, y allí hará más calor.

Casi como reparando un olvido, envolvió a Bliss en su propio abrigo, mientras ella se acurrucaba contra la pechera de su camisa.

Trevize se esforzó en no hacer caso de la temperatura. Recibió una tarjeta magnetizada de una de las autoridades del puerto, comprobándola con su ordenador de bolsillo para asegurarse de que contenía los detalles necesarios: su zona y número de aparcamiento, el nombre y número de motor de su nave, y otros datos más. Hizo una nueva comprobación para asegurarse de que la nave estaba firmemente sujeta y después suscribió una póliza de seguros por el máximo valor permitido, contra el riesgo de daños en la *Far Star*, aunque era una precaución inútil en realidad, ya que su nave sería invulnerable al probable nivel de la tecnología comporelliana, y si no lo era, resultaría totalmente irremplazable a cualquier precio.

Trevize encontró la parada de taxis en el lugar donde debía estar. (Muchos servicios de los puertos especiales eran iguales en todas partes, tanto en situación como aspecto y modo de empleo. Tenían que serlo, dada la naturaleza multimundial de la clientela.)

Llamó a un taxi, indicando el punto de destino como «Ciudad» simplemente.

El vehículo se deslizó hacia ellos sobre unos esquíes diamagnéticos, desviándose ligeramente bajo el impulso del viento y temblando por la vibración de un motor no del todo silencioso. Era de color gris oscuro y lucía la insignia blanca de taxi en las portezuelas. El conductor llevaba abrigo oscuro y gorro de biel blanco.

—La decoración del planeta parece ser en blanco y negro —dijo en voz baja Pelorat, advirtiendo esos detalles.

—Tal vez todo sea más alegre en la ciudad propiamente dicha —dijo Trevize.

—¿Van a la ciudad, amigos? —El conductor había hablado por un pequeño micrófono, tal vez para no tener que abrir la ventanilla.

El dialecto galáctico tenía un cierto sonsonete que le hacía bastante atractivo, además de que no resultaba difícil de comprender, lo cual siempre significa un alivio en un mundo desconocido.

—Sí —dijo Trevize.

Y la portezuela de atrás se abrió. Bliss subió, seguida de Pelorat y de Trevize. La portezuela se cerró, y en seguida notaron el aire caliente.

Bliss se frotó las manos y lanzó un largo suspiro de alivio.

El taxi arrancó lentamente.

—La nave en que han venido ustedes es gravítica, ¿verdad? —preguntó el conductor.

—Considerando la manera en que bajó, ¿podría usted dudarlo? —repuso Trevize con seguridad.

—Entonces, ¿es de Terminus? —se interesó el taxista.

—¿Conoce usted algún otro mundo capaz de construirla? —dijo Trevize.

El conductor pareció considerar la semirrespuesta mientras el taxi adquiría velocidad.

—¿Siempre contesta usted las preguntas con otra pregunta? —dijo.

—¿Por qué no? —no pudo resistirse Trevize a replicar.

—En ese caso, ¿cómo me respondería a la pregunta de si es usted Golan Trevize?

—Le respondería: ¿Por qué me lo pregunta?

El taxi se detuvo en las afueras del puerto espacial.

—¡Por curiosidad! Repito: ¿Es usted Golan Trevize? —dijo el conductor.

La voz de Trevize adquirió un tono rígido y hostil.

—¿Qué le importa a usted?

—Amigo mío —dijo el conductor—, no nos moveremos de aquí hasta que usted haya contestado a mi pregunta. Y si no lo hace con claridad en uno u otro sentido en un par de segundos, cerraré la calefacción del compartimiento de pasajeros y seguiremos esperando. ¿Es usted Golan Trevize, consejero de Terminus? Si su respuesta es negativa, tendrá que mostrarme sus documentos de identidad.

—Sí, soy Golan Trevize y, como consejero de la Fundación, espero ser tratado con toda la cortesía debida a mi rango. Si usted no lo hace así, le pondré en un aprieto, amigo. Y ahora, ¿qué?

—Ahora podemos continuar con más tranquilidad —repuso haciendo arrancar el coche de nuevo—. Yo elijo cuidadosamente mis pasajeros, y esperaba recoger a dos hombres. La mujer ha sido una sorpresa para mí, y ya que se trata de usted, puedo dejar que explique lo de la mujer cuando llegue a su destino.

—Usted desconoce mi destino.

—En realidad, lo sé. Va usted al Departamento de Transportes.

—No es allí donde yo quiero ir.

—Eso carece de importancia, consejero. Si yo fuese conductor de taxis, lo llevaría donde usted quisiera ir. Como no lo soy, le conduciré al lugar donde *yo* quiero que vaya.

—Perdón —dijo Pelorat, inclinándose hacia delante—, pero usted parece un taxista. Está conduciendo un coche de alquiler.

—Cualquiera puede conducir un taxi. No sólo quienes tienen licencia para ello. Y no todos los coches que parecen taxis lo son.

—Dejémonos de juegos —dijo Trevize—. ¿Quién es usted y qué pretende? Recuerde que tendrá que responder de esto ante la Fundación.

—Yo no —repuso el conductor—. Mis superiores, tal vez. Yo soy un agente de la Fuerza de Seguridad de Comporellon. Se me ha ordenado que le trate con todo el respeto debido a su rango, pero usted debe ir adonde yo lo lleve. Y tenga mucho cuidado con lo que hace, pues este vehículo está armado y mis órdenes son de defenderme si soy atacado.

<h1 style="text-align:center">16</h1>

El vehículo, habiendo alcanzado su velocidad normal, se deslizaba suavemente, en completo silencio.

Trevize permanecía sentado en él como si estuviese petrificado. Se daba cuenta, sin necesidad de verlo, de que Pelorat lo miraba de vez en cuando como diciéndole: «¿Qué vamos a hacer ahora? Dímelo, por favor.»

Una rápida mirada le informó de que Bliss iba tranquila, mostrando una visible despreocupación. Desde luego, ella sola era todo un mundo. Toda Gaia, aunque estuviese a una distancia galáctica, se hallaba envuelta en su piel. Tenía recursos a los que se podría apelar en caso de verdadera emergencia.

Pero, ¿qué había ocurrido?

Estaba claro que el funcionario de la estación de entrada, siguiendo la rutina, había enviado un informe (omitiendo a Bliss) despertando el interés de los cuerpos de Seguridad y, de todos ellos, nada menos que del Departamento de Transportes. ¿Por qué?

Gozaban de un tiempo de paz y no sabía que existiese ninguna tensión concreta entre Comporellon y la Fundación. Él era un funcionario importante de la Fundación...

¡Alto! Le había dicho al hombre de la estación de entrada, Kendray, que debía tratar de un asunto importante con el Gobierno comporelliano. Había hecho hincapié en ello para que les dejase pasar. Kendray debió de consignarlo en su informe, y quizá fuese *eso* lo que había despertado tanto interés.

No lo había previsto, y hubiese debido tenerlo en cuenta.

Entonces, ¿dónde quedaban sus presuntas dotes de

hacer siempre lo debido? ¿Estaba empezando a creer que era la caja negra que suponía Gaia... o que Gaia decía que suponía? ¿Estaba siendo conducido a un tremedal por culpa de un exceso de confianza fundado en la superstición?

¿Cómo podía haberse dejado atrapar ni por un momento en aquella locura? ¿Acaso no se había equivocado nunca en su vida? ¿Podía saber el tiempo que haría al día siguiente? ¿Había ganado grandes cantidades en juegos de azar? Las respuestas eran no, no y no.

Entonces, ¿sólo acertaba en las cosas rudimentarias? ¿Cómo podía saberlo?

«¡Olvídate de esto! A fin de cuentas, el que hubiese declarado que tenía importantes asuntos de Estado... No, se había referido a la "seguridad" de la Fundación»...

Bueno, el mero hecho de que estuviese allí por un asunto que afectaba a la seguridad de la Fundación, y de que hubiese llegado en secreto y sin previo aviso, tenía que haber llamado la atención... Sí, pero hasta que supiese de qué se trataba, actuarían, seguramente, con la máxima circunspección. Se mostrarían ceremoniosos y lo tratarían como a un alto dignatario. *No* se atreverían a secuestrarle ni a amenazarle.

Sin embargo, exactamente eso era lo que habían hecho. ¿Por qué?

¿Qué hacía que se sintiesen lo bastante fuertes y poderosos para tratar de aquella manera a un consejero de Terminus?

¿Podía ser la Tierra? ¿Se trataría de la misma fuerza que ocultaba el mundo de origen con tanta eficacia, incluso contra las grandes mentalidades de la Segunda Fundación, y que ahora trataba de hacer fracasar su búsqueda de la Tierra en la primera fase de su pesquisa? ¿Era la Tierra omnisciente? ¿Omnipotente?

Trevize movió la cabeza. Ese camino le llevaba a la paranoia. ¿Iba a culpar a la Tierra de todo? Cualquier comportamiento extraño, toda torcedura en el camino, todo cambio en las circunstancias, ¿eran resultado de las secretas maquinaciones de la Tierra? Si empezaba a pensar así, estaba perdido.

En ese momento sintió que el vehículo reducía la velocidad, y volvió a la realidad de golpe.

Se dio cuenta de que, ni siquiera por un instante, se había fijado en la ciudad que estaban cruzando. Y ahora miró a su alrededor, un poco desconcertado. Los edificios eran bajos, pero se hallaba en un planeta frío donde la mayoría de las estructuras serían, probablemente, subterráneas.

No vio muestra alguna de color, y eso le pareció contrario a la naturaleza humana.

Sólo de forma esporádica vio pasar a alguien, siempre bien abrigado. Pero quizá la mayoría de las personas, al igual que los edificios, se encontrasen bajo tierra.

El taxi se detuvo delante de un edificio bajo y ancho, emplazado en una depresión cuyo fondo él no alcanzaba a ver. Transcurrieron unos minutos y el vehículo continuó parado allí, con su conductor también inmóvil. Su gorro alto y blanco casi tocaba el techo del coche.

Trevize se preguntó vagamente cómo se las apañaba el conductor para entrar y salir del vehículo sin que se le cayese el gorro, y después dijo, con la controlada irritación que cabía esperar de un altivo y maltratado funcionario:

—Bueno, conductor, ¿qué pasa ahora?

La versión comporelliana del cristal de separación entre conductor y pasajeros no era, en modo alguno, primitiva. Las ondas sonoras podían pasar a través de él, aunque Trevize no estaba seguro de que no pudiesen hacerlo objetos materiales impulsados por una determinada fuerza.

—Alguien vendrá a recogerles —contestó el taxista—. Continúen sentados y no se preocupen.

Mientras decía esto, aparecieron tres cabezas, subiendo lentamente de la depresión en la que el edificio se asentaba. Después, el resto de los cuerpos apareció. Estaba claro que los recién llegados ascendían en el equivalente de una escalera mecánica, pero Trevize no pudo ver, desde su asiento, los detalles de aquel aparato.

Trevize se apeó, abrochándose el abrigo hasta el cuello. Los otros dos le siguieron; Bliss, de mala gana.

Los tres comporellianos parecían amorfos, envueltos en prendas hinchadas y probablemente calentadas eléctricamente. Trevize los despreció por ello. Aquellas ropas no resultaban útiles en Terminus, y la única vez que había pedido prestado un abrigo calorífico durante el invierno, en el cercano planeta Anacreon, había descubierto que tendía a calentarse poco a poco, de manera que cuando quería darse cuenta de que el calor era excesivo, ya estaba sudando incómodamente.

Al acercarse los comporellianos, Trevize advirtió, con profunda indignación, que iban armados. Y no trataban de disimularlo, sino todo lo contrario. Cada uno de ellos tenía un arma en su funda, colgando de la prenda de vestir exterior.

Uno de los comporellianos se adelantó para colocarse frente a Trevize.

—Disculpe, consejero —dijo con voz ronca.

Y le abrió el gabán con un rudo movimiento. Con extrema rapidez pasó las manos sobre los costados, la espalda, el pecho y los muslos de Trevize. Sacudió y palpó el abrigo. Trevize se hallaba tan abrumado, confuso y asombrado que sólo cuando el hombre hubo terminado se dio cuenta de que había sido rápida y eficazmente cacheado.

Pelorat, con la cabeza baja y la boca retorcida en una mueca, sufría una ofensa similar de manos del segundo comporelliano.

El tercero se acercó a Bliss, pero ésta no esperó a que la rozase. Al menos ella sabía, de algún modo, lo que debía esperar de él, pues se despojó del abrigo y se quedó plantada allí un momento, con sólo su ligero vestido, expuesta al viento sibilante.

—Puede usted ver que no llevo armas —dijo con una frialdad acorde con la temperatura.

Y ciertamente, cualquiera podía darse cuenta. El

comporelliano sopesó el abrigo, como si así pudiese saber si contenía alguna arma (y tal vez sí que podía), y se retiró.

Bliss se puso la prenda de nuevo, arrebujándose en ella y, durante un instante, Trevize admiró su actitud. Sabía lo mucho que la joven sentía el frío, pero no había permitido que el menor temblor lo revelase, a pesar de llevar el pantalón y una blusa fina como único abrigo. Entonces, Trevize se preguntó si, en casos de urgencia, no extraería calor del resto de Gaia.

Uno de los comporellianos hizo un gesto y los tres forasteros lo siguieron. Los otros dos comporellianos cerraron la marcha. Dos o tres transeúntes que pasaban por la calle no se detuvieron a observar lo que sucedía. O estaban demasiado acostumbrados a escenas semejantes o, y era lo más probable, sólo pensaban en llegar a su abrigado destino lo antes posible.

Trevize pudo ver que los comporellianos habían subido por una rampa móvil. Ahora, bajaron los seis por ella y cruzaron una puerta casi tan complicada como la de una nave espacial, sin duda destinda a conservar el calor interior, más que a renovar el aire.

Y, de pronto, se hallaron dentro de un gran edificio.

V. LUCHA POR LA NAVE

17

La primera impresión de Trevize fue que se hallaba en el escenario de un hiperdrama, concretamente, el de un romance histórico de los tiempos imperiales. Era un escenario muy particular, con pocas variaciones (tal vez sólo existiese uno y era usado por todos los productores de hiperdramas), que representaban la gran ciudad-planeta de Trantor en su apogeo.

Vio los grandes espacios, las carreras de los atareados peatones, los pequeños vehículos rodando a gran velocidad por los carriles que les estaban reservados.

Trevize miró hacia arriba, casi esperando ver aerotaxis elevándose e introduciéndose en oscuros refugios abovedados, pero éstos, al menos, brillaban por su ausencia. En realidad, al cesar su asombro inicial, observó con claridad que se trataba de un edificio mucho más pequeño de lo que hubiese cabido esperar en Trantor. *Sólo* era un edificio y no parte de un complejo que se extendiese sin interrupción miles de kilómetros en todas direcciones.

También los colores eran diferentes. En los hiperdramas, a Trantor la presentaban siempre con colores de un chillón espantoso, y con un vestuario literalmente incómodo y nada práctico. Si embargo, todos aquellos colorines y ringorrangos tenían un fin simbólico: indicaban la decadencia del Imperio (concepto obligatorio en aquellos días) y de Trantor en particular.

Pero, si esto era así, Comporellon parecía todo lo contrario de decadente, pues la combinación de colores que había observado Pelorat en el puerto espacial prevalecía también ahí.

Las paredes estaban pintadas en tonos grises; los techos eran blancos, y las vestiduras de la población, negras, grises y blancas. De vez en cuando, se veía un traje negro por completo o, todavía más ocasionalmente, completamente gris, pero nunca todo blanco, como Trevize pudo comprobar. En cambio, los modelos eran diferentes siempre, como si las personas, al no usar los colores, buscasen y lograsen encontrar maneras de afirmar su individualidad.

Las caras tendían a ser inexpresivas o, si no eso, hoscas. Las mujeres llevaban los cabellos cortos; los hombres, más largos, recogidos hacia atrás en cortas coletas. Nadie miraba a los demás al cruzarse con ellos. Todos parecían llevar algo entre ceja y ceja, como si una sola idea ocupase la mente de cada cual y no dejase sitio para nada más. Hombres y mujeres vestían de manera parecida, y sólo la longitud de los cabellos, el ligero abultamiento de los senos y la anchura de las caderas marcaban la diferencia.

Los tres fueron conducidos hasta un ascensor que descendió cinco plantas. Cuando salieron de él, les acompañaron a una puerta en la que, en pequeñas y sencillas letras blancas sobre fondo gris, se leía: «Mitza Lizalor, MinTrans.»

El comporelliano que iba en cabeza tocó el rótulo, el cual se iluminó al cabo de un momento. La puerta se abrió y todos entraron.

Se encontraron en una grande y bastante vacía habitación y su desnudez servía, quizá, para indicar, con aquel derroche de espacio, el poder de su ocupante.

Dos guardias se hallaban de pie junto a la pared

del fondo, inexpresivos los rostros y las miradas fijas en los que entraban. Una gran mesa ocupaba el centro de la estancia, o quizás, un poco más atrás del centro. Detrás de la mesa, hallábase la persona que debía ser Mitza Lizalor, robusta, de cara suave y ojos negros. Dos manos vigorosas y eficientes, de largos dedos de punta roma, se apoyaban sobre la mesa.

La «MinTrans» (Trevize presumió que significaba ministro de Transportes) vestía un traje gris oscuro con solapas de un blanco deslumbrante. Un doble galón blanco bajaba en diagonal desde debajo de las solapas, cruzándose sobre el centro del pecho. Trevize pudo ver que, si bien el traje estaba cortado de manera que disimulaba el abultamiento de los senos femeninos, la X blanca del galón hacía que éstos atrajesen la atención.

El ministro era indudablemente una mujer. Aunque se prescindiese de los senos, los cabellos cortos lo demostraban, y, a pesar de no ir maquillada, sus facciones lo indicaban así. Su voz también era inconfundiblemente femenina; una voz de contralto.

—Buenas tardes —dijo—. No es frecuente que hombres de Terminus nos honren con su visita. Y tampoco una mujer desconocida. —Sus ojos pasaron de uno a otro y se fijaron después en Trevize, que permanecía rígidamente en pie y con el ceño fruncido—. Además, uno de los hombres es miembro del Consejo.

—Consejo de la Fundación —dijo Trevize, dando a su voz un tono vibrante—. Consejero Golan Trevize, en una misión de la Fundación.

—¿Una misión? —preguntó la ministra, arqueando las cejas.

—Una misión —repitió Trevize—. Entonces, ¿por qué se nos trata como a delincuentes? ¿Por qué hemos sido custodiados por guardias armados y traídos aquí como prisioneros? Espero que comprenda que el Consejo de la Fundación no se mostrará muy satisfecho.

—Y en todo caso —dijo Bliss, con una voz que parecía un poco estridente en comparación con la de la otra mujer—, ¿vamos a permanecer en pie indefinidamente?

La ministra miró a Bliss con frialdad durante un largo momento; después, levantó un brazo.

—¡Tres sillas! ¡Ahora! —ordenó.

Una puerta se abrió y tres hombres, vistiendo los oscuros trajes comporellianos de rigor, llegaron casi corriendo, con tres sillas. Las tres personas que se encontraban de pie delante de la mesa se sentaron.

—Bueno —dijo la ministra, con una sonrisa glacial—, ¿están cómodos?

Trevize pensó que no era así. Las sillas no tenían cojines, resultaban frías al tacto, de asiento y respaldo planos, completamente inadaptadas a la forma del cuerpo.

—¿Por qué estamos aquí? —preguntó.

La ministra consultó unos papeles que tenía sobre la mesa.

—Se lo explicaré en cuanto esté segura de los hechos. Su nave es la *Far Star*, de Terminus. ¿Es cierto, consejero?

—Sí.

La ministra lo miró.

—Yo le he dado su tratamiento, consejero. ¿Quiere usted, por cortesía, darme el mío?

—¿Será suficiente con señora ministra? ¿O tiene usted algún título honorífico?

—Ningún título honorífico, señor, y no necesita emplear dos palabras. «Ministra» es suficiente, o «señora», si la repetición le cansa.

—Entonces, mi respuesta a su pregunta es: Sí, ministra.

—El capitán de la nave es Golan Trevize, ciudadano de la Fundación y miembro del Consejo de Terminus, consejero de reciente nombramiento, dicho sea de pasada. Y usted es Trevize. ¿Estoy en lo cierto, consejero?

—Así es, ministra. Y ya que soy ciudadano de la Fundación...

—Todavía no he terminado, consejero. Guarde sus objeciones para más tarde. Su acompañante es Janov Pelorat, erudito, historiador y ciudadano de la Fundación. Usted es el doctor Pelorat, ¿verdad?

Pelorat no pudo reprimir un ligero sobresalto al volver la ministra su aguda mirada hacia él.

—Sí, mi... —Se interrumpió y empezó de nuevo—: Sí, ministra.

Ésta cruzó las manos con fuerza.

—En el informe que me ha sido enviado, no se menciona a ninguna mujer. ¿Es ésta miembro de la dotación de la nave?

—Sí, ministra —respondió Trevize.

—Entonces, me dirigiré a la mujer. ¿Su nombre?

—Me llaman Bliss —dijo ésta, irguiéndose en su asiento y hablando con tranquila claridad—, aunque mi nombre es más largo, señora. ¿Desea que se lo diga entero?

—De momento, me contentaré con Bliss. ¿Es usted ciudadana de la Fundación, Bliss?

—No, señora.

—¿De qué mundo es usted ciudadana, Bliss?

—No tengo documentos que acrediten mi ciudadanía de cualquier mundo, señora.

—¿No tiene documentos, Bliss? —preguntó mientras hacía una pequeña señal en los papeles que tenía delante—. Tomo nota de ello. ¿Qué trabajo desarrollaba usted a bordo de la nave?

—Soy pasajera, señora.

—¿Le pidieron sus documentos el consejero Trevize o el doctor Pelorat antes de que subiese usted a bordo, Bliss?

—No, señora.

—¿Les informó usted de que no tenía documentos, Bliss?

—No, señora.

—¿Cuál es su función a bordo de la nave, Bliss? ¿Responde su nombre a su función?

Bliss dijo con orgullo:

—Repito que soy pasajera de la nave y no tengo otra función —respondió Bliss con orgullo.

—¿Por qué acosa usted a esta mujer, ministra? —terció Trevize—. ¿Qué ley ha quebrantado?

La ministra Lizalor fijó su mirada en Trevize.

—Usted no es de nuestro mundo, consejero —dijo—, y no conoce nuestras leyes. Sin embargo, se halla sujeto a ellas si desea visitarnos. No trae sus propias leyes consigo; ésta es una norma general del Derecho galáctico, según tengo entendido.

—Estoy de acuerdo, ministra, pero con ello no me dice qué leyes de ustedes ha quebrantado Bliss.

—Es norma general en la Galaxia, consejero, que un visitante de un mundo que se halle fuera de los dominios del que usted está visitando traiga consigo sus documentos de identidad. Muchos mundos transigen a este respecto, por mor del turismo o por indiferencia. Pero Comporellon no hace lo mismo: Nuestro mundo es amante de la ley y la aplica con severidad. Ella, por el hecho de ser indocumentada, vulnera nuestra ley.

—No podía hacer otra cosa —dijo Trevize—. Yo pilotaba la nave y descendí en Comporellon. Ella tenía que acompañarnos, ministra, ¿o cree usted que podía pedirnos que la arrojásemos al espacio?

—Eso significa que también usted ha quebrantado nuestra ley, consejero.

—No, usted está equivocada, ministra. Yo no soy un forastero. Soy ciudadano de la Fundación; y Comporellon, junto con los mundos que le están sometidos, es una Potencia Asociada de la Fundación. Como ciudadano de la Fundación, puedo viajar a este mundo con plena libertad.

—Cierto, consejero, si posee documentos que demuestren que es ciudadano de la Fundación.

—Los tengo, ministra.

—Sin embargo, el que usted sea ciudadano de la Fundación no le da derecho a quebrantar nuestra ley haciéndose acompañar de una persona indocumentada.

Trevize vaciló. Estaba claro que el guardia fronterizo, Kendray, no había cumplido su palabra; por consiguiente, él no estaba obligado a protegerle..

—No nos detuvieron en la estación de inmigración, ministra, y consideré que eso llevaba implícito el permiso de traer a esta mujer conmigo.

—Es cierto que no les detuvieron, consejero, y que

la mujer no fue denunciada por las autoridades de inmigración, las cuales le dejaron pasar. Presumo, sin embargo, que los funcionarios de la estación de entrada decidieron, con razón, que era más importante el hecho de que su nave aterrizase en la superficie del planeta que impedir el paso a una persona indocumentada. Con ello, estrictamente hablando, infringieron las normas, y el asunto deberá ser juzgado, pero puedo asegurar que el fallo declarará que la infracción estuvo justificada. Somos un mundo rígido en la aplicación de la ley, consejero, pero no tanto como para desatender los dictados de la razón.

—Entonces —dijo Trevize rápidamente—, apelo a la razón para mitigar su rigor ahora, ministra. Si la estación de inmigración no la había informado de que una persona indocumentada estaba a bordo de la nave cuando aterrizamos, usted no sabía que habíamos vulnerado alguna ley. Sin embargo, salta a la vista que estaba resuelta a detenernos en el momento en que aterrizásemos, y eso fue lo que hizo. ¿Por qué, si no tenía motivos para pensar que se violaba la ley?

La ministra sonrió.

—Comprendo su extrañeza, consejero —repuso la ministra sonriendo—. Por favor, permítame asegurarle que el hecho de que supiésemos o ignorásemos la condición de su pasajera no tuvo nada que ver con su detención. Estamos actuando en nombre de la Fundación, de la cual, como usted mismo ha observado, somos una Potencia Asociada.

Trevize la miró fijamente.

—Pero eso es imposible, ministra. Peor aún: resulta ridículo.

Ella emitió una risita que quería ser melosa.

—Resulta curiosa su consideración de que lo ridículo le parezca peor que lo imposible, consejero. Y en eso estoy de acuerdo. Sin embargo, por desgracia para usted, no se trata de ninguna de ambas cosas. ¿Por qué habría de serlo?

—Porque yo soy un alto funcionario del Gobierno de la Fundación y desempeño una misión por encargo de éste, y es absolutamente inconcebible que quiera detenerme, o incluso que tenga poder para hacerlo, ya que gozo de inmunidad legislativa.

—Veo que ha omitido mi trataimento, pero está profundamente conmovido y se le puede perdonar. Sin embargo, no me han pedido directamente que lo detenga. Sólo lo he hecho para poder realizar lo que *me han* pedido que haga, consejero.

—¿Y es, ministra? —preguntó Trevize, tratando de dominar su emoción delante de aquella mujer formidable.

—Que, como piloto de la nave, consejero, la devuelva a la Fundación.

—¿Qué?

—De nuevo ha omitido el tratamiento, consejero, lo cual es un grave descuido por su parte, y no le ayuda en nada. Supongo que la nave no es suya. ¿Fue diseñada por usted, o construida por usted, o pagada por usted?

—Claro que no, ministra. Me fue confiada por el Gobierno de la Fundación.

—Entonces, presumiblemente, el Gobierno de la Fundación tiene derecho a revocar su propia decisión, consejero. Me imagino que es una nave muy valiosa.

Trevize no respondió.

—Se trata de una nave gravítica, consejero —prosiguió la ministra—. No puede haber muchas como ésa, e incluso la Fundación debe disponer de muy pocas. Y ahora parecen lamentar el haberle confiado una de ellas. Tal vez usted pueda persuadirles de que le confíen otra que sea menos valiosa pero que le baste para llevar a cabo su misión. En todo caso, nosotros debemos hacernos cargo de la nave en que llegó.

—No, ministra, no puedo entregarle la nave. Ni puedo creer que la Fundación le pida eso.

—No sólo a mí, consejero —sonrió ella—. Ni a Comporellon concretamente. Tenemos buenas razones para creer que la orden fue enviada a todos y cada uno de los mundos y regiones que se hallan bajo la jurisdicción de la Fundación o asociados con ella. De todo ello deduzco que la Fundación desconoce su itinerario y le está buscando con irritado empeño. Y de ello deduzco, además, que usted no tiene ninguna misión que realizar en Comporellon en nombre de la Fundación, ya que, en ese caso, ellos sabrían dónde se encuentra usted y sólo se habrían dirigido a nosotros. Dicho en pocas palabras, consejero, usted me ha mentido.

—Me gustaría ver una copia de la orden del Gobierno de la Fundación que han recibido ustedes, ministra —pidió Trevize con cierta dificultad—. Creo que tengo derecho a ello.

—Por supuesto, si todo esto termina en una acción legal. Aquí, nos tomamos muy en serio los formulismos legales, consejero, y sus derechos estarán totalmente protegidos, puedo asegurárselo. Sin embargo, todo resultaría más fácil si llegásemos a un acuerdo sin la publicidad y las demoras que los procesos legales suponen. Preferiríamos algo así y, estoy segura, la Fundación lo preferiría también, ya que no deseará que toda la Galaxia se entere de la fuga de un legislador. Eso cubriría de ridículo a la Fundación y, según su propio criterio y el mío, sería peor que lo imposible.

Trevize guardó silencio de nuevo. La ministra esperó un momento y después prosiguió, imperturbable como siempre.

—Bueno, consejero, en ambos casos, por acuerdo privado o por acción legal, estamos resueltos a tener la nave. La pena por traer un pasajero indocumentado dependerá del camino que sigamos. Exija el procedimiento judicial y ella representará un punto más en contra de usted; además, todos ustedes habrán de cumplir la pena por ese delito, pena que puedo asegurarle no será leve. Lleguemos a un acuerdo, y su pasajera será enviada en un vuelo comercial al destino que ella elija y, ya que hablamos de esto, ustedes dos podrán acompañarla si lo desean. O bien, si la Fundación está dispuesta a ello, podemos ofrecerle a usted una de nuestras naves, perfectamente equipada; siempre, como es natural, que la Fundación la sustituya con una nave equivalente de las suyas. Y, si por alguna razón usted no desea volver a territorio controlado por la Fundación, estaríamos dispuestos a ofrecerle refugio aquí y, tal vez, la ciudadanía comporelliana. Como puede ver, tiene mucho que ganar en caso de que lleguemos a un acuerdo amistoso, y nada en absoluto si insiste en sus derechos legales.

—Ministra, se precipita usted —dijo Trevize—. Promete lo que no puede cumplir. No puede ofrecerme refugio en el momento que la Fundación le ha ordenado que me entregue a ella.

—Consejero —respondió la ministra—, yo nunca prometo lo que no puedo cumplir. La orden de la Fundación se refiere sólo a la nave. No me han ordenado nada con referencia a usted como individuo, ni con respecto a sus acompañantes. Repito que la orden se refiere únicamente a la nave.

Trevize miró a Bliss rápidamente.

—¿Me da usted su permiso, ministra —preguntó él—, para consultar un momento con el doctor Pelorat y Miss Bliss?

—Desde luego, consejero. Le concedo quince minutos.

—En privado, ministra.

—Les conducirán a una habitación y, quince minutos después, serán traídos aquí de nuevo, consejero. No les molestarán mientras se encuentren allí, ni trataremos de escuchar su conversación. Le doy mi palabra de ello, y siempre cumplo lo que prometo. Sin embargo, les custodiarán adecuadamente para que no cometan la locura de intentar escapar.

—Lo comprendemos, ministra.

—Y, cuando regresen, confío en que usted se avendrá a entregar la nave. De no ser así, la justicia continuará su curso, y será mucho peor para todos ustedes, consejero. ¿Comprendido?

—Comprendido, ministra —respondió Trevize, ahogando su furor a duras penas porque la manifestación de éste no iba a hacerle ningún bien.

18

Entraron en una habitación pequeña, pero bien iluminada. En ella había un sofá y dos sillones, y se oía el suave zumbido de un ventilador. En conjunto, era mucho más cómoda que el grande y aséptico despacho de la ministra.

Un guardia grave y alto les había conducido hasta allí, sin apartar la mano de la culata de su arma. Al entrar ellos se quedó fuera.

—Tiene quince minutos —avisó con voz dura.

No bien hubo dicho esas palabras, la puerta se cerró suavemente, con un chasquido.

—Espero que no puedan escucharnos —dijo Trevize.

—Nos ha dado su palabra, Golan —le recordó Pelorat.

—Juzgas a los demás por ti mismo, Janov. Lo que ella llama su «palabra» no me basta. La romperá sin vacilar un momento si así le conviene.

—No importa —dijo Bliss—. Puedo escudar este lugar.

—¿Tienes un aparato protector? —preguntó Pelorat.

Bliss sonrió, mostrando súbitamente sus blancos dientes.

—La mente de Gaia es un escudo protector, Pel. Es una mente enorme.

—Estamos aquí —dijo Trevize con ira— gracias a las limitaciones de esa enorme mente.

—¿Qué quieres decir? —preguntó Bliss.

—Cuando la triple confrontación se rompió, tú me apartaste de las mentes de la alcaldesa y del segundo fundador, Gendibal. Ninguno de los dos volvió a pensar en mí, salvo con distanciamiento e indiferencia. Tenía que quedarme solo.

—Tuvimos que hacerlo —dijo Bliss—. Tú eres nuestro recurso más importante.

—Sí. Golan Trevize, el que nunca se equivoca. Pero no retiraste mi nave de sus mentes, ¿verdad? La alcaldesa Branno no me pidió a mí; yo no les interesaba, pero *pidió* la nave. No había olvidado la nave.

Bliss frunció el entrecejo.

—Piénsalo —continuó Trevize—. Gaia pensó que yo incluía mi nave en mí, que formábamos una unidad. Si Branno no pensaba en mí, no pensaría en la nave. Lo malo es que Gaia no comprende la individualidad. Creyó que la nave y yo éramos un solo organismo, y en esto se equivocó.

—Es posible —repuso Bliss con suavidad.

—Entonces —dijo Trevize llanamente—, tú tienes que rectificar ese error. Debo tener mi nave gravítica y mi ordenador. Todo lo demás carece de importancia. Por consiguiente, Bliss, haz que conserve la nave. Tú puedes controlar las mentes.

—Sí, Trevize, pero yo no ejerzo ese control a la ligera. Lo hicimos en relación con la triple confrontación, pero, ¿sabes cuánto tiempo se tardó en preparar, en calcular, en sopesar aquella confrontación? Se necesitaron, literalmente, muchos años. Yo no puedo acercarme a una mujer por las buenas y ajustar su mente de la manera que más convenga a alguien.

—Pero esta vez...

—Si iniciase ese recurso de acción —prosiguió Bliss con gran energía—, ¿adónde iríamos a parar? Habría podido influir en la mente del agente de la estación de entrada y no hubiésemos tenido problemas para pasar inmediatamente. Habría podido influir en la mente del conductor del vehículo, y nos habría soltado.

—Bueno, ya que tú lo dices, ¿por qué no lo hiciste?

—Porque no sabemos adónde nos habría conducido esto. No conocemos los efectos secundarios, que podrían empeorar la situación. Si ahora arreglase la mente de la ministra a mí manera, esto afectaría a sus tratos con las personas con quienes se pusiese en contacto y, como ella desempeña un alto cargo en su Gobierno, podría afectar a las relaciones interestelares. Hasta que el asunto esté completamente aclarado, no me atrevo a tocar su mente.

—Entonces, ¿por qué estás con nosotros?

—Porque puede llegar un momento en que tu vida corra peligro, y yo debo protegerla a toda costa, incluso a costa de la de Pel o de la mía. Tu vida no estuvo en peligro en la estación de entrada. Tampoco ahora. Tú debes resolver esta situación, al menos hasta que Gaia calcule las consecuencias de alguna clase de acción y decida tomarla.

—Si es así —dijo Trevize, después de un momento de reflexión—, tendré que intentar algo. Y puede que no funcione.

La puerta se abrió tan silenciosamente como se había cerrado.

—Salgan —dijo el guardia.

—¿Qué vas a hacer, Golan? —murmuró Pelorat mientras salían.

Trevize sacudió la cabeza.

—No lo sé. Tendré que improvisar.

19

La ministra Lizalor seguía ante su mesa cuando ellos volvieron al despacho. Al verles entrar, una fría sonrisa se pintó en su semblante.

—Espero, consejero Trevize, que haya vuelto para comunicarme que entregará esa nave de la Fundación.

—He vuelto, ministra —respondió Trevize serenamente—, para discutir las condiciones.

—No hay condiciones a discutir, consejero. Si usted insiste en un juicio, éste puede prepararse rápidamente y celebrarse con más rapidez aún. Aunque se trate de un juicio justo, puedo asegurarle que serán condenados, ya que el delito de introducir aquí una persona indocumentada es evidente e indiscutible. Después, tendremos perfecto derecho a secuestrar la nave y ustedes tres deberán cumplir graves penas. No nos obligue a infligírselas, sólo por demorar nuestra acción un día.

—Sin embargo, hay términos que discutir, porque, por muy rápido que se nos juzgue y condene, ministra, ustedes no podrán apoderarse de la nave sin mi consentimiento. Cualquier intento que hagan para entrar en ella por la fuerza, significará su destrucción, así como la del puerto espacial y la de todas las personas que se encuentren en él. Lo cual enfurecería a la Fundación, por lo que usted no se atreverá a hacerlo. Amenazarnos o maltratarnos para obligarme a abrir la nave es, sin duda alguna, contrario a su ley, y si quebranta ésta y nos someten a torturas, o incluso a un período de cruel y desacostumbrado encarcelamiento, la Fundación se enterará de ello y se enfurecerá todavía más. Por mucho que ellos quieran tener la nave, no tolerarán que se siente un precedente que permitiría maltratar a cualquier ciudadano de la Fundación. ¿Hablamos de condiciones?

—Todo eso son tonterías —repuso, burlona, la ministra—. Si es necesario, llamaremos a la Fundación. Ellos sabrán cómo se abre su propia nave o le obligarán a usted a abrirla.

—No me ha dado mi tratamiento, ministra —dijo Trevize—, pero sufre un trastorno emocional y puedo perdonárselo. Sabe que lo último que usted haría sería llamar a la Fundación, ya que no tiene intención de entregarles la nave.

La sonrisa se desvaneció del semblante de la ministra.

—¿Qué insensatez está diciendo, consejero?

—Una insensatez, ministra, que tal vez sería mejor que otros no oyesen. Deje que mi amigo y la joven vayan a una cómoda habitación de hotel y tengan el descanso que tanto necesitan, y diga también a sus guardias que salgan. Pueden esperar detrás de la puerta y dejarle una de sus armas. Usted es toda una mujer y, con un arma en la mano, nada tiene que temer de mí. Yo no llevo ninguna.

La ministra se inclinó sobre la mesa.

—Nada tengo que temer de usted, en ningún caso.

Sin mirar atrás, hizo una seña a uno de los guardias, el cual se acercó al momento y se detuvo a su lado, haciendo entrechocar los tacones.

—Guardia, lleve a ése y a ésa a la Suite 5. Tienen que permanecer allí, cómodamente y bien vigilados. Le hago responsable de cualquier mal trato que reciban, así como de cualquier fallo en las medidas de seguridad.

Se puso en pie y, a pesar de su determinación de no dejarse intimidar, Trevize vaciló un poco. Era alta, al menos tan alta como él mismo, con un metro ochenta y cinco, y quizás uno o dos centímetros más. Tenía estrecha la cintura, y los galones blancos que cruzaban su pecho continuaban alrededor del talle, haciendo que éste pareciese más estrecho aún. Había una gracia imponente en toda ella, y Trevize pensó con tristeza que su declaración de que nada tenía que temer de él era muy correcta. En un combate de lucha libre, pensó, le costaría poco ponerle de espaldas sobre la lona.

—Venga conmigo, consejero —pidió ella—. Si va a decir tonterías, cuantos menos las oigan, será mejor para su seguridad.

Echó a andar a paso vivo y Trevize la siguió, sintiéndose como sumido en su gran sombra, sensación que nunca había experimentado con ninguna otra mujer.

Entraron en un ascensor y, mientras la puerta se cerraba tras ellos, la ministra dijo:

—Ahora estamos solos, consejero, y si se ha hecho la ilusión de que puede obligarme por la fuerza a realizar algo que lleva entre ceja y ceja, por favor, olvídelo. —El sonsonete de su voz se hizo más pronunciado al añadir, en tono claramente divertido—: Parece usted un ejemplar bastante vigoroso, pero le aseguro que nada me costaría romperle un brazo..., o la espalda, si fuese preciso. Llevo un arma, pero no tendría necesidad de utilizarla.

Trevize se rascó una mejilla y resiguió con la mirada el cuerpo de la mujer, de abajo arriba.

—Ministra, puedo luchar con cualquier hombre de mi peso, pero ya he decidido eludir todo combate contra usted. Cuando alguien me supera, sé reconocerlo.

—Bien —dijo ella, y pareció complacida.

—¿Adónde vamos, ministra? —preguntó Trevize.

—¡Abajo! Muy abajo. Pero no se alarme. Supongo que en los hiperdramas esto sería un acto preliminar de su encierro en una mazmorra; pero en Comporellon no tenemos mazmorras, sólo prisiones normales. Vamos a mi apartamento particular; no es tan romántico como una mazmorra de los malos y viejos tiempos del Imperio, pero sí mucho más cómodo.

Cuando el ascensor se detuvo y salieron de él, Trevize calculó que debían encontrarse a cincuenta metros al menos por debajo de la superficie del planeta.

20

Trevize contempló el apartamento con visible sorpresa.

—¿Le desagrada mi vivienda, consejero? —preguntó la ministra, fríamente.

—No, no hay motivo para ello, ministra. Sólo estoy sorprendido. Resulta algo inesperado para mí. La impresión que tenía de su mundo, por lo poco que había visto desde mi llegada, era de severidad, evitando todo lujo superfluo.

—Y está en lo cierto, consejero. Nuestros recursos son limitados y nuestra vida tiene que ser tan dura como nuestro clima.

—Pero esto, ministra —y Trevize extendió ambas manos como para abarcar la habitación, donde, por primera vez en aquel mundo, veía color; los divanes tenían almohadones; la luz de las paredes iluminadas era suave, y el suelo aparecía alfombrado de manera que no se oían las pisadas—, esto es, sin duda alguna, lujoso.

—Como usted ha dicho, consejero, nosotros rechazamos el lujo inútil, ostentoso, excesivamente costoso. Éste, sin embargo, es un lujo peculiar, que resulta útil. Yo trabajo de firme y tengo muchas responsabilidades.

Necesito un lugar donde pueda olvidar, de manera temporal, las dificultades de mi cargo.

—¿Y todos los comporellianos viven así cuando los otros no los ven, ministra?

—Depende del grado de trabajo y de responsabilidad. Son pocos los que pueden permitírselo, o se lo merecen, o lo desean, al aplicarse nuestro código moral.

—Usted, ministra, puede permitírselo..., se lo merece..., y..., ¿lo desea?

—El rango comporta privilegios, además de deberes —dijo la ministra—. Y ahora, siéntese, consejero, y hábleme de sus locuras.

Se arrellanó en el diván, que cedió bajo su peso, e indicó a Trevize un sillón, igualmente blando, delante de ella y a poca distancia.

Trevize se sentó.

—¿Locuras, ministra?

Ella se relajó visiblemente, apoyando el codo derecho sobre un cojín.

—En una conversación privada no hace falta observar las normas estrictas de la cortesía. Puede usted llamarle Lizalor. Yo le llamaré Trevize. Dígame lo que piensa, Trevize, y lo estudiaremos.

Él cruzó las piernas y se retrepó en su sillón.

—Usted, Lizalor, me dio a elegir entre entregarle voluntariamente la nave o someterme a un juicio formal. En ambos casos, usted terminaría haciéndose con la nave. Sin embargo, se ha desviado de su camino para persuadirme de que elija la primera alternativa. Está dispuesta a proporcionarme otra nave en sustitución de la mía, para que mis amigos y yo podamos ir adonde queramos. Incluso podríamos quedarnos en Comporellon y solicitar la ciudadanía, si lo prefiriésemos. Además, y aunque esto es de menor importancia, me concedió quince minutos para consultar con mis amigos, y me ha traído a su apartamento privado, mientras ellos disfrutan, según presumo, de cómodas habitaciones. En una palabra, usted está intentando sobornarme, Lizalor, para que le entregue la nave sin necesidad de celebrar un juicio.

—Vamos, Trevize, ¿me cree incapaz de tener impulsos humanos?

—Sí.

—¿O de pensar que una entrega voluntaria sería más rápida y conveniente que un juicio?

—¡Sí! Supongo que se trata de otra cosa.

—¿Y es?

—El juicio tiene un grave inconveniente: es público. Usted se ha referido varias veces al riguroso sistema legal de este planeta, y sospecho que sería difícil celebrar un juicio sin la debida constancia. Si es así, la Fundación se enteraría de ello y usted tendría que entregar la nave en cuanto terminasen de juzgarnos.

—Desde luego —admitió Lizalor, con semblante inexpresivo—, la Fundación es dueña de la nave.

—En cambio —dijo Trevize—, un acuerdo privado conmigo no necesitaría constar de manera oficial. Usted tendría la nave y, dado que la Fundación no se enteraría, pues ni siquiera sabe que nosotros nos encontramos aquí, Comporellon podría quedársela. Estoy seguro de que eso es lo que usted pretende.

—¿Por qué habríamos de hacerlo? —preguntó mientras su rostro permanecía inexpresivo—. ¿Acaso no formamos parte de la Confederación de la Fundación?

—No del todo. Su condición es la de Potencia Asociada. En todos los mapas galácticos en que los mundos que son miembros de la Federación aparecen en rojo, Comporellon y sus mundos dependientes están representados en rosa pálido.

—Aun así, como Potencia Asociada, es indudable que cooperaríamos con la Fundación.

—¿Lo harían? ¿No estará soñando Comporellon en la independencia total o incluso en el liderazgo? Ustedes son un mundo viejo. Casi todos los mundos pretenden tener más años de los verdaderos, pero Comporellon los *tiene* realmente.

La ministra Lizalor se permitió ahora esbozar una fría sonrisa.

—Es el más viejo de todos, si hemos de creer a algunos de nuestros entusiastas.

—¿No pudo haber un tiempo en que Comporellon fue ciertamente el líder de un pequeño grupo de mundos? ¿Y no podría ocurrir que soñase con recuperar la perdida posición de poder?

—¿Cree usted que nuestros sueños los llena un objetivo tan imposible? Antes de conocer sus pensamientos, dije que eran una locura, y, ahora que los conozco, veo que no me equivocaba.

—Puede haber sueños imposibles y, sin embargo, seguir soñando con ellos. Terminus, que está situado en el borde de la Galaxia y cuya Historia de cinco siglos es más corta que la de cualquier otro mundo, gobierna virtualmente toda la Galaxia. ¿Por qué no habría de hacerlo Comporellon? —dijo Trevize, sonriendo.

Lizalor permaneció grave.

—Según tenemos entendido, Terminus alcanzó aquella posición gracias al «Plan» de Hari Seldon.

—Ésa es la palanca psicológica de su superioridad, y tal vez se mantenga sólo mientras la gente lo crea. Es posible que el Gobierno comporelliano no sea lo mismo. Aun así, Terminus goza también de una fuerza tecnológica. La hegemonía de Terminus sobre la Galaxia se apoya en su avanzada tecnología, de la cual es ejemplo la nave gravítica que ustedes están tan ansiosos de poseer. Ningún mundo, salvo Terminus, dispone de naves gravíticas. Si Comporellon pudiese tener una y aprender su funcionamiento con detalle, daría un gigantesco paso tecnológico hacia delante. Yo no creo que eso bastase para quitarle el liderazgo a Terminus; pero es posible que su gobierno sí lo crea.

—¿No puede usted hablar en serio? —preguntó Lizalor—. Cualquier gobierno que retuviese la nave contra la voluntad de la Fundación se expondría, sin duda, a las iras de ésta, y la Historia demuestra que la cólera de la Fundación puede ser terrible.

—Pero la Fundación —dijo Trevize— sólo se encolerizaría si hubiese algo capaz de despertar su ira.

—En ese caso, Trevize, suponiendo que su análisis de la situación no fuese una locura, ¿no le convendría entregarnos la nave y hacer un buen negocio? Le pagaríamos bien si pudiésemos conseguirla reservadamente, siempre que su argumentación se ajustase a la verdad.

—¿Confiarían ustedes en que no informaría a la Fundación?

—Desde luego. Ya que debería informar de su participación en el negocio también.

—Podría alegar que había actuado bajo coacción.

—Sí. A menos que su sentido común le dijese que su alcaldesa nunca lo creería. Vamos, hagamos un trato.

Trevize sacudió la cabeza.

—No lo haré, Mrs. Lizalor. La nave es mía y debe seguir siéndolo. Como ya le he dicho, estallará con extraordinaria potencia si intentan forzar la entrada. Le aseguro que le digo la verdad. No piense que se trata de un farol.

—*Usted* podría abrirla y dar nuevas instrucciones al ordenador.

—Sin duda alguna, pero no lo haré.

Lizalor lanzó un profundo suspiro.

—Sabe que podríamos obligarle a cambiar de idea, no por lo que le hiciésemos a usted, sino a su amigo, el doctor Pelorat, o a aquella joven.

—¿Torturas, ministra? ¿Es ésta su ley?

—No, consejero. No tendríamos que recurrir a semejante brutalidad. Siempre existe la Sonda Psíquica.

Por primera vez desde que había entrado en el apartamento de la ministra, Trevize sintió un escalofrío.

—Tampoco pueden hacer eso. El empleo de la Sonda Psíquica está prohibido, salvo para fines médicos, en toda la Galaxia.

—Pero es un caso desesperado...

—Estoy dispuesto a arriesgarme a ello —respondió serenamente Trevize—, porque no les serviría de nada. Mi resolución de retener la nave es tan profunda, que la Sonda Psíquica destruiría mi mente antes de que yo se la entregase.

«Esto sí que es un farol», pensó, y el escalofrío se hizo más fuerte.

—Y aunque fuesen capaces de persuadirme sin destruir mi mente y yo abriese la nave, la desarmase y se la entregara, tampoco les serviría de nada. El ordenador que lleva es más avanzado aún que la propia nave y no sé cómo está concebido que sólo funciona bien conmigo. Es lo que podríamos llamar un ordenador para una sola persona.

—Entonces, supongamos que usted conservase su nave y siguiese pilotándola. ¿Querría hacerlo para nosotros, como digno ciudadano comporelliano? El salario sería muy elevado. Podría vivir lujosamente. Y también sus amigos.

—No.

—¿Y qué sugiere? ¿Que dejemos, por las buenas, que usted y sus amigos embarquen en su nave y se adentren con ella en la Galaxia? Le advierto que antes de permitirle hacer eso, informaríamos a la Fundación de que usted se encuentra aquí con su nave, y dejaríamos el asunto en sus manos.

—¿Y perderían la nave?

—Si ha de ocurrir así, quizá prefiriésemos entregarla a la Fundación antes que a un descarado forastero.

—Entonces, permita que le proponga un acuerdo.

—¿Un acuerdo? Bueno, le escucho. Prosiga.

—Estoy desempeñando una misión importante —dijo Trevize, midiendo sus palabras—. Ésta empezó con el apoyo de la Fundación. Al parecer, ese apoyo ha sido suspendido, pero la misión sigue teniendo gran importancia. Que sea Comporellon quien me apoye ahora y, si termino la misión con éxito, Comporellon saldrá beneficiada.

Lizalor lo miró, con expresión de duda.

—¿Y no devolverá la nave a la Fundación?

—Nunca planeé hacerlo. La Fundación no buscaría la nave tan desesperadamente si creyese que yo tenía intención de devolvérsela.

—Eso no significa que nos la entregará a nosotros.

—En cuanto yo haya terminado la misión, la nave puede dejar de serme útil. En ese caso, no tendría inconveniente en que pasase a poder de Comporellon.

Los dos se miraron en silencio durante unos momentos.

—Emplea usted el condicional —dijo Lizalor—. La nave «puede dejar...». Eso carece de valor para nosotros.

—Podría hacer promesas formidables, pero, ¿qué valor tendrían para ustedes? El hecho de que mis promesas sean prudentes y limitadas debería demostrarle que al menos son sinceras.

—Inteligente —dijo Lizalor, asintiendo con la cabeza—. Me gusta. Bueno, ¿cuál es su misión y cómo puede beneficiar a Comporellon?

—No, no —dijo Trevize—, ahora le toca a usted responder. ¿Me apoyará si le demuestro que la misión es importante para Comporellon?

La ministra Lizalor se levantó del sofá, alta e imponente.

—Tengo hambre, consejero Trevize, y no hablaré más con el estómago vacío. Le ofreceré algo de comer y de beber..., con moderación. Después, terminaremos la conversación.

Y a Trevize le dio la sensación de que la expresión de la mujer en aquel momento era bastante parecida a la de un animal carnívoro, lo cual le hizo apretar los labios con cierta inquietud.

21

Quizá la comida fuese nutritiva, pero no resultaba muy agradable al paladar. El plato fuerte consistía en carne de buey servida en una salsa de mostaza, con una guarnición de una verdura que Trevize no reconoció, ni le gustó, pues tenía un desagradable sabor amargo y salado. Más tarde se enteró de que era una clase de alga.

Después, comieron un pedazo de fruta que sabía a manzana, aunque también un poco a melocotón (en realidad, no era mala) y tomaron un brebaje caliente y oscuro, lo bastante amargo para que Trevize dejase la mitad y se preguntara si podía beber un poco de agua fresca. Las raciones eran muy pequeñas, pero, dadas las circunstancias, a Trevize no le importó.

La comida se desarrolló en privado, sin ningún criado a la vista. La ministra, personalmente, calentó y sirvió los alimentos y, después, se llevó los platos y los cubiertos.

—Espero que le haya gustado la comida —dijo ella, mientras salían del comedor.

—Mucho —respondió Trevize, sin entusiasmo.

—Volvamos —dijo Lizalor, sentándose de nuevo en el sofá— a lo que estábamos discutiendo. Dijo usted que Comporellon podía estar resentido por el liderazgo tecnológico de la Fundación y su dominio sobre la Galaxia. En cierto modo, no está equivocado, pero ese aspecto de la situación sólo interesaría a los que se encuentran metidos en política interestelar, que son relativamente pocos. Mucho más importante resulta el hecho de que el comporelliano medio está horrorizado ante la inmoralidad que impera en la Fundación. Esta inmoralidad reina en la mayoría de los mundos, pero parece más exagerada en Terminus. Yo diría que el sentimiento que existe en este mundo contra Terminus se debe más a ese asunto que a cuestiones abstractas.

—¿Inmoralidad? —preguntó Trevize, confuso—. Sean cuales fueren los defectos de la Fundación, tiene usted que reconocer que gobierna esta parte de la galaxia con eficacia y honradez fiscal. Los derechos civiles son respetados y...

—Consejero Trevize, me refiero a la moralidad *sexual*.

—En tal caso, de verdad que no la comprendo. Somos una sociedad moral por completo, sexualmente hablando. Las mujeres se hallan bien representadas en cada faceta de la vida social. Nuestro alcalde es una mujer y casi la mitad del Consejo está compuesto por...

La ministra se permitió una expresión de impaciencia.

—¿Se burla usted de mí, consejero? Sin duda conoce

el significado de moralidad sexual. ¿Es o no es el matrimonio un sacramento en Terminus?

—¿Qué quiere decir con lo de sacramento?

—¿Hay alguna ceremonia formal para unir a una pareja en matrimonio?

—Sí, para los que lo desean. Esa ceremonia simplifica los problemas fiscales y de herencia.

—Pero se pueden celebrar divorcios.

—Desde luego. Sería sexualmente inmoral mantener unidas a dos personas así...

—¿No existen las restricciones religiosas?

—¿Religiosas? Hay personas que hacen filosofía partiendo de antiguos cultos; pero, ¿qué tiene esto que ver con el matrimonio?

—En Comporellon, consejero, cada aspecto del sexo está muy controlado. El acto sexual no se realiza fuera del matrimonio. E incluso dentro de éste, hay limitaciones. Nos producen una triste impresión esos mundos, y Terminus en particular, donde el sexo parece considerarse un mero placer social, sin que importe gran cosa el cómo, cuándo y con quién ni los valores de la religión.

Trevize se encogió de hombros.

—Lo siento, pero yo no puedo encargarme de reformar la Galaxia o siquiera Terminus..., ¿y qué tiene eso que ver con el asunto de mi nave?

—Estoy hablando de la opinión pública en el asunto de su nave y de cómo limita aquélla mi capacidad de llegar a un compromiso. El pueblo de Comporellon se horrorizaría si descubriese que ha llevado una mujer joven y atractiva a bordo, para satisfacer su lúbrico afán y el de su compañero. Si le aconsejé que aceptase una rendición pacífica en vez de un juicio público, fue en consideración a la seguridad de ustedes tres.

—Veo —dijo Trevize— que ha aprovechado usted la comida para pensar un nuevo tipo de persuasión por la amenaza. ¿Debo temer ahora un linchamiento?

—Sólo le advierto del peligro. ¿Puede usted negar que la mujer que iba con ustedes a bordo de la nave es algo más que una conveniencia sexual?

—Claro que puedo negarlo. Bliss es la compañera de mi amigo el doctor Pelorat, la única que tiene. Tal vez usted no defina su relación como matrimonial, pero creo que en la mente de Pelorat, y también en la de la mujer, existe un matrimonio entre ellos.

—¿Me está diciendo que usted no se encuentra involucrado a nivel personal?

—Claro que no —respondió Trevize—. ¿Por quién me ha tomado?

—No puedo decirlo. Desconozco su concepto de la moralidad.

—Entonces, permítame que le explique que ese concepto me impide jugar con los bienes..., o las compañías, de mi amigo.

—¿No se siente siquiera tentado?

—No puedo controlar el hecho de la tentación, pero nunca caeré en ella.

—¿Nunca? Tal vez las mujeres no le interesan.

—No piense tal cosa. Me interesan.

—¿Cuánto tiempo hace que no ha tenido una relación sexual con una mujer?

—Meses. Ninguna en absoluto desde que salí de Terminus.

—No debe resultarle agradable.

—Cierto que no —dijo Trevize, con sinceridad—, pero la situación es tal que no tengo elección.

—Supongo que su amigo, Pelorat, al advertir su sufrimiento, estaría dispuesto a compartir su mujer con usted.

—Yo no doy señales de sufrir, pero aun en el caso de que las diese, él no estaría dispuesto a compartir Bliss. Y creo que tampoco ella lo consentiría. No se siente atraída por mí.

—¿Lo dice porque ya ha tanteado el terreno?

—Nada de eso. He sacado esta conclusión, sin pensar que fuese necesario comprobarla. En todo caso, no le tengo mucha simpatía.

—¡Asombroso! Cualquier hombre la consideraría atractiva.

—Físicamente, *es* atractiva. Sin embargo, a mí no me

131

interesa. Entre otras cosas, porque es demasiado joven, demasiado infantil en algunos aspectos.

—Entonces, ¿prefiere usted las mujeres maduras?

Trevize no contestó en seguida. ¿Sería una trampa?

—Soy lo bastante viejo para que me gusten algunas mujeres maduras —dijo después, precavidamente—. Pero, ¿qué tiene que ver esto con mi nave?

—De momento, olvídese de ella —contestó Lizalor—. Yo tengo cuarenta y seis años y soy soltera. He estado demasiado ocupada con mi trabajo para casarme.

—En tal caso, según las normas de su sociedad, usted tiene que haber observado continencia durante toda su vida. ¿Ha sido por eso que me ha preguntado cuánto tiempo hace que no he tenido relaciones sexuales? ¿Acaso pide mi consejo sobre esta cuestión? Le diré que esto no es como la comida y la bebida. La continencia resulta incómoda, pero no imposible.

La ministra sonrió, y aquella expresión carnívora apareció de nuevo en sus ojos.

—No me interprete mal, Trevize. El rango tiene sus privilegios y permite la discreción. Mi continencia no es total. Sin embargo, encuentro a los hombres de Comporellon poco satisfactorios. Yo reconozco que la moralidad es un bien absoluto, pero tiende a infundir un sentimiento de culpabilidad a los varones de este mundo, de manera que se vuelven recatados, tímidos, lentos en empezar, rápidos en terminar y, en general, torpes.

—Tampoco puedo hacer nada a este respecto —adujo Trevize con prudencia.

—¿Quiere usted decir que la culpa puede ser mía? ¿Que no soy incitante?

Trevize levantó una mano.

—No he dicho eso, en absoluto.

—En tal caso, ¿cómo reaccionaría *usted*, si se presentase la ocasión? Usted, un hombre de un mundo inmoral, que debe de haber tenido muchas y variadas experiencias sexuales, que se halla bajo la presión de varios meses de abstinencia forzosa y con la presencia constante de una mujer joven y atractiva. ¿Cómo reaccionaría *usted* en presencia de alguien como yo, del tipo maduro que declara que le gusta?

—Me comportaría con el respeto y la corrección debidos a su rango y a su importancia.

—¡No sea tonto! —dijo la ministra.

Se llevó la mano al lado derecho de su cintura. La tira blanca que la ceñía se aflojó, soltándose del pecho y del cuello. El cuerpo del vestido negro quedó más holgado a simple vista.

Trevize permaneció como petrificado. ¿Era eso lo que había pretendido ella desde..., desde cuándo? ¿O se trataba de un soborno para conseguir lo que no había logrado con sus amenazas?

El cuerpo del vestido se deslizó hacia abajo y, con él, lo que sujetaba firmemente los senos. Ella siguió sentada allí, con una expresión de orgulloso desdén en su semblante, desnuda de cintura para arriba. Sus pechos eran una versión reducida de su femineidad: macizos, firmes, imponentes.

—¿Y bien? —dijo.

—¡Magnífico! —exclamó Trevize con sinceridad.

—¿Y qué piensa usted hacer?

—¿Qué ordena la moral en Comporellon, señora Lizalor?

—¿Qué le importa eso a un hombre de Terminus? ¿Qué ordena *su* moral? Vamos, empiece. Mi pecho está frío y necesita calor.

Trevize se levantó y empezó a desnudarse.

VI. LA NATURALEZA DE LA TIERRA

22

Trevize se sentía casi como drogado, y se preguntaba cuánto tiempo había transcurrido.

Junto a él, Mitza Lizalor, ministra de Transportes, yacía tumbada de bruces, vuelta la cabeza a un lado, abierta la boca y roncando a pierna suelta. Trevize se alegró de ello. Confió en que, cuando se despertase, observara que había estado durmiendo.

Él se moría de ganas de descansar, pero sabía que era importante no hacerlo. Ella no debía despertarse y verle dormido. Tenía que darse cuenta de que, mientras había estado sumida en la inconsciencia, él había aguantado. Ella esperaría esa resistencia de un hombre inmoral, criado en la Fundación y, en aquel momento, era mejor no defraudarla.

En cierto modo, se encontraba satisfecho de su actuación. Había previsto, correctamente, que Lizalor, dados su vigor y su corpulencia, su poder político, su desdén por los comporellianos con quienes se había acostado, su mezcla de horror y fascinación por las historias (¿qué historias habría oído?, se preguntó Trevize) sobre las hazañas sexuales de los decadentes de Terminus, querría que alguien la dominase. Y tal vez había

134

esperado incluso que él lo hiciera, sin ser capaz de expresar su deseo y sus esperanzas.

Él había actuado en esta creencia y, por fortuna, no se había equivocado. (Trevize, el hombre que estaba siempre en lo cierto, rió para sus adentros.) Había complacido a la mujer, y dirigiendo, al mismo tiempo, las acciones de manera que tendiesen a agotarla a ella, dejándole a él relativamente descansado.

No había sido fácil. Mitza tenía un cuerpo maravilloso (cuarenta y seis años, según ella, pero una atleta de veinticinco no se habría avergonzado de tener un cuerpo como el suyo) y una energía enorme, superada sólo por el imprudente brío con que la había derrochado.

Ciertamente, si fuese capaz de amansarla y enseñarla moderación; si la práctica (¿sobreviviría él mismo a esa práctica?) mejorase el sentido de la mujer de sus propias capacidades y, sobre todo, de las *de él*, podría ser agradable que...

Los ronquidos cesaron de pronto y ella se movió. Trevize apoyó una mano sobre el hombro femenino que tenía más cerca y le dio unas ligeras palmadas. Ella abrió los ojos. Trevize estaba apoyado sobre un codo y se esforzó en parecer descansado y lleno de vida.

—Me alegro de que hayas descansado —dijo—. Lo necesitas.

Ella sonrió, todavía soñolienta, y Trevize temió por un momento que sugiriese una repetición de sus actividades; pero sólo se dio la vuelta para ponerse boca arriba.

—Te juzgué correctamente desde el principio —murmuró, con voz suave y satisfecha—. Sexualmente, eres un rey.

—Hubiese tenido que ser más moderado —repuso Trevize, y trató de parecer modesto.

—Tonterías. Lo hiciste muy bien. Temía que hubieses agotado tus fuerzas con esa joven, aunque me aseguraste que nada habías tenido que ver con ella. *Es* verdad, ¿eh?

—¿A ti qué te parece? ¿He actuado como un varón saciado, siquiera a medias?

—No, claro que no. —Y rió estrepitosamente.

—¿Piensas todavía en las Sondas Psíquicas?

—¿Estás loco? —rió ella de nuevo—. ¿Cómo querría perderte *ahora*?

—Sin embargo, sería mejor que me perdieses por un tiempo...

—¿Qué? —dijo ella, frunciendo el ceño.

—Si me quedase aquí de un modo permanente, mi..., querida mía, ¿cuánto tiempo tardaría la gente en empezar a observarnos y a murmurar? En cambio, si siguiese adelante con mi misión, tendría que regresar periódicamente para informarte, y, entonces, sería natural que permaneciésemos juntos durante un tiempo... Y mi misión *es* importante.

Ella reflexionó, rascándose distraídamente la cadera derecha.

—Creo que tienes razón —dijo después—. Me fastidia esta idea..., pero creo que estás en lo cierto.

—Y no debes pensar que no volveré —añadió Trevize—. No soy tan insensato como para olvidar lo que estará esperándome aquí.

Ella sonrió, le acarició la mejilla y dijo, mirándole a los ojos:

—¿Te ha resultado agradable, amor mío?

—Mucho más que agradable, querida.

—Sin embargo, tú eres de la Fundación. Un hombre de Terminus en la flor de la juventud. Debes estar acostumbrado a toda clase de mujeres, llenas de habilidad...

—Nunca conocí a ninguna, a *ninguna*, que pudiese compararse contigo ni remotamente —dijo Trevize, con una energía que nada le costó, pues, a fin de cuentas, decía la verdad.

—Bueno, si tú lo dices... —murmuró amablemente Lizalor—. Sin embargo, genio y figura hasta la sepultura, ¿sabes?, y no puedo confiar en la palabra de un hombre sin que me dé alguna garantía. Tú y tu amigo Pelorat podréis salir para desempeñar vuestra misión, en cuanto me digas cuál es y yo la haya aprobado, pero la joven se quedará aquí. Será bien tratada, no temas, pero supongo que el doctor Jelorat estará ansioso de verla y cuidará de que regreséis a menudo a Comporellon, suponiendo que tu entusiasmo por esta misión te tiente a prolongar demasiado tus ausencias.

—Pero eso es imposible, Lizalor.

—¿De veras? —dijo mientras el recelo se pintaba al punto en sus ojos—. ¿Por qué es imposible? ¿Para qué necesitas a esa mujer?

—No para acostarme con ella. Te lo he dicho, y es la pura verdad. Pertenece a Pelorat y no me interesa sexualmente. Además, estoy seguro de que se le partiría el espinazo si intentase lo que tú has realizado con tanta facilidad.

Lizalor iba a sonreír, pero se contuvo y replicó:

—Entonces, ¿por qué te importa si se queda o no en Comporellon?

—Porque es esencial para nuestra misión. Debe venir con nosotros.

—Bueno, ¿y de qué misión se trata? Ya va siendo hora de que me lo digas.

Trevize vaciló sólo un instante. Tendría que decirle la verdad. No se le ocurría ninguna mentira que pudiese resultar convincente.

—Escucha —dijo—. Comporellon puede ser un mundo viejo, incluso estar incluido entre los más viejos, pero no es el *más* viejo. La vida humana no tuvo su origen aquí. Los primeros seres humanos vinieron desde otro mundo, y tal vez la vida humana tampoco nació en aquél, sino que llegó de otro distinto, y de otro. Dicho en pocas palabras, estos sondeos en los tiempos pasados tienen que acabar: debemos encontrar el primer mundo, el mundo de origen de la especie humana. Estoy buscando la Tierra.

Se sobresaltó al ver el súbito cambio que se produjo en Mitza Lizalor.

Ésta abrió mucho los ojos, su respiración se volvió agitada y todos los músculos de su cuerpo parecieron ponerse rígidos sobre la cama. Levantó los brazos con rigidez, los dedos índice y medio de cada mano, cruzados.

—Lo has nombrado —susurró ella, con voz ronca.

23

No dijo nada más; ni lo miró. Bajó los brazos lentamente, sacó las piernas de la cama y se sentó, dándole la espalda. Trevize permaneció inmóvil donde se encontraba.

Recordó las palabras de Munn Li Compor, cuando estaban los dos en el desierto centro turístico de Sayshell. Le parecía estar oyendo lo que dijo a su propio planeta ancestral, el mismo en el que Trevize se encontraba ahora: «Son muy supersticiosos acerca de esto. Cada vez que mencionan la palabra, levantan las dos manos y cruzan los dedos para evitar el maleficio.»

Pero era inútil recordarlo *a posteriori*.

—¿Cómo hubiese debido decirlo, Mitza? —murmuró.

Ella sacudió la cabeza ligeramente. Después se levantó y se dirigió a una puerta. La cerró a su espalda y, al cabo de un momento, se oyó ruido de agua.

Trevize no tuvo más remedio que esperar, preguntándose si debería reunirse con ella en la ducha, pero decidiendo que no sería conveniente hacerlo. Y, en cierto modo, merced a la impresión de que la ducha le era negada, al instante experimentó la necesidad de tomar una.

Ella salió al fin, en silencio, y empezó a coger su ropa.

—¿Te importaría si...? —comenzó Trevize.

Ella no le respondió y él interpretó su silencio como señal de aquiescencia. Al dirigirse al cuarto de baño, procuró adoptar un aire desenvuelto y varonil, aun cuando se sentía extraño, como en los días en que su madre, ofendida por alguna travesura de él, lo castigaba con su silencio, haciendo que se estremeciese debido a la inquietud.

Ya en el pequeño recinto de lisas paredes, miró a su alrededor. Allí no había nada.

Abrió la puerta de nuevo y sacó la cabeza.

—Escucha —dijo—, ¿qué debo hacer para abrir la ducha?

Ella dejó el desodorante (al menos Trevize pensó que ésa era su función), se dirigió al cuarto de la ducha y señaló la pared. Trevize siguió la dirección del dedo y observó una mancha redonda y débilmente rosada, como si el diseñador no hubiese querido estropear la lisa blancura sólo por darle un toque funcional.

Trevize se encogió de hombros, se acercó a la pared y tocó la mancha. Sin duda eso era lo que se debía hacer, pues, al cabo de un momento, sintió una rociada de agua procedente de todas las direcciones. Con la respiración entrecortada, tocó de nuevo aquel punto y la ducha cesó.

Abrió la puerta, sabiendo que su prestigio había descendido varios grados, porque temblaba tan fuerte que le costaba articular las palabras.

—¿Qué hay que hacer para que salga agua *caliente*? —gimió.

Ahora ella lo miró y, por lo visto, su aspecto pudo más que su irritación (o su miedo, o cualquier otra emoción penosa), pues rió entre dientes y después soltó una carcajada.

—¿Qué agua caliente? —preguntó—. ¿Crees que vamos a malgastar la energía para calentar el agua con que nos lavamos? Esa agua está templada, ha perdido su frialdad. ¿Qué más quieres? ¡Qué blanduchos sois los terminianos! ¡Vuelve ahí dentro y dúchate!

Trevize vaciló, pero no por mucho tiempo, ya que estaba claro que no tenía alternativa.

De muy mala gana tocó de nuevo aquel punto rosado y esta vez tensó su cuerpo para recibir la helada rociada. ¿Agua *tibia*? Vio que se formaba espuma sobre su cuerpo y lo frotó con rapidez, pensando que era el ciclo de lavado y presumiendo que no duraría mucho.

Entonces empezó el ciclo de aclarado. ¡Oh, el agua estaba templada! Bueno, tal vez no templada, pero menos fría, dándole esa impresión a su cuerpo completamente helado. Entonces, cuando se disponía a tocar la mancha rosada para cerrar la ducha y se preguntaba cómo había podido secarse Lizalor si allí no había ninguna toalla o cosa que se le pareciese, el agua dejó de manar. Fue seguida de una corriente de aire tan fuerte, que sin duda le habría derribado de no haberlo recibido de varias direcciones al mismo tiempo.

El aire era caliente, casi demasiado. Trevize sabía que para calentar el aire se requería menos energía que para hacerlo con el agua. El aire caliente hizo que su piel quedase seca y, a los pocos minutos, Trevize salió de la ducha como si nunca se hubiese mojado en su vida.

Lizalor parecía haberse recobrado completamente.

—¿Te sientes bien? —preguntó.

—Muy bien —respondió Trevize. En realidad, se encontraba asombrosamente relajado—. Lo único que tenía que hacer era prepararme para esa temperatura. Tú no me advertiste...

—Gallina —dijo Lizalor, con ligero desdén.

Trevize empleó el desodorante y después empezó a vestirse, advirtiendo que ella se había cambiado de ropa interior, cosa que él no podía hacer.

—¿Cómo hubiese debido llamar a..., a aquel mundo? —preguntó.

—Nosotros le llamamos el *Más Viejo*.

—¿Cómo iba yo a saber que el nombre que le di estaba prohibido? ¿Acaso me lo habías dicho?

—¿Me lo habías preguntado?

—¿Cómo iba yo a saberlo?

—Bien, ahora ya lo sabes.

—Puedo olvidarlo.

—Será mejor que eso no ocurra.

—¿Qué importancia tiene? —preguntó Trevize, sintiendo que empezaba a irritarse—. No es más que una palabra, un sonido.

—Hay palabras que no deben pronunciarse —dijo Lizalor severamente—. ¿Empleas tú todas las que conoces en cualquier circunstancia?

—Algunas palabras son vulgares; otras, inadecuadas; y algunas pueden resultar ofensivas en determinados casos. ¿A qué tipo pertenece la palabra que empleé?

—Es una palabra triste —dijo Lizalor—, solemne. Representa un mundo que fue antepasado de todos nosotros y que ya no existe. Esto es trágico, y lo sentimos porque aquel mundo se hallaba cerca de nosotros. Preferimos no hablar de él o, si debemos hacerlo, no pronunciar su nombre.

—¿Y por qué cruzaste los dedos? ¿Cómo mitiga eso la ofensa o la tristeza?

Lizalor se ruborizó.

—Fue una reacción automática, y no te doy las gracias por haberla provocado. Hay personas que creen que esa palabra, e incluso su idea, trae mala suerte..., y así tratan de protegerse de ella.

—¿Crees tú también que ese gesto evita la mala suerte?

—No... Bueno, sí, en cierto modo. Si no lo hago, me siento inquieta. —No lo miró. Después, como ansiosa de cambiar de tema, dijo rápidamente—: ¿Y qué tiene que ver esa mujer de negros cabellos con tu misión de alcanzar... el mundo que mencionaste?

—Di el *Más Viejo*. ¿O prefieres no decir siquiera esto?

—Prefiero no hablar de él en absoluto. Pero te he hecho una pregunta.

—Creo que su pueblo llegó a su mundo actual como emigrante del *Más Viejo*.

—Lo mismo que nosotros —dijo Lizalor, con orgullo.

—Además, su pueblo tiene ciertas tradiciones que, según ella, son la clave para comprender el *Más Viejo*, pero sólo si llegamos a él y podemos estudiar sus anales.

—Miente.

—Tal vez, mas debemos comprobarlo.

—Si tienes a esa mujer, con su conocimiento problemático, y quieres llegar al *Más Viejo* con ella, ¿por qué has venido a Comporellon?

—Para descubrir la situación de ese mundo. Una vez tuve un amigo que, como yo mismo, era de la Fundación. Sin embargo, sus antepasados eran comporellianos y me aseguró que una parte importante de la Historia del *Más Viejo* se conservaba en Comporellon.

—¿Ah, sí? ¿Y te contó algo de esa Historia?

—Sí —dijo Trevize, apelando de nuevo a la verdad—.

Dijo que el *Más Viejo* era un mundo muerto, completamente radiactivo. No sabía por qué, pero pensaba que podía ser como resultado de varias explosiones nucleares. Tal vez en una guerra.

—¡No! —exclamó Lizalor con energía.

—¿Quieres decir que no hubo guerra, o que el *Más Viejo* no es radiactivo?

—Lo es, pero no hubo guerra.

—Entonces, ¿cómo se volvió radiactivo? Al principio no era posible, ya que la vida humana empezó allí. De haberlo sido, no habría habido nunca vida en él.

Lizalor pareció vacilar. Estaba rígida y respiraba profundamente, casi jadeando.

—Fue un castigo —dijo—. Era un mundo que usaba robots. ¿Sabes lo que son robots?

—Sí.

—Tenían robots y fueron castigados por eso. Todos los mundos que los han empleado han sido castigados y han dejado de existir.

—¿Quién los castigó, Lizalor?

—El Que Castiga... Las fuerzas de la Historia... No lo sé. —Desvió la mirada, intranquila, y después dijo en voz más baja—: Pregúntalo a otros.

—Me gustaría hacerlo, pero, ¿a quién voy a preguntar? ¿Hay personas en Comporellon que hayan estudiado Historia primitiva?

—Por supuesto. No son muy populares entre nosotros, los comporellianos corrientes, pero la Fundación, *tu* Fundación, insiste en la libertad intelectual, según la llaman.

—Una insistencia justa, en mi opinión —dijo Trevize.

—Todo lo que se impone desde fuera es malo —repuso Lizalor.

Trevize se encogió de hombros. De nada serviría discutir la cuestión.

—Mi amigo, el doctor Pelorat —dijo—, es historiador y estudia los tiempos primitivos. Estoy seguro de que le gustaría conocer a sus colegas de Comporellon. ¿Podrías tú facilitarle los nombres, Lizalor?

Ella asintió con la cabeza.

—Hay un historiador llamado Vasil Deniador, que reside en la Universidad de la ciudad. No da clases, pero puede deciros lo que vosotros queréis saber.

—¿Por qué no da clases?

—No lo tiene prohibido; sólo ocurre que los estudiantes no eligen su curso.

—Supongo —dijo Trevize, tratando de evitar un tono sarcástico— que se recomienda a los estudiantes que no lo elijan.

—¿Por qué tendrían que hacerlo? Ese hombre es un escéptico. También aquí los tenemos, ¿sabes? Son individuos que oponen sus mentes a los sistemas generales del conocimiento y que son lo bastante engreídos para pensar que sólo a ellos les asiste la razón y que la mayoría está equivocada.

—¿Y no podría ser así en algunos casos?

—¡Nunca! —gritó Lizalor, con una firmeza que dejó bien claro que toda ulterior discusión en aquel sentido sería inútil—. Y, a pesar de todo su escepticismo, se verá obligado a deciros exactamente lo mismo que cualquier comporelliano os diría.

—¿Y es?

—Que si buscáis el *Más Viejo* no lo encontraréis.

24

En las habitaciones privadas que les habían sido asignadas, Pelorat escuchó a Trevize con atención, inexpresivo el largo y solemne semblante.

—¿Vasil Deniador? —dijo después—. No recuerdo haber oído hablar de él, pero es posible que encuentre escritos suyos en mi biblioteca de la nave.

—¿Estás seguro de que su nombre te resulta desconocido? ¡Piensa! —pidió Trevize.

—De momento no lo recuerdo —dijo Pelorat prudentemente—, pero, a fin de cuentas, mi querido amigo,

143

puede haber cientos de estimables eruditos a los que yo no conozca..., o no recuerde.

—En todo caso, no puede ser muy eminente, o habrías oído hablar de él.

—El estudio de la Tierra...

—Acostúmbrate a decir el *Más Viejo*, Janov. De otra manera, complicarías las cosas.

—El estudio del *Más Viejo* —repitió Pelorat— no es una especialidad remuneradora en el mundo del conocimiento; por consiguiente, los eruditos de primera, incluso en el campo de la Historia primitiva, no tienden a dedicarse a ella. O, dicho de otra manera, los que lo han hecho no adquieren la suficiente celebridad, en un mundo falto de interés, para que les consideren eminentes, aunque lo sean. *Yo* estoy seguro de no serlo en la estimación de nadie.

—En la mía, Pel —dijo Bliss, con gran afecto.

—Sí, en la tuya sí, querida —repuso Pelorat, sonriendo ligeramente—, pero no estás juzgando mi capacidad de erudito.

Era casi de noche, según el reloj, y Trevize se sintió un poco impaciente, como siempre que Bliss y Pelorat intercambiaban palabras de afecto.

—Trataré de concertar una entrevista con Deniador para mañana —dijo—, pero, si sabe tan poco del asunto como la ministra, no ganaremos gran cosa.

—Puede que nos conduzca a alguien que nos sea más útil —adujo Pelorat.

—Lo dudo. La actitud de este mundo en lo tocante a la Tierra..., pero será mejor que también yo practique el eufemismo. La actitud de este mundo en lo tocante al *Más Viejo* es tonta y supersticiosa... Bien, el día ha sido muy duro y deberíamos pensar en cenar, si es que podemos resistir su sosa cocina, y después en dormir un poco. ¿Habéis aprendido el funcionamiento de la ducha?

—Mi querido compañero —dijo Pelorat—, hemos sido tratados con suma amabilidad. Nos han dado toda clase de instrucciones, aunque la mayoría de ellas no las necesitábamos.

—Escucha, Trevize —dijo Bliss—, ¿y la nave?

—¿Qué quieres saber?

—¿Va a confiscarla el Gobierno comporelliano?

—No. Creo que no.

—¡Oh! Muy satisfactorio. ¿Por qué?

—Porque he persuadido a la ministra de que no lo hiciese y ha cambiado de idea.

—¡Asombroso! —exclamó Pelorat—. No parece una mujer fácil de persuadir.

—No sé —dijo Bliss—. Dada su mentalidad, estaba claro que se sentía atraída por Trevize.

Éste miró a Bliss con súbita irritación.

—¿Hiciste eso, Bliss?

—¿A qué te refieres, Trevize?

—Quiero decir, forzar su...

—En absoluto. Sin embargo, cuando advertí que se sentía atraída por ti, no pude resistir la tentación de provocar un par de inhibiciones en ella. No tuvo importancia, podrían haberse producido de todas maneras, y me pareció interesante asegurarme de su buena voluntad para contigo.

—¿Buena voluntad? ¡Fue más que eso! Se ablandó, sí, pero después del coito.

—No querrás decir, viejo... —dijo Pelorat.

—¿Por qué no? —le interrumpió Trevize, malhumorado—. Puede haber dejado atrás su primera juventud, pero conocía bien el arte. No es una principiante, te lo aseguro. No voy a dármelas de caballero y mentir a ese respecto. La idea fue suya, gracias al juego de Bliss con sus inhibiciones, y yo no me hallaba en condiciones de rehusar, aunque ésa hubiese sido mi intención, que no lo era. Vamos, Janov, no me vengas con puritanismos. Hacía meses que yo no había tenido una oportunidad. En cambio, tú... —E hizo un vago ademán en dirección a Bliss.

—Créeme, Golan —dijo Pelorat, confuso—. Si has interpretado mi expresión como puritana, te equivocas. No he puesto ninguna objeción.

—Pero *ella* sí es una puritana —dijo Bliss—. Yo quería predisponerla a tu favor, pero *no* conté con un paroxismo sexual.

—Pues eso fue exactamente lo que provocaste, pequeña y entrometida Bliss. Puede que la ministra considere necesario representar el papel de puritana en público, pero, si es así, parece que le sirve para atizar sus ardores.

—Y así, en el caso de que tú los mitigues, traicionará a la Fundación...

—Lo habría hecho de todos modos —dijo Trevize—. Quería la nave... —Se interrumpió y preguntó en voz baja—: ¿Nos estarán escuchando?

—No —dijo Bliss.

—¿Estás segura?

—Por completo. Es imposible penetrar en la mente de Gaia sin su autorización, sin que Gaia se dé cuenta.

—En tal caso, Comporellon quiere la nave para él, como elemento valioso de su flota.

—La Fundación no lo permitiría.

—Comporellon no pretende que la Fundación se entere.

—¡Así sois los Aislados! La ministra trata de traicionar a la Fundación en favor de Comporellon y, en pago de una satisfacción sexual, muy pronto traicionará a Comporellon también. Y en cuanto a Trevize, venderá los servicios de su cuerpo alegremente, como manera de inducir a la traición. ¡Qué anarquía la de vuestra Galaxia! ¡Qué *caos*!

—Te equivocas, jovencita... —dijo fríamente Trevize.

—Respecto de lo que acabo de decir, no hablaba como jovencita, sino como Gaia. Soy toda Gaia.

—Entonces, te equivocas, *Gaia*. Yo no he vendido los servicios de mi cuerpo. Los he prestado de buen grado. Me ha gustado y no le he hecho daño a nadie. En cuanto a las consecuencias, creo que han sido buenas, desde mi punto de vista, y las acepto. Y si Comporellon quiere la nave para sus propios fines, ¿quién puede decir que no le asiste la razón? Es una nave de la Fundación, pero me fue entregada para buscar la Tierra. Es mía hasta que la búsqueda termine, y creo que la Fundación no tiene derecho a revocar su acuerdo. En cuanto a Comporellon, no le gusta el dominio de la Fundación, y por eso sueña con la independencia. Según su manera de ver las cosas, encuentra correcto engañar a la Fundación, pues, para ellos, no es un acto de traición, sino de patriotismo. ¿Quién sabe?

—Exacto. ¿Quién sabe? Es una Galaxia anárquica, ¿cómo es posible distinguir las acciones razonables de las que no lo son? ¿Cómo decidir entre lo justo y lo injusto, el bien y el mal, la justicia y el delito, lo útil y lo inútil? ¿Y cómo explicas tú la traición de la ministra a su propio Gobierno, al dejar que conserves la nave? ¿Ansía su independencia personal en un mundo opresor? ¿Es una traidora, o una patriota unipersonal?

—Si he de ser sincero —dijo Trevize—, no sé si se mostró dispuesta a dejarme conservar la nave sólo por agradecimiento al placer que yo le había dado. Creo más bien que tomó esa decisión cuando le dije que estaba buscando al *Más Viejo*. Para ella, es un mundo lleno de malos augurios, y nosotros, junto con la nave que empleamos en nuestra búsqueda, también lo somos. Me parece que siente que ha atraído la mala suerte sobre ella y sobre su mundo al intentar apoderarse de una nave que ahora mira con horror. Tal vez crea que, al dejarnos marchar a continuar nuestra empresa en nuestra nave, evita una desgracia a Comporellon y, de esta manera, realiza un acto patriótico.

—Si estuvieses en lo cierto, algo que dudo, Trevize, la superstición sería el resorte de la acción. ¿Admiras eso?

—No lo admiro, pero tampoco lo condeno. La superstición dirige la acción a falta de conocimiento. La Fundación cree en el «Plan Seldon», aunque, en nuestro reino, nadie puede comprenderlo, interpretar sus detalles o valerse de él para predecir el futuro. Lo seguimos a ciegas, por fe y por ignorancia, ¿no es eso superstición?

—Sí, tal vez.

—Y lo propio ocurre en Gaia. Vosotros creéis que yo he tomado la decisión correcta al considerar que Gaia debería absorber la Galaxia en un gran organismo, pero no sabéis por qué he de tener razón, ni si podéis acatar esa decisión sin correr peligro. Estáis dispuestos a seguir adelante, basándoos, únicamente, en vuestra ignorancia y vuestra fe, e incluso os molesta que yo trate de encontrar pruebas que eliminen esa ignorancia y hagan innecesaria la fe. ¿No es eso superstición?

—Me parece que te ha pescado, Bliss —intervino Pelorat.

—No lo creas —repuso ella—. O no encontrará nada en su búsqueda, o encontrará algo que confirme su decisión.

—Y, para apoyar esta creencia —dijo Trevize—, sólo tienes ignorancia y fe. En otras palabras, ¡superstición!

25

Vasil Deniador era un hombre bajo, de facciones pequeñas, que miraba hacia arriba levantando los ojos sin mover la cabeza. Esto, combinado con las breves sonrisas que iluminaban su semblante periódicamente, le daba el aspecto de una persona que se burlaba en silencio del mundo.

Su despacho era largo y estrecho y aparecía lleno de cintas magnetofónicas, terriblemente desordenadas al parecer, no porque hubiese alguna prueba concreta de ello, sino por el hecho de que no estaban colocadas al mismo nivel en sus compartimientos, de manera que los estantes tenían la apariencia de bocas con dientes desiguales. Los tres sillones que ofreció a sus visitantes, de modelos diferentes, no daban muestra de haber sido limpiados recientemente.

—Janov Pelorat, Golan Trevize y Bliss —dijo—. No tengo su apellido, señora.

—Generalmente, sólo me llaman Bliss —repuso ella, sentándose a continuación.

—A fin de cuentas, eso es suficiente —dijo Deniador, haciéndole un guiño—. Es usted lo bastante atractiva para que se le perdone carecer de apellido.

Una vez todos se hubieron sentado, Deniador dijo:

—He oído hablar de usted, doctor Pelorat, aunque no hayamos mantenido correspondencia. Usted es de la Fundación, ¿verdad? ¿De Terminus?

—Sí, doctor Deniador.

—Y usted, consejero Trevize, creo que fue expulsado del Consejo y desterrado recientemente. Nunca he comprendido la razón.

—No he sido expulsado, señor. Sigo formando parte del Consejo, aunque no sé cuándo volveré a desempeñar mis funciones. Tampoco me han desterrado, en realidad. Tengo asignada una misión, sobre la cual deseamos consultarle.

—Con mucho gusto trataré de ayudarles —repuso Deniador—. Y la encantadora dama, ¿es también de Terminus?

—Ella es de otra parte, doctor —dijo Trevize rápidamente.

—¡Ah! Otra Parte..., un mundo muy curioso. Hay una gran cantidad de seres humanos oriunda en él. Pero, si ustedes dos son de la capital de la Fundación y el tercer miembro de su grupo es una joven atractiva, y teniendo en cuenta que Mitza Lazilor no se distingue por su simpatía hacia ninguna de ambas categorías, ¿a qué se debe que me los haya recomendado con tanto interés?

—Creo —contestó Trevize— que lo ha hecho para librarse de nosotros. Cuanto antes nos ayude usted, antes abandonaremos Comporellon.

Deniador miró a Trevize con interés (de nuevo aquella burlona sonrisa) y dijo:

—Desde luego, un joven vigoroso como usted, tenía que atraerla, venga de donde viniere. Representa bien el papel de fría vestal, pero no a la perfección.

—No sé de qué me está hablando —repuso secamente Trevize.

—Y es mejor que no lo sepa. Al menos, en público. Pero yo soy un escéptico y, en mi condición de tal, no debo creer en las apariencias. Conque veamos, consejero, ¿cuál es su misión? Cuando me lo diga, sabré si puedo ayudarle.

—En eso —respondió Trevize—, el doctor Pelorat es nuestro portavoz.

—No tengo nada que oponer —dijo Deniador—. ¿Doctor Pelorat?

—Por emplear los términos más simples, mi querido doctor —dijo Pelorat—, he dedicado toda mi vida madura a tratar de conocer lo fundamental del mundo en que la especie humana tuvo su origen, y fui enviado con mi buen amigo Golan Trevize, aunque éste lo ignoraba entonces, a descubrir, si podíamos, el..., bueno, el *Más Viejo*, creo que lo llaman ustedes.

—¿El *Más Viejo*? —preguntó Deniador—. Supongo que se está refiriendo a la Tierra.

Pelorat se quedó boquiabierto. Después, dijo, balbuceando ligeramente:

—Tenía la impresión..., es decir, me habían dado a entender..., pensé que no se debía... —Miró a Trevize, bastante desconcertado.

—La ministra Lizalor me dijo que esta palabra no se usaba en Comporellon —aclaró Trevize.

—¿Quiere usted decir que hizo algo como esto?

Deniador torció la boca hacia abajo, frunció la nariz hacia arriba, extendió los brazos hacia delante y cruzó los dedos índice y medio de cada mano.

—Sí —dijo Trevize—, esto fue, exactamente.

Deniador se tranquilizó y se echó a reír.

—Tonterías, caballeros. Lo hacemos por costumbre, aunque es muy posible que en las regiones atrasadas lo hagan en serio; pero, en todo caso, carece de importancia. No conozco a ningún comporellano que no diga «Tierra» cuando está enfadado o sorprendido. Es el vulgarismo más corriente que usamos al hablar.

—¿Vulgarismo? —exclamó débilmente Pelorat.

—O palabrota, si lo prefiere.

—Sin embargo —dijo Trevize—, la ministra pareció muy indignada cuando pronuncié esta palabra.

—Bueno, ella es una mujer de la montaña.

—¿Qué significa eso, señor?

—Lo que dice. Mitza Lizalor es de la Cordillera Central. Allí educan a los niños según la que llaman buena y antigua crianza, lo cual quiere decir que, por mucha instrucción que adquieran después, nunca se les podrá quitar la costumbre de cruzar los dedos.

—Entonces, la palabra «Tierra» no le inquieta a usted en absoluto, ¿verdad, doctor? —dijo Bliss.

—En absoluto, querida señora. Yo soy un Escéptico.

—Sé lo que significa la palabra «escéptico» en galáctico —dijo Trevize—, pero, ¿en qué sentido la emplea usted?

—En el mismo que usted, consejero. Sólo acepto aquello que las pruebas lógicas me obligan a aceptar, y aún mantengo en suspenso dicha aceptación hasta que otras pruebas me lo confirmen. Lo cual hace que no seamos muy populares.

—¿Por qué? —preguntó Trevize.

—No lo seríamos en ningún caso. ¿Cuál es el mundo cuyos moradores no prefieren una cómoda, agradable y antigua creencia, por ilógica que parezca, al viento helado de la incertidumbre? Piense en cómo creen ustedes en el «Plan Seldon», sin ninguna prueba.

—Sí —admitió Trevize, mirándose las puntas de los dedos—. Precisamente puse ese ejemplo la noche pasada.

—¿Puedo volver a nuestro tema, querido amigo? —dijo Pelorat—. ¿Qué se sabe de la Tierra que sea aceptable para un Escéptico?

—Muy poco —respondió Deniador—. Podemos presumir que la especie humana evolucionó en un solo planeta, ya que es de todo punto improbable que las mismas especies, idénticas hasta el punto de poder fructificar las unas con las otras, se desarrollasen en numerosos mundos, o incluso en sólo dos de ellos, independientemente. Podemos elegir llamar Tierra a este mundo de origen. Aquí existe la creencia general de que la Tierra se encuentra situada en este rincón de la Galaxia, pues aquí los mundos son muy viejos y es probable que los primeros en ser colonizados estuviesen cerca, y no lejos, de la Tierra.

—¿Y tiene la Tierra alguna característica única, además de ser el planeta de origen? —preguntó ansiosamente Pelorat.

—¿En qué está pensando? —dijo Deniador, con una de sus fáciles sonrisas.

—En su satélite, al que algunos llaman Luna. Sería extraordinario, ¿verdad?

—Ésta es una cuestión importante, doctor Pelorat. Puede darme mucho que pensar.

—No he dicho en qué sería extraordinaria la Luna.

—En su tamaño, por supuesto. ¿He acertado? Sí, ya veo que sí. Todas las leyendas sobre la Tierra hablan de su gran variedad de especies vivas y de su enorme satélite, con tres mil o tres mil quinientos kilómetros de diámetro. La variedad de seres vivos se puede aceptar con facilidad, ya que se habría producido a través de la evolución biológica, si es exacto lo que sabemos de ese proceso. Pero un satélite gigante resulta más difícil de aceptar. Ningún otro mundo habitado de la Galaxia tiene uno semejante. Los grandes satélites aparecen asociados invariablemente con los gigantes gaseosos deshabitados e inhabitables. Por consiguiente, como Escéptico que soy, prefiero no aceptar la existencia de la Luna.

—Si la Tierra es única en la posesión de millones de especies —dijo Pelorat—, ¿no podría serlo también en lo que respecta a un satélite gigante? Lo primero podría implicar lo segundo.

Deniador sonrió.

—No veo por qué la existencia de millones de especies en la Tierra tendría que crear un satélite gigante de la nada.

—Bien, mirémoslo al revés. Tal vez un satélite gigante podría haber contribuido a crear esos millones de especies.

—Tampoco lo veo claro.

—¿Y qué opina usted de la radiactividad de la Tierra? —preguntó Trevize.

—Eso se comenta en todas partes; todo el mundo lo cree.

—Pero —dijo Trevize— la Tierra no pudo ser tan radiactiva que impidiese la vida en ella durante los miles de millones de años en que hubo seres vivos allí. ¿Cómo adquirió la radiactividad? ¿Una guerra nuclear?

—Ésa es la opinión más corriente, consejero Trevize.

—Por su manera de decirlo, sospecho que usted no lo cree.

—No hay pruebas de que tal guerra se produjese. La creencia común, aunque sea universal, no representa una prueba por sí sola.

—¿Qué más pudo ocurrir?

—No existen pruebas de que ocurriese nada. La radiactividad podría ser una leyenda inventada, como la del gran satélite.

—¿Cuál es la versión más aceptada de la Historia de la Tierra? —dijo Pelorat—. Durante mi carrera profesional, he recogido numerosas leyendas antiguas, muchas de las cuales se refieren a un mundo llamado Tierra o algo parecido. No tengo ninguna de Comporellon, salvo la vaga mención de un tal Benbally que vino de ninguna parte, según las leyendas comporellianas.

—No debe extrañarse por ellas. Nosotros no solemos exportar nuestras leyendas, y me extraña que haya encontrado referencias a Benbally. Otra superstición.

—Pero usted no es supersticioso y no vacilaría en hablar sobre ello, ¿verdad?

—Verdad —reconoció el pequeño historiador, mirando a Pelorat—. Cierto que esto contribuiría mucho, quizá peligrosamente, a mi impopularidad, pero ustedes tres se marcharán pronto de Comporellon y supongo que no me citarán como fuente de información.

—Tiene usted nuestra palabra de honor —dijo Pelorat.

—Entonces, oigan un resumen de lo que se supone que ocurrió, despojado de elementos sobrenaturales o moralistas. La Tierra existió como único mundo de seres humanos durante un período de tiempo inconmensurable, y, entonces, hace unos veinte o veinticinco mil años, la especie humana inició los viajes interestelares por medio del Salto hiperespacial y colonizó un grupo de planetas.

»Los colonizadores de esos planetas se valieron de robots, que habían sido inventados en la Tierra antes

153

de los tiempos del viaje hiperespacial y... A propósito, ¿saben ustedes lo que son los robots?

—Sí —dijo Trevize—. Nos lo han preguntado más de una vez. Sabemos lo que son.

—Los colonizadores, con una sociedad robotizada por completo, desarrollaron una alta tecnología y alcanzaron una longevidad extraordinaria, y despreciaron su mundo ancestral. Según las versiones más dramáticas de la historia, dominaron y oprimieron a ese mundo.

»Más tarde, la Tierra envió un nuevo grupo de colonizadores, en el que los robots estaban prohibidos. De los nuevos mundos, Comporellon fue uno de los primeros. Nuestros patriotas insisten en que fue *el* primero, pero no existen pruebas que un Escéptico pueda aceptar. El primer grupo de colonizadores se extinguió y...

—¿Por qué se extinguió ese primer grupo, doctor Deniador? —le interrumpió Trevize.

—¿Por qué? Nuestros románticos en general se imaginan que fueron castigados a causa de sus crímenes por «El Que Castiga», aunque nadie se toma el trabajo de decir por qué esperó tanto tiempo. Pero no hay que recurrir a cuentos de hadas. Es fácil deducir que una sociedad que depende por completo de los robots se vuelve muelle y decadente, debilitándose y muriendo de puro aburrimiento o, más sutilmente, por perder la voluntad de vivir.

»La segunda ola de colonizadores, sin robots, vivió y se adueñó de toda la galaxia, pero la Tierra se volvió radiactiva y se fue perdiendo de vista poco a poco. Generalmente, esto es atribuido a que también había robots en la Tierra, ya que los primeros colonizadores eran partidarios de ellos.

Bliss, que había escuchado el relato con visible impaciencia, dijo:

—Bueno, doctor Deniador, con radiactividad o sin ella, y cualesquiera que fuesen las olas de colonizadores, la cuestión crucial es bien sencilla. ¿Dónde se encuentra la Tierra exactamente? ¿Cuáles son sus coordenadas?

—La respuesta a esta pregunta es: no lo sé —dijo Deniador—. Pero se ha hecho la hora de almorzar. Puedo pedir que nos traigan el almuerzo, y así continuar discutiendo sobre la Tierra todo el tiempo que ustedes quieran.

—¿No lo *sabe*? —preguntó Trevize, alzando el tono y la intensidad de su voz.

—En realidad, que yo sepa, nadie les dará la respuesta, pues se desconoce.

—Pero eso es imposible.

—Consejero —dijo Deniador, suspirando con suavidad—, si usted quiere decir que la verdad es imposible, está en su derecho; pero no le llevará a ninguna parte.

VII. SALIDA DE COMPORELLON

26

El almuerzo consistió en un montón de bolas blandas, crujientes por fuera, de colores diferentes y rellenos variados.

Deniador tomó un pequeño objeto que se desplegó en un par de finos y transparentes guantes, y se los puso. Sus invitados lo imitaron.

—¿Qué hay dentro de esas cosas? —preguntó Bliss.

—Las de color de rosa —dijo Deniador— están rellenas de pescado picado y con especias, y son un plato comporelliano, muy delicado. Las amarillas contienen un queso muy suave. Las verdes, una mezcla de verduras. Cómanlas mientras están calientes. Después tendremos pastel de almendras caliente, acompañado de las bebidas acostumbradas. Les recomiendo la sidra muy caliente. Como el clima es frío, solemos calentar nuestra comida, incluido el postre.

—Se cuida usted bien —dijo Pelorat.

—No tanto —repuso Deniador—. Trato de ser un buen anfitrión para mis invitados. En cuanto a mí, como muy poco. No tengo que alimentar un cuerpo voluminoso, algo que, sin duda, ustedes han advertido.

Trevize mordió una de las bolas de color de rosa y

descubrió que tenía una capa de especias que la hacía muy agradable al paladar, además de un fuerte sabor a pescado; pero pensó que ambos sabores permanecerían en su boca durante el resto del día, y tal vez parte de la noche.

Cuando apartó aquella bola de su boca después de morderla, vio que la corteza se había cerrado de nuevo sobre el contenido. No apareció grieta alguna en ella, ni la menor filtración, por lo que se preguntó, de momento, para qué servirían los guantes. Daba la sensación de que, aunque no los usase, no se mojaría ni mancharía las manos, por lo que decidió que sería por una cuestión de higiene. Los guantes sustituían al lavado de manos si esto resultaba incómodo, y probablemente la costumbre había hecho que se utilizasen aunque aquéllas se hubiesen lavado. (Lizalor no había usado guantes cuando Trevize había comido con ella el día anterior. Tal vez era debido a que provenía de las montañas.)

—¿Sería impertinente hablar de negocios mientras almorzamos? —preguntó.

—Según las normas de Comporellon, sí, consejero, pero ustedes son mis invitados y nos regiremos por las suyas. Si desean hablar de cosas serias y no creen, o no les importa, que ese detalle pueda hacer que disfruten menos de la comida, háganlo y yo los imitaré.

—Gracias —dijo Trevize—. La ministra Lizalor dio a entender..., no, en realidad lo dijo con toda claridad, que los Escépticos eran impopulares en este planeta. ¿Eso se ajusta a la verdad?

El buen humor de Deniador pareció ir en aumento.

—Por supuesto que sí. Y nos sabría muy mal que fuese de otra forma. Miren ustedes, Comporellon es un mundo frustrado. Sin el menor conocimiento de los detalles, existe la creencia mítica general de que hubo un tiempo, muchos milenios atrás, cuando la Galaxia habitada no se había extendido, en que Comporellon era el mundo dominante. Nunca olvidamos esto, y el hecho de que *no* hayamos mantenido el liderazgo en la Historia conocida nos fastidia, nos produce, a la población en general, quiero decir, un sentimiento de injusticia.

»Sin embargo, ¿qué podemos hacer? Antaño, el Gobierno se vio obligado a rendir fiel vasallaje al emperador y ahora es leal Asociado de la Fundación. Y cuanto más vemos nuestra posición subordinada, más fuerte es la creencia en los grandes y misteriosos días del pasado.

»Entonces, ¿qué postura adopta Comporellon? No pudo desafiar al Imperio en los viejos tiempos y no puede desafiar abiertamente a la Fundación ahora. Por consiguiente, la gente se desahoga atacándonos y odiándonos, porque no creemos en las leyendas y nos reímos de las supersticiones.

»Sin embargo, estamos a salvo de los peores efectos de la persecución. Controlamos la tecnología y ocupamos las cátedras en las Universidades. Algunos de nosotros, particularmente descarados, tenemos dificultades para dar nuestras clases con libertad. Yo, por ejemplo, tropiezo con ese problema, aunque tengo mi grupo de alumnos, con los que celebro discretas reuniones fuera del *campus*. Pero si fuésemos realmente expulsados de la vida pública, la tecnología fracasaría y las Universidades perderían su prestigio dentro de la galaxia. Cabe presumir, dada la estupidez de los seres humanos, que la perspectiva de un suicidio intelectual no les privaría de manifestar su odio, pero la Fundación nos apoya. Por consiguiente, constantemente somos objeto de censuras, mofa y denuncias..., pero nunca nos tocan.

—¿Es la oposición popular la que le impide decirnos dónde está la Tierra? —preguntó Trevize—. ¿Teme que, a pesar de todo, el sentimiento antiescéptico pueda volverse peligroso si va usted demasiado lejos?

Deniador sacudió la cabeza.

—No. La situación de la Tierra es desconocida. No les oculto nada por miedo, ni por ninguna otra razón.

—Pero —dijo Trevize en tono apremiante—, en este sector de la galaxia, hay un número limitado de planetas que poseen las características físicas necesarias para la habitabilidad; aunque la mayor parte son inhabitables y están deshabitados, y, sin embargo, ustedes los conocen. ¿Resultaría tan difícil explorar el sector en busca de un planeta que sería habitable si no fuese radiactivo? Además, dicho planeta se hallaría circundado por un gran satélite. Con su radiactividad y un gran satélite, la Tierra sería inconfundible y no podría pasar inadvertida a quien la buscase. La cosa podría requerir algún tiempo, pero esto representaría la única dificultad.

—La opinión de los Escépticos es —dijo Deniador—, naturalmente, que la radiactividad de la Tierra y su gran satélite no constituyen más que dos simples leyendas. Creemos que buscar la Tierra es pedir peras al olmo.

—Tal vez, pero eso no debería impedir a Comporellon intentar la búsqueda, al menos. Si encontrasen un mundo radiactivo del tamaño adecuado para la habitabilidad, y con un gran satélite, esto prestaría una enorme credibilidad a las leyendas comporellianas en general.

Deniador se echó a reír.

—Es posible que Comporellon no lo busque por esa misma razón. Si fracasase, encontrándose una Tierra visiblemente distinta de la que la leyenda cuenta, ocurriría todo lo contrario: las leyendas comporellianas, en general, quedarían desacreditadas y serían objeto de las burlas de todos. Comporellon no puede arriesgarse a esto.

Trevize no respondió en seguida, pero después insistió:

—Además, aunque prescindamos de estas dos peculiaridades, si es que existe esta palabra en galáctico, la radiactividad y un gran satélite, hay una tercera que *debe* existir, con independencia de las leyendas. En la Tierra tiene que haber una vida floreciente de diversidad increíble, o los restos de ésta, o, al menos, testimonios fósiles de que alguna ha existido allí.

—Consejero —dijo Deniador—, aunque Comporellon no haya realizado ninguna expedición organizada en busca de la Tierra, *tenemos* ocasión de viajar por el espacio y, ocasionalmente, recibimos noticias de naves que, por alguna razón, se han desviado de la ruta prevista. Como ustedes sabrán, los Saltos no siempre son perfectos. Sin embargo, nunca se nos ha informado de la existencia de algún planeta de propiedades parecidas a las de la legendaria Tierra, o que esté rebosante de vida. Tampoco es probable que alguna nave aterrice en lo que parece un planeta deshabitado, para que su tripulación pueda ir en busca de fósiles. Por consiguiente, si en miles de años no se ha recibido información de nada parecido, debo entender que la localización de la Tierra es imposible, ya que no existe tal Tierra a localizar.

—Pero la Tierra tiene que estar en *alguna parte* —repuso Trevize, contrariado—. En algún lugar debe haber un planeta en el que la Humanidad y todas las formas conocidas de vida asociadas a ella evolucionaron. Si la Tierra no se encuentra en este sector de la galaxia, tiene que estar en otro lugar.

—Tal vez sí —dijo Deniador fríamente—, pero, en todo ese tiempo, no ha aparecido en parte alguna.

—En realidad, nadie la ha buscado.

—Bueno, ustedes lo están haciendo, por lo visto. Les deseo suerte, pero no apostaría por su éxito.

—¿Se ha realizado algún intento de determinar la posible posición de la Tierra por medios indirectos, por algún otro que no fuese el de la búsqueda directa?

—Sí —respondieron dos voces al mismo tiempo.

Deniador, que era uno de los que había contestado, preguntó a Pelorat:

—¿Está usted pensando en el proyecto de Yariff?

—En efecto —dijo Pelorat.

—Entonces, ¿quiere explicárselo al consejero? Creo que estará más predispuesto a creerle a usted que a mí.

—Mira, Golan —comenzó Pelorat—, en los últimos días del Imperio, hubo un tiempo en que la «Busca de los Orígenes», como lo llamaban entonces, era un pasatiempo popular, tal vez para eludir las calamidades de la realidad del momento. Como sabes, el Imperio estaba en vías de desintegración.

»Un historiador de Livia —continuó Pelorat—, Humbal Yariff, pensó que, cualquiera que fuese el planeta de origen, los mundos más cercanos habrían sido colonizados antes que los planetas más lejanos. En general, cuanto más alejado se encontrase un mundo del punto de origen, más tarde habría sido colonizado.

»Supongamos, pues, que se registrase la fecha de colonización de cada uno de los planetas habitables de la galaxia, y se uniesen con líneas todos aquellos que tuviesen, aproximadamente, los mismos milenios de antigüedad. Entonces, se tendría una red que enlazaría todos los planetas de diez milenios de antigüedad; otra para los de doce mil años, y otra para los de quince mil. En teoría, cada red sería más o menos esférica, y todas ellas más o menos concéntricas. Las redes más antiguas formarían esferas de un radio menor que el de las más jóvenes, y si se determinaban todos los centros, éstos quedarían dentro de un volumen de espacio pequeño en el que se hallaría el planeta de origen: la Tierra.

Pelorat dijo esto con gran seriedad, mientras trazaba superficies esféricas con las manos dobladas.

—¿Entiendes lo que quiero decir, Golan?

Trevize asintió con la cabeza.

—Sí. Pero entiendo que no dio resultado.

—Teóricamente, hubiese debido darlo, viejo amigo. Lo malo fue que los tiempos de origen eran totalmente inexactos. Cada mundo exageró su propia antigüedad, y no resultó fácil determinarlo con independencia de la leyenda.

—Se pudo emplear el carbono 14 en la madera antigua —indicó Bliss.

—Cierto, querida —dijo Pelorat—, pero se habría necesitado la cooperación de todos los mundos en cuestión, y éstos jamás la prestaron. Ningún mundo quería ver desmentida su exagerada antigüedad, y el Imperio no estaba entonces en condiciones de rechazar las objeciones locales en un asunto de tan poca importancia. Tenía otras cosas en las que pensar.

»Lo único que Yariff podía hacer era basarse en mundos que sólo tenían dos mil años de antigüedad como máximo y cuya Fundación había sido meticulosamente registrada en circunstancias dignas de confianza. Éstos eran pocos, y aunque se encontraban distribuidos en una simetría imperial, porque de allí habían partido las expediciones colonizadoras de aquellos pocos mundos.

»Naturalmente, eso constituía otro problema. La Tierra no era el único punto de origen de la colonización de otros mundos. Con el paso del tiempo, los planetas más viejos enviaron sus propias expediciones colonizadoras, y en la época de auge del Imperio, Trantor se convirtió en una fuente bastante copiosa de las mismas. De manera injusta, Yariff fue escarnecido y ridiculizado, y su reputación profesional quedó destruida.

—Comprendo, Janov —dijo Trevize—. Entonces, doctor Deniador, ¿no puede usted decirme algo que represente la posibilidad de una débil esperanza? ¿No hay algún otro mundo donde sea concebible que puedan tener alguna información concerniente a la Tierra?

Deniador, con expresión de duda, pensó durante un rato.

—Bue-e-eno —dijo al fin, arrastrando vacilante la palabra—, como Escéptico que soy, debo decirle que no estoy seguro de que la Tierra exista o haya existido jamás. Sin embargo... —Guardó silencio de nuevo.

—Creo que ha pensado usted en algo que podría ser importante, doctor —intervino Bliss.

—¿Importante? Lo dudo —dijo Deniador con acento poco seguro—. ¿Divertido? La Tierra no es el único planeta cuya situación resulte un misterio. Están los mundos del primer grupo de colonizadores, los Espaciales, como se les llama en nuestras leyendas. Algunos hablan de «Mundos Espaciales» cuando se refieren a los planetas que aquéllos habitaron; otros les llaman «Mundos Prohibidos». Este último nombre es el que suele usarse ahora.

»Según la leyenda, los Espaciales tenían una longevidad que alcanzaba varios siglos y, llevados de su soberbia, negaron el derecho a aterrizar en sus mundos a nuestros antepasados de vida efímera. Cuando nosotros les derrotamos, la situación se invirtió. Nos negamos a tener tratos con ellos y dejamos que se apañasen solos, prohibiendo a nuestras naves y a nuestros comerciantes sostener con ellos el menor contacto. De ahí que aquellos planetas se convirtiesen en los Mundos Prohibidos. Estábamos convencidos, siempre según la leyenda, de

162

que «El Que Castiga» los destruiría sin nuestra intervención, y parece ser que Él lo hizo así. Al menos que nosotros sepamos, ningún Espacial ha aparecido en la Galaxia en muchos milenios.

—¿Cree usted que los Espaciales sabrían algo acerca de la Tierra? —dijo Trevize.

—Puede ser; al fin y al cabo, sus mundos tenían muchos más años que cualquiera de los nuestros. Es decir, si existen Espaciales, algo improbable en extremo.

—Aun en el caso de que ya no existan, sus mundos sí, y pueden contener datos.

—Si puede usted encontrar los mundos.

Trevize pareció desesperado.

—¿Quiere usted decir que la clave de la Tierra, cuya situación es desconocida, puede ser encontrada en mundos Espaciales, el emplazamiento de los cuales es desconocido también?

—No hemos tenido tratos con ellos en veinte mil años —dijo Deniador, encogiéndose de hombros—, ni siquiera hemos pensado en ello. También los Espaciales, como la Tierra, se han desvanecido entre la niebla.

—¿En cuántos mundos vivieron los Espaciales?

—Las leyendas hablan de cincuenta, un número sospechosamente redondo. Quizá fueron menos.

—¿Y no sabe usted la situación de uno solo de ellos?

—Bueno, me pregunto...

—¿Qué se pregunta?

—Como la Historia primitiva es mi especialidad, al igual que la del doctor Pelorat —dijo Deniador—, he estudiado ocasionalmente antiguos documentos en busca de algo que pudiera referirse a los primeros tiempos, algún dato que fuese más que leyenda. El año pasado, en documentos casi indescifrables, encontré referencias a una antigua nave. Se remontaban a los viejos tiempos en que nuestro mundo no era conocido como Comporellon todavía. Se le daba el nombre de «Baleyworld», que, según parece, puede ser una forma todavía más primitiva del «Mundo de Benbally» de nuestras leyendas.

—¿Lo ha publicado usted? —preguntó Pelorat, muy excitado.

—No —respondió Deniador—. No quiero lanzarme a la piscina hasta que esté seguro de que hay agua en ella, según dice un viejo adagio. Allí se cuenta que el capitán de la nave había visitado un mundo Espacial y se había llevado una mujer de él.

—Pero usted acaba de decirnos que los Espaciales no permitían que aterrizasen visitantes.

—Exacto, y ésta es la razón de que no me decidiese a publicar el material. Parece increíble. Hay vagos relatos que se podría pensar se refieren a los Espaciales y a su conflicto con los Colonizadores, nuestros antepasados. Tales historias se cuentan no sólo en Comporellon, sino también en muchos mundos y con diversas variaciones, pero todas están absolutamente de acuerdo en una cosa: los dos grupos, Espaciales y Colonizadores, no se mezclaron. No hubo contacto social, por lo que menos debió serlo sexual; sin embargo, un capitán colonizador y una mujer espacial estuvieron unidos por lazos amorosos. Esto resulta tan increíble que no veo la menor posibilidad de que el relato sea aceptado, salvo, en el mejor de los casos, como una narración romántica de ficción histórica.

—¿Es eso todo? —preguntó Trevize, que pareció desilusionado.

—No, consejero, hay otra cuestión. Encontré unas cifras en lo que quedaba del diario de vuelo de la nave que podían, o no podían, representar coordenadas espaciales. Si lo fuesen (y repito, pues mi honor de escéptico me obliga a ello, que pueden no serlo), entonces, los indicios me llevarían a la conclusión de que eran las coordenadas espaciales de tres de los mundos Espaciales. Uno de ellos pudo ser aquel en que aterrizó el capitán y del que se llevó a su amada.

—¿No podría ocurrir que, aun siendo ficticio el relato, las coordenadas fuesen reales?

—¿Por qué no? —dijo Deniador—. Le daré los números, y puede usted utilizarlos, pero es posible que no le lleven a ninguna parte. Sin embargo, tengo una idea curiosa —añadió, y de nuevo apareció aquella fugaz sonrisa en su rostro.

—¿Cuál es? —preguntó Trevize.

—¿Y si una de aquellas series de coordenadas representase la Tierra?

27

El sol de Comporellon, de color fuertemente anaranjado, era aparentemente mayor que el de Terminus, pero se hallaba bajo en el cielo y daba poco calor. El viento, afortunadamente flojo, tocó la mejilla de Trevize con dedos helados.

Él se estremeció dentro del abrigo electrificado que Mitza Lizalor le había dado. Ella estaba de pie, a su lado.

—Tiene que calentar alguna vez, Mitza —dijo él.

Ella miró el sol unos instantes y permaneció plantada en el puerto espacial vacío, sin dar muestras de incomodidad: alta, robusta, envuelta en un abrigo más ligero que el que Trevize llevaba y, si no insensible al frío, desdeñándolo al menos.

—Tenemos un verano magnífico —dijo—. No dura mucho, pero nuestras cosechas están adaptadas a él. Las especies son elegidas con gran cuidado, de manera que crecen rápidamente bajo el sol y no se hielan con facilidad. Nuestros animales domésticos tienen mucho pelo y la lana de Comporellon es la mejor de la Galaxia, según la opinión general. Además, hay explotaciones agrícolas nuestras en órbita que cultivan frutas tropicales. En realidad, exportamos piña en conserva de la mejor calidad. Muchos de los que nos consideran como un mundo frío ignoran esta circunstancia.

—Te doy las gracias por venir a despedirnos, Mitza —dijo Trevize—, y por estar dispuesta a colaborar con nosotros en nuestra misión. Sin embargo, para mi tranquilidad, quiero preguntarte si no te verás en serias dificultades a causa de esto.

—¡No! —Sacudió orgullosamente la cabeza—. Ninguna dificultad. En primer lugar, nadie me interrogará. Yo controlo los transportes, lo cual significa que dicto las normas por las que deben regirse todos los puertos espaciales, las estaciones de entrada y las naves que llegan y se van. El propio Primer Ministro depende de mí en estas cuestiones y está encantado de no tener que preocuparse él de los detalles. E incluso en el caso de que me preguntasen, sólo tendría que decir la verdad. El Gobierno me aplaudiría por no haber entregado la nave a la Fundación. Y lo propio haría el pueblo si se enterase. En cuanto a la Fundación, no sabrá nada de esto.

—Es posible que el Gobierno se alegre de que no entregues la nave a la Fundación —dijo Trevize—, pero, ¿aprobará que permitas que nos la llevemos nosotros?

Lizalor sonrió.

—Eres un ser humano muy honrado, Trevize. Has luchado tenazmente por conservar tu nave y, ahora que la tienes, te preocupas de mi seguridad.

Alargó una mano como para hacerle una caricia de afecto y, entonces, recuperándose con un visible esfuerzo, dominó su impulso.

—Incluso si discutiesen mi decisión —prosiguió, con renovada brusquedad—, sólo tendría que contarles que has estado, y todavía estás, buscando el *Más Viejo*, y dirían que hice bien en librarme de ti, de la nave y de todo lo demás, lo antes posible. Y celebrarían ritos de expiación por haberte dejado aterrizar aquí, aunque nadie podía adivinar lo que estabas haciendo.

—¿Temes realmente que mi presencia pueda traeros mala suerte, a ti y a tu mundo?

—Sí —respondió Lizalor con dureza. Y después, con más suavidad—: A mí me la ha traído ya, porque ahora que te he conocido, los hombres de Comporellon me parecerán más insulsos todavía. Me quedaré con mi afán insaciable. «El Que Castiga» me ha infligido ya mi penitencia.

Trevize vaciló y después dijo:

—No quiero hacerte cambiar de opinión sobre esta cuestión, pero tampoco me agrada que sufras aprensiones innecesarias. Debes saber que esta idea de que yo he traído mala suerte no es más que una superstición.

—Supongo que eso te lo diría el Escéptico.

—Lo sé sin necesidad de que él me lo diga.

Lizalor se enjugó la cara, pues una fina escarcha empezaba a cuajarse sobre sus salientes cejas.

—Sé que algunos creen que es superstición —dijo—. Sin embargo, el *Más Viejo* trae mala suerte. Se ha demostrado en muchas ocasiones y todos los ingeniosos argumentos de los Escépticos nada pueden contra la verdad.

Súbitamente, tendió una mano.

—Adiós, Golan. Sube a la nave y reúnete con tus compañeros antes de que nuestro frío pero amable viento congele tu blando cuerpo terminiano.

—Adiós, Mitza, y espero verte a mi regreso.

—Sí, me has prometido que volverás y he tratado de convencerme que lo harás. Incluso me he dicho que saldría a recibirte en el espacio, para que el maleficio caiga sobre mí y no sobre mi mundo... Pero no volverás.

—¡Sí! ¡Volveré! Después de haber gozado tanto contigo, no renuncio a ti con tanta facilidad.

Y en aquel momento, Trevize estaba firmemente convencido de que era sincero.

—No pongo en duda tus románticos impulsos, mi dulce Fundador, pero los que se aventuren en el espacio en busca del *Más Viejo* jamás volverán... Me lo dice el corazón.

Trevize se esforzó en reprimir el castañeteo de sus dientes. Lo causaba el frío, pero no quería que ella pensase que era el miedo.

—También esto forma parte de la superstición —dijo.

—Sin embargo, también es verdad —repuso ella.

28

Resultaba estupendo hallarse de nuevo en la cabina-
piloto de la *Far Star*. Podía ser angosta, casi como una
burbuja hermética en medio del espacio infinito. Pero
era familiar, amistosa, y estaba caliente en ella.

—Me alegro de que por fin hayas subido a bordo
—dijo Bliss—. Me preguntaba cuánto tiempo permane-
cerías ahí fuera con la ministra.

—Ha sido poco —repuso Trevize—. Hacía frío.

—Me pareció —dijo Bliss— que estabas considerado la posibilidad de quedarte con ella y demorar tu búsqueda de la Tierra. No me gusta sondear tu mente, ni
siquiera por encima, pero me sentía preocupada por ti
y por tu lucha contra la tentación.

—Tienes razón —admitió Trevize—. Al menos momentáneamente, me sentí tentado. La ministra es una
mujer extraordinaria y nunca había conocido a nadie
así. ¿Fortaleciste tú mi resistencia, Bliss?

—Ya te he dicho muchas veces que no forzaré tu
mente en modo alguno, Trevize —repuso ella—. Supongo que venciste la tentación gracias a tu firme sentido
del deber.

—No, creo que no —dijo él con una irónica sonrisa—.
No ocurrió nada tan dramático y tan noble. Mi resistencia fue fortalecida, en primer lugar, por el hecho de que
hacía frío, y, además, por la espantosa idea de que unas
pocas sesiones con ella bastarían para matarme. No hubiese podido aguantar su ritmo.

—Bueno —dijo Pelorat—, lo importante es que estás
a salvo a bordo. ¿Qué vamos a hacer ahora?

—En un futuro inmediato, viajaremos rápidamente
a través del sistema planetario hacia el exterior, hasta
que estemos lo bastante lejos del sol de Comporellon
para dar el salto.

—¿Crees que nos detendrán o nos seguirán?

—No; con sinceridad, pienso que la ministra está
ansiosa de que nos alejemos lo más rápidamente posible.

y no volvamos, a fin de que la venganza de «El Que Castiga» no la reciba su planeta. En realidad...

—¿Qué?

—Ella cree que la venganza caerá sobre nosotros. Está firmemente convencida de que nunca volveremos. Esto, me apresuro a añadir, no responde a un cálculo suyo de .mi probable grado de infidelidad. Ella quiso significar que la Tierra es una portadora de desdichas tan terrible que cualquiera que la busque tiene que morir en la empresa.

—¿Cuántos salieron de Comporellon en busca de la Tierra, para que pueda hacer esa afirmación? —preguntó Bliss.

—Dudo de que algún comporelliano haya intentado jamás esta búsqueda. Yo le dije que sus temores eran pura superstición.

—¿Seguro que *tú* lo crees? ¿No te has dejado sugestionar por ella?

—Sé que sus temores son mera superstición, en la forma como ella los expresa; pero, por otra parte, pueden tener un cierto fundamento.

—¿Quieres decir que la radiactividad nos matará, si tratamos de aterrizar en la Tierra?

—No creo que el planeta sea radiactivo. Más bien imagino que se protege. Recordad que toda referencia a ella fue eliminada de la Biblioteca de Trantor; y que la maravillosa memoria de Gaia, en la que participa todo el planeta, incluidos los estratos rocosos de la superficie y el núcleo de metal fundido, no ha podido remontarse lo bastante en el pasado para decirnos algo con referencia a la Tierra.

»Está claro que, si es lo bastante poderosa para hacer todo esto, también puede ser capaz de influir en las mentes para que creamos en su radiactividad, evitando de este modo que la busquemos. Y tal vez porque Comporellon se encuentra tan cerca que representa un peligro particular para la Tierra, se ha intensificado en él la forzada ignorancia. Deniador, que es un escéptico y un científico, está completamente convencido de que es inútil buscar la Tierra. Dice que no puede ser encontrada.

Y es en este sentido que puede estar bien fundada la superstición de la ministra. Si la Tierra está tan resuelta a ocultarse, ¿no podría matarnos o desviarnos, antes que permitirnos encontrarla?

Bliss frunció el entrecejo y dijo:

—Gaia...

—No digas que Gaia nos protegerá —la interrumpió Trevize—. Si la Tierra fue capaz de conseguir borrar los antiguos recuerdos de Gaia, está claro que también conseguiría vencer en un conflicto entre ambas.

—¿Cómo sabes que los recuerdos fueron borrados? —preguntó Bliss fríamente—. Es posible que Gaia necesitase tiempo para desarrollar una memoria planetaria y que ahora sólo pueda recordar hasta la época en que aquel desarrollo terminó. Y si el recuerdo *fue* borrado, ¿cómo puedes estar seguro de que lo hiciese la propia Tierra?

—No lo sé —dijo Trevize—. Sólo expongo mis especulaciones.

Pelorat terció, con cierta timidez:

—Si la Tierra es tan poderosa y está tan resuelta a preservar, por decirlo así, su intimidad, ¿de qué servirá nuestra búsqueda? Pareces pensar que la Tierra no permitirá que triunfemos y nos matará, si es necesario, para impedir nuestro triunfo. En este caso, ¿no sería mejor que abandonásemos la empresa?

—Confieso que puede parecer así, pero tengo la firme convicción de que la Tierra existe, y quiero y debo encontrarla. Además, Gaia me dice que cuando tengo convicciones tan firmes como ésta, nunca me equivoco.

—Pero, ¿cómo podremos sobrevivir al descubrimiento, viejo?

—Es posible —dijo Trevize, esforzándose en dar un tono ligero a sus palabras— que también la Tierra reconozca mi extraordinario acierto y me deje campar por mis respetos. *Pero*, y a esto es a lo que yo iba, no puedo estar seguro de que vosotros dos sobreviváis, y me preocupa mucho. Siempre me ha sido así, pero ahora más que nunca, y me parece que debería llevaros a los dos de vuelta a Gaia y continuar después yo solo. Fue de mí, no de vosotros, de quien partió la idea de buscar la Tierra; soy yo, no vosotros, quien ve valor en ello; soy yo, no vosotros, quien está empeñado en esto, por consiguiente, dejad que sea yo, y no vosotros, quien corra el riesgo. Dejadme que vaya solo. ¿Janov?

La cara larga de Pelorat pareció alargarse más al apoyar la barbilla en el pecho.

—No te negaré que me siento nervioso, Golan, pero me avergonzaría si te abandonase, renegaría de mí mismo si lo hiciese.

—¿Bliss?

—Gaia no te abandonará, Trevize, hagas lo que hagas. Si la Tierra resulta peligrosa, Gaia te protegerá en la medida de sus fuerzas. Y en todo caso, en mi papel de Bliss, no abandonaré a Pel, y si él se aferra a ti, yo me aferraré a él.

—Está bien —dijo Trevize gravemente—. Os he dado una oportunidad. Seguiremos juntos.

—Juntos —dijo Bliss.

Pelorat sonrió ligeramente y apoyó una mano en el hombro de Trevize.

—Juntos. Siempre.

29

—Mira aquello, Pel —dijo Bliss.

Había estado usando el telescopio de la nave, casi como distracción, para cambiar de ocupación, después de haber estado enfrascada en los libros de Pelorat sobre las leyendas de la Tierra.

Pelorat se acercó, le rodeó los hombros con un brazo y miró la pantalla. Veíase en ella uno de los gigantes gaseosos del sistema planetario comporelliano, ampliado hasta dar una impresión real de su tamaño.

Era de color anaranjado claro, con franjas más pálidas todavía. Visto desde el plano planetario, y hallándose más alejado del sol que la propia nave, aparecía como un círculo de luz casi perfecto.

—Hermoso —dijo Pelorat.

—La franja central se extiende más allá del planeta, Pel.

—Creo que tienes razón, Bliss —dijo Pelorat, frunciendo el ceño.

—¿Piensas que puede ser una ilusión óptica? —preguntó ella.

—No estoy seguro, Bliss. Soy tan novato como tú en esto del espacio. ¡Golan!

Trevize respondió a la llamada con un «¿Qué?» bastante débil y entró en la cabina-piloto. Llevaba el traje muy arrugado, como si hubiese estado dormitando vestido sobre la cama, que era exactamente lo que había hecho.

—¡Por favor! —pidió en tono malhumorado—. No toquéis los instrumentos.

—Sólo es el telescopio —dijo Pelorat—. Mira eso.

Trevize miró.

—Es un gigante gaseoso, al que llaman Gallia, según las informaciones que me dieron.

—¿Cómo puedes saber que es éste, con sólo mirarlo?

—En primer lugar —respondió Trevize—, porque a la distancia que nos hallamos del sol, y debido a las dimensiones planetarias y a las posiciones orbitales que estuve estudiando al fijar nuestra ruta, es el único que podremos ampliar hasta tal punto en este momento. En segundo lugar, ahí está el anillo.

—¿El anillo? —dijo Blass, sin comprender.

—Lo único que podéis ver es una fina línea pálida, porque lo observamos casi desde un plano horizontal. Podemos elevarnos y lo veréis mejor. ¿Os gustaría?

—No quiero que tengas que volver a calcular las posiciones y la ruta —dijo Pelorat.

—Bueno, el ordenador se encargará de eso con poco trabajo por mi parte.

Se sentó ante el ordenador mientras hablaba y colocó las manos sobre las marcas del tablero. El ordenador, perfectamente adaptado a su mente, hizo lo demás.

La *Far Star*, libre de problemas de carburante y de los efectos de la inercia, aceleró rápidamente, y, una vez más, Trevize sintió amor por el ordenador y la nave que respondían de tal manera a sus mandatos. Era como si sus pensamientos les diese fuerza y los dirigiese, como si ambos fuesen una poderosa y obediente prolongación de su voluntad.

No resultaba extraño que la Fundación quisiera recuperar aquella nave; ni que Comporellon hubiese intentado aduañarse de ella. Lo único sorprendente era que la fuerza de la superstición fuese tan grande como para obligar a Comporellon a renunciar a ella.

Debidamente armada, podría dejar atrás o fuera de combate a cualquier nave o flota de la Galaxia, con tal de que no tropezase con otra de iguales características que ella.

Desde luego, no iba debidamente armada. La alcaldesa Branno, al confiarle la nave, había tenido la precaución de entregársela desarmada.

Pelorat y Bliss observaron con atención cómo el planeta Gallia se acercaba lentamente, muy lentamente, a ellos. El polo superior (fuese cual fuere) se hizo visible, con una turbulencia en una gran región circular a su alrededor, mientras que el polo inferior quedó oculto tras el bulto de la esfera.

En la parte de arriba, el lado oscuro del planeta invadió la esfera de luz anaranjada, y el bello círculo apareció cada vez más inclinado.

Lo más interesante fue que la pálida franja central ya no se veía recta, sino curva, lo mismo que las otras franjas al Norte y al Sur, pero de un modo más visible.

Ahora, la franja central se iba extendiendo claramente más allá de los bordes del planeta, y lo hacía describiendo una estrecha curva a cada lado. Ya no podía hablarse de ilusión; su naturaleza resultaba evidente. Era un anillo de materia que circundaba el planeta y estaba oculto en el otro lado.

—Creo que esto es bastante para daros una idea —dijo Trevize—. Si pasásemos por encima del planeta, veríais el anillo en su forma circular, rodeando el planeta y sin tocarlo en parte alguna. Probablemente observaríais que no se trata de un anillo, sino de varios anillos concéntricos.

—Nunca lo hubiese creído posible —dijo Pelorat, asombrado—. ¿Qué los mantiene en el espacio?

—Lo mismo que sostiene a un satélite —respondió Trevize—. Los anillos se componen de pequeñas partículas, cada una de las cuales gira en órbita alrededor del planeta. Los anillos están tan cerca del planeta que el influjo de éste evita que se fundan en un solo cuerpo.

—Me espanto cuando pienso en esto, viejo —dijo Pelorat moviendo la cabeza—. ¿Cómo es posible que me haya pasado la vida estudiando y desconozca casi todo lo referente a la astronomía?

—Y yo no sé nada sobre los mitos de la Humanidad. Nadie puede abarcar todos los conocimientos. Lo cierto es que esos anillos planetarios no son raros. Casi todos los gigantes gaseosos los poseen, aunque, a veces, no son más que una fina circunferencia de polvo. Pero el sol de Terminus no tiene ningún verdadero gigante gaseoso en su familia planetaria, y así no resulta extraño que un terminiano no sepa nada de los anillos planetarios, a menos que haya viajado por el espacio o seguido cursos universitarios de Astronomía. Lo raro *es* que un anillo tenga la suficiente anchura para brillar y ser visible con facilidad, como ése. Es muy hermoso. Debe tener doscientos kilómetros de anchura, por lo menos.

En ese momento, Pelorat chascó los dedos.

—*Esto* es lo que quería decir.

—¿A qué te refieres, Pel? —preguntó Bliss, intrigada.

—Una vez —dijo Pelorat—, leí unos versos muy antiguos, en una versión de galáctico arcaica difícil de descifrar, pero que demostraba su enorme antigüedad. Aunque yo no debería quejarme de ello. Mi trabajo ha hecho que sea experto en diversas formas de galáctico antiguo, lo cual resulta muy satisfactorio en lo personal, aunque me sirva de poco fuera de mi especialidad. Pero..., ¿de qué estaba hablando?

—De unos viejos versos, querido Pel —dijo Bliss.

—Gracias, Bliss. —Y dirigiéndose a Trevize—: Ella sigue siempre lo que digo para encarrilarme de nuevo cuando pierdo el hilo del discurso, que es lo que me ocurre casi siempre.

—Eso forma parte de tu encanto, Pel —dijo Bliss.

—Bueno, aquel trozo de poema pretendía describir el sistema planetario del que la Tierra formaba parte. No sé por qué fue hecho, pues no se conservó en su totalidad; al menos, yo fui incapaz de encontrarlo. Sólo sobrevivió aquel fragmento, tal vez debido a su contenido astronómico. En todo caso, hablaba del triple anillo brillante del sexto planeta, *tan amplio y grande que el mundo parecía pequeño en comparación con él.* Como veis, aún lo recuerdo. Entonces, no comprendí lo que podía ser el anillo de un planeta. Recuerdo que pensé en tres círculos en hilera a uno de los lados del planeta. Me pareció tan absurdo, que no quise incluirlo en mi biblioteca. Ahora, lamento no haberme informado mejor. —Sacudió la cabeza—. La mitología en la Galaxia de hoy en día es una labor tan exclusiva, que uno se olvida de preguntar.

—Probablemente hiciste bien en no preocuparte de ello, Janov —dijo Trevize, para consolarle—. Es un error tomar el lenguaje poético al pie de la letra.

—Pero esto es lo que significaba —exclamó Pelorat, señalando la pantalla—. El poema hablaba de esto. Tres anillos anchos y concéntricos, más anchos que el propio planeta.

—Nunca había oído hablar de una cosa así —dijo Trevize—. No creo que los anillos puedan ser tan anchos. Comparados con el planeta que circundan, son muy estrechos.

—Tampoco habíamos oído hablar de un planeta habitable con un satélite gigante. O de uno que tuviese la corteza radiactiva. Ésta es la singularidad número tres. Si encontramos un planeta radiactivo que de no ocurrirle eso sería habitable, que además tenga un satélite gigante, y en cuyo sistema hay otro planeta con un gran anillo, podremos estar seguros de que hemos encontrado la Tierra.

Trevize sonrió.

—Estoy de acuerdo contigo, Janov. Si encontramos las tres cosas juntas, tendremos, sin duda, la Tierra delante.

—¡Sí...! —dijo Bliss, lanzando un suspiro.

30

Se encontraban más allá de los mundos principales del sistema planetario, dirigiéndose hacia fuera, entre las posiciones de los dos planetas exteriores, de manera que no había ninguna masa significativa a menos de mil quinientos millones de kilómetros. Delante de ellos, sólo estaba la vasta nube de cometas que, desde el punto de vista de la gravedad, era insignificante.

La *Far Star* había acelerado hasta una velocidad de 0,1 *c*, un décimo de la velocidad de la luz. Trevize sabía muy bien que, en teoría, la nave podía acelerar hasta casi la velocidad de la luz, pero que, en la práctica, 0,1 *c* era el límite razonable.

A esa velocidad, podía evitarse cualquier objeto de masa apreciable, pero no había manera de esquivar las innumerables partículas de polvo del espacio y, en cantidad todavía mayor, los átomos y moléculas individuales. A grandes velocidades, incluso unos objetos tan pequeños podían causar daños, frotando y arañando el casco de la nave. A una velocidad próxima a la de la luz, cada átomo que chocase contra el casco tendría las propiedades de una partícula de rayo cósmico. Y bajo esa radiación cósmica penetrante, nadie que viajase a bordo de la nave sobreviviría mucho tiempo.

Las estrellas lejanas no mostraban movimiento perceptible en la pantalla, y aunque la nave se movía a treinta mil kilómetros por segundo, daba la impresión de que permanecía inmóvil.

El ordenador registraba el espacio alcanzando grandes distancias, por si algún objeto de pequeño pero significativo tamaño se acercaba, y la nave se desviaba ligeramente para evitar la colisión, en el caso improbable de que ésta se pudiese producir. Dados el pequeño tamaño del posible objeto que se acercaba, la velocidad a la que la nave se cruzaba con él y la ausencia de efectos de inercia como resultado del cambio de rumbo, no había manera de saber si se producía algo que pudiese llamarse una «aproximación».

Por consiguiente, Trevize no se preocupaba por esas cosas, y ni siquiera pensaba en ellas. Toda su atención permanecía alerta a las tres series de coordenadas que Deniador le había dado y, en particular, a la que indicaba el objeto más cercano a ellos.

—¿Hay algún error en las cifras? —preguntó, ansioso, Pelorat.

—Todavía no lo sé —respondió Trevize—. Las coordenadas no son útiles por sí solas, a menos que conozcas el punto cero y las convenciones empleadas para establecerlas como, por ejemplo, la dirección en que hay que marcar la distancia, por decirlo así; cuál es el equivalente de un primer meridiano, y otros datos por el estilo.

—¿Cómo averiguarás todo esto? —preguntó Pelorat, palideciendo.

—En relación con Comporellon, he obtenido las coordenadas de Terminus y otros puntos conocidos. Si las pongo en el ordenador, éste calculará cuáles deben ser las convenciones para tales coordenadas si Terminus y los otros puntos tienen que estar situados correctamente. Sólo estoy tratando de organizar las cosas en mi mente para poder programar debidamente el ordenador a ese respecto. En cuanto hayamos terminado las convenciones, las cifras de que disponemos para los Mundos Prohibidos adquirirán, posiblemente, un significado.

—¿Sólo posiblemente? —preguntó Bliss.

—Temo que sí —dijo Trevize—. A fin de cuentas, esas cifras son viejas..., opino que comporellianas, pero no estoy muy seguro. ¿Y si se basasen en otras convenciones?

—¿Qué pasaría?

—Que sólo tendríamos unas cifras sin significado alguno. Pero..., eso es lo que debemos descubrir.

Sus dedos danzaron sobre las teclas suavemente iluminadas del ordenador para darle la información necesaria. Después, colocó las manos sobre las huellas del tablero. Esperó mientras el ordenador trabajaba según las convenciones de las coordenadas conocidas, se detenía un momento y después interpretaba las coordenadas del Mundo Prohibido más próximo según las mismas convenciones, y, por último, localizaba esas coordenadas en el mapa galáctico que tenía grabado en su memoria.

Un campo de estrellas apareció en la pantalla y se movió rápidamente mientras se ajustaba. Cuando la imagen quedó congelada, se expandió y empezaron a desprenderse estrellas de los bordes en todas direcciones, hasta que hubieron desaparecido casi todas. Los ojos no podían seguir aquel rápido cambio; todo era como una mancha moteada. Hasta que, al fin, quedó un espacio de un décimo de *parsec* en cada lado (según las cifras indicadoras al pie de la pantalla). No hubo más cambios y sólo media docena de puntos débilmente brillantes salpicaron la negra pantalla.

—¿Cuál es el Mundo Prohibido? —preguntó Pelorat.

—Ninguna de ellas —dijo Trevize—. Cuatro son enanas rojas; una, enana casi roja; la última, una enana blanca. Ninguna de ellas puede tener un mundo habitable en órbita a su alrededor.

—¿Cómo sabes que son enanas rojas con sólo mirarlas?

—No estamos viendo estrellas reales, sino un sector del mapa galáctico almacenado en la memoria del ordenador. Cada una de ellas está rotulada. Vosotros no podéis verlo y a mí me ocurriría igual de ordinario; pero mientras mis manos mantengan contacto con el ordenador, como ahora, percibiré una considerable cantidad de datos de cualquier estrella en la que concentre la mirada.

—Entonces, las coordenadas son inútiles —dijo Pelorat, en tono de desconsuelo.

Trevize le miró.

—No, Janov, no he terminado. Está la cuestión del tiempo. Las coordenadas del Mundo Prohibido son las de hace veinte mil años. Por aquel entonces, tanto él como Comporellon giraban alrededor del Centro Galáctico, y es posible que ahora se trasladen a velocidades diferentes y en órbitas de distintas inclinaciones y excentricidades. Con el paso del tiempo, los mundos pueden acercarse o separarse, y, en veinte mil años, el Mundo Prohibido puede haberse apartado de medio a cinco *parsec* de la posición marcada aquí. En tal caso, no estaría incluido en este cuadrado de una décima de *parsec*.

—Entonces, ¿qué haremos?

—Bueno..., pues que el ordenador haga retroceder veinte mil años la Galaxia en tiempo relativo a Comporellon.

—¿Puede conseguir eso? —preguntó Bliss, bastante pasmada.

—Bien..., no puede hacer retroceder la Galaxia en el tiempo, pero sí el mapa en su banco de memoria.

—¿Veremos algo? —dijo Bliss.

—Observad.

Muy lentamente, las seis estrellas se movieron en la pantalla. Y una nueva estrella, ausente hasta entonces, entró en aquélla desde el borde izquierdo, y Pelorat la señaló, excitado.

—¡Allí! ¡Allí!

—Lo siento —dijo Trevize—. Es otra enana roja. Son muy comunes. Al menos tres cuartas partes de todas las estrellas de la Galaxia son de esa clase.

La imagen se inmovilizó en la pantalla.

—¿Y bien? —preguntó Bliss.

—Ya está —dijo Trevize—. Es la representación de aquella parte de la Galaxia tal como debió de ser hace veinte mil años. El Mundo Prohibido tendría que hallarse en el centro de la pantalla, si se hubiese movido a la velocidad normal.

—Tendría que estar, pero no es así —dijo Bliss vivamente.

—Es cierto —convino Trevize, con bastante indiferencia.

Pelorat suspiró profundamente.

—Es una mala cosa, Golàn.

—No te desesperes —dijo Trevize—. Yo no esperaba ver ahí la estrella.

—¿No lo esperabas? —preguntó, asombrado, Pelorat.

—No. Ya os dije que esto no es la Galaxia, sino el mapa que el ordenador tiene de ella. Si una estrella real no ha sido incluida en el mapa, no la veremos. Y si el planeta lleva el nombre de «Prohibido» y ha sido llamado así durante veinte mil años, lo más probable es que no lo incluyesen. Y no lo hicieron para que no lo viésemos.

—Quizá no podamos verlo porque no existe —dijo Bliss—. Las leyendas de Comporellon pueden ser falsas, o tal vez las coordenadas estén equivocadas.

—Eso es verdad. Pero el ordenador puede hacer un cálculo de cuáles serían las coordenadas en aquella época, ahora que ha situado el lugar donde el planeta debía estar hace veinte mi laños. Empleando las coordenadas corregidas por el tiempo, corrección que yo sólo podía hacer empleando el mapa estelar, podemos pasar al campo estelar real de la propia Galaxia.

—Pero tú has atribuido una velocidad normal al Mundo Prohibido —dijo Bliss—. ¿Y si su velocidad *no* hubiese sido la normal? Ahora no tendrías las coordenadas válidas.

—Cierto, pero una corrección a base de la velocidad normal es casi seguro que nos acercará más a la posición real que si no hubiésemos hecho corrección alguna.

—¡Lo esperas! —exclamó Bliss, poco convencida.

—Eso es exactamente lo que hago —dijo Trevize—. Espero. Y, ahora, veamos la Galaxia real.

Los dos mirones observaron atentamente, mientras Trevize (tal vez para mitigar su propia tensión y retrasar el momento cero) hablaba pausadamente, como si estuviese dando una conferencia.

—Observar la Galaxia real resulta más difícil —dijo—. El mapa del ordenador es una construcción artificial, con irrelevancias susceptibles de ser eliminadas. Si una nebulosa oscurece la visión, puede borrarla. Si el ángulo visual es inadecuado para lo que pretendo, me permite cambiarlo y cosas como éstas. En cambio, debo aceptar la Galaxia real tal como la encuentro, y si quiero un cambio, tengo que moverme físicamente a través del espacio, para lo cual necesitaría mucho más tiempo que para ajustar un mapa.

Y mientras Trevize hablaba, la pantalla mostró una nube de astros tan rica en estrellas individuales que parecía una ráfaga de polvo irregular.

—Ésa —dijo Trevize— es una vista de una parte de la Vía Láctea tomada desde un ángulo muy amplio y, naturalmente, yo quiero un primer plano. Si amplío el primer plano, el fondo tenderá a desvanecerse en comparación con aquél. El lugar coordenado está lo bastante cerca de Comporellon como para que yo pueda ampliarlo aproximadamente a la situación que tenía en la vista del mapa. Daré las instrucciones necesarias, si es que no me vuelvo loco antes. *Ahora.*

El campo de estrellas se amplió a tal velocidad, que miles de ellas avanzaron desde todos los lados, dando a quienes las observaban la impresión de que se movían hacia la pantalla, de modo que los tres se echaron hacia atrás automáticamente, como respondiendo a un alud.

Y volvió la antigua imagen, no tan oscura como había estado\ en el mapa, pero con las seis estrellas en la misma posición que en la vista original. Y allí, cerca del centro, vieron otra estrella, que brillaba más que las otras.

—Ahí está —indicó Pelorat, en un murmullo de asombro.

—Es posible. Haré que el ordenador tome su espectro y lo analice. —Hubo una pausa moderadamente larga, y Trevize añadió—: Clase espectral, G-4, lo cual hace que sea un poco más opaca y más pequeña que el sol de Terminus, pero bastante más brillante que el de Comporellon. Y ninguna estrella de la clase G hubiese debido omitirse en el mapa galáctico del ordenador. Como ésta sí lo fue, tenemos un sólido indicio de que puede tratarse del sol alrededor del cual gira el Mundo Prohibido.

—¿Hay alguna posibilidad de que exista un mundo habitable girando alrededor de esa estrella? —preguntó Bliss.

—Espero que sí. Y en ese caso, trataremos de encontrar los otros dos Mundos Prohibidos.

—¿Y si los otros dos fuesen falsas alarmas? —insistió Bliss.

—Entonces, probaríamos en otra dirección.

—¿Cuál?

—¡Ojalá lo supiese! —exclamó Trevize, frunciendo el ceño.

Tercera parte

AURORA

VIII. EL MUNDO PROHIBIDO

31

—Golan —dijo Pelorat—. ¿Te importa que mire?

—En absoluto, Janov —respondió Trevize.

—¿Y que te haga preguntas?

—Adelante.

—¿Qué estás haciendo?

Trevize apartó su mirada de la pantalla.

—Tengo que medir la distancia de cada astro que parece estar cerca del Mundo Prohibido en la pantalla, a fin de poder determinar lo cerca que se halla en realidad. Debemos conocer sus campos de gravitación; y para esto necesito saber masa y distancia. Sin este conocimiento, no se puede estar seguro de un Salto limpio.

—¿Cómo lo haces?

—Cada astro que veo tiene sus coordenadas en los bancos de datos del ordenador, y éstas pueden ser reconvertidas en coordenadas en el sistema comporelliano. Esto puede ser ligeramente corregido, a su vez, por la actual situación de la *Far Star* en el espacio en relación con el sol de Comporellon, y así me da la distancia de cada cual. Todas aquellas enanas rojas parecen encontrarse muy cerca del Mundo Prohibido en la pantalla, pero algunas pueden estar mucho más cerca y otras mucho más lejos. Necesitamos su posición tridimensional, ¿comprendes?

Pelorat asintió con la cabeza.

—¿Y ya tienes las coordenadas del Mundo Prohibido? —preguntó.

—Sí, pero con esto no basta. Necesito saber las distancias de los otros astros con el menor margen de error posible. La intensidad gravitativa en las cercanías del Mundo Prohibido es tan pequeña que un ligero error no tiene consecuencias perceptibles. El sol alrededor del cual gira, o puede girar, el Mundo Prohibido posee un campo de gravitación enormemente intenso en las proximidades del planeta y debo conocer su distancia con una exactitud tal vez mil veces mayor que en las otras estrellas. Para conseguirla, las coordenadas no bastan.

—¿Y qué haces entonces?

—Mido la separación aparente del Mundo Prohibido, o mejor dicho de su estrella, de tres estrellas próximas tan opacas, que se requiere una ampliación considerable para que puedan distinguirse. Presumiblemente, estas tres están *muy* lejos. Entonces, mantenemos una de esas tres estrellas centrada en la pantalla y saltamos una décima de *parsec* en una dirección que forme ángulo recto con la línea de visión del Mundo Prohibido. Podemos hacerlo con bastante seguridad, aunque desconozcamos las distancias de estrellas relativamente lejanas.

»La estrella de referencia, que está centrada, seguirá estándolo después del Salto. Las otras dos estrellas oscuras no cambian sensiblemente sus posiciones, si las tres son realmente muy lejanas. En cambio, el Mundo Prohibido se halla lo bastante cerca como para cambiar su posición aparente en una desviación paraláctica. Partiendo de la importancia de esta desviación, podemos determinar su distancia. Si quiero estar más seguro, elijo otras tres estrellas y pruebo otra vez.

—¿Cuánto tiempo se necesita para todo esto? —preguntó Pelorat.

—No mucho. El ordenador realiza el trabajo difícil. Yo sólo le digo lo que debe hacer. Lo que sí requiere tiempo es que tengo que estudiar los resultados para asegurarme de que parecen ser los correctos y de que en mis instrucciones no ha habido ningún fallo. Si yo fuese uno de esos hombres temerarios que confían plenamente en ellos mismos y en el ordenador, todo podría llevarse a cabo en pocos minutos.

—Es, realmente asombroso —dijo Pelorat—. ¡Pensar en lo mucho que el ordenador hace por nosotros!

—Yo lo pienso continuamente.

—¿Qué podrías hacer sin él?

—¿Y qué podría hacer sin una nave gravítica? ¿Qué podría hacer sin mi adiestramiento astronáutico? ¿Qué podría hacer sin veinte mil años de tecnología hiperespacial detrás de mí? El hecho es que yo soy yo, aquí, ahora. Imaginemos que podremos proyectarnos otros veinte mil años en el futuro. ¿Qué maravillas tecnológicas nos esperarían? ¿O no podría ser que, dentro de veinte mil años, la Humanidad no existiera ya?

—No lo creo —dijo Pelorat—. No creo que hubiese dejado de existir. Aunque no nos convirtiésemos en parte de Galaxia, tendríamos la psicohistoria para guiarnos.

Trevize se volvió en su sillón, retirando las manos del tablero.

—Calculemos las distancias —dijo— y comprobemos los resultados varias veces. No tenemos prisa. —Después, miró a Pelorat con curiosidad y dijo—: ¡La psicohistoria! Mira, Janov, este tema salió a relucir dos veces en Comporellon y, en ambas, fue calificado de superstición. Yo lo dije la primera vez, y, después, Deniador lo repitió también. A fin de cuentas, ¿cómo puedes definir la psicohistoria sino como una superstición de la Fundación? ¿No es una creencia sin pruebas o evidencia? ¿Qué opinas tú, Janov? Esto corresponde más bien a tu campo.

—¿Por qué dices que no hay pruebas, Golan? —preguntó Pelorat—. El simulacro de Hari Seldon ha aparecido muchas veces en la Bóveda del Tiempo y presentó hechos que se cumplieron después. Él no podía saber, en su tiempo, que esos acontecimientos iban a transcurrir si no hubiese podido predecirlo por medio de la psicohistoria.

Trevize asintió con la cabeza.

—Eso suena imponente. Se equivocó en lo del Mulo, pero aun así, resulta imponente. Sin embargo, huele desagradablemente a magia. Cualquier prestidigitador puede hacer trucos.

—Ningún prestidigitador es capaz de predecir cosas que sucederán al cabo de varios siglos, en el futuro.

—Ningún prestidigitador podría realizar, de verdad, lo que simula.

—Vamos, Golan. Soy incapaz de imaginar algún truco que me permita predecir lo que sucederá dentro de cinco siglos.

—Ni se te ocurre ninguno que le sirva a un prestidigitador para leer el contenido de un mensaje oculto en un satélite no tripulado en órbita. Y, sin embargo, yo he visto hacerlo a un prestidigitador. ¿Se te ha ocurrido pensar alguna vez que la Cápsula del Tiempo, junto con el simulacro de Hari Seldon, puede haber sido montada por el Gobierno?

Pelorat pareció indignarse ante tal idea.

—Nunca harían una cosa así.

Trevize lanzó un gruñido burlón.

—Y serían descubiertos si lo intentasen —dijo Pelorat.

—No estoy tan seguro de esto. Pero la cuestión es que no sabemos en absoluto cómo funciona la psicohistoria.

—Yo desconozco cómo funciona este ordenador, pero sí sé que funciona.

—Porque otros saben cómo funciona. ¿Qué pasaría si *nadie* lo supiese? Pues que si, por algún motivo, dejase de funcionar, nada podríamos hacer para repararlo. Y si a la psicohistoria le ocurriese eso...

—Los de la Segunda Fundación conocen el funcionamiento de la psicohistoria.

—¿Cómo lo sabes, Janov?

—Es lo que se dice.

—Se puede decir cualquier cosa... ¡Ah! Ya tenemos la distancia de la estrella del Mundo Prohibido y, espero, con mucha exactitud. Estudiemos las cifras.

Las contempló fijamente durante un buen rato, moviendo los labios de vez en cuando, como si estuviese haciendo algún cálculo mental.

—¿Qué está haciendo Bliss? —preguntó por último, sin levantar la vista.

—Está durmiendo, viejo amigo —respondió Pelorat. Y después, como defendiéndola—: *Necesita* dormir, Golan. Para mantenerse como parte de Gaia en el hiperespacio tiene que consumir energía.

—Supongo que sí —dijo Trevize, y volvió a su ordenador. Colocó las manos sobre el tablero—. Daremos varios Saltos y comprobaremos las cifras cada vez. —Entonces, murmuró, retiró las manos de nuevo—: Hablo en serio, Janov. ¿Qué *sabes* tú acerca de la psicohistoria?

Pelorat pareció sorprendido.

—Nada. Ser historiador, como yo lo soy, en cierta manera, es muy diferente de ser psicohistoriador. Desde luego, conozco las dos premisas fundamentales de la psicohistoria, pero eso lo sabe todo el mundo.

—Incluso yo. La primera es que el número de seres humanos involucrados debe ser lo bastante grande para dar validez al tratamiento estadístico. Pero, ¿qué es «lo bastante grande»?

—El último cálculo de la población galáctica —dijo Pelorat— está cifrado en diez mil billones aproximadamente, y es probable que peque por defecto. Desde luego, se trata de una cifra bastante grande.

—¿Cómo lo sabes?

—Porque la psicohistoria *funciona*, Golan. Por mucho que apeles a la lógica, *funciona*.

—Y la segunda —continuó enumerando Trevize— es que los seres humanos ignoren la psicohistoria, para que el conocimiento de la misma no altere sus reacciones. Pero ellos *están* enterados de la psicohistoria.

—De su mera existencia nada más, viejo. Y eso no es lo que cuenta. La segunda premisa indica que los seres humanos no deben conocer las *predicciones* de la psicohistoria, y así es..., salvo que los de la Segunda Fundación las conociesen; pero éstos son casos especiales.

—¿Y se ha desarrollado la ciencia de la psicohistoria

sólo a base de estas dos exigencias? Resulta difícil de creer.

—No *sólo* a base de ellas —dijo Pelorat—. Hay que contar también con las matemáticas avanzadas y los métodos estadísticos perfeccionados: Se dice, si quieres conocer la tradición, que Hari Seldon inventó la psicohistoria tomando como modelo la teoría cinética de los gases. Cada átomo o molécula de un gas se mueve al azar, de manera que no podemos saber la posición ni la velocidad de ninguno de ellos. Sin embargo, empleando la estadística, podemos deducir, con gran precisión, las reglas que rigen su comportamiento conjunto. De la misma manera, Seldon pretendió deducir el comportamiento conjunto de las sociedades humanas, aunque sus deducciones no podrían aplicarse al comportamiento de los seres humanos individuales.

—Quizá, pero los seres humanos no son átomos.

—Cierto —dijo Pelorat—. El ser humano tiene conciencia y su comportamiento es lo bastante complicado como para hacer que parezca dotado de libre albedrío. En cuanto a la forma en que Seldon desarrolló todo esto, no tengo la menor idea, y estoy seguro de que no lo comprendería si alguien que lo supiese tratase de explicármelo... Pero lo hizo.

—Así, todo depende de tratar con personas que sean tan numerosas como ignorantes —dijo Trevize—. ¿No te parecen unos cimientos muy poco seguros para edificar una enorme estructura matemática sobre ellos? Si aquellas exigencias no se cumplen en realidad, todo se derrumba.

—Pero si el Plan no se ha derrumbado...

—O si las exigencias no son exactamente falsas o inadecuadas, sino simplemente más flojas de lo que debieran ser, la psicohistoria podría funcionar bien durante siglos, y, entonces, al producirse alguna crisis particular, se derrumbaría, como le ocurrió temporalmente en los tiempos del Mulo. ¿Y si hubiese una tercera premisa?

—¿Cuál? —preguntó Pelorat, fruciendo ligeramente el ceño.

—No lo sé —dijo Trevize—. Un argumento puede pa-

190

recer completamente lógico y elegante y contener, sin embargo, suposiciones no expresadas. Tal vez la tercera premisa es una suposición tan dada por sabida, que a nadie se le ha ocurrido mencionarla nunca.

—Una suposición tan dada por sabida resulta, por lo general, bastante válida, o no sería considerada como tal.

—Si conocieses la Historia científica tan bien como la tradicional, Janov —gruñó Trevize—, sabrías lo equivocado que estás en esto. Pero veo que ahora nos hallamos en las cercanías del sol del Mundo Prohibido.

Y era cierto. Centrado en la pantalla, se veía una estrella brillante, tan brillante que su luz inundó la pantalla de tal forma que todas las demás estrellas desaparecieron.

32

Los artículos para el aseo y la higiene personales eran sólidos a bordo de la *Far Star*, y el empleo del agua se reducía siempre al mínimo razonable para no recargar las operaciones de reciclaje. Trevize se lo había recordado seriamente a Pelorat y a Bliss.

Aun así, Bliss presentaba un aspecto pulcro en todo instante, con sus negros y largos cabellos siempre lustrosos, y sus uñas, brillantes.

—¡Conque estáis aquí! —dijo cuando entraba en la cabina-piloto.

Trevize levantó la cabeza.

—No debes sorprenderte —dijo—. Difícilmente habríamos podido abandonar la nave, y con treinta segundos de búsqueda habrías tenido bastante para descubrirnos dentro, aunque no pudieses detectar nuestra presencia con tu mente.

—La frase fue una forma de saludo como otra cualquiera —dijo Bliss—, que, como sabéis, no debía tomarse al pie de la letra. ¿Dónde estamos? Y no me digáis «En la cabina-piloto».

—Querida Bliss —repuso Pelorat extendiendo un brazo—, nos encontramos en las regiones exteriores del sistema planetario del más próximo de los tres Mundos Prohibidos.

Ella se colocó a su lado y apoyó ligeramente una mano en su hombro, mientras él le rodeaba la cintura con un brazo. Bliss dijo:

—No puede ser muy Prohibido. Nada nos ha detenido.

—Sólo es Prohibido porque Comporellon y los otros mundos de la segunda ola de colonización rompieron, de forma voluntaria, todo lazo con los mundos de la primera ola, los Espaciales —dijo Trevize—. Si nosotros no nos sentimos ligados por aquel acuerdo voluntario, ¿qué puede detenernos?

—Los Espaciales, si es que queda alguno, pudieron romper, también voluntariamente, los lazos que los unían con los mundos de la segunda ola. El hecho de que a nosotros no nos importe introducirnos entre ellos, no significa que a ellos tampoco les importe.

—Cierto —dijo Trevize—, *si* es que existen. Pero, hasta ahora, no sabemos si hay algún planeta en el que puedan vivir. Lo único que vemos son los acostumbrados gigantes gaseosos. Dos de ellos, y no particularmente grandes.

—Esto no quiere decir que no exista el mundo Espacial. Cualquier planeta habitable estaría mucho más cerca del sol y sería mucho más pequeño y difícil de detectar a esta distancia entre el resplandor solar. Tendremos que hacer un Microsalto hacia el interior para detectar ese planeta.

Parecía bastante satisfecho de hablar como un curtido viajero del espacio.

—Si es así —dijo Bliss—, ¿por qué no nos acercamos más?

—Todavía no —repuso Trevize—. Estoy haciendo que el ordenador compruebe a la mayor distancia posible si hay alguna señal de estructura artificial. Avanzaremos por etapas, una docena si es necesario, y haremos una comprobación en cada una de ellas. No quiero ser atrapado esta vez como lo fuimos la primera vez que nos acercamos a Gaia. ¿Te acuerdas, Janov?

—No sería malo para nosotros caer en trampas como aquéllas todos los días. La de Gaia me trajo a Bliss —dijo Pelorat, mirándola con cariño.

—¿Esperas, Janov, que te traigan cada día una nueva Bliss? —rió Trevize.

Pelorat pareció dolido.

—Mi buen amigo, o comoquiera que Pel te llame —dijo Bliss, con un deje de irritación—, podrías avanzar con más rapidez. Mientras yo esté contigo, no te atraparán.

—¿El poder de Gaia?

—Por supuesto, para detectar la presencia de otras mentes.

—¿Estás segura de que eres lo bastante fuerte, Bliss? Tengo entendido que debes dormir bastante para recobrar la energía que gastas manteniendo el contacto con el cuerpo principal de Gaia. ¿Hasta dónde puedo confiar en tu capacidad, acaso limitada, a esta distancia de la fuente de origen?

Bliss enrojeció.

—La fuerza de la conexión es grande.

—No te ofendas —pidió Trevize—. Sólo te he preguntado. ¿No consideras un inconveniente el ser Gaia? Yo no soy Gaia. Soy un individuo cabal e independiente. Esto significa que puedo alejarme cuanto quiera de mi mundo y de mi gente, y seguir siendo Golan Trevize. Sigo teniendo mis poderes, tal como son, y seguiré con ellos dondequiera que vaya. Aunque me encontrase solo en el espacio, a *parsecs* de distancia de cualquier ser humano, y, por no importa qué razón, fuese incapaz de comunicar con alguien de alguna forma, o incluso de ver el brillo de una sola estrella en el cielo, sería y seguiría siendo Golan Trevize. Tal vez no pudiese sobrevivir, tal vez tuviese que morir, pero moriría siendo Golan Trevize.

—Solo en el espacio y lejos de todos —dijo Bliss—, no podrías pedir ayuda a tus compañeros, ni ampararte en su talento y sus diversos conocimientos. Solo, como individuo aislado, serías mucho más incapaz que formando parte de una sociedad integrada. Lo sabes muy bien.

—Sin embargo —repuso Trevize—, mi incapacidad sería distinta de la tuya. Entre tú y Gaia existe un lazo mucho más fuerte que el que hay entre mi sociedad y yo, y ese lazo tuyo se estira a través del hiperespacio y requiere energía para su mantenimiento, de manera que puedes jadear mentalmente con el esfuerzo y sentir más que yo la disminución de tu entidad.

El semblante de Bliss se endureció y, por un momento, no pareció joven o, mejor, pareció no tener edad, ser más Gaia que Bliss, como para refutar el argumento de Trevize.

—Aunque todo fuese como tú dices, Golan Trevize (que es, fue y será, que tal vez no puede ser menos, pero que, ciertamente, no puede ser más), aunque todo fuese como tú dices, repito, ¿crees que no hay que pagar un precio por lo que has ganado? ¿No es mejor ser una criatura de sangre caliente, como tú, que una criatura de sangre fría, como un pez o algo por el estilo?

—Las tortugas son de sangre fría —dijo Pelorat—. En Terminus no las hay, pero en otros mundos, sí. Son unas criaturas acorazadas, de movimientos muy lentos pero de gran longevidad.

—Entonces, ¿no es mejor ser una persona que una tortuga; moverse más de prisa, sea cual fuere la temperatura? ¿No es mejor tener actividades altamente energéticas, músculos rápidamente contráctiles, activas fibras nerviosas, mentalidad intensa y persistente, que tener que arrastrarse con lentitud, percibir poco a poco y poseer una conciencia confusa del medio circundante inmediato? ¿No lo es?

—De acuerdo —dijo Trevize—. Lo es. ¿Y qué?

—Bueno, ¿no sabes que hay que pagar por tener sangre caliente? Para mantener tu temperatura por encima de la del ambiente, tienes que gastar mucha más energía que una tortuga. Debes comer casi constantemente para que puedas reponer la energía en tu cuerpo con la misma rapidez con que la gastas. Te morirías de hambre mucho antes que una tortuga. Entonces, ¿preferirías ser una tortuga y vivir más tiempo y más despacio? ¿O prefieres pagar el precio y moverte más rápido, sentir más rápido, ser un organismo pensante?

—¿Es ésta una verdadera analogía, Bliss?

—No, Trevize, pues la situación es más favorable con Gaia. Nosotros no gastamos grandes cantidades de energía cuando estamos juntos. Sólo cuando una parte de Gaia se encuentra a distancias hiperespaciales del resto, el gasto de energía se eleva. Y recuerda que no has votado simplemente por una Gaia más grande, o por un mundo individual más grande. Votaste por Galaxia, por un vasto complejo de mundos. En cualquier parte de ella, serás parte suya y estarás rodeado de cerca por partes de algo que se extiende como cada átomo interestelar hasta el agujero negro central. Entonces, se requerirán pequeñas cantidades de energía para permanecer en el conjunto. Ninguna parte se hallará a gran distancia de las otras. Tú has decidido todo esto, Trevize. ¿Cómo puedes dudar del acierto de tu elección?

Él había agachado la cabeza, en honda reflexión. Por último, la levantó.

—Puede que haya elegido bien —dijo—, pero debo *convencerme* de ello. La decisión que he tomado es la más importante de la historia de la Humanidad, y no es suficiente con que sea buena. Yo debo *saber* que lo es.

—Después de lo que te he dicho, ¿qué más necesitas?

—No lo sé, pero lo encontraré en la Tierra. —Dijo esto con absoluta convicción.

—Golan —dijo Pelorat—, la estrella muestra un disco.

Era verdad. El ordenador, realizando su trabajo, y sin preocuparse en absoluto de lo que pudiese discutirse a su alrededor, se había ido acercando por etapas a la estrella hasta alcanzar la distancia que Trevize le había fijado.

Todavía estaba bastante alejada del plano planetario, y el ordenador dividió la pantalla para mostrar cada uno de los tres pequeños planetas que formaban aquél.

El más interior tenía la temperatura adecuada en su superficie para que el agua se mantuviese en estado líquido, y una atmósfera de oxígeno. Trevize esperó a que su órbita fuese calculada, y la primera estimación aproximada le pareció razonable. Dejó que el ordenador prosiguiese su tarea, pues cuanto más tiempo se observase el movimiento planetario, más exacto sería el cálculo de sus elementos orbitales.

Después dijo pausadamente:

—Tenemos a la vista un planeta habitable. Es probable que sea habitable.

—¡Oh! —exclamó Pelorat, con todo el entusiasmo que su solemne expresión le permitía.

—Sin embargo —dijo Trevize—, temo que no hay ningún satélite gigante. En realidad, no ha sido detectado ningún satélite de clase alguna hasta ahora. Por consiguiente, no es la Tierra. Al menos, si nos fundamos en la tradición.

—No te inquietes por eso, Golan —dijo Pelorat—. Sospeché que no íbamos a encontrar la Tierra aquí cuando vi que ningún gigante gaseoso tenía un sistema de anillos desacostumbrado.

—Está bien —dijo Trevize—. El primer paso que hemos de dar es averiguar qué clase de vida puede haber en él. Dado que tiene una atmósfera de oxígeno, podemos estar completamente seguros de que hay vida vegetal, pero...

—Y también animal —le interrumpió Bliss bruscamente—. Y en cantidad.

—¿Qué? —dijo Trevize, volviéndose a ella.

—Puedo sentirlo. Como algo muy débil debido a esta distancia. Pero resulta indiscutible el hecho de que ese planeta no sólo es habitable, sino que está habitado.

33

La *Far Star* se hallaba en órbita polar alrededor del Mundo Prohibido, a una distancia lo bastante grande para que el período orbital durase poco más de seis días. Al parecer, Trevize no tenía prisa en abandonar aquella órbita.

—Ya que en el planeta hay seres vivos —explicó—, y ya que, según Deniador, antaño estuvo habitado por humanos tecnológicamente avanzados y que representan una primera ola de colonizadores, los llamados Espaciales, pueden seguir siendo tecnológicamente avanzados y sentir muy poca simpatía por nosotros, los de la segunda ola que les sustituyó. Me gustaría que se mostrasen, para saber un poco más de ellos antes de arriesgarnos a un aterrizaje.

—Puede que no hayan advertido nuestra presencia aquí —dijo Pelorat.

—*Nosotros* lo sabríamos, si estuviésemos en su lugar. Presumo pues que, si existen, es probable que traten de establecer contacto con nosotros. Incluso que quieran venir a apresarnos.

—Pero si nos dan caza y son tecnológicamente avanzados, podemos ser incapaces de...

—No lo creo —dijo Trevize—. El progreso tecnológico no lo comprende necesariamente todo. Puede ser que se encuentren mucho más adelantados que nosotros en algunos aspectos, pero resulta claro que no llevan a cabo viajes interestelares. Somos nosotros, no ellos, quienes hemos colonizado la galaxia, y no he visto, en toda la historia del Imperio, algo que indique que hayan salido de sus mundos manifestándose. Si no han viajado por el espacio, ¿cómo podemos suponer que han conseguido serios progresos en astronáutica? Y si no los han hecho, es imposible que tengan algo parecido a una nave gravítica. Podemos ir prácticamente desarmados, pero aunque nos persiguiesen con un acorazado, no podrían alcanzarnos. No, no estamos indefensos.

—Pueden haber progresado mentalmente. Podría ser que el Mulo fuese un Espacial...

Trevize se encogió de hombros, con clara irritación.

—El Mulo puede ser cualquier cosa. Los gaianos lo describieron como un gaiano aberrante. También es considerado como un mutante ocasional.

—También se ha especulado —dijo Pelorat—, aunque desde luego no debe tomarse en serio, con que era un artefacto mecánico. Dicho en otras palabras, un robot, mas no se empleaba este término.

—Si *hay* algo que parezca mentalmente peligroso, tendremos que confiar en que Bliss lo neutralice. Puede hacerlo... A propósito, ¿está durmiendo?

—Antes, un rato —dijo Pelorat—, pero se estaba levantando cuando vine aquí.

—Levantándose, ¿eh? Bueno, tendrá que estar completamente despierta si empieza a ocurrir algo. Cuida tú de esto, Janov.

—Sí, Golan —dijo Pelorat sencillamente.

Trevize volvió su atención al ordenador.

—Hay algo que me preocupa mucho: las estaciones de entrada. Generalmente, son señal segura de que un planeta está habitado por seres humanos poseedores de una elevada tecnología. Pero éstas...

—¿Qué tiene de extraño?

—Varias cosas. En primer lugar, son muy antiguas. Pueden tener miles de años. En segundo lugar, no hay radiaciones, salvo termales.

—¿Qué son termales?

—La radiación termal es emitida por cualquier objeto más caliente que lo que le rodea. Es una sintonía conocida y consiste en una ancha franja de radiación que sigue una pauta fija dependiente de la temperatura. Eso es lo que están radiando las estaciones de entrada. Si hay aparatos fabricados por humanos en funcionamiento a bordo de las estaciones, tiene que filtrarse alguna radiación no termal, no casual. Como sólo existen radiaciones termales, podemos presumir que las estaciones están vacías, tal vez desde hace miles de años, o bien que, si están ocupadas, será por gente con una tecnología tan avanzada en este sentido que no hay filtraciones de radiación.

—Tal vez —dijo Pelorat— el planeta tenga una civilización muy alta, pero las estaciones de entrada se hallan vacías porque los colonizadores hemos dejado al planeta en paz durante tanto tiempo que ya no temen que los visitemos.

—Quizá sí. O tal vez se trate de una trampa.

Bliss entró en ese momento, y Trevize, que la vio por el rabillo del ojo, dijo bruscamente:

—Sí, aquí estamos.

—Ya lo veo —repuso ella—, y sin cambiar de órbita. Me he dado cuenta.

—Golan toma precauciones, querida —se apresuró a explicar Pelorat—. Las estaciones de entrada parecen abandonadas y no estamos seguros de lo que eso puede significar.

—No tenéis de qué preocuparos —dijo Bliss, con indiferencia—. No hay señales detectables de vida inteligente en el planeta que estamos sobrevolando.

Trevize le dirigió una mirada de asombro.

—¿Qué estás diciendo? Antes...

—Antes dije que había vida animal en el planeta, y la hay, pero, ¿en qué lugar de la galaxia te enseñaron que la vida animal implica necesariamente vida humana?

—¿Por qué no dijiste eso cuando detectamos vida animal por primera vez?

—Porque a aquella distancia, me resultaba imposible saberlo. Apenas podía detectar el rumor inconfundible de la actividad animal, pero su intensidad era tan débil que no habría podido distinguir una mariposa de un ser humano.

—¿Y ahora?

—Ahora estamos mucho más cerca, y aunque quizás imaginasteis que dormía, no era así..., o, al menos, dormí muy poco. Estuve escuchando, a pesar de que esta palabra no sea la apropiada, con toda la atención posible, por si podía captar alguna señal de actividad mental lo bastante compleja para indicar la presencia de seres inteligentes.

—¿Y no captaste ninguna?

—Supongo —repuso Bliss, con súbita prudencia— que, si no detecto nada a esta distancia, es imposible que haya más de unos pocos cientos de seres humanos en el planeta. Si nos acercamos un poco, podré juzgarlo con más exactitud.

—Bueno, esto cambia las cosas —dijo Trevize, un poco confuso.

—Creo que sí —admitió Bliss, que parecía claramente soñolienta, y, por ende, irritable—. Puedes olvidarte de analizar la radiación, y de inferir, y deducir, y de todo lo demás que has estado haciendo. Mis sentidos gaianos funcionan con mucha más eficacia y seguridad. Tal vez ahora comprendas lo que quiero decir cuando afirmo que es mejor ser gaiano que Aislado.

Trevize esperó antes de responder, esforzándose visiblemente en dominar su mal humor. Cuando habló, lo hizo en un tono cortés y casi formal:

—Te agradezco la información. Sin embargo, debes comprender, para usar una analogía, que la idea de mejorar mi sentido del olfato sería motivo insuficiente para que me decidiese a abandonar mi condición humana y convertirme en un sabueso.

34

Ahora, pudieron ver el Mundo Prohibido, cuando pasaron por debajo de la capa de nubes y comenzaron a navegar en la atmósfera. Parecía curiosamente apolillado.

Las regiones polares estaban heladas, como cabía esperar, pero no eran extensas. Las partes montañosas aparecían áridas, con ocasionales glaciares, pero tampoco de gran extensión. Eran pequeñas zonas desiertas muy desparramadas.

Aparte de eso, el planeta se veía, en potencia, hermoso. Sus zonas continentales eran muy grandes, pero sinuosas, de manera que había largas playas y ricas llanuras costeras muy extensas; frondosos bosques tropicales y también los propios de los climas templados, todos ellos bordeados de prados, y, sin embargo, el aspecto apolillado de su naturaleza resultaba evidente.

Desperdigados entre los bosques había sectores casi áridos, y partes de los prados eran poco herbosas.

—¿Alguna plaga vegetal? —preguntó, extrañado, Pelorat.

—No —respondió Bliss pausadamente—. Algo peor que eso, y más permanente.

—Yo he visto muchos planetas —comentó Trevize—, pero ninguno como éste.

—Yo, sin embargo, muy pocos —dijo Bliss—, pero comparto los pensamientos de Gaia y sé que esto es lo que cabe esperar de un mundo en el que la Humanidad ha desaparecido.

—¿Por qué? —preguntó Trevize.

—Piénsalo —respondió Bliss con aspereza—. Ningún mundo habitado disfruta un verdadero equilibrio ecológico. La Tierra tiene que haberlo tenido en su origen, pues si fue el mundo en que la Humanidad evolucionó, tuvo que haber largos períodos en los que ésta no existió ni tampoco especie alguna capaz de desarrollar una tecnología avanzada y de modificar el medio ambiente. En tal caso, debió imperar un equilibrio natural y, desde luego, cambiante. Sin embargo, en todos los otros mundos habitados, los seres humanos han transformado cuidadosamente sus nuevos medios y establecido vida vegetal y animal, pero el sistema ecológico que introducen está expuesto al desequilibrio, ya que sólo posee un número limitado de especies, únicamente aquellas que los seres humanos desean, o que no pueden dejar de...

—¿Sabes lo que me recuerda esto? —dijo Pelorat—. Perdona la interrupción, Bliss, pero esto viene tan al caso que no puedo resistir la tentación de comentártelo antes de que se me olvide. Existe un antiguo mito sobre la creación, un mito según el cual la vida fue creada en un planeta y sólo la tuvieron un número limitado de especies, las útiles o agradables para la Humanidad. Entonces, los primeros seres humanos hicieron alguna tontería (no importa lo que fuese, viejo amigo, porque los antiguos mitos suelen ser simbólicos e inducen a confusión, si se interpretan literalmente) y el suelo del planeta fue maldito. «También te dará cardos y espinas», fue la maldición, aunque el pasaje suena mejor en el galáctico arcaico en que fue escrito. Pero la cuestión estriba en si se trató realmente de una maldición. Plantas que no les gustan a los seres humanos y son rechazadas por éstos, como las espinas y los cardos, pueden convertirse en necesarias para el equilibrio ecológico.

Bliss sonrió.

—Es sorprendente, Pel, que todo te recuerde alguna leyenda, y lo instructivas que éstas resultan a veces. Los seres humanos, al reformar un mundo, eliminan las espinas y los cardos, sean éstos lo que fueren, y entonces tienen que trabajar para que el mundo funcione. No se trata de un organismo que se mantiene por sí mismo, como Gaia. Más bien, es una agrupación heterogénea de Aislados, pero no lo bastante heterogénea para que el equilibrio ecológico se mantenga por tiempo indefinido. Si la Humanidad desaparece, el sistema ecológico del mundo, al carecer de unas manos que lo guíen, empieza inevitablemente a desintegrarse de forma inevitable. El planeta se autorreforma.

—Si ocurre algo así, no sucede rápidamente —dijo Trevize, escéptico—. Este planeta puede haber estado libre de seres humanos desde hace veinte mil años, pero, sin embargo, la mayor parte de él parece estar todavía en plena actividad.

—Eso depende, en primer lugar, de cómo fue establecido en su día el equilibrio ecológico —repuso Bliss—. Si empezó bien, puede durar mucho tiempo aunque no haya seres humanos. A fin de cuentas, veinte mil años, a pesar de ser un período muy largo desde el punto de vista humano, es breve comparado con el tiempo de vida de un planeta.

—Supongo que, si el planeta ha degenerado, podemos estar seguros de que no hay seres humanos —dijo Pelorat mientras observaba la vista planetaria con suma atención.

—Sigo sin detectar actividad mental a ese nivel —repuso Bliss—, por lo que también presumo que no los hay. En cambio, existe el continuo zumbido de grados más bajos de conciencia, pero lo bastante altos para corresponder a aves y mamíferos. A pesar de todo, no estoy segura de que estos indicios basten para demostrar que los seres humanos han desaparecido por completo. Un planeta puede deteriorarse, aunque existan seres humanos en él, si la sociedad es anormal y no comprende la importancia de preservar el medio ambiente.

—Semejante sociedad sería destruida rápidamente —adujo Pelorat—. Me parece imposible que los seres humanos no comprendan la importancia de conservar los factores que los mantienen vivos.

—Yo no tengo tanta fe en la razón humana, Pel —dijo Bliss—. Creo perfectamente concebible que, cuando una sociedad planetaria está compuesta por Aislados nada más, las preocupaciones locales, e incluso individuales, pueden prevalecer fácilmente sobre los intereses planetarios.

—A mí me parece tan inconcebible como a Pelorat —intervino Trevize—. En realidad, dado que existen millones de planetas habitados por el hombre y ninguno de ellos se ha deteriorado por completo, el miedo que te produce el aislacionismo puede ser exagerado, Bliss.

La nave pasó del hemisferio iluminado al oscuro. El efecto fue el correspondiente a un rápido crepúsculo seguido de una oscuridad total, salvo por la luz de las estrellas cuando el cielo está despejado.

La nave mantuvo su altitud teniendo minuciosamente en cuenta la presión atmosférica y la intensidad de la gravitación. Aquella altura era demasiado grande para tropezar con algún macizo montañoso elevado, pues el planeta pasaba por una fase en que no se habían producido surgimientos de montañas recientemente. Sin embargo, el ordenador tanteaba la ruta con sus dedos de microondas, por si acaso.

Trevize contempló la aterciopelada noche y dijo reflexivamente:

—Me parece que la prueba más convincente de que el planeta está deshabitado es la ausencia de toda luz visible en el lado oscuro. Ninguna sociedad tecnológica soportaría esa oscuridad. En cuanto volvamos al hemisferio iluminado, descenderemos más.

—¿Qué ganaremos con eso? —preguntó Pelorat—. Ahí abajo no hay nada.

—¿Quién ha dicho que no hay nada?

—Bliss. Y tú también.

—No; Janov. Yo he dicho que no hay radiación de origen tecnológico, y Bliss nos ha informado de que no hay señales de actividad mental humana; pero eso no significa que no haya nada. Aunque no haya seres humanos en el planeta, seguro que habrá vestigios de alguna clase. Busco información, Janov, y los restos de una tecnología pueden serme útiles.

—¿Después de veinte mil años? —Pelorat elevó el tono de su voz—. ¿Qué crees que puede conservarse después de veinte mil años? No habrá víctimas, ni documentos, ni papeles impresos; el metal se habrá oxidado, la madera podrido y el plástico granulado. Incluso las piedras se habrán erosionado y deshecho.

—Tal vez no sean veinte mil años —dijo pacientemente Trevize—. Mencioné ese tiempo como el período más largo en que puede haber estado deshabitado el planeta, pues, según la leyenda comporelliana, este mundo floreció en en aquel tiempo. Pero supongamos que los últimos seres humanos murieron o desaparecieron o huyeron de aquí hace mil años.

Llegaron al otro extremo del hemisferio oscuro y amaneció y brilló el sol casi de forma instantánea.

La *Far Star* descendió y redujo su marcha hasta que los detalles de la superficie del planeta resultaron claramente visibles. Ahora aparecieron con toda claridad las pequeñas islas que salpicaban las costas continentales. La mayor parte de ellas estaban cubiertas de verde vegetación.

—Me parece que tendríamos que estudiar las zonas deterioradas en particular. Yo diría que los lugares en que hubo más concentración de seres humanos tuvieron que ser aquellos de peor equilibrio ecológico. Esas zonas podrían ser el núcleo del creciente deterioro. ¿Qué dices tú, Bliss?

—Es posible. En todo caso, a falta de un conocimiento definido, podemos muy bien observar los lugares donde la visibilidad es más fácil. Los herbazales y los bosques habrán hecho desaparecer casi todos los vestigios de habitación humana: por consiguiente, buscar en ellos podría convertirse en una pérdida de tiempo.

—Pienso que un mundo podría establecer un equilibrio eventual con lo que tiene —dijo Pelorat—, haciendo que nuevas especies evolucionaran. Y las zonas malas podrían colonizarse de nuevo sobre otra base.

—Es posible, Pel —dijo Bliss—. Esto dependería, en primer lugar, de lo desequilibrado que el mundo estuviese; y para que un planeta cicatrice de sus heridas y consiga un nuevo equilibrio a través de la evolución, serían necesarios más de veinte mil años. Se necesitarían millones.

La *Far Star* no giraba ya alrededor del planeta. Volaba lentamente sobre una franja de quinientos kilómetros de anchura de brezos y aulagas, con ocasionales arboledas.

—¿Qué os parece eso? —preguntó Trevize de pronto, señalando con el dedo.

La nave se detuvo y quedó flotando, inmóvil, en el aire. Se oyó un grave pero continuo zumbido al acelerarse los motores gravíticos para neutralizar el campo de gravitación del planeta casi por entero.

No había mucho que ver en el lugar que Trevize señalaba. Unos montículos de tierra y hierba dispersa era cuanto había.

—Yo no veo nada de particular —observó Pelorat.

—Allí hay algo ordenado en líneas rectas. Unas líneas paralelas, y pueden distinguirse otras más débiles que forman ángulo recto con aquéllas. ¿Lo veis? ¿Lo veis? Eso no puede darse en ninguna formación natural. Es arquitectura humana, restos de cimientos y paredes tan claros como si éstas se encontrasen todavía en pie.

—Supongamos que sea así —dijo Pelorat—. No son más que ruinas. Si queremos llevar a cabo una investigación arqueológica, tendremos que cavar y excavar. Los profesionales tardarían años en hacerlo bien.

—Sí, pero nosotros no tenemos tiempo de hacerlo como es debido. Eso puede ser el débil perfil de una antigua ciudad, y tal vez quede algo de ella en pie. Sigamos aquellas líneas y veamos a dónde nos conducen.

Cerca de uno de los bordes de la zona, en un lugar donde los árboles eran un poco más espesos, vieron unas paredes que aún se sostenían en pie..., al menos en parte.

—No está mal para empezar —dijo Trevize—. Aterrizaremos aquí.

IX. ENFRENTAMIENTO CON LA MANADA

35

La *Far Star* aterrizó al pie de una pequeña elevación, una colina en el terreno, generalmente llano. Casi sin pensarlo, Trevize había dado por supuesto que era mejor que la nave no resultase visible desde varios kilómetros a la redonda.

—La temperatura exterior es de 24 grados centígrados —dijo—; la velocidad del viento, de unos once kilómetros por hora, y soplando desde el Oeste; y el cielo está nublado en parte. El ordenador no sabe lo suficiente sobre la circulación del aire para poder predecir el tiempo. Sin embargo, como la humedad es de un cuarenta por ciento aproximadamente, parece que no va a llover. En conjunto, creo que hemos elegido una latitud o una estación del año muy agradable, lo cual es una satisfacción después del frío que pasamos en Comporellon.

—Supongo —dijo Pelorat—, que a medida que el planeta se vaya reformando, el tiempo se hará más crudo.

—Estoy segura de ello —ratificó Bliss.

—Podéis estar tan seguros como queráis —exclamó Trevize—. Se necesitarán miles de años para eso. Ahora todavía es un planeta agradable y seguirá así mientras nosotros vivamos y mucho tiempo después.

Se estaba ciñendo un ancho cinturón mientras hablaban, y Bliss dijo vivamente:

—¿Qué es eso, Trevize?

—Algo que me enseñaron en la Flota —dijo Trevize—. No voy a entrar desarmado en un mundo desconocido.

—¿De verdad piensas llevar armas?

—Desde luego. A mi derecha —y dio una palmada en una funda que contenía una pesada arma de grueso cañón— llevo mi *blaster*, y a mi izquierda, mi látigo neurónico.

Este último era un arma más pequeña, de cañón delgado y sin abertura.

—Dos variedades de asesinato —dijo Bliss con disgusto.

—Sólo una. El *blaster* mata. El látigo neurónico, no. Sólo estimula los nervios y duele tanto que, según me han dicho, uno preferiría estar muerto. Por fortuna, nunca he sufrido sus efectos.

—¿Por qué los llevas?

—Ya te lo he dicho. Éste es un mundo hostil.

—Es un mundo *vacío*, Trevize.

—¿Seguro? Al parecer, no hay sociedad tecnológica, pero, ¿y si hubiese primitivos postecnológicos? Lo peor que pueden poseer son cachiporras o piedras, pero también éstas pueden matar.

Bliss estaba furiosa, pero bajó la voz para mostrarse razonable.

—No detecto ninguna actividad neurónica humana, Trevize. Eso elimina a los primitivos de cualquier tipo, postecnológicos o lo que sean.

—Entonces, no necesitaré hacer uso de mis armas —dijo Trevize—. Sin embargo, ¿qué hay de malo en llevarlas? Sólo aumentarán mi peso un poco, pero como la fuerza de la gravedad en la superficie es un noventa y uno por ciento de la de Terminus, no lo notaré. Escucha, la nave está desarmada como tal, pero tiene una cantidad razonable de armas cortas. Sugiero que también vosotros dos...

—No —dijo Bliss inmediatamente—. No haré nada que pueda inducir a matar..., o incluso a infligir dolor.

—No es cuestión de matar, sino de evitar que nos maten, si es que entiendes lo que quiero decir.

—Yo puedo protegerme a mi manera.

—¿Janov?

—En Comporellon no llevamos armas —dijo Pelorat.

—Vamos, Janov, aquél era un factor conocido, un mundo asociado a la Fundación. Además, nos detuvieron nada más llegar. Si hubiésemos llevado armas, nos las habrían quitado. ¿Quieres un *blaster*?

Pelorat sacudió la cabeza.

—Nunca he estado en la Flota, viejo amigo. No sabría cómo emplear esas armas y, en caso de emergencia, no reaccionaría a tiempo. Sólo echaría a correr..., y me matarían.

—No te matarán, Pel —dijo Bliss con energía—. Gaia te tiene bajo «mi-nuestra-su» protección, y también a ese engreído héroe naval.

—Bien —repuso Trevize—. No me opongo a que me protejan, pero no soy engreído. Sólo estoy tomando precauciones, y si nunca tengo que valerme de estas cosas, te prometo que me sentiré doblemente satisfecho. Sin embargo, *debo* llevarlas. —Acarició las dos armas y añadió—: Ahora, salgamos a ese mundo que tal vez no ha sentido el peso de seres humanos sobre su superficie desde hace miles de años.

36

—Tengo la impresión de que debe ser bastante tarde —dijo Pelorat—, pero la altura del sol indica que falta poco para el mediodía.

—Supongo que tu impresión se debe al color anaranjado del sol, que parece propio del ocaso —observó Trevize, contemplando el tranquilo panorama—. Si estamos todavía aquí cuando se ponga, y si las formaciones nubosas son las adecuadas, veremos un rojo más fuerte de lo acostumbrado. No sé si lo encontraréis hermoso o deprimente. A propósito, tal vez era aún más fuerte en Comporellon, pero allí casi siempre estuvimos dentro de casa.

Se volvió despacio, observando los alrededores en todas direcciones. Además de la rareza casi fantástica de la luz, el olor característico de aquel mundo..., o de aquella parte de él, flotaba en el aire. Parecía moho, pero no resultaba desagradable en modo alguno.

Los árboles próximos eran de mediana altura y parecían viejos, de corteza nudosa y con los troncos un poco oblicuos, aunque él no habría sabido decir si aquello se debía al viento dominante o a alguna anomalía del suelo. ¿Eran los árboles los que daban un ambiente amenazador a aquel mundo, o era otra cosa..., algo más inmaterial?

—¿En qué piensas, Trevize? —preguntó Bliss—. Supongo que no habrás realizado un viaje tan largo para gozar de esta vista.

—En realidad, tal vez debiera hacer eso ahora —dijo Trevize—. Convendría que Janov explorase este lugar. He visto unas ruinas en aquella dirección y él es el único capacitado para juzgar el valor de los vestigios que pueda haber. Supongo que entenderá los escritos o los filmes en galáctico antiguo, cosa de la que yo soy incapaz. Y también supongo, Bliss, que querrás ir con él para protegerle. En cuanto a mí, me quedaré aquí, haciendo guardia.

—¿Para defendernos de qué? ¿De indígenas primitivos, armados con piedras y garrotes?

—Tal vez —dijo, y la sonrisa que tenía en los labios se desvaneció—. Aunque parezca extraño, Bliss, me siento un poco intranquilo en este lugar. No sé por qué.

—Vamos, Bliss —llamó Pelorat—. He sido coleccionista de cuentos antiguos durante toda mi vida, pero nunca he tenido en las manos documentos de esas épocas. Imagínate si encontrásemos...

Trevize les observó mientras se alejaban e iba disminuyendo el sonido de la voz de Pelorat al caminar éste en dirección a las ruinas. Bliss se contoneaba a su lado.

Trevize escuchó con aire distraído y después se volvió para continuar su estudio del lugar. ¿Qué podía haber allí que le hiciese sentir aquella aprensión?

En realidad, nunca había pisado un mundo sin población humana, pero había visto muchos desde el espacio. Por lo general eran mundos pequeños, demasiado pequeños para contener agua o aire, pero habían sido útiles para señalar los lugares de reunión durante las maniobras de las naves espaciales o como ejercicio de reparaciones urgentes simuladas (no había habido guerra en los años que llevaban vividos ni durante un siglo antes de su nacimiento, pero seguían realizándose maniobras y simulacros). Entonces, había naves en órbita alrededor de aquellos planetas, o incluso alguna se había posado en ellos, pero él nunca tuvo ocasión de desembarcar.

¿Se debía aquella impresión a que ahora se hallaba en un mundo vacío? ¿Habría sentido lo mismo si hubiese estado en uno de los muchos mundos pequeños y sin aire que había visto en sus días de estudiante e incluso después?

Sacudió la cabeza. Estaba seguro de que eso no le preocuparía. Habría llevado un traje espacial, como en las innumerables veces en las que salía de su nave en el espacio. Era una situación normal para él y el contacto con unas simples piedras no hubiese alterado aquella normalidad. ¡Seguro!

Desde luego, ahora no llevaba su traje espacial.

Se encontraba allí, de pie, en un mundo habitable, tan cómodo como se habría sentido en Terminus y mucho más de lo que estaba en Comporellon. Notaba la caricia del viento en las mejillas, el calor del sol en su espalda, y oía el murmullo de la vegetación. Todo le resultaba familiar, salvo que ahí no había seres humanos..., o había dejado de haberlos.

¿Sería eso? ¿Sería eso lo que hacía que aquel mundo pareciese fantástico? ¿Sería porque se trataba de un mundo no sólo deshabitado, sino *abandonado*?

Jamás había pisado un mundo abandonado; ni oído hablar de alguno que hubiese sido abandonado; nunca había pensado que un mundo *pudiera* abandonarse. Todos los que él había conocido hasta entonces, y que habían sido poblados por seres humanos, seguían habitados.

Miró al cielo. Otros seres no habían abandonado aquel mundo. Un pájaro ocasional volaba cruzando su campo visual, pareciéndole más natural que el cielo de color de pizarra entre las tranquilas nubes anaranjadas. Trevize estaba seguro de que, si permanecía unos pocos días en aquel planeta, se acostumbraría a sus colores y el cielo y las nubes acabarían por hacérsele familiares.

Oía gorjeos de pájaros en los árboles y el ruido más apagado de los insectos. Bliss había hablado de mariposas, y allí estaban, en cantidades sorprendentes y de los más variados colores.

También oía, de vez en cuando, susurros entre las matas de hierba que crecían al pie de los árboles, pero no podía saber con exactitud qué los causaba.

En todo caso, la evidente presencia de vida a su alrededor no era la causante de sus temores. Como Bliss había dicho, jamás hubo animales peligrosos en los mundos primitivos. Los cuentos de hadas de su infancia y las fantasías heroicas de su adolescencia transcurrían, invariablemente, en un mundo legendario que debía proceder de los vagos mitos de la Tierra. Los hiperdramas estaban llenos de monstruos: leones, unicornios, dragones, ballenas, brontosaurios, osos. Aparecían docenas de ellos cuyos nombres no podía recordar; algunos seguramente míticos, suponiendo que no lo fuesen todos ellos. Había animales más pequeños que mordían y picaban, e incluso plantas dolorosas al tacto, pero todo eso era pura ficción. Una vez le contaron que las primitivas abejas podían picar, pero, en verdad, las abejas que él conocía no eran dañinas en modo alguno.

Caminó lentamente hacia la derecha, siguiendo el borde de la colina. La hierba, alta y exuberante, crecía en matorrales aislados. Pasó entre los árboles, que también crecían en grupitos.

Entonces, bostezó. Desde luego, no ocurría nada interesante, y se preguntó si no sería mejor que regresara a la nave y echase una siesta. No, eso era inconcebible. Tenía que permanecer de guardia.

Tal vez debería hacerlo como los centinelas, marcando el paso, dando media vuelta y realizando complicadas maniobras con una vara eléctrica de desfile: un arma que ningún guerrero había utilizado desde hacía tres siglos, pero que todavía resultaba imprescindible en los ejercicios, por razones que nadie podía explicar.

Sonrió al pensar en ello y después se preguntó si no debería reunirse con Pelorat y Bliss en las ruinas. ¿Por qué? ¿Qué ganarían con ello?

¿Y si él viese algo que hubiese pasado inadvertido a Pelorat? Bueno, habría tiempo sobrado para hacerlo después de que aquél regresase. Si había algo que pudiese encontrarse con facilad, tenía que dejar que Pelorat hiciese el descubrimiento.

—¿Podrían hallarse los dos en dificultades? ¡Tonterías! ¿Qué clase de dificultades podían encontrar?

Y si las *tuviesen*, gritarían.

Se detuvo a escuchar. No oyó nada.

Y, entonces, volvió a sentir el irresistible impulso de hacer de centinela y anduvo arriba y abajo, con fuertes pisadas, imaginándose con la vara eléctrica sobre el hombro, dando media vuelta y levantando aquélla verticalmente delante de él para pasársela al otro hombro. Y fue al dar aquella media vuelta cuando se encontró de nuevo de cara a la nave (ahora bastante alejada).

Y entonces sí que se quedó realmente inmóvil, y no en una imitación de las posturas de un centinela.

No se hallaba solo.

Hasta entonces, no había visto criatura viviente alguna, aparte de`las plantas, los insectos y algún pájaro ocasional. No había visto ni oído nada que se acercase; pero, ahora, un animal se interponía entre él y la nave.

La sorpresa producida por aquel inesperado suceso le impidió, de momento, interpretar lo que veía. Únicamente después de un buen intervalo supo qué era lo que tenía delante.

Un perro.

Trevize no era amante de los perros. Nunca los había tenido, ni tampoco se había mostrado cariñoso con ellos cuando se encontraba con alguno. Tampoco esa vez sintió simpatía por aquél. Pensó, con bastante impaciencia, que no existía ningún planeta en el que esos animales no hubiesen acompañado a los hombres. Había innumerables variedades y a Trevize siempre le había dado la impresión de que cada mundo poseía, al menos, una raza característica. Sin embargo, todas las razas de perros tenían una peculiaridad común: tanto si eran empleados como animales de compañía, en los espectáculos o en alguna forma de trabajo útil, se les enseña a querer y confiar en los seres humanos.

Un amor y una confianza que Trevize nunca había apreciado. En una época pasada, vivió con una mujer que tenía un perro. Aquel animal, que Trevize toleraba por lo de la mujer, concibió en él una profunda adoración, siguiéndole a todas partes, apoyándose contra él cuando descansaba (pesaba veinte kilos), cubriéndole de saliva y de pelos en los momentos más inesperados, y sentándose delante de la puerta y aullando siempre que él y la mujer trataban de hacer el amor.

Trevize había sacado de aquella experiencia la firme convicción de que, por alguna razón sólo inteligible para la mente canina y su capacidad de analizar los olores, estaba predestinado para la devoción perruna.

Por consiguiente, una vez superada la sorpresa inicial, observó al perro sin gran preocupación. Era grande, flaco, ágil, y con las patas muy largas. Lo estaba mirando sin dar señal alguna de adoración. Tenía la boca entreabierta en lo que que se habría podido interpretar como una sonrisa de bienvenida, pero los dientes que mostraba eran grandes y amenazadores. Trevize decidió que se hallaría más tranquilo sin la presencia de aquel perro.

Entonces, pensó que aquel can no había visto nunca un ser humano y que lo mismo les había ocurrido a las incontables generaciones caninas que lo habían precedido. Quizá la súbita aparición de un ser humano le

214

hubiese sorprendido y asombrado tanto como su propia presencia había sorprendido y asombrado a Trevize. Éste había reconocido rápidamente al perro como el animal que era, pero el can no tenía esta ventaja. Todavía estaría intrigado y, tal vez, alarmado.

Desde luego, no convenía dejar que un animal tan grande y con aquellos dientes continuase en estado de alarma. Era necesario establecer de inmediato una relación amistosa con él.

Se acercó al perro muy despacio (sin movimientos bruscos, desde luego). Alargó una mano, dispuesto a permitir que el animal la oliese, y le dirigió palabras apaciguadoras, como «perrito guapo», algo que encontró sumamente fastidioso.

El perro, con la mirada fija en Trevize, retrocedió un par de pasos, como desconfiado, y después, arrugando el labio superior, lanzó un áspero gruñido. Aunque Trevize nunca había visto a un perro comportarse de ese modo, sólo pudo interpretar la acción como amenazadora.

Por consiguiente, se detuvo y permaneció inmóvil. Por el rabillo del ojo advirtió movimiento en uno de sus lados, y volvió la cabeza lentamente. Otros dos perros avanzaban hacia él desde aquella dirección. Parecían tan mortalmente amenazadores como el primero.

¿Mortalmente? Ese adverbio se le acababa de ocurrir, y era indiscutible que resultaba el acertado.

De pronto, su corazón latió con más fuerza. Tenía cerrado el camino hasta la nave. No podía comenzar a correr sin rumbo fijo, pues los perros, con sus largas patas, lo alcanzarían a los pocos metros. Si permanecía donde estaba y usaba su *blaster*, mataría a uno de los animales, pero los otros dos se lanzarían sobre él. A lo lejos, en la distancia, pudo ver que se aproximaban más. ¿Se comunicarían entre ellos de algún modo? ¿Cazarían en manadas?

Poco a poco, se fue desviando hacia la izquierda, en la dirección en que no había animales..., aún. Poco a poco. Muy poco a poco.

Los perros lo siguieron. Tuvo la seguridad de que lo

único que le salvaba de un ataque instantáneo era el hecho de que los perros nunca habían visto ni olido algo como él. No tenían establecida una pauta de comportameinto que pudiesen seguir en esa ocasión.

Desde luego, si echaba a correr, esa acción representaría algo familiar para los perros. Sabrían lo que tenían que hacer si un ser del tamaño de Trevize mostraba miedo y corría. Ellos lo imitarían. Y a más velocidad.

Trevize se fue acercando a un árbol. Sentía el curioso deseo de trepar a un lugar donde los perros no pudiesen seguirle. Éstos gruñían sordamente y cada vez se le acercaban más. Los tres tenían la mirada clavada en él, sin siquiera pestañear. Dos más se unieron a ellos y Trevize pudo ver qué, a lo lejos, otros se acercaban. En algún momento, cuando estuviese bastante cerca del árbol, tendría que decidirse. No debía esperar demasiado, ni echar a correr antes de tiempo. Ambas cosas podrían resultarle fatales.

¡Ahora!

Probablemente estableció una plusmarca de aceleración personal, aunque la meta se hallase muy cerca. Sintió el chasquido de unas mandíbulas al cerrarse sobre uno de sus talones y, por un instante, aquéllas le sujetaron con fuerza antes de que los dientes resbalasen sobre el duro ceramoide.

No era ducho en trepar a árboles. No lo había hecho desde que tenía diez años y recordó que, entonces, ya le costaba un gran esfuerzo. Pero, en este caso, el tronco no era vertical por completo y la corteza, nudosa, ofrecía asideros. Más aún, la necesidad lo impulsaba, y es notable lo que uno puede hacer cuando la necesidad es tan grande.

Trevize se encontró sentado en una horqueta, a unos diez metros del suelo. De momento, no era ajeno por completo al hecho de que se había arañado una mano y que manaba sangre de ella. Cinco perros se sentaron al pie del árbol, mirando hacia arriba, con la lengua colgando, todos ellos esperando con paciencia.

Y ahora, ¿qué?

37

Trevize no estaba en condiciones de pensar sobre la situación con lógica. Más bien experimentaba destellos de ideas en extraña y desordenada secuencia, las cuales, si las hubiese ordenado, habría podido expresar de esta manera:

Bliss había sostenido que cuando un planeta era colonizado, los seres humanos establecían una economía desequilibrada, que sólo con un continuo esfuerzo podían impedir que se desintegrase. Por ejemplo, ningún colonizador había llevado consigo grandes depredadores, pero sí algunos pequeños: insectos, parásitos, incluso pequeños halcones, musarañas, y otros por el estilo.

¿Y qué decir de los temibles animales legendarios y de los mencionados vagamente en relatos literarios: tigres, osos pardos, orcas, cocodrilos? ¿Quién los trasladaría de un mundo a otro, si eso tuviese alguna utilidad? ¿Y en qué podía residir tal utilidad?

Lo cual significaba que los seres humanos eran los únicos grandes depredadores y a ellos correspondía expurgar aquellas plantas y animales que, por sí solos, es notable lo que no puede hacer cuando la necesidad proliferarían excesivamente.

Y si los seres humanos desaparecían de algún modo, otros depredadores debían ocupar su sitio. Pero, ¿cuáles? Los de mayor tamaño que los humanos toleraban eran los perros y los gatos, domesticados y viviendo de la largueza humana.

¿Y si no quedaban seres humanos para darles de comer? Tenían que buscar su alimento para sobrevivir y, en verdad, para la supervivencia de las especies por ellos atacadas, cuyo número había que regular para que la superpoblación no causase daños cien veces superiores a los ocasionados por los depredadores.

Así se multiplicarían los perros, en todas sus variedades, con los más fuertes atacando a los grandes herbívoros indefensos y los pequeños a los pájaros y a los roedores. Los gatos cazarían de noche, mientras los perros lo harían de día; los primeros en solitario y los segundos en manadas.

Y tal vez la evolución produjese más variedades, a fin de rellenar los huecos adicionales del medio ambiente. ¿Acabarían algunos perros por adquirir características natatorias que les permitiesen alimentarse de peces, y algunos gatos, la capacidad de volar para poder cazar los pájaros más torpes lo mismo en el aire que en el suelo?

Todo eso acudió a ráfagas a la mente de Trevize, mientras hacía un esfuerzo más sistemático para pensar lo que debía hacer.

El número de perros iba en constante aumento. Contó veintitrés alrededor del árbol, y había más acercándose. ¿Cuántos serían en total? Pero, ¿qué importaba eso? La manada era bastante numerosa ya.

Sacó su *blaster* de la funda, pero el roce de la culata en la palma de su mano no le dio la sensación de seguridad que hubiese deseado. ¿Cuándo había insertado una unidad de energía en él por última vez? ¿Cuántas cargas podía disparar? Seguramente, menos de veintitrés.

¿Y qué sería de Pelorat y Bliss? Si aparecían, ¿se volverían los perros contra ellos? ¿Estaban a salvo si no acudían? Si los perros olían la presencia de dos seres humanos en las ruinas, ¿qué les impediría atacarles allí? Seguro que no había puertas ni barreras que los detuviera.

¿Podría hacerlo Bliss, o incluso ponerlos en fuga? ¿Tendría fuerza suficiente para concentrar sus poderes a través del hiperespacio hasta conseguir el grado necesario de intensidad? ¿Por cuánto tiempo sería capaz de mantenerlos a raya?

¿Debería él gritar para pedir ayuda? ¿Acudirían ellos corriendo si le oían gritar, y huirían los perros bajo la mirada de Bliss? (¿Sería una mirada o bastaría una acción mental invisible para los que no tuviesen la misma facultad?) O bien, si ellos aparecían, ¿serían despedazados ante los ojos de Trevize, que no tendría más remedio que observarlo, impotente, desde la relativa seguridad de su refugio en el árbol?

No, tenía que emplear su *blaster*. Si podía matar un perro y asustar a los demás momentáneamente, bajaría del árbol, gritaría llamando a Pelorat y a Bliss, mataría un segundo perro si éstos daban señales de volver a la carga, y los tres podrían meterse a toda prisa en la nave.

Fijó la intensidad del rayo de microonda en la marca de tres cuartos. Eso debería bastar para matar a un perro y producir un fuerte estampido. El ruido serviría para espantar a los perros, y, de esa forma, él ahorraría un poco de energía.

Con sumo cuidado, apuntó a un perro que había en medio de la manada, un perro que (al menos en su imaginación) parecía más maligno que los otros, tal vez porque permanecía quieto y, por tanto, daba la sensación de estar dispuesto a lanzarse fríamente sobre su presa. Ahora, el perro miraba el arma con fijeza, como si se burlara de lo que Trevize podía hacer.

Éste pensó que nunca había disparado un *blaster* contra un ser humano, ni había visto hacerlo a nadie. Sólo lo había hecho durante la instrucción, contra muñecos de cuero y plástico llenos de agua, la cual se calentaba casi de inmediato hasta llegar al grado de ebullición y rasgando la cubierta al estallar.

Pero, ¿quién, fuera del caso de una guerra, dispararía contra un ser humano? ¿Y qué ser humano sería capaz de disparar un *blaster*? Sólo allí, en un mundo convertido en patológico por la desaparición de los seres humanos...

Con esa rara capacidad del cerebro de advertir situaciones que no vienen al caso, Trevize se dio cuenta de que el sol se había ocultado detrás de una nube..., y entonces disparó.

Hubo un tenue resplandor en la atmósfera, a lo largo de una línea recta que iba desde el cañón del *blaster* hasta el perro; un vago destello que habría pasado inadvertido si el sol hubiese seguido brillando.

El perro debió sentir la primera oleada de calor, pues hizo un ligero movimiento como si fuese a saltar. Y, entonces, estalló cuando una parte de su sangre y del contenido celular se evaporaron.

La explosión hizo un ruido decepcionante por lo débil, pues la piel del perro no era tan resistente como la de los muñecos con los que él había practicado. Carne, piel, sangre y pedazos de hueso salieron despedidos en todas direcciones, y Trevize sintió que el estómago se le revolvía.

Los perros se echaron atrás, bombardeados algunos de ellos con desagradables fragmentos cálidos. Pero aquella vacilación fue momentánea. De repente, se apretujaron de nuevo, para devorar lo que les era dado de balde. Trevize sintió que sus náuseas aumentaban. No los había espantado; los estaba alimentando. En todo caso, jamás se irían de allí. Antes al contrario, el olor a sangre y a carne caliente atraería a más perros, y, tal vez, también a otros depredadores más pequeños.

—Trevize, ¿qué...? —gritó una voz.

Él volvió la cabeza. Bliss y Pelorat habían salido de las ruinas. Ella se había detenido en seco, extendiendo un brazo para que Pelorat no continuase andando. Miró a los perros con fijeza. La situación resultaba evidente. No hacía falta preguntar.

—Traté de alejarlos de aquí —gritó Trevize—, sin comprometeros a Janov y a ti. ¿Puedes detenerlos?

—A duras penas —dijo Bliss, sin gritar, de modo que a Trevize le costó trabajo oírle, aunque los gruñidos de los perros habían cesado, como si alguien hubiese echado sobre ellos una manta que absorbiese el sonido. Después, prosiguió—: Son demasiados, y no estoy familiarizada con su actividad neurónica. En Gaia no tenemos esas bestias salvajes.

—En Terminus tampoco. Ni en ningún planeta civilizado —gritó Trevize—. Mataré a todos los que pueda y tú intenta contener a los demás. Si elimino a algunos, tendrás menos trabajo.

—No, Trevize. Matándoles, atraerías a otros. Quédate detrás de mí, Pel. No puedes protegerme. **Tu otra arma, Trevize.**

—¿El látigo neurónico?

—Sí. Eso produce dolor. Baja su potencia. ¡Baja su potencia!

—¿Tienes miedo de hacerles daño? —gritó Trevize, con irritación—. ¿Es momento de considerar el derecho sagrado a la vida?

—Es por Pel. Y por mí. Haz lo que te digo. Poca potencia, y dispara contra uno de ellos. No puedo seguir conteniéndolos por mucho más tiempo.

Los perros se habían alejado del árbol, rodeando a Bliss y a Pelorat, que se hallaban de espaldas contra una pared en ruinas. Los animales que se encontraban más cerca hacían vacilantes intentos para acercarse, aullando un poco, como si quisieran resolver el enigma de estar sujetos cuando no había nada que los retuviese. Algunos trataron inútilmente de encaramarse a la pared para atacarles por detrás.

La mano de Trevize temblaba al ajustar el látigo neurónico a baja potencia. Éste gastaba mucha menos energía que el *blaster* y un solo cartucho podía producir centenares de latigazos, pero ni siquiera recordaba cuándo había cargado el arma por última vez.

Apuntar con ella era lo de menos. Como disponía de energía suficiente, podía barrer la masa de perros con el látigo. Era el método tradicional que solía emplearse para contener a las turbas que daban signos de volverse peligrosas.

Sin embargo, siguió la indicación de Bliss. Apuntó a uno de los perros y disparó. El perro cayó, agitando las patas, y lanzó fuertes y estridentes gemidos.

Los otros se apartaron de él, con las orejas gachas. Después, gimiendo a su vez, dieron media vuelta y comenzaron a alejarse; primero, despacio; después, más rápidamente; y, por último, a toda velocidad. El perro que había sido alcanzado de lleno se levantó trabajosamente y se alejó cojeando y gimiendo, a gran distancia de los demás.

Los aullidos se extinguieron a lo lejos.

—Será mejor que subamos a la nave —dijo Bliss—. Volverán. Y si no, vendrán otros.

Trevize pensó que nunca había abierto tan de prisa la puerta de entrada de la nave. Y era posible que nunca volviese a hacerlo.

38

La noche había caído antes de que Trevize sintiese algo que se pareciera a la normalidad. El pequeño parche de piel sintética aplicado sobre el arañazo de su mano había mitigado el dolor físico, pero tenía un arañazo en su psique que no resultaba tan fácil de curar.

No era la simple exposición al peligro. Podía reaccionar a éste tan bien como cualquier persona valerosa. Era la dirección totalmente imprevista de la que le había llegado el peligro; de su sentimiento del ridículo. ¿Cómo quedaría él si la gente se enteraba de que había sido obligado a refugiarse en un árbol por unos *perros* gruñidores? Casi sonaría como si hubiese sido puesto en fuga por el aleteo de unos canarios irritados.

Permaneció escuchando durante unas horas, esperando un nuevo ataque de los perros, sus aullidos, sus patas arañando el casco de la nave.

En comparación con él, Pelorat aparecía muy tranquilo.

—Yo no dudé un instante, viejo amigo, de que Bliss resolvería la situación, pero debo decir que disparaste el arma muy bien.

Trevize se encogió de hombros. No estaba de humor para discutir sobre ese asunto.

Pelorat llevaba en la mano su biblioteca (el disco macizo donde había almacenado todo lo que había aprendido durante su vida sobre mitos y leyendas), y con ella se retiró a su dormitorio, donde disponía de un pequeño aparato lector.

Parecía satisfecho de sí mismo. Trevize lo advirtió,

pero no quiso preguntarle nada. Ya habría tiempo para ello, cuando su mente no estuviese tan absorta en los perros.

—Supongo que te pillaron por sorpresa —dijo Bliss con cierta indecisión cuando estuvieron solos.

—Completamente —repuso Trevize, malhumorado—. ¿Quién me iba a decir a mí que al ver un perro, un *perro*, correría para salvar la vida?

—Después de veinte mil años sin contacto con el hombre, los perros han dejado de serlo. Esos animales deben ser los grandes depredadores dominantes.

Trevize asintió con la cabeza.

—Así lo pensé cuando me encontraba sentado en la rama de aquel árbol como presunta presa. En verdad, tenías razón cuando hablaste de una ecología desequilibrada.

—Después de veinte mil años sin contacto con el homno; pero, considerando la eficacia con que los perros parecen llevar sus asuntos, me pregunto si Pel estaría en lo cierto al decir que la ecología podía equilibrarse por sí sola, al ser llenados diversos huecos del medio ambiente por variaciones en evolución de las relativamente pocas especies que fueron transportadas antaño a un mundo determinado.

—Es extraño —dijo Trevize—, pero a mí se me ocurrió la misma idea.

—Siempre, por supuesto, que el desequilibrio no sea tan grande que el proceso de solución requiera demasiado tiempo. En tal caso, el planeta podría hacerse imposible antes de que consiguiese aquello.

Trevize gruñó, y Bliss lo miró, reflexiva.

—¿Cómo se te ocurrió armarte?

—De poco me sirvió —dijo Trevize—. Fueron tus facultades las que...

—No del todo. Necesitaba tu arma. En tan poco tiempo, con sólo un contacto hiperespacial con el resto de Gaia, con tantas mentes individuales de naturaleza desconocida, nada habría podido hacer sin tu látigo neurónico.

—El *blaster* resultó inútil. Lo probé.

—Con un *blaster*, sólo desaparece un perro. Los otros pueden sorprenderse, pero no espantarse.

—Peor aún —dijo Trevize—. Se comieron los restos. Fue como un cebo para inducirles a quedarse.

—Sí, ya veo que éste pudo ser el efecto. El látigo neurónico es diferente. Inflige dolor, y el perro alcanzado se lamenta de manera que los otros lo entienden, y entonces, por reflejo condicionado, si no por otras razones, se espantan a su vez. Como los perros estaban predispuestos a la huida, sólo tuve que influir un poco en sus mentes para que se marchasen.

—Sí, pero tú comprendiste que el látigo era el arma más eficaz en este caso, algo en lo que yo no pensé.

—Yo estoy acostumbrada a explorar las mentes, y tú no. Por eso insistí en la baja potencia y en que apuntases a un solo perro. No quería un dolor tan agudo que matase al perro y le hiciese callar. Ni quería que el dolor se dispersase tanto que produjese unos simples gemidos. Quería un dolor fuerte, concentrado en un solo punto.

—Y lo conseguiste, Bliss —reconoció Trevize—. La cosa funcionó a la perfección. Te estoy muy agradecido.

—Sientes amargura porque te parece que representaste un papel ridículo. Sin embargo, repito, nada habría podido hacer yo sin tu arma. Lo que me intriga es el hecho de que pensaras en armarte cuando yo te había asegurado la no presencia de seres humanos en este planeta, algo de lo que sigo estando convencida. ¿Previste los perros?

—No. En absoluto —reconoció Trevize—. Al menos, no de un modo consciente. Y no suelo ir armado. Ni siquiera se me ocurrió llevar un arma en Comporellon. Pero tampoco quiero caer en la trampa de imaginarme que fue por arte de magia. Supongo que, cuando empezamos a hablar antes de ecologías desequilibradas, tuve la impresión inconsciente de animales que se habían vuelto peligrosos debido a la ausencia de seres humanos. Esto parece claro, visto retrospectivamente, pero es *posible* que tuviese una ligera inspiración. Sólo eso.

—No lo tomes a broma —pidió Bliss—. Yo participé en la misma conversación sobre ecologías desequilibradas y no tuve esa previsión tuya. Y es esta previsión especial que tú posees lo que se valora en Gaia. Pero también comprendo que debe resultar irritante para ti tener unas dotes de previsión cuya naturaleza desconoces; actuar con decisión, pero sin un motivo aparente.

—En Terminus suelen llamarlo «corazonada».

—En Gaia decimos «saber sin pensar». Y a ti no te gusta saber sin pensar, ¿verdad?

—Me preocupa, sí. No me agrada dejarme llevar por las corazonadas. Presumo que detrás de éstas hay una razón, pero el hecho de no saber qué es me produce la sensación de que no controlo mi mente: una especie de locura leve.

—Y, cuando te decidiste en favor de Gaia y Galaxia, también fue debido a una corazonada, y ahora buscas la razón.

—He dicho eso doce veces al menos.

—Yo me he negado a aceptar tu declaración como verdad absoluta. Te pido disculpas. No volveré a contradecirte en esto. Espero, sin embargo, que podré seguir alegando cosas en favor de Gaia.

—Siempre que reconozcas, a tu vez, que yo puedo no aceptarlas —dijo Trevize.

—Entonces, ¿has pensado que este Mundo Desconocido está volviendo a una especie de estado salvaje, y tal vez a una desolación e inhabitabilidad definitivas, debido a la desaparición de la única especie capaz de actuar como inteligencia directora? Si este mundo fuese Gaia o, mejor aún, parte de Galaxia, esto no habría ocurrido. La inteligencia directora seguiría existiendo en forma de Galaxia como conjunto, y la ecología, por desequilibrada que estuviese debido no importa a qué causa, tendería a equilibrarse de nuevo.

—¿Quieres decir que los perros dejarían de comer?

—Claro que comerían, igual que lo hacen los seres humanos. Sin embargo, lo harían con un propósito, en orden a equilibrar la ecología bajo una dirección deliberada, y no como resultado de circunstancias casuales.

—La pérdida de la libertad individual puede carecer de importancia para los perros —dijo Trevize—, pero no para los seres humanos. ¿Y qué pasaría si *todos* los seres humanos dejasen de existir en todas partes y no solamente en uno o varios planetas? ¿Qué ocurriría si Galaxia se quedase sin un solo ser humano? ¿Seguiría siendo una inteligencia directora? ¿Serían capaces todas las otras formas de vida y la materia inanimada de forjar una inteligencia común adecuada?

—Semejante situación —dijo Bliss tras una leve vacilación— no se ha dado nunca. Y no parece probable que vaya a ocurrir en el futuro.

—Pero, ¿no te resulta evidente que la mente humana es cualitativamente diferente de todo lo demás, y que, si desapareciese, la suma de todas las otras conciencias nunca podría sustituirla? Luego, ¿no es cierto que los seres humanos son un caso especial y como tal deben ser tratados? No pueden confundirse entre ellos y, mucho menos, con objetos no humanos.

—Sin embargo, tú decidiste en favor de Galaxia.

—Por una razón esencial que no soy capaz de descubrir.

—¿No podría ser esta razón esencial un atisbo de los efectos de las ecologías desequilibradas? ¿Que pensaras que todos los mundos de la galaxia se hallan sobre el filo de una navaja, con inestabilidad en ambos lados, y que sólo Galaxia puede evitar desastres como los que se producen en este planeta, por no hablar de los continuos desastres interhumanos de la guerra y los fracasos administrativos?

—No. Yo pensaba en las ecologías desequilibradas cuando tomé mi decisión.

—¿Cómo puedes estar seguro?

—Puedo no saber qué es lo que preveo, pero si después me es sugerido algo, reconoceré si es o no es en realidad lo que había previsto. Según parece, pude prever animales peligrosos en este mundo.

—Bueno —dijo llanamente Bliss—, esos peligrosos animales habrían podido matarnos de no haber sido por una combinación de nuestras facultades: tu previsión y mi fuerza mental. Seamos, pues, amigos.

Trevize asintió con la cabeza.

—Como quieras.

Había en su voz una frialdad que hizo que Bliss arquease las cejas, pero Pelorat entró en aquel momento, moviendo la cabeza como si fuese a arrancársela de cuajo.

—Creo que lo hemos conseguido —dijo.

39

En general, Trevize no confiaba en las victorias fáciles; sin embargo, era humano creer contra el propio criterio. Sintió que los músculos del pecho y de la garganta se le agarrotaban, pero consiguió hablar.

—¿La ubicación de la Tierra? —preguntó—. ¿La has descubierto, Janov?

Pelorat miró a Trevize con atención durante un momento.

—Bueno, no —respondió con visible confusión—. No es exactamente esto. En realidad, Golan, no lo es en absoluto. Me había olvidado de ello. Ha sido otra cosa lo que he descubierto en las ruinas. Aunque tal vez no sea realmente importante.

Trevize lanzó un profundo suspiro.

—No importa, Janov —dijo—. Todo hallazgo es importante. ¿Qué es lo que ibas a decirnos?

—Bien —se animó Pelorat—, la cuestión es que casi nada sobrevivió, ¿comprendes? Veinte mil años de tormentas y de vientos no pueden dejar gran cosa. Por si esto fuera poco, la vida vegetal es gradualmente destructora, y la vida animal... Pero dejemos esto. El caso es que «casi nada» no significa lo mismo que «nada».

»Parte de esas ruinas debe corresponder a un edificio público, pues había algunas piedras, o bloques de hormigón, que tenían letras esculpidas. Eran casi invisibles, ¿sabes?, pero tomé varias fotografías con una de las cámaras que tenemos a bordo de la nave, una de esas que permiten hacer ampliaciones por medio del ordenador...

No te pedí permiso para tomarla, Golan, pero me pareció importante y...

Trevize agitó una mano con impaciencia.

—¡Continúa!

—Pude descifrar parte de la inscripción, que era muy arcaica. Incluso con la ampliación y con mi habilidad para leer la lengua arcaica, sólo he podido entender una breve frase. Esas letras eran más grandes y algo más claras que las demás. Debieron de esculpirlas más profundamente porque identificaban este mundo. Decían así: *Planeta Aurora*, por lo que supongo que el mundo en el que nos hallamos se llama, o se *llamaba*, Aurora.

—De alguna forma tenía que llamarse —dijo Trevize.

—Sí, pero raras veces se eligen los nombres al azar. Acabo de buscar minuciosamente en mi biblioteca y he encontrado dos antiguas leyendas, procedentes de dos planetas muy separados entre sí, de modo que hay que suponer, lógicamente, que tienen un origen independiente. Pero eso no importa. En ambas leyendas, Aurora es un nombre con el que se designa el amanecer. Podemos suponer que Aurora pudo haber *significado* realmente el amanecer en algún lenguaje pregaláctico.

»Se da el caso de que las palabras que designan el amanecer o despertar del día son empleadas a menudo como nombre de estaciones espaciales o de otras estructuras que resultan ser las primeras en su clase. Si este mundo es llamado Amanecer en cualquier lenguaje, también puede ser el primero de su clase.

—¿Estás sugiriendo que esta planeta es la Tierra y que Aurora es un nombre alternativo para él porque representa el amanecer de la vida y del hombre? —preguntó Trevize.

—No puedo ir tan lejos, Golan —reconoció Pelorat.

—A fin de cuentas —dijo Trevize, con un poco de amargura—, aquí no hay superficie radiactiva, ni satélite gigante, ni gigante gaseoso con grandes anillos.

—Exacto. Pero Deniador, el de Comporellon, parecía pensar que éste era uno de los mundos que antaño fue habitado por la primera ola de colonizadores, los Espaciales. Si fuese así, el nombre de Aurora podría indicar que había sido el primero de los mundos colonizados por ellos. Y quizás ahora nos encontrásemos en el mundo humano más antiguo de la Galaxia, después de la propia Tierra. ¿No te parece emocionante?

—Al menos es interesante, Janov; pero, ¿no crees que esto es deducir muchas cosas de un simple nombre, Aurora?

—Hay más —dijo Pelorat con entusiasmo—. Por lo que he podido ver en mi archivo, no hay, en la actualidad, un mundo en la Galaxia que se llame «Aurora», y estoy convencido de que tu ordenador lo confirmará. Como he dicho, hay muchos planetas y otros objetos denominados «Amanecer» en diversos lugares, pero ninguno lleva el nombre de «Aurora».

—¿Por qué habrían de llevarlo? Es una palabra pregaláctica; difícilmente podría ser popular.

—Pero los nombres *permanecen*, aunque pierdan su sentido. Si éste fue el primer mundo colonizado, debió de ser famoso, e, incluso, durante un tiempo, el planeta dominante de la Galaxia. Entonces, habría tenido que haber otros mundos que se hiciesen llamar «Nueva Aurora», o «Aurora Menor», o algo parecido. Y otros...

—Quizá no fue el primer mundo colonizado —le interrumpió Trevize—. Tal vez nunca tuvo importancia.

—En mi opinión, hay otra razón mejor, querido amigo.

—¿Cuál es, Janov?

—Si la primera ola de colonizadores fue alcanzada por una segunda ola a la que ahora pertenecen todos los mundos de la Galaxia, como Deniador dijo, es muy posible que hubiese un período de hostilidades entre ambas. La segunda ola, al constituirse los mundos que ahora existen, no emplearía los nombres dados a ninguno de ellos por la primera ola. Del hecho de que el nombre de «Aurora» no haya sido nunca repetido, podemos deducir que *hubo* dos olas de colonizadores, y que éste es un mundo de la primera ola.

Trevize sonrió.

—Me estoy haciendo una idea de cómo trabajáis los

mitólogos, Janov. Construís una bella superestructura, que puede ser como un castillo en el aire. Las leyendas nos dicen que los colonizadores de la primera ola iban acompañados de numerosos robots, y que se suponía que éstos habían de ser su perdición. Por consiguiente, si encontrásemos un robot en este mundo, estaría dispuesto a aceptar toda esta teoría de la primera ola; pero no podemos esperar que después de veinte mil...

Pelorat, que había estado como boqueando, consiguió recobrar la voz.

—Pero, Golan, ¿no te he dicho...? No, claro que no; no..., no te lo he dicho. Estoy tan excitado que no puedo ordenar mis ideas como es debido. *Había* un robot.

40

Trevize se frotó la frente, casi como si le doliese la cabeza.

—¿Un robot? —preguntó—. ¿Había un robot?

—Sí —dijo Pelorat, asintiendo enérgicamente con la cabeza.

—¿Cómo lo sabes?

—Bueno..., era un robot. ¿Cómo podía dejar de reconocerlo con sólo verlo?

—¿Habías visto alguno antes de ahora?

—No, pero es un objeto metálico que parece un ser humano. Tiene cabeza, brazos, piernas, tronco. Desde luego, casi todo el metal está oxidado y, cuando avancé en su dirección, supongo que las vibraciones producidas por mis pasos lo estropearon todavía más, de modo que cuando alargué un brazo para tocarlo...

—¿Por qué tenías que tocarlo?

—Bueno, supongo que por el hecho de no poder dar crédito a mis ojos. Fue una reacción automática. En cuanto lo toqué, se derrumbó. Pero...

—¿Qué?

—Antes de acabar de caer del todo, sus ojos parecieron brillar muy débilmente, e hizo un ruido como si tratase de decir algo.

—¿Quieres decir que todavía *funcionaba*?

—Apenas podría llamarlo así, Golan. Entonces, se desplomó.

—¿Confirmas todo esto, Bliss?

—Era un robot, y lo vimos —afirmó ella.

Trevize se volvió a Bliss.

—¿Y todavía funcionaba?

—Mientras se derrumbaba, capté una débil actividad neurónica —dijo Bliss con voz apagada.

—¿Cómo pudo haber una actividad neurónica? Un robot no posee un cerebro orgánico compuesto de células.

—Me imagino que tiene su equivalente mecánico —dijo Bliss—, y eso fue lo que debí detectar.

—¿Detectaste una mentalidad robótica y no humana?

Bliss frunció los labios.

—Era demasiado débil para saber nada de ella con exactitud, salvo que estaba allí.

Trevize miró a Bliss y después a Pelorat.

—Esto lo cambia todo —dijo con acento exasperado.

Cuarta parte

SOLARIA

X. ROBOTS

41

Trevize parecía perdido en sus pensamientos durante la cena, y Bliss, concentrada en el alimento.

Pelorat, que era el único que daba muestras de tener ganas de hablar, observó que, si el mundo en que se hallaban era «Aurora» y éste era el primer planeta que había sido colonizado, tenía que hallarse bastante cerca de la Tierra.

—Tal vez sería conveniente registrar el vecindario estelar inmediato —dijo—. Sólo supondría pasar entre unos pocos cientos de estrellas como máximo.

Trevize murmuró que semejante búsqueda al azar debía ser el último recurso y que quería tener la mayor información posible acerca de la Tierra antes de intentar acercarse a ella aunque la encontrase. No dijo más, y Pelorat, claramente desilusionado, se sumió también en el silencio.

Después de la cena, y como Trevize continuase sin decir nada, Pelorat insinuó:

—¿Vamos a quedarnos aquí, Golan?

—Al menos esta noche —respondió Trevize—. Necesito pensar un poco más.

—¿Nos hallamos a salvo?

—A menos que haya algo peor que aquellos perros en el lugar —dijo Trevize—, estaremos completamente seguros en la nave.

—¿Cuánto tardaríamos en elevarnos, si *hubiese* algo peor que los perros? —preguntó Pelorat.

—El ordenador está en alerta de lanzamiento. Creo que podríamos levantar el vuelo en dos o tres minutos. Y si ocurriese algo inesperado, nos avisaría con toda seguridad. Por consiguiente, sugiero que durmamos un poco. Mañana por la mañana tomaré una decisión sobre nuestra próxima maniobra.

Esto era fácil de decir, pensó Trevize, contemplando la oscuridad. Estaba acurrucado, a medio vestir, en el suelo del cuarto del ordenador. Era incómodo, pero sabía que tampoco podría conciliar el sueño en su cama, y en aquel lugar podría actuar inmediatamente si el ordenador daba la señal de alarma. Entonces oyó pasos y se incorporó automáticamente, dando de cabeza contra el borde de la mesa; no lo bastante fuerte para lesionarse, pero sí para tener que frotarse el cuero cabelludo y hacer una mueca.

—¿Janov? —preguntó con voz apagada.

—No. Soy Bliss.

Trevize alargó una mano sobre el borde de la mesa para establecer un contacto relativo con el ordenador, y una luz suave mostró a Bliss envuelta en una ligera bata de color rosa.

—¿Qué pasa? —preguntó Trevize.

—Miré en tu habitación y no estabas allí. Tu actividad neurónica era, empero, inconfundible, y la seguí. Como estabas despierto, he entrado.

—Sí, pero, ¿qué quieres?

Ella se sentó, apoyándose contra la pared, y dobló las rodillas para apoyar la barbilla en ellas.

—No tengas miedo —dijo ella—. No pienso atentar contra lo que queda de tu virginidad.

—Lo suponía —repuso Trevize, sarcástico—. ¿Por qué no estás durmiendo? Lo necesitas más que nosotros.

—El episodio con los perros ha sido agotador, puedes creerlo —dijo ella, con voz baja y sincera.

—Lo creo.

—Pero tenía que hablar contigo a solas.

—¿Acerca de qué?

—Cuando Pel te habló del robot, dijiste que eso lo cambiaba todo. ¿Qué significa eso?

—¿No lo ves? —replicó Trevize—. Tenemos tres series de coordenadas; tres Mundos Prohibidos. Quiero visitar los tres para aprender lo máximo posible acerca de la Tierra antes de tratar de llegar a ella.

Se acercó un poco más a Bliss para poder hablar en voz más baja, pero después se apartó vivamente.

—Mira, no quiero que Janov venga y nos encuentre aquí. No sé lo que *podría* pensar —dijo.

—No es probable. Está durmiendo y he fomentado un poco su sueño. Si se despierta, lo sabré. Prosigue. Has dicho que querías visitar los tres mundos. ¿Qué ha cambiado?

—No pensaba gastar tiempo innecesariamente en cualquier mundo. Si éste, Aurora, no ha sido habitado por seres humanos en veinte mil años, es muy dudoso que se haya conservado alguna información valiosa. No quiero perder semanas, o meses, escarbando inútilmente la superficie del planeta, luchando contra perros y gatos y toros y otros animales que se hayan vuelto salvajes y peligrosos, con la única esperanza de encontrar alguna pequeña referencia entre el polvo, la herrumbre y las ruinas. Podría ser que en uno o en los otros dos Mundos Prohibidos hubiese seres humanos y bibliotecas intactas. Por eso, mi intención era salir de este mundo en seguida. Ahora estaríamos en el espacio, durmiendo y a salvo.

—¿Pero…?

—Pero si en este planeta hay robots que todavía funcionan, pueden tener información importante que podamos utilizar. Serían más fáciles de manejar que los hombres, ya que, según he oído decir, tienen que acatar las órdenes que se les dan y no pueden dañar a los seres humanos.

—Por consiguiente, has cambiado de idea y ahora emplearás algún tiempo en este mundo buscando robots.

—No deseo hacerlo, Bliss. Me parece que los robots no pueden durar veinte mil años sin mantenimiento. Sin embargo, como vosotros visteis uno que conservaba un ápice de actividad, está claro que no puedo confiar en mis sensatas previsiones sobre los robots. No debo dejarme llevar por mi ignorancia. Los robots pueden ser más resistentes de lo que me imagino, o poseer cierta capacidad de autoconservación.

—Escúchame, Trevize, y considera, por favor, que esto es confidencial.

—¿Confidencial? —preguntó él, levantando sorprendido la voz—. ¿A quién hemos de ocultarlo?

—A Pel, por supuesto. Mira, no tienes que cambiar tus planes. Tenías razón. En este mundo no hay robots que funcionen aún. No detecto nada.

—Detectaste aquél, y uno vale por...

—No lo detecté. Estaba estropeado; no funcionaba desde hacía *mucho tiempo*.

—Pero tú dijiste...

—Sé lo que dije. Pel se imaginó que veía un movimiento y oía un sonido. Es un romántico. Se ha pasado toda su vida recogiendo datos, pero ésa es una manera muy difícil de destacar en el mundo de los eruditos. Le encantaría hacer un descubrimiento importante. El haber encontrado la palabra «Aurora» le produjo más satisfacción de lo que puedes imaginar. Quería encontrar algo más.

—¿Me estás diciendo que su afán de hacer un descubrimiento era tan fuerte que llegó a autoconvencerse de que había encontrado un robot que funcionaba, cuando no era así?

—Lo que encontró fue un montón de chatarra tan inconsciente como la piedra en que se apoyaba.

—Pero tú confirmaste su relato.

—No podía desilusionarle. Significa demasiado para mí.

Trevize la miró fijamente durante un minuto.

—¿Te importaría explicarme *por qué* significa tanto para ti? Quiero saberlo. De verdad, quiero saberlo. A ti debe parecerte un hombre viejo, sin nada romántico en su persona. Es un Aislado, y tú los desprecias. Eres joven y hermosa, y tiene que haber otras partes de Gaia que posean cuerpos de jóvenes vigorosos y bellos. Podrías mantener relaciones físicas con ellos que resonarían en toda Gaia y producirían arrebatos de éxtasis. ¿Qué ves en Janov?

Ella lo miró con aire solemne.

—¿Acaso tú no lo quieres?

Trevize se encogió de hombros.

—Le tengo aprecio. Supongo que podría decir que lo quiero, en un sentido no sexual, por supuesto.

—No hace mucho tiempo que lo conoces, Trevize. ¿Por qué sientes cariño por él, en ese sentido no sexual que dices?

Trevize sonrió sin darse cuenta.

—¡Es un tipo tan *extraño*! Creo, sinceramente, que no ha pensado en sí mismo en toda su vida. Le ordenaron que me acompañase, y lo hizo. Sin protestar. Quería que yo fuese a Trantor, pero cuando dije que quería ir a Gaia, no se opuso. Y ahora ha venido conmigo en esta búsqueda de la Tierra, aunque debe saber que es peligroso. Estoy absolutamente convencido de que, si tuviese que sacrificar su vida por mí..., o por cualquiera, lo haría de buen grado.

—¿Darías tú la vida por él, Trevize?

—Tal vez lo hiciese, si no tuviese tiempo de pensarlo. De lo contrario, vacilaría y quizá me rajaría. No soy tan *bueno* como él. Y precisamente por eso, tengo este terrible afán de protegerle y de cuidar que siga siendo bueno. No quiero que Galaxia le enseñe a *no* ser bueno. ¿Lo comprendes? Y tengo que protegerle de ti en especial. No puedo soportar la idea de que le des de lado cuando las tonterías que ahora pueden servirte de diversión dejen de interesarte.

—Sí, ya me imaginaba que pensabas algo así. ¿No crees que puedo ver en Pel lo mismo que tú ves en él, e incluso más, ya que puedo establecer contacto directo con su mente? ¿Acaso actúa como si quisiera perjudicarte? ¿Habría confirmado su fantasía de ver un robot en funcionamiento, si no fuese porque no podría soportar hacerle daño? Trevize, estoy acostumbrada a lo que tú llamarías bondad, porque cualquier parte de Gaia está dispuesta a sacrificarse por el todo. Nosotros no conocemos ni comprendemos otra forma de actuar. Pero no damos nada al hacerlo así, porque cada parte *es* el todo, aunque no espero que lo comprendas. Pel es algo diferente.

Bliss ya no miraba a Trevize. Era como si estuviese hablando consigo misma.

—Él es un Aislado. No es desinteresado por formar parte de un conjunto más grande, sino porque él es así. ¿Me comprendes? Tiene todo que perder y nada que ganar, y, sin embargo, es como es. Hace que me avergüence de mi forma de ser porque no tengo nada que perder, mientras que él es como es, sin tener nada que ganar.

Se volvió a mirar a Trevize, solemnemente.

—Sabes que le comprendo mucho más de lo que tú podrías comprenderle. ¿Y crees que podría hacerle el menor daño?

—Bliss, hoy me has dicho: «Seamos amigos», y yo te he respondido: «Como quieras.» Fue una descortesía de mi parte, pues estaba pensando en lo que podrías hacerle a Janov. Ahora, soy yo quien te digo: seamos amigos, Bliss. Podrás seguir pregonando las excelencias de Galaxia, y yo podré seguir negándome a aceptar tus argumentos, pero aun así, y a pesar de todo, seamos amigos.

Y le tendió la mano.

—Desde luego, Trevize —dijo ella, y sellaron su acuerdo con un fuerte apretón de manos.

42

Trevize sonrió para sus adentros. Para sus adentros, pues sus labios permanecieron inmóviles.

Cuando había trabajado con el ordenador para encontrar el astro (si existía) de la primera serie de coordenadas, tanto Pelorat como Bliss habían observado con atención y le habían hecho preguntas. Ahora, permanecían en su habitación, durmiendo, o al menos descansando, y dejando todo el trabajo en manos de Trevize.

En cierto modo, resultaba halagador para él, pues parecía que habían aceptado el hecho de que Trevize sabía lo que estaba haciendo y no necesitaba que nadie supervisase o lo animase en su labor. Lo cierto era que Trevize había adquirido, con el primer episodio, experiencia suficiente para confiar más en el ordenador y pensar que éste no necesitaba supervisión alguna o, al menos, que le supervisasen tanto.

Entonces, apareció otra estrella, luminosa y que no figuraba en el mapa galáctico. Esta segunda estrella era más brillante que aquella alrededor de la cual giraba «Aurora», y lo más significativo era que aparecía registrada en el ordenador.

Trevize se asombró de las peculiaridades de la antigua tradición. Siglos enteros podían ser expulsados o borrados por completo del pensamiento consciente; civilizaciones enteras ser relegadas al olvido. Sin embargo, de aquellos siglos, de todas aquellas civilizaciones podían quedar uno o dos hechos reales y que no habían sido deformados..., como esas coordenadas.

Había observado esto a Pelorat hacía algún tiempo, y éste le había dicho que eso era, precisamente, lo que hacía tan remunerador el estudio de los mitos y de las leyendas. «La cuestión está —había dicho Pelorat— en deducir o decidir qué elementos particulares de una leyenda representan una verdad plena subyacente. Esto no resulta fácil, y es probable que diferentes mitólogos escojan elementos diferentes, según, por lo general, lo que convenga a sus interpretaciones particulares.»

En todo caso, la estrella estaba donde las coordenadas de Deniador habían indicado. En ese momento, Trevize se habría jugado una considerable suma de dinero a que la tercera estrella se encontraría también en su sitio. Y, de ser así, se hallaba dispuesto a presumir que la leyenda no se equivocaba cuando decía que había cincuenta Mundos Prohibidos (a pesar de que el número redondo resultara sospechoso) y se preguntaba dónde estarían los otros cuarenta y siete.

Un planeta habitable, un Mundo Prohibido, giraba alrededor de la estrella, y, esa vez, su presencia no sorprendió a Trevize en absoluto. Había estado completamente seguro de que se encontraría allí. Puso la *Far Star* en órbita lenta a su alrededor.

La capa de nubes era tan poco densa que permitía una vista bastante buena de la superficie desde el espacio. Era un planeta en el que el agua abundaba, como en casi todos los mundos habitables. Había un océano continuo tropical, y dos océanos polares. En la latitud media de un hemisferio, podía verse un continente más o menos sinuoso que circundaba el mundo, con bahías en ambos lados que producían ocasionales istmos estrechos. En el otro hemisferio, la superficie sólida estaba dividida en tres grandes partes, todas ellas más anchas de Norte a Sur que el otro continente.

Trevize hubiese querido saber algo más de climatología para poder predecir, por lo que veía, cuáles serían las temperaturas y las estaciones allí. Por un momento, acarició la idea de plantear el problema al ordenador. Pero no era el clima lo que interesaba ahora.

Importaba mucho más que el ordenador no detectara radiaciones que pudiesen ser de origen tecnológico. Su telescopio le decía que el planeta no estaba en decadencia y no vio señales de desiertos en él. El suelo mostraba diversos tonos de verde, pero no había indicios de zonas urbanas a la luz del día, ni luces en la mitad oscura.

¿Estaría ese planeta lleno de vida, pero no de vida humana?

Llamó a la puerta del otro dormitorio.

—¿Bliss? —dijo a media voz, y llamó de nuevo.

Oyó un ruido y la voz de Bliss que decía:

—¿Qué?

—¿Puedes venir? Necesito tu ayuda.

—Espera un momento; tengo que ponerme un poco presentable.

Cuando al fin apareció, se mostró tan presentable como Trevize la había visto en otras ocasiones. Sin embargo, él estaba un poco molesto por la espera, ya que su apariencia le importaba poco. Pero ahora eran amigos, y disimuló su irritación.

—¿En qué puedo servirte, Trevize? —preguntó ella, sonriendo, con expresión amable.

Trevize señaló la pantalla.

—Como puedes ver, estamos volando sobre la superficie de lo que parece un mundo perfectamente saludable, con una sólida capa de vegetación en las zonas terrestres. Pero no hay luces por la noche, ni radiación tecnológica. Por favor, escucha y dime si existe vida animal. Hubo un momento en que creí ver manadas de animales pastando, pero no estoy seguro. Tal vez sólo vi lo que tanto ansiaba ver.

Bliss «escuchó». Al cabo de un rato, su semblante se iluminó.

—¡Oh, sí! —exclamó—. Una rica vida animal.

—¿Mamíferos?

—Tienen que serlo.

—¿Humanos?

Ella pareció concentrarse más. Transcurrió un minuto; después, otro, y por fin se relajó.

—No puedo decirlo con certeza. De vez en cuando, me ha parecido detectar un soplo de inteligencia lo bastante intenso para ser considerado humano. Pero era tan débil y tan ocasional que tal vez también yo percibía únicamente lo que ansiaba percibir. Mira...

Se interrumpió, reflexionando, y Trevize la apremió:

—¿Qué?

—El caso es que me parece detectar algo más —dijo ella—. No es algo con lo que esté familiarizada, pero creo que sólo pueden ser...

Su semblante se puso tenso al empezar ella a «escuchar» de nuevo, todavía con mayor intensidad.

—¿Qué? —insistió Trevize.

Bliss se relajó.

—Creo que sólo pueden ser robots.

—¡Robots!

—Sí, y si los detecto, tendría que detectar también seres humanos. Pero no es así.

—¡Robots! —repitió Trevize, frunciendo el ceño.

—Sí —dijo Bliss—, y yo diría que son muy numerosos.

43

Pelorat dijo también «¡Robots!», casi en el mismo tono que Trevize, cuando se lo comunicaron. Después, sonrió ligeramente.

—Tenías razón, Golan, e hice mal en dudar de ti.

—No recuerdo que hayas dudado de mí, Janov.

—Bueno, viejo amigo, pensé que no tenía que *expresarlo*. Pero, en el fondo de mi corazón, creí que era un error abandonar «Aurora» mientras hubiese una posibilidad de interrogar a un robot superviviente. Pero está claro que tú sabías que aquí habría una reserva más rica de robots.

—No lo creas, Janov. Yo no lo *sabía*. Ha sido una casualidad. Bliss me dice que los campos mentales de los robots parecen implicar que están en pleno funcionamiento, y a mí me parece que eso no podría ocurrir sin seres humanos que cuidasen de su mantenimiento. Sin embargo, ella no detecta ningún ser humano; por eso seguimos observando.

Pelorat estudió, pensativo, la pantalla.

—Parece que todo son bosques, ¿verdad?

—Casi todo. Pero hay manchas más claras que bien podrían ser prados. La cuestión es que no veo ciudades, ni luces por la noche, ni se percibe ninguna radiación que no sea térmica.

—Por consiguiente, no hay seres humanos, ¿eh?

—Es lo que yo me pregunto. Bliss está en la cocina, tratando de concentrarse. Yo he montado un primer meridiano arbitrario para el planeta, lo cual significa que ahora está dividido en longitud y latitud en el ordenador. Bliss tiene un pequeño aparato en el que pulsa un botón cuando descubre lo que parece una concentración desacostumbrada de actividad mental robótica (supongo que no se puede decir «actividad neurónica» en relación con los robots) o cualquier vibración de pensamiento humano. El aparato está conectado con el ordenador, y éste registra entonces todas las latitudes y longitudes, y nosotros dejaremos que elija entre ellas y nos señale un buen lugar para aterrizar.

Pelorat pareció inquieto.

—¿Es prudente dejar la elección al ordenador?

—¿Por qué no, Janov? Es un ordenador muy competente. Además, cuando no se tiene ninguna base para considerar la propia elección, ¿qué hay de malo en que la haga el ordenador?

El semblante de Pelorat se iluminó.

—Hay algo especial en lo que acabas de decir, Golan. Algunas de las leyendas más antiguas hablan de gente que para hacer una elección echaba unos pequeños cubos al suelo.

—¿Sí? ¿Y cómo lo hacían?

—Cada cara del cubo tenía escrita una palabra: sí, no, tal vez, espera, etcétera. La cara que quedaba arriba al ser arrojado el cubo daba el consejo que se debía seguir. Otras veces, hacían rodar una bola alrededor de un disco dividido en compartimientos en los que constaban las diferentes opciones. Había que tomar la decisión escrita en el compartimiento donde la bola caía. Algunos mitólogos creen que estas actividades representaban juegos de azar más que loterías, pero, en mi opinión, ambas cosas son casi iguales.

—En cierto modo —dijo Trevize—, nosotros estamos jugando a un juego de azar para elegir nuestro lugar de aterrizaje.

Bliss salió de la cocina a tiempo para oír el último comentario.

—No se trata de ningún juego de azar. Yo he presionado varios «tal vez» y después un «sí» seguro, y aterrizaremos en el «sí».

—¿Qué te hizo decir «sí»? —preguntó Trevize.

—Capté una ráfaga de pensamiento humano. Definitivo. Inconfundible.

44

Había estado lloviendo, pues la hierba aparecía mojada. En el cielo, las nubes se desplazaban y daban muestras de abrir claros.

La *Far Star* había aterrizado con suavidad cerca de una pequeña arboleda (para el caso de que hubiese perros salvajes, pensó Trevize, medio en serio). Todos los alrededores parecían tierras de pastos, y cuando habían descendido a un nivel donde la panorámica era mejor, Trevize pudo observar lo que parecían huertos y campos de cereales y, esta vez, un inconfundible rebaño de animales, que pastaban.

En cambio, no había edificios. Nada artificial, salvo que la regularidad de los árboles del huerto y los rectos linderos que separaban los campos eran por sí solos tan artificiales como lo habría sido una estación receptora de microondas.

Pero, ¿podían todas estas cosas artificiales haber sido producidas por robots, sin ayuda de seres humanos?

Trevize se estaba sujetando las fundas de sus armas. En esta ocasión sabía que ambas funcionaban y que estaban cargadas. Por un momento, captó la mirada de Bliss y se detuvo.

—Adelante —dijo ella—. No creo que necesites usarlas, pero lo mismo pensé la otra vez, ¿verdad?

—¿No preferirías ir armado, Janov? —preguntó Trevize.

Pelorat se estremeció.

—No, gracias. Con tus defensas físicas y las defensas psíquicas de Bliss, me siento completamente a salvo. Supongo que es cobardía por mi parte esconderme en vuestras sombras protectoras, pero no puedo sentirme realmente avergonzado cuando mi sentimiento dominante es el de gratitud por no hallarme en una situación que pueda obligarme a emplear la fuerza.

—Lo comprendo —dijo Trevize—. Pero no te alejes de nosotros. Si Bliss y yo nos separamos, quédate con uno de los dos y no te separes espoleado por tu curiosidad.

—No te preocupes, Trevize —indicó Bliss—. Yo cuidaré de esto.

Trevize fue el primero en salir de la nave. El viento era fuerte y un poco frío después de la lluvia, pero se alegró de ello. Probablemente había sido incómodamente cálido y húmedo antes de llover.

Aspiró el aire, sorprendido. El olor del planeta era delicioso. Sabía que cada mundo tenía su olor característico, un olor siempre extraño y, por lo general, desagradable, tal vez debido a que era extraño. ¿Podía lo extraño resultar agradable también? ¿O sólo se debía a la casualidad de haber llegado al planeta precisamente después de la lluvia y en una estación particular del año? De cualquier forma...

—¡Vamos! —gritó—. Esto es muy agradable.

Pelorat salió.

—Agradable es realmente la palabra adecuada. ¿Crees que siempre olerá así?

—Eso no importa. Dentro de una hora, nos habremos acostumbrado al aroma, y nuestros receptores nasales estarán ya tan saturados, que no oleremos nada.

—¡Una lástima! —exclamó Pelorat.

—La hierba está mojada —dijo Bliss, en tono de ligera desaprobación.

—¿Por qué no? A fin de cuentas, ¡también llueve en Gaia! —dijo Trevize.

Y mientras hablaba, un rayo de sol amarillo cayó momentáneamente sobre ellos a través de una pequeña abertura de las nubes. Pronto recibirían más.

—Sí —reconoció Bliss—, pero nosotros sabemos cuándo va a llover y nos preparamos para ello.

—Una lástima —dijo Trevize—, pues así os perdéis la emoción de lo inesperado.

—Tienes razón. Trataré de no comportarme como una provinciana.

—Parece que aquí no hay nada —murmuró Pelorat, contrariado, tras mirar a su alrededor.

—Sólo lo parece —dijo Bliss—. Se están acercando desde detrás de aquella elevación. —Miró a Trevize—. ¿Crees que deberíamos salir a su encuentro?

Él hizo un gesto negativo con la cabeza.

—No. Hemos recorrido muchos *parsecs* para encontrarnos con ellos. Deja que hagan el resto del camino. Los esperaremos aquí.

Sólo Bliss pudo percibir aquel acercamiento hasta que una figura apareció en lo alto del montículo. Después, una segunda y una tercera hicieron su aparición.

—Creo que esto es todo, de momento —dijo Bliss.

Trevize observó con curiosidad. Aunque nunca había visto robots, no dudó un instante de que lo eran. Tenían la forma esquemática e impresionista de seres humanos, pero no un aspecto metálico visible. La superficie robótica era opaca y daba la impresión de blandura, como si estuviese cubierta de felpa.

Pero, ¿cómo podía saber si aquella suavidad era ilusoria? Trevize sintió el súbito deseo de tocar aquellas figuras que se acercaban, impasibles. Si ése era realmente un Mundo Prohibido y las naves espaciales nunca se acercaban a él (lo cual debía ser el caso, ya que su sol no figuraba en el mapa galáctico), entonces, la *Far Star* y sus tripulantes debían representar algo que los robots no habían experimentado jamás. Sin embargo, reaccionaban con firme decisión, como si realizasen un ejercicio rutinario.

—Aquí podemos obtener una información que no conseguiríamos en ningún otro lugar de la Galaxia —dijo Trevize en voz baja—. Les preguntaremos sobre la situación de la Tierra en relación con este planeta y, si la conocen, nos lo dirán. ¡Quién sabe cuánto tiempo llevan funcionando esos ingenios mecánicos! Es posible que nos contesten a base de sus recuerdos personales.

—También es posible que su fabricación sea reciente y no sepan nada —indicó Bliss.

—O bien que lo sepan, y no quieran comunicárnosla —dijo Pelorat.

—Supongo que no pueden negarse, a menos que hayan recibido órdenes de que no nos lo digan —observó Trevize—, ¿y por qué habían de darles esta orden, si nadie de este planeta podía esperar nuestra llegada?

Los robots se detuvieron a una distancia de unos tres metros. No dijeron nada y permanecieron inmóviles.

Trevize, con la mano en su *blaster*, dijo a Bliss, sin apartar los ojos de los robots:

—¿Puedes saber si son hostiles?

—Tienes que darte cuenta, Trevize, que no tengo la menor experiencia de sus procesos mentales; pero no detecto nada que parezca reflejar hostilidad.

Trevize soltó la culata de su arma, pero mantuvo la mano cerca de ella. Después, levantó la otra mano, con la palma vuelta hacia los robots, en lo que esperaba que fuese reconocido como un ademán de paz.

—Os saludo —dijo, hablando muy despacio—. Venimos a este mundo como amigos.

El robot del centro inclinó la cabeza en una especie de saludo incompleto que también podía ser tomado como signo de paz por un optimista, y replicó.

Trevize se quedó boquiabierto por el asombro. En un mundo de comunicación galáctica, no se pensaba que algo pudiese fallar en una necesidad tan fundamental. Pero se daba el caso de que el robot no hablaba el idioma galáctico ni nada que se le pareciese. De hecho, Trevize no comprendió una sola palabra.

45

La sorpresa de Pelorat fue tan grande como la de Trevize, pero en ella había un evidente matiz de satisfacción.

—¿No es extraño? —preguntó.

Trevize se volvió hacia él.

—No es extraño, es un galimatías —replicó. con cierta aspereza.

—No se trata de ningún galimatías —dijo Pelorat—. Está hablando en galáctico, pero muy antiguo. He captado unas pocas palabras. Probablemente lo comprendería con más facilidad si lo viese escrito. Es la pronunciación la que lo enreda todo.

—Bueno, ¿qué ha dicho?

—Me parece que ha dicho que no te había comprendido.

—Yo no sé lo que ha dicho —dijo Bliss—, pero percibo una perplejidad en él que concuerda con lo que dice Pel. Eso, si puedo confiar en mi análisis de la emoción robótica, si es que ésta existe.

Hablando muy despacio y con dificultad, Pelorat dijo algo, y los tres robots agacharon la cabeza al unísono.

—¿Qué significa esto? —dijo Trevize.

—Les he dicho que no sabía hablar bien, pero que lo intentaría —respondió Pelorat—. Les he pedido un poco de tiempo. Viejo amigo, esto es terriblemente interesante.

—Terriblemente fastidioso —murmuró Trevize.

—Mira —dijo Pelorat—, todos los planetas habitables de la Galaxia elaboran su propia variedad de galáctico, de manera que hay millones de dialectos que a veces resultan casi incomprensibles, pero todos consiguen entenderse gracias al conocimiento del galáctico común. Presumiendo que este mundo ha estado aislado durante veinte mil años, es natural que la lengua se haya ido diferenciando de las del resto de la Galaxia hasta llegar a convertirse en un idioma completamente distinto. Esto puede ser debido a que el planeta tiene un sistema social que depende de robots que sólo pueden comprender el lenguaje para el que fueron programados. En vez de reprogramarse, el lenguaje ha permanecido inmutable, y ahora nos encontramos con lo que no es más que una forma arcaica de galáctico.

—Ésta es una muestra de cómo una sociedad robo-

250

tizada puede permanecer estática e ir degenerando después —dijo Trevize.

—Pero, mi querido amigo —protestó Pelorat—, el hecho de conservar un lenguaje casi sin cambios no implica degeneración. Tiene sus ventajas. Documentos conservados durante siglos y milenios retienen su significado y dan mayor longevidad y autoridad a los datos históricos. En el resto de la galaxia, el lenguaje empleado en los edictos imperiales del tiempo de Hari Seldon empieza a parecer extraño.

—¿Y conoces tú este galáctico arcaico?

—No digas si lo *conozco*, Golan. El caso es que, al estudiar los mitos y leyendas antiguos, he comprendido el truco. El vocabulario no es del todo diferente, pero se declina y conjuga de un modo distinto, y hay expresiones idiomáticas que nosotros no usamos ya. Además, como ya he dicho, la pronunciación ha cambiado totalmente. Puedo actuar como intérprete, aunque no como intérprete excelente.

Trevize lanzó un trémulo suspiro.

—Un poco de suerte es mejor que ninguna. Adelante, Janov.

Pelorat se volvió a los robots, esperó un momento y después miró de nuevo a Trevize.

—¿Qué quieres que les diga?

—Vayamos al grano. Pregúntales dónde está la Tierra.

Pelorat pronunció las palabras muy despacio, acompañadas de exagerados ademanes.

Los robots se miraron y emitieron algunos sonidos. Después, el de en medio habló a Pelorat, el cual replicó y separó las manos como si estuviese estirando una cinta de goma. El robot respondió separando sus palabras con el mismo cuidado con que Pelorat lo había hecho.

—Me parece que no consigo hacerles comprender lo que quiero decir con la palabra «Tierra». Sospecho que piensan que me refiero a alguna región de su planeta y dicen que no saben que tal región exista.

—¿Han dicho el nombre de este planeta, Janov?

—Por lo que he creído entender, el nombre que le dan es «Solaria».

—¿Lo habías encontrado alguna vez en tus leyendas?

—No; como tampoco el de «Aurora».

—Bueno, pregúntales si hay algún lugar llamado Tierra en el cielo, entre las estrellas. Señala hacia arriba.

Hubo otro intercambio de palabras y, por último, Pelorat se volvió y dijo:

—Lo único que puedo sacarles, Golan, es que no hay lugares en el cielo.

—Pregunta a esos robots la edad que tienen; o, mejor, cuánto tiempo llevan funcionando —dijo Bliss.

—No sé cómo decir «funcionando» —se apenó Pelorat, meneando la cabeza—. En realidad, no sé si sabré decir «qué edad». *No* soy un buen intérprete.

—Haz todo lo que puedas, querido Pel —dijo Bliss.

—Llevan veintiséis años funcionando —dijo Pelorat, después de intercambiar algunas frases.

—Veintiséis años —murmuró Trevize, contrariado—. Apenas son más viejos que tú, Bliss.

Bliss replicó, con súbito orgullo:

—Se da el caso de que...

—Ya lo sé. Tú eres Gaia, que tiene miles de años. Sea como fuere, estos robots no pueden hablar de la Tierra por experiencia personal, y es natural que en sus bancos de memoria no hay nada que no necesiten para su funcionamiento. Por consiguiente, no saben nada de astronomía.

—Tal vez puede haber robots más antiguos en otros lugares del planeta —dijo Pelorat.

—Lo dudo —repuso Trevize—, pero pregúntaselo, si es que puedes encontrar palabras para ello, Janov.

Esta vez, la conversación fue más extensa, y Pelorat la interrumpió al fin, con el rostro enrojecido, y un claro aire de frustración.

—Golan —dijo—, no comprendo parte de lo que tratan de comunicarme, pero deduzco que los robots más viejos son empleados en labores manuales y tampoco saben nada. Si este robot fuese humano, diría que ha hablado de los más viejos con desprecio. Estos tres, según dicen, pertenecen al grupo de robots domésticos, y no se les permite envejecer antes de ser sustituidos. Son los únicos que realmente saben cosas... Esto lo dicen ellos, no yo.

—No saben mucho —gruñó Trevize—. Al menos de las cosas que nos interesan.

—Ahora lamento que nos marchásemos tan de prisa de «Aurora» —dijo Pelorat—. Si hubiésemos encontrado allí un robot superviviente, lo cual es casi seguro, pues el primero que hallé tenía una chispa de vida todavía, habría sabido de la Tierra por recuerdo personal.

—Siempre que su memoria estuviese intacta, Janov —dijo Trevize—. Pero podemos volver allí cuando queramos y, si hemos de hacerlo, lo haremos, con perros o sin ellos. Ahora bien, si estos robots tienen veinte y pico de años nada más, deben existir quienes los fabrican, y supongo que éstos tienen que ser humanos. —Se volvió a Bliss—. ¿Estás *segura* de haber percibido...?

Pero ella levantó una mano para interrumpirle, y una expresión tensa y concentrada se pintó en su semblante.

—Ahora viene —dijo, en voz baja.

Trevize volvió la cabeza hacia el montículo y vio, saliendo de él y avanzando después en dirección a ellos, la inconfundible figura de un ser humano. Su tez era pálida, y los cabellos rubios y largos estaban ligeramente erizados en los lados de la cabeza. Su rostro, aunque grave, parecía pertenecer a alguien muy joven en apariencia. Los brazos y las piernas desnudos no se veían particularmente musculosos.

Los robots se apartaron para permitirle el paso y él avanzó hasta colocarse en medio de ellos.

Después, habló con voz clara y agradable, y sus palabras, aunque pronunciadas en tono arcaico, correspondían al galáctico común y fueron de fácil comprensión.

—Os saludo, viajeros del espacio —dijo—, ¿qué queréis de mis robots?

46

Trevize no. se cubrió de gloria.

—¿Hablas galáctico? —preguntó tontamente.

—¿Por qué no había de hacerlo, si no soy mudo? —dijo el solariano, con una agria sonrisa.

—Pero éstos... —Y Trevize señaló a los robots.

—Éstos son robots. Hablan nuestra lengua, lo mismo que yo. Pero yo soy de «Solaria» y oigo las comunicaciones hiperespaciales de los mundos lejanos; por eso he aprendido vuestra manera de hablar, como la aprendieron mis antepasados. Ellos dejaron descripciones del lenguaje, pero yo escucho constantemente palabras nuevas y expresiones que cambian con los años, como si vosotros, los colonizadores, pudieseis estabilizar los mundos pero no las palabras. ¿Por qué te ha sorprendido que comprendiese tu lenguaje?

—No hubiese debido ocurrir así —repuso Trevize—. Te pido disculpas. Pero, después de hablar con los robots, no pensé que oiría galáctico en este planeta.

Estudió al solariano. Vestía una fina bata blanca recogida holgadamente sobre el hombro, con grandes aberturas para los brazos. Iba abierta por delante, dejando al descubierto el pecho desnudo y un taparrabos. Salvo por un par de ligeras sandalias, no llevaba nada más.

Trevize pensó que no podía estar seguro de si el solariano era varón o hembra. El pecho parecía varonil, pero carecía en absoluto de vello, y el fino taparrabo no mostraba ninguna protuberancia.

—Podría ser otro robot, pero muy parecido a un ser humano... —dijo en voz baja, volviéndose a Bliss.

—Su mente es la de un ser humano, no la de un robot —respondió Bliss, sin mover apenas los labios.

—Todavía no has respondido a mi pregunta —dijo el solariano—. Disculpo tu impertinencia y la atribuyo a tu sorpresa. Ahora, te preguntaré de nuevo, y procura no fallar por segunda vez. ¿Qué queréis de mis robots?

—Somos viajeros y buscamos información para llegar a nuestro destino —explicó Trevize—. Pedimos información que nos fuese de utilidad a tus robots, pero ellos no sabían nada.

—¿Cuál es la información que buscáis? Tal vez yo pueda ayudaros.

—Queremos saber la situación de la Tierra. ¿Podrías decirnos cuál es?

El solariano arqueó las cejas.

—Yo había pensado que el primer objeto de vuestra curiosidad habría sido yo mismo. Os informaré de esto aunque no me lo hayáis pedido. Soy Sarton Bander, y os halláis en la finca de Bander que se extiende en todas direcciones hasta donde podéis alcanzar con la mirada y mucho más allá. No puedo decir que seáis bien venidos aquí, pues, al entrar, habéis cometido un abuso de confianza. Sois los primeros colonizadores que aterrizan en «Solaria» en muchos miles de años, y ahora resulta que sólo lo habéis hecho para preguntar cuál es el mejor camino para llegar a otro planeta. En los viejos tiempos, vosotros y vuestra nave habríais sido destruidos sin previo aviso.

—Sería un tratamiento bárbaro hacia una gente que no trae malas intenciones y no ofrece el menor peligro —dijo prudentemente Trevize.

—De acuerdo, pero cuando unos miembros de una sociedad en expansión llegan a otra que es inofensiva y estática, el mero contacto supone un peligro en potencia. Mientras temíamos que nos causasen daño, estábamos dispuestos a destruir inmediatamente a los que llegasen. Como ya no tenemos motivos para temer a nadie, nos hallamos, como podéis ver, dispuestos a hablar.

—Agradezco la información que nos has ofrecido con tanta liberalidad; sin embargo, no has contestado la pregunta que te hice. La repetiré. ¿Puedes decirnos la situación del planeta Tierra?

—Supongo que con la palabra Tierra quieres designar el mundo en que tuvieron su origen la especie humana y las diferentes especies de plantas y animales.

—E hizo un gracioso ademán, como abarcando todo lo que les rodeaba.

—Sí, así es, señor.

Una rara expresión de contrariedad apareció en el semblante del solariano.

—Por favor, llámame Bander si quieres usar una forma de tratamiento. No me designes con ninguna palabra que tenga un sentido de género. Yo no soy varón ni hembra. Soy un *todo*.

Trevize asintió con la cabeza (él había acertado).

—Como quieras, Bander. Entonces, ¿cuál es la situación de la Tierra, del planeta de origen de todos nosotros?

—No lo sé —dijo Bander—. No me interesa tampoco. Si lo supiese, o si pudiese averiguarlo, no os serviría de nada, pues la Tierra ya no existe como mundo. ¡Ah...! —prosiguió, estirando los brazos—. Se está bien al sol. Subo muy pocas veces a la superficie, y nunca cuando el sol no brilla. Envié a mis robots a recibiros cuando el sol se ocultaba todavía detrás de las nubes. Sólo los seguí cuando el cielo se despejó.

—¿Por qué dejó la Tierra de existir como mundo? —insistió Trevize, apercibiéndose para escuchar una vez más el cuento de la radiactividad.

Sin embargo, Bander hizo caso omiso de la pregunta o, más bien, la desdeñó tranquilamente.

—La historia es demasiado larga —dijo—. Me habéis dicho que no veníais con malas intenciones.

—Es cierto.

—Entonces, ¿por qué llevas armas?

—Por simple precaución. No sabía lo que podríamos encontrar aquí.

—No importa. Tus pequeñas armas no representan ningún peligro para mí. Sin embargo, siento curiosidad. Desde luego, he oído hablar mucho de vuestras armas, y vuestra Historia bárbara parece haber dependido de ellas por entero. Aun así, nunca he visto ninguna. ¿Puedo ver las tuyas?

Trevize dio un paso atrás.

—Siento decirte que no, Bander.

Bander pareció divertido.

—Sólo te lo he preguntado por cortesía. No tenía necesidad de hacerlo.

Alargó una mano y el *blaster* emergió de la funda derecha, mientras el látigo neurónico lo hacía de la·izquierda. Trevize fue a agarrar sus armas, pero sintió que sus brazos eran retenidos hacia atrás como por fuertes lazos elásticos. Tanto Pelorat como Bliss se dispusieron a avanzar, pero fueron retenidos de manera parecida.

—No tratéis de intervenir —dijo Bander—. No podéis hacerlo. —Las armas volaron hacia sus manos y él las observó con atención—. Ésta —dijo, refiriéndose al *blaster*— parece ser una emisora de rayos de microondas que producen calor, haciendo estallar cualquier cuerpo que contenga fluidos. La otra es más sutil, y debo confesar que, a primera vista, no veo para qué puede servir. Sin embargo, como no traéis malas intenciones, no necesitáis las armas. Puedo descargar, y es lo que haré, el contenido energético de las unidades de ambas armas. Así, se volverán inofensivas, a menos que se usen como cachiporras, y servirían de poco usadas con ese fin.

El solariano soltó las armas que, volando de nuevo por el aire, volvieron hacia Trevize y se introdujeron en sus respectivas fundas.

Trevize, dueño ya de sus movimientos, sacó el *blaster*, pero vio que sería inútil emplearlo. El contacto se había aflojado y estaba claro que la unidad energética había sido descargada. Lo propio podía decirse del látigo neurónico.

Miró a Bander, el cual dijo, sonriendo:

—Nada puedes hacer, forastero. Si quisiera, podría destruir vuestra nave y, desde luego, a vosotros.

XI. BAJO TIERRA

47

Trevize quedó como petrificado. Tratando de respirar con normalidad, se volvió para mirar a Bliss.

Ésta rodeaba la cintura de Pelorat con un brazo protector y, a juzgar por su aspecto, estaba completamente tranquila. Sonrió un poco y asintió con la cabeza.

Trevize se volvió a Bander de nuevo. Habiendo interpretado las acciones de Bliss como muestras de confianza, y esperando ansiosamente no equivocarse, dijo:

—¿Cómo has hecho eso, Bander?

Éste sonrió, con visible buen humor.

—Decidme, forasteritos, ¿creéis en la brujería? ¿En la magia?

—No, no creemos en ella, solarianito —saltó Trevize.

Bliss le tiró de la manga y murmuró:

—No le irrites. Es peligroso.

—Ya lo veo —dijo Trevize, haciendo un gran esfuerzo para no levantar la voz—. Haz algo.

—Todavía no —respondió Bliss, con voz casi inaudible—. Si se siente seguro, será menos peligroso.

Bander no prestó atención a los breves murmullos entre los dos forasteros. Se apartó descuidadamente de ellos y los dos robots le abrieron paso. Después, miró hacia atrás y dobló un dedo lánguidamente.

—Venid, seguidme. Los tres. Os contaré una historia que tal vez no os interese, pero que me interesa a mí.

Y siguió andando con toda tranquilidad.

Trevize permaneció un momento en el mismo sitio, sin saber qué hacer. Pero Bliss echó a andar y la presión de su brazo obligó a Pelorat a seguirle. En definitiva, Trevize hizo lo propio; la única alternativa habría sido quedarse a solas con los robots.

—Si Bander es tan amable de contarnos la historia que tal vez no nos interese... —comentó Bliss ligeramente.

Bander se volvió y la miró con fijeza, como si reparase en ella por primera vez.

—Tú eres la mitad humana femenina, ¿no? —dijo—. La mitad inferior.

—La mitad más pequeña, Bander. Sí.

—Entonces, esos dos son mitades masculinas, ¿eh?

—En efecto.

—¿Has tenido ya tu hijo, hembra?

—Me llamo Bliss, Bander. Todavía no he tenido un hijo. Éste se llama Trevize. Y éste, Pel.

—¿Y cuál de los dos masculinos te ayudará cuando llegue tu hora? ¿Lo harán los dos? ¿O ninguno de ellos?

—Pel me ayudará, Bander.

Bander miró a Pelorat.

—Veo que tienes los cabellos blancos.

—Sí —dijo Pelorat.

—¿Los has tenido siempre de este color?

—No, Bander; se volvieron así con la edad.

—¿Y cuál es la tuya?

—Cincuenta y dos años, Bander —respondió Pelorat, y añadió rápidamente—: Quiero decir, años según el patrón galáctico.

Bander siguió andando (en dirección a una mansión lejanas, pensó Trevize), pero más despacio.

—No sé cuál es la duración del año según el patrón galáctico, pero puede ser muy diferente de la del nuestro. ¿Y cuántos tendrás cuando mueras, Pel?

—No lo sé. Puedo vivir treinta más.

—Ochenta y dos. Una vida corta, y dividida en mitades. Increíble. Sin embargo, mis remotos antepasados eran como vosotros y vivieron en la Tierra. Pero algunos de ellos la abandonaron para fundar nuevos mundos alrededor de otras estrellas, mundos maravillosos, muchos y bien organizados.

—No muchos. Cincuenta —dijo Trevize en voz alta.

Bander lo miró con altivez. Su buen humor parecía haber menguado.

—Trevize. Ése es tu nombre, ¿no?

—Golan Trevize es mi nombre completo. Digo que eran cincuenta mundos Espaciales. Los *nuestros* se cuentan por millones.

—Entonces, ¿conoces la historia que quiero contaros? —dijo Bander con suavidad.

—Si ibas a decirnos que antaño hubo cincuenta mundos Espaciales, ya lo sabemos.

—Pero nosotros no contamos sólo en números, pequeño medio-humano —dijo Bander—. También contamos la calidad. Fueron cincuenta, pero todos vuestros millones no valdrían lo que uno solo de ellos. Y Solaria fue el quincuagésimo y, por tanto, el mejor. Solaria estuvo muy por encima de los otros mundos Espaciales, como estaban todos éstos por encima de la Tierra.

»Sólo los de Solaria aprendimos cómo había que vivir la vida. No lo hicimos en manadas o rebaños, como en la Tierra y en otros planetas, incluso en los mundos Espaciales. Vivimos cada uno a solas, con robots para ayudarnos, viéndonos electrónicamente siempre que lo deseábamos, pero sólo raras veces de un modo natural. Hace muchos años que no he mirado a seres humanos como os estoy mirando ahora, aunque sois sólo medio humanos y, por consiguiente, vuestra presencia no limita mi libertad más de lo que la limitarían una vaca o un robot.

»Sin embargo, hubo un tiempo en que también nosotros fuimos medio-humanos. No importa cómo perfeccionamos nuestra libertad, ni cómo nos convertimos en amos solitarios de innumerables robots; la libertad nunca fue absoluta. Para producir pequeños, se necesitaba la colaboración de dos individuos. Desde luego, se podían aportar espermatozoides y óvulos, emplear procedimientos de fertilización y provocar artificialmente el crecimiento embriónico de manera automática. Era posible que un niño viviese de forma adecuada bajo el cuidado de los robots. Podía hacerse todo eso, pero los medio-humanos no querían renunciar al placer inherente a la fecundación biológica. Como consecuencia de ello, se establecerían lazos emocionales perversos y se perdería la libertad. ¿Comprendéis ahora que todo esto debía cambiar?

—No, Bander —dijo Trevize—, ya que nosotros no medimos la libertad por vuestro patrón.

—Porque no sabéis lo que es la libertad. Siempre habéis vivido en enjambres y no conocéis otro estilo de vida que el de sentiros obligados constantemente, incluso en las cosas más pequeñas, a doblegar vuestra voluntad a la de otros, lo que es igualmente vil, a pasaros la vida luchando por doblegar la voluntad de los otros a la vuestra. ¿Es eso libertad? ¡La libertad deja de serlo si uno no puede vivir como quiera! ¡Exactamente como quiera!

»Entonces, llegó el tiempo en que los terrícolas empezaron a emigrar una vez más, y sus pegajosas multitudes se lanzaron de nuevo a través del espacio. Los otros Espaciales, que no eran tan gregarios como los terrícolas, sino en un grado menor, trataron de competir.

»Nosotros, los solarianos, no lo hicimos. Previmos el inevitable fracaso de aquel hervidero. Nos metimos bajo tierra y rompimos todo contacto con el resto de la galaxia. Estábamos resueltos a seguir siendo lo que éramos, a toda costa. Inventamos robots eficientes y armas para proteger nuestra superficie, aparentemente vacía, y actuaron de un modo admirable. Vinieron naves, fueron destruidas y dejaron de venir. El planeta fue considerado desierto y todos lo olvidaron, tal como nosotros queríamos.

»Y mientras tanto, bajo tierra, trabajamos para resolver nuestros problemas. Reformamos cuidadosa y delicadamente nuestros genes. Sufrimos fracasos, pero también conseguimos algunos éxitos, y sacamos provecho de éstos. Tardamos muchos siglos, pero al fin nos convertimos en seres humanos totales, aunando en un cuerpo los principios masculino y femenino, obteniendo así un placer completo a voluntad y produciendo, cuando lo deseamos, óvulos fecundados para su desarrollo bajo un cuidado robótico especializado.

—¿Hermafroditas? —preguntó Pelorat.

—¿Es así como se llama en vuestro lenguaje? —preguntó Bander, con indiferencia—. Nunca había oído esa palabra.

—El hermafroditismo detiene la evolución en seco —dijo Trevize—. Cada hijo es la copia genética de su padre hermafrodita.

—Vamos —dijo Bander—, vosotros consideráis la evolución como un juego de azar. Nosotros podemos proyectar nuestros hijos, cuando queramos, y cambiar y ajustar los genes, algo que a veces hacemos. Pero casi hemos llegado a mi morada. Entremos. Se está haciendo tarde. El sol empieza a dar poco calor y dentro estaremos más cómodos.

Cruzaron una puerta que no tenía ninguna cerradura, pero que se abrió al acercarse ellos y volvió a cerrarse cuando hubieron pasado. No había ventanas, pero, al penetrar ellos en la cavernosa estancia, las paredes se iluminaron y brillaron. El suelo parecía desnudo, pero era blando y elástico al tacto. Había un robot inmóvil en cada uno de los cuatro rincones de la habitación.

—Esa pared —dijo Bander, señalando la que estaba frente a la puerta (una pared que no parecía en modo alguno diferente de las otras tres)— es mi pantalla visual. El mundo se despliega ante mí a través de esa pantalla, pero en modo alguno coarta mi libertad, puesto que no puedo ser obligado a usarla.

—Ni puedes obligar a que la use, si quieres verle a a través de esa pantalla y él no lo desea —dijo Trevize.

—¿Obligar? —preguntó Bander con altivez—. Que lo otro haga lo que quiera, si acepta que yo haga lo que me plazca. Por favor, observa que empleamos el género neutro cuando nos referimos los unos a los otros.

Había un sillón en la estancia, delante de la pantalla, y Bander se sentó en él.

Trevize miró a su alrededor, como si esperase que otros sillones brotasen del suelo.

—¿Podemos sentarnos? —preguntó.

—Como queráis —respondió Bander.

Bliss se sentó en el suelo, sonriendo, y Pelorat lo hizo a su lado. Trevize continuó en pie con expresión terca.

—Dime, Bander —preguntó Bliss—, ¿cuántos seres humanos viven en este planeta?

—No lo sé de fijo. No nos contamos. Tal vez mil doscientos.

—¿Sólo mil doscientos en todo el planeta?

—Más o menos. Pero vosotros contáis por números, mientras que nosotros lo hacemos por calidad. Tampoco entendéis la libertad. Si existe otro solariano que pueda disputarme mi absoluto dominio sobre cualquier trozo de mi tierra, sobre cualquier robot o cosa viviente u objeto, mi libertad queda limitada. Y como existen otros solarianos, la limitación de la libertad debe ser eliminada todo lo posible separándoles hasta el punto de que el contacto sea virtualmente inexistente. Solaria puede tener mil doscientos solarianos en condiciones próximas al ideal. Añadid más, y la libertad quedará palpablemente limitada y el resultado será insoportable.

—Eso significa que los nacimientos deben equilibrar las defunciones —dijo Pelorat de pronto.

—Cierto. Debe ser así en cualquier mundo con una población estable..., tal vez incluso en el vuestro.

—Y como es probable que haya pocas defunciones, tiene que haber pocos niños.

—Así es.

Pelorat asintió con la cabeza y guardó silencio.

—Lo que yo quisiera saber es cómo hiciste volar mis armas por el aire —dijo Trevize—. Explícalo.

—Os propuse la brujería o la magia como explicación. ¿Te niegas a aceptarlas?

—Claro que me niego. ¿Por quién me has tomado?

—Entonces, ¿crees en la conservación de la energía y en el necesario aumento de la entropía?

—Sí. Lo que no puedo creer es que, incluso en veinte mil años, hayáis cambiado estas leyes o las hayáis modificado un milímetro.

—Y no lo hemos hecho, media-persona. Pero, ahora, considera esto. Fuera, hay luz del sol —dijo, haciendo un extraño y gracioso ademán, como señalando aquella luz a su alrededor—. Y aquí hay sombra. Hace más calor bajo la luz del sol que a la sombra, y el calor fluye espontáneamente de la zona soleada a la que está en sombras.

—Eso ya lo sabía —dijo Trevize.

—Pero tal vez lo sabes tan bien que no piensas en ello. Por la noche, la superficie de Solaria está más caliente que los objetos situados más allá de su atmósfera, de manera que el calor fluye espontáneamente de la superficie del planeta al espacio exterior.

—Eso también lo sé.

—Y, sea de día o de noche, el interior del planeta está más caliente que su superficie. Supongo que también sabes esto.

—¿Adónde quieres ir a parar, Bander?

—El flujo de calor de lo más caliente a lo más frío, que debe cumplirse por la segunda ley de la termodinámica, puede utilizarse para hacer un trabajo.

—En teoría, sí, pero la luz del sol es diluida, el calor de la superficie del planeta lo es todavía más, y el grado en que el calor escapa del interior hace que éste sea el más diluido de todos. La cantidad de calor aprovechable no bastaría, probablemente, ni para levantar un guijarro.

—Depende del aparato que emplees para ese fin —dijo Bander—. El instrumento usado por nosotros fue desarrollado en un período de miles de años, y es nada menos que una parte de nuestro cerebro.

Bander levantó los cabellos de ambos lados de su cabeza, descubriendo la porción de cráneo de detrás de las orejas. Volvió la cabeza a un lado y a otro, y detrás de cada oreja se podía percibir un bulto del tamaño y la forma del extremo más ancho de un huevo de gallina.

—Esta porción de mi cerebro y tu carencia de ella es lo que marca la diferencia entre un solariano y tú.

48

Trevize miraba de vez en cuando la cara de Bliss, cuya atención parecía concentrada por entero en Bander. Trevize estaba seguro ahora de saber a qué venía todo aquello.

Bander, a pesar de su canto a la libertad, encontraba irresistible esa oportunidad única. No podía conversar con los robots sobre una base de igualdad intelectual, y, por supuesto, tampoco con las animales. Hablar a sus compañeros solarianos le resultaría desagradable, y cualquier comunicación que estableciese con ellos sería forzada y nunca espontánea.

En cuanto a Trevize, Bliss y Pelorat, podían ser medio humanos para Bander y tan inofensivos para su libertad como un robot o una cabra; pero, intelectualmente, eran sus iguales (o casi iguales), y la oportunidad de hablarles era un lujo único del que nunca había disfrutado hasta ahora.

No era de extrañar, pensó Trevize, que se divirtiese de aquella manera. Y Bliss (Trevize estaba doblemente seguro de ello) le animaba, incitando a la mente de Bander con delicadeza para que hiciese precisamente lo que tanto deseaba.

Tal vez Bliss partía de la suposición de que, si Bander seguía hablando, podía decirles algo de utilidad concerniente a la Tierra. Era tan lógico para Trevize que, aunque no hubiese sentido tanta curiosidad por el tema en discusión, se habría esforzado en continuar la conversación.

—¿Qué hacen esos lóbulos cerebrales? —preguntó
—Son transductores —explicó Bander—. Se activan

merced al flujo de calor y convierten éste en energía mecánica.

—No puedo creerlo. El flujo de calor es insuficiente.

—Tú no piensas, pequeño medio-humano. Si hubiese aquí muchos solarianos juntos, cada uno de ellos tratando de utilizar el flujo de calor, entonces, sí, la cantidad de éste resultaría insuficiente. Sin embargo, yo tengo más de cuarenta mil kilómetros cuadrados que son míos, sólo míos. Puedo recoger el flujo del calor de cualquier número de esos kilómetros cuadrados, sin que nadie me lo dispute, y, gracias a ello, la cantidad es suficiente. ¿Comprendes?

—¿Tan sencillo es recoger el flujo de calor de una zona extensa? El mero acto de la concentración requiere muchísima energía.

—Tal vez sí, pero yo no me doy cuenta. Mis lóbulos transductores están concentrando calor constantemente, de modo que éste actúa en el momento en que debe hacerlo. Cuando te arrebaté las armas, un volumen particular de la atmósfera iluminada por el sol perdió parte de su exceso de calor en favor de un volumen de la zona en sombra, de manera que utilicé energía solar para aquel fin. Sin embargo, en vez de utilizar ingenios mecánicos o electrónicos para llevarlo a cabo, empleé un aparato neurónico. —Tocó suavemente uno de los lóbulos transductores—. Actúa con rapidez, eficacia, constantemente..., y sin esfuerzo.

—Increíble —murmuró Pelorat.

—En absoluto —dijo Bander—. Considera la complejidad del ojo y del oído, y cómo pueden convertir pequeñas cantidades de fotones y de vibraciones del aire en información. Esto parecería increíble a quien lo experimentase por primera vez. Los lóbulos transductores no son más increíbles y no os lo parecerían si fuesen familiares para vosotros.

—¿Y qué hacéis con esos lóbulos transductores operando constantemente? —preguntó Trevize.

—Regimos nuestro mundo —respondió Bander—. Cada robot de esta vasta finca obtiene su energía de mí, o, mejor dicho, del flujo de calor natural. Cuando un robot establece un contacto, o tala un árbol, la energía es derivada de la transducción mental, de *mi* transducción mental.

—¿Y si estás dormido?

—El proceso de transducción persiste tanto si estás despierto como durmiendo, pequeño medio-humano —dijo Bander—. ¿Acaso dejas tú de respirar cuando duermes? ¿Deja de latir tu corazón? Por la noche, mis robots siguen trabajando a costa de enfriar un poco el interior de Solaria. El cambio es incalculablemente pequeño a escala global y nosotros sólo somos mil doscientos, de manera que toda la energía que empleamos no abrevia sensiblemente la vida de nuestro sol ni agota el calor interno de nuestro mundo.

—¿Se te ha ocurrido pensar que podrías utilizarlo como arma?

Bander miró a Trevize con fijeza, como si éste fuese algo singularmente incomprensible.

—¿Quieres decir que con esto Solaria podría enfrentarse con otros mundos con armas energéticas fundadas en la transducción? ¿Por qué tendríamos que hacerlo? Aunque consiguiésemos triunfar de sus armas energéticas basadas en otros principios, lo cual es casi seguro, ¿qué ganaríamos con ello? ¿El control de otros planetas? ¿Y qué nos importan los demás, si tenemos el nuestro que es ideal? ¿Por qué habríamos de querer establecer nuestro dominio sobre los medio-humanos y emplearlos en trabajos forzados, si poseemos nuestros robots que son mucho mejores que vosotros para este fin? Lo tenemos todo. No queremos nada, salvo que nos dejen en paz. Mira, te contaré otra historia.

—Adelante —dijo Trevize.

—Hace veinte mil años, cuando las medio-criaturas de la Tierra empezaron a invadir el espacio y nosotros nos retiramos bajo tierra, los otros mundos Espaciales resolvieron oponerse a los nuevos colonizadores terrícolas. Para ello, atacaron la Tierra.

—¡La Tierra! —exclamó Trevize, tratando de disimular su satisfacción por el hecho de que por fin se hubiese suscitado el tema.

—Sí, el centro. Una maniobra lógica, en cierto modo. Si se desea matar a una persona, no se la hiere en un dedo o en un talón, sino en el corazón. Y nuestros compañeros Espaciales, no muy diferentes de los propios seres humanos en pasiones, consiguieron inflamar de radiactividad la superficie de la Tierra, de modo que gran parte de aquel mundo se volvió inhabitable.

—¡Conque eso fue lo que ocurrió! —dijo Pelorat, cerrando un puño y moviéndolo rápidamente, como para fijar una tesis—. Sabía que no podía tratarse de un fenómeno natural. ¿Cómo lo consiguieron?

—No lo sé —respondió, indiferente, Bander—; además, en todo caso, les sirvió de poco a los Espaciales. Ésta es la moraleja de la historia. Los colonizadores continuaron proliferando y los Espaciales..., murieron. Habían tratado de competir y desaparecieron. Nosotros, los solarianos, nos retiramos, renunciando a competir, y aquí estamos todavía.

—También están los Colonizadores —dijo Trevize, frunciendo el ceño.

—Sí, pero no para siempre. Los invasores tienen que luchar, que competir y, en definitiva, que morir. Esto quizá tarde decenas de millares de años en ocurrir, pero nosotros podemos esperar. Y cuando suceda, los solarianos, enteros, solitarios, liberados, poseeremos la galaxia. Entonces, podremos utilizar, o no, cualquier mundo que deseemos además del nuestro.

—Pero, hablando de la Tierra —insistió Pelorat, chascando los dedos con impaciencia—, ¿es leyenda o historia lo que nos has contado?

—¿Y cómo saber la diferencia que hay, medio-Pelorat? —dijo Bander—. Toda la Historia es leyenda, más o menos.

—Pero, ¿qué indican vuestros documentos? ¿Podría ver los que tratan de este tema, Bander? Debes comprender que los mitos, las leyendas y la Historia primitiva son mi especialidad. Soy un erudito que estudia estas materias, y en particular las que se refieren a la Tierra.

—Yo sólo repito lo que he oído contar —replicó Bander—. No hay documentos sobre el tema. Los que tenemos tratan únicamente de los asuntos de Solaria, y sólo mencionan otros mundos cuando éstos chocan con nosotros.

—Desde luego, pero la Tierra os amenazó —dijo Pelorat.

—Es posible, pero, en tal caso, ocurrió hace mucho, muchísimo tiempo, y la Tierra es, entre todos los mundos, el que más nos repugna. Si alguna vez tuvimos documentos sobre ella, estoy seguro de que fueron destruidos por pura repulsión.

Trevize apretó los dientes, desolado.

—¿Los destruisteis vosotros mismos? —preguntó.

Bander volvió su atención hacia él.

—No había nadie más que pudiese hacerlo.

Pelorat no estaba dispuesto a abandonar el asunto.

—¿Qué más oíste decir referente a la Tierra?

Bander pensó un rato y dijo:

—Cuando era joven, un robot me contó la historia de un terrícola que visitó Solaria, en una ocasión, y conoció a una mujer solariana que se fugó con él, convirtiéndose en un personaje importante de la Galaxia. Sin embargo, en mi opinión, es un cuento inventado.

Pelorat se mordió el labio.

—¿Estás seguro?

—¿Cómo se puede estar seguro de algo de estas cuestiones? —dijo Bander—. Sin embargo, parece inverosímil que un terrícola se atreviese a venir a Solaria, o que Solaria le permitiese la entrada. Y todavía es más improbable que una mujer solariana (aunque entonces éramos todavía medio-humanos) abandonase voluntariamente este mundo. Pero venid, os mostraré mi casa.

—¿Tu casa? —preguntó Bliss, mirando a su alrededor—. ¿No estamos en ella?

—No —dijo Bander—. Esto es una antesala. Una especie de salón de proyección. En él veo a mis compañeros solarianos cuando tengo necesidad de ello. Sus imágenes aparecen en aquella pared o, tridimensionalmente, en el espacio de delante de la pared. Por consiguiente, esta habitación es, en cierto modo, lugar de reunión y no parte de mi hogar. Venid conmigo.

Echó a andar sin volverse para ver si le seguían. Los cuatro robots salieron de sus rincones y Trevize compendió que, si él y sus compañeros no seguían a Bander de manera espontánea, los robots les obligarían amablemente a hacerlo.

Los otros dos se pusieron en pie y Trevize murmuró al oído de Bliss:

—¿Has sido tú quien ha conseguido que no parase de hablar?

Bliss le apretó la mano y asintió con la cabeza.

—De todos modos, quisiera saber cuáles son sus intenciones —dijo ella, con un tono de inquietud en su voz.

49

Siguieron a Bander. Los robots se mantuvieron a cortés distancia, pero su presencia era sentida como una constante amenaza mientras andaban por un pasillo.

Trevize murmuró con desaliento:

—En este planeta no hallaremos nada útil sobre la Tierra. Estoy seguro de ello. Sólo otra variación sobre el tema de la radiactividad —dijo Trevize con desánimo y encogiéndose después de hombros—. Tendremos que pasar a la tercera serie de coordenadas.

Una puerta se abrió ante ellos, revelando una pequeña habitación.

—Venid, medio-humanos —dijo Bander—, quiero mostraros cómo vivimos.

—Disfruta como un niño con esta exhibición —comentó Trevize en voz baja—. Me gustaría hundirlo.

—No quieras competir en infantilismo con él —dijo Bliss.

Bander les hizo pasar a los tres a la habitación. Uno de los robots los siguió también. Bander contuvo a los otros con un ademán y entró a su vez. La puerta se cerró a su espalda.

—Es un ascensor —exclamó Pelorat, satisfecho de su descubrimiento.

—Cierto —dijo Bander—. Desde que nos sumergimos bajo tierra, nunca volvimos a emerger, en realidad. Ni tuvimos deseos de hacerlo, aunque a mí me agrada sentir, en ocasiones, la luz del sol. En cambio, aborrezco las nubes o la noche al aire libre. Todo esto da la sensación de encontrarse bajo tierra sin estarlo en realidad, si entendéis lo que quiero decir. Es, en cierto modo, una disonancia cognoscitiva, y la encuentro muy desagradable.

—La Tierra construyó en sus entrañas —dijo Pelorat—. Llamaban Cavernas de Acero a sus ciudades. Y Trantor lo hizo también en el subsuelo e incluso más extensamente en los viejos tiempos imperiales. Y Comporellon construye en la actualidad bajo tierra. Pensándolo bien, es una tendencia común.

—Los medio-humanos proliferando bajo tierra y nosotros viviendo de igual manera, pero en aislado esplendor, son dos cosas muy diferentes —dijo Bander.

—En Terminus, las viviendas están en la superficie —indicó Trevize.

—Expuestas a las inclemencias del tiempo —se horrorizó Bander—. Muy primitivos.

El ascensor, después de la impresión inicial de una menor gravedad advertida por Pelorat, pareció no moverse en absoluto. Trevize se estaba preguntando a qué profundidad irían a bajar cuando hubo una breve sensación de aumento de gravedad y la puerta se abrió.

Ante ellos apareció una habitación grande y amueblada con sumo cuidado. Estaba muy poco iluminada, aunque no se veía de dónde procedía la luz. Daba la sensación de que el aire era ligeramente luminoso.

Bander señaló con un dedo y la luz se hizo un poco más intensa en el sitio que había indicado. Señaló a otra parte y ocurrió lo mismo. Después, puso la mano izquierda sobre una vara nudosa que había junto a la puerta mientras hacía un amplio ademán circular con la derecha, y toda la estancia se iluminó como si fuese luz solar la que les alumbraba, aunque sin sensación de calor.

—Ese hombre es un charlatán —dijo Trevize a media voz.

—No «ese hombre», sino «ese solariano» —le corrigió Bander airado—. No estoy seguro de lo que significa la palabra «charlatán», pero, si el tono de la voz no me ha engañado, encierra una ofensa.

—Se le aplica a una persona que no es sincera —explicó Trevize—, que dispone los efectos de lo que hace de manera que parezca más imponente de lo que es en realidad.

—Confieso que me gusta lo espectacular, pero lo que he mostrado no es un efecto. Se trata de algo real.

Dio una palmadita a la vara sobre la que apoyaba la mano izquierda.

—Esta vara conductora de calor se extiende varios kilómetros hacia abajo, y hay otras similares a ella en muchos lugares estratégicos de mi finca. Sé que también las tienen en otras propiedades, ya que aumentan la intensidad del calor que sube a la superficie de las regiones inferiores de Solaria y facilita su conversión en trabajo. Yo no necesito hacer ademanes con la mano para producir la luz, pero hace que la acción tenga un aire más espectacular, o tal vez, como tú observaste, un ligero toque de artificio; pero yo disfruto con ello.

—¿Dispones de muchas ocasiones para experimentar el placer de estos toques de espectacularidad? —preguntó Bliss.

—No —reconoció Bander, moviendo la cabeza—. Estas cosas no impresionarían a mis robots, ni a mis compañeros solarianos. La oportunidad, desacostumbrada, de conocer a medio-humanos y actuar para ellos es sumamente... divertida.

—La luz de esta habitación era débil cuando entramos —dijo Pelorat—. ¿Está siempre tan baja?

—Sí, un pequeño gasto de energía..., como el de mantener los robots en funcionamiento. Toda mi finca la produce, y aquellas partes en que no se realiza un trabajo activo es desperdiciada.

—¿Y suministras tú la energía constantemente a toda esta vasta hacienda?

—El sol y el núcleo del planeta suministran la energía. Yo sólo hago de conductor. Y no toda la finca es productiva. Conservo la mayor parte de ella en estado salvaje, albergando una gran variedad de animales; en primer lugar, porque protegen mis linderos, y, en segundo, porque encuentro en ellos un valor estético. En realidad, mis campos y mis fábricas son pequeños. Sólo tienen que cubrir mis propias necesidades, aparte de producir algunas especialidades para trocarlas por las de otros. Por ejemplo, yo tengo robots que pueden fabricar e instalar las varas conductoras de calor a quienes las necesiten. Muchos solarianos dependen de mí a este respecto.

—¿Y tu casa? —preguntó Trevize—. ¿Cuáles son sus dimensiones?

Tuvo que ser la pregunta más adecuada, pues Bander resplandeció de orgullo.

—Es muy grande. Creo que una de las más grandes del planeta. Se extiende durante kilómetros en todas direcciones. Tengo tantos robots cuidando de mi casa subterránea como trabajando en los miles de kilómetros cuadrados de la superficie.

—Seguro que la empleas toda para vivir —dijo Pelorat.

—Es posible que haya cámaras en las que no he entrado nunca, pero, ¿qué importa eso? —dijo Bander—. Los robots mantienen todas las habitaciones limpias, bien aireadas y en orden. Pero venid, salgamos por aquí.

Atravesaron una puerta, distinta de aquella por la que habían entrado, y se encontraron en otro pasillo. Ante ellos, había un pequeño vehículo descubierto que se desplazaba sobre carriles.

Bander les indicó que subiesen a él, y lo hicieron de uno en uno. No había bastante espacio para ellos cuatro y el robot, pero Pelorat y Bliss se apretujaron a fin de que Trevize pudiese subir. Bander se sentó delante, con un aire de cómoda naturalidad, y el robot lo hizo a su lado. El vehículo arrancó sin dar más señales de manipulación de controles que unos suaves movimientos de la mano de Bander.

—En realidad, es un robot en forma de vehículo —dijo Bander, con negligente indiferencia.

Avanzaron a marcha regular, cruzando puertas que se abrían al acercarse ellos y se cerraban a su espalda. Los adornos de cada una de ellas eran exclusivos, diferentes de los de las demás, como si se hubiese ordenado a los robots inventar combinaciones al azar.

Tanto delante como detrás de ellos, el pasillo permanecía a oscuras. Sin embargo, dondequiera que se encontrasen, les iluminaba algo parecido a una fría luz solar. También en las habitaciones se hacía la claridad al abrirse las puertas. Y cada vez, Bander movía las manos, lenta y delicadamente.

Aquel viaje parecía no tener fin. De vez en cuando, describían curvas que ponían de manifiesto que la mansión subterránea se extendía en dos dimensiones. «No, en tres», pensó Trevize, al llegar a un punto en que descendieron por un suave declive.

En todas partes había robots, a docenas, a veintenas, a cientos, realizando un lento trabajo cuya naturaleza Trevize no podía adivinar. Cruzaron la puerta abierta de una gran estancia donde hileras de robots se encontraban inclinados en silencio sobre sendos pupitres.

—¿Qué están haciendo? —preguntó Pelorat.

—Teneduría de libros —repuso Bander—. Estadísticas, cuentas financieras y otras mil cosas que, celebro poder decirlo, no me preocupan en absoluto. Ésta no es una finca improductiva. Casi una cuarta parte de su zona de cultivo está dedicada a huertos. Una décima parte corresponde a campos de cereales; pero los huertos son mi mayor orgullo. Producimos las mejores frutas del planeta, en el mayor número de variedades. Un «melocotón Bander» es el melocotón de Solaria. Casi nadie se preocupa de plantar melocotoneros. También cultivamos veintisiete variedades de manzanas. Los robots pueden daros plena información de todo esto.

—¿Y qué haces con la fruta? —preguntó Trevize—.

No puedes comerla toda tú solo.

—Ni soñarlo. Además, la fruta no me gusta mucho. Hacemos trueques con otras firmas.

—¿A cambio de qué?

—De minerales, sobre todo. En mis tierras no tengo minas dignas de mención. Además, cambio la fruta por otras cosas que necesito para mantener un buen equilibrio ecológico. Tengo una gran variedad de plantas y animales en mi hacienda.

—Supongo que los robots cuidan de todo ello —dijo Trevize.

—Lo hacen, y muy bien, por cierto.

—Todo para un solariano.

—Todo para la finca y sus niveles ecológicos. Resulta que soy el único solariano que visita las diversas partes de su hacienda..., cuando me viene en gana... Pero esto es parte de mi absoluta libertad.

—Supongo que los otros..., los otros solarianos... —dijo Pelorat—, también mantienen un equilibrio ecológico local y tal vez posean marismas o zonas montañosas o fincas en la orilla del mar.

—Supongo que sí —repuso Bander—. Tratamos de estas cosas en las conferencias que los asuntos de nuestro mundo nos exigen a veces.

—¿Con qué frecuencia os reunís? —preguntó Trevize.

Ahora, rodaban por un pasadizo bastante estrecho, muy largo, sin habitaciones en ninguno de los lados. Trevize presumió que podía haber sido construido a través de un sector que no permitía una mayor anchura, y que debía servir de enlace entre dos alas capaces de extenderse mucho más.

—Demasiado a menudo —respondió Bander—. Es raro el mes que no me libro de pasar algún tiempo reunido en conferencia con uno de los comités de que soy miembro. Volviendo a lo que os decía, aunque puede no haber montañas ni marismas en mi finca, mis huertos, mis estanques con peces y mis jardines botánicos son los mejores del mundo.

—Pero, mi querido amigo... —dijo Pelorat—, quiero

decir, Bander..., yo suponía que nunca salías de tu finca para visitar las de los demás...

—Claro que *no* —respondió Bander, con aire ofendido.

—He dicho que lo suponía —le corrigió Pelorat suavemente—. Pero, en este caso, ¿cómo puedes estar seguro de que la tuya es la mejor, si nunca has visitado, ni siquiera visto, las otras?

—Lo sé por la demanda de mis productos en el comercio entre las fincas —aseguró Bander.

—¿Y qué me dices de la manufacturación? —preguntó Trevize.

—Hay propiedades donde fabrican herramientas y maquinaria. Como ya he dicho, en la mía hacemos varas conductoras de calor, pero éstas son bastante sencillas.

—¿Y robots?

—Ellos son fabricados en muchos lugares. A lo largo de toda la Historia, Solaria ha ido a la cabeza de toda la Galaxia en el diseño más inteligente de los robots.

—Supongo que también hoy —dijo Trevize, cuidando muy bien de conseguir el tono de una afirmación y no el de una pregunta en su observación.

—¿Hoy? —preguntó Bander—. ¿Con quién podríamos competir? Solaria es la única que construye robots en la actualidad. Vuestros mundos no los construyen, si interpreto correctamente lo que oigo por la hiperonda.

—¿Y los otros mundos Espaciales?

—Ya te lo he dicho. Dejaron de existir.

—¿Por completo?

—No creo que exista un Espacial viviente, si no es en Solaria.

—Entonces, ¿no hay nadie que sepa la situación de la Tierra?

—¿Por qué habría alguien que quisiera saberlo?

—Yo quiero saberlo —terció Pelorat—. Es mi campo de estudio.

—Entonces —dijo Bander—, tendrás que estudiar otra cosa. Yo no sé nada sobre la situación de la Tierra, ni he oído de nadie que la conozca ni me importa una viruta de robot.

El vehículo se detuvo y, por un instante, Trevize pensó que el solariano se había ofendido. Pero el frenazo fue suave, y Bander, al apearse, pareció tan divertido como de costumbre al indicar a los otros que se apeasen también.

La iluminación de la habitación en la que entraron era muy tenue, a pesar de que Bander la había aumentado con un ademán. Daba a un corredor lateral, en ambos lados del cual había otras habitaciones más pequeñas. En cada una de ellas aparecía una vasija adornada, a veces flanqueada de unos objetos que podían haber sido proyectores de película.

—¿Qué es esto, Bander? —preguntó Trevize.

—Cámaras funerarias de los antepasados, Trevize —dijo Bander.

50

Pelorat miró a su alrededor con interés.

—Supongo que tienes las cenizas de tus antepasados enterradas aquí, ¿verdad?

—Si por «enterradas» quieres decir sepultadas en el suelo, no estás enteramente en lo cierto —dijo Bander—. Podemos estar bajo tierra, pero esto es mi mansión, y las cenizas están en ella, como nosotros estamos ahora. En nuestro idioma decimos que las cenizas están «guardadas en casa». —Vaciló un momento y añadió—: «Casa» es una palabra arcaica que quiere decir «mansión».

Trevize lanzó una ligera mirada a su alrededor.

—¿Y son éstos todos sus antepasados? ¿Cuántos?

—Casi cien —respondió, sin disimular el tono orgulloso de su voz—. Noventa y cuatro, para ser exacto. Desde luego, los primeros no son verdaderos solarianos..., en el sentido actual de la palabra. Fueron medias-personas, varones y hembras. A estos medio-antepasados, sus descendientes inmediatos los colocaron en urnas contiguas. Yo no entro en esas habitaciones, desde luego. Es bastante «vergoncífero». Al menos, éste es el vocablo que se emplea en Solaria; pero no conozco su equivalente galáctico. Tal vez no lo tengáis.

—¿Y las películas? —preguntó Bliss—. Yo diría que ésos son proyectores.

—Diarios —dijo Bander—, la historia de sus vidas. Escenas de ellos mismos en sus lugares predilectos de la finca. Quiere decir que no mueren en todos los sentidos. Parte de ellos permanece, y mi libertad me permite acompañarles cuando quiera; puedo ver cualquier trozo de película cuando me plazca.

—Pero no los «vergoncíferos».

Bander desvió la mirada.

—No —confesó—, aunque todos tenemos que considerarlos como parte de nuestro linaje. Es una desgracia común.

—¿Común? ¿También tienen los otros solarianos estas cámaras de la muerte? —preguntó Trevize.

—Oh, sí; todos las tenemos, pero las mías son las mejores, las más adornadas, las mejor conservadas.

—¿Tienes preparada tu cámara mortuoria ya? —dijo Trevize.

—Por supuesto. Está totalmente construida y dispuesta. Fue lo primero que hice al heredar la propiedad. Y cuando sea reducido a cenizas, para emplear un lenguaje poético, mi sucesor construirá la suya como su primer deber.

—¿Tienes un sucesor?

—Lo tendré cuando llegue el momento. Todavía me queda mucho tiempo de vida. Cuando tenga que irme, habrá un sucesor adulto, lo bastante maduro para gozar de la finca y bien preparado para la transducción energética.

—Supongo que será hijo tuyo.

—¡Oh, sí!

—Pero, ¿y si ocurre alguna adversidad? —dijo Trevize—. Supongo que, incluso en Solaria, se producen accidentes y desgracias. ¿Qué pasa si un solariano es reducido prematuramente a cenizas y no tiene un suce-

sor que ocupe su lugar, o que no esté lo bastante maduro para disfrutar de la propiedad?

—Eso no suele ocurrir. Entre mis antepasados, sólo
sucedió una vez. Pero, si se da el caso, uno tiene que
recordar que hay otros sucesores esperando para ser
dueños de otras fincas. Algunos de ellos son lo bastante
mayores para heredar y tienen padres, jóvenes todavía,
que pueden producir un segundo descendiente y vivir
hasta que éste sea lo bastante maduro para la sucesión.
A uno de estos sucesores viejos-jóvenes, como son llamados, lo designarían como heredero de la hacienda.

—¿Quién hace la designación?

—Tenemos una junta de gobierno entre cuyas pocas
funciones está la de designar el sucesor en caso de fa-
llecimiento prematuro. Desde luego, todo se hace por
holovisión.

—Pero, si los solarianos nunca se ven los unos a los
otros —dijo Pelorat—, ¿cómo pueden saber que un solariano ha sido reducido a cenizas inesperadamente...,
o aunque se esperase?

—Cuando uno de nosotros es reducido a cenizas
—dijo Bander—, toda energía cesa en su finca. Si ningún
sucesor se hace cargo de ésta en seguida, la situación
anormal es advertida de inmediato y se toman las medidas pertinentes. Os aseguro que nuestro sistema social
funciona a la perfección.

—¿Podríamos ver alguna de las películas que tienes
aquí? —preguntó Trevize.

Bander frunció el ceño.

—Sólo tu ignorancia te disculpa —dijo—. Lo que has
preguntado es crudo, obsceno.

—Te pido perdón por ello. No quisiera mostrarme
impertinente, pero ya te hemos dicho que estamos muy
interesados en obtener información sobre la Tierra. Y he
pensado que las películas más antiguas que tienes deben
remontarse a un tiempo en que ese planeta no era radiactivo todavía. Por consiguiente, podría ser mencionado. O quizás hubiese detalles sobre él. No queremos violar tu intimidad pero, ¿no sería posible que tú mismo
examinases esas películas, o las hicieses examinar por

un robot, y después nos dieses la información que pudiese interesarnos? Desde luego, si aprecias nuestros motivos y comprendes que haremos a nuestra vez todo lo que esté en nuestra mano para respetar tus sentimientos, quizá permitas que nosotros mismos veamos las películas.

—Supongo que no puedes darte cuenta de que cada vez eres más ofensivo —repuso Bander con frialdad—. Sin embargo, es inútil que insistas en ese tema: ninguna película acompaña a mis antepasados medio-humanos.

—¿Ninguna? —preguntó Trevize, con sincero desaliento.

—Hubo un tiempo en que existieron. Pero incluso vosotros podéis imaginar lo que contenían. Dos medio-humanos mostrando recíproco interés, o incluso... —Bander carraspeó y terminó la frase haciendo un esfuerzo—, interactuando. Naturalmente, todas las películas de los medio-humanos fueron destruidas hace muchas generaciones.

—¿Y qué me dices de las películas de otros solarianos?

—Todas fueron destruidas.

—¿Estás seguro?

—Habría sido una locura no hacerlo.

—Podría ocurrir que algunos solarianos *estuviesen* locos o fuesen sentimentales y olvidadizos. Esperamos que no te opongas a que investiguemos en las haciendas vecinas.

Bander miró a Trevize, sorprendido.

—¿Presumes que otros serán tolerantes con vosotros como lo he sido yo?

—¿Por qué no, Bander?

—Vosotros mismos lo veréis.

—Es un riesgo que no tenemos más remedio que correr.

—No, Trevize. No debéis hacerlo. Escuchadme.

Había robots en segundo término, y Bander tenía el entrecejo fruncido.

—¿De qué se trata? —preguntó Trevize, súbitamente inquieto.

—Me ha gustado mucho hablar con todos vosotros y observaros en toda vuestra..., digamos, rareza. Ha sido una experiencia única que me ha encantado, pero que no puedo registrar en mi *Diario* ni grabar en una película.

—¿Por qué?

—Hablaros, escucharos, traeros a mi mansión, mostraros las cámaras de la muerte ancestrales, han sido otros tantos actos «vergoncíferos».

—Nosotros no somos solarianos. Te importamos menos que esos robots, ¿no es cierto?

—Ésa es la excusa que trato de darme a mí mismo. Pero puede que los otros no la aceptasen como tal.

—¿Y qué te importa? Tienes absoluta libertad para hacer lo que te plazca, ¿no?

—Incluso siendo como somos, la libertad no es realmente absoluta. Si yo fuese el *único* solariano en el mundo, podría hacer incluso cosas vergonzosas con absoluta libertad. Pero hay otros solarianos en el planeta y, debido a ello, la libertad ideal no se ha alcanzado del todo, aunque nos hemos acercado bastante. Hay mil doscientos solarianos en el planeta que me despreciarían si supiesen lo que he hecho.

—No tienen por qué saberlo.

—Eso es cierto. He estado pensándolo desde que llegasteis. Me he dado cuenta de algo durante todo el tiempo que me divertía con vosotros: los otros no deben saberlo.

—Si esto significa que temes complicaciones como resultado de nuestras visitas a otras haciendas en busca de información sobre la Tierra —dijo Pelorat—, naturalmente, no diremos que te hemos visitado a ti primero. La cosa está clara.

Bander sacudió la cabeza.

—Ya me he arriesgado bastante. Y, como es lógico, no hablaré de ello. Mis robots tampoco lo harán, e incluso se les ordenará olvidarlo. Vuestra nave será traída bajo tierra y explorada para sacar de ella toda la información posible...

—Espera —dijo Trevize—, ¿cuánto tiempo crees que podemos esperar aquí mientras inspeccionas nuestra nave? Eso no es posible.

—Claro que sí, porque nada podréis hacer para evitarlo. Lo siento. Me gustaría seguir hablando con vosotros y discutir sobre otras muchas cosas, pero ya veis que la situación se hace cada vez más peligrosa.

—No, no es así —dijo Trevize enfáticamente.

—Sí, pequeño medio-humano. Lamento que haya llegado el momento en que tengo que cumplir lo que mis antepasados habrían hecho en seguida. Debo mataros a los tres.

XII. A LA SUPERFICIE

51

Trevize volvió la cabeza al punto para mirar a Bliss. Su semblante permanecía inexpresivo pero tenso, y miraba a Bander con tal intensidad que hacía que pareciese estar ajena a todo lo demás.

Pelorat tenía los ojos muy abiertos, con expresión de incredulidad.

Trevize, no sabiendo lo que Bliss querría (o podría) hacer, se esforzó en dominar su abrumadora impresión de fracaso (no tanto por la idea de la muerte, como por la de morir sin saber dónde estaba la Tierra, sin saber por qué había elegido Gaia como futuro de la Humanidad). Tenía que ganar tiempo.

Esforzándose en conservar firme la voz y pronunciar las palabras con claridad, dijo:

—Has demostrado ser un solariano amable y cortés, Bander, sin enojarte por nuestra intrusión en vuestro mundo. Has tenido la amabilidad de mostrarnos tu finca y tu mansión mientras contestabas nuestras preguntas. Sería más propio de tu carácter que ahora nos dejases marchar. Nadie sabría que hemos estado en este planeta y nosotros no tendríamos motivos para volver. Llegamos con las mejores intenciones, buscando información solamente.

—Lo creo —repuso Bander—, y hasta ahora he respetado vuestras vidas, que estuvieron condenadas desde el instante mismo en que entrasteis en nuestra atmósfera. Lo que yo podía y debía hacer, al establecer contacto con vosotros, era mataros en el acto. Entonces, habría ordenado al robot adecuado que disecase vuestros cuerpos en busca de la información que pudieran darme los forasteros.

»No lo hice. Satisfice mi curiosidad y cedí a mi propio carácter tolerante, pero eso se acabó. No puedo continuar haciéndolo. En realidad, ya he comprometido la seguridad de Solaria, pues si, por debilidad, me dejase convencer y permitiese que abandonaseis este planeta, otros de vuestra clase vendrían más adelante, aunque me prometieseis que no sería así.

»Sin embargo, puedo aseguraros una cosa al menos: vuestra muerte será indolora. Sólo calentaré vuestros cerebros suavemente y los desactivaré. No experimentaréis dolor. Sencillamente, dejaréis de vivir. Por último, terminados la disección y el estudio, os convertiré en cenizas con un fuerte chorro de calor y todo habrá acabado.

—Si debemos morir así —dijo Trevize—, nada puedo oponer a una muerte rápida e indolora; pero, ¿por qué tenemos que morir, si no hemos cometido ningún delito?

—Vuestra llegada lo fue.

—No lógicamente, puesto que no podíamos saber que nuestra acción era delictiva.

—La sociedad define lo que constituye delito. Para vosotros, esto puede parecer irracional y arbitrario, pero no lo es para nosotros, y éste es nuestro mundo, en el que tenemos pleno derecho a decir que lo que habéis hecho está mal y merece la muerte.

Bander sonrió, como si aquello fuese una agradable conversación, y prosiguió:

—Y vosotros no tenéis derecho a quejaros, en nombre de vuestra superior virtud. Tú mismo llevas un *blas-*

ter que emplea un rayo de microondas para producir un intenso calor letal. Hace lo mismo que yo pretendo hacer, pero estoy seguro que de un modo mucho más brutal y doloroso. Tú no vacilarías en emplearlo contra mí en este instante si yo no hubiese descargado su energía y si fuese lo bastante estúpido para permitirte libertad de movimientos, serías capaz de sacar el arma de su funda.

Trevize dijo desesperadamente, temeroso de mirar de nuevo a Bliss y de que la atención de Bander se volviese a ella:

—Te pido, como un acto de misericordia, que no hagas esto.

—Ante todo —dijo Bander, súbitamente hosco—, debo ser misericordioso conmigo y con mi mundo, y, por consiguiente, tenéis que morir.

Levantó la mano y la oscuridad descendió al instante sobre Trevize.

52

Por un momento, Trevize sintió que la oscuridad le ahogaba, y pensó furiosamente: «¿Es esto la muerte?»

Y como si sus pensamientos hubiesen provocado un eco, oyó un murmullo que decía:

—¿Es esto la muerte?

Era la voz de Pelorat. Trevize trató de murmurar y vio que podía hacerlo.

—¿Por qué lo preguntas? —dijo, sintiendo un enorme alivio—. El mero hecho de que puedas hacerlo demuestra que no estás muerto.

—Hay antiguas leyendas según las cuales hay vida después de la muerte.

—Tonterías —murmuró Trevize—. ¿Bliss? ¿Estás aquí, Bliss?

No hubo respuesta.

—Bliss, Bliss —repitió de nuevo Pelorat—. ¿Qué ha sucedido, Golan?

—Bander debe de estar muerto —dijo Trevize—. Por eso no ha podido seguir suministrando energía y las luces se han apagado.

—Pero, ¿cómo...? ¿Quieres decir que lo ha hecho Bliss?

—Supongo que sí. Espero que no le haya ocurrido nada malo durante su acción.

Se arrastró a gatas en la oscuridad total del subterráneo, a excepción del destello ocasional y casi invisible de un átomo radiactivo desintegrándose al chocar contra la pared.

Entonces, su mano tocó algo cálido y suave. Siguió palpando y, al reconocer una pierna, la agarró. Desde luego, era demasiado pequeña para pertenecer a Bander.

—¿Bliss?

La pierna dio una sacudida, obligando a Trevize a soltarla.

—¿Bliss? ¡Di algo!

—Estoy viva —repuso la voz de Bliss, curiosamente alterada.

—Pero, ¿estás bien? —dijo Trevize.

—No.

Y entonces volvió a hacerse la luz, aunque muy tenue. Las paredes brillaron débilmente, aumentando y disminuyendo, a desordenados intervalos, la intensidad de la luz.

Bander yacía acurrucado en un bulto oscuro. Bliss estaba a su lado, sosteniéndole la cabeza.

La joven miró a Trevize y a Pelorat.

—El solariano ha muerto —dijo, y la débil luz permitió ver un brillo de lágrimas en sus mejillas.

Trevize se quedó estupefacto.

—¿Por qué estás llorando?

—¿Cómo no voy a hacerlo, después de haber matado a un ser vivo e inteligente? Ésa no era mi intención.

Trevize se inclinó para ayudarla a ponerse en pie, pero ella lo apartó de un empellón.

Pelorat se arrodilló a su vez.

—Por favor, Bliss —dijo con suavidad—, ni siquiera tú puedes devolverle la vida. Dinos lo que ha ocurrido.

Ella dejó que Pelorat la pusiese en pie, y dijo lentamente:

—Gaia puede hacer lo que Bander podía hacer. Gaia puede utilizar la energía desigualmente distribuida del universo y transferirla a una acción determinada sólo por la fuerza mental...

—Eso ya lo sabía —la interrumpió Trevize, pretendiendo mostrarse apaciguador, pero sin saber muy bien cómo hacerlo—. Recuerdo muy bien nuestro encuentro en el espacio, cuando tú, o mejor dicho, Gaia, retuvo cautiva nuestra nave espacial. Pensé en ello mientras Bander me mantenía sujeto después de apoderarse de mis armas. También te sujetó a ti, pero yo confiaba en que podías liberarte si querías.

—No. Si lo hubiese intentado, habría fracasado. Cuando tu nave fue apresada por «mí-nosotros-Gaia» —dijo con tristeza—, Gaia y yo éramos realmente una. Ahora hay una separación hiperespacial que limita «mi-nuestra-de Gaia» eficacia. Además, lo que Gaia hace es por el mero poder de la masa de cerebros. Pero, aun así, todos aquellos cerebros juntos carecen de los lóbulos transductores que poseía este solariano individual. Nosotros no podemos emplear la energía tan delicada, eficiente e incansablemente como él hacía. Como puedes ver, me resulta imposible hacer que esas luces brillen más, y no sé cuánto tiempo podré conseguir que sigan brillando antes de cansarme. Él era capaz de suministrar energía a toda su vasta finca, incluso cuando estaba durmiendo.

—Pero tú la interrumpiste —dijo Trevize.

—Porque él no sospechaba mis · poderes —dijo Bliss— y porque no hice nada que pudiese revelárselos. Por consiguiente, no sospechó de mí y no me prestó atención. La centró enteramente en ti, Trevize, tú eras quien tenía las armas (también hiciste bien esta vez en ir armado), y yo tenía que esperar la ocasión de frenar a Bander con un rápido e inesperado golpe. Cuando Bander estaba a punto de mataros, cuando toda su mente la tenía concentrada en su propósito y en ti, pude descargar mi golpe.

—Y con magníficos resultados.

—¿Cómo puedes decir una cosa tan cruel, Trevize? Yo sólo tenía la intención de frenarlo. Deseaba impedir que usase su transductor. En un momento de sorpresa, cuando tratase de fulminarnos y viese que no podía hacerlo, sino que la iluminación menguaba hasta convertirse en oscuridad total, yo apretaría mi presa y lo sumiría en un sueño normal prolongado y soltaría el transductor. Entonces, la energía permanecería, podríamos salir de esta mansión, ir a nuestra nave y abandonar el planeta. También esperaba arreglar las cosas de manera que, cuando Bander despertase al fin, hubiese olvidado todo lo ocurrido desde el instante en que nos había visto. Gaia no quiere matar para realizar lo que puede hacer sin causar la muerte a nadie.

—¿Qué fue lo que falló, Bliss? —preguntó Pelorat con cariño.

—Nunca me había encontrado con algo parecido a esos lóbulos transductores y no tenía tiempo de estudiarlo. Me limité a realizar la maniobra de bloqueo y, por lo visto, la cosa no funcionó como debía. No bloqueé la entrada de energía en los lóbulos, sino su salida. La energía pasa siempre a raudales en esos lóbulos, pero, por lo general, el cerebro se protege expulsando esa energía con la misma rapidez. En cambio, cuando yo hube bloqueado la salida, la energía se acumuló en seguida dentro de los lóbulos y, en una pequeña fracción de segundo, la temperatura se elevó hasta el punto de que las proteínas del cerebro se desactivaron fatalmente, y murió. Las luces se apagaron y yo anulé mi bloqueo inmediatamente, pero, desde luego, ya era demasiado tarde.

—No veo que hubieses podido hacer nada diferente de lo que hiciste, querida —dijo Pelorat.

—Eso no me sirve de consuelo, considerando que he matado.

—Bander estaba a punto de matarnos a nosotros —dijo Trevize.

—Ése era un motivo para impedírselo, no para matarlo.

Trevize vaciló. No quería mostrar la impaciencia que sentía, pues no deseaba ofender ni trastornar más a Bliss, la cual, a fin de cuentas, era la única defensa de que disponía contra un mundo terriblemente hostil.

—Bliss —dijo—, es hora de que pensemos en cosas distintas de la muerte de Bander. Como ha muerto, toda la energía de la finca se habrá extinguido. Esto será advertido, más pronto o más tarde, probablemente pronto, por otros solarianos, los cuales se verán obligados a investigar. No creo que tú fueses capaz de rechazar el ataque combinado de varios de ellos. Y, como tú misma has confesado, no podrás emplear la limitada energía de que dispones ahora durante mucho tiempo. Por consiguiente, es necesario que volvamos a la superficie, y a nuestra nave, lo antes posible.

—Pero, Golan —dijo Pelorat—, ¿cómo lo haremos? Hemos recorrido muchos kilómetros por un camino ondulado. Me imagino que debe ser un laberinto y, por lo que a mí atañe, no tengo la menor idea de por dónde debemos ir para alcanzar la superficie. Mi sentido de la orientación ha sido malo siempre.

Trevize miró a su alrededor y vio que Pelorat tenía razón.

—Supongo —dijo— que hay muchas salidas a la superficie y no hace falta que encontremos la misma por la que entramos.

—Pero no sabemos dónde se encuentra ninguna de ellas. ¿Cómo vamos a encontrarlas?

Trevize se volvió hacia Bliss de nuevo.

—¿Puedes detectar mentalmente algo que nos ayude a salir?

—Todos los robots de esta finca están inactivos —dijo Bliss—. Detecto un débil murmullo de vida subinteligente por encima de nosotros, pero lo único que esto me dice es que la superficie se encuentra allá arriba, algo que ya sabemos.

—Entonces —dijo Trevize—, sólo nos queda buscar alguna abertura.

—¡Un juego del escondite! —exclamó, horrorizado, Pelorat—. Jamás lo conseguiremos.

—Tal vez sí, Janov —le tranquilizó Trevize—. Si buscamos, tendremos una posibilidad, por pequeña que sea. La única alternativa que nos queda es permanecer aquí, y si *lo* hacemos, nunca lograremos nuestro objetivo. Vamos, una mínima posibilidad es mejor que ninguna.

—Esperad —dijo Bliss—. *Percibo* algo.

—¿Qué? —dijo Trevize.

—Una mente.

—¿Una inteligencia?

—Sí, pero limitada, según creo. Sin embargo, lo que percibo con más claridad es otra cosa.

—¿Qué? —preguntó Trevize, luchando con su impaciencia una vez más.

—¡Miedo! ¡Un miedo terrible! —dijo Bliss, en voz baja.

53

Trevize miró a su alrededor con tristeza. Sabía por dónde habían entrado, pero no se hacía ilusiones sobre su capacidad de regresar por el mismo camino. A fin de cuentas, había prestado poca atención a sus vueltas y revueltas. ¿Quién hubiese pensado que se verían obligados a volver solos, sin ninguna ayuda, y con sólo una débil y vacilante luz para guiarles?

—¿Podrás activar el vehículo, Bliss? —preguntó.

—Estoy segura de que sí, Trevize —respondió Bliss—, lo cual no significa que sepa conducirlo.

—Creo que Bander lo hacía mentalmente —dijo Pelorat—. No vi que tocase nada cuando estaba en marcha.

—Así era, Pel —asintió Bliss—, pero, ¿*cómo*? Podrías decir que lo hizo usando los controles. Cierto, pero, si yo no conozco los detalles del manejo de los controles, eso no nos sirve de gran cosa, ¿verdad?

—Podrías intentarlo —dijo Trevize.

—Lo haré. Tendré que concentrar toda mi mente en ello aunque, si lo hago, dudo de que pueda mantener las luces encendidas. El vehículo nos servirá de poco en la oscuridad, a pesar de que consiga conducirlo.

—Entonces, supongo que tendremos que ir a pie.

—Temo que sí.

Trevize atisbó la espesa y amenazadora oscuridad que se extendía más allá del lugar débilmente iluminado en que se hallaban.

—Bliss, ¿sientes todavía esa mente asustada? —preguntó.

—Sí.

—¿Sabes dónde se halla? ¿Puedes guiarnos hasta ella?

—El sentido mental forma una línea recta. No es refractado por la materia ordinaria; por consiguiente, puedo decir que viene de aquella dirección —dijo, señalando un punto en la pared oscura—. Pero no podemos atravesar la pared para llegar hasta ella. Lo que haremos será seguir los pasillos y tratar de orientarnos en la dirección en que la sensación se haga más fuerte. En una palabra, tendremos que jugar a frío y caliente.

—Entonces, empecemos en seguida.

Pelorat se echó atrás.

—Espera, Golan. ¿Seguro que deseamos encontrar esa cosa, sea lo que fuere? Si está asustada, puede que nosotros tengamos motivos para asustarnos también.

Trevize sacudió la cabeza con impaciencia.

—No hay otra alternativa, Janov. Es una mente, asustada o no, y puede que esté dispuesta, o que la obliguemos a estarlo, a guiarnos a la superficie.

—¿Y dejaremos a Bander tirado aquí? —preguntó Pelorat, con inquietud.

Trevize le agarró de un codo.

—Vamos, Janov. Tampoco en esto podemos elegir. Seguro que algún solariano reactivará el lugar y que un robot reactivará a Bander. Espero que eso no ocurra antes de que estemos a salvo lejos de aquí.

Dejó que Bliss marchase en cabeza. La luz era siempre más fuerte cerca de ella, y Bliss se detenía ante cada puerta y en cada encrucijada, tratando de captar la dirección de la que procedía aquel miedo. A veces, cruzaba una puerta o doblaba un recodo, y volvía atrás para seguir otro pasillo, mientras Trevize la observaba desesperadamente.

Cada vez que Bliss tomaba una decisión y avanzaba con resolución en una dirección determinada, se encendía la luz delante de ella. Trevize advirtió que ésta era un poco más brillante ahora, fuese porque sus ojos se iban adaptando a la oscuridad, o porque Bliss aprendía a manejar la transducción con más eficacia. En una ocasión, al pasar cerca de una de las varas metálicas insertas en el suelo, Bliss apoyó una mano en ella y la luz aumentó de forma considerable, y ella asintió con la cabeza, como satisfecha de sí misma.

Nada les resultaba conocido; parecía seguro que andaban por lugares de la mansión subterránea por los que no habían pasado al entrar.

Trevize observaba sin descanso los pasillos que ascendían bruscamente y estudiaba los techos por si, en ellos, había señal de alguna trampilla. Pero no encontraba nada de eso, y aquella mente asustada seguía siendo su única oportunidad de salir de aquel lugar.

Siguieron avanzando en silencio, turbado, únicamente, por sus propios pasos; en medio de una oscuridad que sólo interrumpía aquella luz débil a su alrededor; a través de un mundo muerto, salvo por sus propias vidas. De vez en cuando, distinguían el bulto oscuro de un robot, sentado o de pie, en la penumbra, inmóvil por completo. En una ocasión, vieron a uno de ellos tumbado de costado, con las piernas y los brazos en extraña posición, como petrificado. Trevize pensó que la interrupción de la energía le habría pillado desequilibrado, y se había caído. Bander, vivo o muerto, no podía contrarrestar la fuerza de la gravedad. Tal vez en toda su vasta hacienda, había robots en pie o yaciendo inactivos, y esa situación sería advertida rápidamente en los linderos.

O tal vez no, pensó de pronto. Los solarianos debían saber cuándo uno de ellos se estaba muriendo de viejo o de decadencia física. Y todo el mundo estaría alerta cuando el óbito se produjese. Pero Bander había muerto de repente, en la flor de su existencia, sin que nadie hubiese podido preverlo. ¿Quién iba a saberlo? ¿Quién esperaría algo así? ¿Quién estaría observando, por si la desactivación se producía?

Pero no (y Trevize rechazó su optimismo como un señuelo peligroso que podía conducirles a un exceso de confianza), los solarianos observarían el cese de toda actividad en la finca de Bander y actuarían de inmediato. Todos tenían demasiado interés en las herencias para olvidarse de la muerte.

—La ventilación ha dejado de funcionar —murmuró Pelorat, desalentado—. Un lugar como éste, bajo tierra, tiene que estar ventilado, y Bander suministraba la energía. Ahora no hay ventilación.

—No importa, Janov —dijo Trevize—. Tenemos suficiente aire en este lugar subterráneo vacío para que podamos respirar durante años.

—Es igual. Su efecto psicológico es muy malo.

—Por favor, Janov, domina tu claustrofobia. ¿Nos hemos acercado, Bliss?

—Mucho, Trevize —respondió ella—. La sensación ha aumentado y ahora percibo su dirección con más claridad.

Andaba segura, vacilando menos cuando tenía que elegir un camino.

—¡Allí! ¡Allí! —exclamó—. Puedo percibirlo intensamente.

—Ahora, incluso yo puedo oírlo —dijo Trevize secamente.

Los tres se pararon y contuvieron el aliento. Percibieron un débil gimoteo, entrecortado de sollozos.

Entraron en una amplia habitación y, al encenderse las luces, vieron que, a diferencia de las que habían visto hasta entonces, estaba rica y alegremente amueblada.

En el centro de la estancia se hallaba un robot, algo inclinado, con los brazos extendidos en una actitud casi afectuosa, y desde luego, completamente inmóvil.

Unas ropas se agitaron detrás del robot. Un ojo redondo y asustado asomó junto a un lado de aquél, y siguieron oyéndose aquellos sollozos de desconsuelo.

Trevize pasó al lado del robot y, entonces, una pequeña criatura salió corriendo y chillando. Tropezó, cayó al suelo y se quedó tumbada allí, tapándose los ojos, pataleando en todas direcciones, como defendiéndose sin saber de dónde vendría la amenaza, y chillando sin parar...

—¡Es un niño! —exclamó Bliss innecesariamente.

54

Trevize dio un paso atrás, asombrado. ¿Qué hacía un niño allí? Bander se había jactado de su absoluta soledad, insistiendo en ello incluso.

Pelorat, menos apto para seguir un razonamiento sólido ante un suceso oscuro, encontró al punto la solución.

—Supongo que estamos ante el sucesor —dijo.

—El retoño de Bander —convino Bliss—, pero creo que es demasiado pequeño para sucederlo. Los solarianos tendrán que buscarlo en otra parte.

Estaba contemplando al niño, no con la mirada fija, sino de una manera suave e hipnotizadora, y, poco a poco, el ruido que aquél estaba haciendo menguó. Después, el pequeño abrió los ojos y miró a Bliss a su vez. El llanto se redujo a algún gemido ocasional.

También Bliss emitió algunos sonidos, apaciguadores, palabras inconexas que no significaban gran cosa, pero que tenían por objeto aumentar el efecto calmante de sus pensamientos. Era como si tratase de escudriñar la mente desconocida del niño y de tranquilizar sus excitadas emociones.

Muy despacio, sin apartar nunca la mirada de Bliss, el chiquillo se puso en pie, se tambaleó un momento y corrió hacia el silencioso e inmóvil robot, abrazándose a la gruesa pierna robótica, como buscando ávidamente la seguridad de su contacto.

—Supongo —dijo Trevize— que este robot es su ama..., o su niñera. Creo que un solariano no puede cuidar de otro solariano, ni tratándose de padre e hijo.

—Y yo supongo que el niño es hermafrodita —dijo Pelorat.

—Tendría que serlo —convino Trevize.

Bliss, todavía preocupada por aquella criatura, se acercó a ella lentamente, levantando un poco las manos pero con las palmas vueltas hacia dentro, como para demostrarle que no tenía intención de sujetarle. Ahora, el chiquillo se había callado, viéndole acercarse y agarrándose al robot con más fuerza.

—Aquí, pequeño... —dijo Bliss—, calor, pequeño..., blando, caliente, cómodo, seguro, pequeño..., seguro, seguro. —Se interrumpió y, sin volver la cabeza, dijo en voz baja—: Háblale en su lenguaje, Pel. Dile que somos robots que hemos venido para cuidar de él, ya que ha fallado la energía.

—¡Robots! —exclamó, escandalizado, Pelorat.

—Debemos presentarnos a él como robots. No les tiene miedo. Y nunca ha visto un ser humano; tal vez no puede siquiera imaginárselos.

—No sé si podré dar con la expresión adecuada —dijo Pelorat—. No conozco ninguna palabra arcaica que designe un robot.

—Di «robot», Pel. Si no lo entiende, di «cosa de hierro». Di lo que te parezca mejor.

Poco a poco, deletreando las palabras, Pelorat habló en lengua arcaica. El chiquillo le miró, frunciendo intensamente el ceño, como tratando de comprender.

—Sería mejor que le preguntases cómo salir de aquí, ya que estás en ello —le aconsejó Trevize.

—No —dijo Bilss—, todavía no. Primero, la confianza. Después, la información.

La criatura, mirando ahora a Pelorat, soltó despacio al robot y habló, con voz aguda y musical.

—Habla demasiado aprisa para mí —dijo ansiosamente Pelorat.

—Pídele que lo repita más despacio. Yo hago todo lo posible por calmarlo y quitarle el miedo.

Pelorat escuchó al niño de nuevo.

—Creo que pregunta por qué se ha parado Jemby. Jemby debe de ser el robot.

—Asegúrate de ello, Pel.

Pelorat habló, escuchó y dijo:

—Sí, Jemby es el robot. El niño se llama Fallom.

—¡Bravo! —exclamó Bliss. Después, miró al pequeño y, con una sonrisa feliz y luminosa, lo señaló con un dedo—. Fallom. Fallom bueno. Fallom valiente. —Luego se puso una mano sobre el pecho y añadió—: Bliss.

El chiquillo sonrió. Parecía muy atractivo al sonreír.

—Bliss —murmuró, pronunciando mal la «ese».

—Bliss —dijo Trevize—, si puedes activar el robot Jemby, quizás éste nos indicase lo que queremos saber. Pelorat podría hablarle tan fácilmente como al niño.

—No —replicó Bliss—. Eso constituiría un error. El primer deber del robot es proteger al niño. Si lo activamos, y se da cuenta de nuestra presencia, de la presencia de seres humanos extraños, puede atacarnos al instante. Si entonces me veo obligada a desactivarlo, no podrá darnos información, y el chiquillo, al hallarse con una segunda desactivación del único padre que conoce... Bueno, no quiero hacerlo.

—Pero nos dijeron que los robots no pueden dañar a los seres humanos —intervino Pelorat con voz suave.

—Es verdad —admitió Bliss—, pero no nos dijeron qué clase de robots han inventado los solarianos. Y aunque éste hubiese sido instruido para no hacer daño, tendría que elegir entre el pequeño, que es casi como un hijo para él, y tres intrusos a los que tal vez no reconocería siquiera como seres humanos. Como es natural, elegiría al niño y nos atacaría. —Se volvió de nuevo al chiquillo—. Fallom —dijo Bliss, señalando luego a los otros—. Pel, Trev.

—Pel. Trev —dijo, obediente, el niño.

Ella se le acercó más y alargó despacio las manos. Él la observó y dio un paso atrás.

—Calma, Fallom —susurró Bliss—. Fallom bueno. Toca, Fallom. Sé bueno, Fallom.

Éste dio un paso en su dirección y Bliss suspiró.

—Fallom bueno.

Tocó el brazo desnudo de Fallom, qué, lo mismo que su padre, sólo llevaba una bata larga, abierta por delante y con un taparrabo debajo. El contacto fue muy suave. Después, ella retiró el brazo, esperó e hizo un nuevo contacto, acariciando suavemente al pequeño.

Él entornó los párpados bajo el fuerte efecto calmante de la mente de Bliss.

Ésta movió las manos hacia arriba muy despacio, con suavidad, sin tocar apenas los hombros, el cuello y las orejas del niño, y después las deslizó debajo de los cabellos castaños hasta un punto situado exactamente encima y detrás de las orejas.

Por fin las apartó y dijo:

—Los lóbulos transductores son pequeños todavía. El hueso craneano no se ha desarrollado aún. Allí no hay más que una gruesa capa de piel, que con el tiempo crecerá hacia fuera y será cercada con hueso cuando los lóbulos se hayan desarrollado. Esto quiere decir que, de momento, no puede controlar la finca, ni siquiera activar su propio robot personal. Pregúntale cuántos años tiene, Pel.

—Tiene catorce años, si no he entendido mal —dijo Pelorat después de una breve conversación.

—Más bien parece que tenga once —opinó Trevize.

—La duración de los años en este mundo puede no corresponder exactamente a la de los años galácticos —les recordó Bliss—. Además, se supone que los Espaciales tienen la vida muy larga y, si los solarianos se parecen a los otros Espaciales en esto, pueden tener también períodos de desarrollo más dilatados. No debemos guiarnos por los años.

Trevize chascó la lengua con impaciencia.

—Basta de antropología —dijo—. Tenemos que salir a la superficie y, como estamos tratando con un niño, es posible que perdamos el tiempo inútilmente. Tal vez no sepa el camino. Quizá no ha estado nunca arriba.

—¡Pel! —dijo Bliss.

Pelorat comprendió lo que ella le pedía y entabló ahora una larga conversación con Fallom.

—El niño sabe lo que es el sol —explicó después—. Dice que lo ha visto. Yo *creo* que ha visto árboles. He fingido no estar segura de lo que aquel nombre quería decir, o al menos de lo que la palabra que empleé significaba...

—Sí, Janov —le interrumpió Trevize—, pero vayamos al grano.

—He dicho a Fallom que, si podía llevarnos a la superficie, nosotros quizás activásemos su robot. En realidad, le he prometido que lo *activaríamos*. ¿Creéis que podríamos hacerlo?

—Más tarde nos ocuparemos de ello —dijo Trevize—. ¿Ha dicho si nos guiaría?

—Sí. Pensé que lo haría de más buena gana si yo le prometía eso. Aunque supongo que corremos el riesgo de defraudarle...

—Vamos —ordenó Trevize—, pongámonos en marcha. Todo esto será una discusión académica si nos pillan bajo tierra.

Pelorat dijo algo al niño, el cual echó a andar, se detuvo y se volvió a mirar a Bliss.

Ésta alargó un brazo, y los dos caminaron asidos de la mano.

—Soy el nuevo robot —dijo ella, sonriendo ligeramente.

—Y parece que le gustas —repuso Trevize.

Fallom siguió andando y Trevize se preguntó si estaría contento solamente porque Bliss había conseguido causarle esa impresión, o si, además, se debía a la excitación de visitar la superficie, tener tres nuevos robots y la idea de que recuperaría a Jemby, su padre adoptivo. Aunque aquello importaba poco..., con tal de que el niño les guiase.

Éste parecía avanzar sin la menor vacilación. Ni siquiera se detenía cuando tenía que elegir entre dos caminos. ¿Sabía realmente adónde iba, o sólo era cuestión de indiferencia infantil? ¿Jugaba simplemente a un juego, sin saber el resultado con claridad?

Pero Trevize se daba cuenta, por la ligera dificultad de su marcha, de que estaban caminando cuesta arriba, y el niño, que seguía avanzando con aires de importancia, señalaba hacia delante y no paraba de charlar.

Trevize miró a Pelorat, el cual carraspeó y tradujo.

—*Creo* que está hablando de una «puerta».

—Ojalá sea verdad —dijo Trevize.

El niño se desprendió de Bliss y corrió. Señaló una puerta del suelo que parecía más oscura que lo que la rodeaba. El pequeño se puso sobre ella, saltó varias veces y, después, se volvió con clara expresión de desaliento y habló con estridente locuacidad.

—Tendré que suministrar la energía —dijo Bliss, con una mueca—. Esto me está agotando.

Su cara enrojeció un poco y las luces palidecieron, pero se abrió una puerta exactamente delante de Fallom, el cual se echó a reír, regocijado.

El niño salió corriendo por el hueco y los dos hombres le siguieron. Bliss fue la última en hacerlo y miró atrás al apagarse las luces del interior y cerrarse la puerta. Entonces, se detuvo para recobrar aliento, pareciendo bastante fatigada.

—Bueno —dijo Pelorat—, ya hemos salido. ¿Dónde está la nave?

Se detuvieron todos bajo la luz del crepúsculo.

—Me parece que debe encontrarse en aquella dirección —murmuró Trevize.

—También a mí me da esa sensación —dijo Bliss—. Vayamos allá. —Y tendió la mano a Fallom.

No se oía ningún ruido, salvo el producido por el viento y por los movimientos y llamadas de algunos animales. Pasaron por delante de un robot que permanecía inmóvil, en pie, cerca del tronco de un árbol, sosteniendo algún objeto de uso incierto.

Pelorat dio un paso en su dirección, llevado por su curiosidad, pero Trevize lo atajó.

—Eso no nos importa, Janov. Sigue andando.

Después, vieron otro robot que había caído al suelo.

—Supongo que esto está lleno de robots en muchos kilómetros a la redonda —dijo Trevize. Y después, con voz triunfal—: ¡Allí está la nave!

Aceleraron el paso, pero se detuvieron de pronto. Fallom alzó la voz y chilló muy excitado.

En el suelo, cerca de la nave, estaba lo que parecía ser un buque aéreo de modelo primitivo, con un robot que parecía requerir mucha energía y ser frágil además. Cerca del mismo, y entre el grupito de forasteros y su nave hallábanse plantadas cuatro figuras humanas.

—Demasiado tarde —dijo Trevize—. Hemos perdido mucho tiempo. ¿Qué hacemos ahora?

—¿Cuatro solarianos? —preguntó Pelorat con incertidumbre—. No puede ser. No pueden haberse puesto en contacto físico de esta manera. ¿Pensáis que son holoimágenes?

—Son materiales —dijo Bliss—. Estoy segura de ello. Tampoco son solarianos. Las mentes de éstos resultan inconfundibles. Son robots.

55

—Bueno —dijo Trevize con aire de cansancio—, ¡adelante!

Reanudó su marcha hacia la nave con paso tranquilo, y los otros le siguieron.

—¿Qué pretendes saber? —preguntó Pelorat, jadeando un poco.

—Si son robots, tienen que obedecer las órdenes.

Los robots les estaban esperando, y Trevize los observó fijamente al acercarse a ellos.

Sí, tenían que ser robots. Sus caras, que parecían hechas de piel sobre carne, no reflejaban expresión alguna, y, además, llevaban unos uniformes que no dejaban al descubierto ni un centímetro cuadrado de piel, aparte de la de la cara. Incluso las manos iban cubiertas con finos guantes opacos.

Trevize hizo un ademán que equivalía inconfundiblemente a una severa orden de que se apartasen a un lado.

Los robots no se movieron.

Trevize dijo en voz baja a Pelorat:

—Díselo con palabras, Janov. Muéstrate enérgico.

Pelorat carraspeó y, adoptando un desacostumbrado tono de barítono, habló lentamente y reprodujo el ademán de Trevize. Entonces, uno de los robots, que tal vez era un poco más alto que los demás, dijo algo con voz fría y cortante.

Pelorat se volvió a Trevize.

—Creo que ha dicho que somos forasteros.

—Comunícale que somos seres humanos y que deben obedecernos.

Entonces, el robot habló en un galáctico peculiar, pero comprensible.

—Te he entendido, forastero. Yo hablo galáctico. Nosotros somos robots guardianes.

—Entonces, sabes que he dicho que somos seres humanos y que tenéis que obedecernos.

—Nosotros estamos programados para obedecer únicamente a los gobernantes, forasteros. Vosotros no sois gobernantes ni solarianos. El jefe Bander no ha respondido en el momento del Contacto normal y por eso hemos venido a investigar. Es nuestro deber hacerlo. Y nos encontramos aquí con una nave espacial no fabricada en Solaria, varios forasteros presentes y todos los robots desactivados. ¿Dónde está el jefe Bander?

Trevize sacudió la cabeza y dijo, pausada y claramente:

—No sabemos de qué estás hablando. El ordenador de nuestra nave no funciona bien. Nos encontrábamos cerca de este planeta extraño contra nuestra voluntad. Aterrizamos para averiguar nuestra situación. Vimos que los robots estaban desactivados. No sabemos qué puede haber pasado.

—Tu relato es inverosímil. Si todos los robots de la finca están desactivados y toda la energía se ha cortado, el jefe Bander tiene que estar muerto. No es lógico suponer que muriese por pura coincidencia en el momento de aterrizar vosotros. Tiene que haber alguna relación causal.

Entonces, Trevize habló, sin más objetivo que el de

embrollar el problema aún más e indicar su ignorancia de extranjero y, por tanto, su inocencia.

—Pero la energía no ha sido cortada. Tú y los otros permanecéis activos.

—Somos robots guardianes —repitió el robot—. No dependemos de ningún gobernante. Pertenecemos a todo el planeta. No somos controlados por ningún gobernante, sino que nuestra energía es nuclear. Pregunto de nuevo: ¿Dónde está el jefe Bander?

Trevize miró a su alrededor. Pelorat parecía ansioso; Bliss callaba pero permanecía tranquila. Fallom temblaba, mas la mano de Bliss le tocó el hombro y el niño se irguió un poco y perdió su expresión facial. (¿Lo estaba calmando Bliss?)

—Repito, por última vez: ¿Dónde está el jefe Bander? —dijo el robot.

—No lo sé —respondió Trevize con acritud.

. El robot movió la cabeza y dos de sus compañeros se alejaron rápidamente.

—Mis compañeros guardianes registrarán la mansión. Mientras tanto, quedaréis detenidos para ser interrogados. Dame esos objetos que llevas en tu costado.

Trevize dio un paso atrás.

—Son inofensivos.

—No vuelvas a moverte. Yo no pregunto su naturaleza, si son peligrosos o inofensivos. Digo que me los entregues.

—No.

El robot dio un rápido paso al frente y su brazo se alargó con demasiada rapidez para que Trevize se diese cuenta de lo que sucedía. Sintió la mano del robot sobre su hombro y cómo apretaba fuerte y hacia abajo. Trevize cayó de rodillas.

—Esos objetos —ordenó el robot, y alargó la otra mano.

—No —jadeó Trevize.

Bliss se acercó de un salto, sacó el *blaster* de su funda antes de que Trevize, sujeto por el robot, pudiese impedírselo, y la tendió al robot.

—Toma, guardián —dijo—, y si me das un poco de

tiempo..., aquí está la otra. Ahora, suelta a mi compañero.

El robot, sosteniendo las dos armas, retrocedió, y Trevize se puso en pie lentamente, frotándose el hombro izquierdo con fuerza y haciendo muecas de dolor.

Fallom lloriqueó en voz baja y Pelorat lo levantó para distraerle y le sostuvo contra él.

—¿Por qué quieres luchar contra él? —dijo Bliss a Trevize, murmurando furiosa—. Podría matarte con dos dedos.

—¿Por qué no lo controlas *tú*? —preguntó Trevize entre dientes.

—Estoy tratando de hacerlo, pero necesito tiempo. Su mente está cerrada, intensamente programada, y no hay por dónde entrar. Tengo que estudiarle. Procura ganar tiempo.

—No estudies su mente. Destrúyela —gruñó Trevize, con voz casi inaudible.

Bliss miró hacia el robot rápidamente. Estaba estudiando las armas, mientras los otros dos vigilaban a los forasteros. Ninguno de ellos parecía interesado en la conversación en voz baja entre Trevize y Bliss.

—No. Nada de destrucción —dijo ella—. Matamos un perro e hicimos daño a otro en el primer mundo. Sabes lo que ha ocurrido en éste. —Otra rápida mirada a los robots guardianes—. Gaia no quita la vida o la inteligencia de forma innecesaria. Necesito tiempo para resolver el problema de un modo pacífico.

Se echó atrás y miró fijamente al robot.

—Esto son armas —dijo el androide.

—No —negó Trevize.

—Sí —dijo Bliss—, pero no sirven. Están descargadas de energía.

—¿De veras? ¿Por qué llevaríais armas descargadas? Tal vez no lo están. —El robot empuñó una de las armas y apoyó el dedo pulgar en el lugar preciso—. ¿Es así como se activa?

—Sí —respondió Bliss—; si haces presión, se activa, siempre que contenga energía. Pero ésa no la contiene.

—¿Seguro? —dijo el robot apuntando a Trevize con

el arma—. ¿Sigues diciendo que, si la activase ahora, no funcionaría?

—No funcionaría —aseguró Bliss.

Trevize estaba como petrificado e incapaz de articular una palabra. Había probado el *blaster* después de descargarlo Bander y era totalmente inoperante; pero el robot empuñaba el látigo neurónico, y Trevize no lo había comprobado.

Si el látigo contenía un pequeño residuo de energía, sería suficiente para la estimulación de los nervios, y lo que Trevize sentiría haría que la presa de la mano del robot pareciese una caricia.

Cuando estuvo en la Academia Naval, había tenido que recibir, como todos los cadetes, un ligero latigazo neurónico, para conocer sus efectos. Ahora, pensaba que no necesitaba perfeccionar su conocimiento.

El robot activó el arma y, por un instante, Trevize se puso dolorosamente rígido; después, se relajó poco a poco. También el látigo estaba descargado.

El robot miró a Trevize fijamente y, después, arrojó ambas armas a un lado.

—¿Cómo han sido descargadas de energía? —preguntó—. Si son inútiles, ¿por qué las llevan?

—Estoy acostumbrado a su peso y nunca me las quito aunque estén descargadas —explicó Trevize.

—Eso es absurdo —dijo el robot—. Todos estáis bajo custodia. Seguiréis detenidos para un interrogatorio ulterior y, si los gobernantes lo deciden, os desactivaremos. ¿Cómo se abre esta nave? Tenemos que registrarla.

—No os serviría de nada —dijo Trevize—. No la comprenderíais.

—Si no nosotros, los gobernantes la comprenderán.

—Tampoco ellos.

—Entonces, tú se lo explicarás para que lo entiendan.

—No lo haré.

—Serás desactivado.

—Mi desactivación no os dará ninguna explicación, y creo que seré desactivado aunque me explique.

—Continúa —murmuró Bliss—. Estoy empezando a descubrir el funcionamiento de su cerebro.

El robot hacía caso omiso de Bliss. «¿Sería obra de ella?», pensó Trevize, y esperó furiosamente que fuese así.

Fijando siempre su atención en Trevize, el robot continuó:

—Si creas dificultades, te desactivaremos en parte. Te haremos daño y, entonces, nos dirás lo que deseamos saber.

—¡Espera, no puedes hacer eso! —gritó Pelorat de pronto con voz entrecortada—. ¡No puedes hacer eso, guardián!

—Sigo instrucciones detalladas —replicó pausadamente el robot—. Puedo hacerlo. Desde luego, procuraré dañaros lo menos posible para obtener la información.

—Pero no puedes. En absoluto. Yo soy un forastero, y también lo son mis dos compañeros. Pero este niño —y Pelorat miró a Fallom, al cual tenía todavía en brazos— es un solariano. Él os dirá lo que tenéis que hacer, y debéis obedecerle.

Fallom miró a Pelorat con unos ojos que estaban abiertos pero parecían vacíos.

Bliss sacudió vivamente la cabeza, pero Pelorat la miró sin dar señales de comprenderla.

El robot miró a Fallom unos instantes.

—El niño no tiene importancia. No posee lóbulos transductores.

—Todavía no los ha desarrollado del todo —dijo Pelorat jadeando—, pero los tendrá con el tiempo. Es un solariano.

—Un niño, pero si no tiene desarrollados los lóbulos transductores del todo, no es solariano. No estoy obligado a cumplir sus órdenes, ni a librarle en absoluto de todo mal.

—Pero se trata del hijo del jefe Bander.

—¿Cómo lo sabes?

Pelorat tartamudeó, como hacía a veces cuando estaba sobreexcitado:

—¿Qué..., qué otra cosa po... podría ser en esta propiedad?

—¿Cómo sabes que no hay una docena?

—¿Has visto tú otros?

—Yo hago las preguntas.

En aquel momento, el robot desvió su atención al tocarle el brazo uno de sus acompañantes. Los dos que había enviado a la mansión regresaban corriendo, pero con zancadas un poco irregulares.

Hubo un silencio hasta que ambos llegaron y uno de ellos habló en lengua solariana. Los otros cuatro parecieron perder su elasticidad y, por un momento, dio la impresión de que se debilitaban, casi como si se estuviesen deshinchando.

—Han encontrado a Bander —dijo Pelorat antes de que Trevize pudiese imponerles silencio.

El robot se volvió lentamente.

—El jefe Bander ha muerto —La voz del robot sonó estropajosa—. Por la observación que acabáis de hacer, habéis demostrado que conocíais el suceso. ¿Cómo lo supisteis?

—¿Cómo podíamos saberlo? —preguntó Trevize, desafiante.

—Sabíais que estaba muerto. Sabíais que lo encontraríamos. ¿Cómo ibais a saberlo, a menos que hubieseis estado allí; a menos que fueseis vosotros los que pusisteis fin a su vida?

La pronunciación del robot estaba mejorando. Había soportado y estaba dominando la impresión.

Entonces dijo Trevize:

—¿Cómo hubiésemos podido matar a Bander? Con sus lóbulos transductores podría habernos destruido en un instante.

—¿Cómo es posible que sepáis lo que pueden o no pueden hacer los lóbulos transductores?

—Tú los has mencionado hace un momento.

—Sólo los mencioné; no describí sus propiedades ni sus poderes.

—Tuvimos ese conocimiento en sueños.

—No es una respuesta plausible.

306

—Tampoco lo es el que nosotros causásemos la muerte de Bander.

—Y en todo caso —añadió Pelorat—, si el jefe Bander ha muerto, el jefe Fallom gobierna en su finca ahora. Éste es el jefe, y tenéis que obedecerle.

—Ya he dicho que un niño con los lóbulos transductores subdesarrollados no es un solariano —replicó el robot—. Por consiguiente, no puede ser sucesor. Otro sucesor, de la edad adecuada, será enviado tan pronto como informemos de la triste noticia.

—¿Qué será del jefe Fallom?

—No hay ningún jefe Fallom. Éste no es más que un niño, y tenemos exceso de niños. Será destruido.

—¡No os atreveréis! —dijo Bliss enérgicamente—. ¡Es un niño!

—No soy yo —repuso el robot— quien lo hará necesariamente, y tampoco tomaré esa decisión. Esto corresponde al consenso de los gobernantes. Sin embargo, como la época tiene exceso de niños, sé muy bien qué decisión tomarán.

—No. No puede ser.

—La muerte será indolora. Pero otra nave está llegando. Es importante que entremos en la que fue mansión de Bander y montemos un consejo holovisado que designará un sucesor y decidirá lo que hay que hacer con vosotros. Dadme el niño.

Bliss arrancó el semicomatoso cuerpo de Fallom de los brazos de Pelorat. Sujetándolo con fuerza y tratando de equilibrar su peso sobre el hombro, dijo:

—No toquéis a este niño.

Una vez más, el robot extendió rápidamente un brazo y avanzó para agarrar a Fallom. Bliss se apartó a un lado, iniciando su movimiento mucho antes de que el robot empezase el suyo. Sin embargo, el robot continuó andando, como si Bliss estuviese todavía delante de él. Después, doblándose con rigidez hacia delante sobre las puntas de los pies, cayó de bruces. Los otros tres permanecieron inmóviles, con la mirada desenfocada.

Bliss estaba sollozando, en parte de rabia.

—Casi había alcanzado el método adecuado de control, pero él no me dio tiempo. No tuve más remedio que atacar, y ahora los cuatro están desactivados. Subamos a la nave antes de que la otra aterrice. Me encuentro demasiado débil para enfrentarme a otros robots en estos momentos.

Quinta parte

MELPOMENIA

XIII. ALEJÁNDOSE DE SOLARIA

56

Partieron de estampía. Trevize había recogido sus inservibles armas y abierto la puerta neumática, y todos se habían precipitado en el interior de la nave. Hasta que se hubieron elevado, Trevize no se dio cuenta de que también se habían llevado a Fallom.

Quizá no hubiesen podido escapar a tiempo si los solarianos no hubieran tenido unas aeronaves tan relativamente primitivas. La que se acercaba había empleado un tiempo excesivo en descender y aterrizar. En cambio, el ordenador de la *Far Star* no tardó casi nada en hacer despegar verticalmente la nave gravítica.

Y aunque la eliminación de la interacción gravitatoria y, por ende, de la inercia, anuló los que en otro caso habrían sido insoportables efectos de la aceleración inherente a un despegue tan veloz, no anuló los de la resistencia del aire. La temperatura del casco se elevó con mucha más rapidez de lo que las normas de navegación habrían considerado aconsejable (y en realidad las condiciones de la nave).

Al elevarse, pudieron ver que la segunda nave solariana aterrizaba y que otras se estaban acercando. Tre-

311

vize se preguntó cuántos robots habría sido Bliss capaz de dominar y decidió que nada hubiesen podido hacer de haberse quedado quince minutos más en la superficie.

Una vez en el espacio (o casi en el espacio, pues todavía les rodeaban débiles volutas de atmósfera planetaria), Trevize dirigió su nave al lado oscuro del planeta. No estaba lejos, pues habían abandonado la superficie cuando el crepúsculo se acercaba. En la oscuridad, la *Far Star* se enfriaría con más rapidez y continuaría elevándose en una lenta espiral.

Pelorat salió de la habitación que compartía con Bliss.

—El niño está ahora durmiendo normalmente. Le hemos enseñado a usar el retrete y lo ha entendido en seguida.

—No es extraño. Debía tener instalaciones parecidas en la mansión.

—Yo no vi ninguna, y la estuve buscando —dijo Pelorat—. Después, deseaba llegar a la nave cuanto antes.

—Como todos nosotros. Pero, ¿por qué trajimos al niño a bordo?

Pelorat se encogió de hombros, como disculpándose.

—Bliss no quiso dejarlo allí. Era como salvar una vida a cambio de la que había quitado. No puede soportar...

—Lo sé.

—La constitución de ese niño es muy rara —comentó Pelorat.

—Al ser hermafrodita, es lógico —dijo Trevize.

—Tiene testículos, ¿sabes?

—Poco podría hacer sin ellos.

—Y algo que sólo puedo describir como una vagina muy pequeña.

Trevize hizo una mueca.

—¡Qué asco!

—No, Golan —protestó Pelorat—. Está adaptado a sus necesidades. Sólo produce un óvulo fecundado, o un pequeñísimo embrión, desarrollado después en laboratorio y cuidado, diría yo, por robots.

—¿Y qué ocurre si falla el sistema robótico? En tal caso, dejarían de producirse jóvenes viables.

—Cualquier mundo se hallaría en graves dificultades si su estructura social se rompiese.

—Tratándose de los solarianos, no me causaría un gran pesar.

—Bueno —dijo Pelorat—, confieso que no parece un mundo muy atractivo, al menos para nosotros. Pero sólo por su gente y su estructura social, tan diferentes de las nuestras, mi buen amigo. Pero quítale su gente y sus robots, y tendrás un mundo que...

—Que se desintegraría como está empezando a desintegrarse Aurora. ¿Cómo está Bliss?

—Temo que agotada. Ahora duerme. Lo ha pasado *muy* mal, Golan.

—Tampoco yo me he divertido mucho.

Trevize cerró los ojos y decidió que no le vendría mal dormir también un poco y que lo haría en cuanto estuviese seguro de que los solarianos no tenían capacidad espacial. Hasta ese momento, el ordenador no había informado de objeto artificial alguno en el espacio.

Pensó con amargura en los dos planetas Espaciales que habían visitado, con perros hostiles en uno de ellos, hermafroditas solitarios y hostiles en el otro, y sin que en ninguno de los dos hubieran podido hallar el menor indicio sobre la situación de la Tierra. Fallom era lo único que habían sacado de la doble visita.

Abrió los ojos. Pelorat seguía sentado al otro lado del ordenador y lo observaba solemnemente.

—Hubiésemos tenido que dejar allí a ese niño solariano —dijo Trevize con súbita convicción.

—¡Pobrecillo! —exclamó Pelorat—. Lo habrían matado.

—Aun así —dijo Trevize—, pertenecía a aquel planeta. Forma parte de aquella sociedad. Si lo hubiesen ejecutado porque sobraba, es que había nacido para eso.

—Una opinión muy despiadada, querido amigo.

—Sólo *racional*. Nosotros no sabemos cómo hay que cuidarlo, y es posible que sufra más y muera de todos modos. ¿Qué come?

—Supongo que lo mismo que nosotros, viejo. En realidad, el problema es qué comeremos nosotros. ¿Cómo andamos de provisiones?

—Muy bien. Incluso teniendo en cuenta nuestro nuevo pasajero.

Pelorat no pareció muy entusiasmado.

—Es una dieta muy monótona —dijo—. Hubiésemos tenido que embarcar algunos artículos en Comporellon..., a pesar de que su cocina distaba mucho de ser excelente.

—No podíamos hacerlo. Recuerda que salimos de allí a toda prisa, lo mismo que de Aurora y, en particular, de Solaria. Pero, ¿qué importa un poco de monotonía? Estropea el placer, pero conserva la vida.

—¿Podríamos conseguir provisiones frescas, si fuese necesario?

—Desde luego, Janov. Con una nave gravítica y motores hiperespeciales, la galaxia es un lugar pequeño. En pocos días, vamos a cualquier parte. Pero la mitad de los mundos de la Galaxia han sido alertados para que traten de descubrir nuestra nave; por eso, prefiero mantenerme alejado de ellos durante un tiempo.

—Supongo que tienes razón. Sin embargo, Bander no parecía interesado en la nave.

—Probablemente, no tuvo conciencia de ella siquiera. Supongo que hace mucho tiempo que los solarianos renunciaron a los vuelos espaciales. Su mayor deseo es que les dejen solos, y difícilmente podrían disfrutar de la seguridad del aislamiento si viajasen por el espacio y anunciasen su presencia.

—¿Qué vamos a hacer ahora, Golan?

—Hemos de visitar un tercer mundo —dijo Trevize.

Pelorat sacudió la cabeza.

—A juzgar por los dos primeros, no espero gran cosa de *éste*.

—Tampoco yo, de momento; pero, en cuanto haya dormido un poco, haré que el ordenador fije nuestra ruta hacia el tercer mundo.

57

Trevize durmió mucho más de lo que se habría propuesto, pero esto importaba poco. A bordo de la nave jamás era de día ni de noche, en el sentido natural de estas palabras, y el ritmo circadiano nunca funcionaba a la perfección. Medían las horas a la manera convencional, y no era raro que Trevize y Pelorat (y Bliss en particular) estuviesen un poco descentrados en lo tocante a la regularidad natural de la comida y del sueño.

Trevize pensó incluso, mientras rascaba los platos (la necesidad de conservar el agua hacía aconsejable rascar los platos en vez de lavarlos), en dormir un par de horas más; pero cuando se volvió, vio a Fallom, desnudo como él.

No pudo evitar echarse hacia atrás, lo cual, en la zona angosta de Personal, significaba que parte de su cuerpo tendría que chocar con algo duro. Lanzó un gruñido.

Fallom le estaba mirando con curiosidad y señalando el pene de Trevize con el dedo. Dijo algo incomprensible, pero la actitud del niño revelaba un sentimiento de incredulidad. Para su propia tranquilidad, Trevize no tuvo más remedio que taparse el pene con las manos.

—Saludos —dijo Fallom entonces, con su voz aguda.

Trevize se sorprendió ligeramente al oír que el niño hablaba en galáctico, pero las palabras habían sonado como aprendidas de memoria.

Fallom siguió diciendo, trabajosamente y separando las palabras:

—Bliss... dice... tú... lavar... mi.

—¿Sí? —dijo Trevize, y apoyó las manos en los hombros de Fallom—. Tú... quedar... aquí.

Señaló el suelo y Fallom miró de inmediato el lugar al que el dedo apuntaba. No dio muestras de haber comprendido la frase.

—No te muevas —dijo Trevize, agarrando los brazos del niño con fuerza y apretándolos contra el cuerpo para indicar que debía permanecer inmóvil. Se secó de prisa y se puso los calzoncillos y los pantalones.

—¡Bliss! —gritó mientras salía.

Era difícil que cualquiera pudiese estar a más de cuatro metros de otro en la nave, y Bliss apareció de pronto en la puerta de su habitación.

—¿Me llamabas, Trevize —dijo, sonriendo—, o fue el rumor de la suave brisa entre las hierbas oscilantes?

—No te hagas la graciosa, Bliss. ¿Qué es eso? —Y señaló por encima del hombro con el pulgar.

Bliss miró y dijo:

—Bueno, parece el joven solariano que ayer trajimos a bordo.

—*Tú* lo trajiste a bordo. ¿Por qué quieres que lo lave?

—Pensé que te gustaría hacerlo. Es una criatura muy inteligente. Está aprendiendo rápidamente el vocabulario galáctico. Cuando le explico algo, no lo olvida. Desde luego, yo le ayudo a conseguirlo.

—Por supuesto.

—Sí. Le mantengo tranquilo. Hice que estuviese como aturdido durante casi todos los sucesos desagradables acaecidos en su planeta. Procuré que durmiese en la nave y estoy tratando de distraerle para que no se acuerde de su robot perdido, Jemby, al que por lo visto quería mucho.

—Y para que se encuentre a gusto aquí, supongo.

—Así lo espero. Se adapta muy bien porque es joven, y yo le ayudo influyendo en su mente con prudencia. Le enseñaré a hablar galáctico.

—Entonces, lo lavarás *tú*. ¿De acuerdo?

Bliss se encogió de hombros.

—Lo haré, si insistes, pero quisiera que se sintiese a gusto con cada uno de nosotros. Convendría que cada cual realizase funciones paternas. Supongo que querrás colaborar en esto.

—No hasta ese punto. Y cuando acabes de lavarlo, procura librarte de ello. Tengo que hablar contigo.

—¿Qué quieres decir con eso de librarme de ello? —preguntó Bliss con súbita hostilidad.

—No quiero decir que lo arrojes por la borda, sino que lo metas en tu habitación y hagas que se quede sentado en ella. Tenemos que hablar.

—A tus órdenes —dijo fríamente Bliss.

Trevize la vio alejarse, encolerizado, de momento. Después, entró en la cabina-piloto y activó la pantalla.

Solaria era un círculo oscuro, con el borde izquierdo iluminado como una media luna. Trevize puso las manos sobre el tablero para establecer contacto con el ordenador y sintió que su enojo se desvanecía en el acto. Había que estar tranquilo para conectar eficazmente el ordenador con la mente y, en definitiva, un reflejo condicionado producía serenidad al establecer contacto con las manos.

No había objetos fabricados alrededor de la nave en ninguna dirección, aparte de los que pudiese haber en el lejano planeta. Los solarianos (o más probablemente sus robots) no podían, o no querían, seguirles.

Era una buena señal. Ahora, le sería fácil salir de la sombra nocturna y, si continuaba alejándose, la nave se perdería de vista al hacerse el disco de Solaria más pequeño que el del más distante pero más grande sol alrededor del cual giraba.

Hizo que el ordenador sacase la nave del plano planetario, ya que eso le permitiría acelerar con más seguridad. Entonces, alcanzarían más rápidamente una región en que la curvatura del espacio sería lo bastante baja para garantizar el Salto.

Y, como casi siempre en tales ocasiones, empezó a estudiar las estrellas. Había algo casi hipnótico en su tranquila inmutabilidad. Toda su turbulencia y su inestabilidad eran borradas por la distancia que las reducía a simples puntos de luz.

Uno de aquellos puntos podía ser muy bien el sol alrededor del cual giraba la Tierra; el sol original bajo cuya radiación empezó la vida y bajo cuyos beneficiosos efectos evolucionó la Humanidad.

Si los mundos Espaciales circundaban estrellas que eran brillantes y prominentes miembros de la familia estelar y que, sin embargo, no figuraban en el mapa galáctico del ordenador, esto podía ocurrir también con *el* sol.

¿O eran solamente los soles de los mundos Espaciales los que se habían omitido, debido a algún primitivo acuerdo que los hizo independientes? ¿Estaría el sol de la Tierra incluido en el mapa galáctico, pero sin distinguirlo de los millones de estrellas que parecían soles pero no tenían ningún planeta habitable en órbita a su alrededor?

A fin de cuentas, había unos treinta mil millones de soles en la Galaxia, y uno solo de cada mil tenía planetas habitables en órbita. Podía haber un millar de estos planetas habitables dentro de unos pocos cientos de *parsecs* de la posición actual de la nave. ¿Tenía que examinar una a una aquellas estrellas como soles, buscando los planetas?

¿O no se encontraba siquiera el sol original en esa región de la Galaxia? ¿Cuántas otras regiones estaban convencidas de que el sol era uno de *sus* vecinos, de que *ellas* eran los Colonizadores primigenios...?

Necesitaba información sobre la situación de la Tierra y, hasta ahora, no tenía ninguna.

Dudaba mucho de que un examen más atento de las ruinas milenarias de Aurora le diese información sobre ella. Y todavía dudaba más de que pudiese obligar a los solarianos a dársela.

Además, si toda información referente a la Tierra había desaparecido de la gran Biblioteca de Trantor, si ninguna información sobre la Tierra se conservaba en la gran Memoria Colectiva de Gaia, parecía muy improbable que se hubiese pasado por alto cualquier información que hubiese podido existir sobre los mundos perdidos Espaciales.

Y, si encontrase el sol de la Tierra y después la misma Tierra, por pura casualidad, ¿habría algo que le obligase a no darse cuenta de ello? ¿Era absoluta la defensa de la Tierra? ¿Sería inquebrantable su resolución de permanecer oculta?

De todos modos, ¿qué estaba él buscando?

¿La Tierra? ¿O un fallo en el «Plan Seldon» que creía

(por ninguna razón clara) que podría encontrar en la Tierra?

El «Plan Seldon» llevaba cinco siglos funcionando y, al fin, llevaría a la especie humana (según se decía) a puerto seguro en el seno de un Segundo Imperio Galáctico, más grande que el Primero, más noble y más libre... Y, sin embargo, él, Trevize, había votado en su contra y a favor de Galaxia.

Galaxia se convertiría en un gran organismo, mientras que el Segundo Imperio Galáctico, por grande que fuese en dimensiones y en variedad, no pasaría de ser una simple unión de organismos individuales, microscópicos en relación con su propio tamaño. El Segundo Imperio Galáctico sería otro ejemplo de la clase de unión de individuos que había montado la Humanidad desde que se había convertido en tal. El Segundo Imperio Galáctico sería el más grande y el mejor de la especie, pero nunca sería más que un miembro de aquella especie.

Para que Galaxia, miembro de una clase de organización completamente distinta, fuese mejor que el Segundo Imperio Galáctico, tenía que haber un fallo en el «Plan», algo que hubiese pasado inadvertido al propio Hari Seldon.

Pero, si algo había pasado inadvertido a Seldon, ¿cómo podía Trevize reparar en ello? Él no era matemático; no sabía nada, absolutamente nada, acerca de los detalles del «Plan», y, además, no comprendería nada aunque se lo explicasen.

Lo único que tenía eran presunciones de que un gran número de seres humanos estaban involucrados y de que desconocían las conclusiones alcanzadas. La primera presunción resultaba, evidentemente, cierta, considerando la enorme población de la galaxia, y la segunda, tenía que serlo, ya que sólo los Segundos Fundadores conocían los detalles del Plan y los mantenían en secreto.

De todo eso se desprendía otra presunción no reconocida, una presunción que se daba por sabida hasta el punto de que nunca se mencionaba ni se pensaba en ella..., y que, sin embargo, podía ser falsa. Una presunción que, si *fuese* falsa, alteraría la gran conclusión del Plan y haría que Galaxia fuese preferible al Imperio.

Pero, si la presunción resultaba tan evidente y se daba hasta tal punto por sabida que nunca era expresada, ¿cómo podía ser falsa? Y si nadie la mencionaba nunca, ni pensaba en ella, ¿cómo podía Trevize saber que estaba allí o tener la menor idea de su naturaleza, aunque adivinase su existencia?

¿Era él, en realidad, el Trevize de intuición infalible que decía Gaia? ¿Sabía que era acertado lo que estaba haciendo, cuando ni siquiera conocía él por qué lo hacía?

Ahora estaba visitando todos los mundos Espaciales de los que tenía noticia. ¿Era lo que debía hacer? ¿Tenían los mundos Espaciales la respuesta? ¿O al menos el principio de una respuesta?

¿Qué había en Aurora, salvo ruinas y perros salvajes? (Y presumiblemente otras criaturas feroces. ¿Toros furiosos? ¿Ratas gigantescas? ¿Felinos de ojos verdes?) Solaria estaba viva, pero, ¿qué había en ella, salvo robots y unos seres humanos transductores de energía? ¿Qué tenían que ver aquellos mundos con el «Plan Seldon», a menos que poseyesen el secreto de la situación de la Tierra?

Y si lo poseían, ¿qué tenía que ver la *Tierra* con el «Plan Seldon»? ¿Era todo una locura? ¿Había escuchado durante demasiado tiempo y con excesiva seriedad la fantasía de su propia infalibilidad?

Un abrumador sentimiento de vergüenza lo invadió, algo que pareció aplastarle hasta el punto de dejarle casi sin respiración. Miró las estrellas, remotas, indiferentes, y pensó: «Debo ser el loco más grande de la galaxia.»

58

La voz de Bliss interrumpió sus pensamientos.

—Bueno, Trevize, ¿qué es lo que quieres? ¿Pasa algo malo? —preguntó ella, con súbita preocupación.

Trevize levantó la cabeza y, por un instante, le resultó difícil dominar su mal humor. Después, la miró fijamente.

—No, no; no pasa nada. Sólo estaba..., estaba sumido en mis pensamientos. A fin de cuentas, también suelo pensar de vez en cuando.

Advertía con inquietud que Bliss podía leer sus emociones. Sólo tenía su palabra de que se abstendría voluntariamente de escudriñar su mente.

Sin embargo, ella pareció aceptar su explicación.

—Pelorat está con Fallom, enseñándole frases galácticas. El niño come lo mismo que nosotros, sin poner reparos. Pero, ¿de qué querías hablarme?

—Bueno, no aquí —dijo Trevize—. El ordenador no me necesita de momento. Si quieres venir a mi habitación, la cama está hecha y podrás sentarte en ella, y yo lo haré en la silla. O viceversa, si lo prefieres.

—Lo mismo da.

Recorrieron la breve distancia que les separaba de la habitación de Trevize. Ella lo miró fijamente.

—Ya no pareces estar furioso —dijo.

—¿Estás registrando mi mente?

—En absoluto. Sólo observo tu cara.

—Nunca estoy furioso. Puedo tener un poco de mal genio de vez en cuando, pero eso no es lo mismo que estar furioso. Y ahora, si no te importa, debo hacerte algunas preguntas.

Bliss se sentó en la cama de Trevize, manteniéndose erguida y con una expresión solemne en sus redondas mejillas y en sus oscuros ojos castaños. Los negros cabellos, que le llegaban hasta los hombros, habían sido peinados con gran cuidado, y tenía las delicadas manos cruzadas sobre la falda. Un ligero olor a perfume la envolvía. Trevize sonrió.

—Te has acicalado bien —dijo—. Supongo que piensas que no le gritaré tan fuerte a una muchacha joven y bonita.

—Puedes gritar y chillar todo lo que desees, si eso te hace sentir mejor. Pero, por favor, no le grites ni chilles a Fallom.

—No pienso hacerlo. En realidad, tampoco quiero gritarte ni chillarte a ti. ¿No acordamos que seríamos amigos?

—Gaia sólo ha sentido amistad por ti, Trevize.

—No estoy hablando de Gaia. Sé que tú eres parte de Gaia y que *eres* Gaia. Sin embargo, una parte de ti es individual, al menos en cierto sentido. Ahora estoy hablando al individuo. Estoy hablando a una mujer llamada Bliss, sin que me importe, o importándome lo menos posible, Gaia. ¿No resolvimos ser amigos, Bliss?

—Sí, Trevize.

—Entonces, ¿cómo es que demoraste tu acción contra los robots de Solaria, cuando salimos de la mansión y llegamos a la nave? Fui humillado y maltratado físicamente y, sin embargo, no hiciste nada. Aunque en cualquier momento podían llegar más robots y superarnos por su fuerza numérica, no hiciste nada.

Bliss lo miró con seriedad y habló como si pretendiese explicar sus acciones más que defenderlas.

—No es cierto que no hiciese nada, Trevize. Estaba estudiando las mentes de todos los robots guardianes y tratando de averiguar cómo tenía que manipularlas.

—Sé lo que estabas haciendo. Al menos lo que tú dijiste entonces que hacías. Pero no veo la razón. ¿Por qué manejar unas mentes cuando eres perfectamente capaz de destruirlas..., como hiciste al fin?

—¿Crees que es fácil destruir un ser inteligente?

Trevize frunció los labios con expresión de disgusto.

—Vamos, Bliss. ¿Un *ser* inteligente? Sólo se trataba de un robot.

—¿Nada más que un robot? —Su voz sonó un poco apasionada—. El argumento de siempre. Nada más.

¡Nada más! ¿Por qué tenía que vacilar en matarnos el solariano Bander? No éramos más que unos seres humanos sin transductores. ¿Y por qué teníamos nosotros que vacilar en abandonar a Fallom a su destino? No era más que un solariano, e inmaduro por añadidura. Si empiezas a desdeñar a todos o a todo, porque no son más que esto o aquello, puedes destruir cualquier ser que se te antoje. Siempre encontrarás categorías para ellos.

—No lleves una observación perfectamente justa a extremos que la hagan parecer ridícula. El robot no era más que un robot. Debes admitirlo. No era un ser humano; ni siquiera inteligente, en el sentido que damos a esta palabra. Sólo se trataba de una máquina que aparentaba tener inteligencia.

—¡Con qué facilidad hablas de cosas de las que no sabes nada! —dijo Bliss—. Sí, yo soy Bliss, pero también soy Gaia, un mundo que considera precioso y significativo cada uno de sus átomos, y todavía más preciosa y significativa toda organización de ellos. «Yo-nosotros-Gaia» no romperíamos a la ligera una organización, aunque la convertiríamos de buen grado en algo más complejo, siempre que no fuese perjudicial para el conjunto.

»La forma más alta de organización que conocemos produce inteligencia, y sólo una necesidad extrema puede justificar que esa inteligencia sea destruida. Importa poco que tenga origen mecánico o bioquímico. En realidad, el robot guardián representaba una clase de inteligencia que «yo-nosotros-Gaia» no habíamos encontrado nunca. Era maravilloso estudiarla; destruirla, inconcebible..., salvo en un momento de suprema necesidad.

—Había tres inteligencias más grandes en juego —adujo Trevize con sequedad—: la tuya, la de Pelorat, el ser humano a quien amas y, si no te importa que la mencione, la mía.

—¡Cuatro! Sigues olvidándote de Fallom. Pero todavía no corrían peligro. Al menos, así lo pensé. Imagínate que te hallases delante de un cuadro, una excelsa obra maestra, cuya existencia supusiera la muerte para ti. Te bastaría con coger una brocha, embadurnar la tela al azar, y la pintura quedaría destruida para siempre y tú estarías a salvo. Pero piensa que, en vez de eso, pudieses añadir una pincelada aquí, hacer un retoque allí, rascar una pequeña porción en otra parte…, cambiando el cuadro lo bastante para evitar la muerte y conservando, empero, la obra de arte. Por supuesto que la modificación tendría que hacerse con el máximo cuidado. Requeriría tiempo, pero, si lo tuvieses, tratarías de salvar el cuadro además de tu vida.

—Tal vez sí —dijo Trevize—. Pero al fin destruiste el cuadro de un modo irreparable. Diste el brochazo definitivo y borraste todos los maravillosos toques de color y las sutilezas de la forma. Y lo hiciste en el instante en que estuvo en peligro la vida del pequeño hermafrodita, cuando nuestro peligro y el tuyo propio no te habían conmovido.

—Nosotros, los forasteros, no corríamos un peligro *inmediato*, mientras que Fallom me pareció que sí. Tenía que elegir entre los robots guardianes y Fallom, y, como no había tiempo que perder, elegí a Fallom.

—¿Fue eso en realidad, Bliss? ¿Un rápido cálculo comparando las mentes? ¿Un juicio precipitado entre la mayor complejidad y el mayor valor?

—Sí.

—Supón que te digo que no era más que un niño lo que tenías delante, un niño amenazado de muerte. El instinto maternal hizo que lo salvases en seguida, mientras que tenías que calcularlo bien cuando eran las vidas de tres adultos las que estaban en juego.

Bliss se sonrojó ligeramente.

—Puede que hubiese algo de eso, pero no justificaría el tono irónico de tus palabras. En el fondo, existía una idea racional.

—No lo sé. Si te hubieses dejado guiar por la razón, habrías considerado que el niño corría a un destino fatal, inevitable en su propia sociedad. ¡Quién sabe cuántos miles de niños habrían sido eliminados para mantener el bajo número de población que los solarianos consideran el más adecuado en su mundo!

—Había algo más, Trevize. El niño hubiese muerto porque era demasiado joven para ser un sucesor, y esto se debía a que su padre había muerto prematuramente, porque *yo* lo había matado.

—En unos momentos en que tenías que elegir entre matar o que te matasen.

—Eso no importa. Yo maté al padre. No podía dejar que matasen al niño a causa de mi acción. Además, así tendré ocasión de estudiar una clase de cerebro que jamás ha sido estudiada por Gaia.

—Un cerebro infantil.

—No lo será siempre, sino que, más adelante, se desarrollarán los dos lóbulos transductores a ambos lados del cráneo. Esos lóbulos dan facultades al solariano que toda Gaia no puede igualar. Yo me quedé agotada por el esfuerzo de mantener encendidas unas pocas luces y de activar un mecanismo para abrir una puerta. En cambio, Bander era capaz de transmitir toda la energía que necesitaba una hacienda de mayor complejidad y extensión que aquella ciudad que vimos en Comporellon..., y hacerlo mientras dormía.

—Entonces —dijo Trevize—, ves, en ello, un objeto importante para la investigación del cerebro.

—En cierto modo, sí.

—No es ésta mi impresión. Yo creo que hemos traído el peligro a bordo. Un gran peligro.

—¿De qué clase? Ello se adaptará a la perfección..., con mi ayuda. Es sumamente inteligente y da señales de sentir afecto por nosotros. Comerá lo que nosotros comamos, irá donde vayamos, y «yo-nosotros-Gaia» obtendremos inestimables conocimientos en lo tocante a su cerebro.

—¿Qué pasará si tiene hijos? No necesita una pareja. Ello lo es de sí mismo.

—No estará en edad de tener hijos hasta dentro de muchos años. Los Espaciales vivieron siglos y los solarianos no tenían el menor deseo de aumentar su número. Quizá, la reproducción tardía le haya sido inculcada a la población. Fallom no tendrá descendencia en mucho tiempo.

—¿Cómo lo sabes? —preguntó Trevize.

—No lo *sé*. Es una simple deducción lógica.

—Te digo que Fallon resultará peligroso.

—Esto no lo sabes, y la tuya tampoco se trata de una deducción lógica.

—Es algo que presiento, Bliss, sin tener razones para ello..., de momento. Y eres tú, no yo, quien insiste sobre mi infalible intuición.

Bliss frunció el entrecejo y pareció inquieta.

59

Pelorat se detuvo en la puerta de la cabina-piloto y miró al interior con aire bastante indeciso. Daba la sensación de que intentaba saber si Trevize estaba o no trabajando de firme.

Trevize tenía las manos sobre el tablero, como siempre que conectaba con el ordenador, y los ojos fijos en la pantalla. Por consiguiente, Pelorat juzgó que estaba ocupado y esperó con paciencia, tratando de no moverse o, en cualquier caso, de no distraer a su compañero.

Al cabo de un rato, Trevize miró hacia Pelorat, aunque hubiérase dicho que no tenía plena conciencia de ello. Sus ojos parecían un poco empañados, y desenfocados siempre que estaba en comunión con el ordenador, como si mirase, pensase y viviese de manera diferente a como cualquier persona solía hacer.

Pero saludó lentamente a Pelorat con la cabeza, dando la impresión de que la visión, penetrando con dificultad, llegaba a impresionar, al fin, los lóbulos ópticos. Al cabo de un rato, levantó las manos del tablero, sonrió y volvió a ser el de siempre.

—Temo haberte interrumpido, Golan —dijo Pelorat, disculpándose.

—No importa, Janov. Sólo comprobaba si estábamos listos para el Salto. Creo que sí, pero prefiero esperar unas pocas horas más, por mor de la suerte.

—¿Tiene la suerte, o los factores aleatorios, algo que ver con esto?

—Ha sido una expresión como otra cualquiera —dijo Trevize, sonriendo—, pero los factores aleatorios sí que tienen que ver algo con ella, en teoría. ¿Qué tienes metido entre ceja y ceja?

—¿Puedo sentarme?

—Claro, pero vayamos a mi habitación. ¿Cómo está Bliss?

—Muy bien —respondió Pelorat, con un carraspeo—. Ahora, duerme. Tiene que dormir, ¿comprendes?

—Perfectamente. Es la separación hiperespacial.

—Exacto, viejo amigo.

—¿Y Fallom?

Trevize se reclinó en la cama, dejando una silla para Pelorat.

—¿Recuerdas aquellos libros de mi biblioteca que hiciste que tu ordenador imprimiese para mí? ¿Los cuentos populares? Los está leyendo. Desde luego, comprende muy poco el galáctico, pero parece disfrutar repitiendo las palabras. Él... Siempre tiendo a emplear el pronombre masculino en vez del neutro. ¿Por qué supones que será?

Trevize se encogió de hombros.

—Tal vez porque tú eres masculino.

—Tal vez sí. Es terriblemente inteligente, ¿sabes?

—Estoy seguro.

Pelorat vaciló y dijo:

—Me parece que no aprecias mucho a Fallom.

—No tengo nada personal contra ello, Janov. Nunca he tenido hijos ni he apreciado a los niños en general. Creo recordar que tú sí que has tenido.

—Un hijo. Recuerdo la satisfacción que me producía mi hijo cuando era pequeño. Tal vez por *eso* me gusta emplear el pronombre masculino al referirme a Fallom. Es como si volviese un cuarto de siglo atrás.

—No te censuro que tú lo aprecies, Janov.

—También a ti te gustaría, si te lo propusieses.

—Seguro que sí, Janov, y tal vez algún día me lo proponga.

Pelorat vaciló de nuevo.

—También sé que debes estar cansado de discutir con Bliss.

—En realidad, no creo que discutamos mucho, Janov. Ella y yo nos llevamos muy bien ahora. El otro día, incluso tuvimos una discusión razonable, sin gritos ni recriminaciones, sobre su retraso en desactivar los robots guardianes. A fin de cuentas, Bliss sigue salvando nuestras vidas, de modo que lo menos que puedo hacer es ofrecerle mi amistad, ¿no crees?

—Sí, lo creo, pero no me refiero a discutir en el sentido de pelearos. Quiero decir esta constante discusión sobre Galaxia como opuesta a individualidad.

—¡Oh, eso! Supongo que continuará..., aunque con toda cortesía.

—¿Te importaría, Golan, que me pusiese de parte de Bliss en la discusión?

—Tienes perfecto derecho a hacerlo. ¿Aceptas la idea de Galaxia por tu propia cuenta, o es que te sientes más dichoso cuando estás de acuerdo con Bliss?

—Sinceramente, lo hago por mi cuenta. Creo que el futuro está en Galaxia. Tú mismo elegiste ese curso de acción y cada vez estoy más convencido de que es el correcto.

—¿Porque lo elegí yo? Éste no es un argumento. Diga Gaia lo que diga, puedo estar equivocado, ¿sabes? Por consiguiente, no te dejes persuadir por Bliss en lo de Galaxia partiendo de aquella base.

—No creo que estés equivocado. Solaria me lo demostró, no Bliss.

—¿Cómo?

—Bueno, en primer lugar, tú y yo somos Aislados.

—Ese término es de *ella*, Janov. Yo prefiero pensar en nosotros como individuos.

—Todo es cuestión de semántica, viejo amigo. Llámalo como quieras, pero estamos encerrados en nuestras pieles particulares que envuelven nuestras ideas particulares, y pensamos primero y por encima de todo en nosotros mismos. La autodefensa es nuestra primera ley natural, aunque significe perjudicar a todos los demás seres existentes.

—Ha habido gente que ha dado su vida por los demás.

—Un fenómeno raro. Son muchos más los que han sacrificado las necesidades más importantes de otros por satisfacer algún tonto capricho suyo propio.

—¿Y qué tiene esto que ver con Solaria?

—Bueno, en Solaria vimos en qué pueden convertirse los Aislados..., o los individuos, si lo prefieres. Los solarianos, a duras penas, pueden soportar la división de todo un mundo entre ellos. Consideran que la libertad perfecta consiste en vivir en completo aislamiento. Ni siquiera aprecian a sus propios hijos, ya que los matan si son demasiados. Se rodean de esclavos robots a los que suministran energía, de manera que, cuando ellos mueren, todas sus enormes posesiones mueren también de manera simbólica. ¿Te parece esto admirable, Golan? ¿Es posible compararlo con Gaia, en honradez, amabilidad y preocupación de los unos por los otros? Bliss no ha comentado nada de esto conmigo, en absoluto. Lo digo porque lo siento así.

—Y es un sentimiento muy propio de ti, Janov. Yo lo comparto. Creo que la sociedad solariana es horrible, pero no siempre ha ocurrido eso. Son descendientes de los hombres de la Tierra y, más inmediatamente, de unos Espaciales que vivieron una vida mucho más normal. Los solarianos eligieron, por la razón que fuese, un camino que los condujo a un extremo, pero no podemos juzgar un asunto basándonos en los casos extremos. En toda la Galaxia, con sus millones de planetas habitados, ¿conoces alguno que ahora, o en el pasado, haya tenido una sociedad como la de Solaria, o incluso que se parezca *remotamente* a ella? E incluso Solaria, ¿tendría una sociedad semejante si no estuviese plagada de robots? ¿Es concebible que una sociedad compuesta de individuos hubiese podido evolucionar de un modo tan horrible como en Solaria, sin los robots?

A Pelorat se le nubló un poco el semblante.

—Tú encuentras defectos en todo, Golan..., o al menos quiero decir que no parece que te importe defender el tipo de Galaxia contra el que votaste.

—Yo no voy a combatirlo todo. *Hay* una razón para Galaxia, y cuando la encuentre, la conoceré y me daré por vencido. O quizás. habría podido decir, más exactamente, *si* la encuentro.

—¿Crees que podrías no encontrarla?

Trevize se encogió de hombros.

—¿Cómo puedo saberlo? ¿Sabes por qué estoy esperando unas pocas horas para dar el Salto, y por qué estoy corriendo el peligro de tomarme unos pocos días de espera?

—Dijiste que sería más seguro si lo hacíamos así.

—Sí, eso fue lo que dije, pero ahora estaríamos bastante seguros. Lo que temo, en realidad, es que esos mundos Espaciales, de cuyas coordenadas disponemos, nos defrauden por completo. Sólo tenemos tres y ya hemos examinado dos, librándonos ambas veces de la muerte por los pelos. Con todo esto, todavía no hemos conseguido el menor indicio sobre la situación de la Tierra, ni siquiera, si hemos de ser sinceros, sobre su existencia. Ahora me enfrento con la tercera y última oportunidad, ¿y qué pasará, si también ésta fracasa?

Pelorat suspiró.

—Sabes que hay antiguos cuentos populares (por cierto, que uno de ellos se lo he dejado a Fallom para hacer prácticas) en los que se permite a alguien formular tres deseos, pero sólo tres. El tres parece ser un número significativo, tal vez porque es el primer número impar, de modo que es el número decisivo más pequeño. Ya sabes, dos ganan a uno. La moraleja de estos cuentos es que los deseos resultan inútiles. Nadie desea nunca correctamente, lo cual, según he supuesto siempre, es la antigua manera sabia de decir que la satisfacción de los propios deseos tiene que ganarse a pulso y no... —Calló de pronto, como avergonzado—. Lo siento, viejo, pero te estoy haciendo perder el tiempo. Hablo demasiado cuando comento algo referido a mi *hobby*.

—Lo que dices me parece interesante siempre, Janov.

Comprendo la analogía. Hemos formulado tres deseos, se han cumplido y no han dado resultado. Ahora sólo queda uno. Sin saber por qué, estoy seguro de fracasar de nuevo, y por eso quiero demorarlo. Por eso estoy aplazando el Salto el mayor tiempo posible.

—¿Qué harás si fracasas de nuevo? ¿Volver a Gaia? ¿A Terminus?

—¡Oh, no! —dijo Trevize en voz baja y negando con la cabeza—. La búsqueda tiene que continuar…, aunque yo no sepa cómo.

XIV. EL PLANETA MUERTO

60

Trevize se sentía deprimido. Las pocas victorias alcanzadas desde que habían empezado la búsqueda nunca podían considerarlas definitivas; sólo habían servido para evitar la derrota temporalmente.

Ahora, había retrasado el Salto al tercero de los mundos Espaciales hasta que había contagiado su inquietud a los otros. Cuando, al fin, decidió que debía decir al ordenador que condujese la nave a través del hiperespacio, Pelorat se hallaba de pie, en el umbral de la puerta de la cabina-piloto, con aire solemne, y Bliss estaba exactamente detrás de él y hacia un lado. Incluso Fallom se encontraba allí, mirando a Trevize con fijeza, mientras asía con fuerza una mano de Bliss.

Trevize había levantado la mirada y había dicho con bastante brusquedad:

—¡Un buen grupo familiar!

Pero sólo había sido fruto de su propio malestar.

Pasó las instrucciones al ordenador para que diese el Salto de manera que volviese a entrar en el espacio a la mayor distancia posible de la estrella en cuestión. Se dijo a sí mismo que eso se debía a que estaba aprendiendo a ser precavido como resultado de lo ocurrido en los dos primeros mundos Espaciales, pero, en realidad, no lo creía. En el fondo, sabía que esperaba llegar al espacio a una distancia de la estrella lo bastante grande para no estar seguro de si tenía o no un planeta habitable en su sistema. Eso le daría unos días más de viaje en el espacio antes de poder averiguarlo, y (tal vez) tener que soportar la derrota más amarga.

Y así, observado por el «grupo familiar», respiró hondo, contuvo el aliento y lo exhaló en un silbido, mientras daba la instrucción final.

El campo de estrellas cambió silenciosamente y la pantalla pareció vaciarse, porque habían pasado a una región en que los astros estaban algo más desperdigados. Y allí, casi en el centro, estaba la estrella más resplandeciente.

Trevize esbozó una amplia sonrisa, pues aquello era, sin duda, una victoria. A fin de cuentas, la tercera serie de coordenadas podía contener algún error y no haber aparecido la correspondiente estrella de tipo G. Miró a los otros tres.

—Allí está —dijo—. La estrella número tres.

—¿Estás seguro? —preguntó Bliss a media voz.

—¡Observad! —exclamó Trevize—. Proyectaré la vista equicentrada sobre el mapa galáctico del ordenador y, si aquella estrella brillante desaparece, si no figura en el mapa, será la que buscamos.

El ordenador respondió a su mandato y la estrella se apagó sin haber menguado previamente de intensidad. Fue como si nunca hubiese existido, mientras que el resto del campo estrellado permanecía inmutable con sublime indiferencia.

—La tenemos —dijo Trevize.

Sin embargo, hizo que la *Far Star* avanzase a poco más de la mitad de la velocidad que hubiese podido alcanzar con facilidad. Subsistía la cuestión de la presencia, o la ausencia, de un planeta habitable, y no tenía prisa en solventarla. Incluso después de tres días de aproximación, nada podía decirse acerca de aquello, en cualquier sentido.

O tal vez sí. Girando alrededor de la estrella había un gran gigante gaseoso. Estaba muy lejos de aquélla y brillaba con un palidísimo fulgor amarillo en el lado iluminado, el cual podía ver, desde su posición, como una gruesa media luna.

A Trevize no le gustó su aspecto, pero trató de disimularlo.

—Allí hay un gigante gaseoso —dijo, en el tono práctico de un guía—. Es bastante espectacular. Tiene un par de finos anillos y dos satélites de buen tamaño que pueden distinguirse de momento.

—La mayoría de los sistemas tienen gigantes gaseosos, ¿no es cierto?

—Sí, pero ése es bastante grande. A juzgar por la distancia de sus satélites y por sus períodos de revolución, el gigante gaseoso tiene casi dos mil veces la masa de un planeta habitable.

—¿Qué importa eso? —dijo Bliss—. Los gigantes gaseosos son gigantes gaseosos, y no importa el tamaño que tengan, ¿verdad? Siempre están presentes a grandes distancias de la estrella alrededor de la cual giran, y ninguno de ellos es habitable, gracias a su tamaño y su distancia. Tenemos que mirar más cerca de la estrella si queremos encontrar un planeta habitable.

Trevize vaciló; después, decidió poner las cartas sobre la mesa.

—La cuestión es que los gigantes gaseosos tienden a barrer un volumen de espacio planetario —dijo—. El material que no absorben en sus propias estructuras se junta en cuerpos bastante grandes que constituyen su sistema de satélites. Éstos evitan otras concentraciones incluso a distancias considerables, de manera que cuanto más grande sea el gigante gaseoso, mayor es la probabilidad de que sea el único planeta importante de una estrella particular. Entonces, sólo quedan el gigante gaseoso y los asteroides.

—¿Quieres decir que ahí no hay ningún planeta habitable?

—Cuanto más grande es el gigante gaseoso, menor es la probabilidad de que exista un planeta habitable, y ese gigante es tan enorme que casi parece una estrella enana.

—¿Podemos verlo? —dijo Pelorat.

Los tres contemplaron ahora la pantalla (Fallom se encontraba en la habitación de Bliss con los libros).

La panorámica fue ampliada hasta que la media luna llenó la pantalla. Cruzando aquella media luna, a cierta distancia sobre el centro, podía observarse una fina raya oscura, la sombra del sistema de anillos que se veía, a poca distancia más allá de la superficie planetaria, como una curva brillante que se extendía un poco en el lado oscuro antes de sumergirse en la sombra.

—El eje de rotación del planeta —dijo Trevize— está inclinado unos treinta y cinco grados con respecto a su plano de revolución, y su anillo se encuentra, naturalmente, en el plano ecuatorial planetario, de manera que la luz de la estrella llega desde abajo en este punto de su órbita y proyecta la sombra del anillo por encima del ecuador.

Pelorat observaba, absorto.

—Son unos anillos muy finos.

—En realidad, de un tamaño superior al normal —dijo Trevize.

—Según la leyenda, los anillos que circundan un gigante gaseoso en el sistema planetario de la Tierra son mucho más anchos, más brillantes y más complicados que éste. Los anillos hacen, en comparación con aquéllos, que el gigante gaseoso parezca más pequeño.

—No me sorprende —dijo Trevize—. Cuando un cuento se transmite de una persona a otra durante miles de años, ¿supones que se reduce?

—Es un bello espectáculo —murmuró Bliss—. Si observáis la media luna, parece que oscile y se retuerza ante los ojos.

—Tormentas atmosféricas —dijo Trevize—. Generalmente, se ven con más claridad si se elige una longitud de onda de luz adecuada. Dejad que haga la prueba.

Puso las manos sobre el tablero y mandó al ordenador que recorriese el espectro y se detuviese en la longitud de onda apropiada.

La débilmente iluminada media luna pasó por un torbellino de colores que, al cambiar con tanta rapidez, casi deslumbraba a quienes trataban de seguirlo. Por último, se estabilizó en un rojo anaranjado y, dentro de la media luna, aparecieron unas claras espirales que se enroscaban y desenroscaban al moverse.

—Increíble —murmuró Pelorat.

—Estupendo —dijo Bliss.

«Completamente creíble —pensó Trevize con amargura—, y nada estupendo.» Ni Pelorat ni Bliss, atónitos por tanta belleza, pensaron que el planeta que tanto admiraban reducía las probabilidades de resolver el misterio que él trataba de aclarar. Pero, ¿por qué habían de preocuparse? Ambos estaban convencidos de que la decisión de Trevize había sido la correcta y lo acompañaban en su búsqueda de la certidumbre sin que interviniese ningún factor emocional. No podía culparles por ello.

—El lado en sombra parece oscuro —dijo—, pero si nuestros ojos fuesen sensibles un poco más allá del límite acostumbrado de la onda larga, lo veríamos de un rojo mate y fuerte. El planeta emite radiación infrarroja al espacio en grandes cantidades, porque tiene la masa suficiente para estar casi en un calor al rojo. Es más que un gigante gaseoso; es una subestrella. —Hizo una larga pausa y prosiguió—: Y ahora, apartemos ese objeto de nuestra mente y busquemos el planeta habitable que *pueda* existir.

—Tal vez existe —dijo, sonriendo, Pelorat—. No te rindas, viejo amigo.

—No lo he hecho —repuso él, aunque sin demasiada convicción—. La formación de los planetas es demasiado complicada para someterla a reglas exactas. Sólo hablamos de probabilidades. Con ese monstruo en el espacio, las probabilidades descienden, pero no hasta cero.

—¿Por qué no lo miras de otra manera? —dijo Bliss—. Si las dos primeras series de coordenadas te dieron, cada una de ellas, un planeta Espacial habitable, la tercera serie, que te ha dado ya una estrella adecuada, también debería darte un planeta habitable. ¿Por qué hablar de probabilidades?

—Espero que tengas razón —respondió Trevize, sin sentirse en modo alguno consolado—. Ahora, saldremos del plano planetario y nos dirigiremos hacia la estrella.

El ordenador inició la maniobra casi en cuanto Trevize hubo anunciado su intención. Éste se retrepó en la silla del piloto y pensó, una vez más, que el único inconveniente de pilotar una nave gravítica con un ordenador tan perfeccionado era que nunca, *nunca*, sería capaz de pilotar cualquier otro tipo de nave.

¿Acaso podría volver a hacer él mismo los cálculos? ¿Acaso podría prestar atención a la aceleración y limitarla a un nivel razonable? Lo más probable sería que soltase toda la energía y que todos los que estuviesen a bordo se estrellasen contra alguna pared interior.

Entonces, seguiría pilotando esa nave siempre, u otra exactamente igual, si podía soportar el cambio.

Y como no quería pensar en la cuestión del planeta habitable, de si existiría o no, reflexionó sobre el hecho de que había ordenado a la nave que se moviese por encima del plano, en vez de por debajo. Si no existía alguna razón concreta que aconsejase ir por debajo de un plano, los pilotos preferían siempre hacerlo por arriba. ¿Por qué?

Y a propósito, ¿por qué tanto empeño en considerar que una dirección era por arriba y la otra por abajo? En la simetría del espacio, tal aspecto era puro convencionalismo.

De todos modos, siempre estaba seguro, al observar un planeta, de la dirección en que giraba sobre su eje y de aquella en la que se trasladaba alrededor de su estrella. Cuando ambas eran las de las agujas del reloj, los brazos levantados señalaban hacia el Norte, y los pies, hacia el Sur. Y en toda la Galaxia, se consideraba que el Norte estaba arriba y el Sur abajo.

Era un puro convencionalismo que se remontaba a los oscuros tiempos primitivos, pero que todos seguían a rajatabla. Si uno miraba un mapa conocido en el que el Sur estuviese arriba, no lo reconocía. Tenía que volverlo del revés para que tuviese sentido. Y como siempre ocurría igual, cuando uno se dirigía al Norte, iba hacia «arriba».

Trevize pensó en una batalla entablada por Bel Riose, el general imperial que, tres siglos atrás, había dirigido su escuadra por debajo del plano planetario en un momento crucial y sorprendido a la escuadra enemiga, que no esperaba aquel ataque. Hubo quejas en el sentido de que había sido una maniobra ruin..., quejas de los vencidos, desde luego.

Un convencionalismo tan observado y tan antiguo tuvo que tener su origen en la Tierra..., y esa idea hizo que la mente de Trevize volviese de repente a la cuestión del planeta habitable.

Pelorat y Bliss seguían observando el gigante gaseoso que giraba despacio en la pantalla, como en un lento salto mortal hacia atrás. La porción iluminada por el sol fue aumentando y, como Trevize mantenía el espectro fijo en la longitud de onda roja anaranjada, la tormenta de la superficie se hizo todavía más violenta y más hipnótica.

Entonces, Fallom entró tambaleándose y Bliss decidió que le convenía dormir un poco, lo mismo que a ella.

Pelorat se quedó.

—Tengo que prescindir del gigante gaseoso, Janov —dijo Trevize—. Quiero que el ordenador se concentre en la búsqueda de un objeto gravitatorio de las dimensiones adecuadas.

—Desde luego, viejo amigo.

Pero la cosa era más complicada. El ordenador no sólo tenía que buscar un objeto de las dimensiones adecuadas, sino que se hallaba también a la distancia adecuada. Tenían que pasar varios días aún antes de que pudiese estar seguro.

61

Trevize entró en su habitación, grave y solemne, mejor diríamos sombrío, y se sobresaltó de modo perceptible.

Bliss le estaba esperando y Fallom se encontraba junto a ella, vestido con su taparrabos y su bata oliendo inconfundiblemente a lavado y a planchado. La criatura tenía mucho mejor aspecto que con las acortadas camisas de dormir de Bliss.

—No quise molestarte mientras trabajabas con el ordenador, pero ahora escucha —dijo Bliss—. Adelante, Fallom.

Fallom dijo, con su voz aguda y musical:

—Te saludo, protector Trevize. Me satisface mucho acompañarte en este viaje a través del espacio. También agradezco la amabilidad de mis amigos, Bliss y Pel.

Fallom terminó y esbozó una agradable sonrisa, y, una vez más, Trevize pensó: «¿Creo que es un chico o una chica, o ambas cosas a la vez, o ninguna de ellas?» Después, asintió con la cabeza.

—Lo has aprendido muy bien. Y lo has pronunciado casi a la perfección.

—No lo ha aprendido —dijo Bliss con entusiasmo—. Fallom compuso estas frases a solas y me preguntó si podría recitártelas. Yo no sabía siquiera lo que diría hasta que lo oí de sus labios.

Trevize sonrió forzadamente.

—Si es así, está mucho mejor.

Advirtió que Bliss evitaba los pronombres siempre que podía. Ella se volvió a Fallom.

—Ya te dije que a Trevize le gustaría. Ahora, ve con Pel y podréis leer un poco más, si os apetece.

Fallom salió corriendo.

—Es realmente asombrosa la rapidez con que Fallom aprende el galáctico —dijo ella—. Los solarianos tienen una facilidad especial para los idiomas. Recuerda cómo hablaba Bander el galáctico, sólo por haberlo oído en las comunicaciones hiperespaciales. Sus cerebros deben ser notables por algo más que la transducción de energía.

Trevize gruñó.

—¡No me digas que todavía no te gusta Fallom! —le espetó Bliss.

—Ni me gusta ni me disgusta. Esa criatura me pone nervioso, eso es todo. En primer lugar, me produce muy mala impresión tratar con un hermafrodita.

—Vamos, Trevize, eso es ridículo —dijo Bliss—. Fallom es una criatura perfectamente aceptable. Piensa en lo desagradable que resultaríamos tú y yo, o cualquier hombre o mujer en general, en una sociedad de hermafroditas. Cada persona es la mitad de un conjunto y, en orden a la reproducción, tiene que haber una unión grosera y temporal.

—¿Pones reparos a esto, Bliss?

—No finjas interpretarlo mal. Estoy tratando de mirarnos desde el punto de vista de los hermafroditas. A ellos debe parecerles sumamente repelente, cuando para nosotros es algo natural. De la misma manera, Fallom te parece repelente, pero ésta es una reacción miope y provinciana.

—Francamente —dijo Trevize—, es una lata no saber qué pronombre hay que emplear con esa criatura. Esto hace que vaciles siempre al pensar o al conversar con ella.

—Pero eso ocurre por culpa de nuestro lenguaje y no de Fallom —repuso Bliss—. Ningún idioma humano ha tenido en cuenta el hermafroditismo. Y me alegro de que hayas suscitado esta cuestión, porque también he pensado mucho al respecto. Decir «ello», como se empeña en hacer Bander, no es ninguna solución. Es un pronombre empleado para designar objetos para los cuales el sexo es irrelevante, y no existe ningún pronombre para objetos que son sexualmente activos en ambos sentidos. Entonces, ¿por qué no elegir arbitrariamente uno de los pronombres? Yo veo a Fallom como una niña. Tiene la voz aguda de las hembras y es capaz de tener hijos, características vital de la femineidad. Pelorat está de acuerdo. ¿Por qué no lo estás tú también? Dejemos que sea «ella».

Trevize se encogió de hombros.

—Muy bien. Parecerá un poco raro que *ella* tenga testículos, pero sea como tú quieres.

Bliss suspiró.

—La mala costumbre de tomarlo todo en son de broma es clásica en ti, mas como sé que te hallas bajo una fuerte tensión, te lo perdono. Pero emplea el pronombre femenino para Fallom, por favor.

—Lo haré. —Trevize vaciló; pero no pudo contenerse y dijo—: Cada día pareces más la madre adoptiva de Fallom. ¿Es que quieres tener un hijo y crees que Janov no puede dártelo?

Bliss abrió mucho los ojos.

—¡Él no está aquí para eso! ¿Has pensado que le empleo como medio para tener un hijo? En todo caso, ahora no estoy para tener hijos. Y cuando llegue el momento, tendrá que ser un gaiano, algo que Pel no podría proporcionarme.

—¿Quieres decir que tendrás que rechazar a Janov?

—En absoluto. Sólo será una separación temporal. Incluso podría tener a mi hijo por inseminación artificial.

—Presumo que sólo lo tendrás cuando Gaia decida que es necesario, cuando se produzca un vacío por la muerte de un fragmento humano gaiano ya existente.

—Es una manera muy cruda de decirlo, pero bastante acertada. Gaia tiene que estar bien proporcionada en todas sus partes y relaciones.

—Lo mismo que los solarianos.

Bliss apretó los labios y su semblante palideció un poco.

—De ninguna manera. Los solarianos producen más de lo que necesitan y destruyen el excedente. Nosotros producimos sólo lo que necesitamos y nunca tenemos que destruir nada. Es como cuando tú sustituyes las capas externas de tu piel, que se están gastando, elaborando otras nuevas sin una célula de más.

—Sé lo que quieres decir —dijo Trevize—. Pero espero que tengas en cuenta los sentimientos de Janov.

—¿En relación con un posible hijo? Nunca hemos discutido ese tema, ni lo discutiremos.

—No, no me refiero a eso. Me choca que cada vez te muestres más interesada por Fallom. Janov puede sentirse postergado.

—No está postergado, y Fallom le interesa tanto como a mí. Ella es otro punto de mutuo compromiso que nos une todavía más. ¿No serás *tú* el que se siente postergado?

—¿*Yo*? —dijo él, sinceramente sorprendido.

—Sí, tú. Yo no comprendo a los Aislados más de lo que tú comprendes a Gaia, pero tengo la impresión de que te gusta ser el punto central de atención en esta nave, y puedes sentirte desplazado por Fallom.

—Acabas de decir una tontería.

—No más que tu sugerencia de que estoy descuidando a Pel.

—Entonces, firmemos una tregua. Yo trataré de ver a Fallom como una niña y no me preocuparé demasiado de cómo corresponder a los sentimientos de Janov.

Bliss sonrió.

—Gracias. Entonces, todo está bien.

Trevize se volvió, pero Bliss dijo:

—¡Espera!

Trevize la miró y dijo, en tono un poco cansado:

—¿Qué?

—Veo claramente, Trevize, que estás triste y deprimido. No voy a sondear tu mente, pero tal vez quieras explicarme qué es lo que anda mal. Ayer dijiste que había un planeta apropiado en este sistema solar y parecías muy satisfecho. Supongo que todavía está allí. El descubrimiento no fue una equivocación, ¿verdad?

—Hay un planeta adecuado en el sistema y sigue estando allí. —dijo Trevize.

—¿Tiene las dimensiones debidas?

Trevize asintió con la cabeza.

—Si es adecuado, es que las tiene. Y también está a la distancia conveniente de la estrella.

—Entonces, ¿qué es lo que anda mal?

—Ahora estamos lo bastante cerca para analizar la atmósfera. Resulta que no tiene ninguna digna de tal nombre.

—¿No tiene atmósfera?

—Ninguna digna de darle ese nombre. Es un planeta inhabitable, y no hay otro alrededor del Sol que tenga las condiciones mínimas de habitabilidad. El resultado de nuestro tercer intento es igual a cero.

62

Pelorat, con aire grave, no quería interrumpir el desconsolado silencio de Trevize. Observaba a éste desde la puerta de la cabina-piloto, esperando, por lo visto, que Trevize iniciase una conversación.

Pero éste no lo hacía. Parecía haberse encerrado en un obstinado silencio.

Por fin, Pelorat no pudo soportarlo más y dijo, con voz bastante tímida:

—¿Qué hacemos ahora?

Trevize levantó la cabeza, miró a Pelorat un momento, se volvió y dijo:

—Estamos apuntando hacia el planeta.

—Pero si no hay atmósfera...

—El ordenador *dice* que no hay atmósfera. Hasta ahora siempre me había dicho lo que yo quería oír y yo lo había aceptado. Ahora me ha dicho algo que yo *no* quiero oír, y voy a comprobarlo. Si el ordenador puede equivocarse alguna vez, espero que sea ésta.

—¿Crees que se equivoca?

—No, no lo creo.

—¿Puedes imaginarte alguna razón de que esté equivocado?

—No, no puedo.

—Entonces, ¿por qué te preocupas, Golan?

Y Trevize se volvió al fin de cara a Pelorat, contraí-
do el rostro casi desesperadamente.

—¿No ves, Janov, que es lo único que puedo hacer?
Nos llevamos un chasco en los dos primeros mundos,
en lo tocante a la situación de la Tierra, y lo propio parece que va a ocurrir en el tercero. ¿Qué puedo hacer
ahora? Acaso ir de un mundo a otro, echarle un vistazo
y decir: «Discúlpenme, ¿dónde está la Tierra?» La Tierra ha borrado su pista demasiado bien. No ha dejado
huellas en parte alguna. Empiezo a creer que lo ha dispuesto de manera que seamos incapaces de seguir una
pista aunque ésta exista.

Pelorat asintió con la cabeza y dijo:

—También yo he estado pensando en eso. ¿Te importa que lo discutamos? Sé que te sientes desgraciado,
viejo amigo, que no tienes ganas de hablar; por consiguiente, si quieres que te deje solo, lo haré.

—Adelante, habla —contestó Trevize, con una voz
que parecía un gruñido— Te escucharé. ¿Acaso puedo
hacer algo mejor?

—Realmente, no parece que tengas ganas de que hable, pero quizá nos haga bien a los dos —dijo Pelorat—.
Por favor, interrúmpeme cuando creas que no puedes
aguantarlo más. A mí me parece, Golan, que la Tierra
no tiene que tomar sólo medidas pasivas y negativas
para ocultarse. No tiene que borrar simplemente sus
huellas. ¿No podría establecer pistas falsas y trabajar
activamente para esconderse de esa manera?

—¿Qué quieres decir?

—Bueno, en varios lugares nos han hablado de la
radiactividad de la Tierra, y ese aspecto podría estar encaminado a hacer que se desista de todo intento de lo-
calizarla. Si fuese realmente radiactiva, sería inabor-
dable por completo. Ni siquiera seríamos capaces de
poner el pie en ella. Ni los robots exploradores, si los
tuviésemos, podrían sobrevivir a la radiación. Entonces, ¿por qué buscarla? Y si no es radiactiva, permanece inviolada, salvo en el caso de algún acercamiento
accidental, e incluso entonces, podría tener otros medios de ocultarse.

Trevize sonrió forzadamente.

—Aunque parezca extraño, Janov, también yo he pensado así. Incluso se me ocurrió que aquel improbable satélite gigante hubiese sido inventado e incorporado a las leyendas del planeta. En cuanto al gigante gaseoso, con su monstruoso sistema de anillos, es igualmente improbable y puede ser también estimulado. Tal vez todo haya sido planeado para que busquemos algo que no existe, de manera que si cruzásemos el sistema planetario correcto y viésemos la Tierra, prescindiésemos de ella porque carece de un satélite grande o de un pariente con tres anillos o de una corteza radiactiva. Al no reconocerla, no soñaríamos siquiera en examinarla. Y todavía me imagino algo peor.

Pelorat pareció abrumado.

—¿Puede haber algo peor?

—Sí, cuando tu mente desvaría en medio de la noche y empieza a registrar el vasto reino de la fantasía buscando algo que puede hacer más profunda tu desesperación. ¿Y si la capacidad de la Tierra para ocultarse es definitiva? ¿Y si nuestras mentes puede ser cegadas? ¿Y si podemos pasar junto a la Tierra, *con* su satélite gigante y *con* su lejano gigante gaseoso con anillos, y no ver nada de ello? ¿Y si lo hemos hecho ya?

—Pero si tú crees esto, ¿por qué vamos a...?

—No digo que lo crea. Estoy hablando de fantasías locas. Seguiremos mirando.

Pelorat vaciló y después dijo:

—¿Durante cuánto tiempo, Trevize? Llegará un momento en que tendremos que renunciar.

—¡Nunca! —repuso enérgicamente Trevize—. Si tengo que pasar el resto de mi vida yendo de un planeta a otro y preguntando: «Por favor, señor, ¿dónde está la Tierra?», lo haré. En cualquier momento, si lo deseáis, puedo llevaros a Bliss y a ti, e incluso a Fallom, a Gaia, y continuar yo solo.

—¡Oh, no! Sabes que yo no te dejaré, Golan, y tampoco lo hará Bliss. Saltaremos contigo de un planeta a otro, si hemos de hacerlo. Pero, ¿por qué?

—Porque yo *debo* encontrar la Tierra, y porque la

encontraré. No sé cómo, pero la encontraré. Ahora, mira, estoy tratando de alcanzar una posición desde la que pueda estudiar el lado iluminado del planeta sin que su Sol esté demasiado cerca; por consiguiente, déjame tranquilo un rato.

Pelorat calló, pero no se marchó. Siguió observando mientras Trevize estudiaba la imagen del planeta, iluminado en más de la mitad, en la pantalla. Pelorat no veía gran cosa, pero sabía que Trevize, en conexión con el ordenador, lo observaba en mejores condiciones.

—Hay una neblina —murmuró Trevize.

—Entonces tiene que haber una atmósfera —exclamó Pelorat.

—Pero puede no ser importante. No lo bastante para que haya vida en él, pero sí para que sople un débil viento que levante polvo. Es una característica muy conocida de planetas con atmósferas tenues. Incluso puede haber pequeños casquetes polares. Ya sabes, un poco de agua convertida en hielo en los polos. Este mundo es demasiado cálido para que haya bióxido de carbono en estado sólido. Tendré que pasar el mapa por el radar. Si lo hago así, podré trabajar con más facilidad en el lado oscuro.

—¿De veras?

—Sí. Hubiese debido probarlo primero, pero con un planeta virtualmente sin aire y, por ende, sin nubes, parecía natural hacer el intento con luz visible.

Trevize guardó silencio durante largo rato, mientras la pantalla se poblaba de reflejos de radar que producían casi la abstracción de un planeta, algo que un artista del período cleoniano habría podido producir. Después, dijo enfáticamente, prolongando el sonido:

—Bien...

Y calló de nuevo.

—¿Qué significa este «bien»? —estalló Pelorat al fin.

Trevize lo miró brevemente.

—No puedo ver ningún cráter.

—¿Ningún cráter? ¿Es eso bueno?

—Inesperado por completo —dijo Trevize, sonriendo—. Y *muy* bueno. En realidad, puede ser magnífico.

63

Fallom se hallaba con la nariz pegada al ojo de buey de la nave, desde la cual podía ver un pequeño segmento del universo tal como aparecía a simple vista, sin ser ampliado por el ordenador.

Bliss, que había estado tratando de explicarle qué era aquello, suspiró y dijo a Pelorat en voz baja:

—No sé hasta qué punto lo comprende, querido Pel. Para ella, la mansión de su padre y una pequeña parte de la finca en que se levantaba aquélla era todo el universo. No creo que hubiese salido nunca de noche y visto las estrellas.

—¿De veras lo crees así?

—Sí. No me atreví a mostrarle ninguna parte del universo hasta que conoció el vocabulario suficiente para comprenderme un poco, y ha sido un acierto que tú puedas hablar con ella en su propia lengua.

—Lo malo es que no la domino —dijo Pelorat en son de disculpa—. Y el universo *es* bastante difícil de comprender cuando se ve de pronto por primera vez. Ella me dijo que, si esas pequeñas luces son mundos gigantescos, como Solaria (desde luego, son mucho mayores), no pueden estar flotando en la nada. Dice que deberían caer.

—Y tiene razón, juzgando por sus conocimientos. Las preguntas que hace son sensatas, y, poco a poco, irá comprendiendo. Al menos, tiene curiosidad y no se espanta.

—El caso es, Bliss, que yo también siento curiosidad. Fíjate en cómo cambió Golan al descubrir que no hay cráteres en el mundo al que nos dirigimos. Yo no tengo la menor idea de lo que eso significa. ¿Y tú?

—Ninguna. Sin embargo, él entiende mucho más que nosotros de planetología. Sólo podemos presumir que sabe lo que está haciendo.

—Ojalá *yo* lo supiese.

—Bueno, pregúntaselo.

Pelorat hizo una mueca.

—Siempre tengo miedo de importunarle. Estoy seguro de que piensa que yo debería saber todas estas cosas sin necesidad de que él me las diga

—Eso es una tontería, Pel —dijo Bliss—. Él no vacila en preguntarte acerca de cualquier aspecto de las leyendas y mitos de la Galaxia que considera que pueden serle de utilidad. Siempre estás dispuesto a contestarle y explicárselo; ¿por qué no habría de estarlo él? Ve y pregúntaselo. Si le molesta, tendrá una ocasión de practicar la sociabilidad y ese acto será bueno para él.

—¿Quieres venir conmigo?

—No, por supuesto que no. Voy a quedarme con Fallom y seguir tratando de meterle en la cabeza el concepto del universo. Ya me contarás después lo que él te haya contestado.

64

Pelorat entró tímidamente en la cabina-piloto. Le encantó observar que Trevize estaba silbando y se hallaba de un claro buen humor.

—¡Golan! —dijo, lo más animadamente que pudo.

Trevize levantó la cabeza.

—¡Janov! Siempre entras de puntillas como si pensaras que es un delito distraerme. Cierra la puerta y siéntate. ¡Siéntate! Mira esto.

Señaló el planeta en la pantalla y prosiguió:

—Sólo he encontrado dos o tres cráteres, todos ellos pequeñísimos.

—¿Importa eso mucho, Golan?

—¿Si importa? ¡Claro que importa! ¿Cómo puedes preguntar algo así?

Pelorat hizo un ademán de impotencia.

—Todo esto es un misterio para mí. Yo me especialicé en Historia en la Universidad. También estudié sociología y psicología, y lenguaje y literatura, sobre todo antiguas, y mitología en los cursos para graduados. Nunca supe nada de planetología, ni de ciencias físicas.

—Eso no es ningún crimen, Janov. Ya quisiera yo saber lo que tú sabes. El dominio que tienes de las lenguas antiguas y de la mitología nos ha servido de mucho. Lo sabes muy bien. Cuando se trate de planetología, yo me encargaré de ello. Mira, Janov —prosiguió—, los planetas se forman al juntarse masas más pequeñas. Los últimos objetos que caen sobre ellos producen cráteres. Es decir, pueden producirlos. Si el planeta es lo bastante grande para ser un gigante gaseoso, es esencialmente líquido bajo una atmósfera gaseosa, y aquellas colisiones finales no dejan huellas.

»Los planetas más pequeños, que son sólidos, bien de hielo o de rocas, *tienen* cráteres visibles, y éstos continúan indefinidamente así, a menos que exista algún factor que los elimine. Hay tres tipos de factores.

»Primero, un mundo puede tener una superficie helada cubriendo un océano líquido. En ese caso, cualquier objeto que caiga rompe la capa de hielo y hace saltar el agua. Después de pasar el objeto, aquélla vuelve a helarse y cierra la herida, por así decirlo. Semejante planeta o satélite tendría que ser muy frío y, por tanto, no lo que nosotros consideramos un mundo habitable.

»Segundo, si un planeta es intesamente activo, en sentido volcánico, el perpetuo flujo de lava o de cenizas llena y borra todos los cráteres que se forman. Sin embargo, también es muy improbable que un planeta o satélite sea habitable en estas condiciones.

»Esto nos lleva a las mundos habitables, como tercer caso posible. Estos mundos pueden tener casquetes polares de hielo, pero la mayor parte del océano ha de ser líquida. Puede haber volcanes activos en ellos, pero tienen que ser pocos y alejados los unos de los otros. Estos planetas no pueden cicatrizar los cráteres ni llenarlos. Sin embargo, hay efectos de erosión. El viento y la lluvia erosionan los cráteres, y si hay vida en el planeta, las acciones de los seres vivos son fuertemente erosivas. ¿Comprendes?

Pelorat reflexionó.

—Es a ti a quien no comrpendo, Golan. El planeta al que nos estamos acercando...

—Mañana aterrizaremos en él —dijo alegremente Trevize.

—Ese planeta no tiene un océano.

—Sólo unos pequeños casquetes polares.

—Ni mucha atmósfera.

—Una centésima parte de la densidad de la atmósfera de Terminus.

—Ni vida.

—Nada que yo pueda detectar.

—Entonces, ¿qué pudo erosionar y borrar los cráteres?

—Un océano, una atmósfera, y la vida —dijo Trevize—. Mira, si ese planeta hubiese estado sin aire y sin agua desde el principio, todos los cráteres que se formaron existirían todavía y toda la superficie estaría llena de ellos. La ausencia de cráteres demuestra que tuvo que haber aire y agua al principio, y puede que incluso una atmósfera y un océano importantes en un pasado próximo. Además, hay grandes cuencas visibles de ese mundo, donde un día debieron estar los mares y los océanos, por no hablar de las señales de ríos que ahora aparecen secos. Vemos pues que *hubo* erosión y que ésta cesó hace tan poco tiempo que desde entonces se han producido muy pocos nuevos cráteres.

Pelorat pareció dudarlo.

—Yo no soy planetólogo, pero me parece que, si un planeta es lo bastante grande para tener una atmósfera densa durante miles de millones de años, quizá no va a perderla de súbito, ¿verdad?

—Supongo que no —dijo Trevize—. Pero en ese mundo es indudable que hubo vida antes de que su atmósfera se desvaneciese, y vida humana probablemente. Sospecho que fue un mundo formado al estilo de la Tierra, como casi todos los planetas habitados de la Galaxia. Lo malo es que no sabemos, en realidad, cuál era su condición antes de que la vida humana apareciese, ni qué se hizo para acomodarlo a los seres humanos, ni en qué condiciones desapareció la vida. Pudo haber una catástrofe que absorbiese la atmósfera y pusiese fin a la vida humana. O tal vez se produjo algún extraño desequilibrio en el planeta controlado por los seres humanos mientras estuvieron en él, que le hizo entrar en un ciclo vicioso de reducción atmosférica cuando aquéllos se hubieron marchado. Quizás encontremos la respuesta cuando aterricemos, o tal vez no la encontraremos nunca. Eso no importa.

—Sin duda tampoco importa que hubiese vida en él en otro tiempo, si ahora ya no la hay. ¿Qué diferencia existe entre un planeta que siempre ha sido inhabitable y otro que es inhabitable ahora?

—Si sólo es inhabitable ahora, habrá ruinas de los habitantes de otros tiempos.

—En Aurora había ruinas...

—Exacto, pero Aurora había pasado por veinte mil años de lluvias y nieve, de heladas y deshielos, de vientos y de cambios de temepratura. Y también había vida, no lo olvides. Podía no haber allí seres humanos, pero el planeta estaba lleno de vida. Las ruinas pueden erosionarse lo mismo que los cráteres. Incluso más de prisa. Y en veinte mil años, no quedó nada que pudiese resultarnos de utilidad. Sin embargo, en este planeta ha habido un período de tiempo, tal vez veinte mil años, tal vez menos, sin viento ni tormentas ni vida. Confieso que ha habido cambios de temperatura, pero esto es todo. Las ruinas estarán bien conservadas.

—A menos —murmuró Pelorat con aire de duda— que no haya ruinas. ¿Es posible que nunca hubiese vida en el planeta, o vida humana al menos, y que la pérdida de la atmósfera se debiese a algún fenómeno con el que los seres humanos nada tuviesen que ver?

—No, no —dijo Trevize—. No te muestres pesimista, porque no te servirá de nada. Incluso desde aquí, he descubierto los restos de lo que estoy seguro debió ser una ciudad. Por consiguiente, aterrizaremos mañana.

65

—Fallom está convencida de que vamos a llevarla de nuevo con Jemby, su robot —dijo Bliss con acento de preocupación.

—¡Hum! —murmuró Trevize, estudiando la superficie del mundo que se deslizaba debajo de la nave. Entonces, levantó la cabeza, como si hubiese tardado un poco en oír la observación—. Bueno, era el único padre a quien conocía, ¿no?

—Sí, desde luego; pero ella piensa que hemos vuelto a Solaria.

—¿Se parece eso a Solaria?

—¿Cómo puede ella saberlo?

—Dile que no es Solaria. Mira, te daré uno o dos libros de películas de consulta, con ilustraciones gráficas. Primero, le muestras planos de varios mundos habitados diferentes y le explicas que hay millones de ellos. Tendrás tiempo para hacerlo. No sé cuánto estaremos Janov y yo rondando por ahí, después de que elijamos un lugar adecuado y aterricemos.

—¿Janov y tú?

—Sí. Fallom no puede venir con nosotros, aunque yo quisiera que lo hiciese, cosa que sólo desearía si estuviese loco. Este mundo requiere trajes espaciales, Bliss. No hay aire respirable. Y no tenemos ningún traje espacial de la talla de Fallom. Por consiguiente, tú y ella os quedaréis en la nave.

—¿Por qué yo?

Trevize esbozó una fría sonrisa.

—Confieso que me sentiría seguro si vinieses con nosotros —dijo él—, pero no vamos a dejar a Fallom sola en la nave. Podría causar algún daño sin proponérselo. Janov tiene que acompañarme porque le necesito para descifrar las inscripciones arcaicas que tal vez encontremos. Esto significa que tendrás que quedarte con Fallom. Pensaba que no te importaría.

Bliss pareció insegura.

—Mira —continuó Trevize—, tú quisiste que Fallom viniese, en contra de mis deseos. Estoy convencido que sólo nos traerá dificultades. Su presencia originará molestias, y tendrás que adaptarte a eso. A ella la tenemos aquí, luego tú también debes quedarte aquí. Así están los cosas.

Bliss suspiró.

—Supongo que sí.

—Bien. ¿Dónde está Janov?

—Con Fallom.

—Muy bien. Encárgate de ella. Quiero hablar con él.

Trevize estaba estudiando la superficie del planeta cuando Pelorat entró, carraspeando para anunciar su presencia.

—¿Anda algo mal, Golan? —preguntó.

—No exactamente, Janov. Sólo me siento inseguro. Ése es un mundo muy peculiar, y no sé lo que debió pasar en él. Los mares tuvieron que ser extensos, a juzgar por las cuencas que dejaron, pero eran poco profundos. Si nos basamos en las huellas que quedaron, fue un mundo de desalinización y de canales..., o tal vez el agua de los mares no era muy salada. En este último caso, ello explicaría la ausencia de extensas capas de sal en las cuencas. O también podría ser que, cuando el océano desapareció, el contenido salino se perdió con él..., lo cual hace que parezca una obra humana.

—Disculpa mi ignorancia de estas cosas, Golan —dijo Pelorat en tono vacilante—, pero, ¿tiene esto mucha importancia para lo que andamos buscando?

—Supongo que no, mas me es imposible dominar mi curiosidad. Si supiese cómo se reformó este planeta para hacerlo habitable a los humanos, y cómo era antes de eso, tal vez comprendería qué le ocurrió después de ser abandonado..., o quizás un poco antes. Y si supiésemos lo que le ocurrió, podríamos prepararnos contra sorpresas desagradables.

—¿Qué clase de sorpresas? Es un mundo muerto, ¿no?

—Bastante muerto. Hay muy poca agua, una atmósfera tenue e irrespirable, y Bliss no detecta señales de actividad mental.

—Creo que eso resuelve la cuestión.

—La ausencia de actividad mental no implica, necesariamente, falta de vida.

—Puede que implique falta de vida peligrosa.

—No lo sé. Pero no era esto lo que quería consultarte. Hay dos ciudades que podrían ser objeto de nuestra primera inspección. Parecen muy bien conservadas; todas las ciudades lo están. Lo que destruyó el aire y los océanos no afectó a las ciudades, al menos da esa sensación. De todos modos, ésas dos son particularmente grandes. Sin embargo, en la más grande parece haber pocos espacios vacíos. Hay puertos espaciales en las afueras, pero nada en la propia ciudad. La otra tiene un aspecto vacío, por lo que será más fácil aterrizar en su centro, aunque no hay ningún puerto espacial propiamente dicho... Pero, ¿qué importa eso?

Pelorat hizo una mueca.

—¿Quieres que tome *yo* la decisión, Golan?

—No; yo lo haré; sólo quiero que me des tu opinión.

—Valgan lo que valieren, es probable que la ciudad grande fuese un centro comercial o fabril. La más pequeña y con un espacio despejado fue, quizás, un centro administrativo. Esta última es la que nos interesa. ¿Tiene edificios monumentales?

—¿Qué quieres decir con edificios monumentales?

Pelorat sonrió apretando los labios.

—No sé. Las modas cambian de un planeta a otro y de una época a otra. Pero siempre parecen grandes, inútiles y caras. Como la mansión donde estuvimos en Comporellon.

Trevize sonrió a su vez.

—Es difícil decirlo cuando se mira directamente hacia abajo, y cuando podemos verlo de lado, al acercarnos o alejarnos, la visión resulta confusa. Pero, ¿por qué prefieres el centro administrativo?

—Porque ahí es más probable que encontremos el museo planetario, la biblioteca, los archivos, la Universidad...

—Está bien. Iremos allí, a la ciudad más pequeña. Y tal vez encontraremos algo. Hemos fallado dos veces, pero quizás encontremos algo esta vez.

—A lo mejor seremos triplemente afortunados.

Trevize arqueó las cejas.

—¿De dónde sacaste esa frase?

—Es muy antigua —contestó Pelorat—. La encontré en una vieja leyenda. Supongo que significa el triunfo al tercer intento.

—Esto suena bien —dijo Trevize—. Muy bien..., triplemente afortunados, Janov.

XV. MUSGO

66

Trevize parecía grotesco metido en su traje espacial. Lo único que permanecía fuera de éste eran las fundas de sus armas, no las que se sujetaba siempre sobre las caderas, sino otras que eran mucho más grandes y formaban parte del traje. Con mucho cuidado, insertó el *blaster* en la funda de la derecha y el látigo neurónico en la izquierda. Los había cargado de nuevo y, esta vez, pensó fríamente, *nada* podría quitárselos.

Bliss sonrió.

—¿Vas a llevar armas incluso en un mundo que no tiene aire...? ¡Olvídalo! No quiero discutir tus decisiones.

—¡Así me gusta! —dijo Trevize, y se volvió para ayudar a Pelorat a ponerse el casco, antes de calarse el suyo.

—¿Podremos realmente respirar dentro de esto, Golan? —dijo Pelorat en tono quejumbroso, ya que era la primera vez que se ponía un traje espacial.

—Te lo prometo —repuso Trevize.

Bliss, que rodeaba los hombros de Fallom con un brazo, observó cómo cerraban las últimas junturas. La joven solariana miraba las dos figuras en trajes espaciales con visible alarma. Estaba temblando, y Bliss la estrechó contra ella cariñosamente para tranquilizarle.

La puerta de la cámara neumática se abrió y los dos entraron en ella, agitando los brazos en ademán de despedida. La puerta volvió a cerrarse. Después, se abrió la de salida y ambos pisaron torpemente el suelo del mundo muerto.

Amanecía. El cielo estaba naturalmente despejado y era de color púrpura, pero el sol no *había* salido aún. Una ligera neblina se extendía a lo largo del horizonte, más claro por donde salía el sol.

—Hace frío —dijo Pelorat.

—¿Sientes frío? —preguntó Trevize, sorprendido.

Los trajes, termoaislantes, el único problema que presentaban era cuando había que dar salida al calor del cuerpo.

—En absoluto —dijo Pelorat—, pero mira...

Su voz radiada sonaba clara al oído de Trevize, y éste vio que Pelorat señalaba con un dedo.

Bajo la enrojecida luz del amanecer, la ruinosa fachada de piedra del edificio al que se acercaban aparecía cubierta de blanca escarcha.

—Con una atmósfera tan tenue —dijo Trevize—, las noches tienen que ser más frías de lo que cabría esperar, y los días, más calurosos. Ahora, estamos en la parte más fría del día, y sin duda pasarán varias horas antes de que el calor nos obligue a resguardarnos del sol.

Como si esas palabras hubiesen sido un conjuro cabalístico, el borde del sol apareció sobre el horizonte.

—No lo mires —aconsejó Trevize, con naturalidad—. Aunque el cristal del casco es reflectante y opaco a las radiaciones ultravioleta, podría ser peligroso.

Se volvió de espaldas al sol naciente y su larga sombra se proyectó sobre el edificio. Durante unos momentos, la pared pareció oscura debido a la humedad, pero ésta desapareció también rápidamente.

—Los edificios no parecen tan sólidos, vistos desde aquí, como desde el cielo. Están llenos de grietas y a punto de derrumbarse. Supongo que es el resultado de los cambios de temperatura y de que la poca agua que hay se hiela y se funde cada noche y cada día desde hace veinte mil años quizá.

—Hay letras grabadas en la piedra de encima de la entrada —dijo Pelorat—, pero el deterioro de aquélla hace difícil su lectura.

—¿No puedes descifrarlas, Janov?

—Se refieren a una institución financiera de alguna clase. Al menos distingo una palabra: «Banco.»

—¿Y qué era eso?

—Un edificio en el que se depositaba, retiraba, cambiaba, invertía y prestaba dinero..., si es lo que parece.

—¿Un edificio entero dedicado a eso? ¿Sin ordenadores?

—Sin ordenadores que se encargasen de todo.

Trevize se encogió de hombros. No encontraba interesantes los detalles de la Historia antigua.

Siguieron andando, cada vez más de prisa, perdiendo menos tiempo en cada edificio. Aquel silencio, aquella *ausencia de vida*, eran terriblemente deprimentes. El lento colapso milenario del lugar hacía que éste pareciese el esqueleto de una ciudad; una ciudad que sólo conservaba los huesos.

Se hallaban en la zona templada, pero Trevize pensó que podía sentir el calor del sol en su espalda.

—¡Mira! —exclamó Pelorat, a un centenar de metros a su derecha.

Los tímpanos de Trevize retemblaron.

—No grites, Janov —dijo—. Puedo oír tus murmullos a la perfección por muy lejos que estés. ¿De que se trata?

Pelorat, bajando inmediatamente la voz, respondió:

—Este edificio es el «Palacio de los Mundos». Al menos, eso es lo que me parece que pone en la inscripción.

Trevize se reunió con él. Ante ellos se alzaba una estructura de tres plantas, con el borde del terrado muy irregular y cargado de grandes fragmentos de piedra, como si allí hubiese habido objetos esculpidos que se hubiesen caído a pedazos.

—¿Estás seguro? —dijo Trevize.

—Si entramos, lo averiguaremos.

Subieron cinco bajos y anchos escalones y cruzaron un atrio muy amplio. En el aire tenue, las pisadas de su calzado metálico producían, más que ruido, una sorda vibración.

—Ahora veo lo que querías decir con «grande, inútil y caro» —murmuró Trevize.

Entraron en un ancho y alto vestíbulo, donde la luz del sol penetraba por los altos ventanales e iluminaba el interior con tal intensidad que deslumbraba donde daba de lleno pero dejaba en sombra todo lo demás. La fina atmósfera difundía muy poco la luz.

En el centro había una figura humana de más que tamaño natural esculpida en lo que parecía ser piedra sintética. Uno de los brazos se había desprendido. El otro aparecía rajado a la altura del hombro y Trevize pensó que también se rompería si lo golpeaba. Retrocedió, como temiendo que, si se acercaba demasiado, se vería tentado a cometer aquel acto de vandalismo.

—Me pregunto quién será —dijo—. No hay ninguna indicación. Supongo que los que lo pusieron aquí pensaron que su fama era tan evidente que no necesitaba ser identificado; pero ahora...

Se sintió en peligro de volverse filosófico y desvió su atención.

Pelorat estaba mirando hacia arriba y Trevize siguió la dirección de su mirada. En la pared había signos esculpidos que no podía leer.

—Sorprende —dijo Pelorat—. Esas inscripciones tienen tal vez veinte mil años, pero, de algún modo, han estado resguardadas del sol y de la humedad, y todavía son legibles.

—No para mí —dijo Trevize.

—Es una vieja escritura y, por si esto fuera poco, adornada. Veamos: siete..., una..., dos... —Su voz se extinguió en un murmullo. Después, prosiguió—: Aquí hay cincuenta nombre que presumo deben corresponder a cincuenta mundos Espaciales, y ése es «El Palacio de los Mundos». Supongo que los cincuenta nombres se inscribieron por el orden en que fueron fundados los respectivos mundos. Aurora es el primero y Solaria el último. Si te fijas, verás que hay siete columnas, con siete nombres en cada una de las seis primeras y ocho en la última. Es como si hubiesen proyectado un gráfico de siete por siete, añadiendo Solaria con posterioridad. De ello deduzco, viejo amigo, que esta lista data de antes de que Solaria fuese transformada y poblada.

—¿Y cuál es el planeta en que nos hallamos? ¿Puedes saberlo?

—Verás que el quinto de la tercera columna —respondió Pelorat—, el decimonono por orden numérico, aparece inscrito en letras un poco más grandes que los otros. Parece ser que los autores de la lista eran lo bastante ególatras como para envanecerse del lugar. Además...

—¿Cuál es ese nombre?

—Por lo que puedo descifrar, creo que ahí dice Melpomenia. Es un nombre que desconozco en absoluto.

—¿Podría representar la Tierra?

Pelorat sacudió la cabeza enérgicamente, pero ese gesto pasó inadvertido a causa del casco.

—Las viejas leyendas —dijo— emplean docenas de palabras para designar la Tierra. Como ya sabes, Gaia es una de ellas. También lo son Terra y Erda. Todas son cortas. No conozco ningún nombre largo que se refiera a ella, ni nada que se parezca a una abreviatura de Melpomenia.

—Entonces, estamos en Melpomenia, y no es la Tierra.

—Sí. Y además, como iba a decirte antes, hay una indicación todavía más significativa que el tamaño mayor de las letras, y es que las coordenadas de Melpomenia se consignan como 0, 0, 0, y cabe esperar que se refieran al planeta propio.

—¿Coordenadas? —preguntó Trevize con expresión de asombro—. ¿Da esa lista las coordenadas también?

—Bueno, hay tres cifras para cada nombre y supongo que deben ser las coordenadas. ¿A qué otra cosa podrían referirse?

Trevize no respondió. Abrió una especie de bolsillo en la parte del traje espacial que cubría su muslo derecho y sacó un pequeño aparato conectado con unos hilos al traje. Lo puso delante de sus ojos y enfocó cuidadosamente la inscripción de la pared, moviendo los enguantados dedos con dificultad para hacer algo que, en circunstancias normales, habría requerido un breve instante.

—¿Una cámara? —preguntó Pelorat.

—Transmitirá la imagen directamente al ordenador de la nave —le explicó Trevize.

Tomó varias fotografías desde diferentes ángulos y después dijo:

—¡Espera! Tengo que elevarme más. Ayúdame, Janov.

Pelorat cruzó las manos, a manera de estribo, pero Trevize negó con la cabeza.

—Eso no soportaría mi peso. Ponte de rodillas y apoya las manos en el suelo.

Pelorat lo hizo así, con bastante trabajo, y Trevize, después de meter la cámara de nuevo en su compartimiento, subió con igual dificultad sobre los hombros de Pelorat y, desde allí, al pedestal de la estatua. Sacudió cuidadosamente ésta para juzgar su firmeza y puso un pie sobre la rodilla doblada y empleó ésta como punto de apoyo para encaramarse y agarrar el hombro sin brazo. Colocando los dedos de los pies en algunos relieves del pecho de la estatua, fue subiendo y, por último, después de varios gruñidos, consiguió sentarse sobre el hombro de aquélla. Para los antiguos que habían venerado la estatua y lo que ésta representaba, la acción de Trevize les hubiese parecido una blasfemia, y él, que se sintió lo bastante influido por esa idea, trató de sentarse con delicadeza.

—Te caerás y te harás daño —gritó Pelorat, con ansiedad.

—No voy a caerme ni a hacerme daño, pero *tú* puedes dejarme sordo.

Trevize sacó su cámara, enfocándola después una vez más. Tomó otras fotografías, luego, la guardó de nuevo en su bolsillo y descendió cuidadosamente hasta que sus pies tocaron el pedestal. Saltó al suelo y la vibración de su contacto fue, por lo visto, lo único que faltaba, pues el brazo todavía intacto se desprendió, convirtiéndose en un pequeño montón de cascotes al pie de la estatua. Virtualmente, no hizo ruido al caer.

Trevize permaneció inmóvil, aunque su primer impulso había sido el de buscar un lugar donde esconderse antes de que el vigilante llegase y lo detuviese. Era sorprendente, pensó después, con qué rapidez se reviven los días de la infancia en situaciones como aquélla cuando, por accidente, se ha roto algo que parece importante. Sólo había sido un momento, pero se sentía profundamente impresionado.

Pelorat tenía la voz cascada, como correspondía a quien había presenciado e incluso sido cómplice de un acto de vandalismo, pero consiguió encontrar unas palabras de consuelo.

—No pasa nada, Golan. Estaba a punto de desprenderse por sí solo.

Se acercó a los fragmentos que estaban repartidos sobre el pedestal y en el suelo, como si fuese a hacer una demostración, y cogió uno de los trozos más grandes.

—Golan, ven aquí.

Trevize se aproximó y Pelorat señaló un pedazo de piedra que correspondía claramente a la porción del brazo contigua al hombro.

—¿Qué es eso? —preguntó.

Trevize miró. Era una pelusa de color verde brillante. La frotó suavemente con un dedo enguantado. Aquello se desprendió sin dificultad.

—Parece musgo —dijo.

—¿La vida sin mente a la que te referiste?

—No estoy completamente seguro de su carencia total de inteligencia. Supongo que Bliss insistiría en que también esto es consciente..., pero, asimismo diría que esta piedra lo es.

—¿Crees que el musgo está dañando la piedra?

—No me sorprendería que contribuyese a ello —respondió Trevize—. Este mundo tiene mucha luz de sol y un poco de agua. La mitad de su atmósfera es vapor de agua. La otra mitad, nitrógeno y gases inertes. Sólo una pizca de bióxido de carbono, lo cual induciría a creer que no hay vida vegetal; pero puede suceder que la escasez de bióxido de carbono se deba a que todo él esté virtualmente incorporado a la corteza rocosa. Ahora bien, si esta piedra tiene algún carbonato, quizás este musgo lo descomponga segregando ácido y aproveche después el bióxido de carbono producido. Ésa puede ser la forma dominante de vida que queda en el planeta.

—Fascinante —dijo Pelorat.

—Lo es —repuso Trevize—, pero sólo en un grado limitado. Las coordenadas de los mundos Espaciales son bastante más interesantes, pero lo que realmente queremos saber son las coordenadas de la *Tierra*. Si no están aquí, deben encontrarse en alguna otra parte del edificio..., o en otro edificio. Vamos, Janov.

—Pero tú sabes... —empezó a decir Pelorat.

—No, no —le interrumpió Trevize, con impaciencia—. Más tarde hablaremos. Ahora, tenemos que ver si hay algo más en este edificio. El calor empieza a apretar. —Miró el pequeño termómetro en el dorso de su guante izquierdo—. Vamos, Janov.

Recorrieron las habitaciones, caminando con el mayor cuidado posible, no porque hiciesen ruido, en el sentido normal de la palabra, ni porque pudiese oírles alguien, sino porque temían causar más daños con las vibraciones.

Levantaron un poco de polvo, que volvió a posarse rápidamente a través del tenue aire, y dejaron huellas de pisadas detrás de ellos.

De vez en cuando, en algún rincón oscuro, veían nuevas manchas de musgo que allí crecía. Parecían hallar cierto consuelo en la presencia de vida, por rudimentaria que fuese, pues mitigaba la horrible y sofocante impresión de caminar por un mundo muerto, sobre todo habida cuenta de que abundaban en él artefactos que demostraban que antaño, mucho tiempo atrás, había estado lleno de vida.

—Creo que esto debe ser una biblioteca —dijo Pelorat.

Trevize miró a su alrededor con curiosidad. Había estanterías y, al observar con más atención, pensó que lo que primero había considerado como meros adornos podía muy bien ser volúmenes de películas, gruesos y pesados. Alargó un brazo para asir uno de ellos y, entonces, se dio cuenta de que eran estuches. Abrió con torpes dedos el que había cogido y vio varios discos en su interior. También eran gruesos y daban sensación de fragilidad, aunque se abstuvo de comprobarlo.

—Increíblemente primitivos —dijo.

—Tienen miles de años —repuso Pelorat, como defendiendo a los antiguos melpomenianos de la acusación de tecnología atrasada.

Trevize señaló el lomo del estuche donde se veía una vaga inscripción en la adornada caligrafía empleada por los antiguos.

—¿Es el título? ¿Qué dice?

Pelorat lo estudió.

—No estoy muy seguro, viejo. Creo que una de las palabras se refiere a la vida microscópica. Tal vez significa «microorganismo». Sospecho que son términos técnicos microbiológicos que no comprendería aunque estuviesen escritos en galáctico corriente.

—Probablemente —dijo Trevize, malhumorado—. También es probable que no nos sirviese de nada aunque pudiésemos leerlo. No nos interesan los gérmenes. Hazme un favor, Janov. Echa un vistazo a los otros volúmenes y mira si encuentras algún título interesante. Mientras tanto, yo examinaré estos aparatos de proyección.

—¿Son proyectores? —preguntó Pelorat extrañado.

Eran unas estructuras macizas y cúbicas, rematadas por una pantalla inclinada y una prolongación curva en la parte de encima que podía servir para apoyar el codo o para insertar un electrobloc en ella, si es que los había habido en Melpomenia.

—Si esto es una biblioteca —dijo Trevize—, debían tener proyectores de alguna clase, y esto puede ser uno.

Quitó el polvo de la pantalla, poniendo mucho cuidado en ello, y se sintió aliviado al ver que ésta, fuese cual fuere su material, no se rompía a su contacto. Manipuló los controles ligeramente, uno tras otro. No ocurrió nada. Probó otro proyector, y después otro, pero sólo obtuvo el mismo resultado negativo.

No le sorprendió. Aunque el aparato se hubiese conservado bien durante veinte milenios en una atmósfera tenue, y fuese resistente al vapor de agua, todavía quedaba la cuestión de la energía. La energía acumulada tenía filtraciones siempre, por mucho que se hiciese para impedirlas. Ése era otro aspecto de la universal e irresistible segunda ley de Termodinámica.

Pelorat estaba ahora detrás de él.

—¿Golan?

—Sí.

—Aquí tengo un volumen...

—¿De qué clase?

—Creo que es una Historia del vuelo espacial.

—Perfecto, pero de nada nos servirá si no puedo hacer que el proyector funcione.

Cerró los puños, desalentado.

—¿Y si llevásemos la película a la nave?

—Yo no sabría cómo adaptarla a nuestro proyector. Estoy seguro de que es incompatible con nuestro sistema.

—Pero, ¿es todo esto realmente necesario, Golan? Si nosotros...

—Sin duda, Janov —repuso Trevize—. No me interrumpas. Estoy tratando de pensar lo que hay que hacer. Podría intentar dar nueva fuerza al proyector. Tal vez sea lo único que le haga falta.

—¿De dónde sacarás la fuerza?

—Bueno...

Trevize sacó sus armas, las miró un instante y volvió a guardar el *blaster* en su funda. Abrió el látigo neurónico y observó el nivel de energía. Estaba al máximo.

Trevize se tumbó de bruces en el suelo, introdujo una mano detrás del proyector (seguía presumiendo que se trataba de eso e intentó empujarlo hacia delante). Se movió un poco y Trevize estudió lo que había descubierto.

Había varios cables, y uno de ellos, seguramente el que salía de la pared, debía ser el que suministraba la energía. No vio ningún enchufe o conexión por allí. (¿Cómo se puede actuar en presencia de una cultura antigua y desconocida en la cual las materias más simples han llegado a ser irreconocibles?)

Tiró del cable con suavidad y, después, algo más fuerte. Lo dobló en una dirección y luego en la otra. Palpó la pared en las cercanías del cable, y éste en su parte cercana a la pared. Volvió su atención, lo mejor que pudo, al dorso medio oculto del proyector, con el mismo resultado negativo.

Apoyó una mano en el suelo para levantarse y, al ponerse en pie, el cable cedió. No tenía la menor idea de cómo lo había aflojado.

No parecía roto ni arrancado. La punta se hallaba en perfecto estado y había dejado una ligera mancha en la pared donde había estado sujeta.

—Golan, ¿puedo...? —preguntó Pelorat en voz baja.

Trevize le hizo un perentorio ademán.

—Ahora no, Janov. ¡Por favor!

De pronto, se dio cuenta de que había algo verde en las arrugas de su guante izquierdo. Sin duda, un poco de musgo arrancado de detrás del proyector. Su guante estaba un poco húmedo, pero se secó mientras él lo observaba, y la mancha verde se volvió parda.

De nuevo, centró su atención en el cable, estudiando el extremo desprendido. Tenía que haber dos pequeños agujeros por allí, en los que introducir el alambre.

Se sentó en el suelo y abrió la unidad de energía de su látigo neurónico. Despolarizó uno de los alambres con cuidado y lo soltó. Después, lenta y delicadamente, lo insertó en el agujero, empujándolo hasta que se detuvo. Cuando trató de sacarlo de nuevo, permaneció fijo, como si algo lo hubiese sujetado. Dominó el primer impulso de arrancarlo por la fuerza. Despolarizó el otro alambre y lo introdujo en la otra abertura. Era concebible que con aquello el circuito se cerrase y suministrase energía al proyector.

—Janov —dijo—, tú has manejado volúmenes de películas de todas clases. Mira si encuentras la manera de insertar éste en el proyector.

—¿Es realmente preci...?

—Por favor, Janov, no hagas más preguntas innecesarias. Disponemos de poco tiempo. No quiero tener que esperar a la noche para que el edificio se enfríe y podamos volver.

—Tiene que meterse por aquí —dijo Janov, pero...

—Bien —repuso Trevize—. Si es una Historia del vuelo espacial, tendrá que empezar con la Tierra, puesto que en ella se inventaron los vuelos espaciales. Veamos si esto funciona ahora.

Con cierta dificultad, Pelorat colocó el libro-película en lo que, evidentemente, era el receptáculo y empezó a estudiar las señales de los diferentes controles.

Mientras esperaba, Trevize habló en voz baja, en parte para aliviar su propia tensión.

—Supongo que también habrá robots en este mundo, en alguna parte, en razonable buen estado, resplandecientes en este casi vacío total. Lástima que su fuente de energía debió agotarse hace tiempo también. Y, aunque hubiese sido renovado, ¿qué decir de sus cerebros? Las palancas y los engranajes pueden resistir miles de años, pero, ¿y los microinterruptores o resortes subatómicos que había en el cerebro? Tendrían que haberse deteriorado, y aunque no fuese así, ¿qué sabrían ellos de la Tierra? ¿Qué podrían...?

—El proyector funciona, viejo —dijo Pelorat—. Mira aquí.

En la penumbra, la pantalla del proyector empezó a iluminarse. Sólo débilmente, pero Trevize aumentó un poco la fuerza de su látigo neurónico y el brillo aumentó. El tenue aire que los rodeaba mantenía relativamente oscura la zona no alcanzada por los rayos del sol, de modo que la pantalla parecía más brillante en contraste con la sombra de la estancia.

La iluminación de la pantalla seguía oscilando, pero algunas sombras ocasionales pasaban por ella.

—Hay que enfocarlo —dijo Trevize.

—Lo sé, pero creo que esto es lo único que puedo hacer. Es probable que la película se haya deteriorado.

Las sombras aparecían y desaparecían rápidamente, y, de vez en cuando, parecían remedar caracteres impresos. Entonces, durante un momento, la imagen se hizo más clara y se desvaneció de nuevo.

—Vuelve atrás y retén eso, Janov —pidió Trevize.

Pelorat lo estaba intentando ya. Rebobinó la cinta, repitió la proyección y, al llegar a la imagen deseada, la retuvo.

Trevize trató ansiosamente de leer aquello. Pero fracasó.

—¿Puedes *tú* descifrarlo, Janov?

—No del todo —dijo Pelorat, mirando fijamente la pantalla—. Se refiere a Aurora. De eso estoy seguro. Creo que trata de la primera expedición hiperespacial; la «efusión originada», dice.

Siguió adelante, hasta que la imagen se volvió confusa de nuevo.

—Todo lo que he podido descifrar se refiere a los mundos Espaciales. Golan —dijo por último—, no encuentro nada acerca de la Tierra.

—No, no lo encontrarás —repuso Trevize con amargura—. Todo ha sido borrado en este mundo, como en Trantor. Apaga eso.

—Pero no importa... —empezó a decir Pelorat, apagando el proyector.

—¿Porque podemos probar en otras bibliotecas? También en ellas está borrado. En todas partes. Escucha... —Había mirado a Pelarot mientras hablaba, y ahora lo miró más fijamente, con una mezcla de horror y de repugnancia—. ¿Qué le pasa al cristal de tu casco? —preguntó.

67

Pelorat llevó automáticamente su mano enguantada al cristal del casco; después la apartó y la miró.

—¿Qué es? —dijo, intrigado. Después, miró a Trevize y prosiguió, con voz un poco chillona—: Hay algo extraño en el cristal de *tu* casco, Golan.

Trevize buscó, de manera automática, un espejo a su alrededor. No había ninguno y hubiese necesitado una luz de haberlo encontrado.

—Ven a la luz del sol, ¿quieres? —murmuró.

Casi tirando de él, condujo a Pelorat bajo los rayos de sol que entraban por la ventana más próxima. Pudo sentir su calor en la espalda, a pesar del efecto aislante del traje espacial.

—Mira hacia el sol, Janov, y cierra los ojos —dijo.

En seguida vio lo que pasaba. El musgo crecía exuberante en el sitio donde el cristal se juntaba al tejido metalizado del traje espacial, ribeteando aquél de verde, y Trevize supo que al suyo le ocurría lo mismo.

Pasó un dedo enguantado por el musgo del cristal de Pelorat. Parte de él se desprendió, manchando de verde el guante. Sin embargo, mientras observaba su brillo a la luz del sol, pareció que el musgo se ponía rígido y se secaba. Probó de nuevo, y, esta vez, el musgo se desprendió crujiendo. Se iba volviendo pardo. Frotó los bordes del cristal de Pelorat otra vez, ahora, con fuerza.

—Haz lo mismo con el mío, Janov —dijo. Después añadió—: ¿He quedado limpio? Bueno, el tuyo también. Sigamos nuestro camino. Creo que nada más podemos hacer aquí.

El calor del sol resultaba incómodo en la ciudad desierta y sin aire. Los edificios de piedra resplandecían con un brillo casi doloroso. Trevize entornaba los párpados al mirarlos y, siempre que podía, caminaba por el lado sombreado de las calles. Se detuvo ante una grieta de una de las fachadas; una grieta lo bastante ancha para poder meter el dedo meñique en ella, a pesar del guante. Esto fue lo que hizo; después, se miró el dedo.

—Musgo —murmuró. Caminó deliberadamente hasta el final de la sombra y sostuvo un rato el dedo a la luz del sol—. El secreto está en el bióxido de carbono —dijo—. El musgo crece donde puede obtenerlo; en las piedras que se desintegran, en cualquier otra parte. Nosotros somos una buena fuente de bióxido de carbono, probablemente más rica que todas las de este planeta casi muerto, y supongo que hay ligeras filtraciones del gas en los bordes de la placa de cristal.

—Por eso crece el musgo en ellos.

—Sí.

El trayecto de vuelta a la nave pareció largo, mucho más largo y, desde luego, más caluroso que el que habían hecho al amanecer. Pero la nave permanecía todavía en la sombra cuando llegaron a ella; su posición la había calculado Trevize correctamente.

—¡Mira! —dijo Pelorat.

Trevize levantó la vista. Los bordes de la puerta principal estaban ribeteados de musgo verde.

—¿Más filtraciones? —dijo Pelorat.

—Desde luego. Estoy seguro de que en cantidades insignificantes, pero este musgo parece ser el mejor indicador de la existencia de pequeñas cantidades de bióxido de carbono. Sus esporas deben encontrarse en todas partes, y se desarrollan dondequiera que pueden hallar unas pocas moléculas de ese gas. —Ajustó su radio a la longitud de onda de la nave—. Bliss, ¿puedes oírme?

La voz de Bliss sonó en los dos pares de oídos.

—Sí. ¿Vais a entrar? ¿Habéis tenido suerte?

—Estamos aquí —dijo Trevize—, pero *no* abras la puerta. Lo haremos nosotros desde fuera. Repito, *no* abras la puerta.

—¿Por qué?

—¿Quieres hacer lo que te digo, Bliss? Más tarde tendremos tiempo para discutir.

Trevize sacó su *blaster* y redujo cuidadosamente su

intensidad al mínimo. Después, lo miró, vacilando. Nunca lo había usado al mínimo. Miró a su alrededor. No había nada lo bastante frágil para hacer una prueba.

A falta de otra cosa, apuntó a la rocosa falda de la colina a cuya sombra reposaba la *Far Star*. El lugar del impacto no se volvió rojo. Trevize lo tocó casi sin darse cuenta. ¿Estaba caliente? No podía saberlo con certeza a través del tejido aislante de su traje.

Vaciló de nuevo, y, entonces, pensó que el casco de la nave debía ser tan resistente, al menos dentro del orden de magnitud, como la vertiente de la colina. Apuntó con el *blaster* al borde de la puerta y pulsó brevemente el contacto, conteniendo la respiración.

Varios centímetros de musgo se volvieron pardos al momento. Agitó la mano cerca del musgo que se estaba secando y bastó la débil corriente producida de este modo en el aire tenue para que los ligeros restos esqueléticos de aquel pardo material se desprendiesen.

—¿Ha dado resultado? —preguntó Pelorat preocupado.

—Sí —dijo Trevize—. Convertí el *blaster* en un débil rayo de calor.

Después, proyectó el calor alrededor del borde de la puerta y el verde se desvaneció en seguida. Completamente. Entonces, sacudió la cerradura para crear una vibración que expulsase los residuos y un polvo pardo cayó al suelo; un polvo tan fino que los restos que permanecían en la tenue atmósfera se alzaban en remolinos por los débiles escapes de gas.

—Creo que ahora podemos abrirla —dijo Trevize, y empleando sus controles de muñeca, emitió la combinación de ondas de radio que activaban el mecanismo de la cerradura desde el interior. La puerta se abrió y, antes de que acabase de hacerlo, Trevize dijo—: No te entretengas, Janov; métete dentro. No esperes que salgan los peldaños; salta.

Trevize le siguió y roció el borde de la puerta con su *blaster* en baja potencia. También roció los escalones cuando éstos bajaron. Después, dio la señal para que la puerta se cerrase y siguió rociando hasta que se hallaron encerrados dentro.

—Estamos en la cámara cerrada, Bliss —dijo Trevize—. Permaneceremos aquí unos minutos. ¡No hagas nada!

—Dime qué pasa —dijo la voz de Bliss—. ¿Estáis bien? ¿Cómo se encuentra Pel?

—Estoy aquí y bien, Bliss —respondió Pelorat—. No debes preocuparte.

—Si tú lo dices, Pel... Pero tendréis que explicármelo todo más tarde. Espero que lo comprendáis.

—Prometido —repuso Trevize, y encendió la luz.

Los dos hombres vestidos con trajes espaciales se hallaron frente a frente.

—Estamos expulsando todo el aire planetario que podemos —dijo Trevize—; hemos de esperar a expulsarlo todo.

—¿Y el aire de la nave? ¿Vamos a dejarlo entrar?

—No hasta dentro de un rato. Estoy tan impaciente como tú por quitarme el traje espacial, Janov. Pero quiero asegurarme de que nos hemos librado de todas las esporas que pueden haber entrado con nosotros..., o encima de nosotros.

Bajo la escasa luz de la cámara, Trevize volvió su *blaster* contra la juntura interior de la puerta y el casco de la nave, esparciendo metódicamente el calor sobre el suelo, hacia arriba y a su alrededor, y de nuevo hacia el suelo.

—Ahora tú, Janov.

Pelorat se agitó inquieto.

—Quizá sientas calor. Es lo que puede pasarte. Si te molesta demasiado, dilo.

Proyectó el rayo invisible sobre la placa de cristal y sobre los bordes en particular, y después, poco a poco, sobre el resto del traje espacial.

—Levanta los brazos, Janov —murmuró—. Apoya los brazos en mi hombro y levanta un pie. Tengo que rociar la suela. Ahora, el otro ¿Sientes demasiado calor?

—No es, precisamente, la caricia de una brisa fresca —dijo Pelorat.

—Entonces, dame a probar mi propia medicina. Adelante.

—Nunca he manejado un *blaster*.

—Tienes que agarrarlo así y apretar este pequeño botón con el pulgar..., y sujeta la funda con fuerza. Muy bien. Ahora, resigue el cristal del casco. Despacio, Janov, pero sin detenerte demasiado rato en el mismo sitio. Después, el resto del casco, la cara y el cuello.

Siguió dándole instrucciones y, cuando sintió calor en todo el cuerpo y notó un desagradable sudor como consecuencia de ello, recuperó el *blaster* y observó el nivel de energía.

—Hemos gastado más de la mitad —dijo, y roció metódicamente el interior de la cámara, resiguiendo las paredes, hasta que se hubo agotado la carga, no sin calentarse mucho él mismo con los rápidos y continuos disparos. Después, volvió a guardar el *blaster* en su funda.

Sólo entonces dio la señal para entrar en la nave. Le gustó el silbido del aire al entrar en la cámara cuando se abrió la puerta interior. Su frescura y sus fuerzas convectivas se llevarían el calor del traje espacial mucho más de prisa que habría podido hacerlo la radiación solar. Tal vez fue pura autosugestión, pero sintió el efecto refrescante de inmediato. Imaginario o no, también esto le gustó.

—Quítate el traje, Janov, y déjalo ahí fuera, en la cámara —indicó Trevize.

—Si no te importa —dijo Pelorat—, lo primero que querría hacer sería darme una ducha.

—Lo primero, no —se opuso Pelorat—. Antes de eso, e incluso antes de que puedas vaciar tu vejiga, creo que tendrás que hablar con Bliss.

Desde luego, ella estaba esperando con la preocupación reflejada en el semblante. A su espalda, atisbando, se hallaba Fallom, agarrada con ambas manos al brazo izquierdo de Bliss.

—¿Qué ha pasado? —preguntó, seria, Bliss—. ¿Qué habéis estado haciendo?

—Protegernos contra la infección —respondió Trevize secamente—. Por eso, encenderé la radiación ultravioleta ahora. Trae las gafas oscuras. De prisa, por favor.

Con los rayos ultravioleta añadidos a la luz de la pared, Trevize se quitó una a una las húmedas prendas y las sacudió, volviéndolas del revés y del derecho.

—Es una mera precaución —dijo—. Hazlo tú también, Janov. Y, Bliss, tendré que desnudarme del todo. Si esto te incomoda, pasa a la habitación contigua.

—Ni me incomoda ni me importa —respondió Bliss—. Tengo una buena idea de tu aspecto y, seguramente, no me enseñarás nada nuevo. ¿A qué infección te referías?

—Una insignificancia que, si pudiese campar por sus respetos —dijo Trevize, con afectada indiferencia—, creo que podría causar graves daños a la Humanidad.

68

La operación concluyó. La luz ultravioleta había cumplido su misión. Oficialmente, según las complicadas películas de información e instrucciones que la *Far Star* llevaba consigo cuando Trevize embarcó en ella por primera vez, en Terminus, aquella luz servía sólo como medio de desinfección. Sin embargo, Trevize pensaba que era una tentación, y a veces caía en ella, para adquirir un tono tostado cuando había que desembarcar en algún mundo donde el moreno estaba de moda. A pesar de ello, la luz servía siempre como desinfectante.

La nave se elevó en el espacio y Trevize la acercó cuanto pudo al sol de Melpomenia sin que la proximidad resultase demasiado incómoda, haciendo que diese vueltas en todas direcciones, para asegurarse de que toda su superficie quedaba bañada en radiaciones ultravioleta.

Por último, recogieron los dos trajes espaciales que habían quedado en la cámara y los examinaron hasta que Trevize quedó satisfecho.

—Todo este jaleo por un poco de musgo —dijo Bliss al fin—. ¿No has dicho que era musgo, Trevize?

—Yo lo llamo musgo —respondió Trevize— porque me lo recordó. Sin embargo, no soy botánico. Lo único que puedo decir es que tiene un color verde intenso y que, probablemente, puede vivir con muy poca energíaluz.

—¿Por qué muy poca?

—Este musgo es sensible a la radiación ultravioleta y no puede crecer, ni siquiera sobrevivir, bajo una iluminación directa. Sus esporas se esparcen por todas partes, y crece en los rincones escondidos, en las grietas de las estatuas, en la superficie inferior de las estructuras, alimentándose con la energía de los fotones dispersos donde haya algo de bióxido de carbono.

—Deduzco que piensas que es peligroso —dijo Bliss.

—Podría serlo. Si algunas esporas hubiesen quedado adheridas a nosotros cuando entramos, o penetrado con el aire, hubiesen encontrado mucha iluminación sin las letales radiaciones ultravioleta, así como mucha agua y una provisión inagotable de bióxido de carbono.

—Sólo el 0,03 de nuestra atmósfera —dijo Bliss.

—Eso es mucho para él, sin contar con el 4 por ciento del aliento que exhalamos. ¿Qué pasaría si las esporas se desarrollasen en nuestras fosas nasales y sobre nuestra piel? ¿Qué pasaría si descompusiesen y destruyesen nuestra comida? ¿Y si produjesen toxinas mortales para nosotros? Aunque lográsemos destruir todo el musgo, si dejásemos algunas esporas vivas, éstas serían suficientes para contagiar cualquier otro planeta al que las llevásemos, y de allí podrían pasar a otros mundos. ¡Quién sabe los daños que causarían!

Bliss sacudió la cabeza.

—La vida no es necesariamente peligrosa por el hecho de que sea diferente. Tú lo matas todo en seguida.

—Gaia está hablando —dijo Trevize.

—Claro que sí, pero espero que lo que digo sea lógico. El musgo está adaptado a las condiciones de este planeta. Así como utiliza la luz en pequeñas cantidades, y una gran cantidad es mortal para él; utiliza pequeñas ráfagas de bióxido de carbono, y una cantidad mayor puede matarlo, también es posible que no sea capaz de sobrevivir en cualquier mundo que no sea Melpomenia.

—¿Quisieras que me hubiese arriesgado fundándome en eso? —preguntó Trevize.

Ella se encogió de hombros.

—Está bien No te pongas a la defensiva. Comprendo tu punto de vista. Como eres un Aislado, probablemente sólo podías hacer lo que hiciste.

Trevize iba a replicar, pero la clara y aguda voz de Fallon se dejó oír, en su propia lengua.

—¿Qué dice? —preguntó Trevize a Pelorat.

—Fallom dice... —empezó Pelorat.

Pero Fallom, como recordando demasiado tarde que su idioma no era comprendido con facilidad, empezó de nuevo:

—¿Estaba Jemby en el sitio donde habéis estado?

Había pronunciado las palabras meticulosamente, y Bliss sonrió satisfecha.

—¿Verdad que habla bien el galáctico? —dijo ella—. Y casi lo ha aprendido de la noche a la mañana.

Trevize dijo en voz baja:

—Yo armaría un lío si lo explicara. Hazlo tú, Bliss; dile que no encontramos robots en el planeta.

—Se lo explicaré yo —dijo Pelorat—. Vamos, Fallom. —Apoyó un brazo cariñoso sobre los hombros de la criatura—. Ven a nuestra habitación y te daré otro libro para que lo leas.

—¿Un libro? ¿Sobre Jemby?

—No exactamente...

Y la puerta se cerró a sus espaldas.

—¿Sabes una cosa? —habló Trevize, con impaciencia—. Estamos perdiendo el tiempo haciendo de niñeras de esa chiquilla.

—¿Perdiendo el tiempo? ¿En qué entorpece ella tu búsqueda de la Tierra, Trevize? En nada. En cambio, haciendo de niñera se establece una comunicación, se disipan temores, se da amor. ¿Acaso esto no es nada?

—Ha vuelto a hablar Gaia.

—Sí —dijo Bliss—. Y ahora vayamos a lo práctico.

Hemos visitado tres de los viejos mundos Espaciales sin haber conseguido nada.

Trevize asintió con la cabeza.

—Es verdad.

—En realidad, nos hemos encontrado con que todos nos eran hostiles, ¿no? En Aurora había perros fieros; en Solaria, seres humanos extraños y asesinos; en Melpomenia, un musgo amenazador. Por lo visto, cuando un mundo se desenvuelve por sí solo, haya o no seres humanos en él, se convierte en amenazador para la comunidad interestelar.

—No puedes considerarlo como una regla general.

—Tres de tres parece una proporción imponente.

—¿Y cómo te impresiona a ti, Bliss?

—Te lo diré. Por favor, escúchame con mentalidad abierta. Si tenéis millones de mundos relacionados entre sí en la Galaxia, como es el caso en realidad, y si cada uno de ellos está compuesto enteramente de Aislados, también como ocurre en realidad, en todos ellos dominan los seres humanos y pueden imponer su voluntad a las formas de vida no humanas, al inanimado fondo geológico e incluso los unos a los otros. La Galaxia es, pues, algo muy primitivo, torpe y que funciona mal. Los principios de una unidad. ¿Entiendes lo que quiero decir?

—Entiendo lo que tratas de decir, pero eso no significa qué deba estar de acuerdo contigo cuando acabes de decirlo.

—Entonces escúchame. Puedes estar o no de acuerdo, pero escucha. La única manera en que la galaxia puede funcionar es como una protogalaxia, y cuanto menos proto y más galaxia sea, tanto mejor. El Imperio Galáctico fue un intento de una protogalaxia fuerte, y cuando se desintegró, todo empeoró rápidamente y hubo tendencia constante a fortalecer el concepto de protogalaxia. La Confederación de la Fundación es un intento de esa clase. También lo fue el Imperio del Mulo. Así como lo es el Imperio que está proyectando la Segunda Fundación. Pero aunque no existiesen tales Imperios o Confederaciones; aunque toda la Galaxia se hallase en plena confusión, sería una confusión conectada, con cada uno de los mundos actuando sobre otro, aunque sólo fuese de un modo hostil. Esto sería, en sí mismo, una clase de unión y no sería lo peor.

—Entonces, ¿qué sería lo peor, según tú?

—Ya sabes la respuesta, Trevize. Lo has visto. Si un mundo habitado por seres humanos se descompone completamente, queda aislado del todo y pierde su interacción con otros mundos humanos, evoluciona..., hacia el mal.

—¿Como un cáncer?

—*Sí*. ¿No es Solaria eso? Levanta la mano contra todos los mundos. Y en ella, cada individuo levanta la mano contra todos los demás. Tú lo has visto. Y si los seres humanos desaparecen del todo, se pierde el último vestigio de disciplina. La agresión se vuelve irracional, como sucedió con los perros, o se convierte en una fuerza elemental, como en el caso del musgo. Supongo que verás que, cuanto más cerca estamos de Galaxia, mejor es la sociedad. Entonces, ¿por qué pararnos en algo por debajo de Galaxia?

Trevize miró a Bliss en silencio durante un rato.

—Estoy pensando en ello —dijo al fin—. Pero, ¿por qué presumes que la dosificación es un camino de una sola dirección, que si un poco es bueno, un mucho es mejor y una totalidad es lo mejor? ¿No has dicho tú misma que es posible que el musgo esté adaptado para desarrollarse con muy poco bióxido de carbono y que una gran cantidad de éste podría matarlo? Un ser humano de dos metros de estatura está en mejores condiciones que el que sólo mide un metro, pero también en mejores condiciones que el que midiese tres. Un ratón no estaría mejor si adquiriese la masa de un elefante. No podría sobrevivir. Y lo propio puede decirse de un elefante que se viese reducido al tamaño de un ratón.

»Hay un tamaño natural, una complejidad natural, una cualidad óptima para todo, ya se trate de una estrella o de un átomo, y también esto es cierto en los seres vivos y en las sociedades vivas. No digo que el viejo Imperio Galáctico fuese ideal, y ciertamente veo defectos en la Confederación de la Fundación, pero tampoco digo que, si el aislamiento total es malo, la unificación total sea buena. Ambos extremos pueden ser igualmente horribles, y un anticuado Imperio Galáctico, por imperfecto que sea, puede convertirse en lo mejor para nosotros.

Bliss negó con la cabeza.

—Dudo de que tú mismo creas lo que dices, Trevize. ¿Vas a sostener que un virus y un ser humano son igualmente insatisfactorios, y que lo mejor sería algo intermedio, como un hongo?

—No. Pero podría argüir que un virus y un ser sobrehumano son igualmente insatisfactorios y que lo mejor es algo intermedio, como una persona ordinaria. Sin embargo, es inútil discutir. Tendré la solución cuando halle la Tierra. En Melpomenia, encontramos las coordenadas de otros cuarenta y siete mundos Espaciales.

—¿Y quieres visitarlos todos?

—Todos, si tengo que hacerlo.

—Exponiéndote a peligros en cada uno de ellos.

—Sí, si es preciso hacerlo para encontrar la Tierra.

Pelorat acababa de salir de la habitación en la que había dejado a Fallom y parecía querer decir algo cuando lo impidió la rápida discusión entre Bliss y Trevize. Les miró sucesivamente mientras hablaban.

—¿Cuánto tiempo necesitarás? —preguntó Bliss.

—Todo el que sea necesario —respondió Trevize—, aunque puede que encontremos lo que buscamos en el primero que visitemos.

—O en ninguno de ellos.

—Eso no podemos saberlo hasta el final.

Y ahora, por fin, consiguió Pelorat meter baza en la conversación.

—Pero, ¿por qué buscar, Golan? Tenemos la respuesta.

Trevize agitó una mano con impaciencia en dirección a Pelorat, pero interrumpió este movimiento, volvió la cabeza y dijo, sin comprender:

—¿Qué?

—He dicho que tengo la respuesta. Traté de decírtelo en Melpomenia al menos cinco veces, pero tú estabas tan abstraído en lo que hacías...

—¿Qué respuesta tenemos? ¿De qué estás hablando?

—De la *Tierra*. Creo que sabemos dónde se encuentra.

Sexta parte

ALFA

XVI. EL CENTRO DE LOS MUNDOS

69

Trevize miró fijamente a Pelorat durante un largo instante y con expresión de claro desagrado.

—¿Viste algo que yo no vi y de lo que no me hablaste? —preguntó,

—No —respondió Pelorat suavemente—. Tú lo viste lo mismo que yo. Traté de explicártelo, pero no estabas de humor para escucharme.

—Bueno, inténtalo de nuevo.

—No le atosigues, Trevize —pidió Bliss.

—No le atosigo. Le estoy pidiendo información. Y tú no le mimes tanto.

—Por favor —dijo Pelorat—, escuchadme y dejad de discutir. ¿Recuerdas, Golan, que hablamos de los primeros intentos de descubrir el origen de la especie humana? ¿Del proyecto de Yariff? Ya sabes, el intento de fijar los tiempos de colonización de los diversos mundos basándose en el supuesto de que los planetas habían sido colonizados desde el mundo de origen, en un orden progresivo hacia fuera y en todas direcciones. En tal caso, al pasar de planetas más nuevos a otros más viejos, nos acercaríamos al mundo de origen desde cualquier dirección.

Trevize asintió con un impaciente movimiento de cabeza.

—Recuerdo que eso no nos sirvió, porque las fechas de colonización no eran de fiar.

—Es verdad, viejo amigo. Pero los mundos que estudiaba Yariff formaban parte de la segunda expansión de la raza humana. Entonces, el viaje hiperespacial no estaba muy adelantado y las colonizaciones debieron hacerse de un modo muy irregular. Los saltos a grandes distancias eran muy sencillos y la colonización no se extendió, necesariamente, hacia fuera, en una simetría radial. Esto complicaba el problema de las fechas inciertas de colonización.

»Pero piensa un momento, Golan, en los mundos Espaciales. Éstos correspondían a la primera ola de colonización. Entonces, el viaje hiperespacial estaba menos adelantado, y es probable que se produjeran pocos o ningún Salto a larga distancia. Mientras se colonizaron millones de mundos, tal vez de un modo caótico, durante la segunda expansión, sólo cincuenta lo fueron en la primera, probablemente de un modo ordenado. Mientras la colonización de los millones de mundos de la segunda expansión duró un período de veinte mil años, la de los cincuenta de la primera tardó unos pocos siglos, casi simultáneamente en comparación con aquéllos. Estos cincuenta, tomados en su conjunto, debieron hallarse en simetría casi esférica alrededor del mundo de origen.

»Tenemos las coordenadas de los cincuenta mundos. Tú las fotografiaste desde la estatua, ¿te acuerdas? Lo que sea que está destruyendo la información referente a la Tierra, o se olvidó de esas coordenadas o no pensó que podían darnos la información que necesitamos. Lo único que debes hacer, Golan, es ajustar las coordenadas a los movimientos estelares de los últimos veinte mil años, y encontrar después el centro de la esfera. Esto te llevará muy cerca del sol de la Tierra, o al menos de donde éste estaba hace veinte mil años.

Trevize había entreabierto la boca durante la disertación y tardó unos segundos en cerrarla cuando Pelorat hubo terminado.

—Ya, ¿por qué no pensé *yo* en eso?

—Traté de decírtelo cuando todavía estábamos en Melpomenia.

—Sin duda lo hiciste. Te pido disculpas, Janov, por no querer escucharte. Lo cierto es que no se me ocurrió que...

Se interrumpió confuso. Pelorat rió entre dientes y terminó la frase por él:

—... que yo pudiese tener algo tan importante que decir. Supongo que así habría sido en circunstancias normales, pero esto correspondía a mi especialidad. Estoy seguro de que, como regla general, estaba perfectamente justificado que no quisieras escucharme.

—No —dijo Trevize—. No es así, Janov. Me siento como un imbécil, y este sentimiento sí que está justificado. Te pido perdón de nuevo..., y, ahora, debo ir al ordenador.

Él y Pelorat entraron en la cabina-piloto, y este último, como siempre, observó, con una mezcla de asombro e incredulidad, cómo Trevize ponía las manos sobre el tablero y se convertía en lo que casi era un único organismo hombre-ordenador.

—Tendré que hacer ciertas suposiciones, Janov —dijo Trevize que había palidecido bastante debido a la absorción del ordenador—. Tengo que dar por supuesto que el primer número es una distancia en *parsecs* y que los otros dos son ángulos radiales, el primero de ellos de arriba abajo, por así decirlo, y el otro de derecha a izquierda. Y debo presumir que el empleo de los signos más y menos es, en el caso de los ángulos el galáctico corriente, y que la marca cero-cero-cero es el sol de Melpomenia.

—Parece bastante lógico —dijo Pelorat.

—¿Sí? Hay seis maneras posibles de combinar los números; cuatro maneras posibles de ordenar los signos; las distancias pueden medirse en años luz y no en *parsecs*, y los ángulos en grados y no en radios. Sólo aquí tenemos noventa y seis variaciones. Añade a esto que, si las distancias se representan en años luz, no sé de cierto la duración del año que se empleó. Y añade también el hecho de que desconozco las verdaderas convenciones empleadas para medir los ángulos, supongo que desde el ecuador melpomeniano en un caso; pero, ¿cuál es su meridiano cero?

Pelorat frunció el entrecejo.

—Esto suena a empresa sin esperanza.

—No. Aurora y Solaria están incluidas en la lista, y yo sé dónde se hallan situadas en el espacio. Usaré las coordenadas e intentaré localizar los dos planetas. Si obtengo una situación errónea, ajustaré las coordenadas hasta que me den la localización justa, y esto me dirá cuáles son los supuestos equivocados de los que he partido en lo tocante a las reglas que rigen las coordenadas. En cuanto las haya corregido, podré buscar el centro de la esfera.

—Con todas las posibilidades de cambio, ¿no será difícil decidir lo que hay que hacer?

—¿Cómo? —dijo Trevize. Estaba cada vez más absorto. Después, al repetir Pelorat su pregunta, dijo—: Bueno, lo más probable es que las coordenadas sigan el sistema galáctico y ajustarlas a un meridiano cero desconocido no será difícil. Los sistemas para localizar puntos en el espacio fueron inventados hace muchísimo tiempo y la mayoría de los astrónomos están casi seguros de que se usaron incluso antes del viaje interestelar. Los seres humanos son muy conservadores en algunos asuntos y, virtualmente, nunca cambian las convenciones numéricas cuando se han acostumbrado a ellas. Creo que incluso las confunden con las leyes naturales. Lo cual me parece perfecto, pues si todos los mundos tuviesen patrones propios de medición y los cambiasen cada siglo, creo, con sinceridad, que la labor científica se estancaría de modo permanente.

Saltaba a la vista que estaba trabajando mientras hablaba, pues sus frases eran entrecortadas.

—Ahora no digas nada —murmuró.

Después, arrugó el entrecejo y se concentró, hasta

que, tras varios minutos, se incorporó y lanzó un largo suspiro.

—Las convenciones se mantienen —dijo a media voz—. He localizado Aurora. Es indiscutible. ¿Lo ves?

Pelorat miró el campo de estrellas, en particular una que brillaba cerca del centro.

—¿Estás seguro?

—Mi opinión no importa —dijo Trevize—. El *ordenador* lo está. Nosotros hemos visitado Aurora. Tenemos sus características: diámetro, masa, luminosidad, temperatura, detalles espectrales, por no hablar de la situación de los astros vecinos. El ordenador dice que es Aurora.

—Entonces, supongo que debemos aceptar su palabra.

—Tenemos que hacerlo. Voy a reajustar la pantalla y el ordenador pondrá manos a la obra. Tiene las cincuenta series de coordenadas y las empleará una a una.

Trevize se movía ante la pantalla mientras hablaba. El ordenador trabajaba por rutina en las cuatro dimensiones del espacio-tiempo, pero, para la inspección humana, raras veces se necesitaban más de dos dimensiones en la pantalla. Ahora, ésta pareció desplegarse en un oscuro volumen tan profundo como alto y ancho. Trevize apagó las luces de la cabina casi del todo para facilitar la observación del campo estrellado.

—Ahora empezará —murmuró.

Un momento más tarde, un astro apareció; después, otro; después, otro. La vista de la pantalla cambiaba con cada adición de modo que pudiese incluirse todo en ella. Era como si el espacio se moviese hacia atrás para tomar una panorámica más y más amplia. Y eso, combinado con movimientos hacia arriba o hacia abajo, hacia la derecha o hacia la izquierda...

Por fin, aparecieron cinco puntos de luz, flotando en el espacio tridimensional.

—Me habría gustado encontrar una bella ordenación esférica, pero eso se parece a la silueta de una bola de nieve demasiado dura y quebradiza a la que

387

se hubiese intentado dar forma precipitadamente.

—¿Crees que es un obstáculo insalvable?

—Plantea algunas dificultades, pero supongo que eso no se podía evitar. Las propias estrellas no están uniformemente repartidas, y los planetas habitables tampoco lo están; por consiguiente, tiene que haber desigualdades en la colonización de nuevos mundos. El ordenador ajustará cada uno de esos puntos a su posición actual, teniendo en cuenta sus movimientos probables en los últimos veinte mil años (ni siquiera este período de tiempo requerirá mucho reajuste) y después los fijará todos en la «esfera mejor». Dicho en otras palabras, encontrará una superficie esférica a la mínima distancia de todos los puntos. Entonces, buscaremos el centro de la esfera, y la Tierra tendría que estar bastante cerca de aquel centro. Al menos, así lo espero. No será cuestión de mucho tiempo.

70

Y no lo fue. Trevize, que estaba acostumbrado a aceptar milagros del ordenador, esta vez se sorprendió de su rapidez.

Le había ordenado que emitiese un sonido suave y vibrante al decidir las coordenadas del centro mejor. No había motivo para ello, salvo la satisfacción de oírlo y de saber que tal vez la búsqueda había terminado.

Aquel sonido se produjo a los pocos minutos, y fue como el débil tañido de un gong melodioso. Aumentó el volumen, hasta que pudieron sentir la vibración físicamente después, se extinguió poco a poco.

Bliss apareció casi en la puerta de inmediato.

—¿Qué ha sido eso? —preguntó, abriendo mucho los ojos—. ¿Una emergencia?

—En absoluto —respondió Trevize.

—Hemos localizado la Tierra, Bliss —añadió Pelorat

ansiosamente—. Así nos lo ha comunicado el ordenador con ese sonido.

Ella entró en la cabina.

—Podíais haberme avisado.

—Lo siento, Bliss —dijo Trevize—. No creía que sonase tan pronto.

Fallom había seguido a Bliss, y preguntó:

—¿Qué ha sido ese ruido, Bliss?

—Veo que también es curiosa —dijo Trevize.

Se echó hacia atrás, sintiéndose agotado. El paso siguiente sería probar el descubrimiento en la Galaxia real, enfocar las coordenadas del centro de los mundos Espaciales y ver si realmente estaba presente un astro de tipo G. Una vez más, se sentía reacio a dar el paso definitivo, incapaz de poner a prueba, realmente, la posible solución.

—Sí —dijo Bliss—. ¿Por qué no había de serlo? Es tan humana como nosotros.

—Su padre no lo habría creído así —dijo Trevize abstraído—. Me preocupa esta criatura. Es de mal augurio.

—¿En qué lo ha demostrado? —preguntó Bliss.

Trevize extendió los brazos.

—No es más que una impresión.

Bliss le dirigió una mirada desdeñosa y se volvió a Fallom.

—Estamos tratando de localizar la Tierra, Fallom.

—¿Qué es la Tierra?

—Otro mundo, pero muy especial. Es el planeta del que nuestros antepasados vinieron. ¿Sabes lo que significa la palabra «antepasados», Fallom?

—Significa... —Y dijo una palabra que no era de galáctico.

—Ése es un término arcaico equivalente a «antepasados», Bliss —dijo Pelorat—. Nuestra palabra «ascendientes» se le parece más.

—Muy bien —dijo Bliss, con una súbita y brillante sonrisa—. La Tierra es el mundo del que nuestros ascendientes salieron, Fallom. Los tuyos, los míos, los de Pel y los de Trevize.

—¿Los tuyos, Bliss, y también los míos? —preguntó Fallom, que parecía confusa—. ¿Los dos?

—Sólo hay unos antepasados —dijo Bliss—. Todos nosotros tuvimos los mismos.

—A mí me parece que la niña sabe muy bien que es diferente de nosotros —dijo Trevize.

—No digas eso —murmuró Bliss a Trevize en voz baja—. Debemos hacerle ver que no lo es; no en lo esencial.

—Yo diría que el hermafroditismo es esencial.

—Estoy hablando de la mente.

—Los lóbulos transductores son esenciales también.

—No compliques las cosas, Trevize. Ella es inteligente y humana con independencia de los detalles.

Se volvió a Fallom y levantó la voz a su nivel normal.

—Piensa con tranquilidad en esto, Fallom, y ve lo que significa para ti. Tus ascendientes y los míos fueron los mismos. Todos los habitantes de todos los mundos, de los muchos, muchísimos mundos, tuvieron los mismos ascendientes, los cuales, al principio, vivieron en el mundo llamado Tierra. Eso significa que todos somos parientes, ¿no? Ahora, vuelve a nuestra habitación y piensa sobre ello.

Fallom, después de dirigir una pensativa mirada a Trevize, dio media vuelta y echó a correr, espoleada por una afectuosa palmada de Bliss en el trasero.

Bliss se volvió a Trevize.

—Por favor, Trevize, prométeme que, cuando ella pueda oírlo, no harás comentarios que le induzcan a pensar que es diferente de nosotros.

—Lo prometo —dijo Trevize—. No quiero impedir ni trastornar tu sistema educativo, pero ella *es* diferente de nosotros, ¿sabes?

—En ciertas cosas. Como yo soy diferente de ti y también de Pel.

—Rezumas ingenuidad, Bliss. Las diferencias se agrandan en el caso de Fallom.

—Sólo un *poco*. Las similitudes importan mucho

más. Ella y su pueblo serán parte de Galaxia algún día, y una parte muy útil, estoy convencida de ello.

—Está bien. No discutamos —dijo él, volviéndose de mala gana hacia el ordenador—. Mientras tanto, me temo que debo comprobar la presunta situación de la Tierra en el espacio real.

—¿Tienes miedo?

—Bueno —respondió Trevize haciendo un encogimiento de hombros en lo que esperaba que fuese un ademán medio humorístico—, ¿qué pasará si no hay ninguna estrella adecuada cerca del lugar?

—Entonces, no la habrá —dijo Bliss.

—Me estoy preguntando si merece la pena comprobarlo ahora. No estaremos en condiciones de dar el Salto hasta dentro de varios días.

—Y pasarás todo el tiempo angustiándote sobre las posibilidades. Averígualo ahora. La espera no cambiará las cosas.

Trevize permaneció sentado, y con los labios apretados, durante un momento.

—Tienes razón. Está bien..., vamos allá.

Se volvió hacia el ordenador, puso las manos sobre las marcas del tablero y la pantalla se oscureció.

—Te dejo —dijo Bliss—. Te pondría nervioso si me quedase.

Agitó una mano y se marchó.

—La cuestión es —murmuró él— que si comprobamos el mapa galáctico del ordenador en primer lugar y, aunque el sol de la Tierra esté en la posición calculada, el mapa podría no incluirlo. Pero entonces...

El asombro hizo que su voz se extinguiese al aparecer un telón de fondo estrellado en la pantalla. Los astros eran numerosos y opacos, con alguno ocasionalmente más brillante aquí y allá, bien repartidos sobre la cara de la pantalla. Pero, muy cerca del centro, había una estrella más brillante que todas las demás.

—¡La tenemos! —exclamó, entusiasmado, Pelorat—. La tenemos, viejo amigo. Mira cómo brilla.

—Cualquier estrella en coordenadas centradas parecería brillante —dijo Trevize, tratando claramente de evitar un júbilo inicial que pudiese resultar infundado—. A fin de cuentas, la vista es ofrecida desde la distancia de un *parsec* de las coordenadas centradas. Sin embargo, la estrella centrada no es una enana roja, ni una gigante roja, ni una azul-blanca en ignición. Esperemos la información; el ordenador está comprobando en sus bancos de datos.

—Clase espectral G-2 —dijo Trevize, después de unos segundos de silencio—; diámetro, 1,4 millones de kilómetros; masa, 1,02 veces la del sol de Terminus; temperatura en la superficie, 6.000 grados absolutos; rotación lenta, de un poco menos de treinta días; ninguna actividad o irregularidad desacostumbradas.

—¿No es eso típico de la clase de estrellas alrededor de las cuales pueden encontrarse planetas habitables? —preguntó Pelorat.

—Típico —dijo Trevize, asintiendo con la cabeza en la penumbra—. Y, por consiguiente, como esperamos que sea el sol de la Tierra. Si la vida surgió en ella, su sol debió marcar la pauta original.

—Entonces, existe una probabilidad razonable de que haya un planeta habitable girando a su alrededor.

—No tenemos que especular sobre eso —dijo Trevize, que, empero, parecía muy intrigado—. El mapa galáctico la incluye como una estrella poseedora de un planeta con vida humana..., pero con un interrogante.

El entusiasmo de Pelorat se hizo intenso.

—Esto es exactamente lo que debíamos esperar, Golan. El planeta portador de vida está allí, pero el intento de ocultar ese hecho oscurece los datos concernientes a él y hace que los que realizaron el mapa que el ordenador emplea se muestren inseguros.

—No, y me preocupa —dijo Trevize—. *No* debíamos esperar eso. Había que esperar mucho más. Considerando la eficacia con que han sido borrados los datos concernientes a la Tierra, los que confeccionaron el mapa hubiesen debido ignorar que existe vida en el sistema, y más vida humana. Ni siquiera hubiesen debido saber que existe el sol de la Tierra. Los mundos

Espaciales no se hallan en el mapa. ¿Por qué había de estar el sol de la Tierra precisamente?

—Bueno, la cuestión es que se encuentra allí. ¿Para qué vamos a discutir sobre ello? ¿Y qué otra información nos da sobre la estrella?

—Un nombre.

—¡Oh! ¿Cuál es?

—Alfa.

Hubo una breve pausa y Pelorat dijo ansiosamente:

—Claro, viejo. Es la prueba que nos faltaba. Considera el significado.

—¿Tiene un significado? —preguntó Trevize—. Para mí no es más que un nombre, y extraño por cierto. No parece galáctico.

—*No es* galáctico. Corresponde a una lengua prehistórica de la Tierra, la misma que nos dio Gaia como nombre del planeta de Bliss.

—¿Y qué significa?

—Alfa es la primera letra del alfabeto de aquella lengua antigua. Y una de las cosas que con mayor certidumbre sabemos de ella. En los tiempos antiguos, «alfa» era a veces empleada para significar lo primero de algo. Llamar «Alfa» a un sol, implica que es el primero. ¿Y no sería el primer sol aquél alrededor del cual girase el primer planeta donde hubiese vida humana..., la Tierra?

—¿Estás seguro?

—Por completo —dijo Pelorat.

—¿Hay algo en las leyendas primitivas (tú debes saberlo, ya que eres mitólogo) que dé al sol de la Tierra algún atributo desacostumbrado?

—No, ¿por qué habría de tenerlo? Por definición, ha de ser normal, y las características que nos ha dado el ordenador son, supongo, absolutamente normales. ¿Verdad?

—Presumo que el sol de la Tierra es una sola estrella, ¿no?

—¡Por supuesto! —exclamó Pelorat—. Que yo sepa, todos los mundos habitados giran alrededor de una sola estrella.

—Lo que yo suponía —dijo Trevize—. Resulta que la estrella que aparece en el centro de la pantalla no es una estrella individual, sino una binaria. La más grande de las dos que componen la binaria aparece normal, y a ella se refieren los datos que el ordenador nos dio. Sin embargo, otra estrella de una masa equivalente a cuatro quintos de la más brillante gira alrededor de ésta, en un tiempo aproximado de ochenta años. No podemos ver las dos estrellas separadas a simple vista, pero, si ampliásemos la imagen, estoy seguro de que sería posible contemplarlas.

—¿De verdad estás seguro, Golan? —preguntó, estupefacto, Pelorat.

—Es lo que el ordenador me dice. Y si hemos estado mirando una estrella binaria, no se trata del sol de la Tierra. No puede serlo.

71

Trevize rompió el contacto con el ordenador y se encendieron las luces.

Por lo visto, fue la señal para que Bliss volviese, seguida de Fallom.

—Bueno, ¿qué resultados hay? —preguntó.

—Bastante desalentadores —respondió Trevize, con voz apagada—. Donde esperaba encontrar el sol de la Tierra, ha aparecido una estrella binaria. El sol de la Tierra es una sola estrella; por consiguiente, no lo hemos encontrado.

—¿Y ahora qué, Golan? —dijo Pelorat.

Trevize se encogió de hombros.

—En realidad, no esperaba ver centrado el sol de la Tierra. Ni siquiera los Espaciales habrían colonizado mundos que formasen una esfera perfecta. Además, Aurora, que es el mundo Espacial más viejo, pudo enviar colonizadores por su cuenta y, de este modo, deformar la esfera. También es posible que el sol de la

Tierra no se haya movido exactamente a la velocidad media de los mundos Espaciales.

—Así, ¿quieres significar que la Tierra puede estar en cualquier parte? —dijo Pelorat.

—No. No precisamente en «cualquier parte». Todas aquellas posibles causas de error no tienen por qué significar gran cosa. El sol de la Tierra puede estar *cerca* de las coordenadas. La estrella que encontramos casi en las coordenadas exactas debe ser una vecina del sol de la Tierra. Es sorprendente que haya una vecina que se parezca tanto al sol de la Tierra, aparte de ser binaria, mas éste tiene que ser el caso.

—Pero, entonces, deberíamos ver el sol de la Tierra en el mapa, ¿no? Quiero decir, cerca de Alfa.

—No, pues estoy seguro de que el sol de la Tierra no figura en absoluto en el mapa. Eso fue lo que me hizo desconfiar cuando observamos Alfa. Por mucho que ésta se parezca al sol de la Tierra, el mero hecho de que estuviese en el mapa me hizo sospechar que no era la verdadera.

—En ese caso —dijo Bliss—, ¿por qué no te concentras en las mismas coordenadas en el espacio real? Si hubiese una estrella brillante cerca del centro, una estrella inexistente en el mapa del ordenador, de características parecidas a las de Alfa, pero sin ser binaria, ¿no podría tratarse del sol de la Tierra?

Trevize suspiró.

—Si fuese así, apostaría la mitad de mi fortuna a que el planeta Tierra estaría dando vueltas alrededor de la estrella de que hablas. Pero, una vez más, vacilo en hacer la prueba.

—¿Porque puedes fracasar?

Trevize asintió con la cabeza.

—Sin embargo —dijo—, dame un momento para que recobre el aliento, y me esforzaré en hacerlo.

Mientras los tres adultos se miraban, Fallom se acercó al ordenador y, con curiosidad, miró las marcas de manos que había sobre el tablero. Alargó una de las suyas hacia aquéllas, pero Trevize atajó su movimiento alargando un brazo rápidamente.

—No debes tocar eso, Fallom —dijo con aspereza.

La joven solariana pareció sobresaltarse y se refugió en los brazos acogedores de Bliss.

—Debemos enfrentarnos con la situación, Golan —dijo Pelorat—. ¿Qué pasará si no encuentras nada en el espacio real?

—Entonces tendré que volver al plan primitivo —respondió Trevize— e ir visitando, sucesivamente, cada uno de los cuarenta y siete mundos Espaciales.

—¿Y si tampoco da resultado, Golan?

Trevize sacudió la cabeza con enojo, como para evitar que aquella idea arraigase demasiado en su mente. Fijando la mirada en sus rodillas, dijo bruscamente:

—Pensaré en otra cosa.

—Pero, ¿y si no existe el mundo de los ascendientes?

Trevize levantó la cabeza y elevó el tono de su voz.

—¿Quién ha dicho eso? —preguntó.

Era una pregunta inútil. Pasado el momento de incredulidad, supo muy bien quién era el interpelante.

—He sido yo —dijo Fallom.

Trevize la miró frunciendo el entrecejo ligeramente.

—¿Has comprendido la conversación?

—Estáis buscando el mundo de los ascendientes —respondió Fallom—, pero todavía no lo habéis encontrado. Tal vez tal mundo no existe.

—*Ese* mundo —dijo Bliss en tono suave.

—No, Fallom —repuso Trevize seriamente—. Se han hecho grandes esfuerzos para ocultarlo. Y esforzarse tanto en ocultar algo quiere decir que ese algo existe. ¿Entiendes lo que estoy diciendo?

—Sí —dijo Fallom—. Tú no me dejas tocar las manos del tablero. Y eso quiere decir que sería interesante tocarlas.

—Pero no para ti, Fallom. Bliss, estás creando un monstruo que nos destruirá a todos. No la dejes entrar aquí si yo no estoy. E incluso entonces, piénsalo dos veces, ¿quieres?

Sin embargo, aquella pequeña distracción pareció sacarle de sus vacilaciones.

—Desde luego, será mejor que ponga manos a la obra. Si sigo sentado aquí, sin saber lo que he de hacer, ese pequeño espantajo se apoderará de la nave.

Las luces menguaron y Bliss murmuró en voz baja:

—Lo prometiste, Trevize. No le llames monstruo o espantajo cuando ella pueda oírlo.

—Entonces, no la pierdas de vista y enséñale buenos modales. Dile que los niños no deben oír nada, ni ver nada.

Bliss frunció el ceño.

—Tu actitud para con los niños es sencillamente espantosa, Trevize.

—Tal vez, pero ahora no es el momento adecuado para discutir ese tema.

—Ahí está Alfa de nuevo, en el espacio real —dijo en un tono que revelaba tanto satisfacción como alivio—. Y a su izquierda, un poco hacia arriba, hay otra estrella casi tan brillante como ella y que no figura en el mapa galáctico del ordenador. *Ese* es el sol de la Tierra. Me apuesto *toda* mi fortuna.

72

—Bueno —dijo Bliss—, no te quitaremos tu fortuna si pierdes. Entonces, ¿por qué no resolvemos el asunto de una vez? Visitemos la estrella en cuanto puedas dar el Salto.

Trevize sacudió la cabeza.

—No. Y ahora no se trata de vacilación o de miedo, sino de ser prudentes. Hemos visitado tres veces otros tantos mundos desconocidos, y en cada uno de ellos nos hemos encontrado con algo inesperado y peligroso. Y además, las tres veces tuvimos que huir a toda prisa. Ahora, el asunto es crucial, y no jugaré mis cartas a ciegas, o al menos las jugaré lo menos a ciegas posible. Hasta ahora, sólo hemos oído vagas historias sobre radiactividad, y no es suficiente. Por alguna rara circunstancia que nadie podía prever, hay un planeta con vida humana a casi un *parsec* de la Tierra...

—¿Sabes realmente que hay vida humana en el planeta Alfa? —preguntó Pelorat—. Habías dicho que el ordenador ponía un interrogante detrás de todo esto.

—Aun así vale la pena probarlo —dijo Trevize—. ¿Por qué no echarle un vistazo? Si hay seres humanos en Alfa, tal vez sepan decirnos algo acerca de la Tierra. A fin de cuentas, la Tierra no es un remoto planeta legendario para ellos; hablamos de un mundo vecino, brillante y destacado en su cielo.

—No es mala idea —reflexionó Bliss—. Pienso que si Alfa está habitado y sus moradores no son Aislados típicos como vosotros, tal vez se muestren amistosos y podamos comer algo sabroso para cambiar.

—Y conocer a algunas personas agradables —añadió Trevize—, no lo olvides. ¿Te parece bien, Janov?

—Tú decides, viejo amigo —dijo Pelorat—. Dondequiera que vayas, allá iré yo también.

—¿Encontraremos a Jemby? —preguntó Fallom de pronto.

—Lo buscaremos, Fallom —se apresuró a decir Bliss, antes de que Trevize pudiese responder.

—Caso resuelto —dijo Trevize entonces—. Iremos a Alfa.

73

—Dos estrellas grandes —indicó Fallom, señalando la pantalla.

—Es verdad —dijo Trevize—. Dos de ellas. Y ahora, Bliss, no la pierdas de vista. No quiero que juegue con esto.

—Le fascina la maquinaria —adujo Bliss.

—Sí, ya lo sé —repuso Trevize—, pero a mí no me fascina su fascinación. Si he de decirte la verdad, yo me siento tan fascinado como ella al ver juntas dos estrellas tan brillantes en la pantalla.

Las dos estrellas tenían el suficiente brillo para que pareciesen a punto de mostrarse como un disco..., cada una de ellas. La pantalla había aumentado automáticamente la densidad de filtración con el fin de eliminar la fuerte radiación y amortiguar la luz de las estrellas brillantes para evitar las lesiones de retina. Como resultado de ello, pocas estrellas más tenían el brillo necesario para que pudiesen percibirse, y las dos que lo eran imperaban en un soberbio aislamiento.

—Lo cierto es que nunca había estado tan cerca de un sistema binario —dijo Trevize.

—¿No? ¿Cómo es posible? —preguntó Pelorat, con voz de asombro.

Trevize se echó a reír.

—He rodado bastante, Janov, pero no soy el trotamundos galáctico que te imaginas.

—Yo nunca había estado en el espacio hasta que te conocí, Golan —dijo Pelorat—, pero siempre pensé que todos los que conseguían viajar por el espacio...

—... irían a todas partes. Lo sé. Es una idea bastante normal. Lo malo de la gente que permanece atada a un planeta es que, por mucho que su mente les diga lo contrario, su imaginación es incapaz de captar la verdadera dimensión de la Galaxia. Podríamos pasarnos toda la, vida viajando y dejar sin explorar la mayor parte de la Galaxia. Además, nadie va nunca a estrellas binarias.

—¿Por qué? —preguntó Bliss, frunciendo el entrecejo—. En Gaia sabemos poco de astronomía en comparación con los Aislados viajeros de la Galaxia, pero tengo la impresión de que las binarias no son raras.

—Y no lo son —djo Trevize—. En realidad, hay bastantes más binarias que estrellas solitarias. Sin embargo, la formación de dos estrellas en íntima relación trastorna el proceso ordinario de la formación planetaria. Las binarias tienen menos material planetario que las estrellas solitarias. Los planetas que se forman a su alrededor tienen muchas veces órbitas relativamente inestables y en muy raras ocasiones son de tipo lógicamente habitable.

»Me imagino que los primitivos exploradores estudiaron muchas binarias de cerca, pero al cabo de un tiempo, sólo buscaron estrellas solitarias con fines de colonización. Y, naturalmente, una vez la galaxia colonizada densamente, todos los viajes tienen casi como único objetivo el comercio y las comunicaciones y se realizan entre mundos habitados que giran alrededor de estrellas solitarias. Supongo que, en períodos de actividad militar, se establecerían, a veces, bases en mundos pequeños y deshabitados correspondientes a un sistema binario estratégicamente situado, pero, al perfeccionarse el viaje hiperespacial, tales bases se hicieron innecesarias.

—Es asombroso lo mucho que sabes —dijo Pelorat con humildad.

Trevize sonrió.

—No te dejes impresionar por mí, Janov. Cuando yo estaba en la Armada, escuchamos un número increíble de conferencias sobre tácticas militares anticuadas que nadie usaba ni pretendía usar, y de las que sólo se hablaba por inercia. Ahora, no he hecho más que recordar un poco de alguna de ellas. Considera todo lo que sabes tú sobre mitología y folclore y lenguas arcaicas que yo ignoro y que sólo tú y unos pocos conocéis.

—Sí, pero estas dos estrellas constituyen un sistema binario y una de ellas tiene un planeta habitado girando a su alrededor —dijo Bliss.

—Eso espero, Bliss —repuso Trevize—. Todo tiene sus excepciones. Y este caso es todavía más intrigante por el signo oficial de interrogación que lo acompaña. No, Fallom, estos botones no son para jugar, Bliss, si no le pones unas esposas, llévatela de aquí.

—No estropeará nada —protestó Bliss, defendiéndola, pero atrajo a la criatura solariana junto a ella—. Si estás tan interesado en ese planeta habitable, ¿por qué no nos encontramos ya en él?

—Desde luego —dijo Trevize—, soy lo bastante humano para querer ver de cerca un sistema binario. Pero también soy lo bastante humano para tomar precauciones. Como ya te he explicado, no ha ocurrido nada desde que salimos de Gaia que me induzca a no ser precavido.

—¿Cuál de esas dos estrellas es Alfa, Golan? —preguntó Pelorat.

—No nos perderemos, Janov. El ordenador sabe con exactitud cuál es Alfa y, dicho sea de pasada, nosotros lo sabemos también: la más caliente y más amarilla de las dos, porque es la más grande. En cambio, la de la derecha tiene una luz de un claro color anaranjado, bastante parecida a la del sol de Aurora, si lo recuerdas bien. ¿Lo ves?

—Sí, ahora que me lo has hecho observar.

—Muy bien. Ésta es la más pequeña. ¿Cuál es la segunda letra de aquel alfabeto antiguo que mencionaste?

Pelorat pensó un momento y dijo:

—Beta.

—Entonces llamaremos Beta a la de color anaranjado y Alfa a la de un blanco amarillento, y Alfa es aquella a la que nos dirigimos ahora mismo.

XVII. LA NUEVA TIERRA

74

—Cuatro planetas —murmuró Trevize—, todos ellos pequeños, más un séquito de asteroides. Ningún gigante gaseoso.

—¿Te contraría que sea así? —dijo Pelorat.

—En realidad, no. Cabía esperarlo. Las binarias que giran una alrededor de la otra a corta distancia no pueden tener planetas alrededor de cada una de ellas. Los planetas pueden hacerlo alrededor del centro de gravedad de ambas, pero es muy improbable que sean habitables; están demasiado lejos para ello.

»Por otra parte, si las binarias tienen una separación razonable, puede haber planetas en órbitas estables alrededor de cada una de ellas, si están lo bastante cerca de una de las estrellas. Según el banco de datos del ordenador, estas dos mantienen una separación media de 3,5 mil millones de kilómetros e incluso en su perihelio, que es cuando están más cerca la una de la otra, la separación es de unos 1,7 mil millones de kilómetros. Un planeta, en una órbita de menos de 200 millones de kilómetros de cualquiera de las estrellas, estaría situado de manera estable, pero no puede haber ninguno con una órbita más grande. Esto significa que es imposible que haya gigantes gaseosos, ya que éstos tendrían que estar más lejos de la estrella. Pero, ¿qué importa esto? Los gigantes gaseosos no son habitables.

—Uno de esos cuatro planetas podría serlo.

—El segundo planeta es el único posible, ya que es el único lo bastante grande para tener una atmósfera.

Se acercaron rápidamente al segundo planeta y, en un período de dos días, su imagen se agrandó; al principio, con un majestuoso y moderado aumento de tamaño, y después, cuando no hubo señales de ninguna nave espacial dispuesta a interceptarles, con creciente y casi espantosa rapidez.

La *Far Star* se movía a enorme velocidad en una órbita temporal, a mil kilómetros por encima de la capa de nubes, cuando Trevize dijo, malhumorado:

—Ahora veo por qué los bancos de datos del ordenador pusieron un interrogante detrás de la nota de que se trataba de un mundo habitado. No hay señales claras de radiación, ni luces en el hemisferio nocturno, ni ondas de radio en parte alguna.

—La capa de nubes parece muy espesa —dijo Pelorat.

—Pero no debería impedir el paso a nuestras ondas de radio.

Observaron el planeta que giraba debajo de ellos, una sinfonía de arremolinadas nubes blancas, con huecos ocasionales en los que un color azul indicaba el océano.

—La capa de nubes es excesiva para un planeta habitado —dijo Trevize—. Sería un mundo bastante sombrío. Pero lo que más me preocupa —añadió, al sumirse de nuevo en la sombra de la noche— es que ninguna estación espacial nos haya saludado.

—¿Quieres decir de la manera en que lo hicieron en Comporellon? —dijo Pelorat.

—De la manera en que lo harían en cualquier mundo habitado. Tendríamos que detenernos para la acostumbrada comprobación de documentos, carga, duración de la estancia, etcétera.

—Tal vez no recibimos la señal por alguna razón —indicó Bliss.

—Nuestro ordenador la habría recibido en cualquier longitud de onda que hubiesen podido emplear. Y hemos estado enviando nuestras propias señales, sin obtener respuesta. Descender a través de la capa de nubes sin comunicarlo a los funcionarios de la estación va en contra de la cortesía espacial, pero no veo que tengamos otra alternativa.

La *Far Star* redujo su velocidad y, en consecuencia, reforzó su antigravedad, a fin de mantener la altura. Salió de nuevo a la luz del sol y frenó todavía más. Trevize, en coordinación con el orlenador, encontró una brecha apreciable entre las nubes. La nave descendió y pasó por ella. Debajo, el océano aparecía agitado por lo que debía ser una fresca brisa. Se extendía, ondulado, a varios kilómetros a sus pies, débilmente rayado por franjas de espuma.

Entonces, volaron bajo la capa de nubes. El agua que se extendía debajo de ellos adquirió un tono gris de pizarra, y la temperatura descendió sensiblemente.

Fallom, que contemplaba la pantalla con fijeza, habló unos instantes en su lengua rica en consonantes y, después, pasó al galáctico. La voz le temblaba.

—¿Qué es lo que veo allá abajo?

—Un océano —la tranquilizó Bliss—. Es una gran masa de agua.

—¿Por qué no se seca?

Bliss miró a Trevize, el cual dijo:

—Hay demasiada agua para que eso ocurra.

—No me gusta tanta agua —dijo Fallom con voz entrecortada—. Vayámonos de aquí.

Y entonces empezó a chillar débilmente, cuando la *Far Star* pasó a través de unas nubes de tormenta, de manera que la pantalla se volvió lechosa y rayada por las gotas de lluvia.

Las luces de la cabina-piloto casi se apagaron y la nave empezó a saltar ligeramente.

Trevize levantó la cabeza, sorprendido.

—Bliss —gritó—, tu Fallom es ya lo bastante mayor para transducir. Está empleando energía eléctrica para tratar de manipular los controles. ¡Impídeselo!

Bliss abrazó a Fallom y la estrechó con fuerza contra ella.

—Todo va bien, Fallom, todo va bien. No hay nada que temer. No es más que otro mundo. Hay muchos como éste.

Fallom se relajó un poco, pero siguió temblando. Bliss se volvió hacia Trevize.

—La niña nunca había visto un océano y, que yo sepa, nunca tuvo experiencia de la niebla o de la lluvia. ¿No puedes mostrarte un poco comprensivo?

—No, si ella juega con la nave. Es un peligro para todos nosotros. Llévala a tu habitación y tranquilízala.

Bliss asintió brevemente con la cabeza.

—Iré contigo, Bliss —dijo Pelorat.

—No, no, Pel —respondió ella—. Quédate aquí. Yo tranquilizaré a Fallom y tú apaciguarás a Trevize.

Y salió.

—No necesito que nadie me apacigüe —gruñó Trevize a Pelorat—. Lamento haber perdido los estribos, pero no podemos tener a una niña jugando con los controles, ¿verdad?

—Claro que no —dijo Pelorat—, pero Bliss fue cogida por sorpresa. Ella puede controlar a Fallom, que se porta muy bien, teniendo en cuenta que se trata de una niña apartada de su país y de su..., de su robot, y lanzada de grado o por fuerza a una vida que no comprende.

—Lo sé... Recuerda que yo no quería que viniese con nosotros. Fue idea de Bliss.

—Sí, pero habrían matado a la niña si no nos la hubiésemos llevado.

—Bueno, más tarde pediré perdón a Bliss. Y también a la pequeña.

Pero permaneció ceñudo, y Pelorat le dijo amablemente:

—Golan, viejo amigo, ¿te preocupa algo más?

—El océano —respondió Trevize.

Hacía rato que habían salido de la tormenta, mas las nubes persistían.

—¿Qué tiene de malo? —preguntó Pelorat.

—Demasiado grande; eso es todo.

Pelorat pareció no comprender y Trevize le dijo vivamente:

—No hay tierra. No hemos visto tierra. La atmósfera es normal, con oxígeno y nitrógeno en buenas proporciones, lo cual indica que el planeta tiene que haber sido modificado, y que debe haber vida vegetal en él para mantener su nivel de oxígeno. Estas atmósferas no se presentan en estado natural, salvo, quizás, en la Tierra, donde se desarrolló quién sabe cómo. Pero en los planetas transformados, siempre hay extensiones razonables de tierra emergida, que pueden llegar a un tercio del total y nunca a menos de un quinto. Por consiguiente, ¿cómo puede haber sido transformado este planeta, y carecer de tierra emergida?

—Tal vez por el hecho de formar parte de un sistema binario, es completamente atípico. Quizá no fue modificado, sino que su atmósfera evolucionó de una manera que nunca se da en los planetas que giran alrededor de una estrella solitaria. Y puede que la vida se desarrollase aquí de un modo independiente, como lo hiciera en la Tierra, pero sólo en lo referente a la vida marina.

—Aunque admitiésemos esto —dijo Trevize—, nos serviría de poco. Es inverosímil que una vida en el mar pueda crear una tecnología. Ésta se basa siempre en el fuego, y no puede haberlo en el mar. Nosotros no buscamos un planeta en el que haya vida pero no tecnología.

—Lo sé. Sólo estoy considerando ideas. Después de todo, que nosotros sepamos, la tecnología fue inventada una sola vez..., en la Tierra. En todos los demás planetas, los colonizadores la llevaron consigo. No se puede decir que la tecnología sea «siempre» la misma, si sólo se tiene oportunidad de estudiar un caso.

—El viaje por mar requiere formas peculiares. Y la

vida marina no puede tener perfiles irregulares y apéndices como las manos.

—Los calamares poseen tentáculos.

—Confieso que podemos especular —dijo Trevize—, pero si estás pensando en criaturas inteligentes parecidas a los calamares que hayan evolucionado independientemente en algún lugar de la Galaxia y creado una tecnología no basada en el fuego, presumes algo que, en mi opinión, es bastante improbable.

—En tu *opinión* —dijo amablemente Pelorat.

De pronto, Trevize se echó a reír.

—Bravo, Janov. Apelas a la lógica para ajustarme las cuentas por haberme mostrado duro con Bliss, y lo haces muy bien. Te prometo que, si no encontramos tierra, examinaremos el mar lo mejor que podamos, para ver si es posible encontrar tus calamares civilizados.

Mientras hablaba, la nave entró de nuevo en la zona de sombra y la pantalla quedó negra.

Pelorat se estremeció.

—Sigo preguntándome si esto es seguro —dijo.

—¿Qué, Janov?

—Volar así, a oscuras. Podríamos caer, sumergirnos en el océano y ser destruidos inmediatamente.

—Es imposible, Janov. ¡De veras! El ordenador nos mantiene en la línea gravitatoria de fuerza. Dicho en otras palabras, siempre permanece en una intensidad constante de la fuerza gravitatoria planetaria, lo cual significa que nos mantiene a una altura casi constante sobre el nivel del mar.

—Pero, ¿a qué altura?

—A cinco kilómetros, más o menos.

—Esto no es un consuelo, Golan. ¿No podríamos llegar a un trozo de tierra y estrellarnos contra una montaña que no vemos?

—*Nosotros* no, pero el radar de la nave sí que la vería, y el ordenador haría que ésta rodease la montaña, o la sobrevolase.

—¿Y si hay una tierre llana? No la veríamos en la oscuridad.

—No nos pasaría inadvertida, Janov. El radar reflejado desde el agua no se parece en absoluto al reflejado desde tierra. El agua es lisa; la tierra, rugosa. Por esta razón, el reflejo desde tierra es sustancialmente más caótico que el que se recibe desde el agua. El ordenador apreciará la diferencia y, si hay tierra a la vista, me lo hará saber. Aunque fuese de día y el planeta estuviese iluminado por el sol, el ordenador detectaría la tierra antes que nosotros.

Guardaron silencio y, al cabo de un par de horas, volvieron a la luz del día, con un océano vacío deslizándose con monotonía debajo de ellos, aunque ocasionalmente invisible cuando cruzaban alguna de las numerosas tormentas. En una de éstas, el viento hizo que la *Far Star* se desviase de su rumbo. Trevize explicó que el ordenador había cedido para evitar un gasto innecesario de energía y reducir al mínimo la posibilidad de un daño físico. Después, cuando la turbulencia hubo pasado, el ordenador hizo que la nave recobrase su rumbo.

—Probablemente, el borde de un huracán —dijo Trevize.

—Mira, viejo amigo, vamos viajando de Oeste a Este..., o de Este a Oeste. Sólo estamos viendo el ecuador.

—Eso sería una tontería, ¿no? —dijo Trevize—. Seguimos una ruta circular de Noroeste a Sudeste, la cual nos lleva a cruzar los trópicos y ambas zonas templadas, y cada vez que repetimos el círculo, la ruta se mueve hacia el Oeste al girar el planeta sobre su eje debajo de nosotros. Estamos entrecruzando el mundo. Ahora, como no hemos encontrado tierra, las probabilidades de que haya un Continente extenso son menos que de una a diez, según el ordenador, y las de que haya una isla importante, son de una a cuatro, probabilidades que se reducen aún más a cada círculo que describimos.

—¿Sabes qué habría hecho yo? —preguntó Pelorat pausadamente cuando entraron de nuevo en el hemisferio sumido en la noche—. Me habría mantenido lejos del planeta y barrido todo el hemisferio con el radar. Las nubes no habrían sido obstáculo, ¿verdad?

—Y después habrías pasado al otro lado y hecho lo mismo —dijo Trevize—. O dejado que el planeta diese un giro. Esto es una visión retrospectiva, Janov. ¿Quién habría esperado que pudiésemos acercarnos a un planeta habitable sin detenernos en una estación para que nos fijasen el rumbo..., o nos prohibiesen la entrada? Y si hemos pasado debajo de la capa de nubes sin detenernos en una estación, ¿quién habría esperado no encontrar tierra casi inmediatamente? Los planetas habitables son... ¡Tierra!

—Aunque no en su totalidad —dijo Pelorat.

—No estoy hablando de esto —repuso Trevize, excitado de pronto—. ¡Digo que hemos encontrado tierra! ¡Cállate!

Entonces, con un aplomo que no logró disimular su excitación, colocó las manos sobre el tablero para convertirse en parte del ordenador.

—Es una isla de unos doscientos cincuenta kilómetros de longitud por sesenta y cinco de anchura, más o menos. Tal vez una extensión de unos quince mil kilómetros cuadrados. No muy grande, pero sí bastante. Más que un punto en el mapa. Espera...

Las luces de la cabina-piloto menguaron de intensidad y se apagaron.

—¿Qué estamos haciendo? —dijo Pelorat, bajando la voz, como si la oscuridad fuese algo frágil que no se debiera romper.

—Esperar a que nuestros ojos se adapten a la oscuridad. La nave se halla ahora sobre la isla. Observa bien. ¿Ves algo?

—No... Tal vez unos puntos de luz. No estoy seguro.

—Yo también los veo. Pondré las lentes telescópicas.

¡Y había luz! Claramente visible. Destellos irregulares de luz.

—Está habitada —dijo Trevize—. Puede ser la única parte habitada del planeta.

—¿Qué haremos?

—Esperar a que sea de día. Así podremos descansar unas pocas horas.

—¿No nos atacarán?

—¿Con qué? Casi no detecto radiación, salvo la de la luz visible y la infrarroja. La isla está habitada, y sus moradores son sin duda inteligentes. Tienen una tecnología, pero es, evidentemente, preelectrónica; por consiguiente, creo que no tenemos nada que temer. Y si estuviese equivocado, el ordenador me avisaría con tiempo de sobra.

—¿Y cuando se haga de día?

—Aterrizaremos, por supuesto.

75

Descendieron cuando los primeros rayos del sol mañanero se filtraron a través de un hueco entre las nubes y revelaron parte de la isla, de un verde fresco, con su interior marcado por una hilera de bajas y onduladas colinas que se extendían hacia el enrojecido horizonte.

Al acercarse más, pudieron ver bosquecillos aislados y huertos ocasionales, pero casi todo eran campos bien cultivados. Inmediatamente debajo de ellos, en la costa sudeste de la isla, había una playa plateada resguardada por una línea quebrada de rocas, y más allá, veíanse unos prados. Percibieron algunas casas desperdigadas, pero ninguna agrupación que pareciese una ciudad.

Después, distinguieron una red de caminos, flanqueados a trechos por viviendas, y entonces, en el aire fresco de la mañana, vieron un vehículo aéreo en la lejanía. Sólo podían decir que se trataba de un vehículo aéreo, y no un pájaro, por la forma en que se movía. Era el primer signo indudable de vida inteligente en acción que percibían en el planeta.

—Podría ser un vehículo automático si fuese dirigido sin medios electrónicos —comentó Trevize.

—Quizá —dijo Bliss—. Me parece que, de estar manejado por un ser humano, vendría hacia nosotros. Debemos ser un espectáculo muy singular: un vehículo que desciende sin emplear cohetes de frenado.

—Una visión extraña en cualquier planeta —dijo reflexivamente Trevize—. No puede haber muchos mundos que hayan presenciado el descenso de una nave espacial gravítica. La playa sería un buen lugar de aterrizaje, pero no quiero que, si sopla el viento, se inunde la nave. Me dirigiré al prado que hay al otro lado de las rocas.

—Al menos, una nave gravítica no chamuscará terrenos de propiedad privada al descender —dijo Pelorat.

Aterrizaron con suavidad sobre los cuatro anchos soportes que habían salido lentamente del casco de la nave durante la última fase. El peso del vehículo espacial hizo que se hundiesen un poco en el suelo.

—Pero me temo que dejaremos huellas —dijo Pelorat.

—Al menos —intervino Bliss, en un tono indicativo de que no se hallaba satisfecha del todo—, el clima es evidentemente normal, yo diría que cálido incluso.

Un ser humano se encontraba en el prado, observando el descenso de la nave y sin dar la menor muestra de miedo o de sorpresa. La expresión de su semblante reflejaba un concentrado interés.

Era una mujer y llevaba muy poca ropa, lo cual confirmaba la presunción de Bliss en lo tocante al clima. Sus sandalias parecían ser de lona, y una falda corta y floreada ceñía sus caderas. Llevaba las piernas al descubierto y estaba desnuda de cintura para arriba.

Sus cabellos eran negros, largos y brillantes, y le llegaban casi hasta la cintura. Tenía la piel de un moreno pálido, y los ojos, sesgados.

Trevize observó los alrededores y vio que no había ningún otro ser humano por allí. Se encogió de hombros.

—Bueno —dijo—, es muy temprano y la mayoría de los moradores deben de estar en casa o durmiendo

411

todavía. Sin embargo, me parece que no es ésta una zona muy poblada. —Después se volvió a los otros—. Saldré y hablaré con ella, si es que se expresa en alguna lengua comprensible. Los demás...

—Creo —le interrumpió Bliss, con firmeza— que también podemos salir. Esa mujer parece inofensiva por completo y, en todo caso, deseo estirar las piernas y respirar aire planetario, y tal vez conseguir comida planetaria. También quiero que Fallom se sienta de nuevo en un mundo, y creo que a Pel le gustaría examinar a la mujer más de cerca.

—¿Quién? ¿Yo? —preguntó Pelorat, ruborizándose un poco—. En absoluto, Bliss; pero soy el lingüista de nuesto pequeño grupo.

Trevize se encogió de hombros.

—Bueno, venid todos. Sin embargo, aunque esa mujer parezca inofensiva, llevaré mis armas.

—Dudo mucho de que te sientas tentado a emplearlas contra esa joven —dijo Bliss.

Trevize hizo un guiño.

—Es atractiva, ¿eh?

Trevize salió el primero de la nave; después lo hizo Bliss, asiendo de una mano a Fallom, la cual bajó cuidadosamente la rampa detrás de aquélla. Pelorat fue el último.

La joven de negros cabellos siguió observándoles con interés. No retrocedió ni un paso.

—Bueno, hagamos la prueba —murmuró Trevize, apartando las manos de las armas y dirigiéndose a la joven—. Te saludo.

—Os saludo, a ti y a tus compañeros —respondió ella tras pensarlo un momento.

—¡Maravilloso! —exclamó Pelorat gozoso—. Habla galáctico clásico, y con muy buen acento.

—Yo también la comprendo —dijo Trevize, pero hizo un movimiento oscilatorio con la mano indicativo de que su comprensión no era perfecta—. Espero que ella me entienda a mí.

Después sonrió y adoptó una expresión amistosa.

—Hemos viajado a través del espacio. Venimos de otro mundo.

—Está bien —repuso la joven, con clara voz de soprano—. ¿Viene tu nave del Imperio?

—Se llama *Far Star* y viene de un astro muy lejano.

La joven miró la inscripción de la nave.

—¿Es esto lo que pone? Si es así, y si la primera letra es una efe, está escrita al revés.

Trevize iba a contradecirla, pero Pelorat dijo, entusiasmado:

—Tiene razón. La letra efe cambió de forma hace dos mil años. ¡Qué maravillosa ocasión de estudiar con detalle el galáctico clásico como lengua viva!

Trevize observó a la joven con atención. No mediría más de un metro y medio de estatura, y sus senos, aunque bien formados, eran pequeños. Sin embargo, parecía madura. Los pezones se veían grandes y con una oscura areola, aunque esto podía ser por el color de la piel.

—Me llamo Golan Trevize —dijo—. Mi amigo es Janov Pelorat; la mujer es Bliss, y la niña, Fallom.

—¿Es costumbre, en el astro lejano del que venís, poner dos nombres a los varones? Yo soy Hiroko, hija de Hiroko.

—¿Y tu padre? —preguntó Pelorat de súbito.

A lo cual respondió Hiroko, encogiendo los hombros con indiferencia.

—Mi madre dice que su nombre es Smood, pero eso no tiene importancia. Yo no lo conozco.

—¿Y dónde están los demás? —preguntó Trevize—. Parece que sólo tú has venido a recibirnos.

—Muchos hombres se encuentran en las barcas de pesca —explicó Hiroko—, y muchas mujeres están en los campos. Yo tengo dos días de asueto y he tenido la suerte de ver este gran acontecimiento. Sin embargo, la gente es curiosa y habrá observado desde lejos el descenso de la nave. Algunos no tardarán en llegar.

—¿Hay muchos otros en esta isla?

—Más de cinco mil —respondió Hiroko, con orgullo evidente.

—¿Y hay otras islas en el océano?

—¿Otras islas, buen señor?

Parecía no comprender. Y esto le bastó a Trevize para saber que ése era el único lugar habitado por seres humanos en todo el planeta.

—¿Cómo llamáis a vuestro mundo? —preguntó.

—Es Alfa, buen señor. Nos enseñaron que el nombre completo es Alfa de Centauro, si esto significa algo para ti; pero nosotros lo llamamos Alfa nada más, y es un mundo de bello rostro.

—Un mundo, ¿qué? —preguntó Trevize, volviéndose a Pelorat.

—Quiere decir un mundo hermoso —aclaró Pelorat.

—Desde luego —dijo Trevize—, al menos aquí y en este momento. —Miró el pálido cielo azul de la mañana, surcado de nubes ocasionales—. Tenéis un día hermoso y soleado, Hiroko, pero me imagino que no habrá muchos como éste en Alfa.

Hiroko se puso tiesa.

—Todos los que queremos, señor. Pueden venir nubes cuando necesitamos que llueva, pero la mayoría de los días preferimos tener el cielo despejado. Y cuando las barcas de pesca se hacen a la mar, conviene que el cielo esté claro y que sople un viento suave.

—Entonces, ¿controláis el tiempo, Hiroko?

—Si no lo hiciésemos, señor Golan Trevize, estaríamos siempre empapados por la lluvia.

—Pero, ¿cómo lo conseguís?

—Como no soy ingeniero, me resulta imposible, decírtelo, señor.

—¿Y cuál es el nombre de la isla donde vivís tú y tu gente? —preguntó Trevize, viéndose atrapado en la sonoridad del galáctico clásico y preguntándose desesperadamente si habría conjugado bien el verbo.

—Llamamos Nueva Tierra a nuestra isla celestial situada en medio de las vastas aguas del mar —respondió Hiroko.

Oyendo lo cual, Trevize y Pelorat se miraron, sorprendidos y entusiasmados.

76

No hubo tiempo de continuar con el tema. Otras personas iban llegando. A docenas. Debían ser, pensó Trevize, los que no estaban pescando o en los campos, ni se hallaban demasiado lejos. Iban a pie en su mayoría, aunque había dos vehículos terrestres..., bastante viejos y en mal estado.

Estaba claro que se encontraban ante una sociedad de baja tecnología, pero que, sin embargo, controlaba el tiempo atmosférico.

Él sabía bien que la tecnología no era necesariamente toda de una pieza; que la falta de avance en ciertas direcciones no excluía importantes progresos en otras; pero, ciertamente, ese ejemplo de desarrollo desigual resultaba bastante extraño.

La mitad al menos de los que estaban observando la nave eran viejos y mujeres; también había tres o cuatro niños. Aparte de éstos, el número de mujeres era superior al de los hombres. Nadie mostraba temor o incertidumbre.

—¿Los estás manipulando? —preguntó Trevize a Bliss en voz baja—. Parecen... tranquilos.

—En absoluto —respondió ella—. Nunca toco las mentes, a menos que sea necesario. La que me preocupa es Fallom.

Aunque los recién llegados eran pocos para quienes estuviese acostumbrados a las multitudes de mirones de cualquier mundo normal de la Galaxia, representaban una muchedumbre para Fallom, que, en cierto modo, se había habituado a los tres adultos de la *Far Star*. Fallom tenía una respiración acelerada, y los ojos medio cerrados. Parecía a punto de desmayarse.

Bliss le daba suaves y rítmicas palmaditas, y murmuraba para apaciguarla. Trevize estaba seguro de que acompañaba todo esto con una delicadísima influencia sobre las fibras mentales.

De pronto, Fallom lanzó un hondo suspiro, casi como un jadeo, y se sacudió, en lo que tal vez era un estremecimiento involuntario. Levantó la cabeza, miró a los presentes casi con normalidad y, después, enterró la cabeza en el hueco entre el brazo y el cuerpo de Bliss.

Ésta dejó que permaneciese así, rodeando los hombros de Fallom con el brazo, estrechándola de vez en cuando contra ella, como para indicarle, una y otra vez, su presencia protectora.

Pelorat parecía atónito, mientras, sus ojos iban de uno a otro de los alfanos.

—Golan —dijo mirándoles con atención—, son muy diferentes entre ellos.

Trevize también lo había advertido. Había pieles de tonos diferentes y cabellos de colores distintos, incluido un pelirrojo de ojos azules y tez pecosa. Al menos tres adultos eran más bajos que Hiroko, y uno o dos más altos que Trevize. Bastantes personas de ambos sexos tenían los ojos parecidos a los de Hiroko, y Trevize recordó que en los populosos planetas comerciales del sector Fili tales ojos eran característicos de la población, pero nunca había visitado aquel sector.

Todos los alfanos iban desnudos de cintura para arriba y todas las mujeres parecían tener los senos pequeños. Ésa era la característica más común de todas las que podían observar.

—Miss Hiroko —dijo Bliss de pronto—, mi pequeña no está acostumbrada a viajar por el espacio y le cuesta asimilar tantas cosas nuevas. ¿Podría sentarse, y podríais ofrecerle algo de comer y de beber?

Hiroko pareció confusa y Pelorat repitió lo que Bliss había dicho en el galáctico más florido del período imperial medio.

Hiroko se llevó una mano a la boca y se hincó graciosamente de rodillas.

—Te pido perdón, respetable señora —dijo—. No había pensado en las necesidades de la niña, ni en las tuyas. La extrañeza de este acontecimiento me ha abrumado sobremanera. ¿Querrías..., querríais todos, como visitantes e invitados, pasar al refectorio para el yantar de la mañana? ¿Podríamos unirnos a vosotros y serviros como anfitriones?

—Es muy amable de tu parte —agradeció Bliss la invitación, hablando despacio y pronunciando las palabras con sumo cuidado para hacerlas más fáciles de comprender—. Sin embargo, sería mejor que fueses tú sola la anfitriona; la niña no está acostumbrada a entrontrarse con tanta gente a la vez.

Hiroko se puso en pie.

—Se hará como tú dices.

Les condujo, con naturalidad, a través del prado. Otros alfanos se acercaron más. Parecían particularmente interesados en los trajes de los recién llegados. Trevize se quitó la ligera chaqueta y la tendió a un hombre que se había aproximado a él y la había señalado con el dedo.

—Toma —dijo—, mírala, pero devuélvemela. —Después, se dirigió a Hiroko—. Cuida de que me la devuelva, Miss Hiroko.

—Desde luego que te la devolverá, respetable señor —dijo ella, asintiendo gravemente con la cabeza.

Trevize sonrió y siguió andando. Se sentía más cómodo sin la chaqueta, bajo la ligera y suave brisa.

No había observado armas visibles en ninguna de las personas que lo rodeaban, y encontraba interesante que nadie pareciese mostrar miedo o preocupación por las que él llevaba. Ni siquiera daban muestras de curiosidad. Tal vez, incluso no sabían que eran armas. Por lo que había visto hasta ese momento, Alfa podía ser un mundo totalmente desconocedor de la violencia.

Una mujer que había avanzado, adelantándose un poco a Bliss, se volvió para examinar atentamente su blusa con atención.

—¿Tienes pechos, respetable señora? —preguntó.

Y, como incapaz de esperar la respuesta, apoyó ligeramente una mano sobre el pecho de Bliss.

—Como has podido comprobar, los tengo —contestó Bliss sonriendo—. Tal vez no estén tan bien formados como los tuyos, pero no los cubro por esta razón. En mi mundo, no es correcto llevarlos descubiertos. —Se volvió a Pelorat y le preguntó en voz baja—: ¿Qué te parece mi manera de expresarme en galáctico clásico?

—Lo has hecho muy bien, Bliss —dijo Pelorat.

El comedor era muy grande y había en él largas mesas con bancos adosados a ambos lados. Por lo visto, los alfanos comían en comunidad.

Trevize sintió que le remordía la conciencia. La petición de Bliss había hecho que todo aquel espacio quedase reservado a sólo cinco personas y obligado a los alfanos a permanecer exiliados en el exterior. Sin embargo, algunos de ellos se colocaron a respetuosa distancia de las ventanas (que no eran más que aberturas en la pared, desprovistas incluso de cortinas), presumiblemente para ver comer a los forasteros.

Se preguntó qué ocurriría si lloviese. Seguramente, la lluvia caería sólo cuando fuese necesaria, ligera y suave, y continuaría sin fuertes vientos hasta que hubiese llovido con abundancia. Además, los alfanos sabrían cuándo habría de producirse y estarían preparados, pensó Trevize.

Estaba delante de una ventana que daba al mar, y Trevize tuvo la impresión de que distinguía un banco de nubes en el horizonte parecidas a las que casi llenaban el cielo en todas partes, salvo sobre ese pequeño Edén.

El control del tiempo atmosférico tenía sus ventajas. Al cabo de un rato, una joven que andaba de puntillas les sirvió la comida. No les preguntaron qué deseaban comer, sino que se lo sirvieron simplemente, Para beber, un pequeño vaso de leche, otro más grande de mosto y otro aún mayor de agua. Para comer, dos grandes huevos escalfados, con unos pedacitos de queso blando, y también un plato de pescado a la parrilla y patatitas asadas, sobre frescas y verdes hojas de lechuga.

Bliss miró la cantidad de comida que tenía delante con espanto y estaba claro que no sabía por dónde empezar. Fallom no tuvo este problema. Bebió el mosto ansiosamente, con claras muestras de aprobación, y

418

después mascó el pescado y las patatas. Iba a utilizar los dedos para llevarse la comida a la boca, pero Bliss le tendió un cuchara que tenía dientes en el extremo opuesto y podía servir de tenedor también, y Fallom la aceptó.

Pelorat sonrió satisfecho y atacó los huevos de inmediato.

Trevize le imitó.

—Ya era hora de que nos recordasen a qué saben los auténticos huevos —dijo.

Hiroko, olvidándose de su propio desayuno, encantada por el apetito que demostraban los otros (pues incluso Bliss empezó al fin a comer con visible satisfacción), preguntó:

—¿Está bien?

—Muy bien —contestó Trevize con la voz un poco amortiguada—. Por lo visto, la comida no escasea en esta isla. ¿O acaso nos habéis servido más de lo acostumbrado, por cortesía?

Hiroko le escuchó con atención y pareció captar el significado.

—No, no, respetable señor —dijo—. Nuestra tierra es generosa y nuestro mar todavía más. Nuestras patas ponen huevos y nuestras cabras nos dan queso y leche. Y tenemos cereales. Pero, sobre todo, nuestro mar está lleno de incontables variedades de peces en cantidades extraordinarias. Aunque todo el Imperio comiese en nuestras mesas, no podría consumir todo el pescado que nos da el mar.

Trevize esbozó una discreta sonrisa. Estaba claro que la joven alfana no tenía la menor idea de las verdaderas dimensiones de la Galaxia.

—Llamáis Nueva Tierra a esta isla, Hiroko. Entonces, ¿dónde está la Vieja Tierra?

Ella lo miró asombrada.

—¿Dices la *Vieja* Tierra? Te pido perdón, respetable señor. No comprendo el significado de tus palabras.

—Antes de que hubiese una Nueva Tierra, tu pueblo tuvo que haber vivido en otra parte. ¿Dónde se encuentra esa otra parte de la que vinieron?

—No sé nada de esto, respetable señor —respondió ella, con turbada gravedad—. Ésta ha sido siempre mi tierra, y lo fue de mi madre y de mi abuela, y sin duda también de sus abuelas y bisabuelas. No sé nada de otras tierras.

—Pero —dijo Trevize iniciando una amable discusión—, has dicho que este país es la *Nueva* Tierra. ¿Por qué lo llamáis así?

—Porque, respetable señor —respondió ella, en tono igualmente amable—, es así como ha sido llamada durante todos los tiempos que la mujer puede recordar.

—Pero es una *Nueva* Tierra y, por consiguiente, tiene que haber una Tierra anterior, una *Vieja* Tierra que le dio su nombre. Cada mañana amanece un nuevo día, y esto implica que antes existió otro día. ¿Comprendes ahora por qué tuvo que haber otra Tierra?

—No, respetable señor. Yo sólo sé cómo se llama este país. No sé nada más, ni sigo tu razonamiento que suena mucho a lo que nosotros llamamos lógica de pacotilla. Sin ánimo de ofender.

Trevize movió la cabeza y se dio por vencido.

77

Trevize se inclinó hacia Pelorat y murmuró:

—Dondequiera que vayamos, por mucho que hagamos, no conseguimos información.

—¿Qué importa eso, si sabemos dónde se encuentra la Tierra? —dijo Pelorat, sin mover apenas los labios.

—Quiero saber algo *acerca* de ella.

—Esta muchacha es muy joven. Difícilmente puede ser una buena fuente de información.

Trevize reflexionó sobre ello y asintió con la cabeza.

—Tienes razón, Janov. —Se volvió a Hiroko y dijo—: Miss Hiroko, no nos ha preguntado qué hemos venido a hacer a tu país.

Hiroko bajó la mirada.

—Hubiese sido una descortesía hacerlo antes de

que hayáis comido y descansado, respetable señor.

—Pero casi hemos acabado, y también descansado; por consiguiente, te diré por qué estamos aquí. Mi amigo, el doctor Pelorat, es un erudito de nuestro mundo, un hombre sabio. Un mitólogo. ¿Sabes lo que significa esta palabra?

—No, respetable señor, no lo sé.

—Estudia viejos cuentos tal como son relatados en los diferentes mundos. Los viejos cuentos reciben el nombre de mitos o leyendas, y todos ellos interesan al doctor Pelorat. ¿Hay gente erudita en la Nueva Tierra que conozca los cuentos viejos de este planeta?

Hiroko frunció ligeramente la frente en un gesto reflexivo.

—No soy entendida en esta materia —dijo poco después—. Pero hay un anciano en este lugar a quien le gusta hablar de los tiempos antiguos. No sé dónde puede haber aprendido tantas cosas y pienso que habrá urdido sus nociones en el aire, o las habrá oído a otros que las urdieron de esta suerte. Tal vez ése es el material que tu sabio compañero quisiera oír; sin embargo, no me gustaría engañarte. Yo tengo el convencimiento —y miró a derecha e izquierda, como temerosa de que otros la oyesen— de que el anciano no es más que un charlatán, aunque muchos lo escuchan de buen grado.

Trevize asintió con la cabeza.

—También nosotros quisiéramos escucharle. ¿Sería posible que llevases a mi amigo a visitar a ese anciano?

—Se llama Monolee.

—Entonces, a visitar a Monolee. ¿Y crees que estará dispuesto a hablar con mi amigo?

—¿Él? ¿Si estará dispuesto a hablar? —preguntó desdeñosa Hiroko—. Más bien deberías preguntar si estará dispuesto a callar. No es más que un hombre y, como tal, hablaría una semana seguida si se lo permitiesen. No lo tomes a ofensa, respetable señor.

—No lo tomo a ofensa. ¿Querrías llevar a mi amigo a ver a Monolee ahora?

—Eso puede hacerlo cualquiera en cualquier momento. El viejo está siempre en casa y siempre dispuesto a regalar los oídos a los demás.

—Y tal vez una mujer mayor tendría la bondad de venir a hacer compañía a la dama Bliss. Ésta debe cuidar de la niña y no puede ir de un lado a otro. Le gustaría tener compañía, pues las mujeres, como sabes, son muy aficionadas...

—¿A charlar? —preguntó Hiroko, claramente divertida—. Bueno, eso es lo que los hombres dicen, aunque yo he observado que los más grandes parlanchines son ellos. Espera a que vuelvan de la pesca y verás cómo rivalizan entre ellos contando las mayores fantasías sobre sus capturas. Nadie les cree ni les hace caso, pero eso no consigue que se callen. Mas yo estoy charlando también en demasía. Haré que una amiga de mi madre, a la que puedo ver a través de la ventana, se quede con la dama Bliss y la niña, pero antes conducirá a tu amigo, el respetable doctor, hasta el viejo Monolee. Si tu amigo está tan ávido de escuchar como lo está Monolee de hablar, te costará separarlos. ¿Querrás disculparme un momento?

Cuando la joven se hubo marchado, Trevize se volvió a Pelorat.

—Escucha, sácale todo lo que puedas al viejo, y tú, Bliss, averigua lo que puedas de quienes se queden contigo. Cualquier cosa acerca de la Tierra.

—¿Y tú? —preguntó ella—. ¿Qué harás tú?

—Me quedaré con Hiroko, trataré de encontrar una tercera fuente de información.

Bliss sonrió.

—¡Oh, sí! Pel estará con aquel viejo; yo, con una vieja, y tú te sacrificarás permaneciendo con esa joven tan ligera de ropa. Parece razonable una división del trabajo.

—En realidad, Bliss, *es* razonable.

—Pero no te sientes deprimido porque la razonable división del trabajo se haga de esta manera, ¿eh?

—No. ¿Por qué habría de ser así?

—¿Verdad que no?

Hiroko volvió y se sentó de nuevo.

—Todo está arreglado —dijo—. El respetable doctor Pelorat será llevado a Monolee, y la respetable dama Bliss y la niña tendrán compañía. Entonces, ¿tendré yo el privilegio, respetable señor, de seguir hablando contigo, tal vez sobre esa Vieja Tierra de la que...?

—¿... charlaba? —preguntó Trevize.

—No —dijo Hiroko, echándose a reír—. Pero haces bien en burlarte de mí. Me mostré descortés al responder a tu pregunta sobre esa materia. Estoy en ascuas por reparar mi falta.

Trevize se volvió a Pelorat.

—¿En ascuas?

—Quiere decir ansiosa —le aclaró Pelorat en voz baja.

—Señorita —dijo Trevize—, no considero que hayas sido descortés, pero si esto te complace, con mucho gusto hablaré contigo.

—Eres muy amable. Te doy las gracias —repuso Hiroko, levantándose.

Trevize lo hizo a su vez.

—Bliss, asegúrate de que Janov no corra peligro.

—Cuidaré de ello. En cuanto a ti, tienes tus... —y señaló con la cabeza las fundas de las armas.

—No creo que las necesite —dijo Trevize, un poco incomodado.

Siguió a Hiroko y ambos salieron del comedor. El sol estaba más alto en el cielo y la temperatura había aumentado. Un olor exótico flotaba como siempre en el aire. Trevize recordó que había sido un olor débil en Comporellon, como a moho en Aurora y bastante agradable en Solaria. (En Melpomenia, habían llevado trajes espaciales que sólo permitían percibir el olor del propio cuerpo.) En todo caso, desaparecía en pocas horas al saturarse los centros ósmicos de la nariz.

En Alfa, era un agradable aroma a hierbas calentadas por el sol, y Trevize se sintió un poco contrariado al pensar que también esa fragancia desaparecería pronto.

Se acercaron a una pequeña estructura que parecía construida con yeso de un rosa pálido.

—Ésta es mi casa —dijo Hiroko—. Perteneció a la hermana menor de mi madre.

Entró e hizo señas a Trevize para que la siguiera. La puerta estaba abierta, aunque, según Trevize advirtió al cruzarla, sería más exacto decir que no había puerta.

—¿Qué hacéis cuando llueve? —preguntó él.

—Estamos preparados. Lloverá dentro de dos días, durante tres horas antes del amanecer, que es cuando hace más fresco y el agua empapa mejor el suelo. Entonces, lo único que haré será correr esta cortina, que es gruesa e impermeable. —Y así lo hizo mientras hablaba.

La cortina parecía de un material resistente similar a la lona.

—La dejaré corrida —siguió diciendo—. Así todos sabrán que me encuentro en casa pero no deben molestarme, pues estoy durmiendo u ocupada en algún menester importante.

—No parece una protección muy segura de tu intimidad.

—¿Por qué? Mira, la entrada está cerrada.

—Pero cualquiera podría apartar la cortina.

—¿Contrariando los deseos del ocupante? —Hiroko pareció impresionada—. ¿Hacen estas cosas en tu mundo? Sería una barbaridad.

—Sólo ha sido una pregunta —dijo Trevize sonriendo.

Ella le condujo a la segunda de dos habitaciones y le invitó a sentarse en una silla de asiento acolchonado. Producía algo parecido a la claustrofobia el ver la pequeñez de las habitaciones, desnudas por completo; pero la casa parecía estar destinada, casi exclusivamente, al retiro y al descanso. Las ventanas eran pequeñas y se abrían cerca del techo, pero, en las paredes, había franjas de espejo mate cuidadosamente distribuidas y que reflejaban una luz difusa. Unas grietas del suelo dejaban salir aire fresco. Trevize no vio señales de iluminación artificial y se preguntó si los alfanos tenían que levantarse con el sol y acostarse al anochecer. Iba a preguntárselo a Hiroko, pero ésta habló primero.

—¿Es la dama Bliss tu compañera?

—¿Quieres decir con esto si es mi compañera sexual? —respondió prudentemente Trevize.

Hiroko enrojeció.

—Te lo ruego, observa las normas de una conversación cortés. Pero sí, me refiero al goce privado.

—No; ella es la compañera de mi sabio amigo.

—Pero tú eres más joven y apuesto.

—Bueno, gracias por el cumplido, pero Bliss no es de la misma opinión. El doctor Pelorat le gusta mucho más que yo.

—Eso me sorprende mucho. ¿No la compartiría contigo?

—Jamás se lo he preguntado, pero estoy seguro de que no. Ni a mí me gustaría que lo hiciese.

Hiroko asintió sabiamente con la cabeza.

—Ya lo sé. Es su fundamento.

—¿Su fundamento?

—Ya sabes. Esto —dijo, y se dio una palmada en el delicado trasero.

—¡Oh, eso! Ahora te entiendo. Sí, Bliss está muy desarrollada en su anatomía pelviana. —Y describió unas curvas con las manos e hizo un guiño que arrancó la sonrisa de Hiroko—. Sin embargo —continuó Trevize—, a la inmensa mayoría de los hombres les gustan esas figuras ampulosas.

—No puedo creerlo. Sin duda es una especie de gula desear un exceso de lo que resulta agradable cuando es moderado. ¿Te gustaría yo más si mis pechos fueran grandes y colgantes, con los pezones apuntando a los dedos de los pies? Si he de ser franca, te diré que los hay de esa clase, pero no he visto que los hombres los apetezcan. Las pobres mujeres aquejadas de este defecto tienen que cubrir sus monstruosidades..., como hace la dama Bliss.

—Tampoco a mí me atrae el tamaño excesivo, aunque estoy seguro de que Bliss no se cubre los senos debido a alguna imperfección de ellos.

—Entonces, ¿no te disgustan mi cara y mis formas?

—Estaría loco si me disgustasen. Eres hermosa.

—¿Y qué haces tú para divertirte en tu nave, cuando vuelas de un mundo a otro, sí la dama Bliss te está prohibida?

—Nada, Hiroko. No hay nada que hacer. A veces pienso en los placeres y eso resulta bastante desagradable, pero los que viajamos por el espacio sabemos muy bien que hay veces en que uno tiene que abstenerse. Lo compensamos en otras ocasiones.

—Si es desagradable, ¿qué puedes hacer para remediarlos?

—Ahora me desagrada mucho más que hayas suscitado el tema. No sería cortés indicarte cómo lo remediaría.

—¿Sería descortés que yo te sugiriese una manera?

—Sólo dependería de la naturaleza de tu sugerencia.

—Que fuésemos complacientes el uno para el otro.

—¿Me has traído aquí, Hiroko, para que llegásemos a esto?

Hiroko sonrió satisfecha:

—Sí. Sería un deber de cortesía de anfitriona para mí, y también un deseo.

—En tal caso, confieso que también es mi deseo. En realidad, me gustaría muchísimo complacerte en esto. Estoy... *en ascuas* por complacerte.

XVIII. EL FESTIVAL DE MÚSICA

78

El almuerzo se sirvió en el mismo comedor en que habían desayunado. Ahora estaba lleno de alfanos, y con ellos se encontraban Trevize y Pelorat, que habían sido muy bien recibidos por todos. Bliss y Fallom comían en un pequeño anexo, más o menos en privado.

Había varias clases de pescado, además de sopa con trocitos de lo que parecía ser cabrito hervido. Sobre la mesa, hogazas de pan para ser cortado, y mantequilla y mermelada para untar las rebanadas. Después, una ensalada, copiosa y variada, y se notó la falta de postre, aunque se sirvieron zumos de fruta en jarras, inagotables al parecer. Los dos hombres de la Fundación tuvieron que comer poco después del abundante desayuno, pero todos los demás parecieron hacerlo a dos carrillos.

—¿Cómo se las arreglan para no engordar? —preguntó Pelorat en voz baja.

Trevize se encogió de hombros.

—Tal vez gracias a mucho trabajo físico.

Saltaba a la vista que era una sociedad en la que el decoro en las comidas no se apreciaba mucho. Había una algarabía de gritos, risas y golpes dados en la mesa con los gruesos y, evidentemente, irrompibles vasos. Las mujeres eran tan vocingleras como los hombres, aunque en un tono más agudo.

Pelorat ponía mala cara, pero Trevize, que ahora (al menos temporalmente) no sentía en absoluto la incomodidad de que había hablado a Hiroko, estaba relajado y de buen humor.

—En realidad —dijo—, esto tiene su lado agradable. Esa gente parece disfrutar de la vida y tener pocas preocupaciones, suponiendo que tengan alguna. El tiempo atmosférico es como ellos lo desean y disfrutan de una comida extraordinariamente abundante. Para ellos, ésta es una edad de oro que se prolonga y se prolonga sin más.

Tenía que gritar para hacerse oír, y Pelorat gritó también al replicar:

—Pero hay demasiado ruido.

—Están acostumbrados.

—No sé cómo pueden entenderse con todo este bullicio.

En verdad, los de la Fundación no comprendían nada. El extraño acento, la gramática arcaica y la sintaxis del idioma alfano hacían imposible la comprensión a unos niveles tan altos de los sonidos. Para ellos, era como escuchar el ruido de un zoo presa de pánico.

Sólo después del almuerzo se reunieron con Bliss en una pequeña estructura que Trevize encontró bastante diferente de la casita de Hiroko y que les había sido destinada como su vivienda temporal. Fallom estaba en la segunda habitación, muy aliviada al encontrarse sola, según declaró Bliss, y tratando de dormir la siesta.

Pelorat miró por la abertura de la pared que hacía las veces de puerta y dijo, vacilando:

—Aquí hay muy poca intimidad. ¿Cómo podemos hablar libremente?

—Te aseguro que en cuanto corramos la cortina nadie nos molestará —dijo Trevize—. La lona hace que esto sea impenetrable por la fuerza de la costumbre social.

Pelorat miró las altas ventanas abiertas.

—Pueden oírnos.

—No tenemos que gritar. Y los alfanos no tratarán de escuchar lo que digamos. Recuerda que cuando estaban fuera del comedor a la hora del desayuno, se mantuvieron a respetuosa distancia de las ventanas.

—Has aprendido mucho sobre las costumbres de Alfa durante el rato que has pasado a solas con la gentil y pequeña Hiroko, y por eso confías tanto en su discreción. ¿Qué sucedió? —Bliss sonrió.

—Si has notado que las fibras de mi mente han experimentado un cambio favorable y puedes adivinar la razón —dijo Trevize—, sólo te pido que dejes a mi mente en paz.

—Sabes muy bien que Gaia no tocará tu mente bajo ninguna circunstancia, salvo de crisis vital, y también sabes la razón. Sin embargo, no estoy mentalmente ciega. Puedo percibir lo que ocurre a un kilómetro de distancia. ¿Es ésta tu costumbre invariable en los viajes espaciales, mi *erotómano* amigo?

—¿*Erotómano*? Vamos, Bliss; dos veces en todo el viaje. ¡Dos veces!

—Sólo estuvimos en dos mundos donde hubiese hembras humanas. Dos de dos, y permanecimos unas pocas horas en cada uno de ellos.

—Sabes que era lo único que podía hacer en Comporellon.

—Eso es lógico. Recuerdo la complexión de aquella hembra. —Durante unos momentos Bliss se desternilló de risa. Después dijo—: En cambio, no creo que Hiroko te redujese a la impotencia con una presa o impusiese su irresistible voluntad a tu cuerpo desvalido.

—Claro que no. Me sometí de buen grado. Pero la idea fue suya.

—¿Siempre te ocurre lo mismo, Pel —dijo Bliss—. Las mujeres se sienten irremisiblemente atraídas por él.

—Ojalá fuese así —repuso Trevize—, pero estás equivocada. Y me alegro. Tengo otras cosas que hacer en mi vida. Pero, en este caso, fue irresistible. A fin de cuentas, éramos las primeras personas de otro mundo que Hiroko veía..., o que veía cualquiera de los que viven en Alfa. Supongo, por algo que se le escapó, y por algunas observaciones casuales, que tenía la excitante idea de que yo sería diferente de los alfanos, bien por mi anatomía, bien por mi técnica. ¡Pobrecilla! Temo haberla defraudado.

—¡Oh! —exclamó Bliss—. ¿Te defraudó ella a ti?

—No —dijo Trevize—. He estado en muchos mundos y tengo cierta experiencia. Y he descubierto que las personas son personas y que el sexo es sexo. Si existe alguna diferencia ostensible, suele ser trivial y desagradable. ¡Las cosas que vi en mis buenos tiempos! Recuerdo una joven que no podía animarse a menos que fuese al son de una música fuerte, una música que era como un chillido desesperado. Por consiguiente, tocó la música y entonces fui *yo* el que no se pudo animar. Te aseguro que..., si esta vez no pasó lo mismo, me doy por satisfecho.

—A propósito de música —dijo Bliss—, estamos invitados a una velada musical después de la cena. Por lo visto, una ceremonia muy formal, a celebrar en nuestro honor. Creo que los alfanos se sienten muy orgullosos de su música.

Trevize hizo una mueca.

—Su orgullo no hará que la música suene mejor a nuestros oídos.

—Escúchame —dijo Bliss—. Creo que se enorgullecen, sobre todo, porque tocan instrumentos muy antiguos con gran habilidad. *Muy* antiguos. Tal vez, por medio de ellos, podamos obtener alguna información sobre la Tierra.

Trevize arqueó las cejas.

—Una idea interesante. Y esto me recuerda que los dos podéis haber obtenido alguna información. Janov, ¿viste a ese Monolee de que nos habló Hiroko?

—En efecto —dijo Pelorat—. Estuve tres horas con él y te aseguro que Hiroko no exageró. Nuestra charla se convirtió en un monólogo por su parte y, cuando le dejé para venir a almorzar, se aferró a mí y no me dejó marchar hasta que le prometí volver en cuanto pudiese, para seguir escuchándole.

—¿Te dijo algo de interés?

—Bueno, él..., como todos los demás..., insistió en qué la Tierra tenía una radiactividad mortífera y total; también en que los antepasados de los alfanos fueron los últimos en salir de allí, porque, si no lo hubiesen hecho, habrían muerto. Y lo dijo con tal convicción, Golan, que no pude dejar de creerle. Estoy convencido de que la Tierra *es* un planeta muerto y, por tanto, de que estamos empeñados en una búsqueda inútil.

79

Trevize se retrepó en su silla, mirando fijamente a Pelorat, que se había acomodado en un estrecho catre. Bliss, que había estado sentada junto a Pelorat y se había levantado, les miró a los dos.

Por último, dijo Trevize:

—Deja que sea yo quien juzgue si nuestra búsqueda es o no inútil. Cuéntame lo que te dijo el viejo parlanchín..., en pocas palabras, desde luego.

—Tomé notas mientras Monolee hablaba —dijo Pelorat—. Con esto reforzaba mi papel de erudito, pero no tengo que referirme a ellas. Sus palabras fluían a raudales. Cada cosa que decía le recordaba otra, pero desde luego, me he pasado toda la vida tratando de organizar la información para entresacar de ella lo importante y significativo, por lo que ahora me resulta natural condensar un discurso largo e incoherente...

—¿En algo igualmente largo e incoherente? —le interrumpió amablemente Trevize—. Ve al grano, querido Janov.

Pelorat carraspeó, confuso.

—Sí, viejo amigo. Trataré de hacer un relato coherente y cronológico. La Tierra fue la cuna de la Hu-

431

manidad y de millones de especies de plantas y de animales. Y continuó siendo su morada durante innumerables años, hasta que se inventó el viaje hiperespacial. Entonces, se fundaron los mundos Espaciales. Éstos rompieron con la Tierra, desarrollaron sus propias culturas y llegaron a despreciar y oprimir al planeta madre.

»Al cabo de un par de siglos, la Tierra consiguió recobrar su libertad, aunque Monolee no me explicó la manera exacta en que eso se había producido, y yo no me habría atrevido a preguntárselo aunque me hubiese dado ocasión de interrumpirle, porque con ello habría hecho que se subiese por las ramas. Mencionó un héroe de la cultura llamado Elijah Baley, pero la referencia era tan característica de la costumbre de atribuir a un personaje los logros de varias generaciones que habría servido de poco intentar...

—Sí, querido Pel —dijo Bliss—, comprendemos esta parte.

Pelorat hizo una nueva pausa y volvió al grano.

—Desde luego. Disculpadme. La Tierra lanzó una segunda ola colonizadora y fundó muchos nuevos mundos de una manera nueva. El nuevo grupo de colonizadores resultó ser más poderoso que los Espaciales, los adelantó, los derrotó, sobrevivió a ellos y, en definitiva, fundó el Imperio Galáctico. Durante las guerras entre los Colonizadores y los Espaciales..., no, no fueron guerras, pues él cuidó muy bien de emplear la palabra «conflicto»..., la Tierra se volvió radiactiva.

—Esto es ridículo, Janov —dijo Trevize con clara impaciencia—. ¿Cómo puede un mundo *volverse* radiactivo? Todos los mundos son ligeramente radiactivos, en mayor o menor grado, desde el momento de su formación, y esta radiactividad va decreciendo poco a poco. No pueden *volverse* radiactivos.

Pelorat se encogió de hombros.

—Yo sólo repito lo que él dijo. Y sólo me contaba lo que les había oído de otros, que a su vez lo habían oído de otros, y así sucesivamente. Es Historia popular, contada y vuelta a contar durante generaciones, y quién sabe las alteraciones que se producirían a cada repetición.

—Lo comprendo, pero, ¿no hay libros, documentos, narraciones antiguas que hayan permanecido inmutables y puedan darnos datos más concretos que ese relato actual?

—En realidad, pude hacerle esta pregunta y él me respondió que no. Dijo vagamente que había habido libros sobre eso en épocas remotas, y que se habían perdido hacía tiempo, pero que él contaba lo que se decía en tales libros.

—Sí, pero deformado. La historia de siempre. En todos los mundos que visitamos, los datos sobre la Tierra han desaparecido de alguna manera. Bueno, ¿cómo te ha dicho que empezó la radiactividad en la Tierra?

—No me lo ha contado con detalle. Lo único que dijo fue que los Espaciales fueron los responsables, pero deduje que los Espaciales eran los demonios a quienes culpaba la Tierra de todas sus desdichas. La radiactividad...

—Bliss, ¿soy yo un espacial? —le interrumpió una voz.

Fallom estaba plantada en la estrecha puerta entre las dos habitaciones, con los cabellos revueltos y en camisón (más indicado para la talla de Bliss) dejando al descubierto un seno subdesarrollado.

—Nos preocupamos de los curiosos de fuera —dijo Bliss— y nos olvidamos de la de dentro. Bueno, Fallom, ¿por qué has dicho eso?

Se levantó y se acercó a la jovencita. Fallom dijo:

—Yo no tengo lo mismo que ellos —y señaló a los dos hombres—, ni lo que tú tienes, Bliss. Soy diferente. ¿Es porque soy un Espacial?

—Lo eres, Fallom —dijo Bliss, en tono tranquilizador—, pero las pequeñas diferencias no tienen importancia. Vuelve a la cama.

Fallom se mostró sumisa, como siempre que Bliss quería que lo fuese. Se volvió.

—¿Soy yo un demonio? —preguntó—. ¿Qué es un demonio?

—Esperadme un momento —dijo Bliss por encima del hombro—. Volveré en seguida.

Al cabo de cinco minutos se reunió con ellos. Meneó la cabeza.

—Estará durmiendo hasta que la despierte. Supongo que yo hubiese debido hacer eso antes, pero toda modificación de la mente debe ser resultado de una necesidad. —Y añadió, en son de excusa—: No puedo permitir que se preocupe por las diferencias entre sus órganos sexuales y los nuestros.

—Algún día tendrá que saber que es hermafrodita —dijo Pelorat.

—Algún día —repitió Bliss—, pero no ahora. Sigue con tu relato, Pel.

—Sí —dijo Trevize—, antes de que cualquier otra cosa nos interrumpa.

—Bueno, la Tierra, o su corteza al menos, se hizo radiactiva. En aquellos tiempos, la Tierra tenía una cantidad de población enorme, concentrada en grandes ciudades, la mayoría de ellas subterráneas...

—Bueno —le interrumpió Trevize—, esto no tiene por qué ser cierto necesariamente. Quizás el patriotismo local ensalzó la edad de oro del planeta, y los detalles son una simple deformación de Trantor en *su* edad de oro, cuando era la capital imperial de todo un sistema de mundos de la galaxia.

Pelorat meditó un momento y después dijo:

—Creo, Golan, que no deberías tratar de enseñarme mi oficio. Los mitólogos sabemos muy bien que los mitos y las leyendas contienen plagios, moralejas, ciclos naturales y otras mil influencias deformantes, y nos esforzamos en eliminarlas y llegar a lo que puede ser el meollo de la verdad. En realidad, estas mismas técnicas pueden aplicarse a los relatos más serios, pues nadie escribe la verdad pura y simple..., si es que puede decirse que existió alguna vez. Ahora, te estoy explicando, más o menos, lo que Monolee me ha contado, aunque supongo que debo de estar añadiendo deformaciones de mi propia cosecha a pesar de que me esfuerzo en no hacerlo.

—Bueno, bueno —dijo Trevize—. Prosigue, Janov. No quise ofenderte.

—No me has ofendido. Las grandes ciudades, presumiendo que existiesen, decayeron y se encogieron al ir aumentando la radiactividad, hasta que la población no fue más que un resto de lo que había sido, aferrándose a regiones que aún estaban relativamente libres de radiación. La población se mantuvo baja por el control de la natalidad y la eutanasia de los mayores de sesenta años.

—¡Horrible! —exclamó Bliss indignada.

—Desde luego —dijo Pelorat—, pero eso fue lo que hicieron, según Monolee, y podría ser verdad, pues no es probable que se inventase una mentira tan denigrante para la gente de la Tierra. Los terrícolas, después de haber sido despreciados y oprimidos por los espaciales, lo fueron por el Imperio, aunque aquí puede haber alguna exageración nacida de la compasión por uno mismo, que es una emoción muy seductora. Existe el caso...

—Sí, sí, Pelorat, otro días nos lo contarás. Continúa con la Tierra.

—Disculpadme. El Imperio, en un arranque de benevolencia, accedió a llevarse de allí el suelo contaminado y sustituirlo por otro importado y que estuviese limpio de radiación. Inútil decir que suponía una tarea enorme y que el Imperio se cansó pronto de ella, sobre todo porque aquel período (si mi presunción es acertada) coincidió con la caída de Kander V, después de la cual el Imperio hubo de preocuparse de otras muchas cosas que le importaban más que la Tierra.

»La radiactividad siguió intensificándose, la población continuó decayendo y, por último, el Imperio, en otro arranque de benevolencia, ofreció trasladar el resto de la población a un nuevo mundo propio, en una palabra, a *este* mundo.

»Parece ser que, en un período anterior, una expedición había poblado el océano de peces, de manera que, cuando los planes para el traslado de los terrícolas se hicieron, había una atmósfera rica en oxígeno y unas abundantes reservas de comida en Alfa. Además, ningún otro mundo del Imperio Galáctico ambicionó hacerse con ella, pues existe cierta antipatía natural hacia los planetas que giran alrededor de estrellas de un sistema binario. Supongo que en tales sistemas hay tan pocos planetas habitables que incluso éstos son rechazados, porque se presume que algo debe andar mal en ellos. Es una idea muy corriente. Por ejemplo, existe el caso conocido de...

—Más tarde nos explicarás ese caso conocido, Janov —dijo Trevize—. Sigue con el traslado.

—Lo único que faltaba —continuó Pelorat, ahora un poco precipitadamente— era preparar una base de tierra firme. Se buscó la parte en que el océano era menos profundo y se trajeron sedimentos de otras partes para elevar el fondo marino y producir, en definitiva, la isla de Nueva Tierra. Ésta se reforzó con piedras y corales sacados también del fondo del mar. Se sembraron plantas terrestres para que los sistemas de raíces contribuyesen a afirmar el nuevo suelo. Una vez más, el Imperio había emprendido una inmensa tarea. Tal vez se habrían proyectado continentes, pero cuando la isla quedó terminada, también la benevolencia del Imperio acabó.

»Lo que quedaba de la población de la Tierra fue traído aquí. Las flotas del Imperio se llevaron los hombres y la maquinaria que habían traído, y jamás volvieron. Los terrícolas instalados en la Nueva Tierra se encontraron aislados por completo.

—¿Por completo? —preguntó Trevize—. ¿Te dijo Monolee que nadie más de la galaxia estuvo nunca aquí hasta que nosotros llegamos?

—Casi por completo —respondió Pelorat—. Supongo que nada tenían que venir a buscar aquí, incluso dejando aparte la supersticiosa repugnancia por los sistemas binarios. De forma esporádica, a largos intervalos, llegaría alguna nave, como lo ha hecho la nuestra, pero después se marcharía para no regresar jamás. Y es todo.

—¿Preguntaste a Monolee dónde está situada la Tierra?

—Claro que se lo pregunté. Pero lo ignora.

—¿Cómo puede conocer tanto acerca de la Historia de la Tierra sin saber dónde está situada?

—Le pregunté concretamente si la estrella que se halla sólo a un *parsec* de Alfa podía ser el sol alrededor del cual gira la Tierra. Él no sabía lo que era un *parsec*, y le expliqué que es una distancia corta en términos astronómicos. Él me respondió que fuese corta o larga la distancia, no sabía dónde estaba la Tierra, que no conocía a nadie que lo supiese, y que, en su opinión, era un error tratar de encontrarla. Había que dejar, dijo, que girase para siempre en paz en el espacio.

—¿Estás de acuerdo con él? —preguntó Trevize.

Pelorat sacudió la cabeza con expresión triste.

—No del todo. Pero él dijo que, en vista de cómo siguió aumentando la radiactividad, el planeta debió volverse inhabitable por completo poco después de realizarse el traslado de sus moradores y que ahora tiene que estar ardiendo con tal intensidad que nadie podría acercarse a él.

—Tonterías —dijo Trevize, con firmeza—. Es imposible que un planeta que se haya hecho radiactivo siga aumentando en radiactividad. Ésta sólo tiende a decrecer.

—Pero Monolee está seguro de ello. Y muchos de aquellos con quienes hemos hablado en diversos mundos dicen lo mismo que él: la Tierra es radiactiva. Seguramente es inútil que sigamos adelante.

80

Trevize respiró hondo y, después, habló, dominando el tono de su voz:

—Tonterías, Janov. Eso no es verdad.

—Bueno, viejo amigo —dijo Pelorat—, no se debe creer algo sólo porque se desee creerlo.

—Mis deseos no tienen nada que ver con esto. En todos los mundos que hemos visitado nos hemos encontrado con que todos los datos sobre la Tierra han sido borrados. ¿Por qué habrían tenido que hacer algo así si no hubiese nada que ocultar, si la Tierra fuese un planeta muerto y radiactivo al que nadie pudiese acercarse?

—No lo sé, Golan.

—Sí, lo sabes. Cuando nos acercábamos a Melpomenia, dijiste que la radiactividad podría ser la otra cara de la moneda. De una parte, destruir los documentos para eliminar toda información exacta; de otra, difundir el cuento de la radiactividad, para dar una información errónea. Ambas cosas servirían para disuadir de todo intento de encontrar la Tierra, y nosotros no debemos dejarnos engañar por estos métodos de disuasión.

—Parecéis pensar que aquella estrella próxima es el sol de la Tierra —dijo Bliss—. Entonces, ¿por qué seguir discutiendo sobre la cuestión de la radiactividad? ¿Qué importa eso? ¿Por qué no ir al astro vecino y ver si se trata de la Tierra, y, en tal caso, cómo es?

—Porque los que habitan la Tierra deben ser, a su manera, extraordinariamente poderosos —respondió Trevize—, y yo preferiría acercarme allí teniendo algún conocimiento del planeta y de sus habitantes. Mientras siga ignorando las condiciones de la Tierra, acercarse a ella es peligroso. Creo que lo mejor es que vosotros os quedéis en Alfa y prosiga yo solo hacia ella. Arriesgar una vida ya es bastante.

—No, Golan —repuso Pelorat con enorme seriedad—. Bliss y la niña pueden esperar aquí, pero yo debo ir contigo. He estado buscando la Tierra desde antes de que tú lo hicieses y no puedo quedarme atrás cuando la meta está tan próxima, sean cuales fueren los peligros que puedan amenazarnos.

—Bliss y la niña *no* esperarán aquí —protestó ella—. Yo soy Gaia, y Gaia puede protegernos incluso contra la Tierra.

—Espero que tengas razón —dijo Trevize, con pesimismo—, pero Gaia no pudo impedir la eliminación de los antiguos datos del papel representado por la Tierra en su fundación.

—Esto ocurrió en los tiempos primitivos de Gaia, cuando todavía no estaba bien organizada, ni había avanzado en sus conocimientos. Ahora, la cosa cambia.

—Ojalá sea así. ¿O es que esta mañana has conseguido alguna información sobre la Tierra que nosotros desconocemos? Te pedí que hablases con alguna de las viejas con quienes estarías en contacto.

—Y lo hice.

—¿Y qué descubriste? —dijo Trevize.

—Nada acerca de la Tierra. Parece una página en blanco.

—Ya.

—Pero tienen una biotecnología muy avanzada.

—¿Sí?

—En esta pequeña isla, han criado y ensayado innumerables especies de plantas y de animales y conseguido un adecuado equilibrio ecológico, estable y duradero, a pesar de que empezaron con muy pocas especies. Han mejorado la vida oceánica que encontraron cuando llegaron aquí hace unos pocos miles de años, aumentado su valor nutritivo y mejorado su labor. Ha sido su biotecnología la que ha hecho de este mundo un modelo de abundancia. Y también tienen planes para las personas.

—¿Qué clase de planes?

—Saben perfectamente —dijo Bliss— que no pueden esperar aumentar su población en las presentes circunstancias, confinados como están en el pequeño pedazo de tierra que existe en su mundo, pero sueñan en convertirse en anfibios.

—¿Convertirse en *qué*?

—En anfibios. Proyectan desarrollar branquias, además de los pulmones. Sueñan en poder pasar largos períodos de tiempo bajo el agua, en encontrar regiones poco profundas y construir estructuras en el fondo del océano. Mi informadora estaba muy entusiasmada con la idea, pero, me confesó que era una meta que los alfanos se habían fijado hace algunos siglos y que se habían hecho muy pocos progresos, o acaso ninguno.

—Así pues —dijo Trevize—, hay dos campos en los que podrían estar más avanzados que nosotros: el control del tiempo atmosférico y la biotecnología. Me pregunto cuáles serán sus técnicas.

—Tenemos que encontrar especialistas —indicó Bliss—, y es posible que éstos no quieran hablar de ello.

—A *nosotros* no nos interesa en particular —repuso Trevize—, pero está claro que podría convenir a la Fundación aprender algo de este mundo en miniatura.

—En Terminus controlamos bastante bien el tiempo —insinuó Pelorat.

—El control es bueno en muchos mundos —dijo Trevize—, pero siempre se refiere al mundo como totalidad. Aquí, los alfanos controlan el tiempo de una pequeña porción de su mundo y deben poseer técnicas que nosotros ignoramos. ¿Algo más, Bliss?

—Invitaciones sociales. Parece que este pueblo es muy aficionado a las fiestas y que las celebran siempre que la pesca y el cultivo de los campos se lo permiten. Esta noche, después de la cena, habrá un festival de música. Ya os lo había dicho. Mañana, durante el día, habrá una fiesta en la playa. Tengo entendido que todos los que puedan abandonar los campos se reunirán en la orilla de la isla para disfrutar del agua y del sol, ya que lloverá al día siguiente. Por la mañana, la flota pesquera volverá, anticipándose a la lluvia, y por la noche se celebrará un banquete para probar el producto de la pesca.

—Las comidas corrientes son bastante copiosas —gruñó Pelorat—. Me pregunto cómo será un banquete.

—Supongo que no se distinguirá por la cantidad, sino por la variedad. En todo caso, los cuatro estamos invitados a participar en todas las fiestas y, en especial, al festival de música de esta noche.

—¿A base de instrumentos antiguos? —preguntó Trevize.

—Así es.

—¿Y en qué consiste su antigüedad? ¿Tienen acaso ordenadores primitivos?

—No, no, y eso es lo curioso. No se trata de música electrónica, sino mecánica. Me la describieron. Rascan cuerdas, soplan en tubos y golpean superficies.

—Espero que esto sea un invento tuyo —dijo Trevize, horrorizado.

—Yo no me estoy inventando nada. Y tengo entendido que tu Hiroko soplará en uno de los tubos, he olvidado su nombre, y tendrás que ser capaz de soportarlo.

—A mí me gustará ir —dijo Pelorat—. Sé muy poco de música primitiva y tengo ganas de oírla.

—Ella no es «mi Hiroko» —advirtió Trevize con frialdad—. Pero, ¿supones que son instrumentos del tipo que antaño usaron en la Tierra?

—Creo que sí —respondió Bliss—. Al menos, las mujeres me dijeron que habían sido inventados mucho antes de que sus antepasados viniesen aquí.

—En tal caso —dijo Trevize—, valdrá la pena escuchar todas esas rascaduras, bufidos y golpeos, pues tal vez puedan proporcionarnos alguna información sobre la Tierra.

81

Aunque pareciese extraño, Fallom fue la que más se entusiasmó ante la perspectiva de una velada musical. Ella y Bliss se habían bañado en el cuarto exterior de detrás de la vivienda en que se alojaban. Había en él un baño con agua corriente, caliente y fría (o más bien, tibia y fresca), un lavabo y un inodoro. Estaba perfectamente limpio y, a la luz del sol de la tarde, incluso bien iluminado y alegre.

Como siempre, Fallom se sintió fascinada por los senos de Bliss y ésta tuvo que decirle (ahora que Fallom comprendía el galáctico) que la gente era así en su mundo. A lo cual, Fallom, replicó inevitablemente:

—¿Por qué?

Y Bliss, después de pensarlo un poco, decidió que no había una respuesta lógica, así que, volvió a la contestación universal:

—¡Porque sí!

Cuando hubieran terminado de bañarse, Bliss ayudó a Fallom a ponerse la prenda interior que las alfanas les habían proporcionado y descubrió la manera en que se ceñía la falda sobre aquélla. Dejar a Fallom desnuda de cintura para arriba parecía bastante razonable. En cuanto a ella, si bien empleó las prendas alfanas de cintura para abajo (le apretaban bastante las caderas), se puso su propia blusa. Parecía tonto resistirse a exhibir los senos en una sociedad en que todas las mujeres lo hacían, sobre todo cuando los suyos no eran muy grandes y estaban tan bien formados como los mejores que había visto, pero ella era así.

Los dos hombres entraron después y por turno, en el lavabo, murmurando Trevize la acostumbrada queja masculina sobre el tiempo empleado por las mujeres.

Bliss hizo que Fallom se diese la vuelta para asegurarse de que la falda se adaptaba bien a sus caderas y nalgas de muchacho.

—Es una falda muy bonita, Fallom —dijo—. ¿Te gusta?

Fallom se miró a un espejo.

—Sí, me gusta —respondió—. Pero, ¿no tendré frío en el cuerpo? —añadió, pasándose las manos por el pecho desnudo.

—No lo creo, Fallom. En este planeta hace mucho calor.

—Pero *tú* te has puesto algo.

—Sí, es verdad. En nuestro mundo lo hacemos así. Y ahora, Fallom, vamos a estar con muchos alfanos durante la cena y después de ésta. ¿Crees que podrás soportarlo?

Fallom pareció contrariada al oír aquello.

—Yo me sentaré a tu derecha —siguió Bliss—. Pel lo hará a tu izquierda, y Trevize al otro lado de la

442

mesa, delante de ti. No dejaremos que nadie te hable, y tú no tendrás que hablar a nadie.

—Lo intentaré, Bliss —dijo Fallom, con su voz más aguda.

—Después —continuó Bliss—, algunos alfanos tocarán música para nosotros a su manera especial. ¿Sabes lo que es la música?

Tarareó un poco, imitando lo mejor posible la armonía electrónica. El semblante de Fallon se alegró.

—Quieres decir...

Pronunció la última palabra en su propio idioma y después empezó a cantar.

Bliss abrió mucho los ojos; era una bella tonada, aunque un poco salvaje y rica en trinos.

—Sí —dijo Bliss—. Esto es música.

Fallom dijo con entusiasmo:

—Jemby hacía... —Vaciló y después decidió emplear la palabra galáctica— ...música todo el tiempo. Hacía música con un...

De nuevo dijo una palabra en su propio idioma. Bliss trató de repetirla. Fallom se echó a reír.

—No es así —dijo. Ahora pronunció las dos palabras seguidas, para que Bliss pudiese observar la diferencia, pero ésta renunció a reproducir la segunda.

—¿Cómo es? —dijo.

Como el limitado vocabulario galáctico de Fallom no le permitía hacer una descripción adecuada todavía, trató de realizarla con ademanes que no resultaron claros para Bliss.

—Me mostró la manera de tocarlo —dijo Fallom con orgullo—. Empleé mis dedos como lo hacía Jemby, pero éste dijo que pronto no tendría que hacerlo.

—Eso es maravilloso, querida. Después de la cena veremos si los alfanos son tan buenos como tu Jemby.

Los ojos de Fallom brillaron, y los agradables pensamientos de lo que vendría después hicieron que aguantase bien la copiosa cena, a pesar de la multitud, las risas y el ruido. Sólo una vez, cuando un plato fue volcado accidentalmente, provocando chillidos muy cerca de ellos, pareció que Fallom se asustaba, y Bliss tuvo que tranquilizarle con un cálido y protector abrazo.

—Me pregunto si podríamos arreglarnos para comer solos —dijo Bliss en voz baja a Pelorat—. De otra manera, tendremos que marcharnos de este planeta. Ya es bastante malo tener que comer las proteínas animales que nos ponen los Aislados, pero al menos *tendríamos* que poder hacerlo en paz.

—Es porque están contentos —dijo Pelorat, que era capaz de soportar cualquier cosa que no fuese irracional y que pudiese calificarse de comportamiento primitivo.

Entonces, la cena terminó y se. anunció que el festival de música no tardaría en empezar.

82

La sala en que iba a celebrarse el festival de música era tan espaciosa como el comedor y en ella había sillas plegables (bastante incómodas, pensó Trevize) para unas ciento cincuenta personas. Como invitados de honor, los visitantes fueron conducidos a la primera fila, y varios alfanos comentaron cortés y favorablemente su indumentaria.

Los dos hombres iban desnudos de cintura para arriba, y Trevize contraía los músculos abdominales siempre que pensaba en ello y, en ocasiones, se miraba con satisfecha admiración el pecho poblado de vello oscuro. A Pelorat, con su afanosa observación de cuanto le rodeaba, le tenía sin cuidado su propio aspecto. La blusa de Bliss provocaba disimuladas miradas de asombro, pero nadie hizo alusión a ella.

Trevize observó que la sala estaba sólo a medio llenar y que la inmensa mayoría del público era femenino, ya que, era de suponer, otros tantos hombres estaban en la mar.

Pelorat dio un codazo a Trevize.

—Tienen electricidad —murmuró.

Trevize miró los tubos verticales en las paredes, y otros fijados en el techo. Eran suavemente luminosos.

—Fluorescentes —dijo—. Muy primitivos.

—Sí, pero útiles, y nosotros los tenemos en nuestras habitaciones y en el lavabo. Pensaba que sólo eran objetos decorativos. Si podemos encontrar la manera de encenderlos, no tendremos que permanecer a oscuras.

—Podrían habérnoslo dicho —exclamó Bliss, con irritación.

—Debieron pensar que lo sabíamos —dijo Pelorat—, que todo el mundo tenía que saberlo.

Entonces salieron cuatro mujeres de detrás de unas cortinas y se sentaron en grupo en el espacio vacío delante de ellos. Cada una de ellas llevaba un instrumento de madera barnizada y forma parecida, pero que no era fácil de describir. Todos eran de tamaño diferente: uno, muy pequeño; dos, algo más grandes, y el cuarto, bastante más voluminoso. Cada mujer sostenía una varilla larga en la otra mano también.

El público lanzó suaves silbidos al entrar ellas, y las cuatro mujeres hicieron una reverencia. Las cuatro llevaban una gasa envolviendo los senos, como para evitar que éstos estorbasen el manejo del instrumento.

Trevize, interpretando los silbidos como señales de aprobación, o de satisfecha anticipación, creyó que era cortés silbar también. Fallom añadió a esto un ritmo que era mucho más que un silbido y empezaba a llamar la atención cuando la presión de la mano de Bliss hizo que se callase.

Tres de las mujeres, sin preparación alguna, apoyaron los instrumentos debajo de sus barbillas, mientras el más grande de ellos permanecía entre las piernas de la cuarta mujer y se apoyaba en el suelo. La larga varilla que cada una de ellas sostenía en la mano derecha rozaba las cuerdas tensas casi a todo lo largo del instrumento, mientras los dedos de la mano izquierda pasaban rápidamente sobre los extremos superiores de aquellas cuerdas.

Esto, pensó Trevize, era la «rascadura», que había esperado, pero no sonaba como tal. Había una suave y melodiosa sucesión de notas; cada instrumento tocaba algo por su cuenta, pero el conjunto armonizaba agradablemente.

Aquello carecía de la infinita complejidad de la música electrónica (la «verdadera música», como no podía dejar de pensar Trevize) y todo resultaba parecido. Sin embargo, con el paso del tiempo y al irse acostumbrando su oído a aquel sistema extraño de sonidos, empezó a captar sus sutilezas. Era fatigoso tener que prestar tanta atención, y rememoró con añoranza el clamor, la precisión matemática y la pureza de la música real, pero pensó que si escuchaba los acordes de aquellos sencillos aparatos de madera durante el tiempo suficiente, acabarían por gustarle.

Hiroko apareció cuando el concierto llevaba unos cuarenta y cinco minutos de duración. Vio a Trevize en la primera fila y le sonrió. Él se sumó de todo corazón a los suaves silbidos de bienvenida del público. Estaba muy bella con su larga falda, primorosa, una flor grande en los cabellos, y nada sobre los senos, ya que (por lo visto) no había peligro de que dificultasen el manejo del instrumento.

Éste resultó ser un tubo de madera oscura, de unos dos metros de largo y casi dos centímetros de grueso. Lo llevó a sus labios y sopló por una abertura próxima a un extremo, produciendo una nota fina y dulce que osciló al manipular los dedos unos objetos de metal colocados a lo largo del tubo.

Al oír el primer sonido, Fallom apretó el brazo de Bliss y dijo:

—Bliss, esto es...

Bliss creyó oír la misma palabra que antes no había comprendido. Entonces, sacudió enérgicamente la cabeza, mirando a Fallom.

—¡Pero lo es! —exclamó la niña en voz más baja.

Otras personas miraban en la dirección de Fallom. Bliss le tapó la boca con la mano y se inclinó para murmurar a su oído un casi imperioso «¡Silencio!».

A partir de entonces, Fallom escuchó la interpretación de Hiroko sin decir nada, pero movía los dedos espasmódicamente, como si tocase aquellos objetos a lo largo del instrumento.

El último concertista fue un viejo que llevó un instrumento de lados arrugados suspendido de los hombros delante de él. Lo estiraba y lo encogía, mientras pasaba la mano sobre una serie de objetos blancos y negros situados en un extremo, apretándolos por grupos.

Trevize encontró aquella música particularmente fatigosa, bastante bárbara, y tan desagradable como el recuerdo de los ladridos de los perros de Aurora..., y no es que el sonido se pareciese al de los ladridos, pero le provocaba emociones similares. Bliss parecía como si desease taparse los oídos con las manos, y Perolat tenía fruncido el entrecejo. Sólo Fallom daba la sensación de disfrutar con aquello, pues golpeaba ligeramente el suelo con un pie, y Trevize, que lo advirtió, se dio cuenta, sorprendido, de que la música seguía el compás marcado por el pie de Fallom.

Por fin todo terminó y hubo una verdadera tormenta de silbidos, entre los que sobresalía, claramente, el trino de Fallom.

Entonces, el público se dividió en pequeños grupos que empezaron a charlar con la fuerza y la estridencia a que parecían tan aficionados los alfanos en las ocasiones públicas. Los que habían participado en el concierto permanecían en la parte delantera de la sala y hablaban con los que se acercaban a felicitarles.

Fallom se desprendió del brazo de Bliss y corrió hacia Hiroko.

—¡Hiroko! —gritó, jadeando—. Déjame ver el...

—¿Qué, querida?

—La cosa con que hiciste la música.

—¡Oh! —Hiroko se echó a reír—. Es un flauta, pequeña.

—¿Puedo verla?

—Claro. —Hiroko abrió un estuche y sacó el instrumento. Se componía de tres partes, que ella juntó rápidamente, y acercó la boquilla de la flauta a los labios de Fallom y le dijo—: Ahora, sopla con todas tus fuerzas.

—Ya sé, ya sé —dijo Fallom ansiosa, alargando una mano para coger la flauta.

Hiroko, de forma automática, la retiró y la agarró con fuerza.

—Sopla, niña, pero no la toques.

Fallom pareció contrariada.

—Entonces, ¿puedo mirarla? —dijo—. No la tocaré.

—Claro que sí, querida.

Tendió de nuevo la flauta y Fallom la miró con anhelo.

Y en ese momento, la luz fluorescente de la sala se redujo un poco y se oyó, inseguro y tembloroso, el sonido de una nota que brotaba de la flauta.

Hiroko, sorprendida, casi dejó caer el instrumento.

—¡Lo he conseguido! —exclamó Fallom—. ¡Lo he conseguido! Jemby dijo que algún día podría hacerlo.

—¿Has sido tú quien ha producido ese sonido? —preguntó Hiroko.

—Sí, he sido yo. He sido yo.

—Pero, ¿cómo lo has conseguido, pequeña?

Bliss, con el rostro enrojecido por la confusión, dijo:

—Lo siento, Hiroko. Me la llevaré.

—No —dijo Hiroko—. Deseo que lo haga otra vez.

Los alfanos que estaban más próximos se agruparon para observar. Fallom frunció el entrecejo, como esforzándose. Las lámparas fluorescentes se atenuaron más que antes y la nota sonó de nuevo en la flauta, esa vez pura y sostenida. Entonces el sonido se hizo desigual, al moverse los objetos metálicos a lo largo de la flauta por sí solos.

—Es un poco diferente del... —dijo Fallom, con voz un poco entrecortada, como si la flauta hubiese sido activada por su aliento y no por el aire.

—Debe sacar la energía de la corriente eléctrica que alimenta las lámparas fluorescentes —dijo Pelorat a Trevize.

—Prueba otra vez —indicó Hiroko, con voz ahogada.

Fallom cerró los ojos. Ahora la nota brotó más suave y más controlada. La flauta tocaba sola, sin que los dedos interviniesen, accionada por una energía remota transducida por los todavía inmaduros lóbulos del cerebro de Fallom. Las notas que habían empezado casi al azar se ordenaron en una sucesión musical y, ahora, todos los que estaban en la sala se agruparon alrededor de Hiroko y de Fallom, mientras aquélla sostenía la flauta entre los dedos índice y pulgar en cada extremo y Fallom, con los ojos cerrados, dirigía la corriente de aire y el movimiento de las llaves.

—Es la misma pieza que yo toqué —murmuró Hiroko.

—La recuerdo —dijo Fallom, asintiendo ligeramente con la cabeza y procurando no romper su concentración.

—No has fallado una sola nota —dijo Hiroko, cuando hubo terminado.

—Pero no está bien, Hiroko. Tú no la tocaste bien.

—¡Fallom! —dijo Bliss—. Eso es una impertinencia. No debes...

—Por favor, no intervengas —dijo Hiroko autoritaria—. ¿Por qué no está bien, pequeña?

—Porque yo la tocaría de un modo diferente.

—Entonces, muéstrame cómo lo harías.

Y la flauta tocó de nuevo, pero de una manera más complicada, pues las fuerzas que impulsaban las llaves lo hacían con más rapidez, con una sucesión más veloz y con combinaciones más difíciles que antes. La música era más compleja e infinitamente más emocional y conmovedora. Hiroko permanecía tensa, y ya no se oían otros ruidos en la sala.

Cuando Fallom hubo terminado, prosiguió el silencio hasta que Hiroko suspiró profundamente.

—¿Habías tocado esto antes, pequeña? —preguntó.

—No —respondió Fallom—. Antes sólo podía usar mis dedos, y no puedo hacer que mis dedos toquen así. —Y con acento sencillo, sin la menor jactancia, añadió—: Nadie puede hacerlo.

—¿Sabes tocar otras cosas?

—Puedo inventarlas.

—¿Quieres decir..., improvisar?

Fallom arrugó la frente al oír aquella palabra y miró a Bliss. Ésta asintió con la cabeza.

—Sí —dijo Fallom.

—Entonces, hazlo, por favor —dijo Hiroko.

Fallom hizo una pausa y pensó durante un minuto o dos. Después empezó lentamente, en una sencilla sucesión de notas que formaban un conjunto que dijérase de ensueño. Las lámparas fluorescentes rebajaban su luz o brillaban según aumentase o disminuyese la cantidad de energía empleada. Nadie dio muestras de advertirlo, pues aquello parecía ser efecto más que causa de la música, como si un fantasma eléctrico obedeciese los dictados de las ondas sonoras.

Entonces, la combinación de notas se repitió un poco más fuerte, y después con variaciones que, sin perder la clara combinación básica, se hizo más excitante y más conmovedora, hasta el punto de casi cortar la respiración a los oyentes. Por último, descendió con mucha más rapidez de lo que había ascendido, produciendo el efecto de una caída en picado que hizo que el auditorio se encontrase a nivel del suelo cuando todavía tenía la impresión de estar flotando en el aire.

Aquello fue un pandemónium, e incluso Trevize, que estaba acostumbrado a una clase de música muy diferente, pensó con tristeza: «Y ya no volveré a oír esto.»

Cuando el silencio se hizo de nuevo, ahora forzado, Hiroko tendió su flauta.

—Tómala, Fallom, ¡es tuya!

Fallom iba a asirla ansiosamente, pero Bliss sujetó el brazo estirado y dijo:

—No podemos aceptarla, Hiroko. Es un instrumento muy valioso.

—Tengo otra, Bliss. No tan buena, pero esto es lo que debe ser. Este instrumento perteneció a la persona que lo tocaba mejor. Yo no había oído nunca una música igual, y no tengo derecho a usar un instrumento del que no puedo sacar todo su fruto. Ojalá supiese cómo se puede tocar sin tocarlo.

Fallom tomó la flauta y, con una expresión de profundo contento, la estrechó contra su pecho.

83

Había una lámpara fluorescente en cada una de las dos habitaciones de la vivienda que tenían asignadas, y una tercera en el lavabo exterior. La luz era débil y resultaba incómoda para leer, pero al menos las habitaciones no estaban a oscuras.

Sin embargo, se entretuvieron fuera de la casa. En el cielo las estrellas brillaban, algo siempre fascinante para un nativo de Terminus, donde casi no había estrellas en el cielo nocturno, en el que sólo destacaba la reducida nebulosa de la Galaxia.

Hiroko les había acompañado a sus habitaciones, por miedo de que se perdiesen o tropezasen en la oscuridad. Durante todo el camino, llevó a Fallom de la mano, y cuando hubo encendido las lámparas fluorescentes, permaneció con ellos en el exterior, sin soltar a la niña.

Bliss insistió de nuevo, pues le parecía claro que Hiroko se hallaba en un estado de difícil conflicto emocional:

—Realmente, Hiroko, no podemos aceptar tu flauta.

—Fallom debe tenerla —insistió la joven, pero dio la sensación de continuar con los nervios de punta.

Trevize no dejaba de mirar el cielo. La noche era muy oscura, con una oscuridad que apenas se veía afectada por la poca luz que salía de sus habitaciones, y mucho menos por los pequeños destellos de otras casas más lejanas.

—Hiroko —dijo—, ¿ves aquella estrella tan brillante? ¿Cómo se llama?

Hiroko levantó la mirada y dijo, sin visible interés:

—Es la Compañera.

—¿Por qué la llamáis así?

—Da la vuelta a nuestro sol cada ochenta años. En esta época es una estrella de la tarde. Se puede ver con luz de día cuando está sobre el horizonte.

«Bien —pensó Trevize—. Sabe algo de astronomía.»

—¿Sabes que Alfa tiene otra compañera, muy pequeña, opaca y que está mucho más lejos que la estrella brillante? No puede verse sin telescopio —dijo él.

Nunca la había visto, ni se había preocupado en buscarla, pero el ordenador de la nave tenía la información en sus bancos de memoria.

—Así nos lo dijeron en el colegio —asintió ella, con indiferencia.

—Y ahora, ¿qué me dices de aquéllas? Las seis estrellas alineadas en zigzag.

—Es Casiopea —respondió Hiroko.

—¿De veras? —dijo Trevize, sorprendido—. ¿Cuál de ellas?

—Todas. Su conjunto. Es Casiopea.

—¿Por qué la llamáis así?

—Lo ignoro. Yo no sé nada de astronomía, respetable Trevize.

—¿Ves la estrella más baja de la línea en zigzag, la que brilla más que las otras? ¿Qué es?

—Es una estrella. No sé su nombre.

—Pero, a excepción de las dos estrellas compañeras, es la más próxima a Alfa. Sólo está a un *parsec* de distancia.

—Tú lo dices —repuso Hiroko—. Yo no lo sé.

—¿No podría ser la estrella alrededor de la cual gira la Tierra?

Hiroko miró la estrella, ahora con un poco de interés.

—No lo sé. No lo he oído decir a nadie.

—¿Crees que podría serlo?

—¿Cómo puedo saberlo? Nadie sabe dónde puede estar la Tierra. Ahora..., ahora debo dejarte. Mañana por la mañana tengo que hacer mi turno en el campo antes de la fiesta de la playa. Os veré a todos allí, después del almuerzo. ¿Sí?

—Claro que sí, Hiroko.

Ella se marchó de pronto, medio corriendo en la oscuridad. Trevize la miró alejarse y después siguió a los otros al interior de la casita débilmente iluminada.

—¿Puedes decirme si mintió acerca de la Tierra, Bliss? —preguntó a ésta.

Ella movió la cabeza en un gesto negativo.

—No creo que mintiese. Se encuentra bajo una enorme tensión, algo que no advertí hasta después del concierto. Ya lo estaba antes de que tú le preguntases acerca de las estrellas.

—¿Será porque se desprendió de su flauta?

—Tal vez. No lo sé. —Se volvió a Fallom—. Ahora, Fallom, quiero que vayas a tu habitación. Cuando estés lista para ir a la cama, ve al lavabo, usa el orinal, y, después, lávate las manos, la cara y los dientes.

—Me gustaría tocar la flauta, Bliss.

—Sólo un ratito, y *muy* bajo. ¿Lo has entendido, Fallom? Y debes parar cuando yo te lo diga.

—Sí, Bliss.

Quedaron los tres solos; Bliss en la única silla y los hombres sentados cada cual en su catre.

—¿Es de alguna utilidad que permanezcamos más tiempo en este planeta? —preguntó ella.

Trevize se encogió de hombros.

—Nunca hemos hablado de la Tierra en relación con los instrumentos antiguos, y tal vez esto podría darnos alguna pista. Y quizá también fuese útil que esperásemos el regreso de la flota pesquera. Los pescadores podrían saber algo que los que se quedan en casa ignoran.

—*Muy* improbable, creo yo —dijo Bliss—. ¿Estás seguro de que no son los negros ojos de Hiroko los que te retienen?

—No lo entiendo, Bliss —dijo Trevize con impaciencia—. ¿Qué te importa lo que yo haga? ¿Por qué pareces atribuirte el derecho a juzgar mi moral?

—No me interesa tu moral. El asunto afecta a nuestra expedición. Tú deseas encontrar la Tierra para convencerte de que estás en lo justo al elegir Galaxia sobre los mundos Aislados. Y yo quiero que lo decidas. Dices que necesitas visitar la Tierra para tomar esa decisión y pareces convencido de que la Tierra gira alrededor de aquella estrella brillante. Vayamos, pues,

453

allá. Reconozco que sería útil tener alguna información antes de ir, pero está claro que no la encontraremos aquí. No deseo quedarme por el mero hecho de que a ti te guste Hiroko.

—Tal vez nos marchemos —dijo Trevize—. Deja que lo piense, y está segura de que Hiroko no influirá en mi decisión.

—Yo creo que deberíamos acercarnos a la Tierra —dijo Pelorat—, aunque sólo fuese para ver si es o no radiactiva. No veo por qué hemos de esperar más tiempo.

—¿Estás seguro de que no son los ojos negros de Bliss los que te impulsan? —preguntó Trevize, con cierta ironía. Pero en seguida rectificó—: No, lo retiro, Janov. Ha sido una chiquillada de mi parte. Sin embargo, éste es un mundo encantador, dejando aparte a Hiroko, y debo decir que, en otras circunstancias, me sentiría tentado a quedarme aquí indefinidamente. ¿No crees, Bliss, que Alfa destruye tu teoría sobre los mundos Aislados?

—¿En qué sentido? —preguntó ella.

—Has estado sosteniendo que todo mundo realmente aislado se vuelve peligroso y hostil.

—Incluso Comporellon —dijo Bliss imparcial—, que está bastante fuera de la corriente principal de actividad galáctica, ya que solamente es, en teoría, una Potencia Asociada a la Federación de la Fundación.

—Pero no Alfa. Este mundo sí que es totalmente aislado, sin embargo, ¿podemos quejarnos de su amabilidad y de su hospitalidad? Nos alimentan, nos visten, nos dan albergue, celebran fiestas en nuestro honor, insisten en que nos quedemos. ¿Qué defectos podemos achacarles?

—Por lo visto, ninguno. Hiroko incluso te da su cuerpo.

—¿Por qué te preocupas de eso, Bliss? —inquirió enojado, Trevize—. Ella no me dio su cuerpo. Los dos nos dimos nuestros cuerpos mutuamente. Fue una acción recíproca, y muy agradable. Y no puedes decir que tú vaciles en dar tu cuerpo si te apetece.

—Por favor, Bliss —dijo Pelorat—. Golan tiene toda la razón. No hay motivo para que pongas reparos a sus placeres privados.

—Con tal de que no nos afecten a todos nosotros —insistió, terca, Bliss.

—No nos afectan. Nos iremos de aquí, te lo aseguro —prometió Trevize—. La demora para buscar más información no será larga.

—Sin embargo, yo no confío en los Aislados —dijo Bliss—, aunque nos llenen de obsequios.

Trevize levantó los brazos.

—Sientas una conclusión, y después retuerces las pruebas para que se adapten a ella. Muy propio de una...

—No lo digas —dijo Bliss, en tono amenazador—. Yo no soy una mujer. Yo soy Gaia. Es Gaia, no yo, quien está inquieta.

—No hay razón para...

En aquel momento se oyeron unos golpecitos en la puerta. Trevize se interrumpió.

—¿Qué es eso? —dijo en voz baja.

Bliss se encogió ligeramente de hombros.

—Abre la puerta y lo verás. Eres tú quien dice que éste es un mundo amable y que no ofrece peligro.

Sin embargo, Trevize vaciló, hasta que una voz suave les llegó desde el otro lado de la puerta.

—Por favor. ¡Soy yo!

Era la voz de Hiroko. Trevize abrió.

Hiroko entró rápidamente. Tenía húmedas las mejillas.

—Cerrad la puerta —jadeó.

—¿Qué pasa? —preguntó Bliss.

Hiroko se agarró a Trevize.

—No he podido evitar el venir. Lo he intentado, pero me ha sido imposible. Márchate, marchaos todos. Y llevaos a la niña, sin perder un momento. Llevaos la nave lejos..., lejos de Alfa..., mientras aún es de noche.

—Pero, ¿por qué? —preguntó Trevize.

—Porque si no lo haces, morirás; moriréis todos vosotros.

84

Los tres forasteros miraron a Hiroko fijamente durante un largo momento.

—¿Quieres decir que tu gente nos matará? —preguntó Trevize.

Hiroko respondió, mientras las lágrimas rodaban por sus mejillas.

—Tú estás ya camino de la muerte, respetable Trevize. Y los otros también. Hace mucho tiempo, nuestros sabios inventaron un virus, inofensivo para nosotros, pues estamos inmunizados, pero mortal para los forasteros. —Sacudió el brazo de Trevize—. Tú estás contagiado.

—¿Cómo?

—Cuando gozamos los dos juntos. Es una de las maneras de contagiar el virus.

—Pero me encuentro muy bien —dijo Trevize.

—El virus es inactivo todavía. Se activará cuando la flota pesquera regrese. Según nuestras leyes, la decisión corresponde a todos, incluso a los hombres. Pero seguro que decidirán que debemos hacerlo, y os retendremos aquí hasta que llegue el momento, dentro de dos mañanas. Marchaos mientras es de noche todavía y nadie sospecha nada.

—¿Por qué hacéis esto? —preguntó vivamente Bliss.

—Por nuestra seguridad. Somos pocos y poseemos mucho. No queremos que los forasteros nos invadan. Si uno viene y después cuenta por ahí lo que ha visto, vendrán otros. Por eso, cuando una nave llega, de tarde en tarde, debemos asegurarnos de que no se marche.

—Entonces —dijo Trevize—, ¿por qué nos avisas a nosotros?

—No me preguntes la razón... Pero sí, te la diré, ya que vuelvo a oír aquello. Escuchad...

Pudieron oír que Fallom tocaba suavemente, con infinita dulzura, en la habitación contigua.

—No puedo consentir la destrucción de esa música, pues la niña moriría también.

—¿Fue por esto que diste la flauta a Fallom? —inquirió Trevize con severidad—. ¿Porque sabías que la recobrarías cuando ella hubiese muerto?

Hiroko pareció horrorizada.

—No, no lo pensé. Y cuando al fin lo hice, comprendí que estaba mal. Marchaos con la niña, y que ella se lleve la flauta que nunca volveré a ver. Tú estarás a salvo en el espacio, y el virus que hay en tu cuerpo, al no ser activado, morirá al cabo de un tiempo. Sólo os pido, a cambio, que ninguno de vosotros habléis jamás de este mundo, para que nadie más se entere de su existencia.

—No hablaremos de él —prometió Trevize.

Hiroko levantó la cabeza y dijo, bajando la voz:

—¿No puedo besarte una vez antes de que te marches?

—No —dijo Trevize—. Me has contagiado una vez y creo que ya es bastante. —Después, suavizando un poco la voz, añadió—: No llores. La gente te preguntaría por qué lo haces y no podrías responder. Te perdono lo que me has hecho, en vista de que ahora te esfuerzas en salvarnos.

Hiroko se irguió, se enjugó cuidadosamente las mejillas con el dorso de las manos y respiró hondo.

—Gracias por esto —dijo, saliendo después rápidamente.

—Apagaremos la luz, esperaremos un rato y después nos marcharemos —urgió Trevize—. Bliss, dile a Fallom que deje de tocar su instrumento. Acuérdate de que se lleve la flauta, desde luego. Nos dirigiremos a la nave, si podemos encontrarla en la oscuridad.

—Yo la encontraré —dijo Bliss—. Hay ropa mía a bordo y, aunque en ínfima proporción, también ella es Gaia. Gaia no tendrá dificultad en encontrar a Gaia.

Y pasó a su habitación para recoger a Fallom.

—¿Crees que habrán averiado nuestra nave para impedir que salgamos del planeta? —preguntó Pelorat.

—Carecen de tecnología para ello —dijo Trivize.

Cuando Bliss salió de la habitación llevando a Fallom de la mano, Trevize apagó las luces.

Permanecieron sentados en silencio en la oscuridad durante lo que les pareció la mitad de la noche aunque quizá no hubiese transcurrido más que media hora. Entonces, Trevize abrió la puerta, poco a poco y sin ruido. El cielo parecía un poco más nublado, pero brillaban estrellas aún. En lo alto estaba Casiopea, con lo que podía ser el sol de la Tierra resplandeciendo en su punta inferior. El aire permanecía en calma y no se oía ningún ruido.

Trevize salió cauteloso e hizo señas a los otros para que lo siguiesen. Casi sin pensarlo, llevó una mano a la culata de su látigo neurónico. Estaba seguro de que no tendría que usarlo, pero...

Bliss se puso en cabeza, asiendo a Pelorat de la mano, el cual asía a su vez la de Trevize. Bliss llevaba a Fallom de la otra mano, y ésta llevaba la flauta en la que tenía libre. Tanteando el suelo con los pies en aquella oscuridad casi total, Bliss guió a los otros hacia la *Far Star*, cuya situación le era débilmente indicada por su ropa.

Séptima parte

LA TIERRA

XIX. ¿RADIACTIVA?

85

La *Far Star* despegó en silencio, elevándose en la atmósfera, dejando abajo la oscura isla. Los pocos puntos de luz que había debajo de ellos perdieron intensidad y se desvanecieron. Al hacerse la atmósfera más tenue con la altura, la nave aumentó su velocidad, y los puntos de luz que había en el cielo se hicieron más numerosos y brillantes.

Cuando miraron el planeta Alfa al cabo de un rato, sólo vieron como una media luna iluminada y cubierta, en gran parte, por las nubes.

—Supongo que no tienen una tecnología espacial activa —dijo Pelorat—. No pueden seguirnos.

—No creo que esto me anime mucho —repuso Trevize, hosco el semblante y con voz afligida—. Estoy contagiado.

—Pero el virus es inactivo —dijo Bliss.

—Sin embargo, puede ser activado. Ellos tienen un método. ¿Cuál será?

Bliss se encogió de hombros.

—Hiroko dijo que el virus, permaneciendo inactivo, acabaría muriendo en un cuerpo inadaptado a él..., un cuerpo como el tuyo.

—¿Sí? —dijo furiosamente Trevize—. ¿Cómo lo sabía? Y a propósito, ¿cómo sé yo que la declaración de Hiroko no fue una mentira para consolarse ella misma? ¿Y no es posible que el método de activación, sea cual fuere, se produzca de un modo natural? Por un producto químico particular, por un tipo de radiación, por..., ¿quién sabe qué? Puedo enfermar de pronto y, en tal caso, vosotros tres moriríais también. O si ocurre algo de eso después de que hayamos llegado a un mundo poblado, podemos dar origen a una terrible pandemia que los refugiados llevarían a otros mundos. —Miró a Bliss—. ¿Puedes hacer algo a ese respecto?

Bliss movió la cabeza lentamente.

—No es fácil. Hay parásitos integrados en Gaia: microorganismos, gusanos. Son una parte benigna del equilibrio ecológico. Viven y contribuyen a la conciencia del mundo, pero nunca proliferan en exceso. Viven sin causar daños importantes. Lo malo es, Trevize, que el virus que te afecta a ti no forma parte de Gaia.

—Has dicho «no es fácil» —murmuró Trevize, arrugando la frente—. Dadas las circunstancias, ¿podrías tomarte el trabajo, aunque te resulte difícil, de localizar el virus que llevo dentro y destruirlo? Y si eso no es posible, ¿puedes, al menos, fortalecer mis defensas?

—¿Te das cuenta de lo que me pides, Trevize? Yo no conozco la flora microscópica de tu cuerpo. No me sería fácil distinguir un virus en las células de tu cuerpo de los genes normales que habitan en ellas. Y todavía me resultaría más difícil distinguir de entre los virus a que tu cuerpo está acostumbrado a aquellos que Hiroko te contagió. Lo intentaré, Trevize, pero requerirá tiempo y quizá no lo consiga.

—Tómate todo el tiempo necesario —dijo Trevize—, pero inténtalo.

—Lo haré —prometió Bliss.

—Si Hiroko dijo la verdad —murmuró Pelorat—, quizá seas capaz de descubrir virus que parezcan estar perdiendo ya vitalidad y acelerar su muerte.

—Podría hacerlo —dijo Bliss—. Es una buena idea.

—¿No flaquearás? —inquirió Trevize—. Tendrás que

destruir unas pequeñas vidas preciosas cuando mates esos virus, ¿sabes?

—Quieres mostrarte sarcástico, Trevize —dijo fríamente Bliss—, pero, con sarcasmo o sin él, estás planteando una verdadera dificultad. Sin embargo, no puedo dejar de preferirte a los virus. Los mataré si puedo, no temas. A fin de cuentas, aunque no te prefiriese a ti —y su boca se contrajo como si reprimiese una sonrisa—, Pelorat y Fallom están en peligro también, y tal vez confíes más en lo que siento por ellos que en lo que siento por ti. Y no olvides que también yo corro peligro.

—No tengo fe en tu amor por ti misma —murmuró Trevize—. Estás dispuesta siempre a entregar tu vida por un motivo altruista. Pero aceptaré tu interés por Pelorat. —Después dijo—: No oigo la flauta de Fallom. ¿Se encuentra mal?

—No —repuso Bliss—. Está durmiendo. Un sueño perfectamente natural en el que nada tengo que ver. Y sugiero que, cuando hayas preparado el Salto a la estrella que creemos que es el sol de la Tierra, nosotros hagamos lo mismo. Yo me voy cayendo de sueño y supongo que tú también, Trevize.

—Sí. ¿Sabes una cosa, Bliss? Tenías razón.

—¿En qué, Trevize?

—En lo de los Aislados. La Nueva Tierra no es un paraíso, por mucho que lo parezca. Aquella hospitalidad, todas esas pruebas de amistad, eran para que nos confiásemos, a fin de poder contagiar a uno de nosotros con facilidad. Y las fiestas que celebraron después en nuestro honor iban encaminadas a retenernos allí hasta que regresase la flota pesquera y pudiese realizarse la activación. Así habría acabado todo, de no haber sido por Fallom y su música. Es posible que también en eso tengas razón.

—¿En lo tocante a Fallom?

—Sí. Yo no quería llevarla y nunca me encontré a gusto con ella a bordo. Gracias a ti, Bliss, la tenemos con nosotros; y fue ella quien, sin saberlo, nos salvó. Aunque, sin embargo...

—Y sin embargo, ¿qué?

—A pesar de todo, *todavía* me inquieta la presencia de Fallom. No sé por qué.

—Por si hace que te sientas mejor, Trevize, debo decirte que no creo que debamos otorgar todo el mérito a la niña. Hiroko aprovechó la música de Fallom como excusa para cometer lo que otros alfanos considerarían, con toda seguridad, un acto de traición. Incluso es posible que ella lo creyese también, pero había algo más en su mente, algo que tal vez le avergonzaba que aflorase a su consciente. Tengo la impresión de que sentía afecto por ti y no quería verte morir, con independencia de Fallom y de su música.

—¿De veras lo crees así? —preguntó Trevize, sonriendo ligeramente por primera vez desde que habían salido de Alfa.

—Creo que sí. Debes tener cierta pericia en tu trato con las mujeres. Persuadiste a la ministra Lizalor de que nos dejase embarcar y salir de Comporellon e influiste en Hiroko para que salvase nuestras vidas. Cada uno debe recibir el crédito que se merece.

Trevize sonrió más ampliamente.

—Bueno, si tú lo dices... Vayamos, pues, a la Tierra.

Desapareció en la cabina-piloto con un movimiento casi jactancioso. Pelorat, que se había quedado atrás, dijo:

—A fin de cuentas, lo has amansado, ¿verdad, Bliss?

—No, Pelorat; nunca he tocado su mente.

—Lo has hecho cuando has halagado su vanidad de varón con tanto descaro.

—Indirectamente —dijo sonriendo Bliss.

—Aun así, te doy las gracias.

86

Después del Salto, la estrella que podía ser el sol de la Tierra estaba todavía a un décimo de *parsec* de distancia. Era, con mucho, el cuerpo más brillante del cielo, pero todavía seguía siendo sólo una estrella.

Trevize filtró la luz para verla mejor, y la estudió frunciendo el ceño.

—Parece indudable —dijo— que es la gemela virtual de Alfa, la estrella alrededor de la cual gira la Nueva Tierra. Sin embargo, Alfa está en el mapa del ordenador y esta estrella no aparece en él. No sabemos su nombre, no conocemos sus estadísticas, carecemos de toda información concerniente a su sistema planetario si es que lo tiene.

—¿No era eso lo que debíamos esperar, si la Tierra gira alrededor de ese sol? —dijo Pelorat—. Esta falta de información concordaría con el hecho de que toda información sobre la Tierra parece haber sido eliminada.

—Sí, pero también significaría que es un mundo Espacial que no fue incluido en la lista de la pared de aquel edificio de Melpomenia. No podemos estar seguros del todo de que aquella lista fuese completa. O podría ser que esta estrella no tuviese planetas y que, por consiguiente, se hubiese creído que no merecía la pena incluirla en un mapa de ordenador empleado, sobre todo, con fines militares y comerciales. ¿Hay alguna leyenda, Janov, según la cual el sol de la Tierra esté a un *parsec*, más o menos, de una estrella gemela?

Pelorat sacudió la cabeza.

—Lo siento, Golan, pero no recuerdo ninguna en ese sentido. Aunque pueda haberla, pues mi memoria no es infalible. La buscaré.

—No es importante. ¿Se da algún nombre al sol de la Tierra?

—Se le dan varios nombres diferentes. Me imagino que debe haber uno en cada idioma.

—Siempre me olvido de que había muchos idiomas en la Tierra.

—Debió de haberlos. Es lo único que da sentido a muchas de las leyendas.

—Entonces, ¿qué hacemos? —dijo Trevize con mal humor—. No podemos saber nada del sistema planetario desde lejos; tenemos que acercarnos. Quisiera ser prudente, pero a veces la precaución es excesiva e ilógica, y no veo indicios de un posible peligro. Probablemente, lo que es bastante poderoso para borrar de la galaxia toda información sobre la Tierra, debería serlo también para borrarnos a nosotros, incluso a esta distancia, si quisiera de veras que no fuese localizada; sin embargo, nada nos ha ocurrido. No sería racional quedarnos aquí eternamente, sólo por la mera posibilidad de que pueda ocurrirnos algo si nos acercamos más, ¿no crees?

—Esto me da a entender —dijo Bliss— que el ordenador no detecta nada que deba ser interpretado como peligroso.

—Cuando digo que no veo indicios de peligro, es porque confío en el ordenador. Desde luego, no puedo ver nada a simple vista. Ni lo esperaría tampoco.

—Entonces, deduzco que sólo estás buscando un apoyo para tomar lo que consideras una decisión arriesgada. Está bien, cuenta conmigo. No hemos llegado tan lejos para volvernos atrás sin un motivo sólido, ¿verdad?

—No —dijo Trevize—. ¿Qué opinas tú, Pelorat?

—Estoy dispuesto a seguir adelante —respondió Pelorat—, aunque sólo sea por curiosidad. Me resultaría insoportable volver sin saber si hemos encontrado la Tierra.

—Entonces —dijo Trevize—, todos estamos de acuerdo.

—No todos —observó Pelorat—. Queda Fallom.

Trevize pareció asombrado.

—¿Sugieres que consultemos a la niña? ¿Qué puede valer su opinión, suponiendo que la tenga? Además, lo único que ella querría sería volver a su mundo.

—¿Vas a censurarla por eso? —dijo Bliss acaloradamente.

Y como el tema de su discusión era Fallom, Trevize se dio cuenta de que ella estaba tocando la flauta y de que aquello parecía un ritmo marcial bastante excitante.

—Escuchadla —dijo—. ¿Dónde habrá aprendido un ritmo marcial?

—Tal vez Jemby tocaba marchas para ella con la flauta.

Trevize sacudió la cabeza.

—Lo dudo. Yo diría que más debió tocar piezas de baile..., o canciones de cuna. Mirad lo que os digo. Fallom me inquieta. Aprende demasiado aprisa.

—Yo la *ayudo* —dijo Bliss—. No lo olvides. Y ella es *muy* inteligente y ha sido muy estimulada desde que está con nosotros. Nuevas sensaciones han invadido su mente. Ha visto el espacio, mundos diferentes, mucha gente, y todo por primera vez.

La música de Fallom se hizo más furiosa, mucho más bárbara.

Trevize suspiró.

—Bueno —dijo—, está aquí e interpreta una música que parece rebosar optimismo, afán de aventuras. Lo interpreto como un voto a favor de que nos acerquemos más. Pero hagámoslo con prudencia y comprobemos el sistema planetario de este sol.

—Si es que lo tiene —le recordó Bliss.

Trevize sonrió débilmente.

—Hay un sistema planetario. Apuesto lo que quieras. Fija tú la suma.

87

ı —Has perdido —dijo, ensimismado, Trevize—. ¿Qué suma decidiste apostar?

—Ninguna. No acepté la apuesta —dijo Bliss.

—Lo mismo da. Sin embargo, me habría gustado embolsarme algún dinero.

Estaban a unos diez mil millones de kilómetros del Sol. Éste parecía una estrella todavía pero era casi 1/4.000 tan brillante como lo habría sido un sol corriente visto desde la superficie de un planeta habitable.

—Ahora mismo podemos ver dos planetas, al ser ampliada la panorámica —dijo Trevize—. Por las medidas de sus diámetros y por el espectro de la luz reflejada, podemos afirmar que son gigantes gaseosos.

La nave se encontraba fuera del plano planetario, y Bliss y Pelorat, que miraban la pantalla por encima del hombro de Trevize, vieron dos medias lunas de una luz verdosa. La más pequeña estaba en una fase ligeramente más creciente que la otra.

—¡Janov! —dijo Trevize—. ¿Es verdad que se supone que el sol de la Tierra tiene cuatro gigantes gaseosos?

—Según las leyendas, sí —respondió Pelorat.

—El más próximo al sol es el más grande, y el segundo tiene anillos, ¿verdad?

—Grandes anillos salientes, Golan. Sí. De todos modos, tienes que contar con las exageraciones inherentes a la repetición de las leyendas. Si no encontrásemos un planeta con un sistema extraordinario de anillos, no por ello deberíamos pensar necesariamente que ésta no es la estrella de la Tierra.

»Pero los dos que vemos podrían ser los más lejanos, y los dos más próximos podrían estar al otro lado del sol, demasiado lejos para ser localizados con facilidad sobre el telón de fondo estrellado. Tendremos que acercarnos más..., y pasar al otro lado del sol.

—¿Será posible hacerlo en presencia de la masa próxima de la estrella?

—Estoy seguro de que, tomando las debidas precauciones, el ordenador puede hacerlo. Si considera que el peligro es demasiado grande, se negará a llevarnos, y entonces avanzaremos más despacio y con mayor cuidado.

Su mente dirigía el ordenador, y el campo estrellado de la pantalla cambió. La estrella brilló con más fuerza y, al buscar el ordenador, siguiendo instrucciones, salió en la pantalla otro gigante gaseoso del cielo. Y lo encontró.

Los tres observadores se pusieron en tensión y miraron fijamente mientras la mente de Trevize, casi estupefacta, mandaba al ordenador que ampliase la imagen.

—Increíble —farfulló Bliss.

88

Delante tenían un gigante gaseoso, desde un ángulo en que podían verlo casi totalmente iluminado por el sol. A su alrededor, un ancho y brillante anillo de materia se desplegaba, inclinado de manera que captaba la luz del sol en el lado que ellos estaban mirando. Era más brillante que el planeta propiamente dicho, y a lo largo de él, a una tercera parte de la distancia hasta el planeta, había una estrecha línea divisoria.

Trevize ordenó la máxima ampliación, y el anillo se convirtió en varios más delgados, estrechos y concéntricos, que brillaban bajo la luz del sol. Sólo una parte del sistema anular resultaba visible en la pantalla, y el propio planeta había salido de ésta. Otra orden de Trevize hizo que un ángulo de la pantalla se independizase del resto y mostrase una imagen reducida del planeta, con sus anillos menos ampliados.

—¿Es corriente eso? —preguntó Bliss atónita.

—No —respondió Trevize—. Casi todos los gigantes gaseosos tienen anillos de materias sobrantes, mas suelen ser pálidos y estrechos. Una vez vi uno cuyos anillos eran estrechos, pero brillantes. Sin embargo, jamás he visto nada como esto, ni he oído hablar de ello.

—En verdad, se trata del gigante con anillos del cual hablan las leyendas —dijo Pelorat—. Si es realmente único...

—Realmente único —le interrumpió Trevize—, por lo que sabemos o por lo que el ordenador nos indica.

—Entonces, éste *debe* ser el sistema planetario del que la Tierra forma parte. Nadie podía inventarse un planeta semejante. Alguien tuvo que verlo para poder describirlo.

—Ahora estoy dispuesto a creer todo lo que dicen tus leyendas —dijo Trevize—. Si éste es el sexto planeta, ¿será la Tierra el tercero?

—Exacto, Golan.

—Entonces, yo diría que estamos a menos de mil quinientos millones de kilómetros de la Tierra, y nadie nos ha detenido. Gaia nos detuvo cuando nos acercamos a ella.

—Estabas más cerca de Gaia cuando te detuvieron —dijo Bliss.

—Sí, pero yo considero que la Tierra es. más poderosa que Gaia, y creo que esto es una buena señal. Si no somos detenidos, quizá signifique que la Tierra no se opone a nuestra llegada.

—O que la Tierra no existe —dijo Bliss.

—¿Quieres apostar algo esta vez? —preguntó Trevize con acritud.

—Lo que creo que Bliss quiere decir —terció Pelorat— es que la Tierra puede ser radiactiva, como todos parecen pensar, y que nadie nos detiene porque no hay vida en ella.

—No —repuso Trevize enérgicamente—. Estoy dispuesto a creer cualquier cosa que se diga de la Tierra, *menos* eso. Nos acercaremos lo bastante para verla. Y tengo la impresión de que nadie nos lo impedirá.

89

Los gigantes gaseosos quedaron muy atrás. Un cinturón de asteroides se hallaba en el lado interior del gigante gaseoso más próximo al sol. Era el más grande y con más masa de todos ellos, tal como las leyendas contaban.

Dentro del cinturón de asteroides había cuatro planetas.

Trevize los estudió con atención.

—El tercero es el más grande. Tiene. las dimensiones

adecuadas y está a la distancia que precisa del sol. Podría ser habitable.

Pelorat captó lo que parecía un tono de incertidumbre en las palabras de Trevize.

—¿Tiene atmósfera? —preguntó.

—¡Oh, sí! —respondió Trevize—. El segundo, el tercero y el cuarto planetas tienen atmósfera. Y, como en el viejo cuento infantil, la del segundo es demasiado densa, la del cuarto lo bastante densa, pero la del tercero está en el justo término medio.

—Entonces, ¿crees que puede ser la Tierra?

—¿Creerlo? —preguntó Trevize, casi con indignación—. No tengo que creer nada. Es la Tierra. Tiene el satélite gigante que tú decías.

—¿Lo tiene? —dijo Pelorat, y en su semblante se pintó la más amplia sonrisa que Trevize jamás había visto en él.

—Desde luego. Míralo aquí, ampliado al máximo.

Pelorat vio dos medias lunas, una de ellas mucho más grande y brillante que la otra.

—La más pequeña, ¿es su satélite? —preguntó.

—Sí. Está bastante más lejos del planeta de lo que cabía esperar, pero no hay duda de que gira alrededor de él. Tiene el tamaño de un pequeño planeta; en realidad, es más pequeño que cualquiera de los cuatro planetas interiores que giran alrededor del sol. Sin embargo, tiene demasiada masa para ser un satélite. Su diámetro es de dos mil kilómetros al menos, o sea un tamaño parecido al de los grandes satélites que giran alrededor de los gigantes gaseosos.

—¿No es mayor? —dijo Pelorat, que pareció contrariado—. Entonces, ¿no es un satélite gigante?

—Claro que sí. Un satélite con un diámetro de dos a tres mil kilómetros y que gire alrededor de un enorme gigante gaseoso es una cosa. Ese mismo satélite, girando alrededor de un pequeño y rocoso planeta habitable, es algo completamente distinto. Ese satélite tiene un diámetro equivalente a más de un cuarto del de la Tierra. ¿Cuándo oíste hablar de semejante proporción en el caso de un planeta habitable?

—Yo sé muy poco de estas cosas —repuso **Pelorat** con timidez.

—Entonces, acepta mi palabra, Janov —dijo Trevize—. Se trata de un caso único. Estamos viendo algo que es prácticamente un planeta doble, y hay pocos planetas habitables que tengan algo más que unos guijarros girando en órbita a su alrededor. Si consideras, Janov, que el gigante gaseoso con su enorme sistema de anillos se halla en sexto lugar, y que este planeta con su enorme satélite se encuentra en el tercero, de acuerdo con lo que dicen sus leyendas y que nos parecía inverosímil antes de que lo viésemos, entonces, el mundo que estás mirando *tiene* que ser la Tierra. No puede ser otra cosa. La hemos encontrado, Janov; la hemos encontrado.

90

Hacía dos días que avanzaban lentamente en dirección a la Tierra, y Bliss bostezó mientras comían.

—Me parece que hemos pasado mucho tiempo acercándonos y alejándonos de planetas. En realidad, hemos invertido semanas en ello.

—Eso se debe, en parte —dijo Trevize—, a que los Saltos son peligrosos si se dan *demasiado* cerca de una estrella. Y en *este* caso, avanzamos con mucha lentitud porque no quiero exponerme a posibles peligros.

—Me parece que dijiste que tenías la impresión de que no seríamos detenidos.

—Y lo repito, pero no quiero apostarlo todo a una impresión. —Trevize miró el contenido de su cuchara antes de llevársela a la boca y dijo—: ¿Sabéis una cosa? Añoro el pescado que nos dieron en Alfa. Sólo comimos allí tres veces.

—Una lástima —convino Pelorat.

—Bueno —dijo Bliss—, visitamos cinco mundos y tuvimos que salir con tanta precipitación de cada uno de ellos que no nos dio tiempo de abastecer nuestra despensa con alimentos variados. Incluso cuando los mundos podían ofrecernos comestibles, como Comporellon y Alfa, y quizás en...

No terminó la frase, pues Fallom levantó rápidamente la cabeza y la concluyó por ella.

—¿Solaria? ¿No pudisteis conseguir comida allí? La hay en abundancia. Tanto como en Alfa. Y de mejor calidad.

—Lo sé, Fallom —dijo Bliss—. Pero no tuvimos tiempo.

Fallom la miró con aire solemne.

—¿Volveré a ver a Jemby, Bliss? Dime la verdad.

—Es posible, si volvemos a Solaria —respondió ella.

—¿Lo haremos algún día?

Bliss vaciló.

—No lo sé.

—Ahora vamos a la Tierra, ¿verdad? ¿No es ése el planeta del que decís que todos procedemos?

—Donde tuvieron su origen nuestros *antecesores* —dijo Bliss.

—Ya sé decir «antepasados» —se encrespó Fallom.

—Sí, vamos a la Tierra.

—¿Por qué?

—¿Acaso no desearía cualquiera ver el mundo de sus antepasados? —dijo Bliss como sin concederle importancia.

—Creo que hay algo más. Todos parecéis muy preocupados.

—Es que nunca hemos estado allí. No sabemos lo que nos espera.

—Creo que todavía hay más.

Bliss sonrió.

—Ya has terminado de comer, querida Fallom; por consiguiente, ¿por qué no vas a la habitación y nos ofreces un pequeño concierto de flauta? Cada día la tocas mejor. Vamos, vamos.

Dio una palmada en el trasero a Fallom para que se diese prisa, y ésta salió, pero volviéndose antes para dirigir una profunda mirada a Trevize.

Él la siguió con la vista en la que se reflejó un claro disgusto.

—¿Lee esa cosa las mentes?

—No la llames «cosa», Trevize —dijo suavemente Bliss.

—¿Lee las mentes? Tú deberías saberlo.

—No, no lo hace. Ni puede hacerlo Gaia, y tampoco los de la Segunda Fundación. Leer las mentes como quien oye una conversación o percibe ideas exactas es algo que no puede hacerse ahora, ni se hará en un futuro previsible. Podemos detectar, interpretar y, hasta cierto punto, manipular las emociones, pero esto es algo muy distinto.

—¿Cómo sabes que ella no es capaz de hacer lo que se supone no puede hacerse?

—Porque, como tú acabas de decir, yo debería saberlo.

—Tal vez te está manipulando para que sigas ignorando el hecho de que sí es capaz de hacerlo.

Bliss puso los ojos en blanco.

—Sé razonable, Trevize. Aunque ella tuviese facultades extraordinarias, no podría hacer nada conmigo, porque yo no soy Bliss, soy Gaia. Siempre lo olvidas. ¿Tienes idea de la inercia mental que representa todo un planeta? ¿Crees que un Aislado, por inteligente que sea, puede superarla?

—Tú no lo sabes todo, Bliss; por consiguiente, no te confíes demasiado —dijo hoscamente Trevize—. Esa co..., *ella* lleva poco tiempo con nosotros. Durante este período, yo sólo habría podido aprender los rudimentos de un idioma; ella, sin embargo, habla el galáctico a la perfección y posee un vocabulario virtualmente completo. Sí, ya sé que tú la has ayudado; pero quisiera que dejases de hacerlo.

—Te dije que la ayudaba, pero también te comenté que tiene una inteligencia extraordinaria. Lo suficientemente importante como para que yo desee que llegue a formar parte de Gaia. Si pudiésemos llevarla allí, si todavía fuese lo bastante joven, aprenderíamos mucho sobre los solarianos para poder absorber, en definitiva, todo su mundo. Nos resultaría muy útil.

—¿Has pensado que los solarianos son Aislados patológicos, incluso según *mi* criterio?

—No lo serían si formasen parte de Gaia.

—Creo que te equivocas, Bliss. Me parece que esa criatura solariana es peligrosa y deberíamos librarnos de ella.

—¿Cómo? ¿Arrojándola por la portezuela? ¿Matándola, troceándola e incorporándola a nuestra despensa?

—¡Oh, Bliss! —exclamó Pelorat.

—Eso es repugnante y completamente inoportuno —dijo Trevize. Después, escuchó un momento. La flauta sonaba sin un fallo ni la menor vacilación, y ellos habían estado hablando en voz baja—. Cuando todo esto termine, tenemos que devolverla a Solaria y asegurarnos de que aquel mundo permanezca separado de Galaxia para siempre. Mi propia impresión es que el planeta debería ser destruido. Desconfío de él y lo temo.

Bliss estuvo pensativa durante un rato.

—Trevize —dijo—, sé que tienes el don de tomar la decisión acertada. Pero también sé que Fallom te ha resultado antipática desde el primer momento. Sospecho que esto pueda deberse a que te viste humillado en Solaria y, de resultas de ello, concebiste un odio violento contra el planeta y sus moradores. Como no debo jugar con tu mente, no puedo estar seguro de ello. Por favor, recuerda que, si no hubiésemos traído a Fallom con nosotros, ahora estaríamos en Alfa..., muertos y, según presumo, enterrados.

—Ya lo sé, Bliss, pero aun así...

—Y su inteligencia tiene que ser admirada, no envidiada.

—Yo no la envidio. La temo.

—¿Su inteligencia?

Trevize se humedeció los labios, reflexivamente.

—No, no es eso.

—Entonces, ¿qué?

—No tengo idea. Si supiese lo que temo, Bliss, tal vez no me sentiría así. Es algo que no acabo de comprender. —Bajó la voz, como si hablase consigo mismo—. La galaxia parece estar llena de cosas que no comprendo. ¿Por qué escogí Gaia? ¿Por qué tengo que encontrar la Tierra? ¿Falta un eslabón en la psicohistoria? De ser así, ¿cuál? Y por encima de todo, ¿por qué me inquieta Fallom?

—Por desgracia —repuso Bliss—, no puedo contestar esas preguntas. —Se levantó y salió de la habitación.

Pelorat la siguió con la mirada.

—Seguramente, el panorama no es tan negro, Golan —dijo—. Estamos acercándonos a la Tierra. Cuando lleguemos a ella, tal vez todos los misterios se resuelvan. Y hasta ahora nada parece querer impedir nuestra llegada.

Trevize miró a Pelorat.

—Quisiera que algo la impidiese —murmuró.

—¿De veras? —preguntó Pelorat—. ¿Por qué habrías de quererlo?

—Con franqueza, me gustaría ver algún signo de vida.

Pelorat abrió mucho los ojos.

—¿Has descubierto que la Tierra es radiactiva a fin de cuentas?

—No. Pero está caliente. Mucho más de lo que yo esperaba.

—¿Y eso es malo?

—No necesariamente. El calor puede ser excesivo, pero esto no la hace inhabitable. La gruesa capa de nubes es de vapor de agua; esas nubes, junto con el agua copiosa del océano, podrían hacer posible la vida a pesar de la temperatura que hemos calculado gracias a la emisión de microondas. Todavía no puedo estar seguro. Pero...

—¿Qué, Golan?

—Bueno, si la Tierra *fuese* radiactiva, eso explicaría que hiciese más calor de lo esperado en ella.

—Pero el argumento no puede invertirse, ¿verdad? Si hace en ella más calor de lo esperado, no significa que *deba* ser radiactiva.

—No. Tienes razón. —Trevize sonrió forzadamente—. Es inútil que demos vueltas al problema. Dentro de un día o dos, podré decir algo más acerca de todo esto y lo sabremos con seguridad.

91

Fallom se hallaba sentada en la litera, sumida en hondos pensamientos, cuando Bliss entró en la habitación. Fallom la miró un instante y bajó la mirada de nuevo.

—¿Qué te pasa, Fallom? —preguntó Bliss a media voz.

—¿Por qué me tiene Trevize tanta antipatía, Bliss?

—¿Por qué piensas eso?

—Me mira con impaciencia... ¿Es ésta la palabra?

—Puede serlo.

—Me mira con impaciencia cuando estoy cerca de él. Siempre pone mala cara.

—Son tiempos difíciles para Trevize, Fallom.

—¿Porque está buscando la Tierra?

—Sí.

Fallom pensó durante un rato.

—Sobre todo se impacienta cuando muevo algo con el pensamiento —dijo al cabo de unos instantes.

Bliss apretó los labios.

—Bueno, Fallom, ¿no te dije que no debías hacerlo, y en especial en presencia de Trevize?

—Fue ayer, en esta habitación; él se hallaba en la puerta y yo no me había dado cuenta. No sabía que me estaba mirando. De todos modos, sólo intentaba que uno de los libros de películas de Pel se mantuviese sobre una punta. No hacía ningún daño.

—Pero eso le pone nervioso, Fallom, y no quiero que lo hagas, tanto si él está presente como si no.

—¿Se pone nervioso porque él es incapaz de hacerlo?

—Tal vez.

—¿Puedes hacerlo tú?

Bliss sacudió lentamente la cabeza.

—No.

—Pero *tú* no te pones nerviosa cuando yo lo hago. Y tampoco le ocurre a Pel.

—Todas las personas no son iguales.

—Lo sé —dijo Fallom, con una súbita dureza que sorprendió a Bliss y le hizo fruncir el ceño.

—¿Qué es lo que sabes, Fallom?

—Que *yo* soy diferente.

—Desde luego, acabo de decírtelo. Todas las personas no son iguales.

—Mi cuerpo es distinto. Y puedo mover cosas.

—Tienes razón.

—Yo *debo* mover cosas —dijo Fallom con una sombra de rebeldía—. Trevize no debería enfadarse conmigo por eso, y tú no tendrías que prohibírmelo.

—Pero, ¿porqué debes mover cosas?

—Es una práctica. Un excecisio. ¿Se dice así?

—No del todo. Ejercicio.

—Sí. Jemby decía siempre que yo debía adiestrar mis..., mis...

—¿Lobulos transductores?

—Sí. Y fortalecerlos. Así, cuando sea mayor, daré energía a todos los robots. Incluso a Jemby.

—Fallom, ¿quién daba energía a todos los robots, si no lo hacías tú?

—Bander —respondió ella con toda naturalidad.

—¿Conocías a Bander?

—Claro. Lo vi muchas veces. Yo había de ser el próximo jefe de la finca. La finca Bander se convertiría en la finca Fallom. Así me lo dijo Jemby.

—¿Quieres decir que Bander iba a tu...?

La impresión hizo que la boca de Fallom se abriese en una O perfecta. Luego, habló con voz entrecortada:

—Bander nunca venía a... —La criatura se quedó sin aliento y jadeó un poco. Después dijo—: Yo *veía* la imagen de Bander.

—¿Cómo te trataba Bander? —preguntó Bliss con una cierta vacilación.

Fallom la miró, ligeramente confusa.

—Bander me preguntaba si necesitaba algo, si estaba cómoda. Pero Jemby permanecía cerca de mí a todas horas, de modo que nunca necesitaba nada y siempre me sentía cómoda.

Agachó la cabeza y miró el suelo fijamente. Después, se tapó los ojos con las manos.

—Pero Jemby se quedó parado. Creo que fue porque Bander... se paró también.

—¿Por qué dices eso? —preguntó Bliss.

—He estado pensando en ello. Bander daba energía a todos los robots. Si Jemby se paró, y con él todos los demás, debió ser porque Bander se detuvo. ¿No es así?

Bliss no respondió.

—Pero cuando me llevéis de nuevo a Solaria —prosiguió Fallom—, yo daré energía a Jemby y a todos los demás robots, y volveré a ser feliz.

Estaba sollozando.

—¿No eres feliz con nosotros, Fallom? ¿Al menos un poco? ¿Alguna vez?

Fallom levantó la cara surcada de lágrimas y le tembló la voz cuando sacudió la cabeza y respondió:

—Quiero a Jemby.

Bliss, angustiada y compasiva, abrazó a la criatura.

—¡Oh, Fallom, cuánto me gustaría que pudieses reunirte de nuevo con Jemby!

De pronto, se dio cuenta de que también ella estaba llorando.

92

Pelorat entró y, al encontrarlas en aquella actitud, se detuvo en seco.

—¿Qué sucede?

Bliss se desprendió del abrazo de Fallom y buscó un pañuelito para enjugarse los ojos. Después, movió la cabeza.

—Pero, ¿qué *sucede*? —repitió Pelorat con expresión preocupada.

—Descansa un poco, Fallom —dijo Bliss—. Ya pensaré algo para que te sientas mejor. Recuerda que... te quiero tanto como Jemby.

Agarró a Pelorat de un codo y lo arrastró consigo al cuarto de estar mientras decía:

—No es nada, Pel. Nada.

—Se trata de Fallom, ¿verdad? Todavía añora a Jemby.

—Terriblemente. Y nada podemos hacer para remediarlo. Yo puedo decirle que la quiero..., y es verdad. ¿Cómo se puede dejar de querer a una criatura tan inteligente y amable? Porque es terriblemente inteligente. Trevize piensa que *demasiado*. Ella vio a Bander, ¿sabes?, o mejor dicho, vio su imagen hológrafa. Sin embargo, su recuerdo no la conmueve; es muy fría a ese respecto, y yo comprendo la razón. Lo único que les unía era el hecho de que Bander fuese el dueño de la finca y Fallom le sucedería. No había ninguna otra relación.

—¿Comprende Fallom que Bander era su padre?

—Su *madre*. Si hemos convenido en que Fallom debe ser considerada femenina, también debe serlo Bander.

—Sea como fuere, querida Bliss, ¿es Fallom consciente de esa relación de parentesco?

—No sé si comprendería lo que significa. Desde luego, puede que lo sepa, pero no me lo ha dado a entender. Sin embargo, Pel, ha deducido mediante la lógica que Bander murió, pues comprendió que la desactivación de Jemby debía ser el resultado de la pérdida de energía, y como Bander era quien la suministraba... Eso me espanta.

—¿Por qué, Bliss? —dijo pensativamente Pelorat—. A fin de cuentas, no es más que una inferencia lógica.

—Pero puede sacar otra deducción lógica de aquella muerte. Con unos moradores tan aislados y longevos, las muertes deben ser pocas y muy distantes las unas de las otras en Solaria. La experiencia de la muerte natural tiene que ser muy limitada para cualquiera de ellos y quizá nula para los niños solarianos de la edad de Fallom. Si ésta sigue pensando en el final de Bander, empezará a preguntarse *por qué* murió, y el hecho de que su muerte se produjera cuando había unos forasteros en el planeta, esto la llevará a establecer la obvia relación de causa y efecto.

—¿Que nosotros matamos a Bander?

—Nosotros no fuimos quienes lo matamos, Pel. Fui *yo*.

—Ella no podría adivinarlo.

—Pero yo tendría que decírselo. Está resentida contra Trevize, y éste es claramente el jefe de la expedición. Ella daría por descontado que él es el responsable de la muerte de Bander, ¿y cómo iba yo a permitir que Trevize fuese culpado injustamente?

—¿Y qué importancia tendría, Bliss? La niña no siente nada por su pa..., por su madre. Sólo por Jemby, su robot.

—Pero la muerte de la madre significó también la de su robot. A punto estuve de reconocer mi responsabilidad. Sentí la fuerte tentación de hacerlo.

—¿Por qué?

—Quería explicárselo a mi manera. Para conseguir apaciguarla, anticipándome a que ella descubriese el hecho mediante un proceso lógico que la llevaría a la conclusión de que aquella acción no estuvo justificada.

—Pero lo *estuvo*. Fue en defensa propia. Si tú no hubieses actuado, todos habríamos muerto casi instantáneamente.

—Esto es lo que yo le habría dicho, pero no tuve valor para explicárselo. Temí que no me creyese.

Pelorat sacudió la cabeza.

—¿Crees que habría sido mejor que no la hubiésemos traído con nosotros? —preguntó suspirando—. Esta situación hace que te sientas desgraciada.

—No —dijo Bliss, irritada—, no digas eso. Habría sido muchísimo más desgraciada si hubiese tenido que recordar ahora que habíamos permitido que una criatura inocente fuese despiadadamente asesinada a causa de lo que *nosotros* habíamos hecho.

—El mundo de Fallom es así.

—Bueno, Pel, no caigas en la manera de pensar de Trevize. Los Aislados son capaces de aceptar estas cosas y no pensar más en ellas. En cambio, el objetivo de

Gaia es salvar vidas, no destruirlas..., ni permanecer impávida mientras otros lo hacen. Todos sabemos que toda vida debe tener un fin, para que otra vida pueda perdurar, pero nunca de una manera inútil, jamás sin una finalidad. La muerte de Bander, aunque inevitable, es una carga muy dura de soportar; la de Fallom habría sido totalmente insoportable.

—Bueno —dijo Pelorat—, supongo que tienes razón. Y en todo caso, no he venido a verte por el problema de Fallom. Se trata de Trevize.

—¿Qué le ocurre?

—Me siento preocupado por él, Bliss. Está esperando determinar cómo es la Tierra realmente, y dudo mucho que pueda aguantar esa tensión.

—Yo no temo por él. Supongo que posee una mente firme y estable.

—Todos tenemos un límite. Escucha: el planeta Tierra es más cálido de lo que él esperaba; así me lo dijo. Supongo que piensa que no puede haber vida con tanto calor, aunque trata de convencerse de lo contrario.

—Tal vez tiene razón. Quizá la Tierra *no es* demasiado cálida para que pueda haber vida en ella.

—También confiesa que es posible que el calor se deba a una corteza radiactiva, pero también se niega a creerlo. Dentro de un día o dos estaremos lo bastante cerca para que sepamos, de manera indiscutible, lo que hay de verdad en todo el asunto. ¿Y qué pasará si la Tierra *es* radiactiva?

—Tendremos que aceptarlo como un hecho.

—Pero..., no sé cómo decirlo, cómo expresarlo en términos mentales. ¿Qué pasará si su mente...? —Se interrumpió torciendo el gesto. Bliss esperaba. Después acabó el pensamiento de Pelorat.

—¿Si su mente se desbarata?

—Sí. Podría ocurrirle. ¿Y no deberías hacer algo para fortalecerle? ¿Para mantenerle sereno y bajo control, por decirlo así?

—No, Pel. No puedo creer que sea tan frágil; además, existe una firme decisión gaiana de no intervenir en su mente.

—Pero ahí está la cuestión precisamente. Él tiene ese poco corriente «acierto», o como quieras llamarlo. La impresión causada por el fracaso de su proyecto en el momento en que parece que va a realizarlo tal vez no destruya su cerebro, pero sí su «don de acertar». Es un don extraordinario. ¿No puede ser, al mismo tiempo, extraordinariamente frágil?

Bliss reflexionó durante un momento. Después, se encogió de hombros.

—Bueno, quizá sea mejor que no lo pierda de vista.

93

Durante las treinta y seis horas siguientes, Trevize se dio cuenta vagamente de que Bliss, y Pelorat con menos insistencia, tendían a seguirle los pasos. Sin embargo, aquello no resultaba extraño en una nave tan reducida como la suya; además, tenía otras cosas en las que pensar.

Ahora, sentado ante el ordenador, advirtió que ellos estaban en la puerta. Los miró, con expresión vacía.

—¿Y bien? —preguntó sin levantar la voz.

Pelorat respondió, bastante torpemente:

—¿Cómo estás, Golan?

—Pregúntaselo a Bliss —dijo Trevize—. Me ha estado mirando durante horas. Debe de estar escrutando mi mente. ¿No es cierto, Bliss?

—No, no lo es —respondió ella serenamente—, pero si crees que puedes necesitarme, trataré de prestarte ayuda.

—No. ¿Por qué habría de necesitarla? Y ahora, dejadme en paz. Los dos.

—Por favor, dinos lo que pasa —pidió Pelorat.

—¡Adivínalo!

—Se trata de la Tierra...

—Sí. Lo que todos se empeñaban en decirnos era la pura verdad.

Trevize señaló la pantalla, donde la Tierra presentaba su lado oscuro y estaba eclipsando el sol. Era un círculo compacto y negro contra el cielo estrellado, con su circunferencia marcada por una quebrada curva anaranjada.

—Ese color anaranjado, ¿es el de la radiactividad? —preguntó Pelorat.

—No. Sólo es la luz del sol refractada a través de la atmósfera. Si la atmósfera no fuese tan nubosa, verías un círculo compacto de color naranja. No podemos ver la radiactividad. Las diversas radiaciones, incluso los rayos gamma, son absorbidas por la atmósfera. Sin embargo, producen radiaciones secundarias, relativamente débiles, pero que el ordenador puede detectar. Son invisibles a simple vista, pero el ordenador puede producir un fotón de luz visible por cada partícula u onda de radiación que recibe y dar a la Tierra un falso color. Mira.

Y el círculo negro adquirió un débil y borroso tono azul.

—¿Cuánta radiactividad hay allí? —preguntó Bliss en voz baja—. ¿La suficiente para que no pueda existir vida humana?

—Ni de ninguna otra clase —dijo Trevize—. El planeta es inhabitable. La última bacteria, el último virus, desaparecieron hace tiempo.

—¿Podemos explorarlo? —preguntó Pelorat—. Con trajes espaciales quiero decir.

—Durante unas pocas horas, antes de que caigamos irremediablemente enfermos a causa de la radiación.

—Entonces, ¿qué vamos a hacer, Golan?

—¿Hacer? —Trevize miró a Pelorat con la misma cara inexpresiva—. ¿Sabes lo que me gustaría hacer? Llevaros a ti y a Bliss..., y a la chiquilla, a Gaia, y dejaros allí para siempre. Después, volvería a Terminus a devolver la nave. Luego, me gustaría dimitir del Consejo, lo cual haría muy dichosa a la alcaldesa Branno. Una vez hecho todo eso, me gustaría vivir de mi pensión y dejar que Galaxia se apañase. Me tendrían sin cuidado el «Plan Seldon», la Fundación, la Segunda

Fundación y Gaia. Que elija Galaxia su camino. Durará mientras yo viva, y lo que ocurra después me importa un comino.

—Estoy seguro de que no piensas lo que dices, Golan —dijo ansiosamente Pelorat.

Trevize le miró con fijeza durante unos instantes y luego lanzó un largo suspiro.

—No, no lo pienso, pero ¡cuánto me gustaría hacer lo que acabo de decirte!

—Olvídalo. ¿Qué *harás*?

—Mantener la nave en órbita alrededor de la Tierra, descansar, superar la mala impresión que todo esto me ha causado y pensar lo que voy a hacer a continuación. Salvo que...

—¿Qué?

—¿*Qué* es lo que podré hacer a continuación? —estalló Trevize—. ¿Qué más hay que pueda hacer? ¿Qué más hay que pueda encontrar?

XX. EL MUNDO PRÓXIMO

94

Durante cuatro comidas sucesivas, Pelorat y Bliss habían visto a Trevize sólo *en* aquellas ocasiones. El tiempo restante había permanecido en la cabina-piloto o en su habitación. Mientras comían, él guardaba silencio. Mantenía apretados los labios y comía poco.

Sin embargo, mientras hacían la cuarta comida, parecióle a Pelorat que Trevize había perdido parte de su desacostumbrada gravedad. Pelorat carraspeó dos veces, como si se dispusiese a decir algo pero desistiese de ello.

Por último, Trevize lo miró.

—¿Y bien? —dijo.

—¿Lo..., lo has pensado ya, Golan?

—¿Por qué lo preguntas?

—Pareces menos malhumorado.

—Pues no es así, pero *he* estado pensando. Y mucho.

—¿Podemos saber qué? —preguntó Pelorat.

Trevize miró unos instantes en la dirección de Bliss. Ésta mantenía la mirada fija en el plato y guardaba un prudente silencio, como si estuviese segura de que Pelorat podría llegar más lejos que ella en un momento tan crucial.

—¿No sientes tú curiosidad también, Bliss? —preguntó Trevize.

Ella levantó los ojos un momento.

—Claro que sí.

Fallom dio un golpe con el pie a la pata de la mesa.

—¿Hemos encontrado la Tierra? —dijo.

Bliss le apretó un hombro y Trevize no le prestó atención.

—Debemos partir de un hecho fundamental. Toda la información referente a la Tierra ha sido eliminada en varios mundos. Esto nos lleva, indefectiblemente, a una conclusión: se está ocultando algo acerca de la Tierra. Sin embargo, sabemos, por propia observación, que la Tierra es letal por su radiactividad, por lo que todo lo que pueda haber en ella ha quedado automáticamente escondido. Nadie puede aterrizar en ella y, desde esta distancia, cuando estamos muy cerca del borde exterior de la magnetosfera y no deberíamos arriesgarnos a acercarnos más, nada podemos encontrar.

—¿Estás seguro de ello? —preguntó suavemente Bliss.

—He pasado mucho tiempo con el ordenador, analizando la Tierra todo lo que he podido. No hay nada. Más aún, *siento* que no hay nada. Entonces, ¿por qué han sido destruidos los datos referentes a ella? Seguramente, lo que debe permanecer oculto lo está con mucha más eficacia ahora que nadie puede sospechar de qué se trata, y es inútil cuanto puedan pensar los humanos sobre este tesoro particular.

—Es posible —dijo Pelorat— que hubiese algo oculto en la Tierra cuando aún no era lo bastante radiactiva para impedir la llegada de visitantes. Los moradores de la Tierra pudieron temer que alguien aterrizase en ella y descubriese..., lo que sea. Fue *entonces* cuando la Tierra trató de destruir toda información a su respecto. Lo que tenemos ahora no es más que un vestigio de aquellos inseguros tiempos.

—No, no lo creo —dijo Trevize—. La eliminación de la información que había en la Biblioteca Imperial de

Trantor parece que se realizó recientemente. —Se volvió de pronto a Bliss—. ¿No tengo razón?

—«Yo-nosotros-Gaia» dedujimos esto de la turbada mente de Gendibal, de la Segunda Fundación, cuando él, tú y yo nos reunimos con la alcaldesa de Terminus.

—Por consiguiente —dijo Trevize—, lo que había que ocultar, porque había la posibilidad de que fuese encontrado, tiene que continuar oculto *ahora*, y debe existir el peligro de que se encontrase *ahora*, a pesar de que la Tierra sea radiactiva.

—¿Cómo es posible? —preguntó Pelorat.

—Piénsalo bien —dijo Trevize—. ¿Y si lo que había en la Tierra no permaneciese ya en ella, sino que hubiese sido trasladado a otro sitio al aumentar el peligro de la radiactividad? Aunque el secreto ya no esté en la Tierra, podría ser que, al descubrir ésta, fuésemos capaces de deducir el lugar al que fue llevado aquél. De ser así, habría que seguir ocultando los alrededores de la Tierra.

La voz de Fallom se dejó oír de nuevo:

—Porque si podemos encontrar la Tierra, dice Bliss que me llevaréis junto a Jemby.

Trevize se volvió a Fallom, mirándola airadamente, y Bliss le habló en voz baja.

—Te dije que *podríamos* hacerlo, Fallom. Más tarde hablaremos de esto. Ahora ve a tu habitación y lee, o toca la flauta, o haz lo que quieras. Vete, vete.

Fallom se levantó de la mesa, malhumorada.

—Pero, ¿cómo puedes decir esto, Golan? —dijo Pelorat—. Estamos aquí. Hemos localizado la Tierra. ¿Podemos deducir ahora dónde se encuentra lo que se escondía, si no está en la Tierra?

Trevize tardó un momento en superar la irritación que Fallom le había producido.

—¿Por qué no? Imagínate que la radiactividad de la corteza de la Tierra hubiese ido en aumento. La población habría decrecido con la muerte y la emigración, y el secreto, fuese el que fuese, habría estado en peligro. ¿Quién se iba a quedar para guardarlo? En definitiva, habría que trasladarlo a otro mundo, o la utilidad de..., de lo que fuese..., se perdería para siempre.

»Sospecho que debió haber una resistencia a trasladarlo, y es probable que se llevase a cabo en el último momento. Ahora bien, Janov, ¿recuerdas el viejo de la Nueva Tierra que te llenó la cabeza con su versión de la Historia de la Tierra?

—¿Monolee?

—Sí. ¿No dijo, con referencia a la fundación de la Nueva Tierra, que lo que quedaba de la población de la Tierra fue trasladado a aquel planeta?

—¿Quieres decir, viejo amigo, que lo que estamos buscando se encuentra ahora en la Nueva Tierra? —preguntó Pelorat—. ¿Llevado allí por los últimos que saliero de la Tierra?

—¿No podría ser así? —dijo Trevize—. La Nueva Tierra apenas si es más conocida que la Tierra en la Galaxia, y sus moradores muestran un sospechoso afán por mantener alejados a todos los forasteros.

—Nosotros estuvimos allí —dijo Bliss—, y no encontramos nada.

—Sólo buscábamos algo que nos indicase la situación de la Tierra.

—Pero nosotros estamos buscando algo que presupone una alta tecnología —dijo Pelorat desconcertado—; algo que puede eliminar la información ante las narices de la Segunda Fundación, e incluso ante las narices, discúlpame, Bliss, de Gaia. La gente de la Nueva Tierra puede ser capaz de controlar su tiempo atmosférico y dominar algunas técnicas de biotecnología, pero creo que estaréis de acuerdo en que su nivel tecnológico es, en su conjunto, bastante bajo.

Bliss asintió con la cabeza.

—Estoy de acuerdo con Pel.

—Este juicio tiene una base poco sólida —dijo Trevize—. No vimos a los hombres de la flota pesquera. Sólo vimos la pequeña parte de la isla donde aterrizamos. ¿Qué hubiésemos encontrado caso de haber explorado más a fondo? A fin de cuentas, no reconocimos las lámparas fluorescentes hasta que las vimos funcionar, y si nos pareció, repito, nos *pareció* que la tecnología era mínima, yo diría...

—¿Qué? —preguntó Bliss, con clara incredulidad.

—Que aquello podía ser parte del velo tendido para ocultar la verdad.

—¡Imposible! —exclamó Bliss.

—¿Imposible? Fuiste tú quien me dijo en Gaia que, en Trantor, la civilización estaba siendo deliberadamente mantenida a un bajo nivel de tecnología con el fin de ocultar el pequeño núcleo de los de la Segunda Fundación. ¿No podría emplear la Nueva Tierra una estrategia semejante?

—¿Sugieres, pues, que volvamos a la Nueva Tierra y nos expongamos nuevamente al contagio, que esta vez sería activado? La relación sexual es, indudablemente, un agradable sistema de contacto, pero quizá no sea el único.

Trevize se encogió de hombros.

—No estoy ansioso por volver a la Nueva Tierra, pero tal vez deberemos hacerlo.

—¿*Tal vez*?

—¡Tal vez! Después de todo, hay otra posibilidad.

—¿Y es?

—La Nueva Tierra gira alrededor de la estrella llamada Alfa. Pero Alfa es parte de un sistema binario. ¿No podría haber un planeta habitable que girase alrededor de la compañera de Alfa?

—Demasiado opaca, diría yo —observó Bliss, sacudiendo la cabeza—. La compañera es cuatro veces menos brillante que Alfa.

—Opaca, pero no demasiado. Si hay un planeta lo bastante cerca de la estrella, podría bastar.

—¿Dice algo el ordenador sobre planetas de la compañera? —preguntó Pelorat.

Trevize sonrió tristemente.

—Ya lo he comprobado. Hay cinco planetas de modestas dimensiones. Ningún gigante gaseoso.

—¿Y es habitable alguno de los cinco planetas?

—El ordenador no da información sobre los planetas, salvo que son cinco y que no son grandes.

—¡Oh! —dijo, desanimado, Pelorat.

—Eso no debe preocuparnos —concluyó Trevize—.

490

Ninguno de los mundos Espaciales puede ser encontrado en el ordenador. La información sobre la propia Alfa es mínima. Estas cosas son ocultadas deliberadamente y, si se sabe poquísimo acerca de la compañera de Alfa, casi podría considerarse como una buena señal.

—Entonces —dijo Bliss, yendo a lo práctico—, te propones visitar la compañera y, de no dar resultado, volver a la propia Alfa.

—Sí. Y esta vez, cuando lleguemos a la isla de la Nueva Tierra, iremos preparados. Examinaremos toda la isla con meticulosidad antes de aterrizar, y espero, Bliss, que emplees tus facultades mentales para escudar...

En aquel momento, la *Far Star* dio ligeros bandazos, como si tuviese hipo, y Trevize gritó, entre irritado y perplejo:

—¿Quién está en los controles?

No hacía falta que lo preguntase, pues lo sabía muy bien.

95

Fallom se hallaba completamente absorta en el ordenador. Tenía abiertas las manitas de largos dedos para que coincidiesen con las marcas débilmente resplandecientes del tablero. Las manos de Fallom parecían hundirse en el material de aquél, aunque estaba claro que era duro y resbaladizo.

Había observado a Trevize cuando colocaba las manos allí en numerosas ocasiones y, aunque no le había visto hacer nada más, era evidente que con ello controlaba la nave.

Una vez, Trevize cerró los ojos, y ella hizo ahora lo mismo. A los pocos momentos, le pareció oír una voz débil y lejana, muy lejana, pero que resonaba en su propia cabeza a través (percibió vagamente) de sus lóbulos transductores. Éstos eran aún más importantes que sus manos. Aguzó la atención para distinguir las palabras.

Instrucciones —decía aquella voz, en tono casi suplicante—. *¿Cuáles son tus instrucciones?*

Fallon no dijo nada. Nunca había visto que Trevize dijese algo al ordenador; pero sabía qué era lo que deseaba de todo corazón. Quería volver a Solaria, a la consoladora inmensidad de la mansión, a Jemby... Jemby... Jemby...

Quería ir allí y, al pensar en el mundo que amaba, lo imaginó visible en la pantalla, como había visto otros mundos a su pesar. Abrió los ojos y miró aquélla fijamente, queriendo que apareciese en ella otro mundo que no fuese la odiosa Tierra, e imaginándose que lo que tenía delante era Solaria. Aborrecía la Galaxia vacía en la que había sido introducida contra su voluntad. Sus ojos se llenaron de lágrimas, y la nave tembló.

Fallom sintió aquel temblor y respondió balanceándose a su vez ligeramente.

Y entonces oyó unas fuertes pisadas en el pasillo. Cuando abrió los ojos, la cara torcida de Trevize llenó todo su campo visual, bloqueando la pantalla que contenía todo lo que ella deseaba. Él gritaba algo, pero ella no le prestó atención. Era él quien la había arrancado de Solaria después de matar a Bander, y era él quien le impedía volver allí, pues sólo pensaba en la Tierra; por consiguiente, no le escucharía.

Llevaría la nave a Solaria, y la nave tembló una vez más con la intensidad de su resolución.

96

Bliss agarró el brazo de Trevize con fuerza.

—¡No! ¡No!

Permaneció aferrada a él, reteniéndole, mientras Pelorat quedaba en segundo término, confuso y petrificado.

—¡Quita las manos del ordenador! —gritó Trevize—.

No te interpongas, Bliss. No quiero hacerte daño.

—No seas violento con la niña —dijo Bliss, en un tono casi de agotamiento—. Sería yo quien tuviese que dañarte a ti..., contra todas las instrucciones.

Trevize miró ahora furiosamente a Bliss y dijo:

—Entonces, llévatela de aquí, Bliss. ¡Ahora!

Bliss lo apartó con fuerza sorprendente (tal vez sacándola de Gaia, pensó Trevize más tarde).

—Fallom —dijo—, levanta las manos.

—¡No! —chilló Fallom—. Quiero que la nave vaya a Solaria. Quiero que vaya allí. Allí.

Y señaló la pantalla con la cabeza, resistiéndose incluso a aflojar la presión de una de sus manos sobre el tablero.

Pero Bliss asió los hombros de la niña y, al contacto de sus manos, Fallom empezó a temblar. Bliss suavizó el tono de su voz.

—Ahora, Fallom, dile al ordenador que vuelva donde estaba, y tú ven conmigo. Ven conmigo.

Sacudió a la niña, que rompió a llorar, angustiada. Las manos de Fallom se apartaron del tablero, y Bliss, sujetando a la niña por las axilas, la levantó y la puso en pie. Después, la estrechó con fuerza sobre su pecho y dejó que la criatura desfogase su llanto.

—Apártate, Trevize —ordenó Bliss a éste, que se hallaba plantado en el umbral—, y no nos toques al pasar.

Trevize se hizo rápidamente a un lado. Bliss se detuvo un momento ante él.

—He tenido que introducirme un instante en su mente —dijo en voz muy baja—. Si le he causado algún daño, no te lo perdonaré fácilmente.

Trevize sintió deseos de décirle que le importaba un comino la mente de Fallom; que sólo temía lo que pudiese ocurrirle al ordenador. Pero la mirada concentrada de Gaia (si sólo hubiese sido la de Bliss, no habría sentido aquel terror) le obligó a guardar silencio.

Permaneció callado durante un rato, y también inmóvil, después de que Bliss y Fallom se hubiesen metido en su habitación. En realidad, permaneció así hasta que Pelorat se dirigió a él.

—¿Estás bien, Golan? —preguntó a media voz—. No te habrá hecho daño, ¿verdad?

Trevize sacudió vigorosamente la cabeza, como para librarse de la momentánea parálisis que había sufrido.

—Estoy bien. Lo que realmente importa es si *eso* está bien.

Se sentó ante el ordenador y apoyó las manos en las dos marcas sobre las que habían descansado recientemente las de Fallom.

—¿Qué? —preguntó ansiosamente Pelorat.

Trevize se encogió de hombros.

—Parece que responde con normalidad. Es posible que más tarde encuentre algún defecto, pero ahora todo da la impresión de estar en orden. —Después, dijo con renovada irritación—: El ordenador no debería responder con eficacia a otras manos que no fuesen las mías, pero en el caso de ese hemafrodita, no sólo eran sus manos. Estoy seguro de que los lóbulos transductores...

—Pero, ¿qué hizo temblar la nave? No debería ser aquello, ¿verdad?

—No. Es una nave gravítica y no debería sufrir estos efectos de la inercia. Pero ese monstruo... —Y se interrumpió, furioso de nuevo.

—¿Sí?

—Sospecho que dio dos instrucciones contradictorias al ordenador, y ambas con tal fuerza que éste no tuvo más remedio que intentar cumplir ambas a la vez. Al tratar de hacer lo imposible, debió de aflojar momentáneamente lo que mantiene a la nave a salvo de la inercia. Al menos, esto es lo que pienso que ocurrió.

Y entonces, se suavizó la expresión de su semblante

—Todo esto también podría ser favorable, pues ahora se me ocurre pensar que toda mi charla sobre Alfa de Centauro y su compañera fue una tontería. Ahora se dónde debió trasladar la Tierra su secreto.

97

Pelorat lo miró fijamente; después, hizo caso omiso de la última observación y volvió a un enigma anterior:

—¿Cómo pudo pedir Fallom dos cosas contradictorias?

—Bueno, dijo que quería que la nave fuese a Solaria.

—Sí. Desde luego, eso quería.

—Pero, ¿qué entendía ella por Solaria? No puede reconocer Solaria desde el espacio. Nunca la ha visto realmente desde arriba. Cuando salimos de aquel mundo con tanta precipitación, ella estaba durmiendo. Y a pesar de sus lecturas en tu biblioteca y de todo lo que Bliss le haya contado, me imagino que no puede captar la verdad de una galaxia que tiene cientos de miles de millones de estrellas y millones de planetas habitados. Habiéndose criado sola, y bajo tierra, sólo podrá captar el concepto elemental de que hay mundos diferentes; pero, ¿cuántos? ¿Dos? ¿Tres? ¿Cuatro? Para ella, cada mundo que ve es probable que sea Solaria y, dada la fuerza de su voluntarioso pensamiento, *es* Solaria. Y como presumo que Bliss trató de tranquilizarla diciéndole que, si no encontrábamos la Tierra, la llevaríamos de regreso a Solaria, debió concebir la idea de que ésta se halla cerca de la Tierra.

—Pero, ¿cómo puedes decir eso, Golan? ¿Qué te hace pensar que sea así?

—Ella casi nos lo dijo, Janov, cuando la sorprendimos. Gritó que quería ir a Solaria y después añadió «allí..., allí», señalando la pantalla con la cabeza. ¿Y qué había en la pantalla? El satélite de la Tierra. No estaba allí cuando yo dejé la máquina antes de cenar; se veía la Tierra. Pero Fallom debió imaginarse el satélite cuando pidió ir a Solaria, y el ordenador, como respuesta, enfocó ese satélite. Créeme, Janov, yo sé cómo funciona este ordenador. ¿Quién podrá saberlo mejor?

Pelorat miró el grueso arco de luz de la pantalla.

—Se llamaba «Moon» en al menos uno de los idiomas de la Tierra, y «Luna», en otro —dijo pensativo—. Probablemente, tenía otros muchos nombres. Imagínate, viejo amigo, la confusión que debía reinar en un mundo con numerosos idiomas; los equívocos, las compilaciones, los...

—¿Luna? Bueno, una palabra bastante sencilla. Ahora que lo pienso, es posible que la niña tratase instintivamente de manejar la nave por medio de sus lóbulos transductores, empleando la propia fuente de energía de aquélla, y esto pudo contribuir a producir la momentánea confusión de la inercia. Pero nada de eso importa ya, Janov. Lo que sí importa es que todo esto ha traído a esta Luna (sí, me gusta el nombre) a la pantalla, ampliándola, y aquí continúa todavía. Ahora la estoy mirando, y me asombra.

—¿Qué es lo que te asombra, Golan?

—Su tamaño. Nosotros tendemos a prescindir de los satélites, Janov. Cuando existen, son muy pequeños. Pero éste es diferente. Es un *mundo*. Tiene un diámetro de unos tres mil quinientos kilómetros.

—¿Un mundo? No puedes afirmar que lo sea. Tiene que ser inhabitable. Incluso un diámetro de tres mil quinientos kilómetros es demasiado corto. No tiene atmósfera. Basta con mirarlo para saberlo. Ni nubes. La curva circular exterior está bien definida, y también la curva que delimita el hemisferio iluminado y el oscuro.

Trevize asintió con la cabeza.

—Te estás convirtiendo en un experto viajero espacial, Janov. Tienes razón. No hay aire. No hay agua. Todo eso significa que la Luna no es habitable en su indefensa superficie. Pero, ¿y debajo de ésta?

—¿Bajo tierra? —dijo Pelorat con acento de duda.

—Sí. Bajo tierra. ¿Por qué no? Tú mismo me dijiste que las ciudades de la Tierra eran subterráneas. Sabemos que Trantor estaba bajo tierra. Comporellon tiene bajo tierra una buena parte de su capital. Las mansiones solarianas eran casi subterráneas casi por entero. Es algo muy corriente.

—Pero, Golan, en todos esos casos, la gente vivía en un planeta habitable. La superficie también lo era, con una atmósfera y un océano. ¿Es posible vivir bajo tierra cuando la superficie es inhabitable?

—Vamos, Janov, ¡piensa un poco! ¿Dónde vivimos nosotros ahora? La *Far Star* es un mundo diminuto que tiene una superficie inhabitable. No hay aire ni agua en el exterior. Sin embargo vivimos cómodamente dentro de ella. La Galaxia está llena de estaciones espaciales y de instalaciones espaciales muchísimo más variadas, por no hablar de las naves espaciales, y todas son inhabitables salvo en su interior. Considera la Luna como una gigantesca nave espacial.

—¿Con una tripulación en su interior?

—Sí. Millones de personas, por lo que sabemos, y plantas, y animales, y una avanzada tecnología. ¿No parece lógico, Janov? Si la Tierra, en sus últimos días, pudo enviar un grupo de colonizadores a un planeta de Alfa de Centauro, y si, posiblemente con la ayuda imperial, pudieron intentar transformarlo, poblar sus mares, construir tierra firme donde no había ninguna, ¿no pudo la Tierra enviar también una expedición a su satélite y transformar su interior?

—Supongo que sí. —reconoció Pelorat de mala gana.

—*Debieron* de hacerlo. Si la Tierra tenía algo que ocultar, ¿por qué enviarlo a más de un *parsec* de distancia, pudiendo ocultarlo en un mundo a menos de la cienmillonésima parte de distancia de Alfa? Y la Luna sería un escondite eficaz desde el punto de vista psicológico. Nadie pensaría relacionar la vida con un satélite. Yo no lo pensé, dicho sea de paso. Con la Luna a unos centímetros de mi nariz, mi pensamiento seguía volando hacia Alfa. De no haber sido por Fallom... —Apretó los labios y sacudió la cabeza—. Supongo que tendré que reconocerle este mérito. Seguramente lo hará Bliss, si yo no lo hago.

—Pero mira, viejo, si hay algo escondido bajo la superficie de la Luna, ¿cómo lo encontraremos? La superficie debe tener millones de kilómetros cuadrados.

—Cuarenta millones, más o menos.

—Y tendremos que explorarlos todos ellos, buscando, ¿qué? ¿Una abertura? ¿Una especie de puerta?

—Planteado así el asunto, parece una tarea bastante difícil; pero nosotros no buscamos simplemente objetos, sino vida, y vida inteligente. Y tenemos a Bliss, que posee unas dotes especiales para detectar la inteligencia, ¿no?

98

Blis miró a Trevize con expresión acusadora.

—Por fin he conseguido que se duerma. Me ha costado mucho. Ella estaba *furiosa*. Afortunadamente, creo que no le he causado ningún daño.

Trevize dijo fríamente:

—Deberías tratar de anular su fijación en Jemby, ¿sabes?, ya que yo no tengo la menor intención de volver a Solaria.

—Anular su fijación, ¿eh? ¿Qué sabes tú de estas cosas, Trevize? Nunca has penetrado en una mente. No tienes idea de su complejidad. Si conocieses algo al respecto, no hablarías de anular una fijación como si fuese la cosa más sencilla del mundo.

—Bueno, al menos debilítala.

—Podría debilitarla un poco, después de un mes de cuidadoso deshilado.

—¿Qué quieres decir con lo del deshilado?

—Como eres lego en la materia, no podría explicártelo.

—Entonces, ¿qué vas a hacer con la niña?

—Todavía no lo sé; tendré que reflexionar mucho sobre ello.

—En tal caso —dijo Trevize—, deja que te diga lo que vamos a hacer con la nave.

—Sé lo que vas a hacer. Volver a la Nueva Tierra y darle otro tiento a la adorable Hiroko si te promete no contagiarte esta vez.

Trevize conservó su semblante inexpresivo.

—No —dijo—. En realidad, he cambiado de idea. Vamos a ir a la Luna, que, según Janov, es el nombre del satélite.

—¿El satélite? ¿Porque es el mundo más próximo? No había pensado en eso.

—Ni yo. Ni nadie lo habría pensado. En ninguna parte de la Galaxia hay un satélite que merezca la pena pensar en él; pero éste es único por su tamaño. Más aún, el anonimato de la Tierra se extiende también a él. Quien no pueda encontrar la Tierra, tampoco podrá encontrar la Luna.

—¿Es habitable?

—No en la superficie; pero no es radiactiva y, por ende, no es absolutamente inhabitable. Puede haber vida; estar rebosante de ella, debajo de la superficie. Y, naturalmente, tú podrás decir si es así cuando nos acerquemos lo bastante.

Bliss se encogió de hombros.

—Lo intentaré. Pero ¿qué te ha sugerido la idea de explorar el satélite?

—Algo que hizo Fallom cuando estaba en los controles —respondió Trevize pausadamente.

Bliss esperó, como aguardando que él dijese algo más, y se encogió de hombros otra vez.

—Fuese lo que fuere, sospecho que no habrías tenido esa inspiración si hubieses cedido a tus impulsos y la hubieses matado.

—Nunca tuve intención de matarla, Bliss.

Bliss agitó una mano.

—Está bien. Dejémoslo. ¿Nos dirigimos ahora hacia la Luna?

—Sí. Por mera precaución, no acelero demasiado; pero si todo marcha bien, estaremos cerca de ella dentro de treinta horas.

99

La Luna era un desierto. Trevize observó la zona brillante iluminada por el sol que se deslizaba debajo de ellos. Era un panorama monótono de cráteres y sectores montañosos, y de negras sombras en contraste con la luz. Había sutiles cambios de color en el suelo y ocasionales extensiones llanas, salpicadas de pequeños cráteres.

Cuando se acercaron al lado oscuro, las sombras se hicieron más largas y, por último, se fundieron en una sola. Durante un rato, los picachos brillaron detrás de ellos bajo el sol, como gordas estrellas que resplandecían mucho más que sus hermanas celestes. Después, desaparecieron y sólo quedó en el cielo el débil resplandor de la luz de la Tierra, que era una gran esfera de un blanco azulado en más de un cuarto creciente. La nave pasó también más allá de la Tierra, la cual se hundió en el horizonte de manera que sólo quedó negrura absoluta debajo de ellos y, en lo alto, un cielo débilmente salpicado de estrellas que, para Trevize, que se había criado en el mundo sin estrellas de Terminus, resultaba, todavía, bastante milagroso.

Después, aparecieron nuevas estrellas brillantes ante ellos; primero, sólo una o dos, y después otras, agrandándose, espesándose y fundiéndose al fin. Y al momento cruzaron el terminador y pasaron al lado iluminado. El sol se elevó con esplendor infernal, mientras la pantalla lo esquivaba y enfocaba una panorámica del suelo del satélite.

Trevize comprendió inmediatamente que era inútil tratar de encontrar una entrada del interior habitado (si existía) con la mera inspección ocular de aquel mundo enorme.

Se volvió a mirar a Bliss, que estaba sentada a su lado. Ella no miraba la pantalla, sino que mantenía los ojos cerrados. Más que sentarse en la silla, parecía haberse derrumbado en ella.

Trevize, preguntándose si se había dormido, dijo a media voz:

—¿Detectas algo más?

Bliss sacudió ligeramente la cabeza.

—No —murmuró—. Sólo fue una ligera impresión. Será mejor que volvamos allí. ¿Recuerdas dónde estaba aquella región?

—El ordenador lo sabe.

Fue como apuntar a un blanco, oscilando a un lado y otro hasta encontrarlo. La zona en cuestión se hallaba en el hemisferio oscuro del satélite y, excepto por el débil resplandor de la Tierra que envolvía la superficie en una fantástica penumbra gris, no se distinguía nada, ni siquiera cuando las luces de la cabina-piloto se apagaron para poder ver mejor.

Pelorat se había acercado y plantado ansiosamente en el umbral:

—¿Hemos encontrado algo? —preguntó, en un ronco murmullo.

Trevize levantó una mano imponiéndole silencio. Estaba observando a Bliss. Sabía que pasarían días antes de que la luz del sol volviese a iluminar aquel lugar de la Luna, pero también sabía que, para lo que Bliss trataba de percibir, la luz carecía de importancia.

—Está allí —dijo ella.

—¿Estás segura?

—Sí.

—¿Y es el único lugar?

—Es el único lugar en que lo he detectado. ¿Hemos estado sobre todas las partes de la superficie de la Luna?

—Sobre la mayor parte de ella.

—Entonces, es todo lo que he detectado en esa mayor parte. Ahora, la impresión es más fuerte, como si *aquello* nos hubiese detectado a *nosotros*. Y no parece peligroso. Tengo la sensación de que nos da la bienvenida.

—¿Estás segura?

—Es la impresión que tengo.

—¿Podría estar fingiendo buenos sentimientos?

Bliss respondió, con un deje de altivez:

—Si fuesen simulados, lo detectaría.

Trevize murmuró algo sobre el exceso de confianza y después dijo:

—Espero que lo que detectas sea inteligencia.

—Detecto una fuerte inteligencia. Pero... —añadió en un tono extraño.

—Pero, ¿qué?

—Silencio. No me distraigáis. Dejad que me concentre.

La última palabra no fue más que un movimiento de labios. Después dijo, con sorpresa débilmente regocijada:

—No es humana.

—¡No es humana! —exclamó Trevize, más sorprendido que ella—. ¿Tendremos que habérnoslas de nuevo con robots? ¿Como en Solaria?

—No —dijo Bliss sonriendo—. Tampoco es una inteligencia propiamente robótica.

—Tiene que ser una de las dos.

—Ninguna de ellas —rió Bliss entre dientes—. No es humana; sin embargo, no se parece a la de cualquier robot que yo haya detectado antes de ahora.

—Me gustaría ver eso —dijo Pelorat, asintiendo vigorosamente con la cabeza y abriendo mucho los ojos—. Sería emocionante. Algo nuevo.

—Algo nuevo —murmuró Trevize, animado de pronto. Un inesperado destello de luz pareció iluminar el interior de su cráneo.

100

Descendieron hacia la superficie de la Luna en un estado de ánimo casi jubiloso. Incluso Fallom se había unido a ellos y, con el abandono de la juventud, se dejaba llevar por la alegría, como si estuviese volviendo realmente a Solaria.

En cuanto a Trevize, un resto de cordura le decía que era extraño que la Tierra (o lo que hubiese de la Tierra en la Luna), que tanto se había esforzado en mantener alejados a todos los demás, procurase atraerles a ellos ahora. ¿Sería ésa su intención? Ya que no había podido evitarles, ¿les atraía para destruirles? ¿No sería, en ambos casos, inviolable su secreto?

Pero tal idea se desvaneció de su mente en aquella oleada de gozo que aumentaba continuamente al acercarse la nave a la superficie lunar. Sin embargo, por encima y más allá de eso, consiguió aferrarse al momento de inspiración que había alcanzado justo antes de empezar el descenso a la superficie del satélite de la Tierra.

Parecía saber el lugar al que iba la nave. Ahora estaba sobre las cimas de unos montes ondulados, y Trevize, frente al ordenador, sentía que no tenía que hacer nada. Era como si el ordenador y él fuesen guiados por otro, y sólo sentía la inmensa euforia de verse descargado de toda responsabilidad.

Se deslizaba paralelamente al suelo, en dirección a un risco de amenazadora altura que se alzaba como una barrera ante ellos; una barrera que brillaba débilmente bajo la luz de la Tierra y del faro de la *Far Star*. La inminencia de la colisión pareció no significar nada para Trevize, el cual no se sorprendió cuando advirtió que la escarpadura, que ya no era tal sino un pasillo resplandeciente de luz artificial, se había abierto ante ellos.

La nave redujo la velocidad, aparentemente por su propia iniciativa, y entró, deslizándose limpiamente por la abertura. Ésta se cerró detrás de aquélla, y entonces se abrió otra. La nave la cruzó y entró en una gigantesca sala que parecía excavada en el interior de una montaña.

La nave se detuvo y todos los que iban a bordo corrieron, ansiosos, a la puerta de salida. A ninguno de ellos, ni siquiera a Trevize, se les ocurrió comprobar si en el exterior había una atmósfera respirable…, o si había atmósfera siquiera.

Pero *había* aire. Un aire respirable y agradable. Miraron a su alrededor con la expresión satisfecha propia de las personas que vuelven a casa, y sólo al cabo de un rato se dieron cuenta de la presencia de un hombre que esperaba cortésmente a que se acercasen

Era alto, y su expresión grave. Llevaba cortos los cabellos de color de bronce. Sus pómulos eran anchos; sus ojos, brillantes, y su indumentaria bastante parecida a la que se veía en los antiguos libros de Historia. Aunque parecía corpulento y vigoroso, tenía, empero, un aire de cansancio, no visible, sino más bien perceptible por algo que no eran los sentidos.

Fue Fallom la primera en reaccionar. Con fuertes y sibilantes chillidos, corrió hacia el hombre, agitando los brazos y gritando desaforadamente:

—¡Jemby! ¡Jemby!

Siguió corriendo y, cuando llegó junto al hombre, éste se agachó y la levantó en el aire. Fallom se abrazó a su cuello, sollozando y sin dejar de gritar «¡Jemby!

Los otros se acercaron más despacio y Trevize dijo, pausada y claramente (¿entendería aquel hombre el galáctico?):

—Le pedimos disculpas, señor. Esta niña ha perdido a su protector y lo está buscando con verdadera desesperación. Lo que no comprendemos es por qué ha corrido hacia usted, ya que lo que busca es un robot; un aparato mecánico...

El hombre habló por primera vez. Su voz era más práctica que musical y tenía un ligero acento arcaico, pero hablaba el galáctico con fluidez.

—Les saludo amigablemente —dijo, y pareció que así era, aunque la expresión de gravedad permaneció fija en su semblante—. En cuanto a esta niña —prosiguió—, da muestras de una percepción más aguda de lo que vosotros creéis, pues soy un robot. Me llamo Daneel Olivaw

XXI. TERMINA LA BÚSQUEDA

101

Trevize no podía creer lo que estaba viendo. Se había recobrado de la extraña euforia sentida antes y después de aterrizar en la Luna, una euforia, sospechaba, .que le había sido impuesta por el singular robot plantado ahora ante él.

Trevize seguía mirándole con atención y en su mente, ahora perfectamente cuerda, permanecía sumido en el asombro. Había hablado atónito, conversado atónito, casi sin saber lo que decía ni lo que oía, mientras buscaba algo en la apariencia de aquel hombre aparente, en su comportamiento, en su manera de hablar, que correspondiese a un robot.

No resultaba extraño, pensó Trevize, que Bliss hubiese detectado algo que no era humano ni robótico, sino «algo nuevo», según había dicho Pelorat. Desde luego, no era mala cosa, pues había llevado el pensamiento de Trevize por otro camino más iluminador, aunque éste permanecía aún en su subconsciente.

Bliss y Fallom se habían apartado para explorar el lugar. Lo habían hecho a sugerencia de Bliss, pero a Trevize le pareció que sólo había sido después de un rapidísimo cambio de miradas entre ella y Daneel. Cuando Fallom se resistió y quiso quedarse con el ser a quien se empeñaba en llamar Jemby, una palabra grave de Daneel y un movimiento de uno de sus dedos fueron suficientes para que se alejase a toda prisa. Trevize y Pelorat se quedaron donde estaban.

—Ellas no son de la Fundación, señores —dijo el robot, como si eso lo explicase todo—. Una es Gaia y la otra es una Espacial.

Trevize guardó silencio mientras eran conducidos a unas sencillas sillas al pie de un árbol. Se sentaron, al invitarles a hacerlo el robot con un ademán, y cuando éste se sentó a su vez, con un movimiento perfectamente humano, Trevize preguntó:

—¿Es usted un robot realmente?

—Así es, señor —dijo Daneel.

El semblante de Pelorat resplandeció de alegría.

—En las viejas leyendas, se alude a un robot llamado Daneel. ¿Le pusieron a usted ese nombre en su honor?

—Yo soy aquel robot —dijo Daneel—. No es una leyenda.

—¡Oh, no! —exclamó Pelorat—. Si fuese usted aquel robot, debería tener miles de años.

—Veinte mil —repuso Daneel con aplomo.

Pelorat pareció desconcertado al oírle y miró a Trevize, el cual dijo, con un deje de irritación:

—Si usted es un robot, le ordeno que diga la verdad.

—No necesito que me ordenen que diga la verdad, señor. *Tengo* que hacerlo. Usted, señor, dispone de tres alternativas: soy un hombre que miente; un robot que ha sido programado para creer que tiene veinte mil años de edad, pero que en realidad no los tiene; o un robot que *tiene* veinte mil años. Usted debe decidir cuál de ellas acepta.

—Se resolverá por sí solo si seguimos conversando —repuso secamente Trevize—. A propósito, es difícil creer que esto sea el interior de la Luna. Ni la luz —y miró hacia arriba al decir esto, pues parecía una suave y difusa luz de sol, aunque no hubiese sol en el cielo y éste tampoco fuese claramente visible— ni la gravedad parecen creíbles. Este mundo debería tener en la superficie una gravedad de menos de 0,2 g.

—En realidad, la gravedad normal en la superficie debería ser de 0,16 g, señor. Sin embargo, es aumentada por las mismas fuerzas que le dan a usted, en su nave, la sensación de una gravedad normal, incluso cuando aquélla descienda en caída libre o bajo aceleración. Otras necesidades energéticas, incluida la luz, son también satisfechas gravíticamente, aunque empleamos la energía solar cuando ésta es la adecuada. Todas las necesidades materiales que tenemos nos son suministradas por el suelo de la Luna, salvo los elementos ligeros, hidrógeno, carbono y nitrógeno, que la Luna no posee. Los obtenemos capturando algún cometa ocasional. Una de estas capturas cada siglo es más que suficiente para satisfacer nuestras necesidades.

—De ello deduzco que la Tierra es inútil como fuente de abastecimiento.

—Desgraciadamente, así es, señor. Nuestros cerebros positrónicos son tan sensibles a la radiactividad como las proteínas humanas.

—Emplea usted el plural, y esta mansión parece grande, hermosa y perfecta, al menos vista desde fuera. Existen, pues, otros seres en la Luna. ¿Humanos? ¿Robots?

—Sí, señor. Tenemos una ecología completa en la Luna, y una vasta y compleja oquedad en la que existe dicha ecología. Sin embargo, todos los seres inteligentes son robots, más o menos como yo. Pero ustedes no verán ninguno de ellos. En cuanto a esta mansión, sólo es utilizada por mí y fue modelada exactamente igual que aquella en la que viví hace veinte mil años.

—Y que recuerda con detalle, ¿no?

—Perfectamente, señor. Yo fui fabricado y existí durante un tiempo (¡qué breve me parece ahora!) en el mundo espacial de Aurora.

—¿El de los...?

Trevize se interrumpió.

—Sí, señor. El de los perros.

—¿Está enterado de eso?

—Sí, señor.

—¿Y cómo vino a parar aquí, si al principio vivió en Aurora?

—Si vine aquí, señor, en los mismos comienzos de la colonización de la galaxia, fue para impedir la creación de una Tierra radiactiva. Conmigo vino otro robot, Giskard, que podía penetrar las mentes e influir en ellas.

—¿Como puede hacer Bliss?

—Sí, señor. Fracasamos, en cierto modo, y Giskard dejó de funcionar. Sin embargo, antes de esto, me transmitió su talento y dejó que yo cuidase de la Galaxia; de la Tierra, en particular.

—¿Por qué de la Tierra en particular?

—En parte a causa de un hombre llamado Elijah Baley, un terrícola.

Pelorat intervino, con excitación:

—Es el héroe cultural que te mencioné hace algún tiempo, Golan.

—¿Un héroe cultural, señor?

—El doctor Pelorat quiere decir que es alguien a quien le fueron atribuyendo muchas cosas —explicó Trevize—, y que pudo ser una amalgama de muchos personajes históricos o una persona totalmente inventada.

Daneel consideró esto durante un momento y después habló, pausadamente:

—No fue así, señores. Elijah Baley fue un hombre real y único. Yo no sé lo que dicen sus leyendas de él, pero, según la verdadera Historia, la galaxia nunca hubiese sido colonizada sin él. Yo hice cuanto pude, en su honor, para salvar lo más posible de la Tierra cuando ésta empezó a volverse radiactiva. Mis compañeros robots fueron distribuidos en toda la Galaxia en un esfuerzo de influir en diferentes personas. Una vez traté de iniciar el reciclado del suelo de la Tierra. Otra vez, mucho más tarde, procuré empezar la reforma, a semejanza de la Tierra, de un mundo que giraba alrededor de la estrella vecina, la llamada Alfa ahora. En ninguno de ambos casos tuve verdadero éxito. No pude ajustar nunca las mentes humanas como yo quería, pues siempre había la posibiliad de que pudiese dañar a los diversos humanos que fuesen ajustados. Yo estaba ligado, y lo sigo estando, por las Leyes de la Robótica.

—¿Sí?

No se necesitaba tener el poder mental de Daneel para detectar incertidumbre en aquel monosílabo.

—La Primera Ley —dijo— es ésta, señor: «Un robot no puede dañar a un ser humano o, con su inactividad, permitir que un ser humano sufra daño.» Segunda Ley: «Un robot tiene que obedecer las órdenes dadas por los seres humanos, salvo cuando tales órdenes vulneren la Primera Ley.» La Tercera Ley: «Un robot debe proteger su propia existencia, siempre que esta protección no vulnere la Primera o la Segunda Ley.» Naturalmente, he enumerado las leyes traduciéndolas en un lenguaje aproximado. En realidad, representan complicadas configuraciones matemáticas de nuestros canales cerebrales positrónicos.

—¿Le resulta difícil actuar de acuerdo con estas Leyes?

—A la fuerza, señor. La Primera es tan absoluta que casi me prohíbe ejercitar mis facultades mentales. Tratándose de la Galaxia, no es probable que cualquier curso de acción evite el daño por completo. Siempre algunas personas, tal vez muchas, sufrirán hasta el punto de que el robot tendrá que elegir el mal menor. Sin embargo, la complejidad de posibilidades es tal que se requiere tiempo para tomar la decisión, e incluso entonces, nunca se está seguro de acertar.

—Lo comprendo —dijo Trevize.

—A lo largo de toda la Historia galáctica —prosiguió Daneel—, he tratado de mitigar los peores aspectos de la lucha y los desastres que perpetuamente se producían en la Galaxia. En ocasiones, pude conseguirlo hasta cierto punto, pero, si conoce usted la Historia galáctica, sabrá que no triunfé a menudo, ni con mucho.

—Lo sé —repuso Trevize, con una sonrisa forzada.

—Justo antes de morir, Giskard concibió una ley ro-

bótica que derogaba incluso la primera. La llamamos la
«Ley Cero», porque no pudimos pensar otro nombre que
tuviese sentido. Es la siguiente: «Un robot no puede
perjudicar a la Humanidad ni, por omisión, permitir
que la Humanidad sufra daño.» Esto significaba automáticamente que la Primera Ley tenía que ser modifi-
cada así: «Un robot no debe perjudicar a un ser humano ni, por omisión, permitir que un ser humano sufra
daño, salvo cuando esto vulnere la Ley Cero.» Y parecidas modificaciones tuvieron que hacerse en la Segunda y la Tercera Leyes.

Trevize frunció el ceño.

—¿Cómo deciden lo que es o no es perjudicial para
la Humanidad en su conjunto?

—Ahí estriba el problema, señor —dijo Daneel—. En
teoría, la Ley Cero era la solución de nuestras dudas.
En la práctica, nunca podíamos decidir. El ser humano
es un objeto concreto. Los daños a una persona pueden ser calculados y juzgados. Pero la Humanidad es
una abstracción. ¿Cómo resolver esta dificultad?

—No lo sé —respondió Trevize.

—Un momento —dijo Pelorat—. Se podría convertir
la Humanidad en un solo organismo. Gaia.

—Eso fue lo que traté de hacer, señor. Yo concebí
la fundación de Gaia. Si la Humanidad podía convertirse en un solo organismo, sería un objeto concreto y no
habría problema. Sin embargo, no era fácil crear un
superorganismo como yo había esperado. En primer lugar, no podía hacerse a menos que los seres humanos
diesen más valor al superorganismo que a su individualidad, y para ello tenía que encontrar un modelo mental adecuado. Pasó mucho tiempo antes de que yo pen-
sara en las Leyes de la Robótica.

—¡Ah! Entonces, los gaianos *son* robots. Lo sospeché desde el principio.

—En ese caso, fue una sospecha errónea, señor. Son
seres humanos, pero tienen firmemente inculcado en el
cerebro el equivalente de las Leyes de la Robótica. Tienen que dar valor a la vida, darle *realmente* valor. E incluso después de que esto se hubo conseguido, un grave

defecto persistió. Un superorganismo compuesto únicamente de seres humanos tiene que ser inestable. No puede sostenerse. Había que añadir los otros animales; después, las plantas, y por último, el mundo inorgánico. El superorganismo más pequeño que puede ser realmente estable es todo un mundo, y un mundo lo bastante grande y complejo para tener una ecología estable. Se necesitó mucho tiempo para comprender esto, y sólo en este último siglo quedó Gaia *plenamente* establecida y dispuesta a expandirse en la Galaxia..., algo que también requerirá mucho tiempo. Tal vez no tanto como el que se ha necesitado hasta ahora, pues conocemos las reglas.

—Pero necesitaban que yo tomase la decisión, ¿no es cierto, Daneel?

—Sí, señor. Las Leyes de la Robótica no me permitían, ni tampoco permitían a Gaia, tomar la decisión y exponernos a dañar a la Humanidad. Y mientras tanto, hace cinco siglos, cuando parecía que nunca encontraría métodos para salvar todas las dificultades que se oponían al establecimiento de Gaia, busqué otra manera de salir del paso y contribuí al desarrollo de la ciencia de la psicohistoria.

—Hubiese tenido que adivinarlo —murmuró Trevize—. ¿Sabe una cosa, Daneel? Empiezo a creer que realmente *tiene* veinte mil años.

—Gracias, señor.

—Un momento —dijo Pelorat—. Creo que veo algo. ¿Es usted parte de Gaia, Daneel? ¿Fue por esto que sabía lo de los perros de Aurora? ¿A través de Bliss?

—En cierto modo —respondió Daneel—, usted tiene razón. Estoy asociado a Gaia, aunque no formo parte de ella.

Trevize arqueó las cejas.

—Se parece un poco a Comporellon, el mundo que visitamos inmediatamente después de salir de Gaia. Insiste en que no forma parte de la Confederación de la Fundación, pero que está asociado a ella.

Daneel asintió lentamente con la cabeza.

—Supongo que la analogía es correcta, señor. Como

asociado de Gaia, puedo saber lo que Gaia sabe, por ejemplo en la persona de esa mujer, de Bliss. En cambio, Gaia no puede saber lo que yo sé, de modo que conservo mi libertad de acción. Ésta es necesaria hasta que Galaxia quede bien establecida.

Trevize miró fijamente al robot durante un momento y después dijo:

—¿Y empleó su conocimiento a través de Bliss para intervenir en sucesos de nuestro viaje, con el fin de amoldarlos a su conveniencia?

Daneel suspiró de una manera curiosamente humana.

—No podía hacer mucho, señor. Las Leyes de la Robótica me lo impedían. Y sin embargo, aligeré la carga que pesaba sobre la mente de Bliss, asumiendo una pequeña parte de la responsabilidad para que pudiese enfrentarse con los lobos de Aurora y el espacial de Solaria con más rapidez y menos peligro para ella. Además, influí en la mujer de Comporellon y en la de la Nueva Tierra, a través de Bliss, para que le apreciasen a usted y pudiese continuar su viaje.

Trevize sonrió, casi con tristeza.

—Hubiese tenido que saber que el mérito no era mío.

Daneel escuchó, pero sin aceptar su tono pesaroso.

—Al contrario, señor —dijo—; usted tuvo el mérito mayor. Ambas mujeres lo miraron con simpatía desde el principio. Yo sólo fortalecí un impulso que ya estaba presente, que es casi lo único que uno puede hacer si se tiene en cuenta la rigidez de las Leyes de la Robótica. Debido a esta rigidez, y también a otras razones, tuve gran dificultad para traerle hasta aquí, y sólo podía hacerlo de forma indirecta. En varios momentos, corrí gran peligro de perderle.

—Y ahora que *estoy* aquí —dijo Trevize—, ¿qué es lo que quiere de mí? ¿Confirmar mi decisión en favor de Galaxia?

El semblante de Daneel, siempre inexpresivo, consiguió, de algún modo, parecer desesperado.

—No, señor. La simple decisión ya no es bastante.

Le traje aquí, lo mejor que pude en mi condición presente, por algo mucho más apremiante. Me estoy muriendo.

102

Tal vez fue por la naturalidad con que Daneel lo dijo, o porque una vida de veinte mil años hacía que la muerte no pareciese una tragedia al que estaba condenado a vivir menos de un medio por ciento de aquel período; pero, en todo caso, Trevize no sintió la menor compasión.

—¿Morir? ¿Puede una máquina morir?

—Puedo dejar de existir, señor. Llámelo como prefiera. Soy viejo. Ni un solo ser sensible de los que vivían en la Galaxia cuando yo fui consciente por primera vez sigue con vida en la actualidad; nada orgánico; nada robótico. Incluso yo mismo carezco de continuidad.

—¿En qué sentido?

—No hay una parte física de mi cuerpo, señor, que no haya sido sustituida, no una sino muchas veces. Incluso mi cerebro positrónico ha sido remplazado en cinco ocasiones diferentes. Cada una de ellas, el contenido de mi cerebro anterior fue grabado en el nuevo hasta el último positrón. Cada una de ellas, el nuevo cerebro tenía más capacidad y complejidad que el anterior, de modo que había sitio para más recuerdos y para acciones y decisiones más rápidas. Pero...

—¿Pero?

—Cuanto más avanzado y complejo es el cerebro, más inestable se vuelve y se deteriora con más rapidez. Mi cerebro actual es cien mil veces más sensible que el primero, y tiene una capacidad diez millones de veces mayor; pero así como mi primer cerebro duró más de diez mil años, el actual tiene seiscientos y está, indudablemente, en plena senectud. Con los recuerdos de veinte mil años grabados, y con un mecanismo de recuerdo en perfecto funcionamiento, el cerebro queda lleno. Entonces, se produce una rápida decadencia de la capacidad de tomar decisiones, y una decadencia todavía más rápida de la facultad de sondear y de influir en las mentes a distancias hiperespaciales. Ni puedo concebir un sexto cerebro. Toda ulterior miniaturización chocaría contra el muro del principio de incertidumbre, y toda ulterior complejidad provocaría la ruina casi inmediata.

Pelorat pareció sumamente turbado.

—Pero seguramente, Daneel —dijo—, Gaia puede seguir adelante sin usted. Ahora que Trevize ha juzgado y elegido Galaxia...

—El proceso requirió demasiado tiempo, señor —dijo Daneel, siempre sin revelar la menor emoción—. Tuve que esperar a que Gaia estuviese firmemente establecida, a pesar de las imprevistas dificultades que surgieron. Cuando fue localizado un ser humano capaz de tomar la decisión clave, o sea el señor Trevize, era demasiado tarde. Sin embargo, no piensen que no puse los medios para prolongar mi vida. Poco a poco, fui reduciendo mi actividad, con el fin de conservar lo más posible para las emergencias. Cuando ya no pude confiar en medidas activas para preservar el aislamiento del sistema Tierra-Luna, adopté otras pasivas. Durante un período de años, los robots antropomorfos que habían estado trabajando conmigo, fueron llamados uno a uno a casa. Sus últimas tareas fueron remover de los archivos planetarios todas las referencias a la Tierra. Y sin mí y mis compañeros robots en pleno funcionamiento, Gaia carecerá de los instrumentos esenciales para realizar el desarrollo de Galaxia en menos de un desmesurado período de tiempo.

—¿Y sabía usted esto cuando yo tomé mi decisión? —preguntó Trevize.

—Mucho antes, señor —respondió Daneel—. Desde luego, Gaia no lo sabía.

—Entonces —dijo furiosamente Trevize—, ¿con qué objeto ha seguido este juego adelante? ¿De qué ha servido? Desde que tomé mi decisión, he explorado la galaxia, buscado la Tierra y lo que yo creía que era su «secreto» (sin saber que el secreto era *usted*), con el fin de poder confirmar la decisión. Bueno, ya la *he* confirmado. Ahora sé que Galaxia es absolutamente esencial..., y que todo habrá sido para nada. ¿Por qué no pudo dejar la Galaxia a su merced, y a mí a la mía?

—Porque, señor —dijo Daneel—, he estado buscando una salida y he llevado las cosas adelante con la esperanza de encontrarla. Ahora creo que la he encontrado. En vez de sustituir mi cerebro por otro positrónico, lo cual no sería práctico, podría fundirlo con un cerebro humano, con un cerebro humano que no se verá afectado por las Tres Leyes y que no solamente añadirá capacidad al mío, sino que le brindará nuevas facultades. Por eso le he traído aquí.

Trevize pareció horrorizado.

—¿Quiere decir que proyecta fundir un cerebro humano con el suyo? ¿Hacer que el cerebro humano pierda su individualidad para que pueda usted lograr una Gaia de cerebro doble?

—Sí, señor. Eso no me haría inmortal, pero podría permitirme vivir lo bastante para establecer Galaxia.

—¿Y me ha traído *a mí* aquí para esto? ¿Quiere que mi independencia de las Tres Leyes y mi buen juicio se incorporen a usted a costa de mi individualidad? ¡No!

—Sin embargo —dijo Daneel—, usted ha afirmado hace un momento que Galaxia es esencial para el bien de la Humani...

—Aun así, se necesitaría mucho tiempo para establecerla, y yo quiero seguir siendo un ser individual durante toda mi vida. Por otra parte, si se estableciese con rapidez, habría una pérdida galáctica de individualidad, y mi propia pérdida sería parte de un todo inconcebiblemente mayor. En todo caso, yo no consentiría nunca en perder mi individualidad y que el resto de la Galaxia conservase la suya.

—Entonces —dijo Daneel—, es lo que yo pensaba. Su cerebro no se mezclaría bien y, en todo caso, sería mejor que usted conservase una capacidad de juicio independiente.

—¿Cuándo ha cambiado de idea? Dijo que me había traído aquí para realizar esa fusión.

—Sí, y sólo lo he conseguido utilizando hasta el máximo mis ya tan mermadas facultades. Pero, cuando dije que había traído a usted aquí, recuerde que en galáctico corriente la palabra «usted» significa tanto el singular como el plural. Me refería a todos ustedes.

Pelorat se irguió en su asiento.

—¿De veras? Entonces dígame, Daneel, un cerebro humano que se fundiese con el suyo, ¿compartiría todos sus recuerdos, sus veinte mil años de recuerdos, hasta los tiempos legendarios?

—Ciertamente, señor.

Pelorat respiró hondo.

—Esto culminaría el trabajo de toda una vida, y con gusto renunciaría a mi individualidad por ello. Por favor, otórgueme el privilegio de compartir su cerebro.

—¿Y Bliss? —preguntó Trevize en voz baja—. ¿Qué será de ella?

Pelorat sólo vaciló un instante.

—Bliss lo comprenderá —dijo—. Y en todo caso, estará mejor sin mí..., dentro de un tiempo.

Daneel sacudió la cabeza.

—Su ofrecimiento, doctor Pelorat, es muy generoso, pero no puedo aceptarlo. Su cerebro es viejo y no puede sobrevivir más de dos o tres decenios en el mejor de los casos, incluso mezclado con el mío. Necesito otra cosa. ¡Mire! —indicó, señalando con un dedo—, la llamé para que volviese.

Bliss llegaba en aquel momento, caminando satisfecha y con pasos saltarines.

Pelorat se puso en pie de un salto.

—¡Bliss! ¡Oh, no!

—No se alarme, doctor Pelorat —dijo Daneel—. Ella no me sirve. Me fundiría con Gaia, y yo debo permanecer independiente de Gaia, según ya les he explicado.

—Pero, en ese caso —dijo Pelorat—, ¿quién...?

Y Trevize, mirando la delgada figura que corría detrás de Blis, dijo:

—El robot ha querido a Fallom desde el principio, Janov.

103

Bliss regresó sonriendo, visiblemente satisfecha.

—No pudimos ir más allá de los límites de la finca —dijo—, pero todo me ha recordado mucho Solaria. Desde luego, Fallom está convencida de que *es* Solaria. Yo le pregunté si no creía que Daneel tenía un aspecto diferente del de Jemby (a fin de cuentas, Jemby era metálico) y Fallom me dijo: «En realidad, no.» No sé lo que quiso decir con esto.

Miró al lugar no muy alejado donde Fallom se encontraba tocando la flauta para un grave Daneel, que marcaba el compás con la cabeza. El sonido llegaba hasta ellos claro, delicado y delicioso.

—¿Sabíais que traía consigo la flauta cuando desembarcamos? —preguntó Bliss—. Sospecho que no podremos apartarla de Daneel en mucho rato.

La observación fue recibida con un silencio absoluto, y Bliss miró a los dos hombres con súbita alarma.

—¿Qué sucede?

Trevize señaló en dirección a Pelorat. Con ello pareció indicar que era éste quien debía contestar a la pregunta.

Pelorat carraspeó y dijo:

—Lo cierto es, Bliss, que creo que Fallom se quedará para siempre con Daneel.

—¿De veras?

Bliss frunció el ceño e inició un movimiento para ir al encuentro de Daneel, pero Pelorat la agarró de un brazo.

—Querida Bliss, no puedes hacer nada. Él es ahora más poderoso que Gaia, y Fallom debe quedarse con él si Galaxia tiene que existir. Deja que te lo explique, y tú, Golan, corrígeme si me equivoco.

Bliss escuchó el relato, con expresión casi desesperada.

—Ya lo ves, Bliss —dijo Trevize en un intento de razonar fríamente—. La niña es una Espacial y Daneel fue diseñado y montado por espaciales. La niña fue criada por un robot y no sabía más que lo que éste le enseñó en una finca tan vacía como ésta. La pequeña tiene poderes transductores que Daneel necesitará, y vivirá tres o cuatro siglos, que son posiblemente los que se requerirán para la construcción de Galaxia.

Bliss tenía las mejillas enrojecidas y los ojos húmedos.

—Supongo —dijo— que el robot dirigió nuestro viaje hacia la Tierra de manera que pasáramos por Solaria y recogiésemos la criatura que él necesitaba.

Trevize se encogió de hombros.

—Tal vez sólo ha aprovechado la oportunidad. No creo que sus poderes sean ahora lo bastante fuertes para convertirnos en marionetas a distancias hiperespaciales.

—No. Se trató de una acción deliberada. Él se aseguró de que me sintiese tan atraída por la niña que me la llevase en vez de abandonarla a su suerte; de que la protegiese incluso contra ti cuando te mostrases tan resentido y enojado por su presencia.

—Eso pudo ser también fruto de tu ética gaiana —dijo Trevize—, aunque supongo que Daneel debió reforzarla un poco. Bueno, Bliss, no tienes que preocuparte. Supón que *pudieses* llevarte a Fallom. ¿Podrías trasladarla a algún sitio donde se sintiese tan feliz como aquí? ¿La llevarías a Solaria de nuevo, donde la matarían despiadadamente, o a algún mundo superpoblado donde enfermaría y moriría, o a Gaia, donde se le destrozaría el corazón añorando a Jemby, o en un viaje interminable a través de la Galaxia durante el cual pensaría que cada mundo que encontrásemos era su Solaria? ¿Y encontrarías un sustituto para que Daneel pudiese usarlo para la construcción de Galaxia?

Bliss guardó un triste silencio.

Pelorat le tendió una mano, con cierta timidez.

—Bliss —dijo—, yo me ofrecía voluntario para que mi cerebro se fundiese con el de Daneel. Pero él no lo aceptó, porque dijo que yo era demasiado viejo. Ojalá lo hubiese aceptado, si con esto hubieses podido conservar a Fallom.

Y ahora Daneel, como si hubiese advertido que el asunto estaba resuelto, se aproximó a ellos con Fallom brincando a su lado.

Entonces, la niña corrió y fue la primera en llegar a su lado.

—Gracias, Bliss —dijo—, por llevarme de nuevo a Jemby y cuidar de mí mientras estuvimos en la nave. Siempre te recordaré.

Se lanzó sobre Bliss y las dos se abrazaron con fuerza.

—Espero que seas siempre feliz —dijo Bliss—. Yo también te recordaré, querida Fallom —añadió, soltándola de mala gana.

Fallom se volvió a Pelorat.

—También a ti te doy las gracias, Pel, por dejarme leer tus libros de películas.

Luego, sin añadir palabra y después de una breve vacilación, tendió la mano infantil a Trevize. Éste la estrechó un momento y la soltó.

—Te deseo suerte, Fallom —murmuró.

—Les doy las gracias a todos, señora y señores, por lo que han hecho, cada cual a su manera —dijo Daneel—. Ahora, pueden marcharse cuando quieran, pues su búsqueda ha terminado. En cuanto a mi propio trabajo, terminará también muy pronto y ahora con éxito...

Pero Bliss le interrumpió.

—Espere, todavía no hemos terminado del todo. No sabemos si Trevize sigue pensando que el futuro de la Humanidad está en Galaxia, como opuesta al vasto conglomerado de aislados.

—Hace un rato, señora, que todo eso ha quedado muy claro. Se ha decidido en favor de Galaxia.

Bliss apretó los labios.

—Quisiera que me lo dijese él. ¿Qué es lo que quieres, Trevize?

Trevize respondió pausadamente.

—¿Qué es lo que tú quieres, Bliss? Si decidiese contra Galaxia, podrías recobrar a Fallom.

—Yo soy Gaia —repuso Bliss—. Debo saber tu decisión y tus razones, sólo por mor de la verdad.

—Dígaselo, señor —dijo Daneel—. Su mente, como Gaia sabe, sigue intacta.

Y Trevize dijo:

—Mi decisión es por Galaxia. Ya no hay dudas en mi mente sobre ello.

104

Bliss permaneció inmóvil un tiempo durante el cual se habría podido contar despacio hasta cincuenta, como si dejase que la información llegase a todas las partes de Gaia, y después dijo:

—¿Por qué?

—Escúchame —dijo Trevize—. Supe desde el principio que había dos futuros posibles para la Humanidad: Galaxia, o el Segundo Imperio del «Plan Seldon». Y me pareció que estos dos futuros posibles se excluían mutuamente. No podíamos tener Galaxia a menos que, por alguna razón, el «Plan Seldon» tuviese algún defecto fundamental.

»Por desgracia, yo no sabía nada del «Plan Seldon», salvo los dos axiomas en que se funda: primero, que se requiere un gran número de seres humanos para que la Humanidad pueda ser tratada estadísticamente como un grupo de individuos interactuando al azar; y segundo, que la Humanidad no puede saber los resultados de las conclusiones psicohistóricas antes de que aquéllos se hayan alcanzado.

»Como yo me había decidido ya en favor de Galaxia, pensé que tenía que haber advertido de modo subconsciente los fallos del «Plan Seldon» y que estos fallos sólo podían estar en los axiomas, que era lo único que yo sabía del plan. Sin embargo, no podía hallar nada equivocado en ellos. Luché, pues, por encontrar la Tierra, pensando que ésta no podía haberse ocultado de un modo tan completo sin ninguna finalidad. Debía descubrir cuál era ésta.

»No tenía verdaderas razones para esperar que encontraría la solución en cuanto hallase la Tierra, pero estaba desesperado y no se me ocurría nada más. Y tal vez el deseo de Daneel de tener una criatura solariana contribuyó a reforzar mi impulso.

»En todo caso, al fin llegamos a la Tierra y después a la Luna, y Bliss detectó la mente de Daneel con la ayuda deliberada de éste. Ella describió aquella mente como la de algo no del todo humano ni del todo robótico. Después, los hechos han demostrado su acierto, pues el cerebro de Daneel es mucho más perfecto que el de cualquier otro robot que haya existido jamás, y no podía ser percibido como una simple mente robótica. Pero tampoco podía ser percibido como humano. Pelorat lo mencionó como «algo nuevo» y esto provocó «algo nuevo» en mí, una nueva idea.

»Así como, hace mucho tiempo, Daneel y su colega elaboraron una cuarta ley de robótica más fundamental que las otras tres, pude yo ver de pronto un tercer axioma básico de psicohistoria que era más fundamental que los otros dos; un tercer axioma tan fundamental que a nadie se le había ocurrido mencionarlo.

»Me explicaré. Los dos axiomas conocidos se refieren a seres humanos y se fundan en el axioma tácito de que los seres humanos son la única especie inteligente de la galaxia y, por consiguiente, los únicos organismos cuyas acciones son significativas para el desarrollo de la sociedad y de la Historia. Éste es el axioma no declarado: que sólo hay una especie de inteligencia en la galaxia y que ésta es el *Homo sapiens*. De existir «algo nuevo», si hubiese otras clases de inteligencia de naturaleza muy diferente, su comportamiento no sería exactamente descrito por las matemáticas de la psicohistoria, y el «Plan Seldon» no significaría nada. ¿Lo veis?

Trevize casi temblaba por su afanoso deseo de hacerse comprender.

—¿Lo veis? —repitió.

—Sí, lo veo —dijo Pelorat—, pero como abogado del diablo, viejo amigo...

—¿Qué? Prosigue.

—Los seres humanos *son* las únicas inteligencias en la Galaxia.

—¿Y los robots? —preguntó Bliss—. ¿Y Gaia?

Pelorat pensó durante un rato y después respondió, vacilando:

—Los robots no han representado ningún papel significativo en la Historia de la Humanidad desde la desaparición de los espaciales. Gaia tampoco lo ha hecho hasta muy recientemente. Los robots son una creación de los seres humanos, y Gaia es una creación de los robots, y tanto éstos como aquélla, al estar ligados por las Tres Leyes, no tienen más remedio que someterse a la voluntad humana. A pesar de los veinte mil años de trabajo de Daneel y del gran desarrollo de Gaia, una sola palabra de Golan Trevize, ser humano, pondría fin a ese trabajo y a este desarrollo. De ello se desprende, pues, que la Humanidad es la única forma importante de inteligencia en la galaxia, y que la psicohistoria sigue siendo válida.

—La única forma importante de inteligencia en la galaxia —repitió Trevize lentamente—. Estoy de acuerdo. Sin embargo, hablamos tanto y tan a menudo de la galaxia que nos es casi imposible ver que ésta no es bastante, que no es el Universo. Hay otras galaxias.

Pelorat y Bliss se agitaron inquietos. Daneel escuchó con benévola gravedad, acariciando con la mano los cabellos de Fallom.

—Escuchadme de nuevo. Precisamente fuera de la galaxia están las Nubes de Magallanes, donde ninguna nave humana ha penetrado jamás. Más allá se encuentran otras pequeñas galaxias y, no muy lejos, se halla la gigantesca galaxia Andrómeda, que es más grande que la nuestra. Y más allá aún hay miles de millones de galaxias.

»Nuestra propia galaxia ha desarrollado solamente una especie lo bastante inteligente para crear una sociedad tecnológica, pero, ¿qué sabemos de las demás galaxias? Quizá la nuestra sea atípica. En algunas de las otras, tal vez incluso en todas ellas, puede haber muchas especies inteligentes compitiendo, luchando entre ellas, y todas incomprensibles para nosotros. Puede que sólo estén preocupadas por sus luchas, pero, ¿qué pasaría si, en alguna galaxia, una especie llegase a dominar a todas las demás y entonces tuviese tiempo de considerar la posibilidad de invadir otras galaxias?

»Desde el punto de vista hiperespacial, la galaxia es un punto, y lo propio es todo el Universo. Nosotros no hemos visitado ninguna otra galaxia y, que sepamos, ninguna especie inteligente de otra galaxia nos ha visitado; pero este estado de cosas puede terminar algún día. Y si llegan los invasores, sin duda encontrarán diversas maneras de enfrentar a algunos seres humanos contra otros. Hemos estado tanto tiempo sin que hubiese nadie contra quien luchar que estamos acostumbrados a las luchas intestinas. Un invasor que nos encontrase divididos nos dominaría a todos o nos destruiría. La única defensa eficaz es crear Galaxia, que no podrá volverse contra sí misma y sí enfrentarse a los invasores con su máximo poder.

—El cuadro que describes es espantoso —dijo Bliss—. ¿Tendremos tiempo de constituir Galaxia?

Trevize miró hacia arriba, como para atravesar la gruesa capa de roca que les separaba de la superficie de la Luna y del espacio; como si quisiese ver aquellas lejanas galaxias, moviéndose lentamente a través de inimaginables panoramas del espacio.

—En toda la Historia humana, ninguna otra inteligencia nos ha amenazado, que nosotros sepamos. Bastaría con que esto continuase durante unos pocos siglos, tal vez poco más de una milésima del tiempo que llevamos de civilización, para que estuviésemos a salvo. A fin de cuentas —y aquí sintió Trevize una súbita aprensión que se obligó a pasar por alto—, no es como si ya tuviésemos al enemigo entre nosotros.

Y no bajó la mirada para no encontrarse con los ojos reflexivos de Fallom (hermafrodita, transductora, diferente) que le estaban mirando, fijos, insondables.

ÍNDICE